周百义文存

文存

第二卷

周百义 著

长江出版传媒

长江文艺出版社

图书在版编目（ＣＩＰ）数据

周百义文存 （一、二、三卷）/ 周百义著. -- 武汉：长江文艺出版社 2014.10

ISBN 978-7-5354-7367-7

Ⅰ. ①周… Ⅱ. ①周… Ⅲ. ①中国文学－当代文学－作品综合集②编辑工作－出版工作－文集 Ⅳ. ①I217.2②G232－53

中国版本图书馆 CIP 数据核字(2014)第 146521 号

责任编辑：杜东辉　　　　　　　责任校对：陈　琪
封面设计：徐慧芳　　　　　　　责任印制：左　怡　　包秀洋

出版：长江出版传媒　长江文艺出版社
地址：武汉市雄楚大街 268 号　　　　邮编：430070
发行：长江文艺出版社
电话：027—87679360
http://www.cjlap.com
印刷：武汉中远印务有限公司

开本：710 毫米×1010 毫米　　1/16　　印张：93.25　　插页：12 页
版次：2014 年 10 月第 1 版　　　　2014 年 10 月第 1 次印刷
字数：1415 千字

定价：132.00 元（套）

上世纪 90 年代在长江社社长任上

组稿情况及责任编辑意见：

这是三年前向河南作者约的一部省篇历史小说。

小说以康熙末年为背景，主要展示众多太子为争夺继承权而展开的惊心动魄的斗争，塑造了上至皇帝下至普通师爷、奴才等一群栩栩如生的人物形象，其中主要塑造了胤禛四子——即雍正的个性特征。

这部小说比时下的一般历史小说略高一筹，我认为语有以下两点：一是作者对清朝政治、经济、文化、典章制度研究较为透切，对宫京描写建较生活游刃有余。其中对中国古典文学、古代文化谙熟于心，行文间吟诗作赋，信手拈来，颇显出其功底深厚。无姿增添了作品的认识价值和欣赏价值；二是作者对中国古典小说的美学风范较有研究，行文主谕浪漾，大开大阖，翔妙也南致，既有爵技等派之象，又有咏花雪月、唱名吟咏之韵。庙堂之高，江湖之远，的生动形象，令人如身临其境。其中不少章节填标佳品。

作者系中国作家协会会员，中国红楼梦研究学会"理事"，所著四卷本《康熙大帝》获河南省建国四十年优秀作品一等奖。现为辽宁省书剧院从全国众多写康熙的作品中医生改编成35集电视连续剧，为此《人民日报》《光明日报》《文汇报》均发专稿，爱势蒂思·潭似家族首音并题写片名。《雍正》一如其《康熙》，将不失为一部优秀历史小说。

作者《康熙》一书四卷中多则发行十余万，少则八万又千册（均系盗生）其势尚在攀鞋。故以《雍正》我意先在宣德上做些工作，争取始订下5千册以上，待三后再跟。初印时我社也又多储存一些。

此稿字迹难辨，发稿前我再认真整理。

请审定！

周历文

二月河先生长篇历史小说《雍正皇帝》审稿单

目 录
Contents

文学评论

序与跋

书与人

报告文学

第二卷 文学评论

浅论弗洛伊德精神分析学说
对新时期小说创作的影响

　　任何一个时代的文学，都会不同程度地受到这个时代的哲学、心理学、美学以及科学技术发展的影响和制约。新时期以来的小说创作，以它展示出的前所未有的全方位、多元化的态势来看，无疑吸收、移植、借鉴了西方现代哲学、心理学、美学理论的某些观点，受到了这些理论不同程度的影响和冲击。其中，弗洛伊德精神分析学说，也给新时期小说的变革带来一些活力。本文拟就弗氏精神分析学说对新时期小说创作的影响作一探讨。

一

　　弗洛伊德的精神分析学，在一定程度上，不仅研究人的本质的自然成分，而且还剖析人的心理欲望、人的内部世界，研究人的行为目的以及文化与社会教育对形成人的精神生活和心理反应的意义，因而极大地冲击了 19 世纪末机械论和自然主义对人的本性所解释的观点，成为 20 世纪特别引人注目的一个重要心理学派。由于他的学说以变态心理为依据，以无意识、梦、象征等人类精神活动为主要对象，因此，其意义远远超出了心理学范围。20 世纪的文学、艺术、宗教、道德、伦理、教育、社会科学，均在不同程度上受到弗氏心理学的冲击和影响。

　　弗洛伊德对文学艺术具有广泛的兴趣，并且用他的精神分析学说解释文学艺术问题。西方曾有人认为，弗洛伊德学说开始了心理学与文学艺术的联系。在西方，不少作家不仅受到弗氏文艺观的影响，他们还有意识地将其精神分析方法运用于创作实践中。但是，也有不少人对弗洛伊德的学说持反对的意见。毁誉褒贬，莫衷一是。我认为：弗氏学说是真理和谬误共存，精华和糟粕皆有。首先，他的"泛性论"是唯心主义的产物。弗氏把人的各种极其复杂的情感、欲望和冲动都蒙上性的色彩，把性看成是不受任何物质制约的自我意识或自我生命的内驱力和本质。这样，人的基本特征——社会性就成了非本质、外在的东西，从而抹杀了人与动物的根本区别。同时，他过分渲染无意识的盲目性、无逻辑性、不可捉摸性，把无意识看成是本能的汹涌和冲动，在很大程度上是从生物学的观点看问题。实际上，无意识是人的有意识活动的反复深化和强化的结果，是民族历史经验的积淀。他的学生荣格后来提出的"集体无意识"的观点，便比他的无意识学说在某些程度上要合理得多了。另外，他在文艺观上，过分强调了文艺创作的个人动机，无限地夸大了情欲在生活和创作中的作用，并用性欲的抑制和满足来解释文学艺术现象，集中体现出弗氏文艺观的主观唯心主义和反理性主义的倾向。但我认为，弗氏精神分析学说尽管在某种程度上还有许多错误和偏颇，可是对于我们教条化的贫困的哲学和失去本位的文学有一定的补充和匡正作用。列宁曾指出："聪明的唯心主义比愚蠢的唯物主义更接近于聪明的唯物主义。聪明的唯心主义这个词可以用辩证唯心主义这个词来代替；愚蠢这个词可以用形而上学的、不发展的、僵死的、粗糙的、不动的这个词来代替。"① 因此，我们对待弗氏学说，应当持一种辩证的发展的观点来评估。

近年来，小说创作在对以往历史的自我反省之中出现了多元化的开放格局，但无论什么流派和风格，都明显呈现出一种"向内转"的趋势。这是西方哲学、美学、文学，尤其是弗氏精神分析学说影响所致。

二

纵观新时期小说异彩纷呈的景观，最早受到弗氏精神分析学说影响的，当推被人冠之为"东方意识流"的小说。

"意识流"小说是从弗氏精神分析学说的核心——"无意识"中受到启发的（当然，还有詹姆斯的意识流动学说）。弗氏把人的意识分为三个层次：意识、前意识、无意识。意识是与直接感知有关的心理部分，可以用语言表达，有目的性，是人的自觉性活动，并受社会舆论和伦理道德的影响。无意识处于人类心理结构的最深层。其特征是它的原始性、主动性、非逻辑性、非语言性和非社会性、无目的性。但意识皆起源于无意识，无意识是人过去经验的仓库，人的行动的总指挥。乔依斯创作的《尤利西斯》、《一个青年艺

---

① 《列宁全集》第 38 卷第 305 页。

术家的画像》正是从这一认识出发，去表现人的意识和无意识相互流动中的复杂心态，为现代社会和现代人的复杂性找到一种相应的艺术表现形式。在我国，虽然过去已有人在小说中对人物的心理状态进行过描绘，但那还仅是故事中事件和人物行为的折射，真正深入到人的无意识领域，并在整个作品中以人物的意识流动来结构情节的小说，王蒙是第一人。他的《夜的眼》、《春之声》、《布礼》、《风筝飘带》、《蝴蝶》等小说，展示了意识和潜意识的交织，表现了外部活动和内心活动的相互关系，突出了过去经验对现在的影响及其与现在活动的统一，使作品出现复杂的层次，在一种新的透视的基础上形成了立体的经验结构和叙述结构。他在《春之声》里，描写一个过年回家乡的科研干部，坐在一辆条件恶劣的闷罐火车里，思绪突破时空限制，外国中国、城市乡村、过去现在满天开花。

王蒙的"意识流"小说，以新奇的表现手法出现在新时期文坛上，引起了批评界、创作界极大关注。有人非议，有人赞赏。也有人愤然慨之，说王蒙拾了外国人的牙慧。王蒙不以为然。他表示："我不否认我从某些现代派小说包括意识流小说中受到的启发。""请别以为写心理活动是外国人的专利。"（《关于春之声的通信》）王蒙这种大胆尝试，启发和引导了一大批作家。从此，写人的意识流动的作品纷纷问世，终于汇成了一股大潮，其中佼佼者，当数张承志。他的《北方的河》、《绿夜》、《老桥》、《大坂》都在读者中引起了很大反响。

如果说，"意识流"作品还只是从形式上，在表现技巧上受到弗氏学说启发的话，那么描写性意识、性心理的小说，则是直接从弗氏关于人的内驱力的阐述中得到启迪的。这种大胆的描写，从十年禁欲主义的藩篱中走出来，始而像一个蹒跚学步的儿童，战战兢兢，试试探探，但终于成了一条大汉，令人瞩目。如果我们从纵向来回顾这十年历史，可以认为：刘心武在《班主任》中对宋宝琦、谢惠敏的描写是性心理小说的滥觞。不过，在这里，这两个少年是以变态心理来表现性意识的。到了《爱情的位置》中，刘心武则是大声地疾呼：应当给爱情一席之地。这里，虽然他是把爱情作为一种理想来追求，但间接地表达了人对更深层次的自然欲望的渴求。到了张洁《爱，是不能忘记的》这篇小说，作者则以精细的笔触，写出了主人公被压抑的性苦闷和性冲突。尽管在字里行间没有涉及"性"，但读后却能使人感到，人的本能在压抑下变形变态的痛苦扭曲。

如果说，上述作品还只是曲折地反映了人的性意识觉醒的话，那么到了张弦《被爱情遗忘的角落》，则直接描写了一对没有文化、精神匮乏的乡村青年的原始本能冲动。不过，真正把人的本能作为小说描写的中心来揭示人的本质的作品，还当推张贤亮《男人的一半是女人》。小说以男主人公性功能失而复得为轴心，展现了主人公性的渴望、枯萎、复苏、超脱的轨迹。由于张贤亮大胆直率地揭开了性爱的面纱，近两年，描写性心理、性意识的作品竞相涌现。一批在国内卓有影响的青年作家，如贾平凹、王安忆等，都以性意识为轴心来转动其艺术生命的车轮，使我们窥察到化入人本体的社会因子，同时展示了人的灵魂的最深层。他们这方面的代表作则是《小城之恋》、《荒山之恋》、《锦绣谷之恋》和《黑氏》、《远山野情》等。

但我们看到，以上这些作品中关于性意识的描写，其表现形式还停留在可以感知的意识层。继之，又有作家将探索的笔触伸向了惊世骇俗的"俄狄浦斯情结"。

在《梦的解析》一书中，弗氏用精神分析去解释哈姆莱特迟迟不去杀死克劳狄斯的原因，是由于哈姆莱特在意识深层同样爱着母亲所引起的，是恋母情绪在作祟。对达·芬奇的《岩间圣母》的分析中，弗氏认为婴儿的神态所表现的"恋母情绪"，正是达·芬奇本人恋母情绪的一种表现。而这种违背人伦的性恋，弗氏认为是"全人类或至少男性的一半的先天禀赋"，不过，这种乱伦的欲望，在超我和自我的约束下，被控制在无意识中，不为一般人所易觉察罢了。描写这类"俄狄浦斯情结"的作者，比较明显的是王安忆在《小鲍庄》中对拾来形象的塑造。拾来由于是从路上捡来的，和大姑失去了显在的母子关系的伦理防范，拾来潜意识深层中的"恋母情绪"便最终转化为对大姑清醒的性恋慕。拾来在后来相识的二婶身上，既找到了自己的性对象，又找到了失去的母爱，使压抑已久的"恋母情绪"得到了满足。

弗氏《梦的解析》、《妄想与梦》、《创造性作家与白昼梦》、《陀思妥耶夫斯基与弑父》等著作。认为文学与梦有许多共同特点，这些特点表现在两者皆源于无意识领域，"梦是一种（被压抑的）愿望（经过伪装的）满足"，"是利用象征来表现其伪装的隐匿思想"。西方当代文学中的"黑色幽默派"、"荒诞派"、"象征主义"、"表现主义"都程度不同地受到他这种理论的影响。我国新时期小说创作中，把梦作为创作题材和表现手法，借梦来抒写人在无意识状态下的自由联想，用象征、变形来反映生活的本质，已经不乏其人其文。不少小说借梦来结构全文，借梦来塑造人物，借梦来点明深化主题，简直是梦笔生花，令人心飞神驰。戴厚英的《人啊人》写了三个人的梦，每一个梦都有力地揭示了一定象征意义。张贤亮《临街的窗》写的全是梦境，通过梦境透视出荒诞而又真实的现实世界的影像。

与此同时，不少作家还写了一些睁着眼睛的"白日梦"。小说中写的虽不是梦境，但在不同程度上显示出梦中人的自由思维的非完整状态。如刘索拉《你别无选择》、徐星《无主题变奏》、宗璞《泥沼中的头颅》等，他们以其独特的审美传导方式，着重写各种非常心态，如醉态、梦态、病态、错觉、幻觉，来构成观察和描述人物事件的特殊视点和视角。韩少功的《女女女》、《爸爸爸》中，有许多构图都是以病态疯态的丙崽来作视点的。吴若增《脸皮招领启事》写某局长、某大学教授、某丈夫因为爱虚荣而丢了"脸皮"成为"蒙面人"，分别到某办事处招领自己丢失的脸皮。这一类写"白日梦"的小说，以其独特的传导方式引起了读者的关注，它通过象征、寓意、对比等手法拉紧了历史和现实的联系。"它很少让人只就它本身来看，而更多地使人想起一种本来外在于它的内容意义。"（黑格尔语）在这些作品中，我们可以看到弗氏在《梦的解析》中提到的梦的象征性、梦的暗示手法的迹象，也可以找到卡夫卡笔下的大甲虫和宗璞《我是谁》中两条缩身拱背的大虫的联系，可以从韩少功的丙崽、刘索拉的小个子中看到福克纳《喧哗与骚动》中疯子的身影，可以从功能圈，五条北方的河，没有纽扣的"红衬衫"，花园街五号，一棵古老的"银杏树"，一匹杂色的"马"……中看到象征、暗示的认识价值。

当然，新时期小说中，还有用弗氏人格学说来表现人的性格多层次和复杂的精神世界的。如航鹰的《东方女性》、苏叔阳的《故土》等等一大批作品。在《东方女性》中，女主人公的丈夫同一位女孩子发生性关系后，主动向她忏悔并出走，等待离婚。妻子面对这个拆散自己家庭的女孩，"母性的爱和女人的恨，像两把钝齿锯子交替锯着我的心，撕着肉，滴着血"。最后，无匹敌的母爱，神圣的救死扶伤的人道主义占了上风，女主人公用人间的友爱和温暖，召回了女孩生存的勇气。

三

以上，我们粗略地描述了弗氏学说对新时期小说创作所带来的具体变化。这种冲击和影响，正如弗氏学说在西方刚刚传播，并对西方整个意识形态和医学科学产生影响时一样，反应因人而异，众说纷纭。有人视而不见，"至于有的作家在艺术表现上侧重内心，展示意识流动过程，那是作家自己的事，并非就是受了西方现代派的影响"①。有人把近年来小说中某些格调不高的描写完全归罪于弗氏学说②。但也有不少作家、评论家对弗氏学说的积极影响给予了首肯。研究西方文论的乐黛云说："弗洛伊德的精神分析学说，不但在文学理论方面提出了新的见解，在文学创作方面也引起了很大的变革。"③ 青年作家矫健在一篇创作谈中也指出，他新近发表的一组小说，便是受了弗洛伊德关于人类世界经历过神话时代、宗教时代、科学时代这样一种理论的影响④。那么，在新时期文学的发展史上，应当如何评价"弗洛伊德热"对小说创作的影响呢？本人不揣浅陋，试从以下几方面来探讨其得失：

（一）弗洛伊德对人的心灵世界深层结构的揭示，恢复了人的本来面目，肯定了人自由的生命本质。作为文学主体的人对自身的重新认识和超越，进一步深化了"文学是人学"的命题。

人是什么？这是哲学探究的目标，也是文学所表现的极致。然而，对人的认识，古今中外，却经历了一个漫长的过程。在中国漫长的封建社会制度中，日渐完善的繁琐而又无所不至的伦理纲常扼杀了人的一切自由。尽管明清之际的王夫之、戴震曾呼吁解除强加在人身上的理学规范，但应者寥寥，无济于事。"五四"运动，三四十年代，也曾发出"人的解放"的呼声，但这微弱的呐喊根本没有撼动坚如磐石的封建意识。到了"文革"，由于封建专制的变相复辟，人的仅有的一点尊严、价值又都被毁灭了。粉碎"四人帮"后，人的价值、尊严和自由得到了重新确认。人的本质的重新发现，使文学也露出了生机。从刘心武第一次发出"救救孩子"开始，作家们便在小说中寻找真正的人，在呼唤着社会主义的人性、人情和人道主义。但是，由于因袭和重负，由于旧的观念的影响，文学界一部分作家还认为文学是一种有意识的活动。于是，文学便成了表达某种思想的工具，人物也就成了历次政治运动载浮载沉的附着物。因此，不少一时获得"轰动效应"的作品，时过境迁，便很快被读者遗忘。究其原因，在创作动机上，他们还是从社会学、政治学的角度来思考人，从艺术传达上来看，他们还停留在"生活故事化，人物性格化"这两个层次上，艺术的笔触还没有伸向人的深层心理结构，缺

---

① 见《文学评论》1988 年第 3 期第 7 页。
② 见《光明日报》1987 年 2 月 5 日苏华一文。
③ 《小说评论》1985 年第 4 期。
④ 《小说选刊》1987 年第 2 期。

少与读者心灵产生对应的共振点。

弗氏学说的再一次空前的传播，则使作家对人的认识产生了一个飞跃。人们从这里窥视到了：人的内心深处，充满了盲目、黑暗、无意识的冲动。善与恶、美与丑、光明和黑暗、渺小和伟大，一切世俗的、平凡的、甚至是病态的，都深潜在人的内心深处。

弗氏对人的研究和认识，尽管很大程度上还是从生物学的角度看问题，没有注意到人与社会、与文化的关系，但他对人的本质的全面论述，则使作家们找到了一把进入人的内心世界的钥匙，而受弗氏影响的西方现代派作品又为他们理解弗氏学说找到了佐证。他们的小说从写情节、写人物进入了"人物内心审美化"的多元化的发展阶段。作家们注意到了人的无意识领域，注意到了在表象掩盖下的人的复杂的内心世界。作家们从对人物外部行为的审美观照进入到人的内心的感觉、知觉、幻觉、想象、联想、情感冲突、意识流动等图景，注意到了以性意识为突破口来开拓丰富的人性内容。意识流小说、新感觉派、主观现实主义、魔幻现实主义、黑色幽默……尽管不同流派、不同走向异彩纷呈，但其共同点都表现在他们将人的内心世界变成文学的表现对象，表现在他们都注意到了人的本质的丰富性、复杂性和整体性。河南作家齐岸青的长篇小说《诱惑》中的"父亲"，既是一个传统伦理道德浸润的理想人物，是慈父，但又是一个具有农民式的狭隘、暴君式的蛮横、市民般的庸俗的复杂人物。这类小说，虽然还应归之于现实主义的流派之中，但他对人的本质世界的重新认识则使整部作品充满了现代意识。弗氏学说尽管还有某些主观性，不合理之处，但他对人的本质的阐述，则使我们的文学回到了"人学"的位置上来了。

（二）弗氏对文学创作产生于无意识领域的论述，指出了创作主体精神自由的决定作用，强调了作家的艺术人格和心灵自主性的重要意义。这对我们探讨创作心理，尊重作家的创作自由是一个启迪。

弗氏在《释梦》、《妄想与梦》、《创造性作家与昼夜》等专著中，揭示了文学创作是一种复杂的精神活动。他认为，文学创作是无意识中被压抑的愿望，经过作家浓缩、转移乃至升华，除去本能欲望中性欲的色彩，使之以社会可以接受的形式表现出来，成为一种"富有社会价值"的东西。弗氏在这里着重强调的是艺术人格中的"升华"能力。他认为："一个真正的艺术家，知道怎样苦心经营他的昼梦，使之失去那种刺人耳朵的个人音调，变得对旁人来说也是可供欣赏的。"（《精神分析引论》）弗氏关于艺术人格的"升华"学说，虽然还是建立在人的"本能"这种生物基础上，但他这种肯定文学创作是作家独特的精神活动的论述，对我们过去"左"的文艺政策是一个有力的反拨。

多年来，我们的文艺理论和文艺政策都强调作家要"为工农兵服务，为政治服务"，指定创作主题和题材，完全忽视了作家心灵的自主性、能动性和人格的独立。而文学创作是作家自由生命的结晶。如果让作家"戴着镣铐跳舞"，没有作家在审美观照上的选择性，在艺术知觉方面的需求性，在文学体验方面的情绪性，就没有文学艺术作品的个性和独创性。所有成功的作品，其中都饱含着作家主体的生命、热血与眼泪，包含着作家的气质、禀赋、习惯、趣味和迷狂般的热情。新时期小说创作出现如此不同风格、不同流派的百川奔涌的局面，是创作主体实践自由和精神自由的产物。评论家刘再复在描述这一时期的文学现象时曾指出："人重新占有人的本质，文学也重新占有文学的本质。文学的蝴蝶在现实与非现实的土地上与天空中又一次自由地飞翔……"

但是，前边已经谈到，弗氏认为文艺是被压抑的本能的升华的结果，过分强调了文艺创作中主体的个人动机，这是对整个创作过程综合考虑而得出的。相对于我们国家几十年来过分强调文艺作品是社会生活的反映，而仅仅是社会生活的反映而言，无疑是一个进步。不过，我们强调作家的人格自由和创作自由，并不是指作家可以不去反映生活，表现时代的发展，而躲进象牙塔去咀嚼一己之悲欢，去鼓吹纯粹的自我。我们希望的是作家能够通过自我的感受、体验、想象和理解去反映客观现实生活，避免从一个极端走向另一个极端。

（三）弗氏对人的复杂精神活动的揭示，为作家们建立了新的审视点，扩大了小说表现的领域，丰富了小说表现的手法。

小说创作中，刻画人物的心理活动，分析人物动作行为掩盖下的丰富复杂的心理世界，在中国的古典小说中，如宋元话本、《三国演义》里已初见端倪，到了清末《红楼梦》的出现，才有详尽的心理描写。"五四"以后，由于受西方19世纪批判现实主义作品影响，特别是受陀思妥耶夫斯基"心灵辩证法"的启示，不少作品已注意刻画人物心理，如鲁迅的《伤逝》等。但是这些心理描写，严格一点说，还仅仅停留在人物的前意识层，即可以回忆到的那些层面中。这些心理描写和心理分析都是在故事情节的发展中进行的，作家们是把它们当作小说表现的手段和技巧之一看待的。弗氏关于人的意识的三个层次的划分，揭开了人物内心最隐秘世界中瑰丽奇谲的图景。这对于作为创作主体的作家而言，不仅增添了一个认识世界、认识自我的窗口，而且多了一个审美观照的领域。作家们既可以直接展示人的无意识层中丰富的感觉、知觉、想象、幻想、情感流动以及本能，又可以借用这种意识流动的现象，来描写现实生活中往往同时发生而又转瞬即逝、无逻辑、无因果、无秩序的综合现象。这样，小说便打破了过去那种理性和逻辑的秩序以及单线条发展的叙事结构，呈现出一种多向思维的立体化格局。王蒙在创作了少量的现实主义小说之后，马上将笔触伸向了无意识领域。他的一系列作品，如《春之声》、《布礼》、《蝴蝶》、《深的海》等，都显示了人的意识流动的过程，为新时期小说接纳外来影响起到了先锋作用。之后，不同流派，不同风格，不同艺术手法从事小说创作的作家，吸收、转换、发展了这种表现手段，丰富和拓展了思维范围。莫言的《红高粱》、《透明的红萝卜》等一系列小说，吸收了这种意识流语言，在追踪人的心理活动的同时，又不断诉诸人物生理上的感受，把味觉、嗅觉、听觉、触觉和视觉带来的印象和外在世界联系起来，形成了具有个性特色的主观现实主义的小说风格。戴厚英在谈到她那本在国内产生较大反响的《人啊人》一书的写作时说："我把全部精力集中在对人物的灵魂的刻画上，暴露出小小方寸里所包含的无比复杂的世界。我吸收了'意识流'的某些表现手法，如写人物的感觉、幻觉、联想和梦境。"苏叔阳在小说《故土》中，刻画了中年女知识分子袁静雅复杂的内心世界，写出了她的"本我"、"自我"和"超我"的多重情感冲突。

与此同时，有些小说家不仅运用弗氏学说分析作品中人物的精神世界，而且有意识地剖析自我的内心深层图景，毫不留情地袒露出灵魂的起初面目。他们如惠特曼所唱的，"我赞美我自己，我歌唱我自己"。在小说中，作家要么以"我"的身份直抒胸臆，表现自己的感觉、嗅觉、味觉以及本能的冲动，如王蒙的《春之声》，陈村的《死》，阿城的《遍地风流》，张承志的《北方的河》等；要么假托一个人物来代替自己，如张贤亮的《初吻》、《绿化树》、《男人的一半是女人》等。但这些小说中，作家理性的思考还始终是清醒的，到了张洁的一系列小说中，"我"则以一种非自觉状态进入了情节之中。这里，作家虽然还未出场，但读者已经从作品的深层结构中悟出了作家无意识中的"本我"。已经有论者指出，张洁的一系列小说，皆明显表露了自己性意识中的"恋父情结"。她的《爱，是不能忘记的》、《波西米亚花瓶》到《拣麦穗》、《沉重的翅膀》中，爱情的双方皆是一个"老夫少妻"的模式。究其原因，她在幼年时，父亲就遗弃了她的母亲。这是她人生的一个缺憾。所以，在她的无意识中，便渴望着有一个慈祥和蔼、正直睿智的父亲。所以从她的笔尖下不知不觉流出了这个埋藏在心底的秘密。

当然，也有一些作家由于认识上的局限，对弗氏学说缺少辩证的科学分析，在创作实践中，过分迷恋于弗氏所描述的那种生物本能，为写性而写性，大胆展览有余，严肃描写不足，作品缺少一定的审美意义。如晓剑的小说《玫瑰与宇宙之筏》，便表现了一个所谓充满着性冲动的原始山寨。这里任何一个小竹屋的女人都渴望着男人。在这个氏族的女人看来，凡是漂亮的女人都会有很多男人，有很多男人的女人才是幸福和骄傲的。莫应丰的《一个女人和两个男人》更细致地描写了一个因丈夫性无能而饥渴的女子如何毫无顾忌地扑向一个健壮男人的怀抱的故事。还有把性饥渴的寡妇和发情的母猪采取共时结构放在一起去描绘的小说。诚然，对待性的态度，是人性解放程度的标志，是有关生命存在方式、生命意识的问题，但是，如果过分强调了性本能和野性的情态、野性的性心理状态，忽略了人性中所积淀的社会的、道德的、民族的传统文化心理，没有表现出肉体交融时那种情感的升华，这便导致把人的性爱沦为动物也具有的生物本能上。鲁迅先生曾讽刺道："弗洛伊德恐怕是有几文钱，吃得饱饱的罢，所以没有看到吃饭之难，只注意于性欲……"连赞同弗洛伊德文艺观的日本文艺理论家厨川白村也说："我的最觉得不满意的是他那将一切都归在'性底渴望'里的偏见，部分底单从一面来看事物的科学家癖。"

同时，还有个别作家在创作中过于专注于弗氏所描述的人的无意识中非理性的本能冲动，将目光集中在精神病患者才有的变态心理，呓人说语般的梦魇上。作品中情节和人物的行为扑朔迷离，无因果，无逻辑，无现实生活的投影。作品中流露出一种玩世不恭的世纪末的感情，究其实，内容和形式都不过是对西方现代派文学的一种简单模仿。湖南有一位年轻的女作家，几乎所有的作品都在写白痴、神经病患者、性变态者，写阴谋、奸情、残杀、自虐狂。在她所描绘的世界中，仿佛如临世界末日。如果我们持一种宽容的态度，这种艺术上的追求我们可以允许存在，但也不必当海外有人吹捧时，我们便奉此为圭臬。我们当总结历史的教训，不应为了廉价的自我满足而忘记作家肩上的使命。

总之，弗洛伊德精神分析学说是人类文明的结晶，我们应当用辩证唯物主义的观点予以剖析和扬弃，吸收合理的内核，总结它对新时期小说所带来的利弊得失，使我们的文学事业在东西文化的互补中获得不断的进展。

（原载《中州学刊》1989年第1期）

不同凡响的艺术魅力

——读二月河长篇历史小说《雍正皇帝·九王夺嫡》

历史小说，尤其是描写帝王行止的小说，容易让人联想到宫闱秘闻，联想到"传奇"、"演义"之类，何况这部小说是以章回体面目出现，何况作品写的是雍正皇帝登基这个千古难解之谜。作者无疑给喜欢猎奇的读者增加了几分诱惑，给所谓沙龙里的阳春白雪一个不屑的借口，然而，当我撩开这道沉重的历史帷幕，呈现在眼前的，不仅仅是紫禁城里的红尘脂粉，不仅仅是众阿哥逐鹿的政治风云，令我手不释卷的是字里行间传递出的人生感悟，审美鉴赏时的巨大精神愉悦。这不可抗拒的艺术魅力，促使我在这尊艺术精品前流连忘返。

魅力之一：栩栩如生的人物形象

一部作品能够传之于世，并且能给不同时代不同国家不同民族的读者带去情感震撼的，是它的美的力量。而在小说这种文学样式中，由于基本审美对象是人物形象的塑造，所以作品的审美价值更取决于人物形象的成功与否。作家只有通过人物形象的塑造，才能寄托自己的审美情感，表现独特的审美理想，并进而以美感形式去满足欣赏者的审美需要。历史小说也概莫例外，它也只有以人为中心，表现人去如何推动、铸就历史，才能对历史作出准确的审美把握，也才有美的力量去撞击读者的心扉。长江文艺出版社出版的河南作家二月河的长篇历史小说《雍正皇帝·九王夺嫡》（以下简称《雍正》），便是通过一批栩栩如生的历史人物形象，引导读者走进历史的深宅大院，在波谲云诡的历史风烟中去观照人生，并继而理解现实。

邬思道，是这场夺嫡之争中并未正面出场的人物——四阿哥胤禛（即雍正帝）的一个智囊，一个落魄江湖的残疾文人，然而在作品中，作家倾注了全部的情感，塑造出了一个儒家知识分子的理想人物形象。

他本是"无锡有名的才子，中秀才举人都是头名"，然而命运不济，南京春闱却因主考官收受贿赂而"忝列副榜之末"。他"拉硬弓不肯撞木钟"，率四百举子大闹贡院，被朝廷以"正犯"通缉。逃亡路上，被水匪打折了两条腿，蛰居道观多年，遇赦方返乡。投奔早已将女儿许配给他的姑父，又险些遇害——可谓"路修远以多艰兮"。但他虽命运多舛，可中国传统知识分子那种"达则兼济天下"的理想并未泯灭，入皇四子胤禛府后，决心结草衔环以报知遇之恩。他"朝夕赞襄"，分析时局，为让胤禛赢得皇帝信任，粉碎其他阿哥的阴谋，并坚定胤禛夺嫡信心，他殚精竭虑，运筹帷幄，显示了"士为知己者死"的忠贞。雍正帝登基之后，他深知"与天子交，共患难易，共享乐难"，自请隐退，去做白云野鹤。

从邬思道这个悲剧人物身上，我们不难体味到作家所灌注的一个中国知识分子的情感体验。这里既有古往今来中国知识分子"自古圣贤皆寂寞，惟有隐者留其名"的慨叹，但同时又突出了人物悲剧性命运中积极入世，以天下为己任的人生态度。作家把握住了这个精神内核，给予了艺术的弘扬，深化了形象的悲剧意蕴。

皇四子胤禛是活跃于政治舞台上的另一个关键人物，他和邬思道是夺嫡之争中互为表里的重要对象。作品多侧面、全方位地刻画了这位天璜贵胄的阿哥性格的多维性、发展性和层次性，为我们塑造了一位有血有肉的从皇子到皇帝的形象。

胤禛是康熙帝的第四个儿子，因生性冷峻，京师里人称"冷面王"。他师从于大学士张英、尚书顾八代，又同僧衲为友，儒、佛学均有根基。做贝勒时，便办事认真，事无大小，均恪尽职守。如清查库银，整肃吏治，显示了他的政治才干。同时，他体恤下情，怜悯孤弱，如安徽治河，赈救灾民，人市上收留狗儿坎儿等。当然，作品主要在那场生死攸关、错综复杂的夺嫡之争中，有层次地刻画了他的个性特征。

在谋取皇储地位的斗争中，胤禛工于心计，善于伪装自己。如他在康熙帝二度废除太子胤礽之后，决心参加储位的角逐，争取"不世之荣"。但在父皇面前，却装扮成一种"和光同尘、与世无争"的态度。在送呈父皇审看窗课时，他有意录那些恬淡闲适，无意功名的诗言志。因为他很清楚，父皇虽年岁已高，但不希望活着时被儿子夺去皇位。太子胤礽是一例，胤禛结党保荐立自己为储未成又是一例。他清楚，自己若表现愚蠢，必然被看不上；如聪明外露也会被认为有野心。为此，他表现出有耐心，又不露痕迹。在处理与兄弟、朝臣、藩属的关系上，他尽量笼络团结。如对待废太子胤礽，他揣摸出父皇是恨铁不成钢，当胤禔等人投井下石之际，他却代为被囚的胤礽传话给康熙帝，被父皇认为他有伟人度量。在处理胤禩门人任伯安私建档案一事中，他一方面巧设骗局缴获档案，一方面待档案运到胤禩等人面前时，却下令烧毁，达到了"既为香客又拆庙"的效果。等康熙帝闻讯震怒，严令查办时，他却侃侃陈词，"萁豆之火不燃，则兄弟相安；党争之氛不起，则朝局相安"。威慑了胤禩，抛开了太子胤礽，又给父皇留下了办事精明、深谋远虑的印象，可谓一石三鸟。但作品中又注意到写他阴险狡诈、心狠手毒的一面。如他对其党人严厉控制，不容对他不忠。年羹尧回京未先到他府上，胤禛耿耿于怀。他做四川提督，胤禛派李卫私下监督。江夏镇遭焚，几百口子人丧生，仅仅为的是查找任伯安私设的档案，他闻讯无动于衷。特别是他登基之后，害怕过去夺嫡计谋被人泄露，有损天子"光明正大"的龙颜，便决计杀人灭口，把协助他夺嫡的谋臣干将一网打尽。

除此之外，像文治武功，具有雄才大略的康熙帝；才学出众，受朝臣护戴的胤禩；连被胤禛从人市上收留的几个孤儿，都写得生动形象，个性鲜明，读后让人难以忘却。

魅力之二：摇曳多姿的情节设置

情节，作为小说的要素之一，不仅是时间流程的一种标志，更重要的，它是人物性格成长和构成的历史。因此，性格的逻辑性和情节的逻辑性有着必然的联系。性格作为人物行为的动机表现得愈鲜明，那么，小说情节也就会愈生动。也就是说，艺术情节的有机设置，即它的表现形式的生动活泼，又为人物性格刻画奠定了基础。《雍正》中，吸引读者、搅动读者情感波澜的不仅仅是栩栩如生的众多人物形象，还包括负载人物形象的摇曳多姿的故事情节。

说到情节，近年来某些自诩为"先锋派"的作家理论家把情节性小说视为"通俗文学"、"低层次"，认为写心理流程，表现人物"内宇宙"的小说才是"纯文学"，这实际上是一种偏见。且不说文学发展的阶段性，不说民族审美心理的习惯，单就情节设置而言，便有高下之分。如果情节具有一定的美学价值，能够调动读者多方面审美感受，即使有情节，也同样不失为一种高品位的艺术品。中外文学史无不证明了这一点。《雍正》一书的作家，可谓深得中国小说情节美学的三昧。

　　夭矫变幻，跌宕腾挪，是这部小说情节设置的主要美学特色之一。尽管主要矛盾冲突在康熙帝二废太子之际才惊涛大作，但故事从胤禛、胤祥自安徽返京时，已经潜流暗涌。"讨没趣溜须碰硬壁，恶作剧拍马踏筵席"是冲突的第一朵浪花，接着清查库银，催收欠账，那班封疆大吏和阿哥们四处发难，冲突双方便有些剑拔弩张了。康熙帝一废太子引发了夺嫡之争，大阿哥胤禔进密言落井下石，魇魅太子，胤禛、胤礽、胤祥被拘囚，掀起了情节的第一个高潮。推举新太子，众人举荐八阿哥胤禩，矛盾余波荡漾。待到二废太子，双方冲突便白热化了。胤礽、胤禩、胤禛三派都积极谋取皇储地位，紫禁城中，杀机四伏，康熙帝驾崩之机，雍正帝险胜。整部小说的情节波澜迭起，一波刚平，一波又起，层层铺垫，推举高潮。读者被一个又一个险象环生的情节冲突紧紧攫住，探幽寻微的期待渴望心理随着矛盾的展开而尽情驰骋。

　　但我们所称道的本书的情节设置，并不是以奇险取胜，靠偶然性因素去推动情节链的那种缺少思想性和艺术性的安排，而是社会生活，人物的性格特征在特定时期的必然发展。试想，如果康熙帝不是年事已高，如果不废除太子，这场夺嫡之争何以会出现？胤禛又何以会萌生登龙志呢？作家正是把握了整个系统的整体和诸元素的构成秩序，全面地对形成情节的政治、经济、文化、社会心理诸种因素统摄思维后，才决定情节的发展走向。如太子一废再废，看似偶然，实则是诸处矛盾的集中反映。胤礽结党谋位，抢班夺权，且又私与贵人郑春华私通，待兄弟不仁不义，康熙帝盛怒之下给以废除。但之后胤禩、胤禔公开结党谋求储位，互相倾轧，康熙帝感到事情的严重性，待他知道太子昏昧是因妖术淆乱之后，终又将胤礽复位。但胤礽复出后旧病复发，继续结党营私，并打击那些未拥戴他复位的朝臣，结果康熙帝再度废黜并圈禁了他。这里，太子被废是矛盾爆发的导火线，但又是父子相疑，兄弟相疑的必然结果。所以全书尽管情节跌宕起伏，密度较大，却尽在情理之中。

　　不过，《雍正》尽管情节曲折，矛盾冲突尖锐，但也不是一味的"飞涛连山"，满纸金戈铁马，密不透风。这里既有飞涛连山的阳刚之美，又有涟漪荡漾的阴柔美。作家像一位善于演奏的音乐大师，注意整部作品的情节艺术节奏，做到了张弛兼济、疏密相间、浓淡适宜、起伏有致。

　　第六回写邬思道投奔姑父金玉泽，以便和表姐金凤姑完婚。他腿脚不便，几经辗转赶到北京。先写家人见他那身打扮不通报，门前众人取笑，这是一抑。待见到姑父，虽暗喜，但姑父绝口不提亲事，心中生疑，这又是一抑。小憩后见到表姐母子，万念俱灰，邬思道情绪跌至低谷。正要走时，姑父和表姐夫返回，不好过于勉强，只得又留下陪二人饮酒。表面上三人尽力周旋，暗地里表姐夫设计借刀杀邬思道。剑拔弩张之际，写姑姑陪嫁丫头兰草儿雨夜报信。风雨之中，两情缠绵。他逃至大慧寺，与李绂等人闲论时艺，又写李绂假冒大学士张廷玉之子好友哭灵，正淋漓尽致之时，写姑父派人来捉他，气氛顿时又为之紧张，使读者的情绪为之不断变化。像这种"笙箫夹鼓、琴瑟间钟"（毛宗岗语）的情节安排，作家把握得十分妥帖。小说中类似的处理随处可见。如第二十五回写康熙帝巡幸热河，有人假冒太子手谕调凌普率兵进驻行宫，大内波浪翻涌，众阿哥在正殿跪候。康熙帝震怒之余，穿插了何柱儿按摩，胤祉吟诗一节。

> 一切安置停当，何柱儿已经过来，在幽幽闪动的烛影里，轻轻给康熙从脚到胸缓缓揉摩。无尽暗夜中，风雪呼啸声里，殿里格外的安谧恬静。胤祉一首接一首舒缓地背诵着：尔从山中来，早晚发天目，我屋南窗下……

但正在这"温柔旖旎"之际，笔锋一转，又写胤礽太子闯宫，激怒了康熙帝，康熙帝雷霆大作，决计明诏废黜太子，又将父子矛盾推向了高潮。

魅力之三：浓郁的文化氛围

有些历史小说，可能由于作者创作准备不足，历史知识和文化知识欠丰厚，尽管情节曲折，人物也很有个性，但读后总让人感到干瘪而少有生气，仿佛是一个青春销蚀的美人，仿佛是一个穿着古典服装的现代人，给人以遗珠之憾。《雍正》的作者二月河，涉足文坛前曾致力于研究《红楼梦》，对清朝政治、经济、文化颇有研究，对中国古典小说《红楼梦》的艺术特色是烂熟于心，本书文化氛围浓郁，生活气息逼真，充分显示了作家的优势。

首先，作家注意运用细节烘托时代氛围。上至清朝的典章制度、宫廷建筑、饮食服饰、礼仪乐律，下至勾栏瓦舍、寺庙堂肆、市井风光，从皇帝、众阿哥到家仆奴才、女伶歌妓、强盗土匪、和尚道士，诸种自然、人文景观均细细写来，读后让人如身临其境。如本书开篇写扬州虹桥一带风情，具体全面，将当地风味小吃、店号专长一一道来，勾画出了一幅具有鲜明时代特色地域特色的风俗画。再如第八回写畅春园：

> 过了清梵寺，远远便见龙吟凤啸、碧沉沉郁苍苍一片茂林修竹，园门的左右各一彩坊，五色绵缛彩墙顶上虬盘葛缠、枝桠交错，恰结成"万寿无疆"字样，藻须长垂下接于地。流水双闸旁，大门金漆红柱上，极精神一笔颜书楹联……

由于细节描写细腻具体，皇家胜苑环境布局、气势氛围跃于纸上。另如第三十一回，写康熙帝按北京民俗，每天在养心殿后墙楠木框里的宣纸上，用朱笔每天一画，待九九寒尽，批出"亭前垂柳珍重待春风"九个大字的细节，作家也没有遗漏，不仅烘托了时代氛围，而且恰到好处地用来表现康熙帝对待初废太子的态度。其次，作家注意通过语言来渲染历史文化氛围。作品中，无论是叙述语言，还是作品中的人物语言，都恰到好处地运用文白相间的句子，表现出一种典雅庄重的书卷色彩，与时代背景、人物身份有机结合，更加符合历史小说的审美要求。如第九回写康熙帝出场："康熙皇帝略一点头，脚步橐橐从容而入，本来议论风生的佩文斋变得鸦雀无声，走来走去的太监们也都控背躬身，一声咳痰不闻。施世纶突然一阵紧张，感受到咫尺天颜和天威不测的双重压迫。"康熙帝的威严，大臣的恭敬，宫廷中肃穆紧张的气氛和盘托出。再如人物语言："我这酒，取粟于颜渊负郭之田，去秕于梁鸿赁春之臼，量以才斗，盛以智囊，浸于廉泉之水，良药为曲，直木为槽，以尧之杯、孔之觚酌之。所以饮此酒，清者可以为圣，浊者可以为贤！你的酒不同，乃是盗跖之粟酿成，取贪泉之水，王孙公子烧灶，红巾翠袖洗器……"句子短促有力，典故如一线穿珠，邬思道的才情和他痛斥扬州太守车铭的激愤之情跃然纸上。

另外，作家还大量运用诗词歌赋来点化历史文化氛围。据初步统计，有38处之多。这些诗词歌赋，大多是作者创作的。由于他的古典文学修养颇有功底，除少数诗词推敲欠妥外，大多数诗词用典合辙，平仄声律无懈可击。这些诗词，有些用来刻画人物性格，有些用来讽喻警诫，大多数用来描绘烘托当时的生活气氛。如第三十七回写胤禛为淆乱众兄弟耳目，让胤祥带人去搜查任伯安的私档，便与众兄弟在园子里命题联诗作对。第二十九回、三十回写胤祥听歌伎演唱，写出了歌伎对胤祥的痴情，也点化了众阿哥们美人侑歌，花天酒地的贵族生活特点。这些诗词的平仄格律个别地方不够准确，虽然是一遗憾，但并未影响情节的流动与人物的刻画。

魅力之四：历史真实与艺术真实的有机统一

有论家认为，历史小说的危机在于作家没有摆脱开历史阴影的笼罩，因而小说成了历史加文学的一种公式。这实际上也是一种偏见。如果历史小说脱离了历史的过程，或仅仅把历史作为作料，那作品也就失去了题材本身的优势。当然，历史小说应当在历史真实与艺术真实上达到有机统一，描述重心应当放在人物的命运而非历史的过程上，《雍正》一书的作家在这方面做了较好的努力。

雍正帝继承康熙皇位这段史实，曾是清宫前期三大疑案之一。改诏说，篡位说，继位说莫衷一是，众说纷纭。作家在分析大量史实的基础上，从胤禛的个性特征入手，肯定了在当时的背景下，胤禛是遵照康熙帝遗嘱合法继位的。因此，小说是在这种基础上，描写在诸皇子之间不同政治派别的倾轧中，胤禛如何工于心计，因势利导，获取皇位的。

当然，尽管《雍正》一书大的情节遵循了历史走向，但有许多情节和细节作家根据艺术规律给以了虚构与想象。如胤禛在决心参加储位角逐之后，史书记载，是他的属人，福建道员戴铎来信说武夷山道士算定他是"万字命"，减少了他谋位不合法的精神负担。而小说中却写是邬思道"说天命"，假称宋元星相家推演先天术数，论断后世兴衰，"有一真人出雍州"，鼓励胤禛"天予弗取，反受其咎"，这对于坚定胤禛夺嫡信心起了作用，也表现了邬思道忠于主人的态度。再如小说中贺太医携带明矾书信一案，史书记载是胤礽党人贝子苏努指使其侄辅国公阿布兰出面告发的。为了刻画胤禛善于玩弄权谋，小说中写是胤禛发现，唆使胁迫贺太医揭发的。

小说中的另一个重要人物邬思道，是作家理想的化身。史书记载，胤禛府中只有清代考据学开创者之一的阎若璩，阎并不是胤禛谋取皇位的参与者。作家虚构的知识分子邬思道，却是他成功谋取皇位必不可少、举重若轻的关键人物。也许作家过分酷爱这个人物了，邬对时局的分析，世事发展的推测和判断，几乎超过了常人，有"神化"之嫌，这样，无形中削弱了胤禛性格的力量。在人们眼中，胤禛处处受台后邬思道的牵制，台前的胤禛，仿佛仅仅是邬思道的代言人。同时，小说的节奏也有前后不够匀称之感。胤禛、胤祥回京之前，似感拖沓。如将这些情节穿插其间，那样会紧凑些。我们相信，凭二月河丰富的创作经验和严谨的创作态度，《雍正》的后两卷一定会以更加深刻的思想性和完美的艺术形式展现在读者眼前。

（原载《小说评论》1992 年第 2 期）

诗化的历史小说王国
——读赵玫的唐宫三部曲

　　一个又一个风情万种或温柔或刚强的女性，一个又一个缠绵悱恻旖旎多姿的爱情故事，一次又一次生与死的交替演绎。唐宫的风云在女作家的笔端旋转，女性的呐喊从历史的深处响起，从 1993 年开始，以先锋写作激情倾诉而著称的女作家赵玫，开始涉足中国历史上国力最为强盛影响最为深远的唐王朝，截至 2001 年 1 月，她先后推出《武则天》、《高阳公主》、《上官婉儿》①三部以描写唐宫女性为主人公的长篇历史小说。这些历史小说以其独特的审美追求，富有个性的艺术特色，丰富了我们历史小说创作的天地，开阔了历史小说创作的视野。本文试从赵玫三部历史小说的文体特征入手，探讨其美学特征与艺术贡献。

一

　　赵玫曾经出版了《世纪末的情人》、《朗园》等多部长篇小说，但这些长篇小说都是以当代人的生活为描写对象，唐宫女性三部曲则是赵玫首次涉足历史小说创作。赵玫写作历史小说的缘起，据她本人讲，是张艺谋计划拍摄一部以武则天为对象的电影，在朋友的鼓励与唆使下，她和国内几位作家应约而写。电影上映与否不得而知，但赵玫的《武则天》不仅让媒体热闹了一阵，而且为历史小说的文本试验提供了一种可能与示范。

　　赵玫是一位敢于挑战自我，勇于创新的作家，仅仅因为武则天是一位"惊天动地的女人"，仅仅因为这挑战具有刺激性，她就与对方"签了约"。但赵玫并不是那种"戏说"历史小说的作家，也不是那种"新历史主义"理

---

　　①《武则天》上海古籍出版社 1998 年第一版，《高阳公主》中国青年出版社 1996 年第一版，《上官婉儿》长江文艺出版社 2001 年第一版。

论的实践者，她怀着对这位非常女性的无限崇敬与向往，拂去历史的灰尘，在枯燥的故纸堆中，研究了所要描写的历史人物所处的时代的政治制度、文化意识、人文景观、风俗民情，以及服饰、建筑的特点，特别是对历史人物之间的关系及历史事件的来龙去脉，作家耗费了大量的时间加以考证、梳理。她甚至带着十岁的女儿，长途跋涉，去寻觅武则天的足迹。赵玫在小说的前言和后记中分别写道："从5月到7月，我翻阅了大量关于武则天的历史资料……7月，当那个'流火'的夏季降临，我又开始追寻女皇的踪迹的旅程。从洛阳，到长安，凡是这个女人曾驻足的地方。""无数的阶梯，漫漫的古道。我感受着她，聆听着她。知道和理解她为什么这样那样，又为什么不这样那样①。"经过四年的努力，赵玫以"自己的方式"完成了武则天为才人为帝妻为人母为女皇的奋斗历程与心路历程。因为创作《武则天》而做了大量的准备，其间她又认识并深入了解了高阳公主、上官婉儿这样一些非常优秀的唐宫女性。于是，赵玫用女人的心灵感应、并用娴熟的笔触演绎着三位唐宫女性轰轰烈烈的历史。

拥有了历史，了解了三位非凡女性的命运，但赵玫怎样来驾驭历史，用文学来表现这些女性丰富的内心世界以及心灵的可能性，表现她们生存选择的可能性呢？一般意义上的历史小说，必须是在依据史实的基础上运用小说艺术复制出特定的历史情境，创造出新的艺术形象。如雨果的《九三年》，乔万尼奥里的《斯巴达克斯》；再如罗贯中的《三国演义》，施耐庵、罗贯中的《水浒传》；当代历史小说中，如姚雪垠的《李自成》，凌力的《少年天子》，二月河的"清代帝王系列"，他们都是在历史的大框架中，通过塑造艺术形象，创造历史的特定情境与氛围，复活特定时代的社会风尚与人物的行为方式，艺术地再现那段历史的。

但赵玫没有选择"历史加小说"的创作思路，也更不愿"戏说"历史，她也没有按照从西方舶来的"新历史主义"观念创作历史小说。赵玫是以自己对历史独特的审美观照与艺术表现，创造一种属于自己的审美风格的历史小说。

---

① 《武则天》563–565页，上海古籍出版社1998年版。

二

赵玫又是怎样复活唐宫的三位女性及其那个时代呢？赵玫在谈到自己的历史观和创作体会时曾说道："我不想在重塑历史的时候重陷历史的泥潭。我必须摆脱那种貌似正统公允的男权历史的圈套。为什么古人的论断就一定是不可逾越的呢？我应当拥有一种批判的意识革新的精神……我的方式使我在创作中充满了激情。最最令我兴奋的是历史的话题所带给我的无限创造的空间。①"所以，赵玫"尽力从一个女人的角度去诠释她"。那就是女人对于爱情的执著，对于生命之流的感悟，作为女性这种性别的幸与不幸，为争取生存权而斗争时女人的智慧与才能。

作家小说中所写到的唐宫中的三个女性，都基本上是同一个时代的超尘绝俗的杰出女性。他们生活的时代，是公元 627 年至公元 701 年间共 74 年间发生的故事。这些女性，无论是为了实现自我的价值还是追求生命的自由，都是无所顾忌勇往直前哪怕舍弃生命与权力。

武则天 14 岁进入宫中，还在不知道爱与相爱时就被已经衰老的皇帝宠幸，而后为了争宠用尽了心机，与后宫的佳丽展开了殊死的搏斗。尽管她已经成为作为父亲的太宗的才人，但最终又成为儿子的皇后，并最终登上龙庭执掌了朝廷的权柄。高阳公主是大唐皇帝李世民的一个千娇百媚的女儿，一个为爱而来到这个世界上的女子。她与禁规中的和尚辩机相爱，与丈夫的兄长相爱，与同父异母的吴王恪相爱，与道士李晃相爱。她爱到极致，爱得疯狂，她要将性的主动权从男权社会夺回，实现人性的真正解放。上官婉儿是一位富有才情但又身世不幸的女子，她出身名门但降生即笼罩在血光之中。在屈辱中她学会了隐忍，学会了用智慧去周旋去搏击。她终身既尊重又痛恨着执掌着她生杀大权的武则天，她虽不秉国但在幕后操纵着整个王朝的命运。她有着一个少女的爱情梦幻，但现实迫使她在灵魂之爱与世俗之爱中选择，以至于后人把她与淫乱联系在一起。在几乎是毕生的自我保护的战斗中，她试图把自己的身体化为一座桥，努力用以抵达生命的彼岸。

美丽高雅且富有才情，渴望自由不懈地追求人性的全面解放，是赵玫笔下三位唐宫女性的共同特点。她们在世俗的社会里沉浮但又始终在精神长河

---

① 《武则天》上篇。

里徜徉，她们身受传统的束缚但又不惜全身心地向旧我挑战。她们驾驭着有限的生命之舟去寻找超时间的永恒之美。在权力、阴谋、命运的挣扎中，女性的青春与美貌如三月的桃花一片片陨落，随着时间的流逝，夜露一般的个体生命化为了永恒，并化作了作家笔下一片诗意的风景。

所以，从作品中我们可以看到，赵玫的历史小说勿宁说是叙事文本，不如说是兼有叙事文本和抒情文本特点的有机统一体。这种统一不仅表现在"量"上，更表现在"质"上。所以，从美学和文艺学角度上来看，赵玫的小说是最具有诗意的历史小说。赵玫通过自己情感的投注，对历史的体察和想象，营建了具有自己独特审美风格的历史小说王国。

我将赵玫小说界定为"诗化的历史小说"。

三

"诗意"本来是一切优秀文艺作品都具有的特质，如王维的诗和画，人称"诗中有画，画中有诗"。从文艺学和美学的范畴来看，在作品中，诗意是超越于作品的形式而存在于作品中的富于美感的意象和情趣，是流动于作品中的人类共同情感。当然，也有一些小说是用诗歌的形式来写的，人称"诗体小说"。文学史上比较著名的有拜伦的《唐璜》和普希金的《叶甫根尼·奥涅金》，我国唐代白居易的《长恨歌》、《琵琶行》，明代吴梅村的《圆圆曲》也都是具有一定艺术性的诗体小说。但这些"诗体小说"共同的特点是他们不仅具有故事性，并且是分行写作，中国的诗体小说还要讲究平仄与押韵。

赵玫的小说显然不属于诗体小说，如前所述，赵玫是构建了一个属于自己的诗化的历史小说王国。她的历史小说都具有深邃的历史感，注意把握历史的走向，注意历史的生动性与真实性。她注重人物命运的跌宕起伏，并深入剖析主人公复杂丰富的内心世界。她考虑长篇小说读者的阅读期待，注意根据史实编织引人入胜的故事情节，并且，她采用叙事文本都使用的散文化的写作方式。但我们看到，赵玫区别于《雍正皇帝》的作者二月河，区别于《曾国藩》的作者唐浩明，区别于《白门柳》的作者刘斯奋之处，则在于她的审美观及贯串在唐宫三部曲中的哲学意蕴。

首先，从选择的描写对象本身，作家的笔触着重选取三位美丽且富有才情的非常女性。围绕三位女性的命运，"探讨一种人性的可能性，心灵的可能性，以及历史人物生存选择的可能性①"。在中国文学的传统中，除了明末出现过潘金莲这种狠毒淫荡的女性形象外，无论是崔莺莺、祝英台、林黛玉，还是妓女杜十娘、陈圆圆、李香君，都是作为美的化身美的使者出现在文学作品中。正如《红楼梦》中所言，"男人是泥做的，女人是水做的。"香草美人，冰清玉洁，作家身为女性，尽管时空相隔遥远，但在性别上有一种天然的沟通。所以作家理解了武则天，理解她为了权力与爱情而不惜杀掉一个又一个亲人，理解了高阳公主性的放纵，理解了婉儿为什么会委身于武三思而不能自拔。这些女性在作家的笔下无论是形体还是灵魂都是纯美而高洁的，都被笼上了诗意的光环。

其次，在小说中，作家还特别以女性特有的感知与体味，以纤细的笔触，工笔重彩描绘三位女性丰富的感情世界。作家在《武则天》"中篇"的开头写道："我在浩莽的大山大河之间，在苍翠的松柏之间，想着她。我觉得我不仅仅应当崇敬她，还应当以一颗女人的心去理解她，感觉她，触摸她。"所以，她写出了武则天对初夜的向往与恐惧，对高宗李治的钟情，对高大英武的薛怀义的痴迷，对张氏二兄弟的宠爱。高阳公主的故事更是一部爱的历史。她特殊的社会身份与强烈的性欲，造成了无数爱的悲剧。她与新婚丈夫哥哥房遗直的初夜，与和尚辩机惊天动地的私情，与堂兄吴王恪疯狂之爱。上官婉儿与皇太子兄弟纯真的感情，与武三思的世俗之爱，与崔湜的灵肉相依。这三位女性无论是精神之恋还是世俗之爱，是生理的需要还是放纵淫欲，作家都给予了理解与同情。在作家的笔下，女性的性解放是女性觉醒的标志，是对男权社会压迫的反抗。所以，高阳公主受父皇之命嫁给那个功臣之后房遗爱后，新婚燕尔却爱上了有儒雅之风的丈夫哥哥房遗直。为此，高阳献上了自己的初夜。对此，作家给予了同情，她用充满温情的笔触写道：

> 房遗直和高阳公主骤然间紧紧地拥抱在一起。房遗直的激情像奔泻的洪水，他拼力将高阳那柔软的身体紧紧地抱在自己的怀中，拼力地上下抚摸着高阳的青春的肌肤。他已不能控制自己。他已顾不上高阳是谁，而他自己又是谁。他抱着高阳。他亲吻着她。他们喘息着，颤抖着。高阳在房遗直的怀抱之中慢慢变得酥软，仿佛要晕倒了一般。（《高阳公主》41 页）

---

① 《诗化哲学》11 页，刘小枫著，山东文艺出版社 1987 年版。

在终南山上，高阳邂逅了和尚辩机，在小草庵中，她用女性的胴体引诱辩机，作者在这里用诗的语言叙述了这一切："她又脱去内衣，卸去头钗，最后，只剩下了那个完美的赤裸的身体。""她的肩。她的背。她的柔软的腰肢。她的修长的腿……""她走过去那妩媚的姿态就像是浮在水面上。"作家并且站出来为高阳这种行为辩护："那怎么是那个尘世女人的过错呢?"（《高阳公主》83 页）

作家赞美爱，赞美和谐的符合生命本质的性。正如诗人里尔克在《杜伊诺哀歌》附录中所写的，"我们最深的销魂的每一时瞬，都使自己摆脱了时间的延续和流迁。"对有限的生命而言，只有爱能够给她或他永恒的自由，给予他们无限的意义。在《高阳公主》中作家如是说，在《武则天》、《上官婉儿》中也是这样用诚挚的宽容的态度刻画女主人对于爱和性的态度。

除了爱与性，死亡在作家的眼中也充满了诗意。"辩机被拦腰斩断的身体抽搐着。那抽搐的姿态使人想到一个男人趴在一个女人身上那最后的抽搐。原来死亡也是一种兴奋。"（《高阳公主》4 页）当吴王恪即将被禁军处死前，高阳去探望这位同父异母的哥哥。在士兵急切的拍门声中，高阳"不顾一切地脱下了她的丝裙……她终于赤裸地站在了恪的面前，就像十几年前，站在山野间那片碧绿的草丛中。""终于，她听到了男人急促的喘息。那喘息让她觉是她已享尽这人世间的幸福。"因此，高阳感觉"我便真的是死而无憾了"（《高阳公主》403 页）。最后，高阳公主在挚爱的人的面前殉情自缢，恪又站在她的尸体前拔剑自刎。作家用极尽赞美极富诗意的描绘，倾诉了自己对于爱，对于死亡的理解。她相信，"死处于每一终极的爱的本质之中，只有这样终极的爱才能使人达到在无限中去爱一个人。"（《杜伊诺哀歌》附录之二。转引自刘小枫《诗化哲学》204 页）在《上官婉儿》中，婉儿之死也被渲染得浓笔重彩，犹如交响乐中那华美的乐章。小说里写到，当杀戮声正声声逼近时，婉儿在铜镜前细细地梳妆，婉儿选择典雅的衣裙，她打扮得无比雍容高贵。然后，她手执红烛，并要求所有的宫女也都手执红烛，跟着她"列队去迎接那些正一步步逼近的满脸杀气的政变勇士们"。

这些关于爱，关于死亡的描写，只有最具有浪漫精神，具有现代意识的赵玫笔下才能看到。可以说，赵玫继承的不仅是中国传统的庄禅的浪漫哲学，也受到了西方生命哲学的影响。如叔本华、尼采、里尔克、黑塞这些哲人关于生，关于爱与死亡的哲思，那就是"有限的、夜露销残一般的个体生命如何寻得自身的生存价值和意义，如何超逾有限与无限对立去把握着超时间的永恒的美的瞬间①"。所以，作家将历史的演变，权力的运作，人事的流迁，宫廷的杀戮，皆当成了故事的背景。作家追寻并探索着的，是三位女性的诗意人生，精神之旅，作家力图通过三位女性及其所处时代，揭示出生命的本质，表达自己的哲学思考与美学追求。

四

当然，构成赵玫小说诗的意境的不仅是作品在内容上所体现出的美学追求与思想深度，从文体学的角度来看，作家也刻意在形式上赋予小说以诗的形式。

打开唐宫三部曲的第一部《武则天》，我们就被女作家的激情倾诉感染了。第一人称的叙述角度，短促的句式，作家充沛的情感投注在字里行间，明快的节奏如音乐一般在缭绕。

> 我想在车窗外看到那女人眼中的所有的景色。我知道那美丽的四季依旧。那永远的大自然。但毕竟洛河干涸了，宽大的河床上只遗留下一道浑浊的小溪。阔大的梧桐树叶上，落尽夏日的尘埃。而她坐在辉煌、灿烂，而又古老的车辇中，做很多女人想做而唯有她一个女人做到了的事情。

其次，小说在句式中还体现出诗的节奏感，诗的分行排列的句式，诗的韵律美，意境美。

> 然后，终于……
> 在温暖的月光下。
> 他们静静地躺在那里。只有那残余的无尽的喘息声。高阳公主在疼痛中心甘情愿地承受着那个已经疲惫不堪的无力的身体。热汗。和女人感动的眼泪。
> 高阳在这个美丽的疯狂的夜晚，跨越了一个人生的阶梯。
> 她伸出光滑而细长的臂膀，紧抱着房遗直的脖颈，哭了。

---

① 《武则天》563－565 页，上海古籍出版社 1998 年版。

以上是《高阳公主》中写任性的高阳与丈夫的哥哥偷情时的描写。简洁、含蓄，给读者留下充分的想象空间，去体味生命的甘美与永恒。

> 婉儿抬起手臂。她想用她的手去摸摸临淄王的脸。就像她小时候一样。婉儿还想说，让我走吧。你看。天亮了。那么美。红色的……
> 然而婉儿的手终天没有能碰到李隆基的脸，没有能碰到那个三年之后终于登基的伟大的唐明皇玄宗的脸。
> 官女们手中的红烛一支一支地熄灭。
> 然后是一切的寂灭。
> 婉儿沉入了那永恒的黑暗。
> 而黑暗中所弥漫的是一片血红。

这是《上官婉儿》终篇的最后一段——上官婉儿临死之际的描写。红烛。鲜血。黑暗。生命的陨落。浓烈的色彩，凄美的意境，犹如渐行渐远的商旅，渐次减弱的乐曲，真个是"此处无声胜有声"。

作家汪洋恣肆的想象也为小说带来了诗的特质。唐宫女性的命运感动了作家，与表现对象的沟通使作家张开了想象的翅膀，她按照历史发展的逻辑，根据历史提供的可能，人物性格的走向，创造她心目中的历史与人物。如高阳公主，《新唐书》中只有寥寥几十个"简洁而又蕴藉无穷"的文字记载。就是这几十个字，作家写出了一个敢爱敢恨的"女英雄"，一个敢于追求性的解放，追求人性的自由的女性。与此同时，在一些具体的场面描写中，作家的思绪也如天马行空，瑰丽奇特。如：

> 在暗夜中，她看到了一片迷蒙的红色。她后来才知道那就是血。是血的颜色在她的家中弥漫着。点点滴滴地飘洒着。落到她的身上脸上。那么温暖的，带着咸腥的甜丝丝的味道。那时候她还在襁褓中。不知道亲人的血意味着什么，更不懂人类的冷酷与凶残。她太小了，那个小小的宝贝的婴儿。（《上官婉儿》4 页）

《武则天》分为上篇、中篇、下篇、终篇，每一篇的开头与结尾，作家则干脆站出来表达自己的主观感受，这就使作品具有了很强的抒情色彩。在

《武则天》中篇的开头部分她曾经写道：

> 因为她天生是个女人。是女人她便必然知道美貌之于女人的价值。
> 因为她又是这样一个拥有美貌的女人，她便必得为获得男人的宠爱而奋斗拼争。

在唐宫三部曲中，像上面的诗意的具象描写比比皆是。当然，既然是小说，必然有情节，有人物，但作家笔下的情节和人物也都是用饱含激情的诗的语言"叙述"出来的。简洁、含蓄、空灵、意象繁复、音韵优雅……大凡诗所具有的内核与形式上的特征，都在赵玫小说里得到了体现。所以，我窃以为，赵玫的唐宫三部曲，毋宁说是一幅幅展示唐宫历史的全景图，不如说是三部充满激情的叙事长诗。

五

这就是赵玫的方式，大的历史观与女人的独特视角，小说文本与诗歌的完美结合。

我们认为，赵玫的探索为我们的历史小说创作提供了一种认知的可能——历史小说可以"因文生事"（金圣叹语），在史实的基础上发挥艺术的想象，也可以"故事新编"，"大话西游"，还可以如赵玫这般，用诗意情怀去感知历史，去再现历史，用抒情的，浪漫的，忧郁的，充满激情的倾诉，形成自己的审美个性，去丰富，去完善我们的历史小说创作，去满足不同读者的审美需要。

（原载《小说评论》2001 年第 6 期）

《孔子》：井上靖和杨书案审美追求的异同比较

一

1987年，大洋彼岸、东瀛扶桑的井上靖，捧出了历史小说《孔子》①；时间不到三年，长江之滨、九省通衢的杨书案，也向读者送来了历史小说《孔子》②。同一个题材，同一个主人公，作家共同的审美追求无疑引起了中外文学界的极大关注。

两位作家事先并不相识，更不像某些刊物事先约定同时推出的"同题小说"，然而，去世二千四百多年的孔子同时引起20世纪末两位作家的眷顾，不能说不是一个有趣的文学现象。

孔子是世界文化名人，他对中国封建社会产生的影响，是历史上任何一个人也无法比拟的。他创立的儒家学说，奠定了民族文化的基石，决定了二千多年乃至更长时间内中国思想和文化的主要流向，并长期影响到中华民族精神生活的各个方面，成为炎黄子孙化为血肉的心理素质。这样一个和耶稣、释迦牟尼同样被悬浮于空中的"儒教"教主，一个被历代封建王朝供奉为"万世师表"的圣人，一个被亿万人用想像塑造为不同面貌的"孔子"，一个被不同政治势力褒贬得面目全非的孔子，要把他的一言一行化为有血有肉、呼之欲出的艺术典型，难度可想而知。无怪乎孔子去世二千多年，还只有一个司马迁敢于问鼎，写出了几千字的《孔子世家》。

井上靖和杨书案知难而进了。

是作家的历史使命感，还是艺术追求的必然？我们有必要先回溯一下作品产生的社会背景，也许这是走向作家心灵的桥梁。

---

① 中文版，春风文艺出版社，1991年5月第1版。
② 长江文艺出版社，1992年5月第1版。

从国际上看，20 世纪，新的科学技术的发展，加剧了社会生产力与生产关系的矛盾，核战争危机、能源危机、生态危机、人口危机等重重危机笼罩在人们心头，道德风尚日趋败坏，文化艺术日益堕落，青年犯罪率不断提高，人们寻找一种能够调解人际矛盾，填补道德真空的意识形态和价值观，尤其是中华文化圈内经济较为发达的国家，他们对孔子的儒家思想产生了浓厚的兴趣，"援西学入儒"的新儒学思想得到了广泛的认同。从国内看，"打倒孔家店"的"五四时期"到"文化大革命"中的"批林批孔"，孔子创立的儒家学说被批驳得一无是处。"十年浩劫"后，痛定思痛，反思历史，人们觉悟到要重建中国人被摧毁了的道德体系，要想抛弃几千年的优秀文化传统和伦理道德观念，跨越或绕过孔子这个思想巨人已是不可能的。正如台湾学者水秉和所言："儒家的道德规范早已深入人心，成为一般人的第二本能，将之彻底否定必然带来道德真空，而这个真空恐怕不是任何新伦理道德可以在短时间内填补的。"一些国内有识之士也大声疾呼重新肯定儒家思想中积极有益的成分，肯定了儒学是民族文化的精华。重修孔府、孔庙，举行声势宏大的纪念孔子诞辰集会，重印记叙孔子言论的著作……也许，正是时代的呼唤，井上靖和杨书案才塑造了孔子这个似曾相识的"艺术典型"，寄托了作家的审美理想。

当然，这部难度较大的历史小说创作的成功，也是两位作家多年来在中国文化的土壤中耕耘的一个总结。从 1957 年始，井上靖即先后捧出了《天平之甍》、《楼兰》、《敦煌》、《苍狼》等以中国古代历史为题材的长篇小说，被人誉为"历史小说家"而享誉日中两国；杨书案也陆续撰写了《九月菊》、《长安恨》、《秦娥忆》、《半江瑟瑟半江红》、《几曾识干戈》、《风流武媚娘》等历史小说，成为人们关注的历史小说作家。他们正是在中国历史文化的浸润中，在手中的史笔更加从容之时，开始向文化名人孔子这座高峰攀登。

二

尽管两位作家都是在世界性的研究孔子和儒学的热潮中撰写了这本小说，但由于两位作家的文化背景、个人气质、思维方式、审美追求的不同，两部《孔子》展示了迥然相异的艺术光彩。

从结构上看，井上靖采取横式结构，以一个虚构的孔子的弟子蔫姜为中心，以孔子一生的不同侧面来铺设全书情节。全书分为五大板块，主要写孔子死后的第三十三年，守候孔子陵墓的蒿姜，和"孔子研究会"的学者们讨论孔子的哲学思想、政治主张、伦理道德的记载。第一部分谈"孔子教团和我的关系"，主要写他追随孔子一行，困于陈、厄于蔡时的情景。第二部分写他回答研究会提出的四个问题，着重谈到孔子的魅力，谈到"天"和"天命"。第三部分写孔子的得意门生子路、颜回和子贡。第四部分主要谈孔子言论中的哲学思想，如鬼神观、仁学思想、学与思的关系。第五部分，主要写孔子的负函之行，蒿姜负函之行对孔子思想的感悟。

杨书案的《孔子》采取的却是纵式结构。他从孔子"野合而生"到"西狩获麟"而死止，以孔子一生的经历为线索。作品写他年幼读书习礼，登入仕途，由于不见重于鲁国君主，愤而出走，以图见于贤君明主。但卫君敬而远之，投奔晋国时，恰遇晋内乱，在宋国又被人斫银杏树相威胁，困于陈、厄于蔡，负函准备投奔楚昭王，昭王偏又死于军中。周游列国十四年，孔子又回到鲁国阙里，设馆教学，编纂古籍。

结构上不同，在选材上，两本《孔子》也各有侧重。井上靖的《孔子》，主要以孔子的哲学思想、政治理想为着笔点，写他周游列国的过程中对理想政治、人生哲学的感悟与总结。又特别选择了孔子世界观中"命"与"仁"这一对哲学范畴，追溯了孔子这一哲学思想的形成过程。小说中，作家借蒿姜之口，阐述"天命"观达近十次之多。如第一章，"所谓的天命是个很难的问题……天到底是什么，天说了些什么。四时变化，日月交错，产生万物。先生讲，至于天说什么，确实天什么也没说。四季不停地运行，万物不断地生长，可天什么也没说。"第二章中，作家借蒿姜之口又反复论述"天命"，讲到孔子晚年在鲁都讲学馆讲学，说到"五十而知天命"，孔子周游列国时，在黄河边临河咏叹"美哉水，洋洋乎！丘之不济此，命也夫！"在楚国负函，孔子准备返回鲁国，面对漆黑的夜空，孔子说道："道之将行，命也；道之不行，命也。"……

对于孔子思想的另一核心"仁"，井上靖的小说中提到也有七次之多。第一章中，作家借蒿姜之口说："先生认为要想使这个乱世变得多少有点秩序，就必须矫正创造这个世界的最根本的东西。于是，就提出了诸如'信'和'仁'之类的问题。"第四章中，蒿姜和孔子研究会的学者又集中讨论了孔子的"仁"，蒿姜回顾了孔子有关"仁"的论述，认为"仁"是天赋道德，所以小人中不会有仁人；那么"君子"都应该是仁者，而事实上又不然，于是只能用人的主观意识修养来补救。同时，作品中还谈到了"知"与"仁"的认识论，孔子对于鬼神的态度。至于像"子见南子"、堕三都、诛少正卯，担任司寇等政治活动，井上靖一概没有纳入他的审美视野。

杨书案和井上靖恰恰相反，他在作品中没有把孔子学说核心的"天命"与"仁"作为表现的重点，作品按照孔子生平时序，写他的具体行为、对他一生的各个侧面——政治家、思想家、教育家、文献学家……都面面俱到。但其中主要表现作为政治家和伦理学家的孔子的一生行为。如写到他做管理仓库的委吏，做管理畜牧的乘田史，做县宰管工程的司空、掌刑讼的司寇，摄相事的上卿，写他感觉在鲁国无法施展政治抱负，便周游列国，希望能受到明君赏识，实现他"治国平天下"的政治理想。同时，作家对孔子振臂疾呼并身体力行"克己复礼"的思想行为给予了较多的关注。如孔子年岁稍长，便意识到男女大防的重要，主动提出要同自己的母亲分开住。他刚习武学射，就把射的鸟给母亲吃，母亲要他娶亲，他也惟母命而从之。尤其是那位风雨之夜无处居住投奔邻居鲁南子的孀妇，竟被孔子认为"肩门不开，坚拒孀妇"的行为是严守礼义的君子之行。孔子一到中都上任，就大行礼治、规定男女有别，走路不准到一块，连儿子路边碰见做了县宰的孔子，孔子也以"礼仪为重"，没有理儿子。他摄相事时，认为三桓封邑的城围超过了三百丈，不符合古制，便派人去拆毁了。连妻子病重，儿子派人送信，请求父亲无论如何赶回见最后一面，但他想到"非礼勿动"四字，终未回去。儿子哭母丧，他认为"十一月过小祥，过了小祥，就不宜再哭了。再哭，就过分，非礼了"。总之，作品用大量篇幅描写塑造作为伦理家的孔子，如何宣传并身体力行"非礼勿视，非礼勿听，非礼勿言，非礼勿动"的思想行为。

当然，正如孔子所宣扬的"克己复礼为仁"。孔子是一个积极要求入世的政治家，他的目的是要拯救恢复理想中的周朝礼乐制度，所以他有一种任重道远的自觉精神。作品中，作家注意挖掘了作为政治家的孔子在"礼"与"为仁"的冲突下两难的心理轨迹。如年轻时孔子去求见季孙氏，此时，正是母亲守丧期间，孔子有几分犹豫，"丧服未除，出门应征与宴，合乎礼仪吗？"但他最后终于战胜了自己，"礼么，固然重要，不仁不义，如礼何？礼要和义结合，才有实际意义。学习好了，登仕途，求俸禄，辅君治国，这都是合于义的事"。后面又写到孔子去见名声不好的南子后，子路责问他，他指天发誓："我并不是真心想去见她，实在出于不得已而去的。如果不是这样，天惩罚我，天惩罚我！"是的，孔子是希望通过南子见到卫灵公，希冀实现自己德治仁政的抱负。

三

如果说，井上靖的《孔子》是一首激昂的歌，是一首多声部的乐曲，其中有叙事，但更多的是抒情，抒发作家对"圣人"孔子的景仰之情；那么杨书案的《孔子》则是一首低缓的乐曲，浅吟低唱，虽不乏浓郁的情感，但在感情的河流表面，却是不动声色的平静。

井上靖的《孔子》是用第一人称来讲述那个关于"圣人"的故事，那个虚构的蔫姜——"我"在往事的回忆中，展开了关于孔子的一幅幅画卷。作品中的蔫姜，是跟随孔子多年的"弟子"，是故事的参与者，又是见证人，因而不仅有如数家珍般的亲切，而且便于自由地抒发对孔子的怀念、景仰之情。

孔子葬仪那天，我完全像个梦游病人似的，恍恍惚惚，漫步而行，走着走着，远远望见一条河……"逝者如斯夫！不舍昼夜！"我精神恍惚地看着流水，一切都是模模糊糊，我不禁想起孔老先生的这句话……人生与流水相比，也没有什么两样，一代又一代，子子孙孙往下传，恰似流水。在人类历史上，有战乱时期，也有天灾人祸时期，人生如流水，涓涓流水归大海……

"我"借景抒情，抒发对孔子的理解与赞颂，寄托了对人类未来的希望。有时，"我"按捺不住内心澎湃的激情，直抒胸臆，呼唤并礼赞人类永恒的"导师"：

如今想起来，孔子一生都在不断地为人们着想，想人们的幸福和不幸，尤其是想如何能使和他自己一样生活在这个乱世中的人们得到幸福……他认为人们来到这个世界上，无论任何时代的人，都有得到幸福的权利……

作品中不乏这种直接抒发感情的精彩片断，但更多的是在"回忆"的闪回中，将孔子的言行，孔子所处的时代大背景娓娓道来，将叙事与抒情结合起来。不过，他的叙事，虽然也注意纵向的开掘，但没有完整的故事。他以孔子作为哲学家、政治家的理论核心为辐射点，展开联想，回忆孔子的生平事迹——主要是周游列国，孔子思想形成的主要时期。"我"认为，孔子是为拯救那个礼崩乐坏的乱世而奔走献身而成为人们希望的，那么今天，人类又处在一个危机四伏的时代，人类需要孔子这种自觉献身的哲人去唤醒尚不清醒的世界。他通过"我"之口告诉人们："孔子对于人类光明的未来始终充满信心，大家从各个方面都可以看到这一点。他认为，人类不可能愚蠢到使自己的种族灭绝的地步。如果人类不能把现在的时代变成无限光明的时代，和平的时代，那么，即使死了也是遗憾终生。孔子说，我相信在我死后，那样的时代一定会来临。这才是孔子根深蒂固的思想，也是作为孔子末席弟子的我的思想。"

实际上，这不仅是"我"——蔫姜的希望，而且也是年届 80 高龄的井上靖对人类的希望，对 21 世纪的希望。他希望通过孔子这个形象，能架设一条人类通向 21 世纪的桥梁。

杨书案的《孔子》不是没有抒情成分，而是他把自己的情感融进了恬淡隽永的叙事铺陈中，把自己的褒贬情绪化进了场面和情节之中，全力以赴，塑造一个政治家、思想家、伦理学家、文献学家的艺术形象。但是，没有介入不等于没有倾向、没有情感浸润。他从孔子为了实现政治抱负离鲁而去、历尽坎坷的悲剧性命运里，倾吐了知识分子壮志未酬、报效无门的慨叹。他从孔子处处以周礼为准则的复古幻想中，表达了自己的惋惜和遗憾。同时，他在作品中大量引用《诗经》中的诗去烘托具体的生活环境，表现那个唱诗诵诗成为习俗的历史文化氛围，也在一定程度上，借助那具有音乐性的旋律抒发了情感。"野有蔓草/零露清兮/有美一人/清扬婉兮/邂逅相遇/适我愿兮"这首诗写孔子见到元官后的心态，恰切地表现了主人公春心躁动的情景。这是间接抒情、还有一些是直接抒发感情的："唐虞世兮/麟凤游/今非其时/采何求/麟兮麟兮/我心忧……"这里表达了孔子临终之际从麒麟被捕杀预感到自己大限将至的感叹。"桃之夭夭/灼灼其华/之子于归/宜其室家……"这首诗烘托了孔子流浪回到故国后叶落归根的喜悦心情。

不过尽管两本《孔子》的表现手法各有侧重，却都呈现了相同的悲剧色彩。孔子"治国平天下"理想的破灭，感时伤世的忧虑，他"惶惶如丧家之犬"在列国奔走游说的遭际，每每受佞臣谗言所害，不为明君赏识的落寞与怅惘，不绝如缕地在字里行间流动。"凤鸟不至，河图不出，吾将已矣。"这是孔子在上下求索后理想仍不能实现时发自肺腑的哀叹，也是人物悲剧性遭际的一个归纳。井上靖和杨书案都通过笔下人物悲剧性命运的展示，寄托了自己希望唤醒人类永远走向和平、幸福、安宁的理想，表现了一个知识分子以天下为己任的忧患意识。

四

尽管是同一个主人公，同一种文学样式，但在一衣带水的两岸作家笔下，却呈现了不同的艺术光彩，毫无疑问，这是两位作家所在国家的历史传统、文化背景、现实影响通过创作主体投射而形成的。

从传统和文化背景来看，井上靖在这本《孔子》中，深受日本文学传统影响。日本文学史家吉田曾指出，日本文学中"几乎所有的散文作品，除了少数例外，都或多或少地耽乐于局部的细致描写，少于考虑整体的结构……"① 这种不讲究结构章法的文学传统，主要因为"日本人从未创造具有任何独创性的哲学和宗教"② 有关。所以日本人不尚逻辑思维，不善概括，从而也不善于安排长篇小说的结构。也有论者认为，日本文学的这种特色与该国的地理环境也有关。日本是个岛国，四面环海，季节风吹拂之下，经年风光绮丽、富于变化。这使人们养成温和、纤细的性格，使人和文学融为一体。日本人自古以来就"具有强烈的密切结合日常朴素生活体验的倾向。……抽象的概念同日本人和日本文学是疏远的"。尽管作为现实主义的代表井上靖的作品不同于自然主义和唯美主义的倡导和实践者，但他的作品在结构上还是比较松散，没有完整的故事和情节，时间和空间的转换随意性较强。他的长篇小说《孔子》正体现了这种特点。

杨书案恰恰相反，他的长篇小说《孔子》结构严谨统一，脉络清楚。这不能不说和我们民族的文化传统，哲学背景有关联。中国哲学中"天人合一"的宇宙意识，把内心和外物，现象与本体，自然与人世，视为互相联系的整体，强调双方的和谐与统一，渗透与协调。这种"天人合一"的宇宙观对民族思维方式产生了深远的影响，小说的雏形话本中，便表现出这种整体性思维的统一。所以，小说、戏曲中的大团圆思想，中国小说结构的封闭性特征，都和这种思维模式有一定的关系。杨书案虽然极力淡化笔墨，没有编织跌宕起伏的情节，但在谋篇布局上，还可看出那种"循环往复，首尾衔接"的思

---

① 转引自海峡文艺出版社出版《更生记》一书中李芒《美的创造》一文。
② 转引自海峡文艺出版社出版《更生记》一书中李芒《美的创造》一文。

维痕迹。

　　总之，我们认为，尽管两部《孔子》在立意、选材、结构上表现出不同的艺术特色，但他们同中有异、异中见同，其审美选择的差异性，不仅呈现了一个作家的追求，也为我们理解孔子，理解文学作品的艺术规律，提供了一个有益的启示。

　　　　　　　　　　　（原载《外国文学研究》1992 年第 3 期）

历史进程中的人性谛视

——读长篇小说《金屋》

这是一幢楼屋，一幢金碧辉煌的楼屋。它不仅以造型奇特、用工考究博得人们的称赞，而且它的神秘、变幻无穷，诱惑你而又排斥你令你不得不为之驻足。这幢既具体而又抽象的"金屋"的主人，便是以《红蚂蚱 绿蚂蚱》、《李氏家族的七十五代玄孙》而引起文坛关注的河南青年作家李佩甫为我们所"构筑"的①。

如果说，李佩甫过去的作品是以社会问题为媒介，以人物为中心，以婉曲清丽的语言和脉络清晰的情节为经纬编织自己的审美理想的话，那么，在这部长篇小说中，作家却又一次打破了自己的平衡。此屋非彼屋。这是一幢熔现代主义与现实主义，融写实和象征、隐喻、荒诞于一炉的风格奇特的"建筑"。尤其令人注目的是：作家打破了自己惯常用"善"的眼光看待生活，揭示矛盾的定势，而是在历史进程中谛视人性蜕变的价值功能和人性建构的形态，把切近具体的当代生活描写和幽远深邃的历史思考交织在一起的。

一

这是一个并不太复杂的故事：中原某地一个叫扁担杨的村子里，一个在外边办厂发财的青年农民回村盖下了一座楼房。于是，围绕着这座楼房，悲剧和喜剧相继上演，理性和非理性激烈冲突，生生死死，爱爱憎憎，整个村子从此无法安宁。人的一切表层和深潜的、现实和历史的，甚至血缘之河中的都在这儿沸腾和驰骋。由此可见，倘若这部长篇小说中有什么"文眼"的话，那就是"金屋"这个具象。它像一架机器的轴心，像一支乐曲的主旋律，扁担杨人的困惑和挣扎，迷惘和追求，堕落和升华，无不像一轮轮怪圈在它

---

① 见《当代作家》1988 年第 6 期。

的周围旋转、弥漫。它又像一个无处不在的精灵，诱惑着扁担杨人且又超然冷静地注视着这群芸芸众生。我们只有抓住这个具象，才能找到理解这部作品的切口。而寻找这个切口，还必须从金屋的主人身上谈起。

杨如意，这个因为父死母嫁作为"附件"流落到扁担杨村的"带肚儿"，这个凭改革之机而成为拥有几十万产值的涂料厂厂长的农民的儿子，如果按照时下从政治和经济角度界定人物身份的标准，杨如意可以称得上是"改革先锋"、"农民企业家"。但是，他却不是蒋子龙笔下的"乔光朴"，也不是李延国笔下的胶东农民，这是一个从古老的土地上走过来的因现实的重压而心灵畸形的农民的儿子，是在轰轰烈烈的繁荣景象掩盖下的一颗孤独的灵魂。

首先，他创家立业的道路不是那种众所周知的公式：政策英明——思想解放——生产力大发展。他是在艰难的谋生途程中经受商品经济洗礼的。他是利用我们政策的夹缝，社会制度下健全的空白地带获取生存发展、实现自我价值的。所以，作家所展示给我们的，是他如何通过贿赂，自下而上，一步步征服从仓库主任到北京××部上司的"创业史"。他没有地位，没有背景，没有政策允许的贷款、原料、场地，他有的是农民式的狡黠和心计，有可以自由支配的金钱。金钱垫高了他的位子，他终于可以和书记县长平起平坐。金钱润滑了人际关系，他可以在工商局长、公安局长、税务局长甚至报社头头的家中自由出入，握手寒暄，因为他深知："在这个有晴有阴的国度里，要想干点什么必须有把大红伞撑着才不至于挨淋。"

从表面上看，他是一个胜利者。但他的内心深处，农民的自卑感，奋斗中的孤独，无时不在袭扰着他。他心里很"空"。处世的险恶使他怀疑一切，甚至怀疑真心爱着他的惠惠。他想为村人办点好事，但没人领他的"情"。他像那条孤独的狼狗，悲壮地迎战众敌。虽然工厂办得很红火，但他时时刻刻希望回扁担杨"盘个窝"。他像他父辈，眷恋着土地，希望能得到扁担杨人的承认，但养父死后，瘸爷明确告诉他，他再也不是"本姓本族"的人了。他很悲哀。这种农民的悲哀，正是他成为新人，求得人格完善的一种精神羁绊。所以，他在打败城里人之后，便迫不急待地回村盖下这么一座并不需要的楼房，在村人面前，他让惠惠每次都打扮得像换了另一个人。所以，杨如意不是过去"改革文学"中所塑造的那种理想化的人物。他是"这一个"！是一个理智与盲目，渺小和伟大，纵欲和养性，庸俗和高尚的多元组合的立体性格。在他的身上，既萌发着新型农民的先进性，又明显暴露着落后文化心理打下的烙印。所以，我们不妨说，作家赋予"金屋"繁复多变，既对立又统一的象征意象，便是狗儿性格的一种写照，那幢在古老贫穷的土地上矗立起的现代化洋楼。那种精神贫乏和物质的繁荣所形成的巨大反差，便是狗儿性格的物化。不过，我们不能抱怨作家对这位"企业家"、"改革英雄"的苛刻和责难，也不能一味谴责狗儿的农民意识和品质的蜕变。从作品中我们可以看出，作家冷静而又客观地在暗示我们，其实，是这片广袤的土地，是我们悠久的历史，是严酷的生活启发、诱导、驱使杨如意心理倾斜的。这个自小沦落他乡的稚弱的孩子，在那个以血缘关系聚族而居的扁担杨村里，他的人生启蒙课便是拳头、唾沫，是歧视、屈辱。所以，"恶的锻造"在他少年时期幼小的心灵中便一次性完成了。当他跌跌爬爬走进城市后，面临的又是低人一等的境遇，连3岁小孩都可以指挥这个来自乡下的小工。正如作品所写："岁月磨出了这样一个人，必然教会他如何生存！"所以，我们便不难理解他为什么要处心积虑跻身于特权阶层，为什么不惜巨资盖下一座并不需要的现代化洋楼。和当年法国的于连·索黑尔征服市长夫人一样，他是要报复，要寻求心理上的平衡。当他征服了城里人，获得了荣誉、地位、女人之后，他马上想到扁担杨那些歧视过他、压迫过他的杨姓家族的人们。他相信，他的报复是有威慑力的。果然，他的"金屋"落成之后，便"一下子摄去了所有人的魂魄，整个村子都失去了笑声。人们默默地走路，默默地干活，默默地吃饭。似乎人人从这楼房上看到了什么，又仿佛什么也没有看到，只是心里闷。它像怪物一样竖在人们眼前，躲是躲不过的……"所以，便有了小说开篇主人公登临金屋楼顶今非昔比舍我其谁的豪情壮志，有了他冲着扁担杨大骂"操你妈"的宣泄欲。

也许有人会问，作家塑造这样一个形象，难道仅仅是为了展示一个心灵畸形的中国式于连的形象，是为了谴责这造成人的心灵畸形的社会原因？我认为，不仅仅在此。只有把"金屋"放在历史与未来的坐标系上，把杨如意放在历史的进程中，才可以理解作家的匠心所在。当然，这一切我们从扁担杨人对"金屋"的不同凡响中便可略知一二。

二

我们脚下的这片土地，曾是小农经济的一统天下，是儒家文化浸润日久的领地。我们曾经有过那样悠长的安贫乐道的岁月。因为封闭、保守，他们变得麻木不仁，因为贫困、落后，他们变得踟蹰不前。但是，当西风东渐，国门大开，当商品经济这个最活跃的元素以几何级数在这片土地上繁衍时，他们终于明白了这个世界上原来还有如许应当享受的生活，如许应当把握的人生。于是，他们焦急，他们不安。但是，对于扁担杨村的芸芸众生而言，杨如意的"金屋"便是最具体最切实的存在。他们惶惑不安，他们向往钦慕，他们嫉妒和仇视。于是，悲剧和喜剧，正剧和闹剧便在"金屋"的观照下无声无息或是轰轰烈烈地上演了。扁担杨村那种周而复始日出而作日入而息的日子被彻底打乱了。

首先，是高考落榜的春堂子服毒自杀了。春堂子曾经渴望依靠读书但终于没能摆脱自己依然修地球的命运。他羞于却又无可奈何地依靠家里那头配种的公猪白花花的精液为他换取媳妇结婚的日子已经定下了，他却服毒自杀了。接着，是年轻的姑娘麦玲子失踪了。正处于青春躁动期的麦玲子，她闻见全村人包括自己身上都有一股洗不掉的臭味。她渴望着有一个男人哪怕是自己最嫉恨的杨如意能占有她。她点燃了自家的草垛并终于引起了全村的连锁反应。她忍受不了扁担杨村这令人窒息的死水一般的日子，终于勇敢地出走了。随之，是林娃河娃两兄弟的铤而走险。为了办工厂他们变卖了自家的所有财产包括年近古稀的老娘的棺木，为了凑够一个整数混迹于赌场，为了弥补受骗的损失贸然向杨如意"下帖"而致银铛入狱。还有懦弱的缺少阳刚之气的来来的性变态……这一切，都因为"金屋"的存在，都因这他们抗拒不了诱惑曾走进了这幢神秘的楼屋。

这是天方夜谭，还是神话新编？其实，这并不难理解，如果不是凭空臆测或强加于作者和读者的话，我们可以说，"金屋"是城市文明和工业文明的一个缩影，它指向人的自由、舒展、幸福和未来。它不仅体现着高度的物质文明，还充分表现着获得自由的人们高扬的主体性。所以，无论是春堂子、麦玲子、林娃河娃还是来来，在金屋的观照下，都充分认识了自己的过去和现在，才真正明白了人之所以为人所应当获取的一切。也许，他们过于急躁，过于轻浮，他们心理加速度地迅速倾斜以至完全失去平衡。但是，我们不能不说，这历史蜕变期中理性的困惑而带来的生命躁动，这种因为人的欲望的释放、价值观念的变革而带来的社会震荡，从某种程度上而言，它是一种历史的进步和觉醒，是对旧的秩序的破坏，对新的生活的召唤。历史如果不付出这种代价，恐怕他们还要在封闭保守的愚昧状态下"穷过渡"。所以，我们不能一味谴责历史对道德的遗忘和践踏，这或许是作家的初衷。

这是另一种参照系。

他们曾是这块土地上至高无上的统治者，在精神和肉体上，曾一度拥有支配他人的权力。但是，"金屋"使他们惶恐、不安，他们为行将失去的拼命阻挡和反抗，他们悲剧性的命运为我们评判金屋和它的主人提供了一种新的价值尺度。

杨书印，这个利用我们不健全的政治制度统治了扁担杨村三十八年的村长，尽管他粗识文墨，却谙熟如何运用心机和智慧，去紧紧地执掌权力和驾驭人才。金屋的出现，凭着本能他敏锐地意识到这对他的权力将是致命的威胁。他明白，这不仅仅是一座楼房的事！他企图用"村镇规划"等一系列软硬兼施、恩威并用的手段扒掉"金屋"，制服这个桀骜不驯的"带肚儿"，但是，历史的大潮不可逆转，伴随着商品经济的发展，人的主体意识的觉醒，他那封建家长式的统治的巨手再也遮不住扁担杨的天空了。他终于被杨如意打败了！他没有逃脱历任支书一样的命运，以当众撒尿而告统治的结束。

与杨书印相反，族长瘸爷却是一个让人惋惜的角色。而对金屋的出现，扁担杨人价值观念的迅速变革，他慨叹古风不存，"仁义"殆尽。他以一种挽狂澜于既倒的悲剧角色，企图阻挡现代文明对封建伦理的冲击。但是，瘸爷请来的小阴阳先生的三道神符却没有镇住"金屋"对人的蛊惑，他绞尽脑汁依然没有参透搅得全村人不得安宁的符号"·"，最后，只好以死相搏，为"仁义"之不存殉身。

村长和族长悲剧性的命运安排，使我们从新的角度认识了金屋的现实意义和历史意义。我们可以说，对于腐朽和落后的封建残余而言，金屋的出现宣告了一个旧的时代的结束，一个新的时代的诞生。在历史与未来的交汇点上，它具有承先启后的作用。

三

扁担杨人如此躁动不安如此人仰马翻的原因何在呢？从表面上看，是"金屋"在诱惑着他们招引着他们；究其实，他们的灵魂深处又是什么在驱使在作祟呢？如果读者细心的话，我们便不难看出，是作品中多次写到的那种"绿色的火苗"，它燃烧在扁担杨人的心底又映现在他们的眼睛里。

还是先看看狗儿杨如意吧！当他登上"金屋"俯视扁担杨的黄土地，回顾二十余年痛苦的岁月时，"高度兴奋使他的眼睛里燃烧着绿色的火苗"，当他企图占有县卫校学生惠惠时，眼睛里"莹莹地闪着绿火一般的亮光"，当他打算收拾林娃河娃两兄弟时，当他面对仓库主任、村长杨书印时，心底里都流露出这种"绿光"。当然，还有扁担杨的芸芸众生：如偷窥麦玲子洗澡时的来来，有周旋在赌场时的林娃河娃，有注视着"金屋"时的春堂子……，总之，是狗儿杨如意点燃了扁担杨的"遍地绿火"。他们才向往金钱向往财富向往女人，向往一切应当属于人的那份自由。他们才觉得活得窝囊活得可怜，他们才打女人发无名火，才觉得日子没法过了。

也许，这种"绿火"不难理解，它便是人们多年来不愿谈及但生理学心理学皆证明存在的人的情欲。这种代表着情欲的绿火是扁担杨人躁动不安的精神内核，渴求变革的原始动力。在作品中，我们不难看出，作家李佩甫以一种敏锐的历史感悟力，肯定了这种情欲在历史发展中的作用。他相信，没有狗儿的报复欲占有欲，便没有扁担杨芸芸众生的觉醒。尽管这种一旦觉醒的情欲泛滥开来如脱缰的野马，但这是历史进程中必不可少的一环。这正如恩格斯在《家庭、私有制和国家的起源》一文中所写到的："卑劣的情欲是文明时代从它存在的第一日起直至今日的活力；财富、财富、第三还是财富——不是社会的财富，而是这个微不足道的单个的个人财富，这就是文明时代唯一的、具有决定意义的目的。"

诚然，情欲是人与生俱来的生命动力，它本来是没有善恶之分的。但是，人不仅是自然的生物的，他还是社会的文化的和历史的，人不可能不受社会地位、文化背景和历史传承的制约和影响。情欲因此便有双重的潜在的可能性。它可能导向恶，也可能导向善。因此，李佩甫对扁担杨人因为观念的裂变而带来的理性困惑，对他们因为现实的急遽变化而带来的心理倾斜，也给予了善意的批评。因为这群农民的儿子毕竟和生他们养他们的土地有根深蒂固的联系，传统文化的因袭，集体无意识的积淀，决定了他们如果要想成为真正健全的人还要经历"千百年血与火的冶炼熬煎"。所以，他们便不无惋惜地看到狗儿用金钱如何腐蚀他人也腐蚀自己，如何依赖金钱去俘虏年幼无知的惠惠，看到他眼睛里流泻出兽性的绿光，这兽性的绿光驱使着他以恶报恶，冒险竞争。同时，他们还看到来来的性变态，麦玲子的纵火，林娃河娃的"下帖"。这种种描写皆寄寓了作家"哀其不幸，怒其不争"的批判意向。尽管如此，作家站在一种历史的高度，最终肯定了情欲，情欲中"恶"的因素在社会发展中的"杠杆"作用。结尾时他写道：狗儿虽然被来自前后左右的势力挤垮了、失踪了，但他盖下的"金屋"已"高高矗立在扁担杨的土地上"。"它已扎在扁担杨人的眼睛里、心窝里"。他相信："总还会有人们进去的，它太引人了。"果然，那个被束缚了一百天的独根终于走进了楼屋。十年了，杨如意又回来了，他"张狂着要盖一所更大更高级的房子"。

四

正如一位评论家指出：李佩甫是一位不断"改变自己，拓展自己"的锐意内蕴的歌手。《金屋》和他以往的作品比较，除了保持他对现实生活密切关注的现实主义特色外，还多了几分现代主义的色彩。如"金屋"这个具象，在这部不到20万字的长篇小说中出现了四十余次。金屋的神秘莫测变幻多端，它所具有的多重象征意味，使金屋超越了具象产生了丰富的审美内涵。同时，作品中对村人恐惧金屋的心态展示，小独根梦中的呓语，族长瘸爷至死解不开的符号"·"，都写得扑朔迷离令人费解。无疑，这种借鉴魔幻现实主义的表现手法，这种以现实为依托来张扬艺术追求的探索，拓展了作品的内蕴，使他们获得了一种超越现实的阅读感受。但是，我们又感到，以金屋为视角观照时代民众躁动不安的灵魂，并以此为核心来组织人际关系冲突、时空推移转换，固然有结构紧凑、叙事集中的优势，但不免使人感到视野过于狭窄，似乎作家因此遮蔽了艺术想象的天空。和作家另一部长篇小说《李氏家族的七十五代玄孙》比较，便缺少了那种历史与现实大跨度组合的广阔风貌。作为长篇小说这种体裁，以一个具象为轴心为视角来组织、透视一个特定时期的历史变迁、观念演绎、人际冲突，似乎让人有捉襟见肘之感。作家完全可以不必拘泥于"金屋"这个具象，而应将笔墨伸展到更广阔的领域中去。当然，这些都是白璧微瑕，我们不能过于苛求。对于新时期长篇小说创作而言，《金屋》无疑是一次有益的探索。

（原载《小说评论》1989 年第 2 期）

略论《诱惑》的死亡意识

　　《诱惑》是河南省青年作家齐岸青的长篇处女作①。在作品中，作家以沉郁冷峻的笔触，反思历史，剖析当代人的灵魂，展示了从普通村民到党的高级干部的复杂心态，描绘出了一幅幅多彩多姿的人生图景。但我们同时注意到，作者在调动各种艺术手段刻画人物的同时，特别重视通过死亡这个视角来窥视人生演绎、嬗变的流程，用死亡来度量生命的价值和人性的善恶。在生命瞬间消亡的前后，来探究人性人情人道的冲突，思索人的生存意义。这种自觉的死亡意识，丰富了作品的内涵，对于促进当代文学中人道主义的复归和深化，无疑是一种有益的探索。

　　死亡，贯穿于生命发展的全过程。生命降临，死亡就展开了。它们如孪生兄弟，如影相随。对于生来说，死不是从外在置入生命线的某一特定时刻，不是生的一个内在界限，而是每一个个别时刻都内在固有的。"人之生，气之聚也，聚则为生，散则为死"。又如培根所言，"死与生同其自然"。正因为此，它以降临的或然性或必然性迫使每一个生物学意义上的人必须正视它的存在。又因为它的不可代替性和实在性，它又迫使每一个人面对死亡必须思索生的价值。如何对待生命的每一时刻，如何理解死亡，迎接死亡，这便是迈出窥视人生的一个重要窗口，是检验人性的试金石，是剖析人的灵魂的一颗重要砝码。吟咏死亡，探究死亡，这便成了古今中外文学家、哲学家不倦的话题。齐岸青也正是紧紧抓住这个生命的杠杆，来张扬自己对人生的思索。小说《诱惑》中，先后有近三十个人物活跃在他所设置的人生舞台上，但其中有近二十人或先或后，以不同的方式挣断了生命的链条，投进了死神的怀抱。他们有的死于病魔、车祸，有的毙于饥馑，有的毁于淫乱，有的葬身爱河……尽管每个人的死亡形态各异，但终是殊途同归。

　　小说开篇，在漫天皆白的肃杀气氛中，抓馒头汉子黏稠的血污宣告了死

---

①　原载《当代作家》1988 年第 1 期，长江文艺出版社 1988 年第 1 版第 1 次印刷。

亡的光临。他和后面那两个漂浮在洪汝河上的男人女人一样，和"我"的姥姥兰芳、兰芳之养子一样，突然因为一种人为的异己力量，被折断了生命的翅膀。他们不是寿终正寝，也不是性格软弱，也不是因为某种不可抗拒的自然魔力。抓馒头的汉子，洪汝河上赤裸的、脸上已有了黑洞的女人，狂笑几声死去的兰芳姥姥，你们为什么这样猝然而逝？是谁，扼断了你们生命的喉咙？作家在这里向我们的历史、向未来发出了振聋发聩的呐喊。他深深懂得："与死亡俱来的一切，比死亡更骇人。"这场全民族的人性沦丧，将会给我们的后代留下比死亡更让人恐惧的遗患。我们只有直面这无数非正常死亡的生命，才会理解历史，创造未来。

如果说，抓馒头汉子到兰芳姥姥等人都是因为社会的异己力量被窒息而死的话，那么张爷之子张孝慈，公社汪助理等人，则是因为自身恶的基因的膨胀而遭到应得的报应。张孝慈在那种人欲横流的"左"倾年代里，瞒上欺下为虎作伥，虚报产量饿死了不少乡亲；汪助理以权势凌辱水蓉，结果自己溺死在一个小水沟里，被人割去了生殖器；县委党校会计万福清在"文革"中打死了县委书记魏昶，斩断了自己妻子爱的寄托，也终被妻子以牙还牙报复致死。恶有恶报，善有善报，中国人的伦理观在他们身上得到了体现。可以说，他们的死亡，从另一个侧面批判社会的不正常现象，寄托了作家的死亡意识和深沉的历史感。

死亡，虽然以结束每一个生物学意义上的人的生命为标志，但其降临的形态却各呈异彩。它降临时，每一个人的情感冲击、价值判断皆因人而异。从抓馒头汉子到张孝慈、汪助理等人，他们的死都不是以个人意志为转移的。对死亡的降临他们事先也没有预料到更谈不上精神准备。对他们而言，没有经历死的恐惧，痛苦死亡和生存并没有多大区别。但作为传说中红鲤转世的水蓉，以至撑船汉子，县委党校会计万福清家的女人，他们却勇敢地迎接死亡，献身死亡，以死来肯定生命的价值，复活和高扬爱情的旗帜，用死亡去"透彻地判断爱"。知道水蓉对他并未有意的撑船汉子，在水蓉被那样维护妇道的嗜血的女人捆在仓房里时，他冲过洪水的包围，以死来换取了所爱的人的生命。他在临死前还仿佛听到"生不丢来死不丢，变鱼我俩一起游"的小调。他认为"那般拥过自己心爱女子的身子，死，也值！"正像里尔克给一位青年友人的信中写的一样："死处于每一终极的爱的本质之中，只有这种终极的爱才能使人达到在无限中去爱一个人。"撑船汉子这种以死去担当的爱，以整个生命的奉献去争取的爱，不依赖于被爱的对象对待他的态度，只是在爱中去履行一切，忍受一切，这种崇高的爱使他超越了时间、生命，摆脱了时间的羁绊，把生命掷入了永恒之流。万福清的妻子因为"成分"高，和昔日的情人、今天的县委书记魏昶相爱却不能结合，在魏昶被自己合法丈夫残杀后，"复仇的心胜过死亡，爱恋之心蔑视死亡"，爱与恨的交织使她用复仇、用生命去祭奠了所爱的人。

尤其值得称道的是，作家精心塑造了水蓉这个绝色女子的形象。水蓉是张庄仇人炸堤汉子的血脉，美丽得"像一朵绮丽的彩云，撩拨得张桥男人心乱"。她最初爱上了一个南方的小木匠，后来被收养她的张爷的儿子张孝慈占有了，但她反抗之后却意外地感受到了"有比唱情歌更充满活力的快乐"。她的第一个男人死了，安葬之际，她以"一副超然万物之外的安然"，突然"扑进土穴"。也许，因为她经历过死，所以更懂得爱。当她被人从土穴中扒出，被船儿张从洪水中救出后，她又一次被人玩弄并怀了孕后，她竟渴望着做妻子，做母亲，并表示"俺得一辈子记他"。水蓉是一个爱的精灵，美的化身。对于死亡，她是那样的超然，对于爱和被爱，她是那样执著。爱和死，揭橥了她生命的意义。这个女子奇特而又平凡的一生，正像培根所言："最甜美的歌就是在一个人已经达到某种有价值的目的和希望后所唱的'如今请让你底仆人离去'。"她爱过，生育过，所以，她毫不畏惧地迎向死神。

但是，真正透过死亡来反思历史，观照人生，以对死亡的透彻认识来表现人格的力量的，还是集中体现在作家塑造的"父亲"这个形象上。

"父亲"算不上一个完人，但也不能说他不是一个英雄。在他所历经的特定时代里，他按照自己的理想踏踏实实地生活过，追求过。我们不能苛求他超越历史和时代去做我们今天所思考到了的一切。我们应当看到，他用自己的信念和实践焊接了共和国的昨天和今天。但是，由于他的性格悲剧和社会悲剧，他作为人的本质被异化了，只有当死亡迫近他时，他才认识了自己。在这里，作家似乎有意延宕"父亲"死亡的时间，紧紧扣住死亡带给父亲的精神震颤和周围人的不同情感，来展示社会众生相，剖析生命的本质，表达自己的审美理想。小说中写到当"父亲"知道自己患了不治之症后，"好像比我们还冷静"。他少了一些过去家长式的专横，多了一些父爱的慈祥；少了一些莫名的暴躁，多了一些怀旧的温情。一方面，还满怀着理想的憧憬，高唱"热血滔滔"，另一方面，自知末日将至，低吟着"你知道年华如水"。当"父亲"大彻大悟人生的终场帷幕马上要降下时，他揭下了多年来罩在身上的世俗所需要的面纱。精神反思和人性忏悔使他获得了宁静超脱的心境。"他可以抛弃过去以最大激动去追求的东西，也可以安详地接受死亡"。所以，"父亲"的死不是一般意义上的人生终场式。作家让"父亲"通过死亡降临前后的体验，寻找新的人格，实现自我，理解人生也正是通过"父亲"死亡前后的描写，才完成了对整个人物的塑造。

从以上的简略描述中，我们不难看出，《诱惑》没有像其他某些作品一样，把死亡描写当成一种廉价的情节效应，或者为了英雄的成长，设计成一种招之即来的道具。而是着重抓住了生命瞬间毁灭的一环，展示死亡降临时的偶然性、不确定性和非关系性，展示人对待死亡的态度，探究死亡的价值和效应，把死亡作为人生裂变的一个重要元素。从而，使死亡意识上升到生命哲学的高度。

作家鲜明的死亡意识除了通过那近二十个迈入死神门槛的人物来阐释外，在作品中还着意塑造了一个智者的形象——末末，来张扬他的哲学思考和人生态度。

末末是我们这一代从苦难和曲折中觉醒的代表人物。人物一出场，作家便赋予她与众不同的装扮和非凡的气度。她是生活在高级干部家庭中的娇小姐。她父死母嫁，寄居舅舅家，自幼便养成了孤傲、与周围人格格不入的性格。可她读了大学后，特别通过舅舅死亡前后，她悟透了人生，"透彻了世间的所有"。她认为"人应该是无为的，一切认真的努力都会成为可笑的悲剧"。"人世间的一切东西，一切活着的、现存的或者历史的，都可以演戏，可以虚伪，只有死亡不会。应该大家都去正视它，不去避讳，死亡才是淡然、平静"。"只有死亡方是解脱，死亡是生命的辉煌"。尽管我们可以说，末末的生命哲学和悲剧意识深受道家、佛家和西方的海德格尔、叔本华等学派的浸濡，对待人生和死亡含有一种消极虚无的倾向，但不能不承认，这种直面死亡的态度是我们整个时代的觉醒。尽管这种觉醒是以无数非正常死亡的生命作代价换来的，含有一种深刻的嘲弄和反讽意味，可事实上它揳入了生命的本质。"在所有生命存在中，只有人能够观照死亡"（贝占吉《诗化哲学》）。对死亡的意识标志着人的自我意识觉醒的程度。实际上，"把人带入死的本质绝不是说把死作为虚无，作为目的去死，也不是盲目地走向终极的黑暗寓居"（海德格尔语）。我们可以这样说，作家借末末之口来张扬死亡意识，意在呼吁我们的生活要重视人的存在状况，这对于当代文学如何超越功利主义的浮浅层面，追求文学的永恒，不能说不是一个启迪。

（原载《奔流》1988 年第 10 期）

长篇历史小说《张居正》的艺术特色

一个在历史上曾经大红大紫的张居正，悠悠四百余载，除了史书上谈到明隆、万年间时对其寥寥数笔一掠而过外，今天的读者，大多是因黄仁宇的《万历十五年》在坊间的流行才使他们初步了解到这个曾叱咤风云的改革人物。现在，作家熊召政用诗意的笔触，灵动的文字，洋洋百万言，全方位多角度地为我们解读了这段斑斓多姿的历史，塑造了几十位有血有肉性格丰满的艺术形象。作为本书的责任编辑，我有幸率先读到此书稿，编稿之余，兹录下几点感受如左。

对文学形象的历史判断

中国二千年的封建帝制中，君王的权力是至高无上的。不管这个帝王已届英年，还是襁褓中的婴儿；也不管这个帝王英明睿智，还是昏庸无度，如果怀疑其君权神授的合法性，便是犯上作乱，会带来灭顶之灾。这样，作为一人之下、万人之上的宰相（明称元辅、首辅，清代称大学士），如果想经邦济世，有所作为，实现自己的政治理想，在处理君权与相权的关系上，必须具有高度的政治技巧，才能施展自己匡时救世的抱负。熊召政先生的《张居正》便写出了这样一位在复杂的政治形势下励精图治的政治家的"另一面"。

隆庆六年（公元 1572 年），48 岁的张居正终于登上了首辅之位，按理说，大权在握，张居正可以按照自己少年时就立下的志愿，做伊尹、周公那样的贤臣名相，但是，神宗只有 10 岁，朝中大事的委决，实际掌握在神宗的生母李皇后的手上，而神宗及李皇后的身边，又有一位秉笔太监冯保。矛盾的冲突，故事的展开，就围绕着张居正要整饬吏治，刷新颓风，推行自己的政治主张而不得不联合后宫这样一种尴尬局面铺陈开来。在小说中，张居正与宫内的联合与斗争，不仅贯穿全书，而且也构成张居正与众臣僚的尖锐的矛盾冲突，并且为张居正的悲剧性结局埋下了伏笔。

　　张居正幼年即饱读诗书，儒家的正统思想浸透在他的血液之中，与宦官联合，对于他这种人而言，应当是不耻为之的。且不说读书人的自尊心，就是洪武皇帝朱元璋在世时，也曾严厉禁止内宦干政，加之前朝王振、汪直、刘瑾等宦官跋扈专横、贻害朝政的教训历历在目，"勾结"太监及后宫，张居正应当知道天下士子对此举的鄙视，不能不知道宦官干政的危害性。但是，张居正担任首辅的十年，"宫府一体，未尝内出一旨，外干一事。"可见其宫府之间的默契，可见其高超的政治技巧。

　　张居正与太监的联合，与明朝政治体制有很大的关系。明朝的内阁有权代皇帝对内外臣工的题奏本章拟出批复或批办的意见，并把这些意见写在"票签"之上，供皇帝审阅定夺。皇帝定夺之后，交宫内司礼监秉笔太监按皇帝的意见批写在各本章上。这种负责"批红"的太监因此权力极大，批红时往往按自己的意见改动内阁的票拟，或者对皇帝施加影响。而前任首辅高拱正因对太监冯保的蔑视，才导致被迫致仕。万历登基时才 10 岁，冯保是万历的"大伴"，又是李太后的亲信，所谓的"批红"，在一定程度上实际就是冯保的意见。如果张居正在首辅任上也形成与冯保作对的局面，不仅自己有去职之忧，而且可能会激化矛盾，形成明初"夺门之变"的结局。冯保的某些要求，如果不损害大局，张居正不能不去满足。所以，在小说中，我们可以看到，张居正登上首辅之位前，张居正与冯保联合的目的，如果说是出于保护自身，排挤高拱的话，那么张居正夺得首辅之位后，张居正与冯保的联合，对李太后的俯首听命，则是为了"挽振颓风，刷新吏治"，实现国富民强的政治理想而采取的韬晦之计。

　　张居正登上首辅之位的隆庆六年，国库空虚，财源枯竭，入不敷出，同时，吏治腐败，民不聊生，以至于朝廷官员的俸禄，都要用胡椒苏木折付。在《张居正·水龙吟》一书的开篇，小说写到因折俸事，在京城引起轩然大波。锦衣卫主管粮秣的官员章大郎大闹储济仓，将大使王崧推倒摔死，结果朝野上下议论纷纷，如不严办章大郎则无法平息官员的愤怒。而章大郎如此蛮横，皆因其舅系乾清宫总管太监邱得用。当初，张居正决心惩治凶犯，但邱得用用一幅李太后所摹写的价值万金的《心经》送给冯保后，冯保借京官对胡椒苏木折俸的不满，敲打张居正，对李太后故意说朝中有人认为张居正"离间君臣情义，怀私罔上"；其对张居正又讲"太后的心情咱知晓，她就是要保章大郎一条命"。而张居正"深知冯保有翻手为云、覆手为雨的老辣手段"，不得已用"误伤"二字为章大郎开脱了此事。同时，对冯保为贪渎且官声不好的南京工部主事胡自皋谋求两淮盐运使一职时，又慨然允诺："这有什么为难的，冯公公交办的事，仆一定尽力办好。"当他感觉此事十分棘手时，他与户部尚书王国光的一席话，可以说是张居正复杂内心的披露。

文中写道，当张居正也骂胡自皋是个贪官时，王国光忽然明白了张居正的处境与良苦用心。当王国光问起起用胡自皋是否冯保的主意时，张居正没有正面回答，而是说："如果用一个贪官，就可以惩治千百个贪官时，这个贪官你用还是不用？"他无可奈何地对王国光说："为了国家大计，宫府之间，必要时也得做些交易。"为了刺探宫中的情况，张居正甚至让自己的管家游七与冯保的管家徐爵相与往来，以便建立直接的联系。

这是老成谋国之计，在某些清流看来，张居正与太监往来，丧失了一位儒家知识分子的骨气与尊严。但《水龙吟》最后写道，京察后，张居正拟票，对一应官员或提拔或降黜，这时，他的亲家刘一儒登门求见。张居正原拟趁京察调动这位亲家的职务，孰料亲家提出离开刑部，愿到南京任一闲职。临行时，送给亲家张居正一个骨董，上面寓意"伶俐不如痴"。其实，张居正并非不明白，这不仅是亲家一人的偏见，而是代表了一批清流的观点，他们认为张居正出任首辅后与后宫及太监的合作没有风骨，为士林所不屑。

这些后果，张居正并非没有料到，还是那次与户部尚书王国光的对话中，张居正已推心置腹地对他申明了自己的处事原则。他说：

> 古今大臣，侍君难，侍幼君更难。为了办成一件事情，你不得不呕心沥血，曲尽其巧。好在我张居正想的是天下臣民，所以才能慨然委蛇，至于别人怎么看我，知我罪我，在所不计。

中国历史上的政治家中，张居正无疑属于那种以天下为己任，鞠躬尽瘁，死而后已的贤臣，但他在这些身居高位的宰相中，属于勇于任事，不顾毁誉、不计身家的代表性人物。小说写到他上任即推行京察，意欲罢黜一批庸官，选拔一批能吏，尽管这项措施遭到高拱余党的激烈反对，但他坚定不移，为其下一步的改革奠定了组织基础。

其实，张居正对太监和后宫作出的妥协，并不是没有任何原则和立场。而是不愿与内宫产生不必要的矛盾，因小失大，使相权的推行陷于宫府之争中。如尽管他说服王国光提名胡自皋任两淮盐运使这个肥差，但他叮嘱王国光："你要想法子把胡自皋盯得死死的，一旦发现他有贪墨秽行，一定严惩不贷。"再如他对万历经筵所需的十五万两巨额费用，张居正本想劝阻从简，但因吕调阳入阁的谕旨是绕过内阁颁发的，张居正从中明显感到天威不测的巨大压力，在冯保的恩威并用下，尽管官员薪俸都无法解决，他却不得不答应筹措这笔费用。但他利用李太后笃信黄道吉日的心理，串通测字先生，推迟经筵日期，斥退总管太监邱得用。作为一个宰相，出此下策，苦衷可想而知。

所以，我们说，作家通过一系列情节和细节不仅仅塑造出了一个勇于改革的政治家的艺术形象，更重要的是，他通过张居正恰当处理各种复杂关系，有效地实现自己的政治抱负，形象地告诉我们，任何改革都不是直线运动。宋朝的王安石尽管公开提出更改祖法的旗帜，表现了大无畏的精神，但因其缺少斗争韬略，最终给变法带来了阻力，而历史上只有张居正这种具有超凡能力的政治家，才能不为个人的小名小利所左右，在实现经邦济世的政治理想时，藏巧于拙，审时度势，顺利推行自己的政治主张。这，不能不说是这部小说提供给我们的一个有益的启示。作家在描写这段历史与这个毁誉参半的人物时，准确地做出了自己的历史判断，不以私德而废公，也不因其对历史的贡献而遮蔽个人道德的缺陷。

因文生事，金碧间杂

历史小说如何再现历史，如何做到将历史真实与艺术真实有机地结合起来，体现作家独特的审美追求，历来是见仁见智的事。金圣叹在评点《水浒》第十三回时说道：

> 《史记》是以文运事，《水浒》是因文生事。以文运事，是先有事生成如此如此，却要算计出一篇文字来，虽是史公高才，也毕竟是吃苦事；因文生事却不然，只是顺着笔性去，削高补低都由我。

金圣叹谈的是历史著作与小说的区别。他认为，历史著作是先有事如此如此，"文"是服务于"事"的，而小说是着眼于"文"的，而"事"是根据塑造艺术形象的需要虚构出来的。系列历史小说《张居正》在处理"文"与"事"方面，做了一定的探索，取得了较好的艺术效果。

据史载，隆庆六年（公元1572年）张居正担任首辅之际，吏治不靖，官宦众多，除了因历史原因在南京还有一个"留都"外，北京中央政府官员也是人满为患，以至于如民谣所唱"一部五尚书，三公六十余，侍郎都御史，多似景山猪"。国库空虚，中央财政赤字达六百多万两。张居正自嘉靖二十六年中进士后，一直在京城做官，他目睹了明王朝自嘉靖、隆庆到万历年间的弊端，在《陈六事疏》中，他上书言政，提出了自己的政治主张。第一卷《木兰歌》围绕张居正为实现自己的政治抱负，与高拱明争暗斗当上首辅为线索。第二卷《水龙吟》围绕张居正实行京察前后改革与反改革的斗争。作家在处理历史材料并将之艺术化的过程中，深入研究了明代中后期的历史，特别是嘉靖、隆庆、万历三朝的历史，并为之做了大量的考证，做了不少读史笔记。他力图用文学形象再现这位改革家及其所处时代的全景画图，并藉此对今天的改革提供一个可资借鉴的佐证。

历史小说的创作，有人也许认为历史已经提供了现成的史实和人物，写作时会比虚构的故事要容易些，其实，历史是纷纭复杂的，是停留在枯燥的记叙中，很多现象被掩盖在文字之内，记叙者有时为尊者讳有时迫于形势而扭曲了历史，这样作家既需要用现代人的视角对历史进行梳理，找出自己心目中的"历史"，又需要作家运用艺术手法还原这段历史，在一定意义上而言，历史小说的写作比虚构的小说更难写。清人毛宗岗在论及《三国演义》与《水浒传》之区别时，曾说道：

> 读《三国》胜读《水浒》，《水浒》文字之真虽较胜《西游》之幻，然无中生有，任意起灭，其心不难，终不若《三国》叙一定之事，无容改易，而卒能匠心之为难也。

毛宗岗关于《三国》比《水浒》更难写的观点，得到了光绪年间另一位叫谢鸿申的人的拥护，他在一封信中写道：

> 识者无不以《水浒》胜于《三国》，愚谓《水浒》非《三国》匹也。《水浒》笔力固推独步，然注意者不过数人，事迹皆凭空结撰，任意而行，似易为力。《三国》人才既多，事迹更杂，且真迹十居八九，如一团乱丝，既不能寸寸斩断，得不能处处添设，若自首自尾有条不紊，固极难矣，而又各各描摹，能不遗漏，似觉更难，乃作者好整以暇，安置妥帖，令人不觉事迹之繁多，而但觉头绪之清楚，以《列国志》较，优劣自见矣。(《答周同甫》《东池草堂尺牍》卷一)

作家熊召政早年写诗，曾以长篇政治抒情诗《请举起森林一般的手，制止》而享誉文坛，他近年来也写过几部小说，但他在提笔写历史小说时，曾经走过一段弯路。他在给笔者的信中曾写道：

> 节前蒙招饮于江左，谈张居正书稿获益颇多。我之过分拘泥于历史而忽略偷梁换柱移花接木之小说特色，导致笔墨谨慎缺乏酣畅淋漓的小说气象……经过通盘考虑，我决定重写，化呆板为灿烂，推秋水而洪波……

从此可以看出，历史小说的写作不仅受制于历史，重要的是还要考虑小说的艺术规律。作家是通过创作实践得出这经验，经过深思熟虑后才找到历史小说的创作规律，凭着作家的才华与悟性，他很快寻找到了历史小说创作的必由之路，将小说写得如此花团锦簇。

这条必由之路就是一要尊重历史，二要尊重小说创作的规律。为此，作家阅读了可以找到的所有明代正史与野史，阅读了大量的明代小说。对于一个称谓，一个器具，作家都仔细考证，详细记录下来。在《张居正》中，不仅大的历史脉络与史实是真实的，百分之九十九的人物是历史有记载的，更为重要的是细节的逼真再现，作家认为，历史就是通过这些琐细的生活来展示其悠邃与深沉的。相反，为了塑造人物形象，作家根据情节的逻辑发展大量地合理地加以虚构，使人物更典型，更符合艺术的真实，使读者感到如见其人如临其境。这正如毛宗岗所言：作为小说要"因文生事"。因其因文生事作品才会文采焕然，才能出现"金碧间杂"的艺术景象。

摇曳多姿　雅俗共赏

一部小说出版后见仁见智是十分正常的，但《张居正》出版后，无论是从事文学批评的专家还是全国各地的普通读者，都对这套书给予了一致的好评。其主要原因，是这套书做到了雅俗共赏。

关于"雅"和"俗"的界定，其实是一个模糊的概念。《诗经》中有"风雅颂"之分，其"雅"指的是相对于地方土乐的中央王畿诗歌的内容。在小说中，特别是以叙事为主要美学特征的传统小说中，雅与俗一方面指的是读者对象的广泛，一方面体现在文本自身的艺术追求。就历史小说文本而言，"雅"一般指的是语言的诗化与典雅，人物的生动与典型，史实的准确与真实，其内容上多以知识阶层与上层社会作为描写对象，而"俗"指的是情节曲折，故事性强，语言通俗易懂，注重描写市井民情和普通民众的生活。《张居正》将雅与俗有机地结合在一起，使这部作品具有一定的思想容量、艺术品质而又给人具有很强的阅读快感。

张居正是明湖北江陵人，曾以厉行改革而与商鞅、王安石齐名。隆庆六年他出任首辅后，积极推行自己的政治主张，使万历十年成为有明以来最为富庶的时期。这部小说围绕着这场改革与反改革而铺陈故事，描写了明代政治、经济、文化、军事的全景画卷，特别浓笔重墨描绘了宫廷政治斗争，权力角逐，其中塑造了张居正、高拱、冯保、李太后等几十个栩栩如生的人物。作家注重将历史在作品中逼真还原，不仅主要人物均出自史实，作品中涉及的典章制度，风俗民情、语言称谓，乃至当时的文化心理，都力求真实可感，这就使这部作品富有浓郁的历史文化氛围，具有典雅方正的韵味。如《木兰歌》中关于乾清宫的一段描写：

> 紧挨乾清宫的东暖阁，是皇上批览奏折处理政务之地。虽然书籍盈架卷帙浩繁，看上去却少有翻动。硕大几案之后正面墙上，悬了一块黑板泥金的大匾，书有"宵衣旰食"四个大字，却是当今皇上的父亲世宗皇帝的手书。按规矩这东暖阁外臣工不得擅入，但隆庆皇帝有时懒得挪步，偶尔也在这里召见大臣垂询军政大事，因此这东暖阁中也为大臣设置了一间值房。

在这一段文字中，可以看出作家显然对明代宫廷布局、室内陈设有深入的研究。同时，叙述中不失时机地加上少许的文言，如"批览奏章"，"硕大几案"，"臣工"等，氛围逼真而又简洁雅致。在《水龙吟》中，作家写道：

> 却说京察实行以来，像童立本这样的六品京官，要过的第一关就是自述近三年来的秉职情况。行谋是否保善家邦，言事是否苟利社稷；有何等职绩，慷慨任事于法制之内；有何等缺失，毁瘁置君于暗墨之中。

这些典型的明代公文用语，更增加了作品的时代特征，500年前的政治风云随着叙述而徐徐展开。张居正澄清吏治的风暴无意中伤害了童立本之类的小官员，悲剧的梦魇张开了黑色的翅膀。《火凤凰》的结尾，玉娘那一曲回肠荡气的歌吟，悲壮而又优雅，写出了玉娘的冰清玉洁和似水柔情，故事哀婉动人。既点化了全书的主旨，又强化了作品的悲剧美。

历史小说要还原历史的真实，使静止的、抽象的历史变成生动可感的艺术形象，就必须遵循艺术规律，充分发挥艺术的想象，调动各种艺术表现手法，使作品不仅符合历史的真实，更要符合艺术的真实，具有艺术感染力。小说中，作家根据人物性格发展的需要和故事进展的可能，大胆虚构情节，使作品跌宕起伏，一波三折，引人入胜。如两广总督李延因贪墨原地致仕，开缺回籍，途经衡山在极高明台处被邵大侠暗杀，前前后后写得曲曲折折，一环紧扣一环。李延致仕史有记载，但在这里写他去西竺寺抽签，写新总督欲行下马威杀扰民的兵士，写李延登衡山见诸多情景，皆是作家的虚构。这里一方面写出了李延此人的贪婪，下台时的胆怯，又写出了继任殷正茂的凶狠，写出了衡山的风景，张居正早年的抱负，作品款款写来，如竹笋剥壳，一层层方见底蕴。再如《水龙吟》中，无论是写高拱派人与王希烈会面那场种瓜的情节，还是金学曾斗蟋蟀的场景，皆写得情景交融，生动有趣，使人如见其人如临其境。

这两部小说还有一个很重要的特点就是作家注意把握作品的节奏，使情节的起承开阖符合读者的阅读心理，使人不仅手不释卷，还有一种很强的阅读快感。如《水龙吟》第一章写在云台内定京察方针，但笔锋一转，又写到储济仓武夫闹事，再写到张居正设计捉拿顽凶。故事的板块律动有急有缓，有张有弛，动中有静，动静结合。再如写左侍郎王希烈与魏学曾在薰风阁议事，种瓜人一番幻术表演，也写得灵动有趣，使本来令人紧张的反张密谋变得意味盎然。所以，这部长篇无论是知识界，还是一般的读者，只要打开书就会放不下。

当然，这本书雅俗共赏还有一个原因就是大量地写到了市井民情。这本书虽然重点写的是宫廷内外的政治斗争，但作家注意营造故事发生的历史氛围，包括文化氛围。因为任何历史的变迁都是在一定的文化背景下发展与演变的。如《木兰歌》中，写到秦淮河畔十四楼的"莺花事业"，西竺寺内老衲释签，孙海、客用与小皇帝那充满童趣的游戏。《水龙吟》中，写到薰风阁卖艺人种瓜幻术，白浪子嫖妓遇玉娘对明代妓院的描绘，秋魁府斗蟋蟀的盛大场面，无不透露出作家所描写的时代的社会心理与文化心理，这不仅使我们更全面地了解典型环境，而且增强了作品的可读性。所以，我们认为，作为历史小说，不雅无以谈到文化，不俗则无以找到知音，只有注意寻找雅与俗的结合点，才算悟到历史小说的奥妙之所在。

（原载 2001 年《中国文化报》）

关于历史小说《张居正》与熊召政对话

周：翻开中国五千年的文明史，有许多对历史作出过卓越贡献的人物。无论是有作为的帝王，还是一代贤臣良将，都使人难以忘怀。但是你为什么选择了并不太为人熟悉的张居正作为你创作的对象？

熊：我写张居正，可以说是出于某种机缘。大约在少年时代，我听说一副对联："一等人，治家报国；两件事，读书种田。"老人告诉我，这副对联的作者是明代的宰相张居正，这是我最早知道张居正的名字。1982 年，我去荆州参加一次笔会，才知道张居正是荆州江陵人。又 12 年过去，到了 1994 年，其时我已下海，有一次，在深圳与一个学历史的商界朋友谈及历代帝者师的下场。他说："所有的帝王之师，下场最惨的莫过于张居正，明神宗是一个薄情寡恩的人。"此后不久，我又读了黄仁宇的《万历十五年》，其中对张居正任首辅期间实施的"一条鞭"法等改革措施赞誉有加。由于以上这些机缘，促使我搜寻史料，开始了对张居正这个人物的研究工作。

把张居正这个人物放在历史中考量，可以用"生前显耀，死后寂寞"这八个字来概括。翻阅史志及明人笔记，对张居正事功行状的记述并不算少，但说好话的不多。张居正的同代人中，真正对他欣赏的是大思想家李贽。万历六年（公元 1578 年），李贽的好友、泰山学派的传人何心隐，在湖北讲学时对张居正推行的改革多有贬抑，在张居正授意下，湖北巡抚把何心隐逮捕下狱，也不问谳定罪，竟用沙袋将其埋压致死。李贽对此非常沉痛，写了一篇悼何心隐的文章，把何心隐与张居正并称为两个人杰，认为张居正并无残害何心隐之意。从李贽的人品风骨来看，他说这段话是真心的，并没有讨好张居正的意思。还有一些人，既肯定张居正的功绩，也对他的行事方式及人品颇有微辞。这些人中，以张居正死后的礼部尚书于慎行为代表。于慎行是张居正选定的给小皇帝讲学的讲师之一，本可飞黄腾达，只因他在万历四年（公元 1576 年）的刘台事件以及万历五年（公元 1577 年）的夺情事件中，对张居正的做法多有批评，从此官运一蹶不振，直到张居正死后才受到重用。

正是这样一个人，在万历皇帝决定抄张居正家的时候，却公开站出来为张居正主持公道，并致信给主持抄家的御史邱橓说："居正生前，众口争颂其功而无人敢指其过，居正死后，众口争斥其过而无人敢颂其功。"他认为这两种现象均不正常。

黄仁宇在《万历十五年》中写道："张居正本身是一个令人感情激动的题目。"许多史籍给予张居正的评价，都没有这句话如此煽情而又留下极大的想象空间。作为一名改革家，张居正是中国历史上卓有成效的一个，可是作为一个人，他却是一个失败者。黄仁宇把张居正遭人痛恨的原因归根于"他把所有的文官摆在他个人的严格监视之下，并且凭个人的标准加以升迁或贬黜，因此严重地威胁了他们的安全感"。我赞成这种说法，但转而细想，张居正若不这样做，改革又怎么能获得成功！儒家讲求宽厚仁爱，但面对一个百弊丛生的政治局面，一个有志于芟除弊政廓清浊气的政治家，如果一味地讲求宽厚仁爱，那么就不可能扭转乾坤。一种制度、一种风气一旦形成社会主流，要想改变它何其艰难。而张居正从事的改革，正是要改变社会，这就注定了他要同社会主流的代表者文官集团作对。如果说他死后被抄家的悲剧来自于皇权，那么还有一个重要原因，则是因为他得罪了当朝的文官集团。

从传统的文化观念判断，张居正是法家而非儒家。循其文化内核，儒家讲稳定，法家讲进取；儒家讲操守，法家讲事功；儒家循规蹈矩讲秩序，法家审时度势讲变通。张居正之为人是外儒内法，因此他用人的特点是"只用循吏，不用清流"。他所启用的部院大臣以及各镇总兵，如工部尚书（水利专家）潘季驯，户部尚书（财政专家）王国光、梁梦龙，刑部尚书（法律专家）王之诰，蓟镇总兵戚继光，辽东总兵李成梁等等，都是有明一代的杰出人物。正因为有这样一批精英共同管理国家，推行改革，才产生了名垂后世的"万历十年之治"。这一点，即便是张居正的反对者，也不得不承认他的治国之才。但张居正最大的失误有两点，一是权力稳固之后，他刚愎自用，经济上也偶收贿赂；二是得罪了清流，如当时的文坛领袖王世贞与汪道昆，都是他的同年进士，张居正担任首辅后，他们也都主动投到门下，希望能够晋升，但张居正觉得他们都是吟风弄月的文人，没有创立文治武功的胸襟，因此而冷落他们。正是这些人在他死后与反对派联手，对他精心培植的改革力量与家人进行了残酷打击与无情迫害。特别是邱橓，当万历皇帝重新起用他并委派他前往荆州张居正大学士府主持抄家时，其酷刑逼供已达到丧心病狂地步。张居正的大儿子被迫上吊自杀，留下血书痛骂邱侍郎。据说这封血书传到京城，就连张居正生前的反对派也认为做得太过分，纷纷写信规劝或制止。

张居正死于万历十年（公元 1582 年）。万历十二年（公元 1584 年），万历皇帝剥夺了赐给他的所有封赠，只差一点没有开棺鞭尸。他的家人也死的死，谪戍的谪戍，生离死别，何其沉痛！至此，在他死后半个世纪，大明王朝再无人敢提起张居正这个名字。有趣的是，最后对崇祯皇帝提出建议要给张居正平反昭雪的，竟是万历五年（公元 1577 年）在夺情事件中被张居正迫害打断双腿、后来终生残疾的邹元标。邹元标当时是新科进士，尚在观政期间，被廷杖后，长期流放贵州，直到张居正死后才平反回京。此人是万历之后晚明的重要人物，亦是东林党的精神领袖，崇祯时期，已八十多岁，领御左都御史。他看到大明天下在张居正死后竟如此迅速地土崩鱼烂，这才反思张居正的种种改革实乃是挽救大明政权的救世良方，因此提出给张居正平反。崇祯皇帝采纳了他的建议，恢复了张居正的封号与名誉，但这一切已为时太晚，没过几年，明王朝便被李自成领导的农民起义推翻。放弃张居正坚持的改革，最终导致了朱明王朝的覆灭。

正是基于对以上这段历史的追溯，我才感到张居正这个人物在中国历史中的典型意义，这个人物身上的历史容量与想象空间都很大，我写作《张居正》的念头便由此产生。

周：你过去是写诗的，现在从诗歌这种抒情文体写作转向小说这种以叙述为主的文体，这种转变你是怎样完成的？你是否受到 20 世纪 90 年代以来历史小说创作热的影响？你又是怎样找到历史的精髓，复活出特定历史的文化内核，勾画出历史发展的脉络的？

熊：人们论及一部作品时，常常以"恢弘的史诗"作为褒奖，可见史与诗结合，就能产生荡气回肠的上乘之作。而史与诗正是我自小就喜欢的。在中国古代，诗是知识分子必备的修养。儒家经典四书五经中，《诗经》是读书人必须熟读的。在我看来，诗人与小说家之间，原本就不应该存在界限，尤其在中国。我们的四大古典名著，有哪一部不是诗词与小说的结合体，只是发展到现在，小说与诗歌才彻底分野。对于文学，这其实不是一种进步，而是倒退。诗的基本特点是想象与激情，这恰恰也是历史小说家应该具备的素质。

我最早产生创作历史小说的念头，始于 1975 年。那时，一位朋友推荐我阅读了姚雪垠的长篇历史小说《李自成》第一卷，读后产生了强烈的震撼。

凭我当时的直感，觉得这就是史诗般的作品。后来，虽然陆续读过一些历史小说，但都感到艺术上没有超过《李自成》第一卷。我想写一部与《李自成》第一卷媲美的作品，几十年来，这念头心中藏之，无日忘之。我曾几次拜访姚老，当着他的面，我也没讲出这一愿望。进入 90 年代后，长篇历史小说创作进入空前繁荣阶段，出现了《曾国藩》、《暮鼓晨钟》、《雍正皇帝》等一批优秀作品，也出现了一批"戏说"的历史题材电视剧。这种状况的发生，原因是多方面的，但根本原因还是市场需要。曾一度被批滥了的帝王将相才子佳人，在改革开放后再次成为中国读者的热点，对于出版商来说，热点即意味着利润。此情之下，历史小说的兴盛就不难理解。我在这"兴盛期"开始写作《张居正》，则纯粹出于巧合。我写作这本书的目的不是为了跟着市场走，而是出于我的强烈的忧患意识。历史小说虽然兴盛，但是大都在写清朝，唐朝次之，宋明两朝却非常少。但仔细研究中国历史，就会发现朱元璋创立的明朝国家管理体制，对今日中国的参照意义，远远超过清朝。最值得借鉴的往往却又不得不三缄其口，所以新中国建立五十多年来，取材于明代正史的小说少有问世。

中国有一个很好的传统，叫居安思危，基于这一点，就产生了盛世危言。知识分子的道德良心，全部的社会责任感，都寄托于这个"危"字。如果说硬要寻找出历史的精髓与文化内核，此乃是也。顺着这个"危"字，我们可以从历史中找到很多撼人心魄的故事与可歌可泣的人物，张居正便是其中的一位。

周：在历史小说中，如何处理好历史真实与艺术真实的关系，是作家必须考虑而又无法回避的一个重要问题。在"文"与"史"的关系上，有些作家主张历史小说必须严格遵循历史，做到"无一字一句无来历"，有些作家又主张小说应当遵循艺术创作的规律，不必拘泥于历史。你是如何看待这些观点的？在张居正这部历史小说的创作中，你又是按照什么原则来处理两者关系的？

熊：有一句话：被史学家忽略的，恰恰是文学家关注的。这比较形象地表述了历史真实与艺术真实的关系。何为历史真实，史学家们众说纷纭，莫衷一是。如果全部听从史学家的话，文学创作无从着笔。写作《张居正》第一卷《木兰歌》时，这一问题也一直困扰着我。我几乎陷入历史的泥淖中难以自拔。希望小说中凡事皆有来历，这实际上是作茧自缚。后来，在华中师范大学王先霈教授的倡议下，请几位研究现代文学的教授给我会诊。武汉大学陈美兰教授一句话使我豁然开朗。她说："你的历史小说写得再真实，在历史学家那里也是通不过的。"历史小说毕竟还是小说。历史小说作家与史学家所关注的历史真实并不是一回事。因此，不管历史小说家在主观上作了多大的努力，被史学家接受的可能性依然微乎其微。我个人认为，小说家对其描写的历史不是"复制"而是"发明"，这就涉及真实的客观性与主观性。某事于某年某月某日在某地发生，这是客观真实。为何发生，尽管史有明载，却依然有一个主观真实的问题。小说家要写某件事，除了根据史书记载写下客观的真实外，还必须从这件事的产生写下史书所不记载的主观真实，这里面就会产生生动的情节。这就是文学家与史学家的不同。

关于虚构，这是历史小说的另一个要害处，没有虚构就没有小说，这是常识。但历史小说的虚构必须在历史的框架里实现，这又有所约束。读者们阅读历史小说时，就某件事的发生与发展，常常会有一个"真"与"假"的直觉判断，同是虚构的情节，为什么会产生两种判断呢？这就说明虚构并非臆造，它必须有所凭借，即在特定的历史环境下，这样一件事可不可能发生。而对历史环境的把握，则取决于作家的史学素养与艺术功力。

周：作为小说这种艺术形式，按照经典的小说理论，必须塑造出具有一定典型意义、形象丰满、有血有肉的立体的人物形象，张居正是四百多年前的一位举足轻重，曾经有过辉煌政绩但又被人误解的改革家，当代只有朱东润的《张居正大传》和黄仁宇的《万历十五年》，才使今天的读者对他有一个比较全面的了解。但上述著作都是属于史书，与你小说中的张居正还有所不同。你是如何穿越时空距离，与小说中的张居正寻找沟通的渠道，心灵的共振？在小说中又是如何把握这位人物的心灵世界，探讨心灵的可能性与生存选择的可能性？

熊：张居正是一位改革家，以他为写作对象，自然就会考虑改革的诸多问题。孟子讲过"为政不难，不得罪于巨室"，这句话可谓是历代皇权统治者的座右铭。而改革的目的，恰恰就在于施政纲领的改弦更张。这势必要削弱巨室的特权，尽可能让老百姓得到实惠。中国历史上发生的几次著名的改革，莫不是在社会矛盾极度恶化的情况下发生的，不改革就有可能危及政权。所以说，改革是一种化解矛盾，促使社会进步的政治手段。在封建社会的改革中，那些"巨室"从来就不会采取合作的态度。所以说，每一场改革实际上就是一场没有硝烟的战争。从历史上的文治武功来看，武功方面，出现了一大批杰出人物，历代开国之君，基本上都武功赫赫。而在文治方面，情况却要逊色得多。即便是汉武帝、唐太宗、诸葛亮、王安石这样雄才大略的人物，也没有在文治上建立起可以垂范后世的方略传统，可见治世之难。研究过张居正历史的人，完全可以说张居正是极为难得的治世良臣。他实施的改革，于国于民都获益匪浅。正是他在裁汰冗官减少政府开支的同时，又实施"一条鞭"法等新的税赋制度，为国家储备了大量的金银与粮食，支撑了朱明王朝的最后六十年。而且在他执政期间，广大农民迫于生计揭竿起义的事也未发生。对待老百姓，他施的是仁政，对官员、清流等利益集团，他施的却是苛政。这正是他的可贵之处，亦是他祸机引发之处。动笔写《张居正》之前，我写过一首《怀张居正》的律诗：

> 常记先生柄政时，城狐社鼠尽摧之。
> 书生自有屠龙剑，儒者从来作帝师。
>
> 寂寞王侯多怨恨，萧条国事赖扶持。
> 昭昭史迹留嗟叹，社稷安时宰相危！

　　我对张居正的评价与感情，都已在这首诗中道出。你提到的朱东润的《张居正大传》和黄仁宇的《万历十五年》，都是肯定张居正的强有力的史学著作。近二十年来，因为改革的原因，对张居正的研究逐渐多了起来，但依然不是显学。在明代的史籍中，张居正总是被描写成一个始终板着面孔的人物。事实上，他也是一位真正意义上的冷面宰相。可以说，"冷"是他的性格特点，而"狂"则是他的精神实质。我重塑张居正这个人物，把握的便是这两个字。

　　周：在你这部系列长篇历史小说的第一卷《木兰歌》中，有人认为形象比较丰满的不是张居正，而是张居正的政敌高拱。高拱作为知识分子出身的官僚，有深厚的学识修养，有丰富的治国经验，而且为政清廉，为人耿直，在读者心目中并不比张居正逊色，甚至比张居正依附内宫阉宦还要受人尊重一些。你为什么塑造了高拱这样一个复杂性格的人物来作张居正的映衬？

　　熊：在嘉靖时期，严嵩任首辅期间，张居正与高拱是北京国子监的同事。高拱比张居正大十三岁，先六年考中进士。两人都怀有大志，以身许国，意欲创立经邦济世的伟业。由于同气相求，他们很快就成为净友。其时严嵩势焰熏天，高、张两人对他的倒行逆施多有不满。与严嵩同在内阁的次辅徐阶，看中高、张两人的才能，遂招揽到自己门下。经过近十年的努力，徐阶才扳倒严嵩出任首辅。次年，徐阶推荐高拱入阁，张居正出任礼部尚书。应该说，徐阶、高拱、张居正三人都是明中晚期难得的俊彦，三人在首辅任内，都政声卓著，办成了几件大事。但权力与爱情一样，都是不能与别人分享的。对最高权力的觊觎，终使三人反目成仇。先是高拱依靠言官的势力挤走了徐阶，后来张居正又依靠宦官的势力排斥了高拱，这正好应了一句成语："螳螂捕蝉，黄雀在后。"应该说，三人的政见没有多大分歧，不同的只是他们执政的谋略与魄力。徐阶人情练达，处事圆滑，处处透露着江浙人行事精明的风格；高拱为人正派，但心胸狭窄，缺乏大政治家应有的宽容；比之徐阶与高拱，张居正则深藏不露，既有着"治大国若烹小鲜"的那种耐心，又有着挟雷带电的霹雳手段。比之徐阶，他严谨过之而辣劲十足；比之高拱，他沉稳有余又不言而威。徐阶是张居正的官场导师，未构成矛盾，而张居正与高拱从朋友变成对手，其线索十分明晰，张、高两人的关系，可用"十年政友，千古冤家"这八个字来概括。万历五年（公元1577年），张居正回故乡湖北江陵葬父时，路过高拱的故乡河南新郑县，专程拜望了高拱，两人见面皆掩面而泣，似乎捐弃了前嫌，但夺位之恨对于高拱来说，可谓刻骨铭心。做戏归做戏，高拱对张居正的仇恨始终未曾消除，他临终前，写了一份《病榻遗言》，专门讲述张居正勾结冯保阴夺首辅之位的经过。在这份遗言中，张居正被描绘成一个阴险刻毒的人物。张居正死后，这份遗言开始在北京广为流传，引起许多正直官员对张居正的不满。若对这段历史仔细研究，不难发现《病榻遗言》过于情绪化，内中一些事件与事实多有出入。《病榻遗言》之后，王世贞所著《首辅传》中，对张居正进行了无情的挞伐与嘲讽。前面已讲过，这个王世贞是万历时期的文坛领袖，清流的代表人物，诗写得很好，但在官场却毫无建树。张居正根据自己重用循吏的原则，对这位希望升官的同科进士不讲任何情面，让王世贞好梦成空。张居正死后，王世贞写作《首辅传》，对张居正的不满就可一吐为快了。高拱与王世贞都是万历时期的重要人物，他们两人对张居正的攻击，可以说杀伤力至为巨大。后世许多学者对张居正的鄙薄，不能说没有受这两人文章的影响。

在《张居正》第一卷中，我依照历史事实刻画出高拱这一形象。他任首辅时已控制了整个政府，所有部院大臣及六科言官都成其羽翼。张居正审时度势，要想夺取首辅之位，只有一条路，就是与宦官冯保结为联盟。与阉宦勾结，历来为士君子所不耻。但张居正为了当上首辅，却甘愿冒天下之大不趑，这便是他把事功放在第一的必然结果。因为如果当不上首辅，他的久蓄于胸的政治理想就无法实现，"万历新政"也就不可能出现。从道德的角度，高拱值得同情，甚至值得赞赏。但是，我不同意把道德凌驾于事功之上。道德关乎个人，而事功关乎社稷，孰重孰轻，自有定论。清流们认为，道德与事功应该是统一的，这只是一个善良的愿望。事实上，这两者之间没有必然联系，有时它们甚至水火不容。

因此，我塑造高拱这一形象，其目的并不是为了映衬张居正，而是客观写出这两位政治强人的性格特点。在道德的藩篱面前，他们采取不同的方法，获取的结果也截然不同。

（原载《写作》2001 年第 3 期）

《张居正》出版前后及历史小说的创作①

　　记者：首先祝贺您任责任编辑的《张居正》获得茅盾文学奖。在您的眼中，《张居正》是一部什么样的作品？这部作品从初评到终评，一路高票领先，最终以最高票获奖，您认为它从众多的小说中胜出的主要原因是什么？该书的成功之处是什么？

　　答：《张居正》这部作品，是一部艺术地再现明王朝历史的长篇小说，对于当代读者而言，不仅可以从中了解张居正所处时期的政治、经济、文化、社会生活的方方面面，而且从中可以思索，在一个不民主的皇权社会里，可能产生的悲剧。张居正厉行改革，曾经使病入膏肓的明万历出现中兴的局面，成为明代最富裕最有生气的时期，但是，当张居正刚刚逝去不久，明神宗及其跟随者不仅否定了这场改革，而且让改革的推动者张居正全家都承受了惨痛的代价。特别让人感到震惊的是，张居正死去38年后，清王朝即取代了明王朝。当崇祯皇帝四面楚歌之时，他首先想到的就是张居正，但已为时晚矣。这部作品，为什么受到众多评委的青睐，我认为，一是作品既有文人小说的典雅，又有传统小说的通俗可读；二是既把握了历史的大致真实，又充分考虑了读者的审美期待；三是人物形象丰满，性格鲜明；四是四部小说，从第一部至最后一部，都保持了较统一的艺术水准。另外，近年流布较广的黄仁宇的《万历十五年》，也对人们渴望了解张居正起了一定的催化作用，同时，众多评论家在此之前对这部作品的肯定，作品在此之前多次获得各种奖，也对这次获得茅盾文学奖不能说没起到一点促进作用。

　　记者：有评论界认为，这部作品"以心灵吟唱历史，以史笔重构文化"，是我国近年来长篇小说创作的一个重要收获。您怎么看？

　　答：我觉得这句话概括得比较准确。好的历史小说，应当是史与诗的结合。这部作品，具有史诗的品格。作家以一种典雅的，纯粹的汉语，优美地

---

　　① 此文系接受《文艺报》记者采访内容。标题系编者所加。

呈现了这段撼人心魄的历史。让人在穿行历史的长廊中，享受到美的呵护。所以，《文艺报》在刊发有关评论时，用了这样一句话来概括这部小说。

记者：王蒙曾赞《张居正》"不是戏说，不是借历史的掌故哭自己的块垒，而是一种洞明，一种领略，一种成熟，一种不可没有的智慧"。您的看法是什么？

答：作家不是抒发小我的恩怨，而是通过选择这段历史，帮助人们思索人生，观照今天的改革。但作家要表达这种追求，又不是那么直接地站出来坦露心迹，而是通过故事情节、人物形象、人物的命运，来间接表达这种"智慧"。

记者：《张居正》这本书的发行情况怎样？获得茅盾文学奖对书的发行影响有多大？据说，此书准备拍成电视剧，请您谈一谈影视作品与文学作品之间的互动关系。

答：这本书的发行在获奖前本来就不错，获奖后销售直线上升，这说明了人们对优秀文学作品的期待。小说已改编为42集电视连续剧。我社出版的《雍正皇帝》改编为电视连续剧《雍正王朝》播放后，一度洛阳纸贵，供不应求，我们相信这部小说经过紫禁城影视公司改编拍摄后，小说一定会再次受到读者欢迎。因为电视是大众传播媒体，它的收视人数众多，一旦电视热播，必然拉动小说销售，这一规律已屡试不爽。

记者：在《张居正》这本书的编辑过程中，您与作者熊召政、熊召政与出版社之间发生过哪些有意思的故事？您为此书的出版，做了哪些方面的努力？

答：记得一个媒体采访我时，我曾说过，我与熊召政通过小说的编辑与出版，不仅成了挚友，还成了诤友。作家与我是武大一届的同学，但过去因为在两个班，只知道其人并不是太熟。他本来是湖北省作协的副主席，后来因为一场政治风波有过一段曲折，后来下了海，他是通过这部书又上了岸的。当初他通过一个朋友找我，说是他要写这样一部小说，我没有看稿就说，行，我们出。当初是冲着他的诗名，他的诗曾获过全国奖，我在上学前就买过他的诗集，再者我有些同情他当时的处境。他将第一部小说稿送给我后，我给他提了些意见。我认为按他当初的水平，出版也可以，但要想有多大的影响，有多大的市场，都谈不上。主要是故事性不强，拘泥于史实，表现技巧上还显得呆板。当我将自己的评价告诉作家后，他拿回去认真思索并听取了一些朋友的意见，后来他给我来信说准备推翻全部重写。他不缺钱，他希望的是作品能传之后世。后来我们在汉的一些朋友成立了一个松散的"美食家协会"，他与我都是"会员"，大家隔三差五都可以见个面。

记者：《张居正》是熊召政同志的第一部长篇小说，在您的眼里，徐贵祥是一个什么样的人？您如何看他的作品？熊召政说，"作家应选择有挑战性的题材，""相比许多历史人物，张居正并不是很出名。"但他认为，张居正改革事件对今天仍有参照意义。您怎么看？

答：徐贵祥的作品目前我还没有看，《历史的天空》电视剧我看了些片断，我不好评价与比较。诚如你所言，张居正大多数人们并不了解，历史书上也只有很少的一点介绍，主要是他的"一条鞭法"。选择这段历史，我前面说过，一是黄仁宇的介绍，二是张居正就是湖北江陵人，熊召政早就了解他的这位乡党。张居正敢于任事，不计身家，精神可嘉。我们今天的改革，仍然需要他这种一往无前的拼搏精神。张居正改革有功，但晚年不检，家人门徒狐假虎威，也做了一些不廉之事。这种形象对今天的改革者来说不能说没有借鉴的意义。同时，张居正的改革在封建皇权面前，以失败而告终，这也提醒我们要珍惜今天的改革局面，对于执政者而言，也会从中受到启发。

记者：据说熊召政为写《张居正》，花了十年的功夫，查明史花了五年。金庸也曾向他讨教关于李自成杀戮起义同伴的史实，来作为修改《碧血剑》的根据。您怎么看他的"十年磨一剑"？

答：是的，作家前后十年与张居正为伍，几乎成了半个明史专家。金庸向他讨教是实有其事。我觉得，我们的作家，在市场经济面前，一部分人变得比较浮躁，一年写几部长篇，缺少生活的积淀与思考，作品缺少思想的力度与艺术的探索，这些作品肯定不会传之久远。熊召政为了写好这部作品，自费到各地去考察，购买了大量的有关明代史实的书籍，与明史专家讨论，这都说明了他创作态度的严肃与认真。我们应当提倡作家沉下身来，深入生活，潜心写作，这样才能写出厚重的作品来。

记者：您对目前历史题材小说出版现状如何看待？据您了解，他最近有没有一些长篇小说的构想和创作计划？

答：目前历史题材的小说出版了不少，但真正特别厚重的，历史真实与艺术真实结合得特别好的不多。这主要是作家创作准备不够，或者说缺少创作技巧而致。中国有五千年的悠久历史，有无数可歌可泣的英雄，中国的作家在这方面大有用武之地。即使是同一题材同一人物，作家的审美角度、表现方法不同，同样还可以重新来写。熊召政最近准备要写战国春秋一段历史，已经多次去实地踏勘，搜集资料，当然，他也还打算写一些别的题材的长篇小说。

记者：请介绍一下您个人的情况及熊召政的近况。

答：我做了近二十年的编辑及出版管理工作。当编辑时，曾担任了二月河的《雍正皇帝》的责任编辑，策划了如"九头鸟长篇小说文库"一些图书。现在担任湖北长江出版集团总编辑，但还在兼长江文艺出版社社长。熊召政目前主要是湖北省作协的专业作家，当然，他还是湖北万象文化有限公司的总经理。

言而无文，行之不远
——从接受角度看历史小说

小说是因为读者的存在而存在的，读的人越多，就越证明这部小说受到欢迎。无论是从传播学的角度还是从经济学的角度看，作家首先要考虑接受主体的审美感知，特别是这种被鲁迅称之"街谈巷语之说"的文体的本质所在。而历史小说，不是历史科学的简单演义，而是作家所描述的那段历史的艺术化呈现。因此，作家要在历史的大框架内，通过引人入胜的情节，形象生动的语言，丰盈充沛的形象，全面地艺术地再现所要表现的那段历史的精髓。

中国古典小说创作的雏形，可以溯源到《山海经》中的神话，历经魏晋志怪、唐宋传奇、宋元话本，到明清之际，小说异峰突起，创作者众，但真正能够流传下来，并且广为人知的，只有被称之为四大古典名著的《红楼梦》、《三国演义》、《水浒传》、《西游记》。这四部小说中，按照鲁迅在《中国小说史略》中的分类法，《红楼梦》是描写人情的，《西游记》是属于神魔小说，而《三国演义》、《水浒传》则属于"讲史"小说。也就是梁启超在《新小说》中第一次提到的"历史小说"。

《三国演义》《水浒传》的作者是罗贯中，罗贯中是明代人，明代人写汉末魏晋，写北宋故事，自然就属于历史小说了。也许罗贯中那时没有如今的历史小说创作理论所拘囿，他考虑的是读者或听众是否喜欢。因此，在《三国演义》中，他大胆地根据情节与人物性格的发展来取舍材料，他所塑造的众多人物中，如对曹操的描写，突出了他的奸诈，而有意忽略了他的才情与对统一中国的贡献；如对诸葛亮的描写，突出了他的智慧却多了几分狡猾；写周瑜的心胸狭隘而置历史上恢宏大度的周瑜于不顾。再如《甘露寺》中让已死了多年的吴太夫人再次出场。他的大胆假设，不仅让当代人将三国当成历史来读，连清代的大诗人王渔洋，也把《三国演义》中的"落凤坡"当成了实有其地。我们认为，作家不可能没有看到《三国志》，不可能没有研究汉末的历史，但他大胆想象，把小说的创作当做美的追求，才营造了如此瑰丽奇崛的艺术殿堂。其实，罗贯中一生著述甚多，流传至今的只有四部，除了上面提及的两部之外，尚有《隋唐志传》与《北宋三遂平妖传》问世。同是一个作家，如今知道这后两部小说是历史小说大家罗贯中创作的并不多，盖其因，用鲁迅的话说，"这两种书，构造和文章都不甚好，在社会上也不盛行；最盛行，而且最有势力的，是《三国演义》和《水浒传》"。为什么同一时代只留下了这样四部小说让人称道，为什么同一作家著述甚丰却只有两部流传至今，关键如前所述，这四部长篇小说在小说艺术的探索与实践中，创造了也达到了中国古典小说的一个新的艺术高峰。

作为一家文艺出版社，我们也曾先后出版过三十多部历史小说，尽管有些小说当时曾经受到各方关注，评论界也一度给予好评，但随着时间的流逝，有些小说已经渐渐被人淡忘，渐渐地退出了图书的流通市场，只有二月河的帝王系列（包括《康熙大帝》、《雍正皇帝》、《乾隆皇帝》三套共十三部小说》），熊召政的系列历史小说《张居正》（共四部）畅销不衰，成为读者青睐的读物。

是由于这些小说所描写的是"帝王将相"、宫闱秘闻的缘故，还是由于这些作品遵循了小说艺术的创作规律，才得以长销不衰，如此受到读者的青睐呢？我们不妨从当下与历史的角度来探讨一下这个问题。

新时期以来，以帝王将相、皇后嫔妃为描写对象的历史小说不可谓不多，从秦始皇到宣统，二千多年二十五代皇权更替，几乎都有作家以此为素材创作过历史小说，仅首届姚雪垠长篇历史小说奖的评奖活动中，进入终评的就有一百多部，但目前这些作家的作品在市场上能够见到的却不多。据了解，这些作品要否印行几千册，很快销声匿迹，要否由不同的作家反复创作出版，但真正能广泛传播的并不多。为什么呢？主要是这些所谓的历史小说在材料的选择上，在表现的手法上，没有考虑读者的接受需要，他们或者过分"据史指陈"，拘泥于历史，无法给读者以新的审美愉悦；或者人物形象平面化，是概念的演绎；或者情节简单，无引人入胜之笔；或者创作准备不够，对所要描写的历史缺少深入的研究，戏说成分太多。而二月河的小说，从《康熙大帝》的第一卷《夺宫》出版始，先后已有二十年，十三卷本印行不下一千万册，至今仍长销不衰，如果加上盗版，总计不下二千万册。分析其成功的原因，无怪乎是作者在尊重历史的大框架的原则下，重视用细节营造历史的氛围，借鉴武侠与传奇的表现手法，以塑造鲜活生动的人物形象为中心，大胆展开汪洋恣肆的想象，所以，众多读者都反映，一旦打开该书就难以释怀。有一位颇有些创作经历的山东作家，一连读了十一遍。他告诉别人，"这是共产党留给后世的《三国演义》"。二月河的作品不仅在国内受到欢迎，在海外凡是有华人处皆有二月河的作品，他不仅在纽约获得了"最受欢迎的海外华人作家作品奖"，台湾与北美均成立了"二月河读友会"。熊召政的四卷本《张居正》创作之始，在"文"与"史"的关系处理上也曾有过徘徊。他的第一卷《木兰歌》创作后，由于过分拘泥于史实，缺少想象，一度陷入误区，经过反复思考，他率而将已创作的35万字作品置之一边，重新开始了构思，他认真研究了二月河的作品、唐浩明的作品，取众家之长，创作了120万字系列长卷，构成了这部"睥睨一时的大制作"（曾镇南语）。这部作品出版后不仅获得了"首届姚雪垠长篇历史小说奖"，"湖北省政府图书奖"、"屈原文艺创作奖"、"九头鸟长篇小说奖"，还得到了金庸等文学大家的好评，在短短的一年内多次加印，销售达十余万册，在第六届茅盾文学奖的初评中，以高票入选。系列长篇历史小说《张居正》除了有唐浩明对历史逼真复原的特点外，还有二月河小说波澜起伏、摇曳多姿的艺术魅力；除了有书卷之气外，还具有大众读物的通俗化的表现形式，因此才会受到读者的欢迎。

言而无文，行之不远。古人在二千多年前即告诉我们，没有鲜活生动具有文采的文章，是不能传之久远的，如果用此来印证中国的小说发展，也可以说，没有遵循小说创作规律的小说作品，是没有读者的。试想，绝对没有一位作家不希望自己的作品被更多的读者所了解。所以，作家创作历史小说时，放在第一位的，应当考虑读者的接受期待，只有小说而不是历史，才会具有充满艺术感染力的品格，才能够满足广大读者的需要。

（原载《理论与创作》2004年第1期）

历史小说的辉煌与失落

当代历史小说创作的现状

中华民族五千年悠久的历史，为历史小说家提供了驰骋才情的广阔天地，因而当代历史小说，特别是新时期历史小说的创作，无论是数量，还是质量，都风姿卓异，成就斐然。据新闻出版署统计，新时期以来的二十年间，全国出版的长篇小说近 10 万部，而历史小说占有很大的比重。在某些阶段，历史小说创作的收获甚至更为沉实、丰硕。从四届茅盾文学奖和"八五"期间全国优秀长篇小说奖的得奖情况来看，充分说明，历史小说占有重要的位置；从图书市场传递出的读者阅读热情表明，历史小说以其自身的魅力，已经赢得读者的充分肯定。

历史小说的空前繁荣，主要是由于作家突破了过去单一的阶级斗争的视角，而以宏阔的文化视野，再现历史风云，将笔触伸向新的天地。上至传说中的炎黄二帝，近到末代皇帝溥仪；从皇宫禁苑的感情波澜到市井青楼的人生遭际，都化为艺术形象活跃在作家的笔下。如杨书案的"圣贤系列"，二月河的"帝王系列"，唐浩明的清代"将相系列"，吴因易的"明皇系列"，凌力的"清宫系列"等。这些作品中塑造的形象不再是某些历史结论的演绎，也不是简单地附会一些阶级斗争、民族冲突的老故事，而是在接近历史的同时多侧面多角度地展示人物的丰富性，东方文化的感召力。如描写东林党人和青楼神女的《白门柳》（刘斯奋著），描写曾是保皇派尔后又成为共产党人的《旷代逸才　杨度》（唐浩明著），其塑造的人物形象，丰富了新时期的文学画廊，体现了作家审美判断的新取向。所以，有人认为，当代历史小说的创作，其成就、影响某些方面还在反映现实生活的小说之上。

作家眼中的历史

新时期历史小说五彩斑斓，令人眼花缭乱，但认真探究，其差异主要体现在研究历史的深度上，在处理历史真实和艺术真实的关系上，所表现出的不同艺术风格的审美差异。这种差异，从创作实践中来看，主要是作家认识历史表现历史的区别。这大致可以分为三种类型：

一类是服从于历史的规定性，尽可能地忠实于历史的本来面目，遵循历史发展的必然规律，在构思历史小说的情节，设置人物关系时，强调"文皆有据，史必可考"。如曾获第三届茅盾文学奖荣誉奖的《金瓯缺》（徐兴业著），主要通过对 12 世纪北宋覆亡，南宋偏安一隅那一段战乱频仍的历史生活的艺术描写，表现一批人的爱国赤诚和民族正气。这部小说气魄宏大，结构繁复，被评论界称之为大手笔的"鸿篇巨制"。作者构思于抗日战争时期，成书于 20 世纪 80 年代，前后将近半个世纪，他倾毕生精力营构此书。据介绍，他"多年浴身史海，博学多识，对宋、辽、金史尤有精研。他这部小说内容的主干、枝叶均取自浩瀚史籍，力求文皆有据，事必可考，严格地遵循着历史真实的要求"。这种"文皆有据，事必可考"的创作追求，凌力的《少年天子》、唐浩明的《曾国藩》、刘斯奋《白门柳》等，基本可以归于这一类。

第二类作品主要表现在作家在遵循历史真实的基础上，比较重视形象思维，他们充分发挥想象的空间，在不违背历史真实的前提下，虚构一些人物和事件。如在长篇历史小说的创作中普遍被人看好的二月河的《康熙大帝》、《雍正皇帝》、《乾隆皇帝》以及姚雪垠的《李自成》，杨书案的《孔子》、《老子》、《庄子》等，就属于此一类。如二月河的《雍正皇帝》一书中，作家为追求更完美的艺术真实，虚构了邬思道、李卫、田文镜等人的一些经历与事件。这三个人，历史上确有其人其事，但他们在小说中的作为和发挥的作用，和史实有很大的区别。如邬思道有记载说，此人本是田文镜的幕客，但小说中写他是雍正帝的第一谋臣，为雍正帝夺嫡起了关键的作用。再如田文镜这个人物，本是监生出身，但小说中写他是"捐纳"而得的功名，一直为人不齿。再如李卫，也是雍正帝的宠臣，他本来是捐资为兵部员外郎的，但小说写他是雍正帝做阿哥时办差收留的孤儿。姚雪垠的《李自成》中，有不少批评家认为主人公李自成艺术形象的塑造上，艺术加工的成分多了一些。

这正如作家自己所言:"历史小说是历史科学与小说艺术的有机结合,作家努力追求的不是历史著作,而是艺术成果,即历史小说。"另一个作家杨书案多年来致力于历史小说的写作,成就斐然,计有十余部作品问世,他的作品,如《炎黄》、《孔子》、《老子》、《庄子》等,距今时代久远,史料很少,作家在这里的着力点就放在主人公精神世界的揭示和文化氛围的营造上,没有拘泥于历史具象的揭橥。

还有一类历史小说,想象丰富,故事曲折,或根据史料的记载铺陈演义,或根据传说补缀加工,作家在想象中重构历史,传达主观意象。这一类作品,有些自称为"演义",有些自称为"新历史小说"。在某种程度上来看,他们已经离开了历史的规定性,史实已经成了作家笔下的背景和寄托主观愿望的载体。如《宋朝的故事》、《武则天》,大多都是作家根据当代生活的情感体验,来表现一千多年前的性格悲剧和爱情悲剧的,因此,作品中的历史和历史人物呈现出较大的随意性。

历史小说创作的误区

历史小说越来越受到作家的重视,越来越受到读者的喜爱,这已是一个不争的事实。但历史小说创作中的一些现象也引起了人们的关注,有人称历史小说的创作在处理历史真实与艺术真实的关系上已经走进了误区。

历史小说,顾名思义,必须是历史上曾经发生过的事件,其主要形象必须是曾经活跃在历史中的人物,但是现在有些所谓标榜"重构历史"的"新历史小说",史料的意义仅仅体现在年代和背景之上,作家可以随心所欲地进入"历史"。他们视历史为奴婢,颐指气使,从容地加以支配。如《风流才子纪晓岚》写纪晓岚在乾隆帝面前的弄臣形象。他陪同乾隆帝下江南,一路游玩,一路行侠,一路风流,完全是一个才子加浪子的形象。而实际上纪晓岚是《四库全书》的总编纂,虽爱说俏皮话,长于撰对联,但毕竟是一位学识丰厚的士子,不会是《风流才子纪晓岚》等书和影视剧中的那种形象。也有人指出,这种历史小说充其量只能称之为"戏说",从严格的意义上来界定,它们只能算是"故事新编"。目前,这种"戏说"之风在影视剧中成为一时尚,其消解历史的影响不可低估。如果说,这些"历史小说"追求趣味性和娱乐性无可厚非的话,但有些小说随意编造,对所表现的一定的历史阶段的政治、经济、军事、文化包括哲学、宗教、体育、建筑、习俗、礼仪、教育等缺少研究，率而成章，结果作品中出现了一些违背历史常识的谬误。如文化艺术出版社出版的由女作家唐敏所著的有关描写李清照的长篇小说《红瘦》，有人指出，小说中写李清照为父亲李格非绣一个脚踏火球的麒麟的烟荷包，并有所谓的"旱烟"，是违背历史常识的。实际上，中国的烟草是从明朝才从国外传入。在《红瘦》中，还有王维谈"诗中有画，画中有诗"的情节，也是缺少文学常识的失误。"诗中有画"的评价最早见于苏轼的《书摩诘蓝田烟雨图》，而在《红瘦》中却成了李清照的观点了。

在《戏说乾隆》中，太监、宫女和皇帝随意进出宫门，"答应"本是皇帝的一位有品级的妻子，也在这里成了随意使唤的丫头。历史小说，可以在真实的基础上进行合理的想象，但绝不能违背历史真实，违背历史常识。事实上，新时期历史小说的创作卓有成就者，都是在对所表现的那段历史进行深入细致的研究之后，才开始动笔写作的。如《李自成》的作者姚雪垠，对于明史有十分独到的研究。女作家凌力，专业从事清史研究，写小说则是属于"业余"。再如湖南的唐浩明，在搜集整理编辑了 1500 万字的《曾国藩全集》，对曾国藩及其所处的时代进行了大量考据之后，才动笔写作《曾国藩》。刘斯奋在从事小说写作之前也已开始历史科学的研究。《雍正皇帝》的作者二月河，对清史及其相关史料进行了大量深入细致的研究之后，才开始清代帝王小说的创作。而现在有些作家，似乎成了全才，从三皇五帝到爱新觉罗家族，一部又一部"历史小说"出版。可想而知，其中的"历史"有多少可信度，这些缺少历史氛围的小说又有多少文学价值？

学者们认为，历史不能"戏说"，戏说历史的作家将会受到历史的戏说。

（原载《中国文学》1998 年英法文版）

一个清醒者的悲剧

读完长篇系列历史小说《雍正皇帝·九王夺嫡》，掩卷之余，眼前浮现的不是阿哥党争的宫廷风云，不是紫禁城中的红尘脂粉，而是一个有着生理缺陷的小人物——四阿哥胤禛（即雍正帝）的谋士邬思道的悲剧性遭际，深深地烙印在脑海中。

邬思道本是"无锡有名的才子"，中秀才举人，乡试都是头名。南京春闱，三场考试下来，"时文、策论、诗赋均做得花团锦簇一般"，不料主考官以举子送礼多少取士，邬思道名落孙山。他不愿走门子，又生性耿直，纠集四百余名落榜举人大闹南京贡院，结果是虽然有关官员吃了"挂落"，他却也被朝廷以"正犯"通缉。逃亡路上，又被水匪打折了两条腿。蛰居武夷山清虚道观多年，遇赦方返家。投奔早已将女儿许配给他的姑父，又险些被害。邬思道可谓"路修远以多艰"。

很显然，邬思道的悲剧遭际在很大程度上是那个"爱新觉罗"家族所造成，贪官污吏横行，朝廷却拿他问罪，逼得这位饱学之士沦为四处藏身的阶下囚，世道如此不平，邬思道十年遁逃归来，按理应大彻大悟，远离是非之地。但返家之后，他没有去做陶朱公，也没有去"采菊东篱下"，路遇扬州太守车铭，仍是一副"天不怕，地不怕"的桀骜不驯的样子，入京之后，又入皇四子府中——那个迫害他的大家族里，为胤禛朝夕赞襄，殚精竭虑。是邬思道忘却了十年的苦难，还是为一时荣华富贵而吸引呢？当然都不是。他再度入世之际，正是康熙末年，正如作品中胤禛所言，"国家日下情势，江河日下，徒具鼎盛之名，隐忧也甚可怖"。清理户部亏空，掀起轩然大波，君臣、父子、兄弟相疑，祸起萧墙。尽管邬思道因生理缺陷基本足不出户，但他分析时局，研究对策，说得上是"运筹帷幄之中"。我们从他的行为中不难看出，这位儒家知识分子置个人恩怨于不顾，为胤禛出谋划策，实际上是"穷则独善其身，达则兼济天下"的人生理想的实现。

但是，他那种"以天下为己任"的远大抱负却很快被无情的宫廷斗争所裹挟，作为谋士的邬思道，也身不由己地卷入了这场夺嫡之争。在他的眼中，康熙帝的十几个成年儿子中，胤禛算得上是一个出类拔萃的人物：他才学扎实，办事认真，严肃政纲，治理有方，是拯救颓世无人替代的人物。他义无反顾，全副身心地为胤禛登基顾问侍从。说"天命"，激发了胤禛夺嫡之心。"王府划策"，邬思道暗示胤禛应表现出恬淡闲适，无意功名之心，避免康熙帝担心他有抢位的可能。对于众兄弟，邬思道让胤禛分化瓦解，各个击破。"智士观局"、"行诈谋搜查当铺"，康熙帝驾崩之际"当机决大事"，都显示了他的才智和韬略。但胤禛即位之后，却对雍府中的心腹，包括为他登基立下汗马功劳的邬思道，都将斩草拔根，怕的是泄露夺嫡阴谋，于"天子"龙颜无光。

这种结局，邬思道博古通今，洞彻世事，并非没有预料到。用他的话说：他"太熟悉皇帝了"、"与天子交，共患难易，共享乐难"。胤禛即位后，邬思道便劝胤祥，"铁帽子王要拼死辞掉，才能保你一世平安"。邬思道明明知道胤禛是"一世阴鸷枭雄之主"，一旦成了气候，将会危及身家性命，他却仍赴汤蹈火为他耗尽心力，这种矛盾的统一便突出了邬思道性格中的悲剧意蕴。一方面，"士为知己者死"，不事二主的愚忠思想支配着他；另一方面，他把胤禛作为实现自己政治理想的代表人物。一旦胤禛登基，他觉得自己所追求的事业可以成功了，也就万念俱销。所以，当他在棋盘街那家小客店里回忆自己入京十五年的谋士生涯时，"轰轰烈烈做了一番事业……真像一场光怪陆离的梦"。最后，自请隐退，克保全身，做白云野鹤去浪游四方。

感谢作家为我们塑造了中国式的"这一个"。邬思道是否会像陶渊明那样去"采菊东篱下"，终老一生？作家在下面几卷的描写中会留给我们全面认识这位儒家知识分子的机会。

（原载《书讯》1992年）

历史的偶然和性格的必然

历史小说，特别是描写清廷四大疑案之一的雍正帝即位之谜，容易使人想到宫闱秘闻，想到野史趣事。何况文学作品中已不乏此类吊人胃口的敷衍，连大众传播媒介电视就雍正帝即位也已经惹得万千观众为之唏嘘。不过，作家二月河似乎对篡位说、继位说、改诏说不太感兴趣，他从大量史籍闪烁其辞的记载中，沿着历史之河，追溯二百年前这段惊心动魄的宫廷大绞杀，用艺术之笔，给我们提供了比宫廷斗争丰富得多的历史景况和人生体味。这就是长篇历史小说《雍正皇帝·雕弓天狼》的作家二月河给予我们的启示。

雍正帝即位，假如说他在这次严酷的宫廷斗争中败北，对于清王朝的嬗递，对于中国历史的走向，从今天来看，都不可能有多大改变。在历史的长河中，这次改朝换代，不过是爱新觉罗家族的一次内部纷争，它不同于光绪朝的"戊戌维新"。所以，作者没有对此过多渲染。相反，在本卷中，他探幽寻微，在人物性格的深层，找到了这次同胞操戈、君臣相疑的时代底色和性格基础。

在史实的记载中，在中国文人的印象里，雍正帝是以阴狠刻毒、手段残忍而著称于世的。在这部小说中，作者并没有回避这一点。在那次宫廷斗争中，雍正帝是兄弟逐鹿的胜利者，即位之初，他便剥夺了十四弟的兵权，流放九弟去年羹尧处，十弟去张家口，十四弟去遵化守陵。但是，"八爷党"死而未僵，雍正帝深知，对他权力的威胁还远远没有解除，为此，他整肃吏治，惩办贪官污吏，重用一批能臣，亲临黄河堤防视察，并借重年羹尧西线战事凯旋之机，奠定了雍正朝的基业。在朝政稍有稳定之时，他却流放了开国功臣"国舅"隆科多，将他称为"千古君臣典范"的大将军年羹尧削职为兵并继而赐其自尽。从今天来看，搞阴谋诡计，雍正帝不可谓不是天下第一。

相煎何急，兔死狗烹，是雍正帝生性如此阴狠吗？如果换了八爷或十四爷，或他们爱新觉罗兄弟中的另一位，是否又是另一番景象呢？

雍正帝即位之初，形势十分严峻，"八爷党"虎视眈眈，一是窥伺时机，东山再起，二是希望朝局混乱，请铁帽子王来赶雍正帝下台。而雍正帝素以办事认真闻名，用他的话说："既然天授大任于我，少不得拼了性命去做。"所以，对待一切可能构成威胁的对象，他都会不择手段去排除。在他这一母同胞的十四弟去遵化守陵之机，他带十四弟去看了圈禁的废太子和大哥允禔，兄弟之间曾有一段剜筋剔骨的对话。是的，雍正帝侃侃而言："谁要阻挡朕当个好皇帝，兄弟也罢，父子也罢，君臣也罢，朕就难以顾及私情。朕受命于天，自要对得起皇天后土，列祖列宗！"

这也许是爱新觉罗家族中的任何一位都可能认定的一条"真理"。小说正是在深刻地理解和形象地把握之后，找到了雍正帝性格中的必然，才在那眼花缭乱的历史表层中寻到了艺术脉络的指向。所以，小说的谋篇布局，均不离其本；庙堂之高江湖之远，放得开，而又收得拢。由于作家拥有深厚的古典文学修养和对中国历史的深入研究，他选择了一个高难度的竞技动作——没有廉价地去编织离奇的情节，而是在浓郁的文化氛围中，全面地把握人物丰富复杂的性格，刻画了一批栩栩如生的典型形象，为我们认识雍正王朝政治、经济、文化提供了一幅全景画卷。

（原载《书讯》1993 年 8 月 30 日）

《金屋》语言的柔婉之美

李佩甫是位男士，北方人，是吃玉米面、红薯干长大的。但他的小说《金屋》的语言，却似南方青山绿水养育的大家闺秀，温柔之中又有几分婉约之美。有句不知被人引用了多少遍的话"语言是文学的第一要素"（高尔基语），没有考证李佩甫是否钟情于此，但毫无疑问，对于小说语言的营建，他是深得三昧的。

小说中景物的描写，可能最为体现作者的风格。如："晨儿，天苍苍的时候，四周还在一片灰暗之中，那楼房便在灰蒙蒙的夜气中凸出来了。这时的楼房是暗绿色的，被一层薄薄的雾气环着。在一片幽静之中它仿佛微微地在摇动，在凉凉的晨风中摇动，尔后慢慢地升上去，垂直地升上去，微微地泛一点银绿色的光。"叠词的使用，儿化音的组合，款款托出了一种宁静肃穆的氛围。迷蒙的夜色，凉凉的晨风，微微地颤动，视觉、触觉、幻觉，构成了一幅清新悦目的画图。

再如："雨天里，绵绵的秋雨在楼房前织起一道道扑朔迷离的雨帘，凉风斜吹在雨帘上，那房也像烟化了一般，飘缈着雾一般的青光。"烟雨迷蒙，凉风斜吹，和婉约词人柳永笔下"杨柳岸，晓风残月"又何其相似。

不仅静物的描写体现了这种柔婉之美，人物的对话中也洋溢着那种自然情调。如：

"快了，孩子，快到百天了……"

"我娘也说快了。"

"满了百天你就能过来了。"

"爷，你等着我。"小独根说。

"我等着你。"

这几句话，老人和孩子一天要说好几遍，老重复说。

——凝炼，朴素，一切都是那么淡淡的，老人与小孩，轻轻地，如水、如漾、如沦，两代人的温情流转于字里行间。这种温婉柔美的语言特色不仅体现在遣词造句中，而且，作者将自己主观上的虚静投入所构建的文体中，无论状物、写人，通篇都弥漫着一种淡泊宁静的氛围。作者似一洞彻世事，超然物我的哲人，冷静地注视着芸芸众生。连小说中几次写到人物死亡之际，他也依然不疾不徐，缓缓道来。如：

> 现在，他静静地躺在他住的小屋里，穿着那身新买的西装。这套西装是为结婚预备的，他就要结婚了，腊月二十三的'好儿'，那日子已不太遥远。可他这会儿竟穿上了结婚的礼服，从容地到另一个世界里去……小屋收拾得很干净，桌上的书放得整整齐齐的……他要干干净净地走，也就干干净净地走了。

这里，语言形式的柔婉风格已上升到对整个描写对象的审美观照，物我交融，宁静致远。在这种冷静得近乎残酷的描写中，寄寓着作者悲怆之情。这种寓动于情，寓悲于静的手法，和作者对客观对象的细腻委婉，含蓄自然的描写，共同构成了《金屋》独特的审美情趣。

（原载 1990 年《书讯》）

关于长篇小说《城的灯》的对话

问话者：周百义

答话者：河南省文联副主席、作家李佩甫

问：从《李氏家族的七十五代玄孙》到《羊的门》，你的长篇小说都是以中原为背景，大多表现农村与农民题材的，你这次最新创作的《城的灯》与前面几部长篇小说比较，特别是与《羊的门》比较，有什么异同？在题材上，人物的刻画上，有什么新的追求？

答：很久了，我一直在研究"土壤"。"平原"是生我养我的地方，也是我的写作领地。在一些时间里，我的写作方向一直着力于"人与土地"的对话，或者说是写"土壤与植物"的关系。而就《城的灯》这部小说来说，它的不同，首先在于"城"的出现，"城"的诱惑。写的是"逃离"和"建设"。如果将《城的灯》与《羊的门》相比较的话，前一部是客观，而后一部更多的是主观；前一部诉说土地的沉重，后一部则是"植物"（人）的精神成长史。

问：你为什么将这部小说的题目定为《城的灯》，这个题目与《羊的门》有否什么内在的联系？听说这个题目是你在作品完成前才想到的。通过这个题目，你想表达一种什么愿望？

答：这里的"城"是有双重含意的，它既是物质的"城"，也是精神的"城"。这部长篇里所要表述的，也可以说是两个"神话"：一是要进入物质的"城"，另一个是建设精神的"城"，这两种成功虽不是在一个层面上，但客观地说，在一定的意义上，她、他们都获得了成功。就题目而言，是很费了些气力的，为找一个更合适的题目，我整整想了一年而不得，夜不能寐啊！后来，就在稿子将要杀青的时候，我才"借"到了一个题目。这个题目和《羊的门》一样，仍然是来自《圣经》里的一句话。如果要问《城的灯》与《羊的门》有什么内在联系的话，那就是在同一土地（平原）上的，精神与物质的双重"走出"。

问：读《城的灯》，从主人公冯家昌的所作所为中，总使人想到路遥笔下的高加林，他们都是城乡二元结构下的牺牲品。他们之间，有哪些相同之处，又有哪些不同之处？

答：如果有什么共同点的话，那就是"逃离"，他们都是要逃离乡村的。不同的是，高加林没有忘"本"，是有责任感的。而冯家昌也不仅仅是要"逃离"，他要"占领"。同时，高加林是以退出城市宣告失败，冯家昌则率领众兄弟挺进了城市。另外，冯家昌身上是带有烙印的。近年来，我在认识上发生了一些变化，过去我一直认为金钱是万恶之源。后来发现我错了，贫寒对一个人的一生影响更大，在某种意义上来说，贫穷（尤其是精神上的贫穷）对人的戕害甚至大于金钱对人的腐蚀（近年来的犯罪形态再一次证明了这一点）。在这个问题上，冯家昌是极有代表性的。

问：你十分注意小说语言的提炼，从中篇小说《红蚂蚱　绿蚂蚱》开始，就形成了自己清新蕴藉、圆润流畅的语言风格。在《城的灯》这部长篇小说中，我们注意到了你的语言更加圆熟，并具有诗性的张力，你在对现实与人性的批判中，为什么要使用这种美的语言。这种对比强烈的效果，是不是你所刻意追求的？

答：说不上是刻意。文学是语言的艺术。这里所说的"语言"已经不是文字本身，它是一种载体，是认识的载体，那应该是一种带有生命质量的表述。文字本身是没有意义的，是排列组合产生了意义，而这种组合是思维和认识的结晶，在写作过程中，对语言也的确是费了一些气力，那也是为了更准确地表现人物罢了。如果说，这部长篇的语言有什么诗意的话，那主要是有了"光"，有了一位美丽的、光芒四射的女性。是"光"照亮了文字。

问：在你的作品中，对官场、对农村政权的阴暗面大多持批判的态度，其中主要人物多是灰色、或多色调的，但这一次，你在小说中塑造了一个光彩夺目的农村女青年刘汉香的形象。她不仅承受了生活的苦难和情感的折磨，而且带领乡亲共同致富，完成了从"乡"到"城"的过渡。这其中寄寓着你的什么理想与思考？

答：我认为单说"灰色"是不准确的。我前边说过，我的作品大多是写"土地与人"的关系，或者说是写"土壤与植物"的关系，我是把人作为"植物"来写的，主要是写生命的丰富性，也就是展现"人"的内心世界的多色调。而就《城的灯》而言，则是对现实生活点上了一盏"灯"。因为生活本身是有"灯"的。刘汉香就是人们心目中光芒四射的"灯"。

问：《羊的门》一书正版加上盗版据说销售不下于 100 万册，《城的灯》你估计也能达到这个销售数字吗？

答：一个作家，没有谁不希望自己的作品能被更多的人关注，能再有那么多人阅读当然是好事，不过，这次能销上 50 万册我也就心满意足了。

（原载 2003 年 4 月 22 日《人民日报》海外版）

关于长篇小说《战争传说》的对话

问话者：周百义

回答者：作家周大新

问：你过去的作品，大多是以你的故乡为背景展开你艺术想象的触角的，即使涉及军队生活，也是写当代军人风貌的，这一次你却一下子跳到了 15 世纪，写了明代北京保卫战这场决定明王朝生死存亡的战事，这对于你的创作生涯而言，可以称得上是一次新的挑战与超越，我们不知为什么你要放弃自己熟悉的有把握写好的生活，而选择写这场对你来说十分陌生的历史上的战争？

答：战争是每个民族都躲不开的一个凶神，战争生活在每个民族的发展史上都占去了不少的时间，要想全面表现和反映人类的生存状况和经历，不能不涉及战争，因此，写一部表现战争生活的长篇小说，一直是我长存于心的愿望。再者，我当兵三十多年，对军旅生涯中战争这个怪物或多或少有了些认识，我也想通过自己的作品把这些认识传达给我的读者。至于为何要选择"北京保卫战"作为表现对象，主要出于三点考察：其一，这场战争离我较远，给我的想像空间很大，我可以充分张扬自己的想像力；其二，这场战争关系到一个王朝的生死存亡，其过程本身就很具戏剧性；其三，这场战争就发生在我所住的北京，战争中瓦剌人主攻的德胜门是我常常经过的地方，它让我深感兴趣。

一个作家就是在题材的选择上也应该不断地给自己提出挑战，这就是我这次没有再在熟悉的题材领域里寻觅的原因。

问：史书记载，瓦剌族在土木堡之战中大败明朝军队，并俘虏明英宗，进而威胁北京，兵部右侍郎于谦力排众议，临危受命，终于守御了京师，拯救朱明王朝于危难之中，等到"夺门之变"英宗复位，于谦却被杀，对于历史上这场惊心动魄的政治与军事斗争，你却没有正面展开，而是通过一个怀着家国之恨的瓦剌女子的目光，来侧面描写这场战争，你为什么这样来结构故事，剪裁素材呢？

答：要正面展开对这场战争的描述，像传统历史小说那样写，把目光集中在皇帝、官员和名人身上，那这本书的主角就还是他们，我讨厌这样做。战争固然是统治者发起和指挥的，但参加者却是民众，发起者和指挥者与参加者对战争的感受是完全不同的，我这次就是想写写普通人对战争的感受和态度，不再由上向下看一场战争，而是由下向上看一场战争。这就要求我选择好一个叙述角度，从侧面写。这样才能写得更真切。文学写战争的任务不是写出战争的过程，而是要真切地写出人在战争中的感受和体验。

问：土木堡之战与北京保卫战都是历史上曾经发生过的战事，但你为什么又将此称之为"传说"呢？小说中的女主人公在历史上是实有其事还是你塑造的一个人物？

答：正式史书一般是不记普通人的经历的，任何一场战争中普通人的喜怒哀乐都很难保存下来，土木堡之战和北京保卫战也是这样，无数普通人的遭遇和痛楚大都和战死者的尸骨一起埋在了地下。要想写出他们的生活，你不可能凭借正史，你只能依靠民间传说，依靠想像，小说中的女主人公是真有其人还是塑造的，相信读者们是会看明白的，我这里先不说，有些话说透就没有意思了。现在能说的是，在她身上，寄托了我对普通百姓的全部深情，我是一个普通百姓的儿子，我的心和她是相通的。

正因为我依靠的是民间对历史和战争的诠释，所以我不想把这部小说称作历史小说，而只称它为战争题材小说。

问：在作品中，你描写了于谦率众保卫北京的壮举，但你在作品中又用大量的篇幅塑造了一个复仇的瓦剌女间谍的形象，并对她的命运和遭际给予了同情，在你情感的天平上，我们看到了你内心的矛盾，为什么要将这样一个冲突的双方放在你的作品中来表现呢？

答：我承认我在写这部小说时内心充满矛盾，一方面，我对明王朝处理不好与瓦剌人的矛盾，不断造成许多普通瓦剌人死伤很生气；另一方面，我又对瓦剌人的上层统治者企图统治全国，想用落后的生产方式改造国家很反感。这样，在对这场战事的描写上，我的内心就处于两难之中，一方面，我对瓦剌女子的报仇行为表现理解和同情；另一方面，我又不愿京城被攻开使屠城发生，给京城百姓造成更多的死伤。瓦剌族和明皇帝统治下的汉民族完全没必要发生这场战争，他们是兄弟，原本应该和睦相处。同室操戈是中外历史上一再发生的悲剧，我之所以选择这场战争作为表现对象，也就是想把这种特别让人痛心的悲剧性的战争真切地展现在人们眼前，把它的生成过程和后果清楚地告诉读者，让人们对这种战争的出现给予特别的警惕。

问：你是一个军人，明白战争是政治的继续，有正义战争和非正义战争之分，包括你在内的许多军队作家都写了不少讴歌战争的作品，但我们在这部作品中，却看到你借骞老先生之口，认为战争是肮脏的，也看到你借女主人公的命运，表达了战争对所有人的伤害，特别是对于女人的伤害。你是否如参加了两次世界大战的海明威一样，又要呼吁"永别了武器"？

答：首先要说明一点，书中人物对事情的看法并不就是作者的看法，书中人物的所作所为所言，虽受作者的指挥却自有其逻辑。至于战争对所有人的伤害问题，读者一看书自会明白，每一场战争受伤害的都不会只是一方，战争就是一条疯狗，你只要把它放出笼子，它就可能乱咬，包括咬放它出笼的人。古往今来，多少场战争的发起者反受了战争的伤害，这样的例子还用举吗？具体到1449年这场北京之战，它固然给了明王朝以重创，但它的发起者最后得到了什么？不也是马死人亡？连瓦剌人统帅也先的亲人也死在了战场上，把那么多的生命和钱财扔到战场上值得吗？对这类同室操戈的战争，难道我们不应该与其永别？读者读完这部小说也会同时明白，一旦当别人把战争强加到你的头上，你就只有挺而反抗，不然，你受的伤害就会更大，就会使战争的发起者更加猖狂。这如防身，武器是不应该放弃的，而且要有好武器，这样别人才不敢打你。

问：顺便问一个问题，今年北京举行了建都850周年纪念，你创作这部作品是否受到了这个事件的启发？或者也是这次纪念活动内容之一？

答：开始创作时没有想到这个问题，这部小说写了将近两年，那时还不知道北京要举行建都850周年纪念活动，不过现在我倒想把其作为一件纪念品，献给这次纪念活动，献给古老的北京城。北京建都之后，发生过不止一次战争，回首并研究发生过的这些战争，对北京的将来只会有好处。在这个不安定的世界上，经常想一想首都的安全是应该的。

问：从你的上一部长篇小说《21大厦》开始，我们注意到，你放弃了宏大叙事的史诗追求，转而表现小人物的感受和体验，从微观的角度对社会进行解剖，很受读者的喜爱。这部战争加美女加间谍的小说，肯定也会受到读者的喜欢。你估计这部作品的销量会超过上一部长篇的市场记录吗？

答：《21大厦》的市场销量很大，有人估计在15万册以上，但我个人所得并不多，主要是因为盗版者太猖狂，盗印太多，盗印书的卖价不高，吸引了很多人，使正版书卖不出去。我自信这部《战争传说》的可读性较强，人物能走进读者的心里，会受到读者的喜爱，希望你们能让爱读书的人都能见到这本书，能买到这本书。

问：你的很多作品都被搬上银幕和舞台，这部既是美女又是间谍再加上战争的小说，是否很快会被改编为影视戏剧等其他的艺术形式呢？

答：已经有一些从事别的艺术门类创作的朋友在关注这部小说，但因为我和他们都还没有拿到书。不能最后说定。需要说明的是，我不希望把这部小说称做美女间谍的小说，它只是一部女性视角的战争小说。

2003 年 10 月 2 日

略谈《孙武子》

《孙武子》亦称《孙子兵法》、《孙子》、《吴孙子兵法》，是我国古代大军事学家孙武所著。孙武，字长卿，春秋末期齐国人，其生卒年月不可考，约与孔子同时期。活动于公元前6世纪末至前5世纪初，至今约二千四百年。孙武系陈国公子完的后裔。公元前672年，陈完因内乱逃奔齐国，受到齐桓公的器重，用他为"工正"，陈完后改田完。据《新唐书》和《古今姓氏书辨证》记载，孙武的祖先田书，因"伐莒有功，景公赐姓孙氏，食采于乐安（今山东惠民）"。后来，孙武从齐国出奔到南方的吴国，经吴王重臣伍子胥推荐，吴王阖闾便重用他为将。他同伍子胥协助吴王经国治军，对于吴国的崛起，起过重要作用。《史记》曾记载说吴国"西破强楚，入郢，北威齐晋，显名诸侯，孙子与有力焉"。

《孙武子》一书，是目前世界上现存最早、最有影响的古典军事理论名著，是中国古典军事思想成熟和大发展的标志，具有划时代的意义，在中国军事史、军事思想史上占有首屈一指的重要地位，奠定了古代兵学的理论基础，深远地影响着一些外国的军事思想理论。故历来有"古代兵经之首"、"百代谈兵之祖"、"兵学鼻祖"、"兵学圣典"之称。

中国军事思想萌芽，形成于夏、商、西周之际，至春秋、战国迭经发展而渐趋成熟。以《孙子》、《吴子》等著名兵书为代表，而《孙子》尤为出名。《孙子》十三篇，约5900余字，系统总结了春秋前的战争经验，是当时兵学理论的集大成者。它广泛地论述了诸如战争观、战略和战法、军事建设、军事地理和军事地形、军事预测、军事后勤、军事哲学等基本问题，为历代谈兵用兵者所宗。军事家、军事名将重视《孙子》，用以指导战争的可以说不计其数；众多兵家继承和发展《孙子》的军事思想，见之于各种著作；一些类书和子史要籍中有许多辑录和阐发《孙子》的内容；还有许多《孙子》的注释家，构成了《孙子》在中国军事史上特殊重要的地位。

军事家、名将，从战国的孙膑、赵奢起，到秦末汉初的张良、韩信、陈余、英布，西汉的卫青、霍去病，东汉的邓禹、冯异，三国的曹操、诸葛亮、孙权、吕蒙，晋时的杜预，隋唐时的韩擒虎、李世民、李靖，宋的宗泽、岳飞，元明时的朱元璋、刘基、戚继光，清代的曾国藩、胡林翼等等，历代名将都将《孙子》的军事原理运用于战争实践，甚或有所发展和创造。《孙子》孕育了众多将帅，他们的成长也得力于《孙子》。

兵书要籍中，如《吴子》、《孙膑兵法》、《尉缭子》、《鹖冠子》、《李卫公问对》、《武经总要》、《武经龟鉴》、《虎钤经》、《百战奇法》、《阵纪》、《投笔肤谈》、《纪效新书》、《登坛必究》、《兵镜类编》等，均不同程度得益于《孙子》，或征引《孙子》名言要义，阐发其思想；或以历代战例佐证《孙子》的观点；或以《孙子》为式，建立自己的学术体系。当然，也都有所发展。在《荀子》、《吕氏春秋》、《国语》、《战国策》、《吴越春秋》、《越绝书》、《潜夫论》、《淮南子》等某些篇、节中，也可看到《孙子》的影响。

《孙子》的注家，自魏以降，近二百家，名家也甚多。据不完全统计，各代的注家：唐以前为14家，宋、元有17家，明有53家，清有64家，朝代不明之无名氏注26家，另有今人许多注本。古代注本见之于著录的，大部分遗失，原注本尚存70余家（含阙本）。注家以魏武最早，十家注（曹操、孟氏、李筌、杜牧、陈皞、贾林、梅尧臣、王晰、何延锡、张预）最有名。另外，宋代施子美、元代潘衍翁、明代刘寅和赵本学、清代宋墉和孙量等的注解本，也有其代表性和价值。这些注释本对于理解文意、掌握要义，推动《孙子》研究都起到积极作用。此外，研究《孙子》的成书、作者、思想内容等专著和学术论文，其量之多，当以千百计。

《孙子》在我国有两千多年的流传史和研究史。在战国时即广为流传，《韩非子》说："境内皆言兵，藏孙、吴之书者家有之。"可见贵族之家普遍注重孙、吴兵法。《史记》中说："世俗所称师旅，皆道《孙子》十三篇。"秦汉时兵书由国家收藏，民间流传受限制，但师旅中仍循用《孙子》。汉武帝欲教霍去病"吴、孙兵法"，孙权劝吕蒙"宜急读《孙子》"，唐太宗与李靖论《孙子》。由于帝王的倡导，明定为武学必读，后代因之，更使《孙子》处于正宗地位。

明末兵学家茅元仪讲："前孙子者，孙子不能遗；后孙子者，不能遗孙子。"极言《孙子》内容的广博和承先启后的作用，也是对《孙子》在兵学史上重要地位的很好概括。

近年来，在不断发现新资料的情况下，我国《孙子》的研究进入一个更新、更科学的阶段。《孙子》在国外，也被誉为奇书、伟书，公认为"兵学圣典"，享有巨大的声誉。日、法、英、俄、美、捷等国均有《孙子》译本；有些国家的军事院校列为必读书；著名的百科全书中都有《孙子》条目；一些将师学习、运用《孙子》，并出现"现代孙子热"。

日本是国外研究《孙子》最早、研究者最多、成果相对最多，也是对《孙子》评价最高的国家。早在公元 8 世纪唐玄宗时代（日本奈良时代），日本著名学者吉备真备被遣唐留学十八载。公元 735 年回国时，"所得赐赉，尽市文籍"中有《孙子》等古兵书。吉备在太宰府任职期间，还亲自聚徒讲授《孙子》的《九地》篇和《诸葛亮八阵图》。嗣后一千多年，日本的将领、学者十分尊重《孙子》，研究不绝。有关《孙子》的著作有一百余部；日本的古兵书的中心思想，大多出自《孙子》；还有许多将领在实践中运用《孙子》而成功的事例。日本人士自称："《孙子兵法》自奈良时代传到日本以来，给日本历史、日本人的精神方面以较大的影响。"

法国公元 1772 年在巴黎出版了《孙子》法译本。这是旅居北京的约瑟夫·阿米奥神父受路易十五的国务大臣欠坦的委托翻译的。据说拿破仑于军中，常手不释卷披阅《孙子》；另据柏林麦卢将军称，拿破仑曾讲到东方古昔教训的原则，是指《孙子》。这是《孙子》西传欧洲之始。

英国 1905 年由卡尔思罗普翻译出版了《孙子》英文本。在此之前，一些精通中文的英国军官已在口头传播《孙子》。蒙哥马利元帅访华时曾说：世界上所有的军事院校，都应把《孙子兵法》列为必修课。

俄国 1860 年由汉学家斯列兹涅夫斯基翻译出版了《孙子》。第二次世界大战后，苏联又出新译本，加强研究。一些学者认为：《孙子》是"最早的军事理论著作。希腊、罗马、迦太基等与奴隶社会有关的军事著作都在它之后"。德国 1910 年由布鲁诺·纳瓦腊翻译，在柏林出版了德文《孙子》。据说德皇威廉第二在第一次世界大战失败后见到《孙子》，十分感叹。《孙子》在美洲大陆比以上这些国家要迟。美国在第二次世界大战后，研究《孙子》的人才多起来。

总之，《孙子》已越出国界，在国外拥有众多的信奉者、研究者。近来，国外又出现新的"孙子热"，其表现有三：一是《孙子》研究和现代战争理论、战略作战思想联系。在美、英、日等国一些当代军事理论家的论著中，程度不同地汲取《孙子》的思想。他们认为：《孙子》的"大部分观点在我们当前环境中仍然具有和当时同样重大的意义"；《孙子》"深邃的军事思想是不朽的!"特别是被称为"美国第一流战略家"的华盛顿斯坦福研究所中心主任理查德·福斯特,运用《孙子兵法》探索美国对前苏联的新战略,以"不战而屈人之兵"为基点,提出"确保生存和安全"战略,代替"确保摧毁"战略,影响五角大楼和白宫的决策。这一战略思想,日本的三好修又加以阐发,提出了著名的"孙子核战略"。二是一些国家的军方首脑人物也都注重《孙子》。联邦德国国防部长韦尔纳博士在 1977 年 8 月 30 日和记者谈话时,引用了中国古代兵法家孙子的话,并说"很可惜,在西方许多人不熟悉这一点"。前美军参谋长联席会议主席维西在 1985 年 1 月 14 日访问我国军事学院即席演讲中说:"美国军事理论吸收了许多国家的优秀遗产,其中有公元前四百多年中国早期的孙子兵法。"1986 年 5 月 21 日,美国国防大学校长劳伦斯访问我国防大学时的讲话中,一再援引《孙子》。并说:《孙子兵法》已成为美国确定今天的作战原则的一个重要理论根据;《孙子兵法》在美国军校中,是作为教科书来学习的。在美国陆军《作战纲要》(1982 年版)中,《孙子》的一些名言,作为其基本作战思想理论和主要方法的要则而原文引入。1990 年 8 月 2 日伊拉克入侵科威特后,以美国为首的多国部队在解放科威特的战斗中,也一直将《孙子兵法》列为参谋人员必读书目。三是在军事领域之外,在体育竞技,如围棋、象棋、相扑等,在企业管理方面,也运用《孙子》的一些原理原则,如《兵法经营全书》等。日本的一位建筑公司董事长服部干春君称其经营得以发展,靠运用《孙子》,并长期研究《孙子》,著有《孙子兵法注解》。

《孙子》为什么流传那么广,学习、研究者那么多,在军事史上有崇高的地位,为什么二千多年来对《孙子》的研究久盛不衰,至今仍引起人们极大的兴趣,为什么在时空上有巨大的跨度,有那大的魅力?要言之,有三点:一是思想深刻、哲理性强。其精言粹语,有极强的概括力和表现力。许多思想和原则,给人以许多启示和无穷回味。二是内容丰富、广泛,适应性大。讲军事、战争之理,涉及政治、经济、外交、哲学等方面的问题,思想容量甚大,人们可以从不同的角度来探讨和运用。故有的说:"与其说是兵学的书,不如说是文学的书";有的说是"政治秘诀";有的说:十三篇兵书,形成了"中国的军事哲学";有的说:"不朽不灭的大艺术品";有的说"兵书和外交教科书也,亦人事百般座右铭";有的用于"间谍战",有的用于企业经营管理,有的用于体育竞技等方面。三是现实借鉴性。《孙子》是古代老兵书,其中基本的原理、原则,反映了军事规律,经得起历史的、实践的检验,具有普遍意义，各朝各代和外国都有借鉴，至今仍有现实意义。深刻的哲理性，广泛的适用性，现实借鉴性，这几方面因素的综合，使之富有强大的生命力，古今中外军事家、政治家和学者赞誉不已，称颂为"世界兵学圣典"。

《孙子》的军事思想，因具有重要价值和普遍性意义而为古今所重视、所借鉴。择要而言，有如下几个方面内容：

一、重战、慎战、备战、善战的战争观

《孙子》认识到战争的地位和作用、开宗明义，首言"兵者，国之大事也。死生之地，存亡之道，不可不察也"。承认并提示人们要注意战争这一现象，这是关乎国家兴亡的大事。因此，要慎重对待，要明主和良将"虑之"、"修之"、"慎之"、"警之"。这也是后世所谓"从古知兵非好战"的思想。《孙子》主张"无恃其不来，恃吾有以待也；无恃其不攻，恃于有所不可以攻"。强调："立于不败之地"，"以虞者胜"。并注重在兵力、粮秣、财政、器材、辎重等物质上的准备。这是"有备无患"，"有备者胜"的思想。《孙子》反复论述"善战"、"善用兵"，实质上讲的是条件、因素、谋略和方法。主要有：（一）以"道"为首的多因素制胜论，把"道"（政治）作为第一个制胜的条件；（二）"庙胜"论，多算胜，少算不胜，注重谋略、决策制胜；（三）"诡道"制胜论，用诡诈之法取胜。这些可称为"善战制胜三论"。

"重战"、"慎战"、"备战"、"善战"思想，初步论述了对战争、地位、作用、本质、制胜因素等基本问题的看法。

二、"全胜"和进攻速决的谋略思想

《孙子》是最早的一部战略名著，为国际所公认。孙子被称为"中国天才战略家"，"战略之祖"。《孙子》十分重视计、谋（战略），要点有四：（一）是建立在"知彼知己"、"五事"、"七计"基础上料敌定谋——制定谋略的基础和条件；（二）是强调"庙算"，"先计而后战"——制定谋略的必要和重要；（三）是"全胜"、"不战而屈人之兵"——谋略思想的核心和理想目标；（四）是进攻速胜，"兵贵速，不贵久"——谋略思想的重要内容。

这些关于制定谋略，运用谋略的论述，被称颂为"富于教益和无与伦比的战略论"。当然，这是就古典意义上讲的，但对现代战略也有极大启示。

三、主动、惑敌、因情用兵作战思想

《孙子》中作战思想非常丰富、生动，也甚深刻。主要是：（一）"致人

而不致于人"。争取主动权,作为用兵之本世枢纽。(二)"任势"、"造势",力尽其威。通过军力、战斗力合理编组,士气发扬,配置、指挥得当,造成力的积聚。并利用有利条件形成冲击力、爆发力,得到最佳发挥。(三)"奇正相生","出奇制胜"。在兵力使用、战法和作战形式上讲究常法和变法结合运用;奇在变化无穷,奇在"攻其无备,出其不意"。(四)"虚实"、"示形"、"惑敌"、"动敌",以达到"避实击虚"之效。这也就是"多方误敌"的用兵要着。(五)"并力"、"分合",讲究"我专敌分",集兵击敌。(六)"因敌制胜",机动"应变"。

这些作战原理、原则,有许多成为千古军事名言、历代用兵要则。

四、"将"、"法"并重的治军思想

《孙子》把"将"作为"五事"、"七计"基本内容。论述了"将"的地位和作用。认为"将者,国之辅","知兵之将,民之司命,国家安危之也"。明确提出将帅"智、信、仁、勇、严"五条件,一般称之"五德"。并把"智"放在突出位置,强调指挥才能、谋略素养,以别于"一剑之任"的斗士。《孙子》注意以"法"、"令"统一军队的行动。所谓"令之以文,齐之以武",恩威并施,宽严相济,以求行动一致。

这些体现了人治与法治并重的治军思想,也甚有价值。

五、素朴唯物论、辩证法的军事哲学

孙中山先生曾说:《孙子》是解释当时的战理,"由于那十三篇兵书,便成立中国的军事哲学"。兵事和哲学是相通的,《孙子》中体现了素朴的唯物论和素朴的辩证法,主要有四:一是反对战争上的"天命观",注重人事。《孙子》把"天"、"地"等看作正常自然现象,摒弃战事求之于鬼神、占卜,以预测吉凶。明确提出"禁祥去疑","不可取于鬼神,不可象于事,不可验于度,必取于人,知敌情者也"。二是注重客观条件和主观能动性。"知彼知己,百战不殆"是《孙子》运谋用兵的唯物基础,它还主张和强调战争中的"先知"、"先算"、"先胜",或称"三先"思想。即借助于各种基本情况、条件的了解、掌握和分析,对战争整体、胜负等预为胜算。三是以"智"使"力"的"智力观"和"趋利避害"的利害观。《孙子》突出"计"战、"谋攻";提出"上兵伐谋,其次伐交,其次伐兵,其下攻城";认为"兵者诡道",等等。其要义是强调"智战","先计而后战"。孙子认为"兵",利也,

"合于利而动，不合于利而止"。从战争的"利"、"害"出发，有所攻取和有所舍弃。四是注意从总体上、多方面观察战争。《孙子》并非简单地以战论战，而是从政治、军事、经济、地理、外交等方面综合谈战争，是从全体上来把握，初步看到其间的主次相互关系。在某种意义上讲《孙子》重政治重于军事，重智谋更重于拼力量，重人事更重于重天地。对战争的诸方面、诸条件也注意作系列思考，如"五事"、"七计"、"九地"、"九变"等。关于敌我、攻守、胜败、彼己、主客、众寡、强弱、虚实、奇正、分合、利害、进退、勇怯、久速、劳逸、治乱、远近、迂直、安危、动静等军事领域中矛盾对立的现象，给予一定概括，从而形成古典军事学中一些范畴。并且注意到对立物的变化和转化，如"以迂为直，以患为利"，"佚能劳之，饱能饥之，安能动之"等。

总而言之，《孙子》博大情深，理通百代，故称誉古今，风行世界。

（《白话武经七书》黑龙江人民出版社 1991 年出版，本文系序）

才子之书

——读《中国当代才子书》

冠之以"才子书",是从金圣叹开始的。后来者,没有人敢自称"才子"。近来,我读到一套冠之以《中国当代才子书》① 的小丛书。其中包括贾平凹、冯骥才、汪曾祺、忆明珠四人,每人一卷,书中收录有他们的诗文书画。

中国当代的作家,不少人虽然文章写得不错,但对代表中国传统文化的书法绘画却不曾涉足,有些人甚至已被代表当代高科技的电脑异化得连方块字几乎都写不好了。在这套书里,编者在谈到编选要求时曾谈到"定有两个'四项基本原则',一个是品种上的诗、文、书、画,一个是品格上的高、雅、清、奇"。首先,要诗文书画俱佳者方可入选,而当代中国文坛上此类人并不多。这就决定了本套书编选的难度,也就显示了这套书价值。读过他们的文章,但是否看过他们的书法?看过书法,是否看过绘画作品呢?即使看过这些置放在不同书籍中的作品,又能否放在一起比较,从中看出这些出自一人之手的不同艺术门类之间的影响、渗透?从中看出他们的追求,情致?这套书,以人分卷,窥一斑而见全貌,对于了解这些"才子",无疑提供了极好的范本。

这套书的每一位作者都写有一篇自序,而每一篇自序又都透出了他们对"才子"称谓的看法。汪曾祺先生先是认为把自己称为才子有点"大言不惭",但他又认为如果从"三绝诗书画,一官归去来"这一点说,叫做"当代才子书"亦无不可。最后他也承认自己的字"有点功力",画"不今不古,不中不西",自矜之情溢于言表。冯骥才则没有正面回答自己是否"才子",但也认为可以按照中国的习惯称做"文人"。这种文人"亦文亦诗,亦书亦画",而不是单纯的"写家"。他用这个名词把自己区别于那种只能像"车

---

① 长江文艺出版社 1996 年第 1 版第 1 次印刷。

床"一样生产的作家。忆明珠着重写了自己写字、画画的经过，"交待"了自己成为"才子"的经历。贾平凹则一味地认为自己是被"逼上梁山"，自己的书法、绘画还不如"歌妓"，原来他是以大才子苏东坡为标杆，要进一步地去"蹈大方"。

如果客观地来看，四人的诗文各有特色，他们代表了当代文坛最亮丽的那一道风景：绘画除冯骥才外，都属于"文人画"之列，谈不上形神兼备；书法当数忆明珠和汪曾祺先生功底深厚些。究其实，他们的诗文书画也许还不能和苏东坡比，但当代文坛，能够如以上者已属凤毛麟角了。所以主编野莽先生谈在编辑此书时是"遍访文坛，逐一搜求，每得一位便大喜不禁"，足见此书之可贵，也足可见在当代文坛，诗文书画俱佳的通才越来越少了。所以，当我写到这篇文章时，便想到了要"呼唤"更多的才子诞生。那么，长江文艺出版社出版这一套书就有了抛砖引玉的功劳了。

1996 年 10 月

没有忘却的记忆

——读《抗战飞行日记》有感

　　同窗绍东给我发来他叔叔的日记，问能否出版。我初不以为然，但打开他发来的伊妹儿后就不想关上，关上就难以忘却。他叔叔龚业悌一身戎装，驾机长空与日寇搏杀的英姿就活在我的眼前。现在，他叔叔这本国内仅存的《抗战飞行日记》终于由长江文艺出版社出版了。我将书置之案头，再三翻阅，崇敬与感动在心头冲撞、缭绕。我想，如果我不为之写些文字，我会长时间感到愧疚与痛苦的。

　　日记的主人龚业悌，1914 年出生于湖南一个小知识分子家庭，家境清贫，少年由父亲亲自课读，勉强读了一年高中，后因无力付学费又转入高级农业职业学校，当航校招生时，他抱定"航空救国"的信念，毅然投笔从戎。1936 年至 1941 年，由见习官升任副中队长。先后执行战斗飞行任务 183 次，单独击落日机 3 架，协同战友击落日机 6 架。在中国的抗日战争史中，龚业悌是千千万万个在国家蒙受苦难时挺身而出的中华儿女之一。他所在的中央航校同班毕业的 33 名同学中，抗战时期牺牲 24 人，伤残 8 人。他本人也曾三次受重伤，最后不得已离开了自己喜爱的蓝天。但像这样用日记的形式完整地记录了中国空军壮烈抗战史的，他是第一人，也是仅有的一人。1985 年，中国人民革命军事博物馆收藏了他 1937 年的全部日记。

　　龚业悌因出身书香门第，当他投笔从戎时，尊家父旨训，每日认真地写一页日记，将一天的所作、所见、所闻、所想，悉数记载，无一遗漏。由于作者喜爱读书，日记文字清新简略，生动如初。从这两本日记的内容来看，70% 记述的是飞行活动，包括警戒、练习飞行与空战。30% 写的是个人的日常生活及所到之处的地理地貌，风俗人情。但从整个日记来看，从始至终洋溢着主人公视死如归的大无畏英雄气概和强烈的抗日爱国精神。如 1937 年 1 月 27 日，他奉命驻守洛阳，时值"西安事变"不久，他写道："'一·二八'，这沉痛的日子，又随着流水的年华，增加了一年的纪念和回溯。忆当年，我正流离在故乡，手无寸铁，愤激在心……让敌纵横于经济文化枢纽的沪滨，并留下一些耻辱屈服的创痛，污我国史，丧我国权。而今，在经年的奋斗中，我争得了杀敌的技术，可以不像从前。""七七事变"后，他在日记中写道"报载日本增兵很快，战争将不可避免，我们复仇雪恨的时间已成熟了……在我们的臆想中，敌人的军舰、营房和一切要毁灭的目标，我们精神振奋，心底腾着热血。"随后，在日记中，他多次记载了与日寇的空战。胜利的喜悦，战友牺牲的痛苦，战争的失利，自己负伤后的心情，无不体现着一个热血青年强烈的爱国情怀。日记中记载，为了抗日大业，他三次拒绝了家人及战友的婚介，1937年2月5日他在日记中写道："父亲来信，告我令娴姊肄业于湖南大学化学系，未成家，嘱我假中归去，同意可即订婚。我从未结交异性朋友，我感觉前程虽然远大，生命却如飘萍，我绝不愿陷害一个有望的女子。"他认为战争残酷，大丈夫应当尽忠报国，马革裹尸还，几次战前他写了血书，空战中，他曾力图驾机与敌人同归于尽，但因敌机的逃脱而未能如愿。

日记尽管是个人的心路历程，但也是研究历史最有价值的史料。如作者1937年至1938年两年的日记，对中国空军的创建与发展，成就与问题都给以了记述。对当时使用的飞机型号、性能，指挥的得失，留下了真实宝贵的第一手资料。特别对中日之间历次的空战都加以了详细记载。有些空战他虽然没有参加，但也注意对战况加以追记。与自己朝夕相处的战友的胜利与失败，更是无一遗漏。特别对他自己亲历的空战，描绘得更是栩栩如生。如1938年"2.18"武汉保卫战中，他写道："今天，是一个极可歌颂而荣耀的日子，在武汉的苍穹，我们大队的同伴和敌机展开一场激烈空前的空战……我调整好适于射击的速度，用穿过风挡伸到座舱前的指挥镜，我把敌机准确地汇入镜中的十字红线中，从线的刻度上判断敌机相距的距离，在测定已准确到达我的机枪400公尺的有效射程时，就开始扣动装在左右机翼上的两挺斯卡斯机枪。"日记中还详细记载了在抗日战争中无私援助中国人民的苏联空军航空志愿队与中国军队并肩作战的情况，日记对他们的无偿援助和奋不顾身的牺牲精神，也给以高度肯定。

这本书除了日记主人公的记叙外，在编辑出版过程中，策划编辑姚梅女士与其家属一起，还增加了很多与日记有关的内容。在内容的编排上，单面是日记，双面就是与之相关的资料。如日记中记载到"七七事变"、"武汉保卫战"，与之相对应的是当时的报道、图片，参与者的回忆等。这从另一个侧面丰富了日记的内容，也扩大了读者的视野。再如日记中提到的中日苏三方使用的飞机，本书中除了照片，还绘制了简图、图表。日记中提到的苏联空军志愿队，史料中就详细介绍这支志愿队的来源、装备、参战情况、牺牲的苏军人数。所以，这本书出版后，当当网一次提出包销一万册，足见本书的价值与他们的信心。

1937年5月，张元济亲自编写了《中华民族的人格》一书。他从《史记》、《左传》、《战国策》中撷取8篇故事，对原文作了适当的删节，译成白话文，并在每篇后面加以评点。8篇故事包括《公孙杵臼程婴》、《伍尚》、《子路》、《豫让》、《聂政》、《荆轲》、《田横》、《贯高》等。张元济在《编书的本意》中指出："我现在举出这十几位，并不是什么演义弹词里妆点出来的，都是出在最有名的人人必读的书本里。他们的境遇不同，地位不同，举动也不同，但是都能够表现出一种至高无上的人格。"我不知日记的主人公是否读到了张元济先生的这本书，但龚业悌先生以决死之心抵御强暴，抗拒横逆的精神与张先生这本书里提到的志士仁人都十分相似。出版社出版这本书，不仅仅是和日记主人公的后代一起来纪念自己的先人，而是弘扬一种精神，中华民族舍生取义视死如归的精神。我想，如果我们的民族有一天再需要龚业悌式的青年挺身而出时，相信读过此书的读者中会有人毫不犹豫地站出来。因为，历史并没有忘记自己曾有的英雄——哪怕他们是国民党空军的一员。

（原载2011年7月4日《楚天都市报》）

写在《天风诗草》出版之际

夜色深沉，在我的家乡信阳那片土地上，您安然地合上了双眼。

这也许是某种缘分，不然，您闯荡人世六十有余，曾经历过无数生死考验，为什么偏偏在病危之际，乘火车北上，在我的家乡阖上您那慈祥的双目呢？据护送您的亲人后来说，您说心慌，想吃颗药，药片刚送到嘴里，您头一低……

是时，夜风呼啸，列车车轮撼动着我家乡的黑土地、黄土地……

在您病危之际，我想去探望，但回来人讲，医生不允：说您心脏包膜破裂，还在危险期。大约过了半月有余，我心中总觉不安，不去看您，似乎有负于这三四载的忘年交。那天上午，我约了同编辑室的老秦一块去了您的病房。您正卧在床上，面色红润，精神矍铄。如果您的床头不是放着急救的氧气面罩，我怎么也不会相信您正在与死神握手。后来，您谈到了您的诗集，您说您将不久于人世，想把一生所写的诗编一个集子，想委托我给您再当一次责编。

没想到，这竟成了我们的永诀。四天后，您在生我养我的那片土地上辞别了人世。我至今仍不明白，是不是您有什么话儿还要叮嘱，不然，为什么选择那样一个地方结束您人生之旅呢？

认识您是一种偶然。人生也许就是由无数偶然连接起来的。

那时，我刚到出版社，而您也已离休。组织上安排您到外地去旅游，陪同您的本来是另一位同志，可他因故不能去，于是我便随您去了云贵高原那令人神往的地方。黄果树、花溪、石林、大理……我们朝夕相处了二十多天。于是，我便有了一个诲人不倦的师长，一个在异地他乡可以一诉衷肠的长者。工作之余，或在生活中碰到什么不顺心的事儿，我便可以去到您那四壁皆书的小房子里，聆听您那舒缓、慈祥的天门声音。

您生在一个破落的家庭里，很早便做了左翼报人，后来，怀着一腔激情，参加了革命。但1955年，一种莫须有的罪名，您便与胡风有了共同的命运。

之后近三十年，命运之神用黑色的翅膀遮住了您生活的光明。您三次下放劳动，十九岁的小儿子又因庸医误死。这些，是我在为您编辑散文集《天风海雨集》时才知道的。您文如其人，人如其文，平和、冲淡、质朴，但在如水的生命之流下面，还有着对人生火热的挚情，对邪恶和虚伪的刻骨仇恨。您为了延长那有限的生命，为了表明您对这个世界的理解和参与，日夜伏案著述，在短短的几年里，先是有了诗集《呼唤》，后来又有了散文集《天风海雨集》。您发病之前，便觉背后疼痛，其实，那是心脏病反射，您满头大汗，稍稍好些，您又笔耕不辍。您总说，过去失去的太多。甚至在医院的病榻上，您还让家人将诗稿摊在地上，一篇篇地比较、筛选……

胡老，您的诗集《天风诗草》在诸位朋友的襄助下，终于面世了。这本诗集是您人生之旅的总结，凝聚了您对人类、对社会的洞彻和感悟。您像啼血的杜鹃，声声倾诉着您对曾遗弃过您的祖国母亲的无限深情；您像追日的夸父，为了实现理想，不怕渴死在禺谷之中。这个世界上，一切功名利禄都是过眼云烟，但您的诗不会消失。您生前嘱咐，希望将骨灰深埋，上面栽一棵树。我没有去过您的墓前，不知那棵树栽了没有。不过，我想，这本诗集正像夸父手中的那个拐杖，将会化作繁茂的邓林。任凭年年月月，它的上面将永远栖息着后来者用目光放飞的鸟儿——那将是一片生命喧腾的天地。

我们为什么放飞这批"九头鸟"
——让九头鸟展翅高飞

90 年代初，在严肃文学走入低谷时，我社推出了"跨世纪文丛"。

这套书目前已经出版了 6 辑共 60 位作家的代表作品，囊括了新时期以来在文坛上最有影响的一批作家的代表性作品。图书陆续出版后，在创作界和出版界产生了广泛的影响。之后曾有人提出了"南有《跨世纪》北有《布老虎》"之说。但"跨世纪文丛"汇集的主要是中短篇小说，在长篇小说的出版上，我们还缺少一个能为读者识别的品牌。今年夏天，我们在讨论出版一套袖珍长篇小说时，想到了古代神话传说中的"九头鸟"，这个曾一度代指湖北人的褒贬不一的小精灵作为这套书的标识。

关于"九头鸟"，《太平御览》卷九二七引《三国典略》曾写道："齐后园有九头鸟见，色赤，似鸭，而九头皆鸣。"《正字通》云九头鸟："状如鸺鹠，大者广翼丈许，昼盲夜瞭，见火光辄堕。"宋梅尧臣《古风》诗："昔时周公居东周，厌闻此鸟憎若仇。夜呼庭氏率其属，弯弧俾逐出九州。射之三发不能中，天遣天狗从空投。自从狗啮一首落，断头至今清血流。迩来相距三千秋，昼藏夜出如鸺鹠。"但是后来，人们把神话传说中的九头鸟，与湖北人联系到了一起。提起湖北籍的人氏，人们会说："天上九头鸟，地上湖北佬。"其意，是湖北人像九头鸟一样精明。一般的鸟儿只有一个头，与有九个头的鸟打交道，自然不是对手。湖北是九省通衢，汉口在近代史上曾是物资的主要集散地，在中国人的传统观念中，重农轻商，湖北人会经商，自然无商不奸。与湖北人打交道，小心不要吃了亏。所以，九头鸟之于湖北人，实际上是具有一定贬意的。但是近年来，随着市场经济的发展，信息时代的来临，人们的价值观念发生了变化，提起九头鸟，人们由过去的揶揄与嘲讽变成了某种褒意。

当然，我们将即将出版的长篇小说归之于"九头鸟"系列，并不是完全因为这套书的出版地是在湖北，而是我们认为"九头鸟"这个形象不仅具有深厚的历史文化积淀，而且具有特别强烈的现代感。正像我们现在欣赏荆楚一带出土的春秋战国时期的漆器，南阳汉画石刻一样，从那飘逸、夸张的表现技巧中，仿佛能找到现代艺术的源头。我们这个时代不正是需要"耳听八方，眼观六路"的复合型人才吗？而"广翼丈许"的九头鸟却正具有这个特点。所以，如果拿计划经济时期的观点来衡量市场经济的行为，有很多事情就说不清楚了。当我们把这个想法在电话中与中国作协创研部的雷达同志谈后，他也十分赞同我们的这个打算。他并且欣然为我们这套计划中的"袖珍"长篇小说丛书写序。

不过，我们一开始只准备推出一套比较短小的长篇小说，如 12 万字左右的篇幅的作品，来冠之以"九头鸟长篇小说丛书"，后来，我们觉得如果仅仅限于篇幅，那么就有很多优秀长篇小说不能归纳其中。经过商量，并征求一些朋友的意见，我们准备像《跨世纪文丛》一样，有计划地逐年推出一批长篇小说。总题用"九头鸟长篇小说文库"，其中包括"袖珍长篇小说系列"。当然，凡是入选这个文库的，不能仅看篇幅长短，也不能看作家的名气，我们既要重视题材的多样性，也注重表现手法的多样性，既重视作品艺术上的创新，又要考虑读者的欣赏需求和阅读期待。否则，我们这套文库有可能成为流星只能展示短暂的亮丽。

我们十分明白，出版者仅仅有一个计划还是不行的，这套小说最终能否为读者接受，能否为长篇小说创作的繁荣做出一些切实的贡献，还需要作家和读者的大力支持，需要我们持之以恒的努力。我们希望，这套书能像我社的"跨世纪文丛"一样，在文学事业的长途跋涉中留下自己的痕迹。

目前，我们这套文库将推出阎连科的《坚硬如水》，赵玫的《上官婉儿》，邓一光的《想起草原》，年内还将推出刘醒龙的《痛失》，张一弓的《遥远的驿站》，李佩甫的《远村》（暂名），吕新的《草青》等。这次推出的"袖珍系列"的第一辑中，有女作家方方的《何处是家园》，梁晓声的《婉的大学》，钟道新的《权力界面》，胡发云的《老海失踪》等共 6 种。当然，我们放飞的这批九头鸟能否在文学的天空留下嘹亮的回音，我们在热切地期待着。

（原载 2000 年 12 月 27 日《中华读书报》）

写作与读书

晓苏：百义先生，您好！您既是一位作家，又是一位优秀的出版家，我想请您从这双重身份出发，为我们的中学生朋友谈谈写作与读书的关系。首先我想问的是，是哪一本书使你产生创作冲动的？能详细介绍一下那本书吗？你是什么时候读的？

周：具体是某一本书现在说不清。我想，一个人走上写作道路也不可能完全是受一本书的影响。小学阶段，我读了《烈火金刚》、《红岩》、《野火春风斗古城》、《平原枪声》、《破晓记》等书。其中《破晓记》这本书写的就是我们那一地区的革命斗争故事，这使我感到新奇，也使我对作家的神秘感多少被打破了一些。当然，对我走上写作道路产生直接影响的有两个人：我上小学时的校长和一位老师。校长爱好写作，虽然没有出版什么作品，但他确实曾努力创作过，并且为此调到县文化馆去当馆长了。另一个是我小学时的音乐老师，他后来调到县文化局从事剧本创作，最后又调到省城一家文学刊物当编辑，如果说我走上写作道路受什么影响的话，应当说主要是他们的示范作用。

当然，时至今日，当初对我印象最深的作品依然历历在目。上小学时读书是囫囵吞枣。（小学毕业因为"出身问题"没能上成初中，只好在村里读农业中学。）"文革"时基本没书读，我买了一本描写知识青年上山下乡的《江畔朝阳》来看。多少个晨昏夜晚，我将这本书像拆卸机器零件一样逐字逐句进行分析，至今这本用白纸订的读书笔记还保存在手上。后来我又从一位朋友手上借到了《红楼梦》的第一册，我为此也做了一本读书笔记。

晓苏：您能从一个作家的立场出发，给学生们介绍一下怎样选择所读的书吗？

周：古今中外关于如何读书的文章很多，我不算是一个成功者，只能就自己读书谈一点体会。书海茫茫，人一生的时间有限，处理好这对矛盾就涉及读书"广"与"博"的问题。读书范围要"广"，开卷有益也。但仅仅是泛读，知其一而不知其二也不行。如果你希望从书中了解一些系统的知识，想学习某一作家的写作艺术，就要"精读"，古人云"半部《论语》治天下"，指的就是这个道理。对于一些经过时间淘洗的人们公认的经典图书，或者你比较喜欢的某一类书，就要选择若干种，从作者立意、谋篇布局、语言艺术诸多方面，认真揣摩。好的书还要做读书笔记，或者在书上记一些自己的心得。

晓苏：您先成为作家，后来又考进武汉大学作家班读书。为什么要在有一定成就后还要上大学，读武汉大学对您的写作有哪些帮助？

周：过去我虽然也读了些书，但不够系统，读书是按照自己的兴趣去读的。同时，我过去偏重于文学，对于其他学科了解不多，所以我希望有一个系统的学习机会。读武汉大学后，我不仅系统地学习了中外文学史，而且到哲学系选修了美学、哲学，特别是当代西方哲学的课。大学的学习也许并不在于上了多少课，重要的是那种氛围，以及认识了很多有理想、有事业心的朋友，结识了一批在学术上很有造诣的专家。我认为，上武汉大学学习不仅改变了我生活的道路，而且对我的写作产生了直接的作用。我过去主要是写少年生活，后来笔墨就移到成人上面，而且写了一些知识分子。我读大学前的作品形而下的东西写得较多，上学后，因为思考一些问题，作品就注意探讨人的心灵以及生命的本质问题。当然，后来因为走上领导岗位，从事行政工作，疏于动笔，我就写得很少了。

晓苏：您后来成了一位优秀的出版家，接触到很多文学图书，也接触到了很多优秀作家，请你结合自己的出版经历，讲一讲写作与图书出版的关系。

周：上学，从事创作，对我后来从事出版工作都有很大的帮助。首先，我对作品的鉴赏、判断由过去的感性上升到理性，这得益于我的那些书本知识。当然，从事创作也培养了我的"感觉"，作品读得多了，对一部书稿的优劣得失应当说不会看"走眼"。见仁见智的事有，但还没有一部特别好的作品从我的手下流失。

二月河的历史小说《雍正皇帝》在海内外的读者中产生了广泛的影响，这部作品是我大学毕业到出版社后组来的第一部书稿。与他签署出版合同前，我读了他刚刚出版的《康熙大帝》的第一部，为作家驾驭题材的能力、状写宫廷生活的细腻、历史氛围的营造而叹服。我回来后向领导汇报了我的判断。当然，对于这部历史小说能否在我社出版，主要取决于当时出版社领导的最后决策，作为责任编辑，我做了一些应做的工作并与作者建立了长达十五年的友谊。

如果说我在图书的出版中主动发挥了较多的作用的话，可以值得一提的，是"跨世纪文丛"、"中国文学作品年选"、"九头鸟长篇小说文库"三套书。

1995 年，我来到出版社负责，当时《跨世纪文丛》出版了三辑，至于是否继续出版各方意见不统一。也许是作为一位写作者情有独钟，或者我本来就十分清楚这套书的出版价值，便在出版社经济尚十分困难的情况下，决定继续出版这套书。目前这套书已经出版了 7 辑 67 位作家的作品，成为当代文学发展史上的一道标杆，得到了出版界和创作界的好评。"中国文学作品年选"是包括中篇小说、短篇小说、诗歌、散文、报告文学等主要文学体裁的年度选本。在此之前，一些出版社停止了出版此类赔钱的图书，我从图书的收藏价值、文献价值与阅读价值考虑，决定于 1995 年开始出版此类图书。目前这套书我们已经出版了 7 年，它的作用与价值越来越为读者所认识，目前销售也不断呈上升趋势，并先后有另外三家出版社也参与了此类图书的出版。"九头鸟长篇小说文库"是我社 2001 年推出的一套长篇小说集，文库在一年时间内收录了 19 部长篇小说。目前这套书最多的 1 种已经销了 5 万套，最少的也销了将近 1 万套。从目前的情况来看，"九头鸟"这个品牌已经为读者认可，也为作家所青睐，"九头鸟"已经成为原创作品园地的一道风景线。

我之所以提到上述图书，最重要的一个原因是因为我过去曾经从事过创作，我对作品本身美学价值的判断，对作品出版价值的判断有了一个较好的基础。所以说，从事过创作的同志再从事出版工作有其先天的优势。

晓苏：请您谈谈您对中学生写作和出书的看法，中学生过早创作文学作品及出版个人作品集对他们的一生是好还是坏？我们现在是不是应当提倡这样做？

周：中学生写作和出书的事不应提倡。我认为，中学生正处在系统学习文化知识的阶段，如果将精力过多地用在创作上，势必会影响学习。一个人的精力有限，每天忙于爬格子，就没有时间广泛阅读，没有时间去感受生活。从我个人创作与学习的经历来看，较早涉足文学创作，没有很好地阅读大量的作品，受到良好的教育，作品只能是一些个人狭小生活圈子的肤浅的摹写，是孩子眼中的世界，不会有多厚重的生活体验，有多高的文学品位，而且，也难以持久推出有影响的作品。从中外文学史上来看，没有一个少年的作品会传之后世。作为学生的家长，不必过早鼓励孩子创作，即使孩子写了一些习作，也没必要急着去出版。如果说有人出于商业目的或某种功利出版少年作品，大家也没必要去效仿。老师与家长要正确引导孩子，要尊重人才成长的规律，不要重蹈王安石《伤仲永》一文中提到的那个少年的覆辙。

（原载《语文教学与研究》2002 年第 2 期）

第二卷　序与跋

《岁月通道丛书》前言①

把握永恒

岁月通道从远古缓缓走来，日出日落，潮涨潮退，生命书写永恒的奇迹。

你把握住了生命中的每一秒，你就把握住了永恒。永恒是种子萌芽的一刹那，永恒是闪电掠过天空的一瞬间，永恒是情人眸子里的一瞥，永恒是母亲眺望游子归来的呼唤，永恒是桃花潭水深千尺，永恒是浔阳江头夜送客，永恒更是无常在召唤你时安宁的心态。

我们不要等待何时创下惊天伟业而名垂青史，我们要关注自然界的每一细微变化，抓住平凡生活中的每一朵浪花，我们要用常人的心态，去体味大千世界。

财富、爱情、事业都很重要，但更重要的是一个人在生活中始终都要有希望。希望给你以生活的快乐，给你以力量的源泉，给你以宁静的心态坦然面对生活的波澜。生命中的时时刻刻，你都要保持着一种对未来的期望。

你可能没有财富，但你并不贫穷，你是一个默默无闻的平民，但你并不自卑，你正为生活而奔波，你却心安理得，人啊，只要你拥有了希望，你就拥有了一切。

世界上值得拥有的东西很多，爱情、婚姻、家庭、友谊、财富、成功等等，但人生往往有很多遗憾。也许这种遗憾并非我们的努力能得到，那么，从某种意义上来看，放弃也是一种美丽，遗憾也是一种完整。

也许，放弃了金钱却得到了爱情，放弃了舒适却得到了成功，放弃了唾

① 长江文艺出版社 2001 年 5 月第 1 版第 1 次印刷。

手可得的成功却赢得了奋斗的经验，放弃了名利却得到了健康。

放弃意味着获得。

爱有时并不需要表白，远远地注视，深情地关怀，将那份情意深藏在心底，日久天长，为自己营造一个纯洁美丽的圣坛。

爱并不在于结果而在于过程，如果将那份美好铭记在心，将曾经有过的占有欲弃之身外，记忆中只有淡淡的哀伤，你就会体味什么叫做永恒。

如果你心情烦躁，为尘世的些许不快而郁郁不乐，那么，如果方便的话，趁假日或者闲暇到郊外的墓地去走一走。在那里，熟悉的不熟悉的面孔会浮现在你眼前，一种穿透时空的永恒如水漫上你的思绪，你会感到自己为如此凡人琐事而耿耿于怀是多么的渺小，你就深深地感到活着是多么的幸福，阳光、空气、绿叶、河流，一切都是如此的美好。

斯时，你就大彻大悟，还有什么不能忘却呢！

人们幻想着长生不老，其实，当坟墓成为过去，死亡成为历史，人们还去拼搏什么呢？反正明日复明日，明日何其多。如此看来，不老的身躯岂不成了行尸走肉？

生命的永恒并不在于人生在世的长和短，生命的永恒而在于人内在的精神。江山代有才人出，当一代一代人为理想而释放生命的能量，用拼搏，用汗水，用心血点燃永恒之灯，那他们的身影将永远闪现在宇宙之中。

人生是短暂的，短暂的人生可以创造出生命真正的永恒。

音乐家说，音乐是永恒的。如贝多芬，虽然只活了 57 岁，可他那充满激情的乐曲却永远光照人间。

画家说，永恒是光和影在画布上的定格。生命中有许多美的瞬间，抓住了美的瞬间就抓住了永恒。

文学家说，文学是永恒的。伟大的文学作品超越了时空，强烈地震撼着人的心灵，人类是靠这些营养才构建了文明。

是的，永恒不是物质，而是精神。沧海桑田，变化的是山川河流，不变的是人类的追求。

《涟漪集》序

和穆熙先生嘱我为他即将出版的《涟漪集》写序，我简直有点诚惶诚恐了。他是出版界的前辈，全国政协委员，社里同志平时就呼之为"和老"，现在要我这一介后生为他写序，岂不是折杀我也。但和老很诚恳，却之不恭，我只好从命了。

虽然我与和老在一个单位工作了几年，但由于我到出版社比较晚，他的这些作品我很少读过。加之那时他没有分管我所在的编辑室，无缘得到他的教诲。只是听社里其他同志说，和老的诗写得不错，编辑作风十分严谨。这一次，他送给我一份散发着油墨清香的校样，我才有幸拜读到他的大作。夏日的一个夜晚，我一直沉浸在阅读的快感之中。

10岁参加地下儿童团，读大学时参加地下工作，建国之初的编辑生涯，1957年的错划，乡下改造的艰辛，因受错划而患病的亡妻，政协委员的忧国忧民……远了，近了，断断续续，和老的形象在我的面前由模糊而渐渐清晰。一个老出版工作者引领着我，在"历史的峡谷中"穿行。6月的夜晚因此而清风徐来，感叹，激奋，深思……

和老已年过花甲，因是全国政协委员，所以一直还在岗位上坚持工作。在我的印象中，和老和他这种年纪的人一样，很健谈，话的内容比较多，但这次读他的文章，却感到十分的简约、隽永，处处洋溢着诗人的才情，不少篇章警句迭出，显示着他的睿智和幽默。

指斥时弊，鞭挞丑恶，呼唤社会主义法制和民主，是和老杂文的主要内容。打开这些篇章，扑面而来的是一个少年参加革命的老政协委员炽热的参政、议政的情怀。特别是那篇《奇文共欣赏，疑义相与析》，更体现了一个出版战线的老战士的焦虑和愤慨。和老对于杂文有自己的研究，书中收有一篇与友人关于杂文写作的通信，不仅表明了他关于杂文写作的观点，也是他写作杂文的概括："须有着善善恶恶，鲜明的是非感；无私无畏的勇气……"因此，他的一些杂文、散文、诗曾被收入一些选本。

　　和老的散文和诗其实可以当作一个整体来看，其中，贯串着一条线，那就是"情"。刘勰云："故情者，文之经；辞者，理之纬；经正而后纬成，理定而后辞畅，此立文之本源也。"散文《死别已吞声》、《我们共同穿过历史的峡谷》，诗歌《烈火与凤凰》是和老怀念亡友和亡妻之作，文辞哀婉，催人泪下。当然，在这组文章中，和老并非一味地用回忆去舔带血的伤口。面对着新的生活，他的心中"充满了阳光"，对自己曾经献身的事业，一往情深。和老作品的另一部分，主要围绕着他所从事的出版事业。他是一个辛勤的园丁，曾经用自己的汗水，培育了一个又一个作者，编辑了一本又一本图书。但他在工作之余，不忘为自己所亲手编辑的图书做一些介绍和推荐工作。收录在这一部分的书评、书介以及所写的序，大多是他在 80 年代复出之后写的评介文章。文章都不长，但都可见出他对作者的拳拳之心，殷殷之情。为作者的成长而高兴，为新作的涌现而歌咏。但也有一篇谈报告文学在中国的产生和发展的理论文章，是他策划编辑《中国报告文学丛书》的经验总结，也是报告文学理论研究的新成果。

　　《中国报告文学丛书》是中国出版界的一大收获，它是对《新文学大系》的一个补充。该丛书收录了六十年来中国报告文学的精华，具有阅读价值和史料价值，是长江文艺出版社出版史上一个里程碑似的代表作。和老参与其中，从征集、选编到每一分册的出版，均洒下了辛勤的汗水。这套书的出版，他功不可没。

　　和老年已六十有七，本书所收并非他在报刊上发表的所有文章，但这些诗文基本上可看作是和老一生的写照，一生的总结。这本书的出版，不仅为杂文园地、书评园地、诗歌园地增添了一束新花，更重要的是，由于作者本人是位老出版工作者，这本书也可以看作是新中国第一代出版工作者的写照。他们在人生的道路上所历经的坎坷，他们对出版事业的挚爱，在其中都得到了充分的表现。我们今天的出版工作者会从中得到很多启迪。为湖北人民出版社建社三十周年所作的《长江涛涛向东流》一文，便写出了建国之初出版工作者的生活、工作和精神状况。"那时的工作，各级领导都抓得紧，扣得严，讲效率。临发稿时，大家经常一同熬通宵。当然，是累一些，但我们是当时的年轻的一代，而青春的活力是无穷的，江汉关黎明的钟声常常应和着我们雄浑的歌声，在嬉笑声中他们迎来了一个又一个朝霞满天的早晨。"

　　读着这些文字，我不禁肃然起敬。新中国第一代出版工作者身上所表现出的敬业精神、奉献精神是多么的弥足珍贵。时下因为十年动乱的影响，因为市场经济对出版工作的冲击，编辑队伍整体素质下降，图书质量不尽人意。出版这本书，对今天的这一代编辑而言，可以从中得到很多的教益。这本书的出版，也可以看作是对那种失落的敬业精神和奉献精神的呼唤。此外，从另一层面来看，作为一个编辑，为了拉近和作者的距离，我们不仅要做好本职工作，还要不断地提高自己的写作能力，成为某一方面的专家，这样我们才能与作者对话，寻求作者的支持。和老嘱我写序，也许其深意在此。薪火相传，我们的出版事业才能兴旺发达。

是为序。

《中国乡村生活实录》序

　　叶照青先生等乡党送来一部书稿，要在我社出版，并嘱我写个序。我却之不恭，但掂起笔却觉得很沉重。沉重的原因有二：一是叶照青先生过去是我写诗的引路人，现在让我为他的书写序感到有些惶恐；二是对作品中所记述的家乡乡村生活的尴尬与无奈而揪心。

　　照青先生早有文名，当我做文学梦时，他已是名满豫南的诗人了。当初蜗居乡下的我无缘得见已在县文化馆工作的他，一次与友人走在县城大街上，迎面过来一人，戴副眼镜，侧着肩膀，低着头，嘴里念念有声，友人小声告诉我他就是大诗人叶照青时，他已匆匆擦肩而过。后来因我的一首小诗在文化馆的油印刊物上载了，参加县里组织的文学活动，我才得以认识他。之后我经常带着习作去他家求教，他那时已到婚娶的年龄了，约是痴迷文学之故，仍是独身，我们就经常闯进他满是诗稿的卧室寻找文学的通天塔。后来也许是因我远离家乡的原因，在报刊上少见他的诗，但见到一些他写的杂文，这次，他却差人送来一本 20 余万字的纪实文学书稿，打印的文稿上面，有他用水笔旁添的方方正正的字，我一眼就看出，这就是叶照青了。

　　文稿是照青先生和家乡的朱大印等三人共同创作的。朱大印同志幼年因一场意外的事故落下了残疾，但他身残志坚，矢志文学创作，近年来取得了不菲的成绩。据介绍，他们三人创作的这些文稿先前已在各地报刊发表并多次被转载过，有些曾产生了较大的影响。这些文章，有的写到农民、农村、农业的问题，有的写到买卖婚姻、拐卖人口，有的写到续家谱，村匪路霸问题，总之，凡是当前转型时期中国底层存有的问题，在这部书里都涉及了。从书稿里，一方面我看到了他们对当前中国农村诸多问题的焦虑与思考，另一方面，我也看到他及另外几个文友对中国农村，特别是对大别山区的认真考察与记录。

　　中国农村中农民的困苦，以及他们的落后与愚昧，尽管近二十年来已有较大变化，但较城市的变化而言，仍然是相差甚远的，城乡的差别不是缩小了而是在扩大，于是就有了众多农民离乡别井进入城市的大迁徙，就有了少数农民的过激行动，就有了将希望寄托在宗教上的举动，也有恶徒的不法行为，我认为，中国乡村的今天，较二十年前而言，不能说没有发生巨大的变化，但与整个社会的发展而言，近年来是落后了。这种落后的原因是应当归结于农民本身的素质呢，还是归结于社会发展的不同步或是别的原因呢？我看，这两种原因皆有。有些方面，我同意他们对农村与农民问题的解剖，有些我也不十分赞同，如对续家谱的批评，我认为，从历史的角度看，续家谱是中国几千年的宗法制度的产物，其中有落后的一面，但如果从留存资料、凝聚人心上来看，还是有一定的积极意义。国家国家，先有家才有国，家庭是国家的缩影。中华民族就是靠这种观念凝聚起来的。海外的华人在现代化的国家中，仍然保留着这种传统，我们对这种做法，可以引导，但未必就该加以拒绝。

这部书稿涉及到农村问题的方方面面，其中有形象的描绘，也有具体的数字，是我们研究与了解中国农村的现状，特别是大别山区农村的现状翔实与鲜活的资料。几十年前费孝通先生在撰写《江村经济》时，不厌其烦，记录下了农民的生产与生活的状况，为今天的读者研究当时中国农村提供了第一手资料，那么，叶照青先生等人这部关于中国农村现状的调查，为今天的读者，也为明天的读者留下了形象的材料。如果说这部作品还有什么遗憾的话，那就是应当对这些记录的事件进行历史的、唯物的分析，将中国乡村的现状放在时代的经纬上加以考量，指出农村与农民问题的症结与解决办法。不过，好在中央新的领导班子已经认识到并正在准备采取措施，如最近召开的十六届三中全会就提出，允许农民承包土地的流转、允许有条件的农民离开祖籍到城市居住并成为城市居民，并将于2004年开始在实行费改税的基础上减轻农业税的基数，这都为缩小城乡差别，改善农民的生活从根本上来加以了解决，我想，这是叶照青先生等人在作品中写到了并希望改变的地方，这是我们及广大农民都感到欣慰的时刻。

读这部描写家乡农村生活的书稿，我仿佛又开始了故园之旅，又回到了那熟悉的乡村生活之中，故人的音容笑貌又呈现在我的眼前，尽管这部书稿中所写的种种境况让我感到焦虑，但我还是相信这一切都会得到改变。二十年前，当我尚在家乡时，谁会想到中国如今会发生这样大的变化呢？所以，我对我的家乡充满了信心，何况，有叶照青先生等一批知识分子忧国忧民的拳拳之心，有家乡人民的聪明才智，还有什么问题得不到解决呢！

是为序。

《攀岩的青藤花》序

　　大山、小溪、树林、青草，那一片彩云，那一声鸟鸣，那一缕春雨，还有父亲的背影，母亲脸上的皱纹，学生稚气的读书声，都一一化为绍金笔下饱含深情的意象。绍金如笔下的麦黄鸟，一声又一声，一遍又一遍，歌唱生养的土地，颂赞丰收的田野，怀念父辈的汗水，咏叹生命的坚忍。读着绍金这一章又一章散文诗，我不由想起了冰心，想起了泰戈尔，虽然他们歌咏的对象并不完全相同，但他们对于自然的理解，对于人生的感悟，却是相通的。在诗人的笔下，风花雪月，山川草木，四时更替，都是富有灵性的，万事万物的存在，是那样的和谐与美丽。

　　存在我电脑里面的这些文字，是绍金三十年汗水的结晶，是他用诗性的眼睛摄录下的天籁之音。绍金读师范时的五十名同窗，只有少数还在从教，而绍金就属于这少数之一。教师这个职业虽然受人尊重，但在当下社会，与有个一官半职的公务员相比，就显得寂寞许多。但绍金热爱自己的职业，也热爱文学。教学之余，家乡的山山水水，还有生他养他的父老乡亲，甚至是家乡的一条河，河中的一条鱼，都会涌入笔下，绽放出一朵朵多姿多彩的浪花。绍金在略显偏僻的乡村任教，就像集中"攀岩的青藤花"一样，攀附在缺少营养的山崖上，"无畏其险陡，无畏其冷峻，无畏其荒凉"，用奉献装扮美丽，用付出赢得尊重。我们可以赞美玫瑰之艳丽，赞美牡丹之华贵，但我们同样应当赞美深山之中悬崖之上的紫色青藤花，是它使我们的世界五彩缤纷。

　　散文诗是介于诗与散文之间的一种文体，其既需要诗的凝练、节奏、韵律、意境，更需要散文的抒情和议论，当然还有思想的烛照，激情的灌注，而绍金是深得其昧的。在他的作品中，有以记事咏物为主的，也有以哲思言论见长的，但无论是咏物还是抒发感情，他都把握了散文诗的特点：含蓄蕴藉，富有意境。在《老家感觉》中，他写道："阳光幸福地停靠在屋脊枯瘦的肩膀上，暖和得如同母亲粗糙的双手……读懂老家的，是那一节一节的石板路。"在《拾秋》中，他形象地写道："秋雨蓄谋已久，摘下星星腮边那一行泪，浇灌田间刚播下的种子，喜极而泣的希望在农人的心田湿润，葱郁出一派生机。"在作品中，他反复咏叹父亲和母亲，用不同的意象歌颂双亲的坚忍、无私、慈爱、辛劳，他知道，父亲母亲虽是生他养他的恩人，但却是无数父老乡亲的代表，是中国农民的写照。他用赤诚的心，纤细的笔触，歌颂双亲脸上的皱纹与汗珠，双亲的肩膀与背影，还有双亲离开后长眠的那片树林。"岁月，已把爷爷种植在家乡的黄土坡旁；岁月，已把父亲栽种在老屋后的森岗上。岗坡上长满茂密的草和树，如同长满我亲亲的思念。"（见《乡情，注定今生与你相遇》）他不仅深情地眺望着双亲，还时时端详着家乡土地与天空中的那片云，那阵风，那些路边开放的小花，其间写了自然之美，亲情之美，生命之美。大别山是他的根，家乡是他创作取之不尽的源泉，所以家乡的一草一木在他的笔下都有生命，都有神性。在作品中，作者不仅让我们欣赏了大别山之美丽，也让我们感受了作者的博爱与细腻的感情。文学是需要精神家园的，正像福克纳笔下的小镇，大别山中的那个小山村正是绍金梦中的港湾，我们有理由相信他文学的小舟会从这里驰向理想的彼岸。

　　绍金是我读师范时的校友，他在文中谦虚地尊我为师，其实我只教过他一年的写作课，杯水之知，不足为训。而后我远走他乡，与其时有联系，但完整地读到他的散文诗，是这一次。因眼睛不适，我将他发来的作品在电脑上将字放大，细细地欣赏，慢慢地琢磨，不知不觉，故乡的山峰就层层叠叠地铺展开来，山涧中溪水载着竹叶船漂呀漂，一直漂到我的心中。"此夜曲中闻折柳，何人不起故园情。"（见李白《春夜洛城笛》）他的思乡之情，也代表了我这些游子和沉淀在国人心中的故乡情结。感谢绍金，用三十年的守望，将心中的故乡酿造得如此醉人。当然，这是绍金在偏僻的山乡于教学之余写就的文字，如果说还有什么不足，就是作品的质量不够整齐，很多意象反复吟咏，单独发表时感觉不到，放在一起就显得有些重复。在结集时，如果挑选的严格些，诗集就更完美了。但我知道绍金年富力强，创作热情正炽，此次结集仅仅是他寻梦之旅中的一个逗号，相信他会不断探索，继续为读者写出更多更好的诗章的。我期待着。

《编辑学原理》序

　　吴平女士的《编辑学原理》修改稿就要付梓了，嘱我写个序，我有些诚惶诚恐。对于编辑学的研究，我是个半瓶子醋——虽然我也写了一些出版研究的文章，但主要是自己在实践中的一些体会，或者是对出版进程中一些问题的研究。虽然做了多年编辑，也在出版社负责多年，但对编辑学却缺少系统的了解，看了吴平女士的这部书稿，我获益匪浅。这也从另一方面说明，编辑学原理的普及是必要的、迫切的。

　　编辑工作是实践科学，像我这种学中文的，起初并不知道编辑为何物，赶鸭子上架，做也就做了，所以有人说"编辑无学"，实际上，任何事物，都有其内在的运行规律，编辑工作亦然，对于准备进入和已经进入出版行业的年轻人而言，掌握所在行业的发展历程，了解编辑工作实践与理论的关系，编辑活动的范围，编辑工作的过程，成功编辑的编辑思想与风格，对于适应并希望成为这个行业中的优秀一员，是不可或缺的。如果我当初早一些读到这本系统论述编辑学原理的专著，对于我从事编辑工作和指导出版社的编辑工作，可能就会多了些理论的武器。

　　上世纪八十年代以来，中国国内关于编辑学研究的论述与专著曾有过一些，吴平女士这本专著虽然不算最早的，但作为教材，其吸收了国内的研究成果，恰恰成了此类专著中的佼佼者。但吴平女士并不满足于此，几年前就打算根据新的研究成果和自己在教学中的体会，将本书修订重版。这次修订前的座谈会我参加了，很多专家对吴平女士把教材当专著来写的认真精神十分赞赏。果然，在教学管理之余，这部修订稿很快就出来了。与原书相比，这本书对编辑的角色重新进行了新的定位，编辑活动的论述更加接近当下的工作实际，改变了过去教材与实践脱节的缺点，所列举的一些案例，很多是目前大家耳熟能详的。论述的语言也更加口语化，增加了可读性。我相信，该书出版后，会受到出版专业学生与从业者的欢迎。

《商城艺苑人物撷英》序

看见余水，我的心弦被什么拨动了，以至于他匆匆地走了，我眼前却涌现出家乡那一座又一座连绵不断的群山。我明白，乡愁，那是一种浓浓的乡愁漫上了心头。

余水的头发已经斑白，但嗓音很亮，握手时很用力，"来，再握一次"。他说。余水仿佛是一面镜子，我从他身上看见了已过天命之年的自己。人生苦短呵！诗人不是咏叹道，"朝为青丝暮成雪"吗？

余水的经历与我基本相仿：小学毕业即下放农村；出身不好，处处受到歧视；当民办教师，爱好写作；历史转折，重回县城。后来，我离开了家乡，见到余水的机会不多，连这次加起来也只有二三次。但我永远也不会忘记他，那个在商城文艺界人所共知的多才多艺的"伙计"余水。

那时我也在伏山，在余子店，离余水从教的里罗城只有六七里地。那时我也曾参加县里组织的文艺创作，和余水一起耍过几次笔杆子。余水会编剧，会导演，吹拉弹唱，样样都称得上高人一筹。后来，我外出谋生，偶尔断断续续地得到余水当县文化馆副馆长、县歌舞团副团长等等职务的消息。我为曾经命运多舛的余水而高兴，为他取得的成绩而自豪。现在，余水又突然送来一本他创作的已经打印成册的图书，嘱我写个序，我看着这洋洋数十万言的著作，对他更是刮目相看了。

这部《商城艺苑人物撷英》一书，记录了 42 位曾经或现在仍活跃在商城文学艺术舞台上的精英的人生追求和艺术成就。余水用一种白描的笔法，勾勒了这些丰富了商城文学艺术生活的作家、艺术家们的群像。在刻画这些人物时，尽管选取的角度不同，掌握的材料也不尽相同，但余水突出了他们"亦余心之所善兮，虽九死其犹未悔"的不屈不挠的探索精神，他们追求生命的自由与对文学艺术的献身精神。这里有命运坎坷的老一辈，如卜凌飞、凌晨等，有在新时期成长的年轻一代，如冯崇智、吴世儒等。他们或如老树逢春，在新时期焕发了青春，或在当下的市场经济时代里甘于寂寞，沉醉于自己营造的艺术天地中。他们的创造对社会而言，丰富了人们的精神生活，推动了商城文学艺术的发展，记录了时代发展的脉搏；对于个人而言，他们以此陶冶情操，追求人生的完美，提升了生活的品质。余水历时数年，一篇又一篇地写下了这些或熟悉或并不太熟悉的乡党，为他们立传，为他们树碑，这件事，尽管从表面来看，是余水个人的创作；对传主而言，是张扬了他们的人生，但我觉得，余水的所作所为，绝不仅仅于此，他在作品中所描写的人物，都是商城人身边成功的范例，他们的人生态度，他们的艺术追求，将会间接地告诉一代又一代商城的年轻一辈们，应当如何对待生活，对待挫折，对待物质与精神，对待形而下与形而上的大道理。这些活生生的范例，将会潜移默化地影响着后人。他们应当汲取与发展先贤们创造的艺术成果，为家乡商城，为国家，为人类做出更大的贡献。所以说，余水的这些文章尽管都不长，所写的人物局限在商城，但这本书对于后来有志于从事文学艺术创造的人的影响，其价值怎么评价都不会过分。

我乐于推荐余水的这本书，并不是因为我与余水是同时代的人，我们有着共同的经历，关键是，我个人走上文学创作的道路，我能够离开家乡走上一家大型出版集团的领导岗位，其实与余水在书中写到的一样，是与也已经离开家乡去到省会的涂白玉的影响与提携分不开的。少年时，我喜爱上文学，是受到时任余子店小学的校长后来当上县文化馆馆长胡长海的写作的影响，我从他那儿知道了还有作家这样一种受人尊敬的职业；我最终能加入文学创作的队伍并且小有成就，与涂白玉老师的鼓励与无微不至的关怀是分不开的。在中国的文学艺术发展史上，人们发现了这样一条规律，无论是作家还是艺术家的成长，往往都是具有地域性的。一个地方出现了一个大作家或者一个大艺术家，后面就会产生一批这样的追随者，如果用专业术语表达，叫"示范效应"。我与余水的成长经历说明了这一点，那么今天余水的这本书，对于未来者，也应当是一种"示范"。

近年来，家乡的朋友们出版自己的著作，往往找我这个乡党写个序。读着熟悉的文字，和书中熟悉或并不熟悉的朋友相遇，之于我而言，其实是一次灵魂的还乡之旅。乡音未改，鬓毛已衰，当年那个青春年少的文学爱好者到哪儿去了？人生其实是很短暂的，但人"生而有涯则学而无涯"。在和平时期而言，一个人成功与否尽管有很多因素，但关键还在于自己是否努力，一个人的命运最终是握在自己的手上的。余水的这本书告诉了我们这样一个道理，我想，凡读到这本书的朋友，也应当从中悟出一些人生的真谛。

是为序。

《江南烟雨塞北雪》序

小舍是谁，是老舍的后人？不。小舍是我的一位乡友，豫南潢川县的文友。据说，他十分崇拜老舍，故取了这么个笔名。

20 年前见到小舍时，他还在县城北边隆古乡当农民。当时，我已在县委宣传部新闻科工作。这一天，他径直来县委大院找我，递上他写的小说。那口气十分谦恭，意思是请我指教之类的话。后来，我果然不断读到他新创作的小说——那种沾有泥土味的小说。说实在的，他是有生活，但语言不够生动，小说技巧也还不够娴熟，语法上也还时见不准确之处。也难怪，他那时正在乡下当农民哩。

后来，他自费读了信阳师范学院中文系，假期时我们还能常常见面。后来，我考上了武汉大学。有一天，小舍却突然出现在我的宿舍里，他说也想来读武大作家班。我们入学时不考外语，到小舍这时学校要加试外语了。这对于一个光想当中国作家的小舍来说这该有多难。我离开武大工作后，小舍终于也成了我的校友。毕业后，他没有回家乡，而是分配去了黄河水利委员会当记者，去了内蒙古和陕西交界的万家寨水库管宣传，等我去年见到他时，他已在首都一个大机关工作了。我说，你真行呀，一个农民的儿子，就靠着自己的拼搏，一步步沿着家乡的田埂走到长安街上了！

小舍身世是很苦的，饥荒年代，迫于无奈，父母在逃荒路上忍痛遗弃了他，一个乡下善良的农民收养了他。他就像大漠中的胡杨树，在碱水中，在风沙中扎下根，顽强地生长着。当过农民，当过生产队长。当农民时，他喜欢上了文学，就把文学当成自己的第二生命。不断地坚持着，写了一篇又一篇。就文学创作言，在中国的文坛上，小舍并没有像自己理想的一样成为第二个老舍。但他就像希腊神话中的西西弗，不断地将石头朝山上推。本集中的一些文字，就是他手下的那些沉甸甸的石头。

小舍实际上很早就做了父亲，但多年来妻子与孩子们并没有和他在一起生活，在过去的年代，这是很常见的事，但现在却并不多见。可是小舍却不以为然，说这样更有利于自己的事业。在北京他租住的房子里，一间是他简陋的卧室，一间就是他的书房。书房里，地上堆了足足有几尺高的毛边纸，那是他练习书法做的"作业"。他每天除了上班，业余时间，包括出差，他都带上自己的纸和笔，锲而不舍地练书法。为此，他还上了人民大学的书法艺术研究生班。有一次我去北京，他陪我在酒店住，天未亮，他就起床告辞，说是要赶回去写字。他每天5点起床开始练，直到8点上班。

练书法如此，创作小舍也是如此，本集中的作品，就是他多年来创作的结晶。其中有小说、报告文学、也有散文。从作品看，里边既有他早期的小说《茅台》，散文《潢川》，也有近期的《江南烟雨塞北雪》。作品写了他对家乡，对自己工作的大西北、黄河流域的无限挚爱。小舍的作品语言，也由早期的质朴变得生动而具有灵性了。由于我与小舍因工作原因多年没见了，时隔多年，当我又一次读到他的《江南烟雨塞北雪》时，我顿生一种士别三日当刮目相看的感觉。"万家寨，很小，是个村落，深深地裹藏在塞北高原的山坳里，极偏僻，所以就很少为人知了。"句子长短间错，简略且很传神。"听说在古代，这里却是了不起的，出过武将，出过良臣；出过英雄，也出过文人，当要出皇帝的时候，战争了。这里便成了兵家必争之地。"一系列的排比句，节奏如行云流水。"我壮着胆子往下面一看，两腿不约而同地酥软下来，这才知道什么是真正的万丈深渊了，我提着胆子抛出一块石头，半天才听到从阴森森的地心处传来空洞洞的落石声。抬头往上一看，全是高不见顶的石崖。看上去，它们都是摇摇欲坠的样子，有心无心地悬在那里，好像是在时刻地等待着有谁一声令下，便天崩地裂地冲将下来。这时我才发现我们是在这上不着天，下不着地的悬崖处'挂'着呢，走钢丝似的，只要有点闪失，我们就会连车带人滚落下去。"此处对环境的刻画形象生动，使人如身临其境。

小舍要出个集子，嘱我写序。因眼疾，久拖而不能落笔。但我当初见小舍的情景，现在小舍的精气神儿却一直在我的眼前闪来闪去。从20年前相识，到如今，我们这些文学青年都已步过不惑之年了。想当初，意气风发，把文学当成自己的终身事业，而我为稻粱谋，眼下文学与我已经很疏远了，但小舍却一如当年，对艺术，对文学却还这样如痴如醉，我从心底里不由生出一种钦佩之情了。我想，今后无论小舍在文学艺术上是否真正能成为"老舍"，但他见贤思齐，孜孜不倦地追求，精神上至少也达到先辈那种境界了。只要有这种劲头，我相信小舍在书法艺术上，在文学事业上还将取得新的更大的成就。我期待着。

《放歌大别山》序

家乡来人，将绍文先生介绍给我，说，这是新到任的县长。接着，又补充一句，县长是位诗人，已出版了几本诗集。

对家乡的"父母官"，特别是会写诗的"父母官"，我本能地由尊敬变为崇敬。这年头，在老百姓的评价中，对官员的印象往往都是负面的。但绍文先生作为一县之长，公务繁忙之余还能如此坚持学习并写作，真是难能可贵。

官员写作，按说是中国的传统。封建社会科举取士，不读书做不上官，做了官的自然都会写作。中国的一部文学发展史，实际上就是官员的写作历史。特别是古代文学，一介布衣写作并流传下来的不多。从左徒、三闾大夫屈原到工部员外郎杜甫、翰林供奉李白到太子少傅白居易，从彭泽县令陶渊明到潍县知县郑板桥，有官声且也有文名的作家，在中国文学史上屡见不鲜。当然，这种担负一定职务的官员写作，往往与他的政治抱负，个人修养是分不开的。屈原的《离骚》、《九章》等篇章，不仅有很高的艺术性，且都具有强烈的政治性，他的诗作中较多地表达了他"去国怀乡，忧国忧民"的赤诚之心。杜甫的"三吏三别"，更是以现实主义的表现手法，用诗歌记录了那个时代国破家亡后人民的悲惨遭遇。

综观绍文先生的这部集子，分为三辑，实则是二类作品。一类是前二辑，政治抒情诗，马雅可夫斯基式的，就中央的大政方针抒怀放歌，如《中国共产党人的情怀》、《春之歌》；一类是绍文先生的咏物、感怀的抒情诗、哲理诗，如《毛竹的秘密》、《笛的启示》、《自传与小说》等。从艺术上来看，前一类作品，作者运用这种阶梯式的抒情诗，层层递进，一气呵成，便于表达自己的感受。第二类作品，尽管篇幅不长，但作者通过自己的诗心诗眼，透过现象看到生活的本质。如在《笛的启示》中，只有 36 个字，但作者把为人为政之道写得玲珑剔透，给人耳目一新之感。在《自传与小说》中，作者也在不长的篇幅中，从文学体裁谈到人生世相，观察的角度十分新颖。

但无论是抒情还是写景咏物，在绍文的作品中，都体现了中国传统文人，也就是亦官亦文的诗人共有的特点，就是对政治生活的发展变化表现得十分敏锐。如当胡锦涛总书记提出"八荣八耻"的倡言和建设社会主义新农村的号召后，绍文思绪万千，诗情勃发，白天处理公务，夜里伏案疾书，在短短的十几天里写出数千行的长诗，尔后又几易其稿。这些诗，诗人从现实和历史的角度，对"八荣八耻"倡言的重要性与必要性进行了诗意的表述，表达他对祖国未来与执政党的信心。"我们是中国共产党人/我们的襟怀分外敞宽/让我们/知荣明耻吧/携带着一份沉甸甸责任。"而在《春之歌》中，这位农民的儿子，这位一县之长，对中央提出的建设社会主义新农村的号召发出了由衷的欢呼。他写道：我们承认/一些农村的生活还很贫穷/一些乡亲的日子还很艰难/乡镇还有很多道路啊/泥泞坎坷/崎岖蜿蜒/把农民奔小康的道路羁绊。他看到建设新农村不仅仅是一句口号，而是需要我们脚踏实地地去工作，去建设。这些诗作，尽管诗句还需要提炼，但以诗言志，希望"致君尧舜上，能使风俗淳"，县长诗人的情怀尽在其中。

官员写作本来是中国几千年的传统，但近年来，对于官员写作大多持一种批评的态度，主要是有人将各种所谓的"作品"编在一起，降低了出版的标准，但是，如果一个官员在工作之余能够多读一些书，思考一些问题，而不是坐在麻将桌上，或者倚红偎翠，这就应该大加提倡。绍文县长心怀儒家"兼济天下"的传统，以诗言志，多年笔耕不辍，从其创作的诗歌来看，尽管说从整体上看艺术水准还有待提高，但不少篇什从语言、立意、表现角度上都具有较高的审美价值，在一定程度上丰富了当代诗歌创作的领域与题材。

绍文原在周口市商水县任职，这次来到了我的家乡商城县，职务未变，地名也只一字之差，但他说，从平原来到山区，地理环境和自然生态以及民风民俗的差异给他的创作带来了很多新的素材和新的感受，他打算好好写一写大别山和这里的人民。作为远离故乡的游子，我很期望能早日读到他吟咏大别山的锦绣华章。

2006 年 12 月 3 日

《书业问道》序

中国出版工作者协会组织评选中华优秀出版物（论文）奖已经三届了，连续三届获奖的作者不多，但杨君红卫是其中的一个。

第三届评奖结束后，负责此项工作的沈女士告诉我，湖北省有 5 篇论文获奖，有些省则一篇也没有，评委们再三平衡，但比较起来湖北的论文又不能不选。红卫的论文《产品创新：文化创造商业价值》是不能不选者之一。

红卫的文章选载率很高，在人大复印资料和《新华文摘》上经常看到他的文章，但他并不是专业的研究者，也不是出版发行专业的科班出身。他先是在基层新华书店工作，2004 年被选拔到湖北省新华书店担任副总经理，书店的主业上市后，他留在资产管理公司负责。从全国的角度看，书店也只是一个基层，但红卫人在基层，却登高望远"思接千载"，思考的是关于我们这个行业的现在与未来。这个集子里，就收录了红卫 2004 年以来发表的 22 篇论文。

近十年来，中国出版的改革与发展经历了深刻的变化，转企改制、分流下岗、员工转换身份、多元化经营、教材招投标及循环使用、网络书店、数字出版、企业上市等等。红卫是改革的践行者，他所在的单位，无一例外参与了中国出版改革的每一段历程。这一点，他既像朱尔·布雷东画笔下的《拾穗者》，也如同奥古斯特·罗丹笔下的《思想者》，他行动着并观察着中国出版改革的微观与宏观，感同身受其中的酸甜苦辣。在教材循环使用的过程中，尽管初衷是对的，国外也在推广使用，但在中国，他认为作为公共产品，循环教材实际上推行起来很困难，充其量也是二线教材才可能"循环"，因为在中国应试教育的背景下，家长并不会去节约这笔并不多的开支。在新华书店股份制的过程中，他对"工者有其股"提出了否定的意见，认为人人有股既不符合经济规律也不能带来预想的效果。在集团化的过程中，他认为目前的集团化是行政这只手的结果，而不是经济发展的必然，在同质化的竞争环境下，在严格的行政区划的格局中，所有的集团都不可能做出规模，结果是所有的集团公司既做不大也不会做强。在千军万马争上市的热潮中，作者同样发出了自己不同的声音。在《出版绑上资本市场的战车》这篇文章中，他认为出版是个小产业，从目前的出版资源和市场规模看，不可能容纳这么多家上市企业。出版集团上市后如果不从事主业，而是靠"财务投资"或者做"文化地产"，将与我们当初上市的初衷是不相符的。这种上市恰恰是"去出版化"。

也许放在今天看，有些问题，如转企改制中员工身份的处理，员工持股的问题，集团化的利弊，业内已经有了共识，但作者不是今天才"研究"得失，他当初发出这些与众不同的"真知灼见"时，业内大多数人还沉醉其中，幻想毕其功于一役，很快就会带来出版改革的重大成果。如他2005年发表的《难解的身份情结》一文中，红卫认为目前的改制其实"形式重于实质"。过去是"事业单位、企业管理"，现在是"企业单位、事业管理"。红卫这些话说得也许有些"难听"，但很多事从今天看被他不幸而言中。再如作者2010年发表的《出版绑上资本市场的战车》一文，较早地认识到上市对于所有的出版集团而言，对于社会而言，并不是最佳的选择。也许这种观点，至今很多人都还难以理解。这也许就是红卫难能可贵之处。当然，红卫并不仅仅总是扮演"在野"角色的研究者，他对中国出版，乃至世界出版的未来，都有着自己的思考。如他在《网络书店的前世今生》这篇万字长文中，不仅对书店，而是对整个出版行业发展的未来，都指出了正在发生的变化和可能发生的变化。他希望我们的出版发行工作者，要正视这种变化并采取恰当的应对措施。这篇文章，2011年11期的《新华文摘》全文转载，以此可见其观点的新颖与重要。

红卫因其本人是践行者，所以能跟随时代的步伐，对中国出版的改革进程发出自己的声音，他的文章因此具有很强的现实指导意义。但他思考这些问题，并不是就事论事，而是运用政治经济学、管理学、营销学、出版学的很多理论来探讨正在发生的一切。2004年，各地新华书店一窝蜂大上"超级大卖场"一事时他就指出，这是"昙花一现或是个塑料花"。他为什么反对各地大建超级卖场呢？他不仅从经济学角度分析"超级大卖场"的投入产出之比，而且从顾客消费心理，消费习惯等8个方面分析业态形成的因素，他从马克思的论述中找到书店信用的危机，从哈佛大学的教案中分析零售业态的核心竞争力的缺失从而判断超级大卖场形象工程的不可持续性。他从美国的巴诺、鲍德斯的经营策略来比较我们的竞争战略、企业文化和营销手段的不足。这篇文章发表于各地大上超级卖场的 2004 年，对我们书店的决策者不啻是警世钟。到 2009 年，网络技术与数字技术的结合，他关注的目光已经从超级大卖场到连锁书店，到网上书店。2011 年，他的认识不断深化，他认为书店已经落后于技术的发展，成了"旧社会"，网上书店也还停留在"不要书店"的层面，数字出版则是"书也不要"了。亚马逊书店已经颠覆了整个出版业，拯救出版发行业的钥匙是观念的创新与技术的不断进步。

与其他研究者不同，红卫的文章逻辑严密，说理性强，但又不是学院派那种考据式的引经据典。他的文章语言灵动活泼，形象有趣。如他谈到新华书店的现状时说："'只此一家'的幸福时光。对新华书店来说，'闲坐说玄宗'，那已经是遥远的记忆。"谈到新华书店多元化经营，他称之为"想说爱你不容易"。说到书店的努力，他形容"不是一只沉默的羔羊"。说到权力寻租，他形容是"看不见的脚"踩住了"看不见的手"。如我前面提到的《网络书店的前世今生》《出版绑上资本市场的战车》等文章题目，似乎不像论文而是学术随笔，但其实文章的结构与分析并不是信马由缰，而是逻辑推进，环环相扣。学院派有学院派存在的必要，但理论文章能写得让人一口气读下去，这就是特色和长处。黄仁宇的历史文章从细部着手展示大历史的走势与脉络，引人入胜才让人印象深刻，我想这正是我们应当倡导的文风。出版研究的刊物和报纸有不少，但不少是与实践相距甚远的理论探讨和学理分析，作为基础研究无可厚非，但从接受心理而言，我们更需要红卫这种文理俱佳而又生动可读的文章。

面对现实，当然需要勇气。跟在政策的后面做诠释抑或唱赞歌都很容易，但作为一个有良知的公共知识分子和有预见性的研究者，我们必须看到在经济大发展的时代，人心浮躁，GDP 崇拜，这对我们出版事业的发展是有害无利的。出版大繁荣的标志，不是产值的多少，而是体现在有否代表性的作者和代表性的产品上。欧洲的文艺复兴历时 200 年，在文学、美术、音乐、天文学、数学、物理学上都取得了巨大的成就，人们提起这个时期，不会统计贡献了多少产值，而是记得但丁、歌德、莎士比亚、拉伯雷，记得桑德罗·波提切利、列奥纳多·达·芬奇、拉斐尔·桑齐奥、提香·维切利和米开朗琪罗及他们的作品。我们说起唐宋的文化繁荣，人们会拿出唐诗宋词作为证据，会列举出一长串灿若明星的作家诗人的名字为例。那我们将来留给后代什么呢？是多少万亿产值？何况这种统计的数字不知从何而来，权威性又该如何认定！所以，我们需要红卫这种"啼血的杜鹃"，需要这种警世的宏文。

他将这本集子的书名定之为《书业问道》，我想，他上下求索的道路和真理，在书中其实已经有所回答了。他的上一本集子书名是《书业问津》，无论是"津"还是"道"，都体现了作者的追求。

如果说红卫的文集有什么缺憾的话，我已经与他本人交流过，就是有些文章单独发表时都很精彩，但放在一起，有些文章的论据、包括结论，相对几个地方有些重复。他说改起来不容易，就按这个样子辑起来，他在后记中会向读者加以说明。我想，这样也好，读者从中正可以看出他与时俱进的步履和思想认识演变的轨迹。

《湖北省出版科研论文选》序

2011 年，中国出版工作者协会组织评选第三届中华优秀出版物（论文）奖。评奖结果出来后，主持这项工作的沈女士告诉我，这一届全国共有 60 篇论文获奖，湖北就有 5 篇。评委会本来想平衡一下，但议来议去，还是不想留下遗憾，湖北的 5 篇论文最终榜上有名。

这一切，皆因了湖北出版界有一批热心出版科研的同仁，有多年从事出版科研的传统。而收在本集中的 48 篇论文，就是 2006 年湖北省编辑学会第三届代表大会以来部分出版科研论文的精选，其中包括获第二届、第三届中华优秀出版物论文奖的全部作品。

提到湖北出版科研的传统，我们不能不提到老局长、现顾问蔡学俭先生，他亲手创办《出版科学》杂志，团结和培养了一大批热爱出版科研的年轻人。他不仅甘当人梯，还带头从事出版研究，对编辑学的创建和出版史的拓展都有很多建树。除此之外，原省新闻出版局的一批老领导，如路用元、邱久钦等，也亲自垂范，总结出版规律，探讨改革发展，写下了不少有真知灼见的理论文章。上届省编辑学会会长王建辉同志，在编辑学、出版史、图书评论及出版宏观研究上，更是著述颇丰，在国内出版研究界有重要的地位。特别需要强调的是，湖北出版界的出版理论研究，与湖北几所大学设立的编辑出版专业更有密切的关系。这些老师在从事教学之余，深入研究出版规律和出版现象，编写了大量有质量的出版专业教材，为培养出版人才和出版研究队伍做出了巨大的贡献。这一切，都是我省出版科研队伍不断壮大，研究成果不断涌现的基础。

在这种氛围中，湖北省出版界从事出版研究的不仅有前述提到的老领导、老专家，中青年员工中热爱出版研究的人也不断涌现，有些同志的论文在全国还产生了很大的影响。如三次获得中华优秀出版物论文奖的杨红卫同志，虽然他人在省新华书店工作，但十分关注出版社的发展，三次获奖的论文都与编辑工作有关。还有两次获得中华优秀出版物论文奖的华中师范大学出版社的段维同志，他关注出版前沿，目光敏锐。这些同志年富力强，正是从事出版研究的最佳年龄。除此也有一些刚从大学毕业来到出版界的同志，如李舸，潜心研究出版经济，文章论据充分，受到业内好评。

所以，作为省编辑学会，组织开展出版科研是我们的职责之一，也是继承和发扬老一代出版工作者优良传统的具体体现。这本科研论文的编选，得到了各会员单位的大力支持。由于篇幅所限，有些论文只好忍痛割爱。目前收入集子中的文章共分为五个部分。第一部分是出版宏观研究，第二部分是出版现状分析，第三部分是编辑学研究，第四部分是市场营销，第五部分是数字出版研究。这些论文，绝大多数已经发表，有些已获得了国家级的大奖。本来是计划一位作者只能收入一篇，但后来考虑获得中华优秀出版物（论文）奖的文章代表了某一方面的成就，经研究后，我们就将其一并收入，并在篇尾注明。

关于理论与实践的关系，尽管大多数人都认同理论指导实践的作用，但业界仍有一些并不太正确的观点。有人以为出版是具体实务，理论是属于书斋中教授的事情，一个特点是"实"，一个特点是"虚"。我在担任出版社社长的期间，也基本持这种看法。现在才觉得，做出版这一行，既需要埋头苦干，也要"抬头看路"。否则在发展战略上，会犯机会主义的错误，或者陷于经验论者的窠臼。我们收在这本集子中的文章，大多是工作在一线同志所写。他们不仅总结出版实践的规律，也探讨出版发展的大势。如第一辑中，就收录了关于出版集团如何跨行业跨地区运作，关于出版走出去，绿色出版，数字化出版等宏观思考，以及出版社发展战略的选择。如韩敏的《出版产业要坚持内容制胜》、范绪泉的《出版企业的专业化竞争战略》、陈君良的《关于大学出版社选题工作的思考》等。当然，这里也还有一篇我在离开出版社社长任上后写的《论出版社可持续发展》。文章缺少理论色彩，但却是我任十年社长的思考。如果我刚任社长时就能知道这些道理，也许会少留下一些遗憾。所以，理论研究虽然不能替代出版的实践，但理论指导实践这句话永远都不会过时。当然，这里也还有一些在出版教育战线上工作的同志的文章，他们的文章虽然针对的不是出版实务，但对于厘清出版研究的边界，丰富出版理论，也做出让人信服而具有价值的探讨。如《试论出版评论》的作者，是集出版家和教育家、企业家为一身的范军所作，他的文章有缜密的学理分析，但也有很强的现实意义。方卿和黄先蓉两位博导的文章，带有学院派理论色彩却也与现实密切相关。

　　特别强调的是，八十三岁高龄的前中国编辑学会副会长蔡学俭先生，也给我们写来了万字长文《刘杲编辑观之我见》。这篇文章总结了刘杲先生的编辑思想，对于我们如何认识编辑与做一个好编辑概括出了许多有价值的观点。出版需要薪火相传，蔡先生拳拳之心在字里行间汩汩而流，让我们看到一位耄耋老人的殷切期望。

　　最后我要说的是，我们编选这本集子，不仅仅是为了展示成果，更重要的是希望我们出版界的朋友，在工作之余能够拿起笔来，总结工作中的得失，探讨出版规律，研究出版的发展趋势，让我们的出版事业与出版产业在前进的道路上获得更多的理论营养。

《曾庆棠散文集》序

　　壬辰春，杜鹃花开的时节，庆棠从河南来，嘱我为他将结集的散文写序。庆棠是我的乡友、文友，更重要的是，我们还在同一所高中先后任过教。读他的作品，我自然多了一份亲切。他所描述的云卷云舒，山高水长，还有那所简朴的洋溢着朗朗读书声的乡村中学，倏然就涌入了我的眼帘。

　　庆棠自学成才，高中毕业即留校当代课教师，后来在县广播站工作，从普通的记者干到广播局领导，地委组织部干部，其努力与刻苦可想而知。他过去主要是做新闻工作，早年在报刊上多见他反映现实生活的新闻和报告文学作品，后来我离开家乡，对庆棠的散文创作不甚了解。这次读他的作品，我忽然有了一种"士别三日，当刮目相看"的感觉。

　　庆棠的散文共分为五辑，包括"乡村情结"、"山水情韵"、"异域风情"、"铭心之情"、"快乐心境"。其中有忆旧，写家乡亲人故旧；有游记，记外出考察游历国内外名胜古迹；有感悟，写读书心得做人体会。庆棠的散文因行文时间跨度较长，有些是早期工作手记，虽然不能说篇篇都是珠玑，但贯注和流淌在他的文字里的，是能扣动无数人心弦的"真情"二字。他对父母师长无限的感恩，对家乡山水深情的关注，对异域风光的心灵沟通，对人生社会的大彻大悟，在记叙中娓娓道来，在抒情中倾诉肺腑，字字句句无不是他作为一个农民的儿子的真情流露。他在《喜得孙儿》一文中写道："我此生中该有的，已经拥有；我这辈子应得的，也已经得到。"因此，他对这个世界深怀感恩之心。所以，在他的笔下，无论是养育自己的父母，还是在人生道路上给予自己哪怕一丝一毫帮助的路人，他都铭记在心。在中国的散文发展史上，能够流传千古感动后人的散文，其一个共同的特征就是字里行间情真意切。无论是李密的《陈情表》，还是司马迁的《报任安书》，都是在平实的文字中流淌着真挚的情感——庆棠的散文就具有这样的审美特质。

　　最能体现庆棠这种审美追求的，主要体现在他记叙父母的那些文章。他写了一个母亲对儿子无微不至的关怀，"一月又一月，一天又一天，甚至是刮风下雨的日子，母亲都是冒着风寒，站立在塘埂上，盼着，望着我放学归来。""那些年一进年关，母亲即让二弟传话给我，让我一小家回老家过大年。母亲早早地将家里的棉被、垫被——拆洗干净、缝好晒好，还给我们住的屋子清理得又整洁又敞亮。每天吃早饭时分，我还躺在舒适的被窝里，就听见母亲在寒冷的院子里走动，时而传来咳嗽的声音。不一会儿，母亲将一架热烘烘的炭火盆端进屋里。"写到父亲，他仍然忘不掉的是父亲的呵护："小时候跟他上山砍柴，父亲怕我累着，好多回打开我已经扎好的柴禾捆，抱出一部分加进他的大柴火捆里。去丰集街上卖柴火，常常是天不亮就上路，父亲每次都能走得那么快。当他把一二百斤重的柴火挑到街口后，又急慌慌地跑回来接过我肩上的柴火担子。"天下的父母，虽然大多数都是如庆棠所写父慈母爱，但过去乡村的贫穷、困顿，在那种恶劣的生存环境下父母的呵护却是弥足珍贵，这不仅是怀念先人，对于今天生活在城市的孩子了解那个时代，理解父母，也会有独特的价值。

散文是思想的结晶，但散文更是语言的艺术。如果从我个人的欣赏角度来看，我喜欢他记叙父母亲及少年时光的几篇文章，因为这引起了我对故去双亲的怀念，引起了我少年时在乡村生活的记忆，因为这种共鸣源自我们共同的经历。但从文学色彩和显示他的创作才华来看，"山水情韵"和"异域风情"更能见他的散文写作技巧和语言魅力。

《情醉扬州》一文是他游览扬州后所得。文章先给读者一个特写镜头，用概括性的文字，将这座城市园与宅，河与湖，花与柳和谐相处的自然特点描述开来。然后，再将"巨幅山水卷轴"徐徐展开，引领读者在唐风宋雨浸润的城市间徜徉。作者以时间为经，将2500年间与这座城市有过亲密接触的诗人、画家、僧人、旅行家——道来。人因城而传世，城因人而增辉，扬州因此而留在历史中，留在诗人和画家的笔下。作者将历史、诗画、传说和眼前的美景结合起来，极力"彰显着这座名城的内涵与厚重"。最后，作者着重描写了扬州最具代表性的瘦西湖。在他的笔下，瘦西湖既是一幅画，又是一本书，还像一支"承接启合、张弛有度的乐曲"。作者移步换景，从大虹桥、长堤、桃花坞、徐园、趣园到五亭桥，最后写到二十四桥。让人读后如身临其境，与作者一起沉醉在这似梦似幻的迷人美景中。瘦西湖尽管只有五千米，但千年的逸闻趣事，和着那皎月、玉人、亭台、小桥，还有庆棠饱含深情的神来之笔，都深深地烙印在人们的脑海里。我没有去过扬州，读了庆棠的散文，我也不禁陶醉其中，欣欣然希望早日启程一睹这座历史名城的风采。

在"异域风情"这一辑中，作者写了他工作考察之余对欧洲几个重要城市的近距离观察。这些城市，我大多也都去过，但我这位与文字打交道的人当时却没有留下更多的记载。读庆棠这些欧陆风情的文字，一方面我感佩他的细心观察，更感佩他的勤奋与努力。包括我自己，我们的很多同志都去过这些地方，但没有像庆棠这样，由表入里，由此及彼地研究这些具有悠久历史的名城。并且用文学的表现方法，记录下自己的感受和体会。我们出国考察的同志，如果都能像庆棠这样认真地探讨异域城市发展与建设的历程，研究人类文明积累与传承的规律，相信对我们国家物质文明与精神文明的建设也会有所裨益。

《县长笔记》序

春恩是县长，准确地说，是李副县长，管常务的副县长。但春恩是我的同窗，三十年前读师范时的同班同学。同班同学不下三四十人，来往如春恩这般密切者不多。原因在于春恩喜欢舞文弄墨，与我是同好。写小说，写散文，也获了几个奖，但我以为春恩的文章还有待提升，可他的书法却是独辟蹊径，把个"龙凤"二字写得上天入地，最后进了中央电视台和凤凰电视台，弄得整个世界都知道大别山里有个"龙凤县长"。

文人无行，这不是贬义，实际上是夸奖，你想文人循规蹈矩还是个文人吗？何况当了县长还又是文人，更是异想天开。再何况春恩性情中人，历来我行我素，一副名士范儿，颇有魏晋风度。应当说，这本自传体的《县长笔记》，活脱脱地勾勒出了他大半生为官为文为人的行状。

春恩的性情，上世纪 80 年代上师范时已见端倪。一位年轻的女教师上课，念错了一个字，并且不接受学生的当面指正，当班长的他意气风发，言我等被"四人帮"耽误多年，再不能被这种工农兵学员出身的教师给害了，于是洋洋洒洒上书万言给校长大人。我等一应同学都欢呼他是个汉子敢于担当，结果呢，女老师极不情愿地换了，他这个班长也不明不白地给撤了。后来，春恩仕途上几上几下，一会儿直上云霄，鲜花着锦，一会儿又嫦娥冷宫，狗尾续貂。眼看他一落千丈，躲进小楼成一统，突然又鱼跃龙门，再肩重任。就在他一帆风顺，渐入佳境时，他却挂冠而去，从众人挤破头的官场躲到金牛山上做闲云野鹤。今天来看，青春年少时的春恩骨子里已经有了叛逆的因子。

所以春恩被大多人视为异数。我与春恩同在一个县委大院里共事时，办公室副主任的他发起的"开水革命"和"杀鸡行动"的风暴我已领教。是时他常常用嘴斜叼一个紫砂小茶壶，个子并不伟岸的他踱着方步，指点着县委大院里的种种乱象。今天来看这种"玉宇澄清万里埃"的改革只是隔靴搔痒，但这场小小的变革却给他带来并不正面的群众印象。后来他果然去了一个乡镇做了八品芝麻官，好在他苦干了几年，又一下子高升到邻县做常务副县长。这常务权倾一时，管人管财，相求者如过江之鲫，可这春恩也不珍惜。他不吃请，也不请吃。据说下属来请示工作，他站着听，人家站着汇报。每天上午十点，他锁门外出，不是会文友，就是在家写小说、研习书法。到了晚上，电话线一拔，任谁天王老子也不接待。当然，这是夸张，反正他不习惯繁文缛节，文山会海，特别是让领导不高兴的是他敢当面顶撞，这不谙中国官场的七品芝麻官结局可想而知了。

春恩书法颇有功底，后来专习龙字，又习凤字，书出了，专题片也播了，后来据说又迷上了收藏。某一日，他来汉找我，身后跟着一妙龄女子。这女子手中拎着一个漂亮的木箱子。木箱子轻轻地放在我的茶几上，春恩上前小心翼翼地打开，只见里面一色明晃晃的青花瓷器。据他介绍，是明代瓷器。瓷器如此完好，皆因深埋土中。反正，寻宝的过程扑朔而又迷离。我对瓷器的鉴赏是外行，便请属下美术出版社的一位资深编辑来。这编辑用眼一瞥，再拿起一看，便轻轻放下。请我到室外，问是说真话还是假话。真话是此批瓷器乃当代景德镇的大路货。春恩半信半疑，带着据说是秘书的女子又赶往景德镇请人鉴定。后来，中央电视台鉴宝栏目一位到过春恩家的校友告诉我，春恩收藏的瓷器，百分之九十九是赝品。但春恩乐此不疲，据说手头十分拮据，仍四处筹款，除了瓷器，另外还收藏了几百尊佛陀头。

去岁寒冬某日，春恩电话我，说正在拍电视剧，希望要出本同名的书。今岁江南草长莺飞时节，春恩仍由那位女友陪同，送来了已打印好的九本厚厚的《县长笔记》。说是"笔记"，其实是他的自传，或者说是回忆录。从他出生写到现在，类似于"追忆逝水年华"。春恩的文字一如其人，喜怒哀乐，皆形于外，不贪功，不讳过，指点江山，激扬文字，可谓"文如其人"。春恩是五十年代生人，他的一生的经历，是中国社会发展的缩影。其少时家境贫困到揭不开锅，六十年代大饥荒差点成为饿殍，改革开放后蒙邓公改变了命运。但他对过往的时代毫无怨言，住在别墅中的春恩至今还怀念以至向往那种清贫生活——当然，我很佩服春恩朴素的无产阶级感情。也许，作为曾经的县长，春恩看多了市场经济时代沾满铜臭的金钱崇拜，看多了时下官场不洁的肮脏内幕，他才奋笔疾书，撕开这个大时代中小小的一角。于是，经过他数载的辛勤耕耘，就有了我们将要看到的这本书和据此改编的电视剧。我相信，这本记载着这个时代发展变迁和众多人物命运的"笔记"，不仅具有丰富的史料价值和认识价值，而且还会带给读者忍俊不禁的阅读体验。特别可贵的是，春恩尽管与我等已两鬓斑白，但他志存高远，计划庞大。我相信他退休后续写的下一部"平民笔记"，应当会比现在更加生动和精练，也更能准确地反映这个飞速变化的大时代。

《劝忍百箴》序

《劝忍百箴》是一本探讨人生真谛，总结处世哲学的普及性读物。原著作者许名奎反思一生的行为，归纳出百条处世箴言，后经人加以考注，更加翔实完备，通俗易懂。书中没有抽象的理论阐述，而是入经出史，博览群书，辑名人名言与历史事件为一体，生死、利害、祸福、喜怒、得失，小至待人接物，大到经邦济世，其无所不包。鉴古知今，是为人处世、安身立命的重要参考书籍。它没有《菜根谭》那种"谈禅说佛"的玄奥难懂，又弥补了《围炉夜话》的空洞和抽象，而代之以丰富生动的历史事实，让你在悠久的中国文化长廊中浏览、咀嚼和回味。

"忍"是中国哲学的一个范畴。孔子曰："小不忍则乱大谋。""是可忍，孰不可忍也！"前者指如果小的方面不去克制，就成就不了大事业。后者指有些可以忍，有些则不能容忍。《荀子·儒效》篇："志忍私，然后能公，行忍情性，然后能修。"《吕览·去私》篇："忍所私以行大义。"两者皆指要克制自己的欲望，为理想而献身。如果说，"忍"的哲学在儒家那里还有些经世致用的话，到了禅宗那里，"忍"的哲学更加精致化。《慧能禅师碑铭》中说：慧能"乃教人以忍，曰：忍者无生无碍，无我始成，于初发心，以为教首。"这种"忍"就是只见己过，莫见世非。"忍辱第一道，必须除我人，事来无所受，即真菩提身。"由此可见，儒家、道家和禅宗都把"忍"推崇为一种高尚的精神境界，并把它社会化、生活化、普及化，因而对模铸中国人的人格产生了很大的影响。

《劝忍百箴》的作者许名奎正是这种哲学背景下，从"经史子集"中选取若干史实，结合自身体会，从一百个方面，阐述"忍"的具体体现。他认为"上至宰相，下至士庶，人皆当以为药石"，"朝夕看阅，亦可补德量于万一"。但由于作者所处时代之限制，从今天来看，书中难免瑕瑜互掩，精华与糟粕共存。

综观全书，其思想内容大致可分为三类：

一、揭示事物的一些普遍规律，生活中的某些道理，人际关系的基本准则，无论古今，都是有一定的积极意义的。如"满之忍"中，强调"月盈则亏，器满则覆"，"满招损，谦受益"。"祸福之忍"中，指出"祸兮福倚，福兮祸伏"。"安之忍"中，指出"流水不腐，户枢不蠹"，其中含有一些朴素的唯物主义的观点。"言之忍"、"色之忍"、"酒之忍"、"食之忍"、"安之忍"、"忽之忍"等章中，总结了生活中一些经实践证明具有一定科学道理的常识，历史中的经验和教训。如"齿颊一动，千驷莫追"，是告诫人们说话要谨慎。如"败国亡家之事，常与女色相随"，是讲人们不要贪恋女色，应吸取历史的教训。"酒之忍"中，是提醒人们不要过量饮酒。饮酒不仅伤身，而且会误事。"忽之忍"中，强调"千里长堤，溃于蚁穴"，告诉我们要防微杜渐，否则"骄奢生于富贵，祸乱生于所忽"。还有一些，肯定了中华民族的传统美德。如"事师之忍"中提倡尊师重教，"好学之忍"中告诫人们要勤奋学习，"立身百行，以学为基"。像这种健康无害的内容，本书中占有大多数篇幅。在我们的人生历程中，它已经化为性格中的某些重要方面。如吃苦耐劳，乐于牺牲，忍辱负重等等。

二、经过改造和分析批判，可以为今天的事业服务的。如"忠之忍"中，文章鼓吹要"事君尽忠"，肯定封建法统的合理性，但其中又提到"苟利社稷，死生不夺"，如果我们抛开其忠于封建统治者的愚忠，而把这"忠"看做是对民族和国家的忠诚和热爱，仍然是有一定积极意义的。本章中赞扬颜真卿、张巡，谴责秦桧等人，都用是否对国家和民族有利作为评判标准的，像"孝之忍"，"孝"作为儒家治国治家之本，被无限地夸大了："人之行莫大于孝"，"孝为百行之首"。历代统治者强调行孝，根本目的是在于以孝治家，进而治国，巩固自己的统治。但是，我们在承认历史现象的同时，也不能否认孝作为人类的一种古老的感情，它对我们这个民族曾经起到的并且现在仍然起到的有益作用，我们如果把这种孝理解为赡养父母的义务，敬顺父母，加深亲情，仍是值得我们称道和弘扬的，再如"贫之忍"，文章中宣扬"贫穷有命"，但其中又提到"贫贱不能移，此乃大丈夫"，"穷且益坚，不坠青云之志"，如果我们抛开其中的唯心论的"命定论"，而去砥行砺节，保持节操，这种清贫淡泊的生活观仍然有一定的意义。又如"义之忍"，"义"本是儒家要求人们遵守的一定的规范，是封建道德的核心，但其中提倡的"大义灭亲"，"见义勇为"，"舍生取义"等行为标准，在我们今天看来仍然是具有生命力的。除此之外，像"礼之忍"，"辱之忍"，"死之忍"等，都有这种良莠并存的现象。

三、还有一类，是需要我们阅读时分析批判的。其中或鼓吹天命观，宣扬封建伦理，或宣扬中庸之道，其错误观点和我们的时代精神格格不入。如"贵之忍"，提出"贵为王爵，权出于天"；"贫之忍"中，说"贫穷有命"；"不满之忍"中，说"多得少得，自有定分，一阶一级，造物所靳"；"侈之忍"中，说"天赋于人，名位利禄，莫不有数"；"特立之忍"中，说"穷通有时，得失有命；依人则邪，守道则正"。这些把人在现世社会中的地位和待遇归之于上天决定的"命定论"，是历代统治阶级统治人民的一种欺骗手段。他们无非是要人们安于各自的阶级地位，不要去扰乱现存的社会秩序。以孔子为代表的儒家把"天命"当做一种神秘的主宰力量，是为封建伦理秩序的永恒性寻找理论依据，在哲学上它发展成为一种唯心主义的命定论，是一副裹着糖衣的精神毒品。

如"夫妇之忍"中，强调"正家之道，始于夫妇。上承祭祀，下养父母"；"兄弟之忍"中，强调"兄友弟恭"，是"人之大伦"，象对待兄弟舜不择手段，舜不仅不反抗，还毫无宿怨。"父子之忍"中，"尹信后妻，欲杀伯奇"，而伯奇"有口不辩，甘逐放之"。"奴婢之忍"中，强调"人有十等，以贱事贵"。以上论述的夫妇、父子、兄弟、主奴关系，完全是按照儒家所描绘的伦常秩序来规范要求的。如夫妇之关系，不在于满足性和情爱的需要，而是传宗接代与结两姓之好。"不孝有三，无后为大"，娶妻的目的是为了继嗣。如果丈夫需要，还可以娶妾，妻子不得干涉。在"父子之忍"中，要求父慈子孝，但像舜的父亲瞽叟那样不仁慈的行为，儿子也应当忍受。即使父亲偷了别人的羊，儿子如果去做证，也是不孝的行为。儒家重视夫妇、父子、兄弟关系，他们认为国不过是家的放大，只有"齐家"，才能"治国、平天下"。根本目的，是维护封建秩序。

文章还有不少地方宣扬了孔子"执两用中"的中庸之道和道家的"无为"思想。如"智之忍"中，鼓吹"人之不可智用之"，要藏才隐智，免得招人怨怼。"才技之忍"中，说人"露才扬己，器卑识乏"，才智不要外露。"辱之忍"中，要人们逆来顺受，达到"唾面自干"的境界。"不平之忍"中，要人们"顺其自然"，做到"我心常淡然，不怨亦不怒"。这些消极无为，无过无及的思想，和现代社会积极进取，奋力拼搏的时代精神相违背。它容易使人安于现状，不思进取。

总之，这本书尽管良莠并存，还有不少和我们时代相违背的内容，但我们不能苛求古人也和今人一样具有辩证唯物主义和历史唯物主义的认识水平，这本书所提倡的克制非分欲望，树立远大志向，吃苦耐劳，勇于奉献，勤俭持家，理解别人等一系列东方传统美德，仍然需要弘扬光大。有些人由于缺少全面了解，误把"忍"单纯理解为"一味忍让"，这实际上犯了"以偏概全"的毛病；或把"忍"当作"逆来顺受"的盾牌，书于案头，刺于臂上，也是"望文生义"的结果。新儒学在亚洲四小龙起飞的过程中，对发展经济，缓和商品经济竞争中紧张的人际关系起到了润滑作用。风靡世界的日本电视连续剧《忍者神龟》，也就是表现了神龟那种忍辱负重的侠肝义肠，才为亿万观众所青睐。我们在现代化的进程中，不可避免地也会出现那些阻隔，其中包括"金钱至上，人欲横流"的现象，相信这本书能对走向未来的时代发挥应有的作用。我们应当正确理解"忍"的积极意义，对其中有益成分认真加以总结。

为了读者阅读方便，我在每一章的前面加以简要介绍，结尾处又给以评点，并给每一节加上了小标题。虽然，在点评过程中，尽量用历史唯物主义的观点，对优秀的民族文化传统予以弘扬，对消极成分予以批判，对封建糟粕予以剔除，但限于水平，疏漏和错误在所难免，望读者不吝指教，以便再版时予以校正。

（《白话劝忍百箴》武汉出版社 1992 年出版）

《出版的文化守望》自序

我踏入出版行业至今已有二十余年了，其间做过出版社的编辑，也在出版管理机关工作过，当然最长的时间还是在出版社社长的任上。无论做编辑还是当社长，我都曾有过无数的追求与迷惘，同时也有些许成功的喜悦。这本书里的文章，是我在工作之余，断断续续写下的。感谢中国出版科学研究所及中国书籍出版社，能够将我的这些思考的文字汇编成册。如果说我这些工作体会似的文章因为我曾是一个实践者而对同行有所裨益的话，我则感到无比的欣慰。

中国出版正处在一个转型时期：计划与市场的犬牙交错，事业与企业的嬗变转轨，产品经营向资本运作的鹊桥初渡，这一切正如黎明前的天空，既显露了未来的曙光，又还留有昨夜的痕迹。作为一个出版人，我有幸见证并参与了中国出版这样一个重要的历程，至今我仍难以忘却。整个行业对出版本质的探讨，对企业属性的理解，对产业升级的思考，对创新的向往，对民营书业的认识，不同观念的冲突激荡，但黄河九曲，终于厘清了前进的方向。出版作为一个产业，既要保持其文化的特性，又必须作为一种经济活动来看待。民营书业作为民族出版的组成部分，应加以引导与规范，使其发挥体制与机制的优势。出版作为一种传播的手段，原有的介质仍十分重要，但也必须与时俱进。这些在今天看来十分浅显的道理，其间也渗透着众人的思考与探索。作为一个记录者、思考者与实践者，我在工作之余写下了部分关于产业发展的文字。这些文字也许有些偏颇，属于"说三道四"之列，但我感觉在一个过分放大意识形态作用的出版业中，是需要人发出理性的声音的。让出版回归本真，让民族的出版产业得到健康发展，所以我不揣冒昧不以位卑而奉献拳拳之心。

当然，出版不仅需要理性的思考，需要对前进方向的校正，但真正推动我们这个产业发展的，还是大量的出版实践活动。作为生产经营活动的组织者与领导者，如何确立出版社的发展战略、产品战略、人才战略，对一个企业而言是至关重要的。时代造就英雄，英雄创造历史。一个转型期的中国出版企业，领导者的个人禀赋、专业素养、实践经验，在某种程度上决定了出版社的成败。而出版社的组织形态、制度建设、流程设计，又是一个企业正常经营与健康发展的重要因素。当然，出版作为创意产业，内容是出版的中心与关键。出版社如何顺应并引导图书的消费，在寻找市场的同时又创造市场，这是考验出版人的永远的话题。产品线，产品的特色，产品的市场竞争力，是企业生存的基础，又是企业发展的着力点。而在完全市场化的大众图书板块中，畅销书的生产，成了大多数出版人企求的目标。而畅销书的生产机制，其中从选题到制作到营销，又都被蒙上了一层神秘的面纱。解读畅销书的生产规律，是出版人关心的话题。在本书中，我结合过去在出版社经营与管理中的体会，对出版社工作中的点点滴滴，发表了一些自己的观点。

出版是创意产业，是知识经济的组成部分，这一切，都决定了人才是出版走向成功的关键与保证。如何培养人才、引进人才与使用人才，在理论上业内观点一致，但在实际工作中却是见仁见智。所以，强调人才与团队的作用，并且用案例来说明人才在出版产业链中的作用，这是我的初衷，希望我的强调能引起业内对人才的重视。媒体曾经戏称我是"猎头社长"，意思是我能重视并吸引人才，实际上我很荣幸能与业内的几位出版专家共同合作，我从他们那里学到了很多实际操作的经验。

这本书还有一部分内容，是关于长篇历史小说《雍正皇帝》与《张居正》及作者的文字。这两本书在当代长篇历史小说的创作中有一定的地位，也曾经获过各种奖项，由于我是这两本书的责任编辑，所以我很想与大家一起分享这种创造与收获的欢乐。一方面，我希望从事出版的同志特别是青年编辑要能够编辑出具有文化积累价值并可能传之后世的作品，同时希望编辑自己要拿起笔，展开文学批评，提高鉴赏能力。

在本书进入校对阶段时，出版社的同志让我考虑本书的书名。我之所以最终确定选用这个名字，并不完全是其间有一篇文字是关于出版人的文化追求的，而是觉得无论是关于产业发展，还是出版社的管理，编辑工作的规律，其实都是对文化的一种坚持与希冀。出版是文化的组成部分，同时又是推动文化建设的重要媒介，只有出版的大发展大繁荣，才会带来文化的大发展大繁荣。

本书付梓之际，出版社邀请柳斌杰署长写序，这让我感到无比的荣幸。柳署长被人称之为中国出版界的"改革派"。我们这些曾为中国出版改革摇旗呐喊的出版人，正是受到他的鼓舞而坚定对中国出版产业的信心的。我希望能将这种信心传递给所有看到本人拙作的同仁。

2008 年 8 月 14 日

《单身贵族》跋

胡榴明女士来我家来谈一份稿子的出版事宜，其间，我提到我们这个选题。她说，我来写吧！本以为说说而已，谁知一个月后，她真的给我拿来了几万字的稿子。

榴明是我社已故的胡天风先生的大女儿。天风先生生前出版的散文集《天风海雨集》由我担任责任编辑。为此书的出版，在天风先生家曾见过榴明女士几面，当时她还在一家工厂上班。近年来，却在武汉的几家报纸上陆续读到她的散文。文章写得比较从容，行文绵密，笔端流露出对生命的关切和挚爱。天风先生早年即从事报纸的编辑工作，五十年代不幸在"胡风事件"中受牵连，半生搁笔，刚逢时代的春天，又不幸早逝。因为他的坎坷，榴明女士当了工人。没想到后来榴明女承父业，做起了自由撰稿人，数年间发表了几十万字的散文，在偌大的江城有了几分文名。

单身男女是社会的一种存在，他们因种种原因，游离于传统的家庭生活之外。如果说过去人们对他们的生活方式不是很理解，或者持一种不正常的心态来看待他们，那么社会发展到了今天，随着价值观和行为方式发生的变化，对于男女私生活的选择人们普遍持宽容的态度，因而单身男女日渐增多。这些人中，有些人选择单身或许曾有过一些无奈，但其中的不少人并不是因为外在的原因没有组成家庭，而是追求心灵的自由，愿意做个自在的人，所以有人称这部分人为"单身贵族"。他们不必要为孩子为厨房里的油盐酱醋茶而操劳，不必要为赴异性的约会而悄悄地躲过家中人的目光。他们是都市中一群时髦的人，一群自由的人，但同时也是一群孤独的人。

榴明通过各种机会，采访了几十位男男女女。这些曾经结过婚或者有过伴侣的人，因为心理或生理的因素，而目前仍在独处，向她倾诉了自己的感情历程。也许因为作者精心筛选的缘故，这些处在社会不同阶层的人的经历都非常曲折动人。他们的情感历程既折射出了我们时代发展的轨迹，也体现出了人的精神解放的历程。这些具有代表性的个案，是女性心理和男性心理的最具有参考价值的读本。

因为文本采取的是第一人称，加上作者生活化且又洋溢着文采的语言，这些"口述实录"的故事娓娓道来，十分动听。当然，作者并不真是照本宣科地记录下了这些人的叙述，她是通过艺术化的语言，写出了书中人物的内心世界和生活历程。榴明女士不希望她的书像坊间所谓"隐私"书，拿别人的眼泪和伤痕来成就自己的"事业"，她是怀着一种博大的宽容的心态，来代这些至今还独身的男女向这个世界倾诉：渴望理解，渴望关怀。

我们盼望着榴明能成为我们这个时代更多的男男女女的代言人。

2000 年 1 月于武汉

《黑月亮》后记

　　写小说有些日子了。昔日在乡村学校教书时，多写山区少男少女，转移阵地是读大学后的事儿。有人说"老婆是人家的好，文章是自己的好"，我不敢恭维这些高见。我始终觉得自己的小说没写好：一是才气不足，二是不够勤奋。和同龄人，后来人比，我很惭愧。

　　但我还是决定将近两年来写的部分小说结个集子。这些小说大多是在美丽的珞珈山上写的，或者是上学时就构思好了的。我愿这本不成熟的小说集能成为难忘的大学生活的纪念。

　　不过，我的小说素材却大多取自于一个有着江南水乡风韵的中原小城。在那里，我有着刻骨铭心的感情波折，也有着聊以自慰的从政生涯。在那个自唐以降一直作为州府所在地的小城里，我目睹了一些令人啼笑皆非的趣事。每当我掂起笔，那一个个细节不假思索便流向了我的笔端。所以，我写了那不应发生却终于发生的喜剧、闹剧、悲剧抑或是正剧，写了农村已经发生和正在发生的变化，当然，也有几篇是写我的亲人风风雨雨中的人生轨迹和时代所打下的印记。也曾有朋友劝我和现实拉开一些距离，写一写永恒的主题。但一落笔，仿佛有了某种定势，"劣根性"又暴露无遗。尽管我可能被人斥之为"不识时务"、"自作多情"，但我没能力拨着头发离开这片五色土，我也就只好匍匐在缪斯的脚下，尽我微弱的声音呐喊一句。

　　过了"而立之年"，一步步向人生的终极走去。我很遗憾，至今仍未达到"随心所欲"的境界。我常常觉得创作似遥遥征途上的旅人，迷惘、动摇、徘徊充斥跋涉的每一步。但是，又如被靡非斯特所诱惑的浮士德一样，既然已经喝下了迷魂汤，那就不可能从原路返回。我只希望当人生终场帷幕降下之前，能够再以我拙劣的笔为这份幻想涂抹些色彩。

　　这本小说的出版，我的老师郑传寅先生给予了很大帮助，又承蒙北方文艺出版社编辑同仁给以厚爱，在此，谨致以衷心的感谢。

1990 年 2 月 4 日于汉口

（《黑月亮》北方文艺出版社 1990 年出版）

《书旅留痕》后记

汇辑这本小书时，心里很是惶恐，就像一个未过门的媳妇初次去见公婆，不知别人是怎样挑剔。但我又觉得如果有一个检视自己的机会也好，对自己会是一种鞭策，一个提醒，天命不可违，须快马加鞭才行。同时，东鳞西爪，连自己都不知道将这些小文章放到何处去了，能汇编在一块，也免得以后再翻箱倒柜。踏进出版界前，我主要是创作一些小说、散文和报告文学，客串一下作家作品研究是读了大学后的事，收录在本书第一篇的即是我大学毕业时的论文，到出版社当编辑后又加以了补充，后来发表在河南社会科学院的院刊上。有了这次成功的尝试，我每编一本稍好些的长篇小说，我就写一篇评论，后来对长江文艺出版社出版的几本书及其相关作家作品也开始关注了。遗憾的是，中途我去做行政事务，创作及研究都搁置了。但塞翁失马，这便有了本书的第二辑上的部分文章，因为我还没有离开本行，依然是出版行政管理。那时本来结合工作也写了不少短文，发表在自己办的内部刊物上，但由于太联系实际，现在看来缺少理论色彩，我只选了两篇放在第二辑的后面。但这给了我关注出版发展的习惯，回到出版社当负责人后，承蒙我省出版界领导及热爱出版科研的同志的鼓励，也由于工作需要，我断断续续写了点工作札记。这些文章严格来说缺少理论色彩，只能算是工作体会，我想，这些体会也许有些共性，如果对后来者少犯些如我等的错误有帮助，也算是我的贡献，所以我将其也收录在第二辑中。第三辑是我写的序与跋，或者是书与人的故事。这少量的序与跋及书背后的故事对于读者了解作家及作品或许会有些帮助，加上不少确实是我的真实感受，我自己现在读来都有些感动，所以也放在这里。出版界是一个消蚀人的创造性的地方，特别是当一个国营的出版企业的头头，如果还有些工作热情的话，更加要陷于繁琐的日常事务中。如果自己经常给自己找一些借口，写作就会变得更为艰难。我曾经几年没有写什么东西，现在想起就感到汗颜。人生不满百，没有分身术，得到的同时也就在失去。当然，作为一个文学爱好者而言，我常常会产生一些写作的冲动，但上了班，杂事缠身，回了家感到十分疲惫，写作的欲念只好放在一边。这样，我只好靠回忆过去的写作生涯来宽慰，我只好做一个编书匠，或者和大家一起商量，决定一本又一本书的出版事宜。虽然我自己没有写什么，但看着一本又一本散发着墨香的图书放在案头，有时候，我仿佛也有一种成功的喜悦。文艺理论上叫"托物言志"，作为一个出版人，我也算是乐在其中了。不过，我想，如果工作和生活还是目前这样一帆风顺，即使组织上需要我还担什么担子，工作之余，我还会捡起笔，继续写下去的，不管写得质量如何。何况，生活是美丽的，对于我这种骨子里喜爱舞文弄墨的人，写作更是一种快乐。我愿意让快乐永远伴随着我。

《山野的呼唤》后记

爱好写作，发表的第一篇小说是以少年为主人公的。也许因为自己那时正在教书，或者说这是从事文学创作的人的一种共性。后来，随着生活环境的变化，创作兴趣的转移，近几年来我基本已经没有写什么儿童小说了。我想，随着年龄增长，杂事繁多，我可能也难得有更多的时间再为孩子们写什么了。所以，从纪念的角度，我将近年散见在各种报刊上的几篇小说收在一起，权作为谢幕，藉此作为对关心和帮助过我的人的一种交代。

编这本小说集的过程中，我又阅读了自己过去的这些作品，我深深地感到，自己的这些儿童小说如果说有些篇章在今天还能读下去的话，得益于任大霖等老一辈儿童文学作家作品的教益。我至今还清楚地记得，当我在大别山里一所中学校园里偶尔得到一本《蟋蟀》时，自己仿佛大梦初醒，才真正知道儿童文学应当怎样去写。我似乎有意地写人类生活中那些经时间淘洗仍积淀在感情深处的基本情愫。当然，认识是一回事，实践往往又是一回事，我不敢说自己已经达到了他们的那种境界。很遗憾，后来因工作变动，我没有再认真按这个路子走下去，否则，可能会写得好一些。当然，我能发表一些儿童文学作品，也得益于一些热心的编辑的帮助。我至今仍珍藏着他们写给我的一些信。这些素昧平生的编辑的来信，鼓起了我当时战胜生活困难的勇气，也成为我后来做编辑工作的楷模。他们是浙江少年儿童出版社的马永杰，江苏少年儿童出版社的刘健屏等。特别让我难忘的是，当我的第一本儿童小说集《竹溪上的笋叶船》在浙江少年儿童出版社出版时，我连责任编辑马永杰的面都没有见过，15年后，在西子湖畔，我才见到这位已当了总编辑的她。

这个集子中的作品，大多是在一所山村中学教书时写的，很少几篇是后来搞行政、读大学时写的。现在，感谢湖北少年儿童出版社给我这样一个机会，将这些篇作品结集出版。

人生太短暂了，从我写《八哥》始，至今已有十几年了，我已进入不惑之年了。生活是美好的，少年的时光更是美好的，当我再一次阅读这些作品时，我仿佛又回到了少年时代。人要是能永远停留在那无忧无虑的少年时代该有多好啊！我知道这不可能，我只希望，能读到我这本小册子的少年朋友们幸福快乐。如果我这本小册子对他们了解过去的岁月，对他们的学习和生活能有所裨益的话，我就感到十分满足了。

1997 年 2 月

（《山野的呼唤》湖北少年儿童出版社 1998 年出版）

《书业行知录》后记

这本集子，主要收录了我 2008 年以来研究出版工作的文章。

2008 年以来，中国的出版事业发生了很大的变化。这种变化，大致体现在如下几个方面：一是除了少数出版单位，整个出版行业，都从事业单位转制为企业；二是全国各省市出版行政管理部门与所属出版单位全部实行管办分离，成立了若干家出版集团和报刊集团；三是部分出版集团将主业改制为股份公司，在境内外上市；四是对民营书业的作用与地位的认识发生重大的变化；五是出版"走出去"得到高度重视，中国出版在世界出版业中已占有一席重要的地位。六是出版产业升级转型，数字化出版在与传统纸介质出版的竞合中不断成长壮大。当然，这种变化，从酝酿到实施，从试点到全面铺开，这期间经历了风云激荡和曲折多变的过程。而这个过程，我不仅是一个观察者，也是一个参与者。所以，这本集子中的文章，就是我在这几年工作中的所思所想，同时，包括我所在的出版单位改革实践中的一些体会。因此，在编选这本集子时，我想到了《书业行知录》这个书名。这本集子中不仅有一些思考性的文章，也有实践的体会。王阳明先生强调"知行合一"，虽然他说的"知"是人心灵深处的理念，并不是我们一般而言的"理论"，但这里我借用过来，意在说明这本集子中包括了我近年来关于中国出版的思考与实践的纪录。

如果大家看了这本集子中的文章，可能就知道了我本来是在一线做编辑工作的，后来才搞出版管理。我原来对出版研究并不感兴趣，认为出版是实务，研究来研究去对具体工作帮助并不大，后来到了管理岗位后，才明白自己原来的想法并不科学。出版活动自身是有其规律的，如果盲人摸象，等弄明白也耽误了时间，有别人总结的经验和规律借鉴，少走弯路，能够尽早登堂入室。随着出版研究的深入，我又发现出版研究并不仅仅是出版实务的研究，它还包括中外出版史、出版宏观政策、出版教育、出版人物研究、出版的新技术与新材料的运用研究等。如果细分，还应当包括编辑理论、编辑活动等。所以，随着角色的转换，我的研究兴趣也在不断转移，从单纯总结出版活动的经验发展到对宏观政策的研究，从传统出版研究发展到对数字出版的研究，从对国内出版的研究发展到对国外出版的研究。由于关注点和兴奋点比较多，所以我的研究方向也不够集中，这本集子就体现了这个特点。

因此，在编选这本集子时，我将内容共分为六编。其中第一编"改革瞭望"主要对中国出版近几年发展中存在的问题进行思考，如公司法人治理，转企改制后出版企业的新情况，出版集团如何应对数字化挑战，中国出版如何做大做强等；第二编"民营书业"主要集中于对民营书业在中国出版中的作用，国有出版如何与民营书业合作，民营书业在发展中自身要解决的问题；第三编"出版杂论"主要是发表在《中国新闻出版报》上的时评。这些时评围绕出版工作中存在的一些不正常的现象与应当警醒的苗头进行评论；第四编"编辑研究"主要是从集团角度和编辑本体研究编辑工作的开展；第五编"出版与阅读"主要谈读者阅读的变化，图书市场的变化和阅读中应当注意的倾向。当然，也包括我个人阅读某些书籍后的评论，其中也包含为友人图书写的序言。第六编"书旅留痕"写我在参加各种研讨会和书博会后写的游记，因与书有关，故称为"书旅"所得。

近年来，由于眼疾所困，加之工作上杂事较多，出版研究的热情高涨但心有余而力不足，所以其中有些文章，是报刊编辑部约我或者某些研讨会请我参加，我只好请单位的同仁或武汉大学的同学提供帮助。一方面，解决了我研究时的困难，另一方面，邀请年轻的同仁一起来参加出版研究，特别是武汉大学的同学，会对他们参与出版研究，壮大出版研究队伍起到促进作用。在文章的篇末，我注明了合作者的姓名，在此我向这些合作伙伴表示诚挚的谢意。

此书的出版，得到了中国新闻出版研究院郝振省院长及中国书籍出版社王社长、责任编辑牧人的大力支持，在此表示衷心的感谢！出版研究的专著市场有限，如果没有他们的鼎力相助，这本书的问世是十分困难的。

第二卷　书与人

记青年作家李佩甫

丁卯夏，热，且闷。敲开省文联家属院 A 幢一楼的一扇紧闭的门，光线很暗的房子里闪出一个赤膊汉子——我认出他便是我在一次会议上远远见过的李佩甫。

佩甫人精瘦，眼睛不大，但单眼皮下闪着一团诚挚的光。他不见外，表示一定支持我这个小老乡的工作，并笑道："我还欠你们一嘴哩！"他说的是我刚刚来出版社曾请他吃过一顿饭。

数月后，有消息自郑州来。佩甫答应给一部中篇。短，两万余字。单位头头说：告诉他，我们发头条。

我正翘首以待，佩甫突然又来信说不给了。他表示对这篇稿子还不满意，想再充实充实——他从《莽原》编辑部调出来做专业作家，有时间。不过，我很惴惴。佩甫自从《红蚂蚱绿蚂蚱》问世后，声誉鹊起。作品成了"抢手货"。我所在的出版社便有一次竞争失败的纪录。

今年 7 月，佩甫果然如约邀我去郑取稿。这时我方得知：那个小中篇便是眼下这部长篇的雏形。春节期间，他冒雪去到插队落户的地方体验生活，收集素材。第一稿佩甫写了 12 万字，不满意，扔了又另起炉灶。这稿写了 20 万字，等我赶去他又砍了 1 万 5。他说："你再不来我还会压的。"

其时，正有一家大出版社的编辑候在那儿，其许诺的条件比我们优惠。但佩甫重前诺，重乡情，不为所动。在他不太宽敞的书房里，我们品尝着他贤淑的妻做的牛奶荷包蛋，坦率地交换着关于《金屋》的看法。

《金屋》是佩甫的第二部长篇小说。如果说，佩甫过去的作品是以社会问题为媒介，以人物为中心，以婉曲清丽的语言和脉络清晰的情节为经纬来编织自己审美理想的话，那么，在这部长篇小说中，作家却又一次打破了自己的平衡。此屋非彼屋。这是一幢熔现代主义和现实主义，冶写实和象征、隐喻、荒诞为一炉的风格奇特的"建筑"。尤其令人注目的是，佩甫打破了自己惯常用"善"的眼光看待生活，揭示矛盾的定势，而是在历史的进程中谛视人性蜕变的价值功能和人性建构的形态，把切近具体的当代生活和幽远深邃的历史思考交织在一起。

佩甫的《金屋》在我们刊物发表后，博得了读者的好评。作为责任编辑，我不由沾沾自喜。我便通知佩甫，准备照片和小传，近期将《金屋》作单行本发稿。不料佩甫又挂来长途电话，言他还想把《金屋》改一改……

佩甫，好一个你！我相信，凭着你对文学的这番真诚和挚爱，你一定能打磨出艺术的精品。

（原载 1989 年 2 月 23 日《南阳日报》）

竹林印象

八年前，上师范时，我便读了竹林的长篇小说《生活的路》。感叹了一番，唏嘘了一番，也记住了作者的芳名。

戊辰初春，友人自沪告：组了竹林一个长篇，速来。

竹林自从《生活的路》饮誉文坛后，报章杂志甚是热闹了一番。许多褒赞的话记不全了，只隐隐记得是女性，祖籍江浙，约莫和她那个时代人的履历相仿：读书——下放——回城——当编辑——写作。

抵沪后，一日在友人家，门外轻轻踅进一个着长筒靴、牛仔裤的女郎。那眉眼、那肤色、那腰肢，皆写着一个成熟女子的风韵。她冲我浅浅一笑，兀自跌进沙发中，静静地倾听我和友人的闲聊。

她就是竹林？是那个六八年高中毕业生，又下放到明洪武帝的老家安徽凤阳劳作五载，然后钻进大上海地下"深挖洞"的竹林么？是那写了 200 万字，出版了 10 本书的竹林？

在上海，在她独身蛰居的嘉定，几次接触，我又觉得竹林虽然不善言谈，有几分内向，但她对人生，对文学却有着自己深沉的思索和执著的追求，尽管这种近乎迂腐的执著还不太合时宜。

据说，她还在街道挖防空洞时，参加了少儿社的一次笔会。笔会主持人为了考察一下这些作者的鉴赏能力，找了一篇已打成清样的作品让大家讨论。别人明知作者和编辑都在场，便恭维一番，无关痛痒地挑挑小毛病，她却一针见血地指出这部书稿"不成功"！一时里，众皆愕然。

另一次，作协选举赴京代表，竹林当着那位候选人的面，划掉了他的名字。那人自然"以牙还牙"，经常"关照"她。

在文坛上，近年来这"主义"那"流派"甚是热闹，而竹林呢？依然留恋于现实主义的故园中，默默耕耘。她抒写着江南水乡的清新明丽，抒写着农村中小人物的苦恼和追求。而对喧闹的文坛，竹林也许是沉寂的。但她一步一步，写出了中篇小说集《地狱和天堂》，写出了短篇小说集《蛇枕头花》，写出了长篇《苦楝树》等。她那浓郁的民族特色，紧紧贴进现实的民族风格，引起了异邦学者的关注。去年，美籍华裔教授陈幼石请人翻译了竹林的中短篇小说集，撰写了《竹林小说艺术片论》等文章。香港《文汇报》《快报》《新晚报》等都先后发表了评介她的文章。《中国文学》也翻译介绍了她的一部分作品。

但是，也有人评价说，竹林的作品有点像她寓居的嘉定县闻名遐迩的"秋霞浦"一样，虽曲廊假山，玲珑剔透，充分体现了民族文化的精粹、古典美学的浸润，但毕竟和正在变化的外部世界有几分隔膜了。好在竹林自己也充分意识到了自己选择题材、表现手法的模式化。她也正如她自己所写到的螃蟹脱壳一般，在艰难中超越旧我。在我即将飞离上海的前夜，她挂电话来，言她将搁下手头已写了 25 万字的长篇《女巫》，准备先着手写一部以一个矢志改革的学者、思想家为模特的长篇。

我连声祝愿，希望能早日拜读。我相信，凭着竹林那娴熟的文笔、十余年创作之经验，她一定能再捧出令世人刮目相看的佳作。

（原载 1988 年 8 月 7 号《南阳日报》）

天一阁随想

一

江南多名楼，岳阳楼、黄鹤楼、滕王阁……但没有一座楼像这座楼一样牵动我的心。

这是一座普通的楼，上下只有两层。楼上为一统间，楼下并排六间。它既没有雕梁画栋，也没有翘角飞檐。既无文人牵强附会的所谓传说，也没有王府将邸的恢弘威严。灰黑色的檐瓦下，斑斑青苔叙说着四百年的风风雨雨。

这就是天一阁。其在宁波西南隅，月湖之畔。

天一阁是藏书楼。史称，它是我国现存最古老的藏书楼，也是世界上现存最古老的藏书楼之一。

狗年四月，雨后的一天下午，我兀自踏访而去。

二

关于天一阁，我最早从报端略知一二，继而从湖北教育出版社出版的《中国藏书家辞典》中知道了大致眉目。

嘉靖四十年至四十五年（1561—1566 年），建藏书楼名"天一阁"。取"天一生水，地六成之"以水灭火之义。阁四面临水，上通六间为一，中以书橱间隔，其下为六间，为古代藏书家建筑典范……"天一阁"藏书，对明代地方志、政书、实录、诗文、杂说、明代新拓汉魏以来碑刻拓片等，无不收罗，共约 7 万余卷。

寥寥一百多个字，虽已绍其大概，但不如说更勾起了我对天一阁的向往。对于一个早年失学，后又经历了文革焚书之变的读书人而言，这里无疑是《圣经》中所写的通天塔。如果在我少年和青年的黄金岁月里，有这样一个积累人类精神文化财富的地方滋润我那干枯的心灵，我又怎会如此愚钝？

三

实际上，当我走进天一阁那个古朴典雅的院落，漫步萧萧凤竹之间，徜徉在山亭水榭之中，我却觉我过去对天一阁的理解又是何等的肤浅。这里不仅是一座普通的藏书楼，可以满足读书人的需求，可以供学术界在这里溯古追今，更重要的是，范钦父子读书、抄书、觅书、藏书，那种几代人类似于宗教般的献身精神，已化为我们民族的传统美德，在今天物欲横流，金钱至上的商品经济社会，这里更显得是一方净土。

范钦 27 岁中进士，足迹遍布大半个中国，可谓春风得意。到后来官做得不算小，兵部右侍郎，已相当于现在的国防部副部长了。但他每到一地，除了行军打仗，别无所求，就是读书、抄书、觅书、藏书。府库旧藏，故家流失的图书文献，凡是他没有的，总是派人想尽办法收集到手。到他 55 岁被人劾奏回家听勘时，共二十八年，他带回家的不是从各地搜刮到的金银财宝，而是书，一车又一车的书。

四

那是一片尊崇知识的土地。江南多富户，江南也多藏书人。就在宁波，与他同时代的还有另一个藏书家丰坊。

丰坊是嘉靖二年（公元 1523 年）进士，官曾至礼部主事。他善篆刻，工书法，画山水，博学工文章，也是一个见书就买，买书必藏，嗜书如命的人。家中曾有良田千余亩，典卖以购法书、名帖、古籍等，人称其为"书淫"、"墨癖"，曾建"万卷楼"用以藏书。他和范钦互相抄书，赠书，品书，聚首在灯花书丛之中。晚年他穷困潦倒，把万卷楼的藏书和丰宅转让给范钦。一笔矫若游龙的怀素草书体写道："碧止园、丰氏宅，卖与范侍郎作书室，业交清，银收讫，世世子孙无争执，丰南禺笔。"

当时江苏太仓还有一个很有文名的藏书家叫王世贞，范钦登门拜访，这两位藏书家互相转抄图书，交情甚洽。为了抄书，最多的时候，范钦一天能请 20 多人去抄他藏的书。

当然，与范钦同时代藏书有名的还有他一个博学多才的侄儿范大澈。……

不知是由于个人的素质缺陷还是理性的不足，与他同时代的藏书家尽管在世时也名噪一时，但或当时，或在后代手上，藏书就四散流失，只有范钦的"天一阁"，历经四百年风风雨雨巍然屹立。

五

这主要得益于范钦临终的安排，得益于他的子孙们对书的痴爱。

我早年曾听说过这个分割财产的故事，也曾用来劝说那要女儿辍学的姐姐。

范钦去世前夕，把大儿子和二儿媳（二儿子三个月前病故）叫到病榻前。他把遗产分成二份：一边是白银万两，一边是万卷藏书。

这是一个令人难以回答的问题。万两白银可以马上满足任何物欲的需求，万卷藏书恰恰相反，不仅不能马上带来物质的享受，反而还需要用金钱来维护。但他的大儿子范大冲跪在父亲的病榻前流着泪作出了艰难的选择。为了藏书，他已经决定让子孙们也进入这座精神的炼狱。

为了保存好藏书，范大冲在父亲藏书借阅规定的基础上，又规定藏书由子孙共同管理，阁门和书籍钥匙分房掌管，非各房齐集，任何人不得擅开。同时，他们还制定了许多具体然而有些苛刻的禁约。

烟酒切忌登楼；

子孙无故开门入阁者，罚不与祭三次；

私领亲友入阁及擅开书橱者，罚不与祭一年；

擅将藏书借出外房及他姓者，罚不与祭三年，因而典押事故者，除追惩外，永行摈逐，不得与祭……

在那个尊重家族，有家方才有国的时代，不能参加祭祀祖宗的大典，被认为是奇耻大辱的事。也可能正因如此，范氏子孙恪守族规，天一阁藏书才得以历数代不致外传和流失。

六

在范家一代又一代的传承中，他们维护藏书楼，保存先祖留下的事业，实际上已远远超过了藏书的意义。可以想见，在钥匙的窸窣声中，在层层木门门轴的转动声中，范氏子孙是以一种何等虔诚的心情登上天一阁的。在他们当中，可能大多数已没有当初范钦买书、抄书、藏书时的冲动。天一阁在我们的心目中，是范大冲这一族人的象征，一种光荣，犹如欧洲某些历史悠久的家族徽记一样，已成为血统的维系。

历史发展到了今天，知识和信息日新月异，作为藏书楼，天一阁和遍布全国各地的图书馆藏书量比较，已经显得微不足道。就连天一阁本身，也于1976年又建了一座三层楼高的书库。当然，天一阁的意义绝不仅在于藏书的多少，范氏家族四百年来为了保存古典文献历经千辛万苦，足以显示了我们民族对于知识的尊重和爱护。

走出天一阁那清幽宁静的庭园，门前便是那嘈杂的叫卖声，作为经济特区，宁波在发展，中国也在发展，随着市场经济的推进，中国人在物质得到丰富的同时，不能没有天一阁。作为一个出版工作者，我如是想。

在宁波，我本来已经买到了余秋雨先生的《文化苦旅》，其中有一篇《风雨天一阁》写得十分精美。李白登黄鹤楼，曾叹崔颢"有诗在上头"，如我辈等，不敢与李白相提并论，也不敢和余先生相提并论，但到宁波，如不到天一阁去拜谒，则灵魂不得安宁，到天一阁不写天一阁，作为读书人亦不能自慰。如是记。

（原载《书与人》1995年第3期）

西子湖畔长相忆

十五年前，我就知道了浙江少年儿童出版社有一位编辑叫马永杰。

十五年后，在美丽的西子湖畔，我们才第一次见面。

过去，我一直认为马永杰是一位男同志，当然这是我望"名"生义的结果；而且我认为她是一个资深的老编辑，因为是她主动向我这位素昧平生的山村教师伸出了友谊之手。1994年，武汉举办第六届书市，我到浙江少年儿童出版社的摊位上去打听，才知道马永杰是个女同志，并且是该出版社的一位负责人。后来，大约是从湖北少年儿童出版社的同志那儿获悉，马永杰是一个身材高大的女性。于是，我的眼前立即浮现出一个北方女子豪爽的形象。

十五年前，我在大别山里一所乡村中学教书。因为经常在浙江少年儿童出版社的《当代少年》杂志上发表一些小说和散文，马永杰同志主动给我来信，向我约稿。我给她回了一封信，问能否给我已发表和待发表的小说出个集子，她说看了稿子再定。我将稿子寄给了她，没多久，她来信说我的小说集列入了他们社的年度出版计划。

作为一个业余作者，并且远在大别山的穷乡僻壤中，能发表作品就算不错了，还能给我出书，这在当地不能说不是一个奇迹。在很多人眼中，变成铅字的稿子都是作者用香油"泡"出来的。意思是说，不送礼发表作品不可能。当然，这是那些吃不到葡萄又说葡萄酸的人编的寓言。

这样，每天我在上课之余，就盼望着从美丽的西子湖畔寄来的书信。从学校到乡里小镇上的邮电所有二里地，如果当天的信没有人送到学校来，吃了晚饭，我就自告奋勇步行去取。邮电所那个患有白癜风病的邮递员总是取笑我，说是不是在等女朋友的信，春去秋来，鸿雁传书，我知道哪些稿子被选上了，知道了我的小书已经编好，知道了很快就有一本署有我的名字的小书可以出版了。就这样，美丽的西湖在我的梦中变得更美丽了。

后来，我在充满喜悦而又焦急的等待中，收到了马永杰老师为我编辑的第一本儿童短篇小说集《竹溪上的笋叶船》。这时，我调到了邻县妻子工作的县城。我的书摆在县新华书店的橱窗里，每一次我从那儿走，就情不自禁地要多看上几眼。后来，县里举行一次开架售书活动，书摆到了大街上。在众多的行人面前，营业员举着我的书吆喝："请看这本我们县作者写的书！"那时候，我的心里说不出是什么滋味。

我十分感激马永杰老师，但书出了，我连一句感谢的话都不能当面表达，心里总觉欠了她很多东西。我和她非亲非故，就是一封信，书就出了，况且书只印了几千册，出版社肯定赔了钱，她也肯定承担了不少责任。为了表示一点心意，我给"他"买了二斤白木耳寄去。结果没多久"他"又寄了钱回来，很惭愧，比我买白木耳的钱还要多。并且给我寄了一大包他们社出的书。

后来，我报考了武汉大学中文系的插班生。当时，作品算一半的分，考试只算一半的分，这样，我入学的总分在我们那届算最高的。毫无疑问，这本儿童小说集起了很大的作用。毕业后，我分到了一家文艺出版社，也当起了编辑，不知为什么，不管是接待作者，还是处理作者的稿子，不知不觉我总是想起马老师。

这些年，我很少再写东西，更没有再写少年儿童读的东西，加之我又搞了一段行政，就和马永杰老师没有再联系。可是世上的事情也怪，每天见面的人，书信往来很多的人，不一定都会铭记在心，隔一段见面可能连名字都忘了，可是"马永杰"这三个字却留在我的心中。其间有一次机会经过杭州，结果夜里到的，清晨又去了宁波。这次，在杭州举办文艺集团图书订货会，我想，终于可以了结我埋藏在心底多年的夙愿了。

1996年3月13日，在浙江省新闻出版局大楼，我第一次见到了心仪已久的马永杰老师。这时，我才知她是南方人，可以用"娇小"来形容。她已是浙江少年儿童出版社的总编辑，我的那本小书，是她责编的第三本书。她的年龄，和我差不多。

我说：谢谢你。她只是笑了笑。我提出与她单独合个影，不知为什么，她还有些不好意思。

我想，只能在这儿写点文字，算是一位作者和编辑永久的纪念。

（原载《书与人》1996年第5期）

沐浴书香

今春，还是乍暖还寒时节，我因事去鄂西，认识了一位读书兼著书的十堰市新华书店经理黄成勇先生。

黄君的书出版的消息我已见过，隐约记得是"卖书人写书"之类的。这本书我没朝心里记，大约因为我也是个出版人，对书见怪不怪，间或还有这些年书出得比较乱的缘故。后来，在郧县新华书店见到这本书，我索了一本。第一印象是书印得很精致，再翻了翻钟叔河先生的序，又读了作者的跋，觉得文章有些文采。

书的内容没有来得及看，作者黄成勇先生从十堰赶到郧县来了。他比我想象中的市书店经理要年轻，给人的感觉是儒雅中透出一种稳重。我们翻山越岭，先郧西，再到竹溪、竹山、房县、神农架，从鹅黄初绽的汉江边一直攀到仍冰雪皑皑的燕子崖，一路上，我们的话题除了书还是书。从七月诗派到当今的后现代，从出书谈到卖书，他如数家珍，某书某社出版，某书一套几本，优点缺点，一一道出，一副书痴模样。

黄君是市书店经理，所行之处书店均属他的麾下，有他相随，我正应了那句"狐假虎威"之意，各地热情自不待言，但让我感动的是，无论是地处鄂陕交界的山区小县竹溪，还是直薄云霄的神农架，每个县新华书店上架的一般图书均在 5000 种以上。特别让我欣慰的是，不论是在哪个店，都可以看到自己社出版的图书存放在书店的架子上，这比得到什么奖赏都让人高兴。这和有些新华书店靠课本为生，不重视一般图书的销售形成了鲜明的对比。就拿神农架林区来说，总人口只有 7 万，新华书店全体干部职工加起来也只有 7 人，可是百多平方米的店堂里，整齐地摆放着装满了图书的 20 余个玻璃柜。读者虽寥寥，书香却缕缕不绝。

返程时我才来到十堰，不用说，我又是置身于书海之中。成勇谈十堰书店的设想，谈下一步的工作，后来有人提出去他在书店院内的家看看他的藏书。

　　果然如我所预料的一样，其房里环堵皆书，万签插架。他主要研究现代文学，特别是七月诗派的，书架上，案几上，到处都是此类书。他随手拿出一本，便饶有兴味地介绍其来历，版本特点，收藏价值。什么孤本、善本、毛边本、签名本，我这个出版人听后也有醍醐灌顶、茅塞顿开之感。

　　现在距那次十堰之行已两月有余，在不同的场合，我也多次谈到此行的感受：一路沐浴书香。我想，是谁在鄂西北的崇山峻岭间营造出了书香氛围呢？当然，是书店的几百职工，但这位藏书、读书、写书、卖书的经理黄君成勇身体力行功不可没。可谓是上行下效，成效卓著。也许有人会问，在鄂西北的重重大山中，怎么会有这样一个爱书、懂书并嗜书如命的"书贾"呢？如果想细究其因，我推荐大家去看看海南出版社出版的《沐浴书香》一书。我手边即有作者的签名本。为方便计，我可以照录印在书籍勒口上的一段文字：

　　　　幼即嗜书，长亦未改，并无专业，唯将投身书海，常得沐浴书香视为人生至乐，虽世事纷扰，犹未言悔。

　　好一个犹未言悔，真是其人可亲，其言有味！

（原载 1998 年《湖北日报》）

法国书展掠影

3月中旬，当北京正为沙尘暴所笼罩时，我们一行 15 人乘坐法国航空公司的飞机，飞越蒙古、俄罗斯、罗马尼亚、德国，降落在巴黎的戴高乐机场。时在下午 3 时，而武汉此时已是夜里 10 时了。

我们此行主要是参加法国第 21 届图书沙龙（Salon du Livre）。

图书沙龙其实就是书展，是法国目前最大规模的书展。展场占地面积 50000 平方米，共设 750 个展台，法国本国的出版社悉数参加，还有 26 个国家的 450 位书商、1800 位作家参加了本次书展。

国际性的书展我也参加了几次，但这次的书展却有自己的特点。林林总总，给我留下印象的有这么几点。

一是法国政府和出版界对书展的重视。这次书展的开幕式是 3 月 15 日的晚 8 点，这天下午，我们还在布置展台，就听说法国总统希拉克要来，但这时展场还乱糟糟的，不少叉车还在宽阔的通道里跑来跑去。按我们的想法，这种级别的"领导"来是要"清场"的，不知为什么，法国人的警惕性没有我们高。到了 6 时左右，同行的说是希拉克已经进了展场，正在 A 区。等我赶去，但见人头攒动，闪光灯频频亮起，我挤上前去，果然见高大的希拉克正在人群中，被人裹挟着在展台间缓缓地行走。他笑容可掬的表情，似乎是在"作秀"。参展的人纷纷围上前去拍照，同行的大连国图分公司的金红炜挤进去了，他找到了导游，请他代为翻译，要代表中国团向总统阁下赠送礼品——一张"城市网上美术馆"的光盘。不一会儿，金红炜兴高采烈地出来向我们报喜，希拉克总统欣然同意并已与其合影留念。与希拉克同行的还有本次书展主宾国德国总理施罗德，一次与两个国家的元首合影，这也是太幸运了。我当初根本没想到法国的大总统会这样与"群众打成一片"，在此之前刚好胶卷用完了，更没准备礼品什么的去送一送。好在金兄给我寄来了他与两位元首的合影，睹物忆昔，算是领教了"资产阶级的虚伪性"。

同时，法国及德国的参展商在展台布置上各施其能，各逞其巧，偌大的展厅内像是一场比赛，形状各异的展台新颖独特，几乎完全没有一家相同的。这和国内的博览会书市比，就显得气派多了。而我们中国代表团的展台，尽管说比去年大了一倍，但几个简陋的架子显得十分寒碜。好在我们在一个角落里，除了留学生和大使馆的人外，再没有更多的人转到这儿去。

二是形式较新。这次书展共有 1800 位作家到展台去为自己的图书做宣传，书展组织了 280 场聚会、辩论会和报告会、音乐会。我社刚出版的译作《光明之路》的作者为 Desclee de Brouwer 做宣传，特意到我们的摊位前来，他十分感谢能将描写中国明代生活的图书介绍到中国来出版。从作家为出版社助威呐喊的情况来看，双方的关系十分融洽，这从出版社纷纷将作家的照片放大悬挂在展台前可见一斑（在出版社的接待厅里，也是悬挂着他们所拥有的作家的巨幅照片）。据了解，国外的出版社在作家未出名前就给以扶持，作家出名后一般固定在这家出版社出版图书。展出期间，很多法国的参展商将葡萄酒或糖果放在展台上，供参观的人品尝。展场内也有免费的点心和咖啡供参展商饮用，只不过凭票即可。另外，书展是展销结合，其间共有约 23 万人参观了书展。书展对中小学学生优惠，在沙龙期间，展场里经常可以看见由教师带领的小学生团队和结伴而行的青年学生。

三是法国出版业比较繁荣。法国出版业在各种行业中处于重要的地位。目前，法国共有 4000 多家出版社，每年出版新书约 45000 种，其中，1/2 为新书，1/2 为再版书，每年的营业额为 140 亿法郎左右，相当于 20 多亿美金。若从经济方面来看，出版业属于一个小的经济行业。但它在文化行业中，又数老大，超过了影视、唱片。法国政府重视出版，政府有专门管理出版业的机构——"文化与传播部"下设的"图书与阅读局"。该局的主要任务是负责对全国的出版和阅读活动进行指导与资助。法国政府对出版业的指导、扶持，一贯重视、有力。我社引进的《法国艺术史》、《光明之路》、《荒诞情人》等书法国外交部均有资助。图书已成为法国的"第一文化产业"。2000 年，法国的出版业取得丰硕的成果，图书出版增长了 40% 以上。法国仅有 5000 多万人，如果从人均拥有图书数量来看，法国远远超过了我国。如果从他们出版的图书种类来看，文学类图书也占有很大的比重，与日本和我国香港、台湾地区文学类图书走入低谷，漫画、卡通等快餐读物流行的情况比较来看，法国人更重视高雅文化，重视精神的追求。据介绍，法国人请客，客人捎给主人的礼物不是食品，也不是香烟，而是图书。这一点就可以说明法兰西民族的文化传统。

四是法国出版社比较重视版权贸易。我到过的伽利马出版社、米希尔出版社，都有专门的版权部。每一种书出版后，都要向法国本土以外的出版社出售版权。我社与伽利马出版社签署的《这是我唯一的爱》一书中文版出版合同，这家社已经向美国、意大利、德国、日本、台湾等国家和地区的出版社出售了版权。他们的版权要价并不高，我社引进的这本书，包括代理费在内，只有 5000 法郎。在版权贸易这方面，我国出版社大多做得并不好，其实，据我与法国及海外的出版商交谈得知，他们希望引进中国的反映现实生活的图书。不过，我国的出版社在这方面工作做得不仔细，他们除了要了解图书内容、作者情况、媒体反映之外，还要选择一些精彩片段翻译出来，如果是初次交往的出版社，还要提供出版社的介绍，包括经济实力及其影响。当然，这种文字必须是中英文对照或是中法文对照。

在法国期间，我与法国的伽利马出版社、米希尔出版社、塞纳河出版社洽谈了一些项目，其中与伽利马出版社（EDITIONS GA. LLIMARD）签署了引进出版《这是我唯一的爱》一书的合同，与米希尔（AIbin Michel）出版社达成了引进出版《阿兰·德隆》画册的意向，并与塞纳河出版社及中国留法学生张立新达成了在法国组织《法国模特》一书的合作意向。《法国模特》的书稿将于今年 11 月份交稿——这是该社在境外组织书稿的一次尝试。境外作者按照我们的编辑思想与国内读者的需求，组织编写，提供图片，请在法留学生翻译，由我社在中国出版。

5 天短暂的展览很快就过去了，我们在闲暇时游览了精美绝伦的卢浮宫、凡尔赛宫，参观了巴黎圣母院、凯旋门、埃菲尔铁塔、荣军院、先贤祠。巴黎本身就是一座巨大的博物馆，在塞纳河畔，在拉丁区的街头，我们随时可见法兰西民族的历史在诉说着昔日的辉煌和今天现代化的巨大成就。这些法兰西民族的瑰宝，从拿破仑的雕像到巴黎圣母院的建筑，就是二战期间也得以完整地保存下来了。尽管法兰西民族的政坛也如走马灯一样你方唱罢我登场，但珍惜历史、重视历史却是历届政府共同的准则，也许这才是法兰西文化得以完整保存的根本原因，也是法国出版业得以开掘不尽的一笔宝贵的资源。我不由想到我们五千年的文明，想到史无前例的"文化大革命"，扼腕长叹那无数被毁于战火、毁于红卫兵之手的一切。

法航的飞机又经历了 10 个小时漫长的飞行，终于降落在北京机场。这天没有沙尘暴，候机厅里，机场的工人正在用水清洗蒙满黄土高原沙尘的巨大玻璃窗。

（原载《出版科学》2001 年第 3 期）

走近二月河

走进二月河种满蔬菜的小院，马上闻到一股焦糊的味道。只见高大的二月河从楼上冲下来，跑进厨房，从煤炉上端下大冒狼烟的铝锅。我犹在怔忡间，他却不以为然地说："饭又烧糊了！"

我随他盘旋进了二楼书房，门外便闻一股淡淡的檀香溢出，走进门来，见一炷猩红正在香炉里袅袅。零乱的案头上，摆放着他正在撰写的《乾隆皇帝·月昏五鼓》的第二十五章。一叠杂物中，夹着张 1 月 5 日的彩色香港《文汇报》，醒目的标题："提笔成帝王，放笔即臣民……"

对于评价作家二月河目前的状态来说，没有比这十个字概括得更准确的了。

十余年了，在卧龙岗下的南阳古城里，二月河始终沉浸在三百年前的清宫史实中。十年辛苦不寻常，他想帝王之所想，思帝王之所思，康熙、雍正、乾隆，一百三十余年间的政治风云，社会变迁，世情风貌，宫廷争斗，均化为艺术形象活跃在他的笔端，流泻在纸上。随着《康熙大帝》、《雍正皇帝》、《乾隆皇帝》11 本长卷的陆续出版，二月河的名字传遍海内外。一时间，洛阳纸贵。上至国家领导人，下到普通读者，争相传阅他的帝王系列小说。当时媒体报道，李鹏委员长曾公开表示："二月河的书我喜欢，江总书记也爱看。"财政部长项怀诚随朱镕基总理外出，朱总理对身边的工作人员说，你们一定要读一读二月河的帝王系列。今年的北京国际图书博览会上，李岚清到湖北展厅视察，一眼瞥见长江文艺出版社出版的《雍正皇帝》，忙问："这是不是咱们看过的《雍正皇帝》？"据台湾的《中国时报》报道，台湾的某领导人对二月河的这套帝王系列心仪已久，推荐给宋楚瑜等人研读。因此，台湾的《新新闻》周刊发表文章，标题是《海峡两岸领导人共读"帝王学"》。就在文人圈里，素来是文人相轻，但也有不少成就斐然者对二月河十分钦佩。武汉的方方当主编的《今日名流》杂志社，一时言必谈二月河。偏居于豫西南一隅的作家二月河，像一颗新星，突然升起在中国的文坛上，引起了海内外的关注。有人以"横空出世"来形容二月河的出现，报纸称之为"文坛怪杰"。目前，他的作品不包括盗版，在国内已印行了百万册，在香港、台湾均已用繁体字出版，部分作品已译介到国外。如果说有书店处即有二月河书也不为过。

二月河是一个谜？对于大多数人而言，至今仍然如此。甚至连邓小平同志的夫人卓琳女士也一度认为二月河是他在重庆时的学生。

二月河是成功者。评论家丁临一认为，二月河《雍正皇帝》的艺术成就是"《红楼梦》以来最为优秀的长篇小说"。也有人认为，二月河的作品是"五十年不遇或者说是百年不遇的好作品"。有人把二月河和曹雪芹、莎士比亚相比……

结识二月河，已经十二年了。十二年前，我从武汉大学毕业，分配到长江文艺出版社。第一次组稿，经人介绍来到了偏居于豫西南的南阳古城，那时候，二月河刚刚出版《康熙大帝》的第一卷，其还不大为外人所知。出版了第一本书后，即有人认为"凌郎才尽"（二月河原名凌解放）。我去到南阳后，二月河很高兴，请我在一家很豪华的饭店吃饭。当时，除了出版《康熙大帝》第一卷的黄河文艺出版社外，还没有另外一家出版社找过他。后来，就他的3卷本的《雍正皇帝》出版事宜，我们通了许多信。二月河家里装了电话后，电话代替了写信。电话打多了，连他在火车站当会计的夫人，接了电话后也能马上分辨出是我。围绕他的这本书，我写了几篇书评，有些还被译介到了国外。

二月河进入文坛也许是一个偶然。

二月河上学时并不用功。他的字至今仍然让人难以辨认。他的老师曾经骂他是"饭桶"、"垃圾"、"废物"。二月河高中毕业后去当了兵，继承了他父母亲的职业。二月河的父母在抗日战争时已经是抗日战士。据他自己说，母亲能够双手打枪。也许作为工程兵的二月河不希望长期地挖煤、挖坑道，他发挥高中生的特长，开始创作一些"作品"，不过那是一些演唱，内容也和当时的形势联系得比较紧。回到地方后，他在南阳市委宣传部当干事，写公文，写过一些人物志，后来，因为当时的伟人提倡读《红楼梦》，闲暇之余，他又开始了《红楼梦》研究。用二月河自己的话说，是当了"红学研究"的票友。二月河在宣传部里当文艺干事，能够接触到的就是演艺界的人，受他们的鼓舞，二月河开始文艺创作时是写电影剧本。他创作的第一个剧本是《刘秀》，因为刘秀是南阳人。接着他又写了个叫《匣剑帷灯》的电影剧本，是后来他写的《康熙大帝》的第一卷的内容。四处投递，但都石沉大海。一气之下，他将退回的剧本一把火烧了。

1998年11月8日，我又一次来到了南阳。这一次，还是找他要稿子。我要他把手头的《月昏五鼓》给我，他说不行，他已经答应了别人。然后我就督促他翻柜子。他找出了发表的中短篇小说和随笔，找出了过去已发表和未发表的"红学"论文，突然，我又找到了一摞复印的稿件，《匣剑帷灯》四个字跳入我的眼帘。他说，我过去说这个剧本烧了。我说，是的，你烧了。但你烧的是退回的那份稿子，这份复写稿不算。

二月河进入文坛，从今天看，实际上也是一种必然。

有人评价毛泽东，说他身上有一股虎气，也有一股猴气，所以他成就了事业。从二月河的气质来看，实际上也有某种反叛精神。小时候他学习不用功，却爱看闲书。他小时就读了《西游记》、《三国演义》，上高中时读了《史记》、《后汉书》、《晋书》，到了部队后，他又读了一些外国名著。他研读《清史》，但也读了大量的稗官野史。他研究《红楼梦》，他写的文章寄到了《红楼梦》学刊，杳无音信。他给"红楼梦学会"会长冯其庸写了一封信，并将稿子直接寄给了他。信中说，"红学"是人民的，不是"红学家"的。如果冯老看过这篇文章，认为我不是"红学"研究的料，就请回信，我就不再搞这方面的研究了。7天后，冯老回信了，出乎他的意料，冯老称赞了他的文章，并约见了他，让他参加了全国的红学会。会上有人说，清代的康熙是一位杰出人物，至今没有人写。二月河大声应道："我来写!"1995年，二月河的《雍正皇帝》在第四届茅盾文学奖的读书班里脱颖而出。读书读得头昏脑涨的专家们竞相转告，有一本好作品。丁临一有"处女读"之功，他大声疾呼，这是百年不遇的好作品！甚至把这本书和《红楼梦》相提并论。事后，作协书记处书记陈建功托人转告我，这本书不错，但要做些宣传。在此之前，二月河的作品尽管在读者中已不胫而走，但在评论界和作协一类组织中，并没引起人们的注意。二月河对此也很关注，认真搜集各界的反应。过去，有人把他的作品归入通俗文学之类，有意冷落他，二月河很有些不平。后来，茅盾文学奖评奖一拖拖了二年，这其间，有利的不利的各种消息不断传来。有一位自称为"思想家、革命家、文学家"的编辑写信寄到某中央领导办公室，说《雍正皇帝》是歌颂帝王将相，茅盾生前反对帝王将相，这种书怎么能评茅盾文学奖？说这位责任编辑的祖先在清朝做过"宰相"（实际上是大学士），这有阶级本性之嫌。还有人以单位名义写信到中国作协，说《雍正皇帝》如何如何不行。作家的家乡有人以"天迪"的笔名写了一篇文章，指出要"警惕皇上在中国文化界的复辟"，很有些忧国忧民的气概。这一时里，二月河不断地宽慰责任编辑，说评上评不上无所谓，但他又极希望听到这方面的消息。结果，《雍正皇帝》以一票之差"名落孙山"。这正应了"有人欢喜有人愁"之说。

三百年前，作为少数民族的满人入主中原，书写一段波澜壮阔的历史。康雍乾三代帝王的功业照耀了清王朝，成就了一代令主英名；三百年后，这三代帝王又成就了一位作家。十年间，二月河徜徉在历史之河中，认真地撷取每一朵浪花。每当他开始写作时，就点燃起檀香。他要创造一种氛围，让昔日的帝王的心灵在他的笔下律动。也许浸润日久的缘故，他一举手一投足都有了些"帝王之气"。因此，逢到开会，文友们便戏称他为"凌皇帝"，对自己作品的看法，他不愿意别人说长道短，也有些"君临天下，舍我其谁"之感。

二月河除了有些"帝王之气"，实际上还有些儿女情长，这也许是他研究《红楼梦》的缘故。他快40岁才得一女儿，视若掌上明珠。去岁到南阳，请他吃饭，他带去了爱女。现在女儿正读中专，不在家，我们去一家叫"声屏酒家"的饭店吃饭。饭毕，二月河说女儿爱吃鱼，要另做一条捎回给女儿。第二天到另一家酒店吃饭，二月河又带回了一只烤鸡给女儿。他说女儿上学去了，离家有十几里地，他夫人要将这只鸡送去。店主是位业余作者，对二月河十分景仰，热心地用保温瓶将鸡子装好。于是，高大的二月河用手提着红色的保温瓶，一步一步地走在初冬长长的市街上。

"提笔成帝王，放笔即臣民"，二月河，冰化雪消时的二月河！

（原载《书与人》1997年第3期）

那双眼睛

从报上见到汪曾祺先生去世的消息，先很震惊，继而怅然。汪老和长江社的交情，是从近年才开始的。1996年，该社出版的跨世纪文丛第四辑中，收入了他的中短篇小说集《矮纸集》。同年，我们又策划出版一套冠之以"中国当代才子书"的丛书，其中也有汪老的一本。这套丛书的有关出版事宜，十天前责任编辑还在与他联络，没想到转瞬之间，先生竟撒手西去。

汪老的《矮纸集》，编排时以他作品描写的地域来归类。写他的家乡高邮的最多20篇。他在武汉生活了一年，却一篇也没有写，大约武汉没有给他留下什么太深的印象。但这一次，他的作品的绝唱却留在了武汉。

这一套"中国当代才子书"，要求入选的作家必须诗文书画俱佳。我和主编野莽商量来商量去，也才选了贾平凹、冯骥才、忆明珠和汪老等四人。因为他们不仅要能写，写出了世人公认的一流文学作品，关键是他们的书法和美术作品也要体现出一定的品位和艺术价值。

因为这套书的出版事宜是我负责联络的，所以该丛书的主编野莽君带领我曾去了汪先生的家蒲黄榆一次。记得第一感觉汪老不是那种风流倜傥之人，而是一个干瘪的小老头。他家里很窄，东西也放得很零乱，座位下面都是书。我在心里想，就在这个狭小的地方，这个小老头给我们写下了那么多脍炙人口的好作品呀！他送了我们前去的四人每人一幅画。画是他先就画好的，问了我们的姓名，提笔一一写题款。他给我的是一幅梅花。一个硕大的花瓶，一枝低垂的梅花。之后汪老的情况不断由野莽君传来，他的生活照片、书法作品、美术作品照片也陆续寄到了我的案头。现在，这些留下作家足迹的照片已经送到了工厂制版，但我的眼前，总还是闪烁着那个瘦小老头的形象。

说实在的，我和汪老并没有很深的交往，他的过去和现在，我只是从他的作品、他的照片中渐渐连缀起来的。他的新婚照，他和沈从文先生的合影，和铁凝的，和於梨华的，还有他笔下的朱荷、紫藤、梨花、飞瀑，等等。但我现在忘不掉的，倒是汪先生那双虽然细小却闪烁着睿智、明亮光芒的眼睛。

记得到汪老家后，他谈话并不多，偶尔一句，却十分的幽默和俏皮。这时，才见出他的大智若愚。等我们讲话时，他就用一种很专注的神情注视着我们，好像要看出些什么。汪老给我的第一个印象，就是有些怪怪的。

后来，读到苏北先生写他的印象记，其中也提到他的眼睛。文中写他"眼睛就那么直直地望着"，一副很执著的样子。苏文说，汪老的眼神是有"品位"的，他不多用嘴巴说话，他多数是用眼神在说话。据说，已故去的顾城生前也有这种感觉。

其实，我们所看到的，还只是生活中的汪曾祺。读他的作品，才知道什么叫眼神，什么叫品位，才会完整地理解汪曾祺。

汪老师从沈从文出道很早，但出名是在60岁之后。这个时候，他已经饱尝了"反右"和"文革"之苦。特别对于"文革"，他有切肤之痛。可是，他的复出之作却是田园诗般的小说《受戒》。当时，整个文坛都被他的出色的表现震慑住了：小英子的芦苇荡，一望无际的大淖，一幅"采菊东篱下，悠然见南山"的情怀。于是，有人说他是闲适的士大夫，其实，他并没有超脱出人间，他知道人世间有丑的、恶的、惨烈的，但他化腐朽为神奇，在荆丛中寻找爱意。如《陈小手》，按一般的写法，要浓笔重墨渲染军阀团长的暴烈，他却写得如此空灵，哀怨中是一幅破碎的美。写老舍之死，写天鹅之死，明明悲愤如火山一样他下笔竟是如此简约。70岁以前，他的作品大多是小桥流水，竹篱茅舍，70岁以后，他的作品写到了普通的人，普通的事，风格由抒情走向了恬淡、平安，但他的审美视野并没有变。《窥浴》便是其代表作。

"文革"中，某样板团里有一位素来清高的吹黑管的年轻人，闲来无事，或许是青春的骚动，他去窥视了女澡堂。结果，被一贯鄙视知识的电工和领票员发现了，他们和一群人一起把这位年轻人朝死里打。这时，一位曾恋爱四次但都没有成功的气质高雅的女教师救下了他，并将他带到了寝室中。出人意料的是，女教师用她那坚挺的乳房和爱抚慰了年轻人焦渴的心。

没有田园风光，但有人间真情，这也许就是汪老的眼神所在。他曾在回答读者时说道："小说里最重要的是什么？是作家用自己的眼睛对生活的观察（我称之为'凝视'），自己的感觉，自己的思索，自己对人生的独特的感情。"

他究竟在凝视着什么呢？在《矮纸集》的代跋中，他写道："却顾往来径，苍苍横翠微。"这两句，可以看做是汪老对人生的感悟和艺术追求的概括。我们的汪老，他的人生道路本是很不平坦的，但他的眼中却没有痛苦，没有哀怨，而是弥天的绿色。所以，有些评论家认为，汪曾祺是"中国式的抒情的人道主义者"。

当然，汪老除了小说、散文为人熟悉外，他的书法和绘画作品还不太为世人所了解。在我们即将出版的《中国当代才子书·汪曾祺卷》中，除收入了他的诗歌、小说、散文的精华之外，还收入了他晚年的书法和美术作品。他的这些书法和美术作品都是第一次和读者见面，不少是为我们这本书而创作的。我们的读者在这小书里不仅可以看到作为一个作家的汪曾祺独具只眼的艺术追求，还可以完整地看到他对整个中国传统文化的感受和独具特色的表现。不过，汪老很谦虚，千千万万个读者是永远属于您的，文学史家不会忘记您对新时期中国文坛的贡献。现在，作为出版人，我们将用最快的速度，最好的印刷装帧质量，推出您的绝唱，以此告慰在天之灵。因为，我相信，您正用那睿智的眼神，注视着我们这群芸芸众生。

（原载《当代作家》1997 年第 4 期）

近距离还是远距离

收到见喜传写贾君平凹的中篇《三秦怪才贾平凹》（篇名系编者所拟），一气读完，为其中个别细节忍俊不禁，不由感慨作者对贾平凹了解之详。编辑完毕，便去一电话，告之即发刊物第二期。不料见喜云：这类文章以后不写了，有朋友说当代人写当代人不妥。

对此我不以为然。

见喜的这篇传记，将收入该社即将出的《中国当代才子书·贾平凹卷》中。这套冠之以"中国当代才子书"的丛书，拟展示当代在诗文书画方面俱有造诣的文人其接续中国传统文化的魅力。本书主编在京都供职的学友彭君曾和贾平凹联系了几次，却一直没有反应，后来他就想到了贾的乡党孙见喜。见喜曾有《贾平凹之谜》和《鬼才贾平凹》等多部传写贾平凹的著作出版。

果然，见喜不遗余力为我们奔走，贾君平凹欣然允诺。于是，我们一并约请对平凹早有研究的见喜为我们这卷书写一个万字左右的人物传记，以帮助记者理解作家和作品。见喜接受了，很快他寄来了稿子，不是万字，而是六万字之多。他以其独有的第一手资料及对作家近距离的观察，写出了贾平凹的成长道路，在不同艺术种类中的探索和追求。文章有些地方虽然略嫌繁琐，但好就好在行文细腻，比较传神地勾勒出了文人贾平凹的行状。这对于研究贾平凹的学者和喜爱他的作品的读者而言，无疑是不可多得的第一手资料。

孙见喜是贾平凹的乡党，平凹的父亲还是孙见喜的老师。二人少年时同饮汉江水，成年后又同在西安谋事。见喜虽然没有平凹名气大，但也爱舞文弄墨，性相近，习也不远。文章不算等身，但也一直在孜孜不倦爬格子。我告之孙见喜，放心写去，当代人不能写当代人之说谬矣。关键是看作家对传主的观察，作家的感知和艺术表现力。

按照权威的解释，传记文学按其叙述对象的不同，可以分为传记和自传两类。传记又可分为两类，即依据第一手资料和依据研究写成的传记。本世纪的法国著名作家罗曼·罗兰的英雄三传记《贝多芬传》（1903）、《米开朗琪罗传》（1906）和《托尔斯泰传》（1911），其中罗曼·罗兰和托尔斯泰就是同时代人。1887年，当年轻的罗曼·罗兰考进巴黎高等师范学校后，就和托尔斯泰通信，两人关系密切，过从甚密。罗曼·罗兰特别欣赏托尔斯泰的博爱主义。就在托尔斯泰病逝在家乡的小火车站的次年，他即推出了享誉世界文坛的《托尔斯泰传》。我们可以说，这是作家多年来同步研究托尔斯泰的结果。我们可以想见，风雪夺走托尔斯泰生命是在1910年的11月7日，而罗曼·罗兰在很短的时间里不可能马上就能写出这样翔实的鸿篇巨制。还有一个成功的例子是被人称誉为世界传记文学最高成就之一的《约翰逊传》。苏格兰作家鲍斯威尔和年长他31岁的约翰逊一见面就建立了深厚的友谊。1773年，他加入了以约翰逊博士为中心的俱乐部，并和他一起到苏格兰西北的赫布里底群岛旅行，两人朝夕相处101天。1784年，也是在约翰逊逝世的次年，他发表了二人在赫布里底的游记并最终写成了传之于后世的传记。

贾君平凹在中国当代文坛的地位已经奠定，不管他未来的创作如何，当代文学史缺他不成也。而见喜以他对平凹的熟稔，以他的艺术感知力，不断地追踪贾平凹的创作发展轨迹，不懈地探索他的心路历程，我想，对于研究者和读者而言，善莫大于此。孙君见喜也许并不想藉此闻达于诸侯，但千千万万喜爱贾平凹作品的读者，却要说声谢谢了。见喜多年来在做诸如此类扎实的工作，将来，又何愁写不出一部经得起时间检验的《贾平凹传》来。

（原载《当代作家》1997年第3期）

《美人赠我蒙汗药》与王朔

2000 年 11 月上旬，点击"搜狐"，上面有 1358 个网页是关于这本书的。10 月份的全国 20 个大城市新华书店销售统计，该书属当月全国畅销书。

其实，这并不是"蒙汗药"，是作家王朔送给我社的一份厚重礼物。迄今为止，这本书已经销售了 15 万册。

关于这本书，作为策划人，说一说它的出版前后也有点意思。

2000 年盛夏，我到中央电视台谈其他合作项目，事毕，还有半天时间，我拨通了一位做出版发行的朋友的电话。刚好他有点时间，冒着炎热，我从西城赶到了东城。

这位朋友的办公地点在地坛公园，里面正在维修，我和社里另一位同志绕了好大一圈，好久才找到入口。谈话间，他提到王朔有一部稿子名叫《问道于野——王朔与老侠的对话》。至于"问道于野"，是孔子《论语》中的一句话，王朔把它借来，意在说明书中的观点都来自民间。

王朔是当今出版社关注的作家之一，他的每一本书都曾在出版发行界搅起过一股旋风。本是做出版的朋友，为什么要向我介绍这本稿子呢？但稿子并不在他的办公室里，他只是向我出示了王朔写给他的授权书。授权书上写明请他联系出版。至于为什么他挂名的出版社没有出版，他说，社里不同意。我当即表示愿意出版，但他说，你看了后再说。

我急切地想看到稿子，但稿子放在望京花园的家里。晚饭后，我乘坐他的吉普车去了望京花园。稿子并不厚，我说，出不出我明天给你消息。

深夜 3 点，我粗略看完了稿子——王朔与一位叫老侠的人的对话录。谈中国文化，谈大众传媒，谈现当代中国作家，行文辛辣，一如其一贯的风格，指点江山，激扬文字。不过，文中多处我觉得需要斟酌，同时，言语中多不恭之词，如果照此出版，出版社恐怕要关门了。出还是不出？放弃吧，太可惜了。谁都知道，王朔的书只要投放书市，销售至少在 10 万册以上。不放弃吧，万一，万一触了雷区，自己的乌纱帽倒无所谓，但出版社几十号人怎么办？我睡盹了几个小时，清早一醒来就断然决定，还是回社多请几位同志看看。这天去石家庄河北电视台做一本书的节目，在火车上，我给那位朋友打了电话：书决定出，但我要回社商量一下。

回社后，我请社里的两位享受国务院特殊津贴的专家，也是社里仅有的两位编审给稿子把把脉。

一位编审看了稿子后找到我，问我，你为什么要出这本书。他语重心长地说："如果从你本人考虑，这书最好不要出。"另一位说："有些文字需要动。只要同意改，还是可以出版的。"借出差之机，我还咨询了中央某领导机关的一位湖北老乡，这本书能不能出。他也说，最好不出。

说实在的，我陷入了两难境地。决定出吧，确实有风险，别的几家社没有出，自然有其道理，万一因此而"身败名裂"，我不是自讨苦吃？即使书出了赚了钱，也是公家的；如果倒了霉就是自己的。不出吧，到手的畅销书又飞了。这真是"万事古难全"。

经过反复考虑，我想，如果王朔同意按我们的意见改，就出；否则就放弃。

十几天后，在地坛公园旁边的一家饭馆里，我与王朔第一次见面。他没有外面传说的那么"痞"，为人诚实而且爽快。关于书名《问道于野》，我认为太文气了，缺少王朔过去作品中的那种风趣与幽默，建议他改一下。我们边吃饭边想，王朔提到他最近正在看汉乐府诗，"美人赠我金错刀……"，何不改成"美人赠我蒙汗药"，"好！"我们不约而同地叫道。关于书稿的修改问题，王朔完全同意由我们全权删改。他说，过去我的稿子是不允许编辑动一个字的，这次同意出版社改，不过改后还要由他自己再看看。他说，他正在做一网站，他不希望因此而影响到投资的利益。我听后心里如释重负，当即与他签订了出版合同。

8月下旬，《美人赠我蒙汗药》终于如期出版。我们本来拟定了一个宣传方案，但出版后，这本书在全国媒体的反应之迅速和广泛出乎我们的意料。各地的报纸先是正面报道，接着是各种猜测：最开始是关于封面上的署名和正文中的老侠，是否出版社印错了；接着是关于老侠其人，有人说这其实就是王朔一人自唱自拉；再后来，是关于这本书稿，不少媒体说不是王朔本人写的，王朔出售了"冠名权"，并且引用了某记者采访我时的谈话。在那些互相转载的文章中，好像我已默认了确有其事。有些记者愤愤然，认为这是一桩"丑闻"；也有记者写文章，说书中错字太多，16万字的文稿，里面找出了 20 个错处。但这次无论说好说坏，素来嘴损的王朔却一概不去应战。事后有权威人士说，这是王朔的聪明之处。不过，今天我可以在这里给关心这些问题的朋友一个肯定的答复，老侠是确有其人，此人是 20 世纪 80 年代中国文学批评界一匹黑马。一度出国留学，目前已回到国内。这个稿子，是他们在一家宾馆里"侃"了三天三夜的结果。书稿是请人根据录音整理的，之后又经二人审核定稿。如果说请人整理就算"出售"冠名权的话，像姚雪垠晚年口述的《李自成》，也不能署上他的名字了。

这盅"蒙汗药"我们算是喝下去了，种瓜得瓜，种豆得豆，我们得到了什么呢！这也许需要继续总结。

（原载《出版科学》2001 年第 1 期）

吴伟克和他的"体演文化教学法"

吴伟克是他自己取的中国名字，英文原名是 Galal Walker。这位生于 1945 年的康乃尔大学中国语言文学博士，也许中国的普通读者并不了解他，但在国际汉语教学界，这可是一个大名鼎鼎的"腕"级人物。

吴伟克是美国俄亥俄州立大学东亚语言文学系正教授，美国教育部直属的全美东亚语文资源中心主任，美国中文旗舰工程主任。二十多年来，他致力于中文教学法的研究，在俄亥俄州立大学东亚语言文学系建立了美国迄今为止唯一的中文教学法博士点。他根据美国人学习外语的实际，创立了"体演文化教学法"。他运用这种教学方法，培养了一批又一批热爱汉语的美国人。2003 年，他获得了中国教育部颁发的"中国语言文化友谊奖"。至今为止，他是全美国、乃至英语世界中第一位获此殊荣的人。

今年 6 月，受他的邀请，我们一行二人来到了俄亥俄州首府所在地哥伦布市。参加由俄亥俄州立大学和汉密尔顿学院联合举办的第六届国际汉语电脑教学研讨会。会议的议题之一，就是研讨由长江出版集团所属天一国际公司、湖北教育出版社与俄亥俄州立大学外语出版社共同出版的《体演文化教学法》一书。这本书由吴伟克先生主编，中英文对照，其集中汇编了近年来运用体演文化教学法开展外语教学的经验与体会。

一位地地道道的美国人，为什么将毕生的精力用于探讨汉语教学呢？他与中国、与中国文化有何渊源呢？其实，这位满头银发的老学者，曾经是一位越战老兵。在越南的丛林中，经历了血与火的洗礼。越战结束后，他回到了宁静的校园。他没有攻读当时时髦的法律、经济，而是选择了在康乃尔大学研究中国的《楚辞》。在楚人"荜路蓝缕，以启山林"气概的引领下，在屈原"虽九死而犹未悔，吾将上下而求索"精神的鼓舞下，他发动了向中国方块字这块文化高地的再一次冲锋。实际上，他对中国文化的心仪，肇于他少年时的经历。一个偶然的机会，他读到了林语堂用英语写作的作品。比如，《吾国吾民》、《生活的艺术》、《快乐的天才：苏东坡》等。林语堂的作品让他看到了一个自己不曾了解的世界。吴伟克说:"我一直都很钦佩中国文化对世界文化的巨大贡献。我希望更多的美国人与我有同样的认识。"

吴伟克是这次会议的主席,我们来到哥市的第一天,他在会议住地旁边的一个酒店为我们举行欢迎酒会。参加酒会的除了俄亥俄州立大学东亚语文资源中心工作的李敏儒博士,还有在这所大学就读的犬子,他也是这本书的责任编辑之一;同时,吴先生还牵来了一位十岁左右的中国小姑娘。后来才知道这位小姑娘是他从中国湖南领养的一位孤儿。小姑娘很天真,席间一直在玩她手上的游戏机,一直在向她的父亲提出这样那样的要求。后来在结束的宴会上,我才知道吴伟克先生的夫人是一位日裔,现是东亚语言文学系的主任。中美日三国走到了一家,我笑称这真是国际大家庭。

6月15日的下午,我们来到了吴先生在中心的办公室,一个略显得有些零乱的房间。但一进门,我们就看见了正面墙上悬挂的用中国书法书写的"知行合一"的横匾。吴先生不断地称赞我们五天即将教学法图书出版的速度,并且向我和姚梅女士颁发了中英文的会议证书。接着,他亲自开车,将我们带到了校园外的另一个办公室。这儿,是他正在组织编写的一套多媒体中文教材的办公地点。

吴先生创建的体演文化教学法的核心,就是强调学生在学习外语,特别是在学习中国语言时,一定要了解中国的文化、理解中国的文化、走进中国的文化中去。在谈到他自己学习汉语的体会时,他说:"我读大学时,跟我的同学费了很多时间和精力去学习,但是结果并不好,进步非常慢。除了认识一些字外,什么都不会做。"在总结这种原因时,他认为主要是教师理论脱离实际,不重视口语,而强调一开始就认字写字,结果事倍功半。"体演文化教学法"顾名思义,就是既"体验"中国的文化,又在表演中加深理解与认识。上"体演文化"课前,学生必须预先准备老师发的情境介绍和对话等材料。上课时,老师会布置一个充满中国文化元素的场景。学生来到教室,融入这种场景,将他们准备好的东西表演出来。就在这种寓教于乐中,学生轻轻松松学会了难懂难认的方块汉字。然后,他将学生派到中国来实习,在中国的企业中工作和学习汉语。在他的这种教学方法的培养下,学生们进步很快。由中国国家对外汉语教学领导小组主办的"汉语桥"世界大学生中文比赛,俄亥俄州立大学的选手们每一届都榜上有名。在第三届的比赛中,冠亚军则都由他的学生囊括了。

吴先生学生的汉语能力,在这次会议上我都领教了。会议有两次招待宴会，两次都由学汉语的美国学生主持。特别是结束的晚宴上，一位美国学生表演的单口相声、山东快板，语言流利、字正腔圆，其表演水平不亚于专业演员。"体演文化教学法"的效果如何，从这些学生身上就可以看到。当初，在确定书名时，我们曾建议使用"体验文化"，而在一来二去的讨论中，我明白了吴先生的良苦用心：外国人学汉语，不仅要体验中国的文化，还要身临其境地模仿、融入中国的文化，否则，学生们就是认识了几个中国字，也不知道在实际中如何使用。我忽然明白了吴先生为什么要将中国哲学家王阳明的"知行合一"挂在办公室的用意了。

吴先生不仅在美国乃至全世界热心推动汉语教学，而且也热心于搭建中美的友谊纽带。每年他都派学生来中国学习，直接开展语言、文化交流；他还关心美国中小学中文教师的工作，支持当地华裔中文学校的各项活动。他在中国的青岛，创办了实习基地，美国的学生在美国学习一年后，要在青岛大学进行半年浸入式学习；在武汉大学，他们开展了六个合作项目，其中包括互派教师、学生交流、汉语教学合作等。他希望他培养的美国学生，能够为加深中美双方的理解，开展经济文化交流，发挥应有的作用。记得那一天我坐在他驾驶的车上，曾经问到他当兵的经历。他很严肃地告诉我："如果我有儿子，我不会让他像我一样去当兵的。"我不知道，吴先生今天所做的一切，是否是为了实现这样一个目的。

（原载 2010 年 7 月 19 日《中国新闻出版报》）

第二卷　报告文学

兰台悠悠三十载

有人把教师喻为毕身献给人类的春蚕，有人把编辑喻为燃烧自己，照亮别人的蜡烛，但不知人们是不是会想到：在我们的事业中，也还有一个不引人注目的"角落"——档案事业。那些从事这项工作的同志，夜以继日，把生命和心血，默默无闻地倾注在书架旁，纸堆中，用青春的风鼓动一页页纸笺，为后人保存着历史，为事业积攒着经验。潢川县档案馆四十八岁的女共产党员、副馆长施梅芳同志，便是这支队伍中的一员。

"我爱上了这份工作！"

三十年前，她还只有十几岁，头上正扎着一对羊角辫。那时，县里要把她调到县委会管文书，人们见面便叫她"小施姑娘"。其实，她已经当妈妈了。有人说："你跟组织讲一下，别去吧！孩子正吃奶。"她望着怀里的女儿，犹豫了片刻，又马上断然地说："这是组织上的信任，我……还是去吧！"

她就是这样一头钻进了档案和资料堆中。收集、整理、鉴定、归卷、查阅……年复一年，如今，她已当奶奶了，三十载风雨，两鬓如霜，她工资尚是二十一级，县邮电局一位和她一块参加工作的幼时伙伴，工资却比她高三级。有人劝她："你在档案馆工作，一无权，二无钱，三无物，提薪慢，整天圈得死死的，哪儿也不能走，人也坐垮了，眼也看瞎了，何必呆在那里呢？你是粮食部门的老人，还是要求调回去吧！"

让她离开经营了三十年的档案馆，让她离开倾注了心血的一卷卷资料，施梅芳却心酸了。五九年，她在省里学习档案管理知识，父亲去世，急电催她回，她唯恐失去了难得的学习机会，她没走；一岁多的小女孩病在家中，她没回。一个多月后，当她抱着女儿，站在父亲的坟前时，不由泪如泉涌："爹爹，您原谅女儿吧！女儿是为了档案，才没来得及看上您最后一眼呵！"你想，施梅芳此时又愿离开么？她不会忘记，一九六七年，一个枪声震耳的夜晚，有人砸开了档案馆，抢走了珍贵的资料。两年后，当她下放归来，只好拉着板车，一个单位一个单位地寻找，一车一车地往回运，在满是老鼠屎，满是蛀虫灰尘的小屋子里，她一份一份地清，足足花了一年多时间，终于整理出了二千一百多卷档案史料，使档案工作初步得以恢复。你想，她像一位母亲，用血肉之躯哺育了自己的儿女，现在，她能忍心割断这种联接的纽带么？她婉言谢绝了好友的相劝，从心灵的深处回答道："我……我爱上了这份工作。"

这里，洒下了她的汗水

别看这仅是一个不大的小院，别看只有一排不太考究的库房。这里，凝聚着潢川近百年来的时代风云，人世沧桑；这里，洒下了施梅芳的汗水，留下了她如画的青春。

为了适应档案工作的日益发展，她克服自己上学少的困难，克服家务繁忙的困难，先后钻研了《档案管理学》、《文书学基本知识》、《档案史料编纂学》等专业书籍，坚持订阅《档案工作》等杂志。她领着同志们去外地学习、借鉴、吸收，对档案编号、检索工具进行了重大改革；她还和同志们一起，相继编写了《中共潢川县委机关组织沿革》、《潢川县历年水利气象资料汇编》、《潢川县历年人口资料汇编》……春去秋来，星移斗转，县委机关里，该来的来了，该走的走了，她依然一如既往地伴着库房，守着史料，送走青春，迎来暮年。她没有遗憾，没有哀怨，她可以告慰的是：一排排的档案柜上，一万三千余册档案史料，给后代、给祖国，留下了一份用金钱无法计算的无价之宝。因为，她忘不了，拨乱反正的1980年，她和同志们一起接待了一千零八十五人次，为不少蒙冤多年的同志取得文字凭证，解除了他们身上的枷锁。1981年，本县双柳乡群众要宅基地，闹得乡机关无法办公。乡机关抽调十多个同志，也无法澄清宅基地的归属。她从档案馆里查出了房子存根，平息了一场为时半年的纠纷……她更忘不了，1981年，她出席省档案工作双先代表大会时，省委领导那谆谆的教导和嘱咐。

人民需要档案，四化需要档案，施梅芳愿用如斯的岁月，做历史运行的一环。

化作春泥更护花

岁月在流逝。这几年，施梅芳深深感到：年龄不饶人，老将至矣！档案事业还要后继有人呵！她便挤出时间，深入工厂、农村，把自己近三十年的经验，一点一滴地传输给青年人。她想：我即使是一片凋零的花，也要和泥土一起，献给明媚的春天。

1980 年的炎夏，已经患了十三年肾盂肾炎的施梅芳同志，拖着浮肿的双腿，先后去到五六十里外彭店、双柳、上油岗等单位指导整理档案。那时，她的双脚已肿得穿不上鞋了，领导来劝她，同志来劝她，叫她好好休息一阵，她笑而作答："我这病不是一天了，再等等治没事；档案工作乱到这样子，一刻也不能再耽搁了。"她不仅没休息，从夏天到秋天，还去了二十八个单位，帮助他们建立了档案室，选拔了档案员，配备了档案柜。一个初具规模的档案队伍，从少到多，发展到二百五十多人。

档案部门是一个"清水衙门"，在某些领导眼里，往往被看做"小媳妇"。所以有些单位档案员多是兼职，并且说换就换。这样，一些年轻同志便不安心工作。施梅芳看在眼里，疼在心里。她每去一个单位，就找那些思想最动摇的档案员，不讲大道理，用切身体会，娓娓动听地拨动着他们的心弦。县税务局有一位女档案员，搞了一段档案工作后，又不想再干这份出力不讨好的差事。施梅芳找到她，从丈夫到孩子，从家庭到柴米油盐，促膝谈心，春风化雨。这位同志感激地说："梅芳，不为别的，就凭你这份心意，我还干。"

（原载《河南档案》1984 年第 2 期）

在死神的指缝里

"所长，我……想上班。"

潢川县妇幼保健所的水泥台阶上，匆匆走来的宋玉兰和提着两盒蜂乳的女所长章洪相遇了。章所长惊愕得张大了嘴，从上到下不解地打量着面黄肌瘦的宋玉兰，"医嘱不是让你全休么？"

"我出院已经四个多月了……同志们太忙……我在屋里闷得慌……"

不善言词的宋玉兰吞吞吐吐地说出了三条理由，这是她想了很久的。前两天她来过所里，结果话没出口就被挡回了。这一次，她是下了决心。

"不行，你要想想你的身体，别又像去年那样……"

章所长和宋玉兰的对话惊动了其他同志，他们一齐拥出来将宋玉兰挽到屋里。卫校刚分来不久的小郭撅着嘴说："宋姨，你怎么还要来上班，你知道你得的是……"

"我知道，我知道。"宋玉兰见众人纷纷向小郭挤眼睛，淡然一笑，忙不迭地说："是癌又能怎么呢？这种病人我见得多了。病上了身急也没用。我才不为它愁哩！我惦的是组织上为我治病花了那么多钱，我现在能动，要不动，将来到那么一天……"

周围的同志难过得转过了身。她们不忍心听一个尚活在世上的人这样平静地谈到将来的死。

"所长！"宋玉兰眼里涌出了泪花，她恳求道，"我不能离开这里，我愿意永远和你们在一起。只有工作，我也许……请答应我吧！"

按说，一个被攥在死神指缝中的人，在她留在这个世界的最后日子里，提出任何要求都不为苛刻。不过，宋玉兰要的不是吃，不是穿，她提出的是要来上班，作为深深了解她的领导，该不该答应她的要求呢？婉言谢绝她？以组织名义不同意？可宋玉兰毕竟是宋玉兰呵！她像一只勤劳的蚕，至死要吐出心中的最后一缕丝；她像一炷洁白的蜡，临终仍要发出明亮的光，她要把自己最后的生命，献给人类。

所长深深地明白这些：眼下，只有答应她来工作，才能减轻她的痛苦，延长她的生命。所长从背后拿出了两盒蜂乳，这是她送给宋玉兰的。

"玉兰，你上班我有两个条件：一、你收下这蜂乳，按时服用；以后完了再拿。二、只能干点轻活。否则……"

所长这样说是因为，她手术后一次营养药也没开过。所里领导和同志曾多次提醒她，她当面也答应过，事后却总没去拿。

不过，这一次为了能上班，她一把夺过所长手里的蜂乳，连连说："我照办！我照办！"

她终于如愿以偿了。

这天，5月16日，她来得特别早。当她推开手术室洁白的门，手术台、血压计、听筒、台灯一下涌到她的面前。她像久别的母亲见到儿子，心里热乎乎的，一种爱的情愫在血管中奔走。她用干瘦的双手轻轻地抚摸着手术台，将台上布单的每一条褶皱都拉得平平的，又将本来很干净的桌子、托盘、搪瓷杯擦了又擦，后来，她发现屋角有两包未洗的手术单，卷了卷，拿到水管边去洗了。

等到同志们上班见她洗了这么多东西，七嘴八舌地抱怨起她来。所长将她拉到凳子上坐下："你可要听我们安排，这不像你病前身子好。"

从前，宋玉兰是个闲不住的人。在牛岗时，院里洗手术后的脏布单，从没找过别人。1981年她调进城后，第一天她收拾手术单又去洗，同所的人一看愣住了，忙告诉她："我们请的还有洗衣工呢！"

"洗衣工？"宋玉兰迷惑不解，"我会洗，找他们干什么，多花那些冤枉钱。"

"从前就这个样。你是有工资的人，干了也不好再拿这份钱，找别人反正一毛钱一件。"

"唉唉，何必花这一毛钱呢！"

后来她明白洗衣的人是靠这维持生活时，才罢休。没多久，洗衣工走了，一时没合适的人干，她这才又自己动手洗了。

可这次，同志们说什么也不让她干。她去扫地，马上有人夺走她手上的扫帚；她去冲开水，马上有人接走水壶……她到走廊上去，忽然发现一个人没挂号就朝医生面前挤，忙挡住她。

"唉唉，同志——"她用手指了指挂号窗口。

那位女同志好像没听见。宋玉兰火了，上前一把拉住她，毫不客气地说：

"别人还在等，你慌啥！挂了号再来。"

"我找俺同学。"女同志嘴角一撇。

"同学也不行，这是规定。"

那人无奈去挂了号，临进门时，还瞪了宋玉兰一眼，宋玉兰可不介意哩！坚持原则，她不是一天的。

一眨眼，"六一"快到了。县棉纺厂、针织厂、化肥厂……近千名女工普查身体，保健所妇科忙起来，宋玉兰这下有事干了，别看她只有高小学历、职称仅仅是个护士，治疗妇科病，她已有了20年的临床经验。她不顾同志们的一再劝阻，每天提前一个多小时上班，前后20多天，她们普查了750多名女工。

接着，县里又采取计划生育补救措施，妇产科四个人，要抽两个下乡，宋玉兰一听找到所长：

"我去吧！乡里我熟。"

"你想，同志们会让你去吗？你开胸开腹，一顿只能吃半碗稀汤，体重由过去的150斤下降到94斤，你下乡能吃得消？"所长好说歹说，她才打消念头。

留在所里活儿并不轻。附近要做节育手术的妇女纷纷到保健所来了。每天天一亮，门口便候满了人。小郭从卫校刚分来，这个担子毫无疑问落在宋玉兰肩上。那些天，她早上6点上班，常常连轴转操作到夜里8点。14个小时呵！9月30日这一天，她们竟做了30多人次。从早到晚站在手术台边，宋玉兰手臂发酸，右胸上的刀口火辣辣地疼。有时，她正聚精会神操作，会突然呕吐起来。小郭劝她休息，所里局里领导来劝她休息，她都没退下第一线。后来，为了防止呕吐耽搁时间，她干脆准备了一条毛巾擦嘴。这一天，她刚给一位从农村来的妇女做罢节育手术，突然觉得天旋地转，手上的钳子"通"地落到地上。她急忙靠着墙壁，张大嘴巴呼吸。一霎时，她想："这下我真不行了么？"

"宋姨，您……您……"

小郭见宋玉兰无力地靠在墙上，头上滚下成串的汗珠，吓得不知如何办了。

手术台上的那位农村妇女微仰起头，望着宋玉兰自言自语："这位医生多像咱牛岗的那位宋大姐呵！"

"她，就是她。"小郭用下巴点了点。

农村妇女似乎不相信，她端详着宋玉兰："她比这位胖呀！那一年，我生第一个孩子，大出血差点送了命，是宋大姐找担架给我送到医院的。"

当这位姓尹的妇女终于辨认出宋玉兰后，顾不得身子的不适，爬起来扶住宋玉兰："宋大姐，你为了俺们姐妹，可算耗尽了心血呀！你……你不能就这样倒下啊！"

宋玉兰没有倒下去。从她上班的 5 月 16 日到 10 月 13 日，她一人便成功地为 322 名妇女做了节育手术，为 100 多名妇科病患者解除了痛苦。

我们更相信：宋玉兰将永远不会倒下去。她这位中国普通妇女的形象，将永留在我们这个大千世界和一切正直人的心里。

（原载 1983 年 11 月 27 日《健康报》）

编著情谊二十载
——我与二月河

初出茅庐就找到了二月河

我自己也不知道，我的编辑生涯会与一个叫二月河的紧紧联系在一起。

20 年前，当我走进出版行业，第一次组稿，就有幸认识了这位后来被人称为"黑马"的历史小说作家。今天，这位作家的作品在世界华人圈中产生了广泛而深远的影响，获得了海内外的各种奖项。如在纽约获得了"最受欢迎华人作家作品奖"，在香港被《亚洲周刊》评为百年来中文小说一百强之一，在内地获得了国家图书奖、"九五"期间全国优秀长篇小说奖等。目前，无论你走到任何一个国家，只要有中文图书，一定会有二月河的作品。正如有人借古人比喻柳永的词的影响来形容：有华人处即有二月河的作品。

那是 1987 年的秋天，我从武汉大学毕业分配到出版社后，先被抽到省新闻出版局"扫黄打非"办公室，后来得知，这儿是选拔机关干部的一环。我干了一阵子，每天泡在乌七八糟的破书里。想到我的职业所在，没有多久就找了个借口逃离了那儿——我一人去了河南郑州约稿。在河南省文联，我的老师涂白玉先生先带我拜访了郑州的一些作家，然后给我写了一封又一封引荐信。其中，就有拜托南阳市文联的同志代我引荐二月河的信。于是，我搭乘长途客车到了南阳。

当天夜里，我坐在南阳市文联吕樵同志的自行车后，经过一个曲曲折折的小胡同，在三间潮湿且光线不足的平房里，见到了仅有四十余岁的凌解放。当时，他正在南阳市委宣传部当干事。他向我介绍了他的写作计划，要为清王朝最为鼎盛的"康雍乾"时期写一部历史长卷。他谈到了恩师冯其庸对他的鼓励，谈到了他夜以继日的写作习惯。当然，也谈到了他中年得女，那种喜爱之情溢于言表。

还在郑州时，我听人介绍了这位在笔记本上写小说的作家，我对此并没有太重视，当我看到他递来的由黄河文艺出版社出版的《康熙大帝》第一卷《夺宫》后，我才相信此言不虚。不过，在此之前也有人不经意地告诉我关于二月河已"二郎才尽"的忠告。

当晚，在一个叫春来的小招待所里，我一口气看完了二月河送给我的第一卷《夺宫》。整整一夜，我被他的作品的艺术魅力所慑服。无论是情节还是语言，无论是历史氛围的营造还是对人物性格的刻画，这本书都是近年来历史小说中所少见的一种新的突破。

第二天，我递上了社里的约稿合同——请他为我们写三卷本的《雍正皇帝》。我看得出，二月河有几分得意，但他对我说："我要征得黄河文艺的同意才行。"我担心他变卦，忙说：你已经占领了"黄河"，你这次只要走过了"长江"，你二月河就等于"占领"了全中国。

这是 1987 年的事儿，后来，我不断给他寄杂志、写信保持联系，直到他写完了《康熙》的第三卷，才开始动笔为我们写《雍正》的第一卷《九王夺嫡》。细心的读者曾经指出，二月河的《康熙》第四卷《乱起萧墙》的情节与《雍正》的第三卷《恨水东逝》有些雷同，但人物、情节又有些出入。实际上，当时二月河并没有通盘考虑，而是先写《雍正》第一卷，后来又写《康熙》第四卷的结果。等到长江文艺社出版第一卷《雍正》时，已经是 1990 年了。

二月河的稿子寄到后，我就在社里申报当年的选题。第一次社里编辑部主任一级的论证，结果没通过。原因是当时中央电视台已经播了一部叫《雍正皇帝》的电视剧，小说也已经出版了。大家认为再出就有些重复。我当时还是一个普通的助理编辑，选题论证会之类的事儿并没有我的份儿。我一听部主任传达的意见，就慌了。急忙找到总编辑田中全，他说看了稿子再定。我在忐忑不安中等待，过了很长时间，结果大出我所料，总编辑田中全看了书稿后在审读意见中写道：难得的历史小说佳作。

二月河先生在文章中曾写到他小时候十分调皮，曾被教师骂为"饭桶"。他的字写得横不平竖不直，也许印证了他的老师的评语。这可苦了做编辑的，每一页每一行，都要为他描几十个字。稿子整理完后，送给总编辑，他在上面批道：请重新整理。结果我又开始再描一遍。书稿发后，按照承诺，我又将其压缩到 25 万字，在社里办的《当代作家》大型丛刊上发表。第一卷出版后，是在新华书店征订，只有 10070 册。

等到《雍正皇帝》第二卷编辑完成，我已经要调到省新闻出版局了。第三卷二月河稿子交来时，我已在出版局工作。这是 1993 年的事儿了。因为我人在出版局，书稿又要在社里出，其间可能交接、安排上有些衔接上的困难。其中的细节我已记不清楚了，但二月河先生后来写文章说有些曲折。实际上，曲折倒没有，因为我人在武昌，出版社在汉口，交接上有些脱节而已。

3 卷本《雍正皇帝》出齐了，这是 1994 年的事儿。到了 1995 年的 9 月，偶然的原因，我又回到了长江文艺出版社，并且是当社长。

社里当时的情景在这里我不再赘述，《雍正皇帝》当时正由于口口相传受到读者欢迎，但社里的书从年初印到 10 月也没有出来。一是社里没钱支付印刷费，工厂当时都不愿印长江社的书了，结果只好由职工集资购纸来印刷图书，当年纸价飞涨，从年初到年底翻了不止一番。我去后很久书才印出来，但定价还是年初的，58 元一套，结果纸价涨了，这一版并没有赚到钱。

这年的 10 月底，我突然接到我的武大老师陈美兰先生的电话，说她刚参加中国作协的第四届茅盾文学奖读书班，《雍正皇帝》一书评委普遍反映不错，有专家认为此书是"《红楼梦》出版以来最好的一部历史小说，是 50 年不遇乃至 100 年不遇的一部好书"。据说此书在读书班产生了轰动，很多人挑灯夜读，彻夜不寐。中国作协书记处书记陈建功希望我们能够对这本书加以宣传，让更多的人了解这部作品。

将二月河送到读者眼前

二月河的书当时在读者中已经口口相传受到了欢迎。有一位山东的作家林深曾说，《雍正皇帝》一书他读了 7 遍，他认为此书是"共产党留给后世的《三国演义》"。中国少年儿童出版社的副总经理赵恒峰后来告诉我，他读了 21 遍。但当时在专家和学者那儿，他的书并没有引起重视。有人认为他的书是"通俗文学"，言下之意不值得评介。二月河曾告诉我某某专家准备评介他的图书，但也是"只听楼梯响，未见人下来"。小说出版后，我先后写了几篇评介文章，其中《不同凡响的艺术魅力——读长篇历史小说〈雍正皇帝·九王夺嫡〉》先在二月河家乡文联的刊物上发表，又在中国小说学会的《小说评论》上发表了。除此之外，我还写了几则短小的书评。

1996 年元月 8 日，借助一年一度的北京党校订货会（后改为北京图书订货会），我们与中国作家协会创研部、正在筹拍《雍正王朝》的四汇文化公司在中华文学基金会的文采阁召开了《雍正皇帝》研讨会。我们请了时任中宣部出版局副局长的宋镇铃、文艺局副局长刘玉山，新闻出版署图书司副司长迟乃义，中国作协书记处书记陈建功，及理论家雷达、雍文华、吴秉杰、蔡葵、丁临一等20余人参加了研讨会。为了扩大研讨会对订货的影响，我们租了两辆大车，将各地新华书店来京的负责人都请到了会场。与此同时，我们请了北京的主要新闻媒体的文化版、读书版的编辑记者。会上，评论家对《雍正皇帝》一书的艺术特色、对历史小说创作的贡献给予了高度评价。评论家丁临一再度重申了他对此部小说的看法，即"50年乃至100年不遇"之说。

此次会后，北京各大媒体在重要位置发表了关于此次会议的消息及对此书的评价。《北京青年报》在文化版重要位置用一号字做标题：《雍正皇帝》横空出世，京都文坛好评如潮。文章将4位与会专家的观点概括为：历史小说的大手笔，百年不遇的佳构，两个结合的杰作。《新闻出版报》的标题是：一部不可多得的历史小说。中央电视台看了有关评介后，请二月河到京，做了12分钟的电视节目，标题就是"二月河与雍正皇帝"。节目中请几位专家在场外表达自己的观点，其中就有有"《雍正皇帝》是《红楼梦》以来最为优秀的长篇历史小说"之说的专家丁临一。自这次研讨会后，订货大增，当年销售8万套，从此二月河的作品及其人才真正引起评论界、发行界和读者的注意。

北京研讨会后，二月河的名声逐步为外人所知晓。为了进一步巩固这种影响，我们组织作家到武汉、郑州等省市书店签名售书，作家本人也应约到北京、上海、合肥等十几所大学演讲。一些专家和大学的研究生将二月河和他的作品作为研究课题，部分研究成果在报刊上相继发表和出版。《文学评论》等刊物开始重视二月河的创作并给予肯定。与此同时，我们也主动组织一些评论家，撰写评介文章，更深入全面地探讨二月河小说的艺术价值。中央人民广播电台及各地的广播电台要求连播《雍正皇帝》，我们给予大力支持，从中帮助与作家联系，努力促成此事。

除此之外，我们从作家那里得知一些社会名流和高层领导对《雍正皇帝》一书也给予了较高的评价，我们抓住这些机会加以宣传。如作家方方，对二月河的《雍正皇帝》有很高的评价，我们请她撰文谈这本书。同时，有不少高层领导也对此书表示了自己的喜爱，如中央政策研究室副主任、文艺批评家卫建林曾对此书给予了较高的评价，他认为此书"是'五四'以来难得的作品，其历史含量、文化含量和艺术成就均属上乘，当不在《李自成》之后，或许还在《李自成》之上"。他表示，等到退休之后，要成立一个"二月河研究会"，系统研究二月河的作品。他积极向中央高层领导推荐此书，因此很多领导人都读过这部作品。为此，二月河被推选为党的十五大代表参加党的代表大会。于是，我们将卫建林一封谈二月河的信在媒体上发表。1996年"中国出版成就展"上，邓小平同志的夫人卓琳参观时，称赞二月河的书写得不错，应当看看。有些报纸也报道了这个消息。当时的国家税务总局副局长项怀诚对二月河的《雍正皇帝》喜爱有加，报纸上发表了他与作家的谈话。同时，此书在台湾地区出版后，台湾地区领导人纷纷赠阅此书，有些读者自发成立了"二月河作品读友会"。我们将这些信息在媒体上组织加以宣传，从一个侧面说明此书受欢迎的程度，让读者再一次了解此书。

电视剧《雍正王朝》与小说《雍正皇帝》

1996年，当我们在北京文采阁召开《雍正皇帝》研讨会时，正在筹拍《雍正王朝》的四汇文化公司的苏斌、刘文武都曾参加了这次会议。当时他们答应支付1万元钱共同举办这次会议，后来小说大卖，我也就没有追要这笔钱。当时任何人，包括制片方都绝对没有想到后来这部电视剧会如此大火，以至于成为历史题材电视剧的一个里程碑式的作品。

在《雍正王朝》播出之前，图书与电视联姻这种传媒互动的方式还没有真正引起出版界的重视，在中央电视台一频道黄金时间播出的电视剧对图书销售的拉动作用还不为人所知。当然，我们对后来电视剧大火与小说的畅销也并不是一开始就充分估计到了，但我们一直密切关注了电视剧的进度。电视播出前，我从二月河先生那儿得悉这个消息后，社里一次印了3万套《雍正皇帝》，并在《新闻出版报》、《中华读书报》、《中国图书商报》的头版上分别刊载了三则"紧急征订"启事。由于电视与图书的互动在此前并没有十分成功的范例，社里不少人对此不理解，在后面议论纷纷。书店刚开始对图书的销售也还持一种比较谨慎的态度，我们主发该书时各地书店要货均十分保守。结果电视剧播出了5集后，各地添货的电话不断。于是我们选择了三个厂印刷此书，并且用汽车向各地直接送货。农历除夕前几天，三路送货的货车分别向北京方向、河南方向、沪宁杭方向出发。大年三十，去上海送货的同志还在返家的路上。为此，杭州的《钱江晚报》头条报道：长江社千里送书，杭州人先睹为快。

电视剧拉动了图书销售，盗版者看出了商机，纷纷群而仿之。于是我们利用这个负面的结果来开展深入全面的营销活动。

首先，我们在《新闻出版报》、《中华读书报》、《中国图书商报》三家业内主要报纸的头版上刊登"启事"，悬赏 10 万元，捉拿盗印此书的不法之徒。我们这个消息发布后，不仅接到几十个要求捉拿盗版者的电话，并接待了多批上门揭榜的志愿者。同时，全国几十家媒体报道此事。《羊城晚报》的消息更为有趣，标题是：《雍正捉拿假"雍正"》。与此同时，有一家出版社出版了根据《雍正皇帝》改编的、封面和我社基本相似的"话本小说"。从小说改编成小说，体裁并没有变，严格来说这种改编实际就是侵权，但二月河本人过去对此缺少研究，自我保护意识也不很强，这种"改编"事先他自己却授了权。我们咨询了有关专家，认为在短时间内区别这种侵权责任很难，但这种改编本的封面抄袭了我社的封面，我们可以向法院提起诉讼。后来，我们委托中国版权保护中心法律部向北京海淀区法院提起诉讼，法院经过审理后认定对方侵权，双方以庭外调解的方式解决了此案。尽管对方只赔偿了我们几万元钱，但此事正发生在《雍正皇帝》电视剧播放的高潮期间，各地媒体对此大加渲染，一时间"雍正告雍正"又成了媒体的话题，这样，无形中又将此书推向了舞台的中央。无论是悬赏 10 万元还是起诉侵权单位，我们的目的是宣传作用要大于实际意义。我们只有通过不断制造话题，才能吸引媒体与读者关注这套书。

另外，我们除了制作《雍正皇帝》的招贴画，大幅布标送给各地书店张贴悬挂外，还制作了几千把红伞，上面印上醒目的书名，在订货会上免费发放，同时，我们在订货会期间制作巨幅户外广告，对订货人员的视觉形成冲击力。与此同时，我们出版了一本二月河先生创作谈，将他成名之前和之后创作的体会编辑成书，书名采用他过去写的一个电视剧《匣剑帷灯》的题目。这对于希望了解并研究二月河先生作品的读者而言，是一个很好的参考资料，也从一个侧面间接扩大了《雍正皇帝》的影响。仅 1999 年电视剧《雍正王朝》播放期间，我们就销售了 25 万套《雍正皇帝》，码洋近 2000 万元。

《雍正皇帝》两次与茅盾文学奖擦肩而过

1995 年底，中国作协的读书班就对此书给予了高度评价，按说《雍正皇帝》一书获茅盾文学奖应当有很好的基础。但事情也许是物极必反，首先有些专家的"50年乃至100年不遇"之说引起了另一些专家的反感。后来我得知，在终评会上，有专家提出《雍正皇帝》中有些不符合历史史实。如雍正的死因，李卫的出身，特别是引娣与雍正的"乱伦"之嫌，还有人对小说中的诗词提出了异议，认为有些不合格律。但这些个别人的意见并没有代替大多数评委对《雍正皇帝》一书的好评，他们认为这些或是属于对历史小说与历史的关系的个人看法，或是属于作者的笔误或者是瑕疵。在终评会上，一般要投3轮票，逐步淘汰入选的21部作品。到了最后一轮，只有7部作品了，《雍正皇帝》还在其间。为了得到准确消息，我那天守在办公室里，给在现场的工作人员打电话，他们还告诉我《雍正皇帝》票数居前，应当没有问题。谁知到了最后，过三分之二需要14票，而《雍正皇帝》只有13票。

得到消息后，我与二月河先生通电话，我十分沮丧。二月河先生却十分豁达，他说：只要读者喜欢，评不评上茅盾文学奖无所谓。我知道，这并非是二月河先生的真心话。首届姚雪垠长篇历史小说奖颁奖时，二月河先生就亲自前去领奖，这说明他并不拒绝社会对他的作品的认可。但事已至此，我们只能说一声遗憾了。

评奖会后，我见到了陈建功先生，他是这次评奖的组织者，他也对《雍正皇帝》没评上茅盾文学奖而遗憾。但评奖有自己的规则，即使是组织者，他也不能左右评委的投票。因此，他表示希望下一届茅盾文学奖评选时再将《雍正皇帝》送去参评。

针对有个别评委提出的意见，我希望二月河先生能做一些修改。二月河先生在电话里表示，说他不愿意改，小说就是小说。我不能说服他，就打算针对诗词格律上存在的问题请湖北省的一位专家看一看。我找到了这位专家的电话，说明来意，他本来也同意了，后来因为忙，再加上对此事我重视不够，结果我又没将书送去。

转眼第五届茅盾文学奖评选活动又开始了，这一次出版社没报，河南省作协也没报，《雍正皇帝》的上报是由中国作家协会自己提出来的。初评以高票当选，有一次我因事去中国作家协会，见到创研部的几位评论家，他们中有人就是评委，大多数人均认为此次应当没有问题。据说，上一次《雍正皇帝》没能评上，好多评委与高层的读者都对此感到不解，所以此次中国作协自己报，也说明他们对此书的期望。

但是评选中上次提出异议的那位大学教授此次又是评委，他对《雍正皇帝》的批评仍然是情节不符合史实的观点，他的据理力辩，也影响了个别评委。但后来得知，影响不大，小说在终评的第一轮与第二轮仍然高票领先。喜欢《雍正》的许多评委都松了口气，认为此次非它莫属，但也许是大意失荆州，等到宣布票数时，《雍正皇帝》离入选又是差了 1 票。后来在一次会议上见到中国作协书记处的金坚范与张锲先生，他们告诉我，面对这个事实，有人曾提出来是否进行第四轮投票，但经过协商，大家认为这样违背了评选规则，只好忍痛割爱。这次又少 1 票的原因是，个别本来投《雍正皇帝》票的评委见此书在终评第二轮投票时票数远远超过了三分之二，就转而投了别的书，结果人人以为没问题的结果又出了问题。

我在这里讲了些评奖内幕，并不是说一本书的价值依附于某类评奖上，而是觉得许多人进行了努力，结果一次次地擦肩而过，真是辜负了众多热心人的期望。这里面，我是个负有不可推卸的责任的人。当初评奖时，中国作协创研部的许多人都是评委，而且此次评奖就是他们组织的，我因工作关系经常与他们见面，而且私交不错。谁是评委，进展如何，我应当是打听得到的。但每一次我见到任何人，都没有问这些事，也没有当面说一句感谢的话，也没有打听是谁对此书有意见。如果我知道是谁，我应当托人去做做解释工作。而我完全是摆出一副公事公办的样子，认为私下去谈论或做不应当做的工作，会玷污了茅盾文学奖的名声似的。再加上我当初是准备请人订正一下诗词格律的，结果又没落实。如果做了修改，哪怕是改动不多，至少也是给评委一个好的印象。只要多一个人的票，《雍正皇帝》应当是能进入茅盾文学奖的了。在第六届茅盾文学奖的评选中，我担任责任编辑的《张居正》以全票入选。其中做了些许工作，应当说，是吸取了《雍正皇帝》评奖过程中失利的教训的。

给二月河先生出文集

给二月河先生的《雍正皇帝》当责任编辑，我沾了不少光，于是得寸进尺，就希望有一天把他的所有作品都拿到长江社来出版。

二月河先生的处女作《康熙大帝·夺宫》出版至今，15 年间，他已经出版了 13 本约 500 多万字的作品。但这些作品散见于近 10 家出版社，还有不少名目的改编本、盗版本。书店订书，往往要跑几家出版社。读者真假难辨，买到改编本，说二月河不过尔尔。其实，此书非彼书也。如果能有一套完整的文集，不仅方便图书馆收藏，更方便读者购买。当然，二先生是畅销书的同义词，他的作品已经成了人们公认的经典，如果将他的作品全部留在长江文艺出版社，其意义可想而知。

有了这个心思，每次见面，或者通电话，我就向他鼓吹出文集这件事。二月河总是说，时机不成熟。我不知他是否说的心里话。二月河已不是当初的凌解放，不是10年前我找他约《雍正皇帝》时的宣传部"凌干事"。人家时下名满海内外，连中央的大干部，到南阳都指名要看看二先生，且不说出版社了。不是夸张的话，他打了个喷嚏，就有人从千里外扛着药箱给他送药——为的是搞好关系。于是我就绕着弯儿谈他的书，谈外界对他的书的评价。人家是绝等精明之人，一听就知我是在套近乎。当然我也夸海口，长江社如何如何有钱。为了证明这点，连原来签订的按稿费支付的《雍正皇帝》，我们也改为按版税付给二月河。当然，这是个折中的数字。离二月河目前的身价，还差得很远。但二月河和夫人总是说，够意思了。碰到有竞争者说到长江社如何如何时，他们总是说，人家讲义气。

《乾隆皇帝》的后二卷出版了，我想这下出文集的事该提到议事日程上来了吧。可二月河又说，中国作协的翟泰丰书记都登门了，是替一家出版社来组这部文集的稿。我说，市场经济，大家来竞价嘛！二月河一脸的严肃，我已经答应人家了，我不能言而无信。我想，这下完了。二月河天天和帝王打交道，等级观念是蛮强的。

2000年夏天，我到神农架召开文艺出版社发行研讨会，路上，我用手机与二月河联系，其间问起文集一事。他说，你电话来得正是时候，可以谈。车在江汉平原的高速公路上飞驰，他那浓浓的河南腔从千里之外诸葛亮隐居的南阳卧龙岗时断时续地飘进我的手机。车行了几十公里，我已经知道了个大概：原来说定的一家出版社因报酬没谈拢，目前正有好几家出版社和"二渠道"在竞价。这时，我又一次摆出财大气粗的架势。当然，也叙旧，也谈我们的优势。最后，他说，到时你与我的经纪人谈。

当初我听二月河说到"经纪人"3个字时，还有些一愣。哟，天天钻故纸堆的二月河还挺时髦的。其实，这是他的聪明之处，都是老熟人，讨价还价真有点不好意思。另外，他也是吸取教训，几年前，他将刚出版的小说就授权别人"改编"成本小说广播，结果对方又以纸介质出版，不仅抢了他的作品的市场，还有点委屈了二月河的形象。我估计，他的经纪人一定是一个老谋深算的家伙。年底去京城，与其约见一次面，是时经纪人正在王府饭店采访巩俐，我只好坐在咖啡厅里等候，等到巩俐的身影离去，结果朝我飘然而至的是一位年轻的小姐。此人姓黄，北师大研究生，江苏人，我说话时，她抿着嘴唇笑——全看不出还有此等能力。小黄是现代知识女性，年轻，所以有人用很暧昧的口气说她是二先生的"秘书"。车到宜昌后，我与之通了电话。果然，谈起业务时就看出了她的成熟。当然，不外乎文集如何如何抢手，又夸我如何如何有眼光，二月河如何如何恋旧情之类的。

合同的细节很快就谈妥了，这年秋天，我与司机一起，驱车前去南阳，签署二月河文集的出版合同。当然，这一次，二月河先生要求我要带现金去，大约他要支付小黄的酬金。后来，说起此事，有媒体报道，月黑风高夜，我的车后备厢里装满现金，仿佛是大侠一般，一举拿下了二月河。不过，我这人做事义无反顾，没有考虑太多，支票行，带现金也行。没想到，这为后面别人非议留下了隐患。但我当时留了个心眼，现金是让司机亲手交给二月河夫人的，临走时，二月河在稿费单上签下了自己的名字。

这次合同约定是 5 年时间内必须印刷 10 万套，版税是百分之十二，版税在一年之内支付完毕。

我在此披露这些属于双方的商业机密，是因为已经时过境迁，这些印数早已远远超过，二月河先生的百分之十二的版税在今天来看并不算高的。

10 万套印数，当时也有人担心。其实，我当时做过一个预算，3 万套如果销售完，就可以做到保本。当时，根据二月河先生的《康熙大帝》改编的电视剧已拍摄完成，即将在央视上映，《乾隆皇帝》的改编权中央电视台也已经买下。有这些电视剧拉动，文集销售 3 万套应当没有问题。事实证明，我们当初的判断是谨慎的。2001 年，《康熙大帝》在央视黄金频道播出，创下了 20% 的收视率。这年，二月河文集销售了 6 万套，超过了千万元的码洋。出版社当年就赢利不菲。目前，这套文集销售已近 20 万套。第一轮合同 2005 年到期前夕，我又提前与二月河先生续签了新的出版合同。

秀才人情一南瓜

与二月河先生交往已经 20 载了，其间除了书信往来，见面也不下二十余次。见面谈稿件，谈故旧，但也免不了吃饭，但仅止于吃饭。在我的印象中，吃饭是我们买单居多，除此之外，别的没什么太多的礼尚往来。乙酉年我去南阳推销长江社出版的《艺术》教材，拜访二月河先生，他却破例地送了我一个大南瓜————一个画在纸上的大南瓜。

二月河先生帝王系列小说写得让人如痴如醉，海内外华人无不心仪，先生何时也成了画家却是闻所未闻。只见略显得凌乱的书房里，当中一个大案子，笔墨纸砚一溜儿排开，或大或小的印章，鲜红的印泥映入眼帘。谈完事，二月河说送你一幅画。只见他从一摞早已画好的画稿中抽出一幅，展开来，只见碧绿的枝叶中，露出一个赭中带黄的大南瓜。先生是写意画，南瓜似乎是平摊在纸上，但却多了份朴拙。在那个大南瓜旁边，他不假思索，提笔添上了一段跋：

瓜趣歌/这瓜名叫南瓜地里头长也可搭架多生在僻壤乡下城里稀见它秉性愈是年景不佳结得愈多愈大三年困难瓜菜代说的就是它活人无数功在天下而今消渴症遍世界它低热少糖仍旧济人不暇这的是平民瓜功勋瓜是南无活菩萨瓜贵贱穷通人都需要它

百义弟属乙酉仲春二月河

写毕，他极认真地钤上三方印。他不无得意地告诉我，哪方是天津人刻的，哪方是北京人送的。

我明白先生为何对南瓜有如此感情，因为他早在20年前就患上了糖尿病，每年都要吃大量的南瓜，所以对能够治"消渴症"的南瓜情有独钟。

先生文名满天下，虽然画谈不上技巧，但能画到随心所欲的地步也是一种境界。虽然与先生相交20载，没有什么金钱往来，也没有什么厚礼相馈，但君子之交，古即有"淡如水"之说。此番先生送我这个大南瓜，是比什么礼份都重的。我将先生的这个大南瓜"抱"回家后，视若珍宝，请人精心装裱悬在书房中，终可日日得见先生的真容。

但今年我卸下长江社社长职务后，却麻烦不断，先是有人向省里有关部门举报，后是向司法机关举报，云我策划并担任二月河先生帝王系列的责任编辑，先后为先生支付了数目不菲的版税，一定吃了二月河先生的回扣。

我主政长江社期间，到底向二月河先生支付了多少稿费，这是商业秘密，我不便在此公开。但我可以提供一个支付标准：这套书当初签订合同时，第一卷是25元1000字，第二卷30元1000字，第三卷40元1000字。到了1994年，二月河的作品渐渐为读者所认可，影响日趋扩大，但二月河先生没有对原订的合同提出任何异议。考虑到作家的实际情况，从1995年始，我们给二月河先生按码洋的1%支付印数稿酬，到1998年按6%支付印数稿酬。对这个问题，双方互相谅解，没有产生任何意见。直到合同到期，我们才签订新的出版合同。后来，二月河先生几次提出要降低版税标准，我没有同意。说心里话，这不是为二月河而是为社里着想，如果降低了稿费标准，有人从中挑拨，二月河先生等合同到期了不再续签，损失更大的是社里。文集出版了9年，目前每年印数还是不下于两万套的。

回扣吃没吃，社会风气如此，这位举报的先生按常理推断，似可理解。我想，这位先生如此锲而不舍，是否有过类似索贿经历，以己之心度人之腹，算是实践出真知；或者是属于"武人"之列，不知道一位知名作家有没有必要向出版社的责任编辑行贿的？何况这位作家的书稿是"皇帝的女儿不愁嫁"，别人排着队等着出版他的作品哩。用二月河先生的话说，他还不至于沦落到如此地步。举报是公民的权利，无可厚非，但把这种行贿的屎盆子扣到二月河先生的头上，实在是对先生的侮辱。如果说我收到过先生的什么东西，20年了，可回忆的也就只有那个画在纸上的大南瓜了。

此事说给二月河先生听，他莞尔一笑，反正我与你没有这种不正当的事儿，你与别人有没有这档子事儿我就不知道了。我说你指我与贾平凹、冯骥才、王朔，还是池莉、方方、熊召政？他们也与你一样，不需要讨出版社欢心的。何况，一个编辑，不说青史留名，如果赤裸裸地向作家索贿，且不说作家给不给，如果作家一怒之下将其不当行为写进作品中，那可就遗臭万年了。

这天，我正在办公室忙碌，手机突然响了，打开看，是二月河先生发来的一则短信：

> 君子相知，贵在温不增华，寒不改弃，贯四时而不衰，历坦险而益固。心善胸宽天地鉴，意在心中万事圆。自二月河。10：34/20/4/06

读完，我心中不由一热。大约是先生安慰我，也是为表白我们之间的关系。而今能与先生以君子相知，什么泼脏水的事儿都可忘到脑后的。古人曰：秀才人情半张纸。先生现在连半张纸也节约了，年过花甲还能用最现代化的电波表明自己的态度，这比纸上的南瓜更添了几分时代的色彩。我想象着先生戴着老花镜，用笨拙的手指在手机键盘上按动的情景，仿佛心头也被触动了。

　　但事情到了 2007 年，告状的事儿并没有停止，检察院先后收到了多封举报信，内容还是二月河向我行了贿。检察院十分慎重，还向二月河先生打电话问了此事。我十分无奈，希望作家二月河、全国人大代表二月河，党的十五大、十六大、十七大代表二月河先生给湖北省委书记写封信，言明此事，洗清自身，也为我解脱。二月河听后一笑了之，他说，我不用给你们书记写什么信，我写篇文章就行了。这就是后来在全国几十家报刊转载的《我与两个责任编辑》一文。

　　我与二月河之间究竟有没有什么关系，我想，就像是二月河先生在文章中所提到的一样，这世上有比金钱更重要的东西，这就是友谊。告状者也许来生来世也理解不了人间的这种真情，只能在阴暗的角落里放放冷箭，实在是可怜之至。

　　从 1987 年第一次见到二月河，已经 21 年了。看看当初与二月河先生合影的照片，真可谓"朝为青丝暮成雪"！不过，可以让先生欣慰的是，文章千古事，得失寸心知。先生的作品已经成为公认的历史小说经典，在海内外拥有广泛的读者。世界上任何的物质产品都会消亡，但精神的财富是不会被人遗忘的。先生的作品在，先生也就不会老去。想到这一点，我也常常为曾经担任先生的责任编辑而从心里涌出某些属于虚荣的感觉。

（原载《长江文艺》2009 年第 4 期）

变调的田园牧歌

基层干部雄赳赳，
只管种来不管收；
农民群众气昂昂，
又骂爹来又骂娘。

　　　　　　　　——录自 1992 年江总书记的笔记本

四只金钱豹（财政、税务、工商、银行），十三顶大盖帽（指有制服
的单位），都来吃一顶破草帽（指农民）。

　　　　　　　　——全国政协委员樊海山如是说

1992 年的隆冬，江泽民总书记一行冒着严寒，来到长江和汉水的冲积平
原上。他走乡入户，拉着农民的手话家常。笔记本上，记下了表达农民愤懑
的"顺口溜"。两天后，六省省长聚集在江城武汉……

十年前，明皇朱元璋家乡那些被饥饿逼急了的泥腿子，在土地上悄悄开
始了一场革故鼎新的尝试。星星之火终于被那位打不倒的邓小平发现了，继
而演变为事关中国前途的一场大革命——开始了家庭联产承包制。中国农民
终于基本摆脱了贫困，成为当时人人羡慕的对象。可是，曾几何时，邓小平
同志又告诫说：九十年代，如果要出问题，恐怕出在农村。

载舟之水也能覆舟，这并非危言耸听呵！

1　摊派猛于虎

天不怕，地不怕，
就怕村长来训话。

——民谣

你达标，他达标，
叫俺农民吃不消。

——民谣

二千多年前，《礼记·檀弓下》曾记载道，孔子过泰山，听一妇人哭诉其舅其夫其子死于虎而不离此地后言："苛政猛于虎也。"到了唐朝，贬为永州刺史的柳宗元在《捕蛇者说》中记载，他从捕蛇者的亲身体会中，又进一步地体会到"苛政猛于虎"的确定性。一千多年后，中国的报端也化腐朽为神奇，疾呼今日农村农民负担之重，可谓"摊派猛于虎"！

这不是一地，也不是一天或一年，摊派之多，之重，之广，"普天之下莫非王土"。如果把农民比喻为"唐僧"的话，可说是千刀齐剐，八方下手。

摊派到底有多少种呢？《人民日报》早在 1990 年曾刊登过一篇来信综述：

> 一位解放军战士列举了他们家乡需上交的费用有：广播费、民兵训练费、保险费、水利费、防疫费、提留款、办公费、灭蚊费、电影费等。河南柘城邵元乡随信寄来一份农民扣款通知书，农民负担项目有 13 种。湖南石门县一位读者来信说，他们那里农民负担项目达 28 种。

不难看出，这只是 1990 年的水平了。据农业部农村合作经济指导司统计，仅 1991 年，农村向国家提供的税金人均 49.4 元，比 1986 年增长了 1.08 倍。1986 年到 1991 年 6 年间，农村税金每年增长 16.9%。国家统计局农调队调查显示，1990 年农民负担的农业税和集体提留比上年分别增长 9.5% 和 21.3%，占纯收入的比例提高到 6.3%，1991 年农民人均这两项支出又增长了 10.4%，高于纯收入增长七个百分点。同时，两年来，各地的摊派已是水涨船高，各个部门都把手伸向农民，可谓"层层加码多收费，巧立名目乱收费，合理项目高收费"。据江西省的一项调查表明，农村居民全年负担的项目有六个大类 104 项。山西省农调队对 13 个县的调查统计发现，1990 年所调查县共有社会负担 228 项，其中既不合理也不合法的有 114 项。这些集资、摊派和收费，年年加码，几乎是一个无底洞。如办电集资、医院集资、党校集资、光荣院及养老院集资、教育集资、改善办学集资、建监狱集资、建电视差转台集资、残疾人集资、儿童子女活动中心集资、修路建桥集资、农贸市场建设集资、计划生育连环集资、春节文娱演出集资等。湖北省有四个乡镇1991年修建剧场影院、翻盖办公楼、购买小汽车等，共向农民集资摊派35.5万元。当然，还有一些让领导自己也无法启齿的，干脆冠之以"特需经费"。何谓"特需经费"呢？四川某丘陵大县的农民群众说："特需资金就是吃喝资金的代名词。"而湖北江汉平原一带则将此叫作"共统费"，凡是提留上没有明确使用目的，都以此名目征收，所以，当地干群又把它叫做"防空洞"。与此同时，各种名目的达标竞赛此起彼伏。教育、卫生、文化、体育、党校、青年、妇女、民兵、社教、供电、广播、养老院、派出所、法庭、社会治安、民事调解、法律服务、庄稼医院、报刊订阅、计划生育、土地管理等等，几乎所有党政部门都搞达标、竞赛。学校是"两层楼，六粉刷，砖墙铁门花园化"。派出所是"3511工程——三个人，五间房，一辆摩托，一部对讲机"。民政所是"4311工程——四个人，三间房，一台彩电，一部录像机"。搞来搞去，掏腰包的还是老百姓。农民说："这集资那摊派都是上边表的态，这竞赛那达标都是老百姓掏腰包。"据沈阳庄河县的一项统计，该县53个局、委、办中，有31个向农民收费。有的村子一年竟被上级硬性安排放电影，收取放映费上万元。有的地方连目不识丁的人也要订阅报刊；有的农民为了完成任务，一家人不得不同时订阅几份同一种报纸。同时，一些部门巧取豪夺，变相搜刮，他们借发牌照、证件等机会乱收费。据河北省委农工部调查，发一个写有出租房屋户的小木牌收八元，变压器防盗锁一把44元，拖拉机车检换本30元，拖拉机配锁每把50元，发一个汽车上的"!"三角牌40元。有的地方在农民结婚登记时要交227元。沈阳营口市郊的渔民反映，办一个"渔业许可证"，正常手续只要几元钱，私下办理则要5000元到10000元。凤城满族自治县边门乡林业站发放"出售烧柴证"，每个证的成本不过几毛钱，却收五元，全乡6000农户仅此一项就收了三万多元。所以农民说："四只金钱豹（财政、税务、工商、银行），十三顶大盖帽（指有制服的单位），都来吃一顶破草帽。"

这费那费，不堪重负的土地在呻吟，无钱上交的农民在流泪。据调查，新谷上场，家里拿光，几乎已不是危言耸听了。湖北荆门市蛟门镇的农民，往年提留款每亩地平均提取30多元，现已涨到120元至160元。河南原阳祝楼乡，1989年人均上交提留款70元，现已达到120元了。报上曾登载过浙江澄原县王庄乡1990年夏粮收购结算到户通知单。兹将通知单照录如下：

户主：某某村三组朱孙国，人口，六个，实交粮（包括定购粮，议转平议价粮）1011 斤，等级 4 级，金额合计 283.08 元。

应扣部分：农业税 81.12 元；乡村提留（包括乡提留每人 4.8 元，教育附加费每人 8.5 元，村提留每人 6.7 元）20 元，共计 120 元；农田基建筹款每人 1 元，共 6 元；村级提留每人 4.12 元，共计 24.74 元；组级提留每人 15 元，共计 90 元，扣除提留合计 321.86 元。除提留款 283.08 元以外，还应交现金 38.78 元。

到了 1992 年底，江泽民总书记在江汉平原问一位农民，政府是否有打白条现象时，这位农民幽默地说：不是政府给我打白条，而是我给政府打白条——卖粮收入不够政府提留。想当初，农村实行联产承包责任制，农村中的一首民谣唱道：大包干，大包干，直来直去不转弯，交够国家的，留足集体的，剩下都是自己的。言词之中，不乏自豪之情。岂不知时隔不过数年，农民种田不仅不增收，反而要掏腰包。那些腰里无钱可掏的，处境可想而知。1992 年 5 月，湖南湘乡市新研乡一农妇潘群英因摊派过重，不堪受辱，跳塘自杀身亡。那是一个明媚的上午，几位"公仆"去潘家，要她交计划生育连环费、教育集资共 320 元。这位有两个女孩且已做了节育手术的母亲倾其所有，从家中也只凑了 220 元钱。过了 10 天后，"公仆"又带人前来催款，潘群英苦苦哀求，他们丝毫不为所动，反而指使来人搬潘家的电视机和自行车。眼看家中从牙缝里挤出的一点装门面的东西马上就要被人搬走，她不知哪来的勇气，冲上前去和那群人厮打开来。可惜一个弱女子，怎是那帮男人的对手，在众目睽睽之下，她被压在自行车下，那群男人，以一种胜利者的姿态俯看着倒在地上的女人，不由得哈哈大笑，兴奋异常。眼看财去屋空，自己又被人戏弄，潘群英不知是出于抗争还是出于以死来维护自己的尊严，她从地上爬起来后，奋力向村子前面的水塘跑去。

碧波中溅起了美丽的涟漪，一个有两个孩子的母亲就这样结束了自己的生命。

"公仆"们扬长而去。且不久，一纸红头文件，双双易地升官。有三位为潘群英打抱不平的青年农民，竟被乡政府拘留了 15 天。

潘群英事件引起了有关方面的关注。中央办公厅、国务院办公厅等单位相继督促湖南查处此事。九泉之下，她也许会感到一丝欣慰。

我们不由想到了孔子在泰山下见到的那位女子，我们不由想到柳宗元笔下的那个捕蛇者，我们不难理解宁肯被虎吃掉也不愿举家迁徙的先人了。

这则消息，也许是近来鼓吹舆论监督中最为引人注目的一桩。以中国之大，不知还有多少像潘群英这种遭遇的女性默默无闻中不为人知。早在1990年，河北行唐县便有人写信向《人民日报》反映，说有些农民无钱交纳名目繁多的摊派，乡干部便派人拿走他们的缝纫机、挂钟、收音机作抵押。

当然，像潘群英这种柔弱的女性以死来抗争也许并不多，更多的农民对于不合理的摊派是采取一拖二抗的办法来对付。不过，奏效的并不多。在我家乡，一位在县里做父母官的同学告诉我，他们那里乡乡都成立了"棒子队"，其成员大多是那些年轻力壮，在乡党中称为"惹不起"的人。如果乡里有什么摊粮派款的事儿，有谁胆敢不交，就把这些"棒子队"派去。据说，效果很佳。就拿今年到南方"换脑筋"来说，全县村以上的干部皆去深圳广州考察，全县用去上百万，摊到每个农民头上也不是一笔小数目，还不是顺利进行了，没有一个人敢说个"不"字。

这无疑是"棍棒"下面显威力。

2　跌价的土地

粮食提价分把分，
化肥提价角把角，
农药提价块把块。

——民谣

滑头滑脑经商，
有头有脑办厂，
犟头犟脑栽树，
木头木脑种粮。

——民谣

在老一辈中国人的传统观念里，土地是生命的根，他们终身匍匐在黄土地、黑土地、红土地上，到死也不愿离开那片狭小的土地。一代又一代，拥有土地成了他们一生最为辉煌的壮举。

但是，今天不少农民却抛下土地，哪怕流落他乡，哪怕远离生养的家园，也不愿再去种那份曾盼望了多年也曾带来温饱的土地。这不是因为工业文明的诱惑，也不是都市在召唤，是背负的土地的压迫，是"半年辛苦两手空"的苦果。

我有一位老乡，一家三口人，近年来，他抛下家乡的父母和分在自己名下的责任田，去城市拾破烂。我问他为何这样时，他苦笑着告诉我说："种田不合算啦！"他给我算了一笔账：他家三亩田，在那一带，算是田地宽绰的了。按丰收年景算，三亩田侍候得好，可以打3000多斤稻谷，按最高价算，也不过1000元左右。这其中要去掉水电费150元，农药费50元，化肥80元，小孩上学费用150元，农业税和提留共400元，你想想，自己一家人不吃，也不够开销。我又问他，家乡的田怎么办？是否出租了？他苦笑一声说："现在还有谁租田，你白送他种还要每亩倒找他20元，这里还不包括人情。"我当时不解，当初实行责任制时，农民为了一丘田，一犁沟地，曾打得头破血流者有之，而如今，不到10年，为何翻了个个儿呢？

他的解释和当今见诸报端的原因不无相似，种田不合算，种了反而不如不种。

这是一般的农户，过去报上宣传的那些种粮专业户，近年来也是入不敷出了。浙江省乐清县虹桥镇八村农技员赖金发，包了耕地50亩，1990年亩产733公斤，每亩净收入46元，1991年亩产910公斤，每亩收入538元，扣掉成本，利润只有31元，这样一年下来种50亩地，1991年纯收入只有1500元。

农民种田效益下降，不少地方出现土地抛荒。湖南南县1992年春有4000多户要求退掉责任田。岳阳地区今年以来已有13.6万户要求退掉承包田，占总农户的12%。澧县复兴厂镇，要求退田面积2374亩，占耕地总数的7.45%。据政协委员陈耀邦介绍，我国1991年减少播种面积1700万亩，1992年减少播种面积2400万亩，1993年将减少3000万亩，我国为此将减产75亿公斤粮食。

为了解决这些问题，有些地方采取征收"土地搁置费"的办法，企图遏止农民退田不种现象。其实，祖祖辈辈面朝黄土背朝天的农民，有多少愿意放弃土地，而成为浮萍一样四处漂流呢？其主要原因是田多负担多，增产不增收。

有人也许不解，粮食价格近年不是一直在提么，为何农民还出现这种情况呢？其实，农民收入和支出之间的赛跑，就像童话中那个龟兔一样。乌龟就是用尽全身气力，也不会超过一直在跑的兔子。湖南省平江县今年共有合同定购粮 3.5 万吨，全年粮食提价后按每吨增收 60 元计，农民可增收 210 万元，除去农业税以实物折价代金增支 80 万元，还剩 130 万元。据县里测算，八项主要种粮生产资料涨价，粮农要增支 475 万元，收支相抵，要多支出 345 万元。上海市今年化肥农药柴油提价，农民要多支出 1.1 亿元以上，但 1992 年麦稻提价，只增收 2000 万元，农村人均减收 20 多元。据一项统计表明，1984 年以来，我国农用生产资料销售价格呈持续上升趋势，尽管粮食定购价格有所调整，但粮肥比价仍持续恶化，1978 年为 1：1.14，1984 年上升到 1：1.51，到 1990 年又恢复到 1：1.14 的水平，近年更是有增无减。另据江西省某县的调查，农民每生产 50 斤稻谷，至少投入 24 元以上（劳动力除外），如按合同订购价格收购，50 斤稻谷只能卖 17.09 元，农民反要贴 7 元。

谷贱伤农，这对于中国这个有八亿农民靠种田吃饭的国家来讲，并不是一个福音。生于公元前 200 年的晁错在《论贵粟疏》中写道："欲民务农在于贵粟。""欲务民于农桑，薄赋敛，广蓄积，以实仓廪，备水旱，故民可得而有也。"从中国的国情出发，晁错的这番话仍然有一定的现实意义。

3　秤杆一扬，白条一张

> 白条子买粮食，
> 金条子买车子。
>
> ——民谣

在中国新近产生的众多辞汇中，"打白条"这个词组也许使用频率不低。新闻媒体、官方文件、街谈巷议使它不翼而飞。

其实，打白条并非今日始，中国革命的历史上曾经有过许多让今人传为佳话的"打白条"故事。某某红军部队给农民打了一张白条，某某游击队给农民打了一张白条。可今天打白条已今非昔比，它是一张让人忧虑的时代印记。

白条到底有多少呢？据官方正式报道，仅湖北一省，给农民打了白条 11 亿元。安徽省有 1 亿 8 千万元。山东省收购总值需 80 亿元，但各部门资金到位率只有 50%。四川 10 个县的统计，到位资金仅占所需资金的 6%。全国 29

个省市，加起来可想而知有多少。为此，《人民日报》在总书记召开农村工作会议后的一个月里，每天头版专门划出版面报道此项"运动"式的战果。

农民辛苦一年，到头来领回一张未有任何使用价值的白条，愤怒可想而知，沮丧可想而知。从家中的柴米油盐，到购置生活用品、生产资料，无不靠着这个汗水换来的农作物给家里带来一线希望，可现在，这希望也破灭了。可这农药要买，姑娘要嫁，媳妇要娶，于是，农村的高利贷应运而生，那些身无分文而从银行、信用社又贷不出款的农民们只好忍受这"驴打滚"无情的盘剥。据福建省农调队的一项资料显示，近年来，农村民间借贷呈逐年上升趋势，人均借现金年平均递增29%。这些高利贷的利率，在调查的121户中，月息四分及四分以上的有14户，占11.6%，最高的达一角多。黑龙江省绥化市对四个乡镇八个村的5273户农民调查，在农民的生产资金中有80%来自高利借贷，借高利贷的农户占50%以上。其中3分利息的占40%，四分利息的占20%，五分利息的占30%，六分利息的占10%。河南方城县小史店乡二郎店村的周安业，1982年以千元积蓄偷偷发放高利贷，到了1986年，存款高达40万元。利息可想而知。仿效者于是云集，区区的二郎店开了七家钱庄，存放款额高达100万元。据有关专家测算，目前，全国放高利贷的资金在300亿元以上。

高利贷抬头，随之而来的便是农村民事纠纷上升。河南泌阳县泌水镇有一农民，由于经商缺少资金，从私人手里借了一万元，到期后无力偿还，到他家索债的人成群结队，他只好四处躲藏，不敢回家。

农产品收购资金如此奇缺，这钱跑到哪儿去了呢？农民骂，上头打板子，可是查来查去，好像谁都有责任，谁都又没有责任。

——粮食部门说：粮棉压库，调销慢，我已经喘不过气来了。特别是棉花，进多出少，库存成倍增加。

——银行部门说：粮食部门贷我的款不还，长期巨额的贷款拖欠，使我的收购资金无法及时归位，再贷款能力减弱。这笔钱，有269亿元。

——粮食部门又说：财政应拨欠拨的粮油补贴款有增无减。粮食企业的挂账比去年初净增52.8亿元。这等于大量的收购资金垫付了财政开支。

——审计部门说：粮食企业挤占、挪用收购资金数额惊人。截止1991年底，在农行开户的粮食企业，挪用收购资金贷款搞基建、参与股份、转借外单位、支付地方政府摊派等达83.5亿元；商办、粮办工业的流动资金90%以上是挪用收购资金搞周转的。

——农业主管部门说：1992 年粮食收购资金如此奇缺，主要与各地领导者的指导思想有关。有些地方领导只重视工业，重视城市，说抓农业，好像思想上就保守了。结果挤来挤去，农二哥只好眼泪汪汪领回一张白条了。

这白条不能御寒，又不能充饥，面对各种无穷无尽的摊派，怒从胆边生，小民一个，只好走另一条路。那就是上告。

4　民告官

撑死胆大的，
饿死胆小的。

大闹大解决，
小闹小解决，
不闹不解决。

——民谣

电影《秋菊打官司》在国内国外均获得好评，是导演运用的纪实手法有独创性，还是巩俐的表演显示了一个电影演员多方面的艺术才华呢？许多报刊和影评界的人士在陈陈相因的评说中，都忽视了其中最重要的一条，那就是电影中所表现出的中国最普通的民众法律意识的觉醒。我们从那个腆着大肚子四处奔波的弱女子身上，看出了中国人的未来和希望。

因为中国的农民是世界上最能忍受最卑贱、恶劣的待遇和处境的，即使是"非人"的待遇和处境。破屋漏瓦，土灶绳床，在简朴并不富足的境遇中，维持一份艰辛而又平静的生活，他们就满足了。在我的家乡，农民们自嘲然而也是自信地说："稀饭腌菜蔸子火，神仙不如我。"一副知足常乐的神态。

但是现代农民毕竟已多少受了一些文明的洗礼，摊派多如牛毛，其不堪重负时，他们想到了用抗争来维护自身的利益。从传统的戏曲里，他们先想到的是包公那样的青天大老爷解民于倒悬。于是，他们用一种悲壮的举动，走出了山村。

那里是邓小平的故乡——天府之国四川省。绵阳市中区徐家乡响水村的177 户农民，自动筹款，推举农民安华等四人为代表，持全体农户的签名控告信和画押的筹款书，翻山越岭，到 200 公里外的成都，向省人大和省政府告状。

太出于无奈了。1992 年，四川省农民负担的总趋势是在不断喊减中看涨。据省农调队对省内 55 个县 5500 农户的抽样调查表明，仅上半年全省农民的税外负担就比去年增长 11%；省人大农业委员会的调查估计，全省农民人均负担要占到上年纯收入的 15% 左右，高的地方甚至到 30% 以上。川中绵阳市中区有一个乡，区上要修医院，乡上要修中学，村上要修礼堂，人平均集资 27 元。他们养不养猪，都要完税；养的蚕死了，也要完税，还不给税票；强行保险，保险了也不赔偿，或者是"跑断脚杆，赔一点点"，有的家庭没有子女，也要报独生子女两全保险费；村干部的养老保险，也要全村人平摊。

世世代代蜗居深山的农民，迈出这一步，该是何等艰难。用农民的话说，不是急了眼，有谁去告状呢？古训上不是说了，忍字头上一把刀，屈死莫告状嘛！再说，你这次占了理，到了哪一天，落到他们手上，还不是有你受的。这四位农民不是不明白后果，不是不明白等待着他们的是什么。但他们已义无反顾，风餐露宿，爬山涉水，去到那远远的大"衙门"。结果也许早在他们的预料之中，用《秋菊打官司》里的那位小店老板所说，《行政诉讼法》刚颁布，他们撞上了。法院审理结果表明，政府摊派违背有关规定，农民胜诉，乡政府向农民退款和赔款。据说，烈日之下，数千旁听的农民欢呼跳跃。一石激浪，仿效者众起，仅乐至县今年就出现了 24 起民告官的。这可谓是逼上梁山，促使中国农民上了生动而又深刻的一课。

不过，这种自觉起来维护自己权益的农民在中国太少了，他们受教育程度低，居住分散，加上几千年封建社会人们所得到的惨痛教训，不是忍无可忍，他们不会"铤而走险"。但是，这种落后的生存状态，严酷的现实，往往也会诱发他们人性中那些愚昧和施虐的倾向。他们会用一种蒙昧社会中的原始手段，来作为一种无知无畏而又粗暴无奈的反抗。

当夜黑风高之时，在快透出一种成熟气息的田野里，闪出几个黑影。

镰刀和禾秆磨擦的声音，发出一种罪恶的快意。第二天，人们发现，队长和村长家的责任田里，未熟的稻谷或红麻或小麦或高粱悲怆地仆倒在田野上。

这也是一个无月的夜晚，平静的水面上漂浮着鱼腥味，有人影闪过，有什么液体溶进了水塘。不一会，便有生命在水中挣扎。第二天，人们发现，鱼塘上一层大睁的鱼眼。

这一次是在光天化日之下，一个高大的汉子手持利斧，红着双眼冲进了村支书的家里。有绝望的叫声从屋里传出，血腥味弥漫着整个村子。

报复干部，有记者不断披露，干群关系紧张，矛盾尖锐。一份材料表明，在辽宁某县，1990 年发生这类案件 110 起，其中 96 起是村级干部遭报复；1991 年发生的案件中，仍是村级干部居多数。最惨重的不仅是村级干部本人遭伤害，而且累及家人。1991 年三月，辽宁省昌图县老平村村民赫大文为报复村党支部书记吴红星，竟将吴的妻子、女儿及未婚夫三人杀害。

愚昧和野蛮一旦结缘，后果不堪设想。

5 干部说，我要辞职

> 中央是执政党，
> 地方是自由党，
> 企业是在野党，
> 农村是地下党。

> ——民谣

农民把怒火撒向村干部，干部们说，我们委屈呀！安徽省凤阳县梨园乡小岗村村干部曾这样冲着《农民日报》记者说："这干部我不当了！"

10 年前，这里的 18 户农民为了摆脱贫穷，秘密聚会搞包产到户。当时，18 位户主在他们一致通过的秘密"文契"上按下了手印。当初，他们流着眼泪按手印的时候，想的是不怕坐牢杀头，却没想到这一举动竟是中国农村改革的一声惊雷。时隔仅一年，"大包干"的燎原之火已从这里燃遍全国。可是，当年这位按手印的户主之一，现在 48 岁的村长严俊昌却像竹筒倒豆子一样倒出心中的委屈和愤慨。

我一年到头追在群众屁股后头，不是要钱就是要粮，自己觉得也不是味。大家都是一个村里的人，低头不见抬头见，为了要钱要粮弄得大家哭丧着脸，何苦呢？不如不干了！不过，如果国家政策不调整，谁当村长都没法干好！

报纸、广播上经常讲，要减轻农民负担，可农民的负担一年比一年重，光提留一项，去年全村人均 27 元，今年增加到 40 多元。水费、电费、化肥、农药，今年都涨价很厉害。农业税也涨了，罚款也多了，油菜籽定购任务没完成要罚款，种烟叶子不够数也要罚款。新增加的还有农林特产税。学校也跟着凑热闹，夏季要学生交 7.5 公斤的麦子，秋季还要交稻子。反正说出个名堂，就得老百姓掏钱，就得要干部跑腿去敛。群众说我们是"三要"干部，要钱、要物、要命（计划生育）。

就说水费吧，现在从水库放出一立方米水要一分五厘钱，由于渠道修得不好，一路上要漏掉很多，农民吃大亏。从淮河提水更贵了，一立方米水要一角钱。今年，光插秧时的水费，全村平均每人付了 30 元。到收稻子时还要灌两遍水，还要掏钱。村里人说，这哪里是支持农民种田，这是让我们农民败家，我们不要水了，实在灌不起。水库是我们流血流汗亲手打（建）的，为了打（建）水库还死了人。你说，水卖给我们这么贵像话吗？现在，动员群众修水库、修马路，都不愿意干。

我们种田人，谁不想把田种得像花朵一样，可今年种一亩地，光化肥和农药就要花费 130 多元（两季），比去年涨了好几十元。我二儿子算了算账，我家今年每亩小麦能收入 20 元（包括人工在内），这是全村最好的，有好几家怎么算也是赔本。现在种田太难了。要哪样没哪样，不是买不着就是买不起。好多人家当施 50 公斤化肥只施 25 公斤了。城里人都知道大米好吃，菜篮子重要，可谁知道农民种田的苦处。去年秋前，稻子生虫，家家户户，男女老少，都泡在田里治虫，一个个膀子伸出来，满是被稻叶子划开的血口子，看了谁都会掉泪，农药中毒的人每年都有，一到治虫的季节，医院里就得排长队。老百姓能收点粮食多不容易呀！粮食收下来后，干部带人到老百姓家里把粮食扒走，老百姓能不伤心、能不哭骂吗？稍有点群众观念的干部都下不了手。

肺腑之言，干部的苦衷也是昭然若揭。湖北省社会科学院曾组织人对农村干部情况进行调查，发现其中有 90% 的村级干部不愿再担任职务。"上面千根针，下面一条线"，他们要变着法儿应付上面各种不同名目的摊派，辛辛苦苦，到头来还要挨群众骂，他们的苦衷又有谁知道呢？浠水县某乡工商局的一位不到 20 岁的年轻人这一天对一位年过 50 的村长说："给我弄 30 斤茶叶来。"他说的"弄"，村长早就领教过，只好求情说："这茶场承包了，一斤茶 100 多元，我……"小青年莫测高深地笑了。这笑声村长自然懂得其中的含义。最后讨价还价，用每斤 2.5 元的价格给这位小青年"弄"了 10 斤。茶场承包者怨声载道，逢人便说，你这家伙怪会拿公家的东西做人情。村长无可奈何，长 10 张嘴巴也难说清——但很快，工商局一张条子下来，罚款三千元。理由是这个村盖了三年的一个商店违章。用他们的话说，是老鼠钻风箱，两头受气。到头来得罪了乡里乡亲，吃亏的还是我们自己。如辽宁省开原市规定征购粮任务全市 1991 年 12 月 30 日前完成，这个市的业民乡则规定 12 月 20 日前完成，这个乡的五寨子村又规定 12 月 18 日零点前完成。村民陈洪久因故零点未交，村干部便带人在陈洪久夫妇二人不在家时强行开仓装粮。陈洪久回家见粮食被拉走，便愤然到村主任家行凶，自己也自尽身亡。

像这种拉粮食牵猪牵牛扛家具的现象绝不止此一家，也许，这是上面逼的，像严俊昌一样无可奈何。可是，并非尽然。这里，略举几例：

湖北省宣恩县沙道区乐平乡政府接到村民报告，某家耕牛尾巴被人齐根砍断，认为是同组村民杨某某所为，证据是杨清早去过放牛的方向。乡政府当即传讯杨某，并铐其双手，绑于操场木柱一天一夜，杨被屈打成招后，乡政府依据《民间纠纷处理办法》对其罚款 50 元。后经调查，证据不足，不了了之。

还是这个县的会口乡政府，接到四组村民张某某检举，反映五组村民张某某有盗窃行为，乡政府当即传讯张到乡里交待事实，张起初拒认，在一阵捆绑吊打后，张交待了 34 件盗窃事实，乡政府罚款后，才放张回家。张后来不服，说自己是屈打成招，经县里法制办复查，乡政府这样处理没有任何根据。

以上是这个县某部门在介绍他们行政应诉复议"经验"时透露出来的。可是，大多数地方没有这个勇气。看来，他们不是被人逼的，而是偏听偏信，草菅人命。当然，这类事大多发生在乡镇一级，他们并不直接和农民朝夕相处，所以做起违法事便毫无顾忌。像某省武城县梁庄乡副乡长王玉文非法拘禁游斗农民刘建华一案，便特别典型。1992 年《民主与法制》第 5 期曾登载了这位农民的去信：

> 我是武城县梁庄乡一个 23 岁的农民个体户，叫刘建华。
>
> 1991 年 9 月 19 日晚，乡里派人来说，要我明晨 6 点到指定地点挖沟。20 日早 5 点半，我就离开店铺，在刘庄村借了 3 张锹，与所请的两个帮工一起直奔工地，开始劳动的时候，手表指针是 6 点 13 分。只听前面桥头上副乡长王玉文在大声吆喝："刘长喜的小子来了没有（刘长喜是我的父亲）？"我忙答道："来了。"王玉文说："你上来！你为什么 6 点

没到？"我立即解释迟到的原因。可我一踏上公路，他就命令一起来的派出所的民警说："把这小子铐起来！"我父亲闻讯赶来，气愤地说："王乡长，我儿子犯了哪条法？你随便给人戴手铐，有逮捕证吗？"王答道："有没有你管不着，今天我就是要治他！"

我像囚犯一样，被戴上手铐送到乡政府大院，王命令民警道："去，把这小子铐在公路边的梧桐树上。"我父亲哀求王说："你放了我儿子吧，我给你下跪行吗。"又说："这样折腾我儿子，是非法拘禁，是违法！"王听了气势汹汹地答道："什么法不法，你管不着，我今天就是一个法——治你！"这时，县工商局张、秦两位局长及县史志办的刘同志向王说情道："有事可说事，这样做法过头，是违法的。"王一概置之不理。又过了片刻，王指挥民警道："拉这小子游堤去！"他们在切菜板上写道："清沟扶路不出工刘建华"十个大字，挂在我脖子上，然后用一根绳子，一头拴在手铐上，一头拴在三轮摩托车的挂斗上，拖拉着跑。人哪里能跑得过摩托车呢？跑了几米我被拉倒在地，我刚想爬起来，又被拉倒，人在高低不平的公路上拖着，蓬头垢面，浑身泥土。以后要我捧着板子在前面跑，他们嫌我跑得慢，再把我弄到三轮车斗里，捧着切菜板游堤。

……

这位乡长的法制观念就因为停留在"我就是要治他"的低级阶段，所以才置公民的基本人身权利于不顾，像"文化大革命"中一样，随意游斗农民。所以当记者去调查时，这位乡长大人丝毫不觉得他有什么违法之处。也许多亏了《民主与法制》的记者为他主持正义，刘建华在心理上至少得到了一些平衡。那些受到不公正待遇，人身权利受到侵犯而又投诉无门的百姓，他们心中的天平必然发生倾斜，当野蛮占据上风的时候，悲剧可能又一次地重演。

6 抽刀断水水更流

倒化肥的比土地多，
贩农药的比害虫多，
吃公粮的比粮食多，
庄稼人的汗水比柴油多。

——民谣

谷贱伤民，摊派繁重，农民不堪忍受，导致干群关系紧张，农村出现诸多隐忧。也许有人会问，上边难道不知道这些事吗？其实不然，自1978年6月中共中央转发并做了重要批示的湖南湘乡县《关于认真落实党的政策，努力减轻农民不合理负担的报告》始，至今已有10个年头，其中中央级的文件就下了五个，而且一次比一次严厉、具体。1992年4月，国务院又专门下发了《农民承担费用和劳务管理条例》，各省信誓旦旦，开展了规模宏大的宣传活动。可是到了年底，江泽民总书记召开六省负责人会议时，全国还有农民的数百亿卖粮款没有兑现。而各种多如牛毛的摊派，依然故我。

减轻农民负担这个问题难道真的成了癌症吗？

追根溯源，也许才是解决问题的双面两刃刀。

有识者指出，造成这个问题原因有五个方面：

一是机构膨胀，"香火"供不起。如湖北省钟祥县1987年12月规定，每个村需要配备党支部正副书记二人，村民委员会正副主任五人，共计七人。有的乡镇要求村里再增设1名财务出纳员，到1989年，有些乡镇规定，村里再增加民兵连长、通讯员、炊事员各一人。1989年底，有的乡镇还规定，每个村将村民组长、副组长每年的报酬分别加到650元、450元。辽宁省灯塔县张台子镇除有行政、事业编制30多人外，还有"民办"编制20多人。光这些民办编制，一年就需经费四万多元。法库县某村的村干部有24人之多，每年仅工资就要二万多元。农民不仅要负担这些人的吃喝、差旅、办公等费用，连每年接连不断的评比活动，也大都是上面戴帽子，领导定盘子，最后是农民掏腰包。

二是急功近利，贪大求成。这些人为了自己的任期内干出"政绩"，今天提出修一条路，明天提出建一个电影院，后天又说要盖一座敬老院。这些摊子都是打着为民谋福利的幌子铺开的，说什么"人民事业人民办"，标准要求过高，刚刚盖了不到三年的砖瓦房校舍，吹一阵风，就扒掉重盖楼。速度也是要求过急，什么"三年实现某某某"，口号吹得震天响。四川省南充地区有20多个部门在农村兴办本部门主管的公益事业。有些部门只出点子不出钱，把农民当财神，也有不少地方把为农民办公益事业作为幌子，作为向农民乱集资、乱摊派的挡箭牌。

三是财务管理混乱，开支惊人，入不敷出。不少村财务收支长期不记账，年终不结账，白条子入账。黑龙江省牡丹江市在一次调查中发现，全市有63%的村自承包后没有向村民公布过账目，村干部吃喝送礼、铺张浪费严重。

据统计，每个村的村干部吃喝送礼每年平均开支 4800 元。有些村的村干部滥用职权，贪占公款、公物，林口县建堂乡马桥河村村长及兄弟花费九万元盖了两处私房，建房费却由村里报销。江苏如皋县某镇有十八个村，财务混乱的有七个村，集体资金全被村里的一些干部贪污、挪用、挥霍浪费了。辽宁省铁岭县安心台村原党支部书记上任 230 天，用公款吃喝 270 顿，吃掉 3.7 万元。锦县某乡八个村在七个月里，就吃掉了 12 万元。这样，一个县一年吃掉几百万已不算什么新鲜。

四是从上到下过高估计了农民的收入程度，这是农民负担逐年加重的根源。其实，据统计，1991 年全国农村人均收入在 1000 元以上的农户，只占农村人口的 17%，而拥有的农村全部纯收入的份额却达 36%；人均纯收入 500 元以下的农户占农村总人口的 36%，只拥有全部纯收入总额的 18%。而一些部门错把"温饱"当"小康"，认为现在的农民富得"流油"了。实际上，从 1989 年至 1991 年，全国粮食增长 2.2%；其他产品如棉花、油料、糖料、水果等增长率在 6% 以上，而同期全国农民人均收入由 545 元增加到 708 元，扣除物价因素，人均收入实际增加 12 元，年增长率只有 0.7%。湖北全省1992 年公布农村人均增收 38 元，如果扣除物价上涨因素，农民等于一分钱也没有增加。

判断失误，加上各级干部急功近利，拔苗助长，导致了农民不堪重负，孕育了农村自联产承包责任制以来一场最大的危机。那首民谣中所唱的"老二笑"，似乎应改为"老二哭"也不为过了。

7　难咽的苦果

要想富，吃铁路，
一夜成个万元户。

——民谣

有一项统计资料表明，近年来，农业水利屡遭破坏，电力设施被盗惊人，油田物资时被哄抢，各地车匪路霸江盗猖獗，对此，中央综合治理委员会曾制定了详尽的对策，但收效让人无法乐观。

农田水利设施：湖南省两年间有 2864 处农用电灌站被破坏，直接经济损失 1440 万元，影响灌溉面积 16.1 万亩。

陕西省被破坏渠道 340 多公里、水利工程建筑物 1117 座、机井 2361 眼、机电灌站 430 座，被盗水泵 1385 台、机电设备 1520 台。临潼县斜口乡的 10 台变压器在抗旱关键时刻有九台被盗，致使全乡万亩农田几乎绝收。

贵州省一年间发生人为破坏水利设施 2980 起，造成经济损失 839.7 万元。

湖北省调查了 80 多个水文站，其中有 30 多个站发生了 100 多起水文设施被盗案件。

黄河水利委员会一个季度中就有七个水文站被盗，中断水文测报工作。

电力设施：1990 年 1 至 6 月，全国共发生电力设施被盗、被破坏案件 1717 起，造成直接经济损失 589.2 万元。各地被盗输电导线 175.7 公里，通讯导线 40.8 公里。

江西南昌斗门至向塘的一条输电线 13 号杆因四根拉线被盗而倒塌，造成直接经济损失 20 万元。赣州供电局铁瑞线一电杆拉线被拆，造成电杆严重倾斜，供电局被迫停运，损失电量 14.6 万度。

青海平安县去年破获一盗窃变压器团伙，共盗窃变压器 26 台，九台补偿器，使 25 个村镇 10 万多亩耕地无法浇灌。

吉林长春到四平市的调度通讯线路，一年之中被盗割七次，铜导线被盗 4100 米，省电力调度局和公主岭市供电局的所有铜线全部用完，中断调度通讯 158 个小时。

油田：据中国石油天然气总公司介绍，一年中因被哄抢、盗窃及油田设备被破坏而损失原油 52.8 万吨，直接经济损失八亿多元。

华北油田 1660 口油井中，有 460 口油井先后发生 2052 次盗抢事件，被盗窃原油 1.08 万吨。

辽河油田平均每年损失一亿立方米天然气。中原油田供气给开封化肥厂的管线，不少人在供气管线上开洞窃气，有的一米长的供气管线上被打了 10 多个偷气洞。

"要想富，吃铁路，一夜成个万元户"，千里铁路线上，活跃着不少专靠偷铁路运输物资而发财的"游击队"。在湖南永兴、郴州一带 33 公里的铁道线上，曾活跃着 32 个这一类的靠吃铁路为生的"游击队"。

这是偷，但近年，还有不少人直接向铁路乘客下手，抢劫钱财。四川成都到武汉的一次列车，路经广元时，曾有数百名农民结伙上车抢劫，被洗劫钱财达数十万元。

水路当然也不例外，除车匪路霸之外，水路上还有一些强盗。在中国最大的河流长江上，江盗成了过往船只头疼的歹徒。

这是一个漆黑的夜晚，江水哗哗拍打着无声的船舷。有六条渔船从附近洲子里疾驰而出，扑向满载 3000 多吨化肥的武汉轮船公司货 2235 轮。三个彪形大汉将值班水手五花大绑起来，另一伙人将船员舱团团围住，怒吼声冲天而起："一个也不许动，谁动打死谁！"接着，一袋袋化肥被搬到小驳船上了，临走时，江盗对捆成一团的船员扬言："如果声张，小心你们的脑袋！"这仿佛是《水浒传》中描写的场面，几乎让人无法相信是发生在湖北枝江的一幕。

为何近年来社会治安如此恶化，为非作歹者从何而来？

有一项统计表明：其大多数是农民。

法律知识所知甚少是原因之一，其他呢？收入减少，城乡差别拉大，隐性失业大军增多，还是别的什么呢？也许，这一个问题值得我们社会学家和法律专家、政治家们认真思考了。我们在这里有必要重提一下邓小平同志语重心长的那句话：九十年代，如果出问题，恐怕就出在农业上。

8　新世纪的曙光

> 无农不稳，
> 无商不活，
> 无工不富。
>
> ——且算民谣

农业出路在哪里呢？上边的民谣，或者说经过秀才们加工过的这首民谣，道出了目前中国农村发展的最佳模式。我国农村凡是走上了小康之路的乡镇，如江苏的华西村，天津的大邱庄，河南的七里营，湖北的洪湖洪林村、天门岳口镇建康村等，无不是走农工贸相结合的道路而发展起来的。据统计，1991 年，乡镇企业由 1978 年的 152 万家发展到 1800 多万家，职工由 2820 多万人增加到 9300 多万人，总产值由 493.1 亿增加到约 1.2 万亿元，在社会总产值和农村社会总产值的比重分别由 7% 和 24% 增长到 26% 和 60%。在整个 80 年代，乡镇企业产值以年均 29% 的速度增长。这是中国经济史上的奇迹！"七五"期间，乡镇企业经历了治理整顿的严峻考验，仍保持了较高的发展速度。1990 年，在国营企业只有 2.6% 的增长速度情况下，乡镇企业以 13% 的速度继续发展，1991 年，乡镇企业产值、利润都以 20% 的速度增长。"六五"期间，新增农村社会总产值的 57% 来自乡镇企业，"七五"期间，农村社会总产值净增量的 2/3 以上来自乡镇企业。乡镇企业付给农民的工资高达 5700 亿元，全国农民人均纯收入的净增量中有 1/3 来自乡镇企业。但是，药方好开，面对中国农村八亿农民和贫富差距悬殊的现实，理论家们的高论就显得苍白无力了。

且让我们先从宏观的角度来鸟瞰一下中国农村的现状。

土地：国内有关部门估计为 19 亿亩，统计部门估计为 15 亿亩，国外卫星探测为 22 亿亩。人口：1991 年统计为 11 亿人，到 2000 年预计为 13 亿人，其中农村人口据统计为 8 亿人，其中有 4 亿劳动者，按劳均耕地 7 亩计，其中有 1.8 亿劳动力处于失业状态。

看来，农村劳动力的转移成了中国当前农村问题的症结所在了。

1979 年农村的经济改革，启开了农村劳动力转移的阀门。据统计，10 年中，我国农村劳动力转移达 1 亿人，年转移率为 10.58%。但是，即使这样快的速度，仍没有缓和我国农村人多地少的矛盾。据统计，仅 1988 年这一年，我国农村剩余劳力有 7000 万。有分析认为，到 2000 年，我国将有剩余劳力 2 亿人。所以，有专家认为，必须采取以下五个方面的措施，才能解决目前这个十分尖锐的矛盾：

一是实行深度开发和广度开发相结合的农业政策。利用生物技术改造传统农业产品，建立农副产品加工区，开发高附加值的农副产品加工业。利用各地的资源差和时间差，开发地方优势产品。二是大力发展乡镇企业。三是发展劳动密集型的外向性工业。四是向城市转移。五是加强农村的基础教育和职业教育。

但是，结合中国国情，实现这一步谈何容易。

首先是教育，我国按 1982 年的数字算，人均教育经费也只有 11.2 元，还不够买学生书桌的一条腿，为世界 14 个人均教育经费不足五美元的国家之一。在世界 151 个国家里，按人口平均所占的教育经费，依数字多少排列，中国居第 149 位。在一些农村学校，还是"黑屋子，土台子，泥孩子"，教师的点灯油，备课纸，粉笔，还是定量供应，学校无办公经费，只好让学生"勤工俭学"，从家里带粮食，上山打柴，种地来解决。有些地方的小学合格率、巩固率、入学率还只有 2：5：8。新文盲、半文盲的产生率在 50%—60% 之间，即每年还要增加 1000 多万文盲、半文盲。国家曾计划在 1990 年实现全国普及义务教育，但时过 2 年，由于没有财政和物质上的保证，各地的小学入学率反而降低了。最近，国家通过"希望工程"来利用国内外的力量救助农村失学儿童，但杯水车薪，全国这么多农村儿童，普施甘霖可能么？

教育的滞后，导致农村人口素质的低下和退化。农村人口素质的低下将对中国社会经济发展的影响是长期而深远的。什么生物技术，开发高附加值的农副产品等都成了一句空话。而发展乡镇企业，更需要一大批有技术、有头脑的知识分子。所以，发展教育，成了解决中国农村现代化的一个最终动力。在这个问题上，往往是说起来谁都懂得，但实行起来，却是十分艰难。1992 年，报端曾登载湖北鄂西一位农民的来信。这位农民希望能向农村送去致富的技术和供销信息。他们那里太闭塞、太落后了。这封信道出了当前农村的现状：教育落后，文盲充斥，交通不便，经济难以起飞，甚至说在一些贫困地区连温饱都没有解决。

当然，我们应当认识到，发展乡镇企业对于农村而言，是"别无选择"的一条道路。不过，我们还应看到，我国地域辽阔，经济发展不平衡，发展乡镇企业说起来容易，但由于各种因素的限制，发展乡镇企业的软硬环境均还不够理想，尤其在中国广袤的中西部地区，还有大量的农民仅仅说是糊饱了肚子，在某些地区，甚至连肚皮也没有撑圆，发展乡镇企业还只是一种"希望"。陆学艺、王小强在《包产到户的由来和今后的发展》一文中曾写道：

> 距省会兰州市仅 10 余公里的甘肃省榆中县庄乡，所有村去年人均口粮才 40—100 斤！老百姓靠买返乡粮糊口。仅国家贷款一项，人均欠 102.60 元之多……全村共 65 床被子，新的 3 床，旧的 35 床，又烂又脏，漆黑一团，经纬不分的 27 床，户均 2 床，近 3 个人 1 床。毡 13 条，平均三户炕上才能有一户有毡，2/3 左右的土炕上根本没有铺的，只有一张破席，春夏秋冬，寒来暑往，一家老小就睡在肮脏的土炕上，几个人合盖一张破被。全乡 49 个村，有 48 个村人均收入 40 元以下，家产在 30 元以下的有（除房屋、猪羊）188 户，占 13.4%。家产在 15 元以下的 41 户，平均 30 户就有一户！上庄的宋东安，一儿一女，一家三口人，只有一床十几年的破被子，连炕席都没有，睡在两张拆开的水泥袋上，全部家当只有一个几十年前的烂面柜，一个案板，一口小锅，三个碗，几双柳条筷子……

据统计，仅西部地区就有贫困户 2486.6 万人，占全国贫困户人数的 35.5%。有人调查贵州西北部的高寒山区，其中有一二万人，每户的家当不值 10 元人民币。即使在一些比较富裕的平原，也有一些贫困乡村还没有脱贫致富。湖北省社会科学院历史研究所副所长田锡富在湖北省浠水县太平乡调查回来告诉我们，在这个乡沿着浠水河的一个村子里，还完全没有解决温饱。其中有一个五口之家只有三个饭碗，还有不少人家床上垫着稻草，盖着棕毛。其中一家一个 11 岁的女孩没有裤子穿，下床时只好等家里人回来轮换。贫富如此之大的差距，温饱尚不能解决，谈何乡镇企业。即使大多数地区解决了温饱问题，乡镇企业也不是凭着想象在某一个早晨都可以"遍地开花"。因为乡镇企业的发展，受着一定因素的制约。一是随着城市国营企业体制的改革的日益深化，乡镇企业在经济转轨时期所具备的体制优势将会丧失，它与城市企业在技术上的巨大梯度将会成为越来越大的障碍。二是随着总供给大于总需求的矛盾逐步弱化，农村工业将面临着市场空间狭小的约束。同时，随着经济发展速度加快，工业原材料能源的供求矛盾正日益强化，资源供给短缺正在成为农村工业发展的瓶颈。三是随着中央银行实行的宏观信贷紧缩政策，乡镇企业的资金来源不得不求助于民间信贷，高额的利息又成为乡镇企业发展的一大障碍。四是乡镇企业过去是凭着廉价的劳力，用城市工业下放的落后设备，拼材料，拼能源，而取得发展的，随着市场竞争的进一步激烈，乡镇企业的优势将会逐步丧失。

但是，我们并不否认乡镇企业在解决农村现有矛盾中将发挥的重要作用，但我们也应看到，从 1992 年这场农村"打白条"所引发的危机来看，如果我们把希望都寄托在乡镇企业上，而不去切近现实解决农民的燃眉之急，那将会犯官僚主义的错误。

9　农民还会笑吗

> 工人哭，
> 农民笑，
> 知识分子坐花轿。
>
> ——民谣

农村刚实行责任制时，社会上曾流行着这首民谣。那时，从"一大二公"的束缚中刚解放出来的农民，生活水平确实发生了天翻地覆的变化。虽然这首民谣有偏颇之处，但说明过去巨大的城乡差别在十一届三中全会后有所缩小。但现在，农民还会笑吗？

1992年的隆冬，江汉平原走来了一个匆匆的身影。两天后，中国最大的新闻媒体播发了这位中共中央总书记的重要讲话。是的，中国农业的问题不是一个冬天就能解决的。但是，引起了最高决策层的注意却是一个事实。八亿中国农民都倾听着这个南方人的声音。

年内必须兑现所有的白条，这是最初的效应。报纸上，电视里，隔三差五出现类似醒目的标题。对着摄像机的镜头，农民们数票子的手不由有些颤抖，一种激动的风景。

政治局开会，各省开会，主题是一个，重视农民的利益。干部们纷纷下乡，电视里总是出现当地领导深入基层的镜头，仿佛大家在一个早晨都醒了过来。当然，干部们待遇也不高，能这样体恤民情也不错了。可就是他们年年辛苦，年年解决不了问题，真让党中央放不下心。所以文件一个接一个下，因为给农民打白条不仅影响着整个国民经济的发展，关系着八亿农民穿衣吃饭的问题，还有一条更重要的原因是，可能会影响社会安定，因为是时法国的农民正开着拖拉机在巴黎的大街上游行，烧轮胎，堵塞巴黎的交通。中国农村一时还不会这样，可物极必反，将来怎么样谁又说得准呢？全国各地通过标有"机密"字样的文件送到中央领导手中的据说也有不少。

不过，类似的"运动"已经搞了多次（恕我用这让人忌讳的字眼），但最后农民的利益还是没有得到根本的保证，或者说没有采取更好的措施。过去，在大大小小新闻传播机器里，人们听到的是农民一直在"笑"，而且比刚责任制时笑得更甜。什么农民到北京旅游，农民买了钢琴，农民买了汽车等等。用政治术语讲，是要讲点辩证法。可是我们的新闻媒体，不知为什么总是一窝蜂。搞新闻的同志却说，责任不在他们，在谁呢？现在，新闻又是这样告诉大家，人们能不打个问号吗？

（不幸此事又让我言中了。江泽民总书记1992年在武汉召开六省省长会议刚刚离开，就在湖北的报纸连篇累牍报道如何贯彻总书记指示的时候，1993年1月6日，武昌县泗水镇熊祠村二组农民段国早因镇干部强行收取提留款愤而服毒自杀了。原因是他交不出提留款，镇干部牵走了他家的一头猪，仅仅是一头猪，他就这样死了。）

给农民打白条的现象应当杜绝，但这个标准太低了！农民会不会说：我卖粮食给你的时候，你就应该付我钱的，我还感谢你不成？关键是，我们的大大小小的人民"公仆"们（他们自己都在不同的场合这样说的）应当从行动到思想上尊重农民。我们应当把本来有他们一份的国家财产多一些还给他们，不要把城市人当做宠儿。我们应在全社会造成尊重农民的风气，至少不要再把他们斥之为"乡巴佬"而给以鄙视或给以侮辱。我们应当再读读李绅的那首《悯农诗》，"谁知盘中餐，粒粒皆辛苦。"1986 年的秋天，在我的家乡火车站里，我曾目睹一个民警用手枪捣一个没有站队买票的中年农民的脸。为此，我曾写信给有关部门，但在我预料之中石沉大海。不久，我又见到几个服务员打一个没有持票而进候车室的青年农民。这难道不是因为他们是乡下人吗？如果换了一个城里人，他们敢吗？1992 年的 12 月 12 日，在江泽民同志来湖北的前几天，在革命老区洪湖，不是因为乘警无端殴打农民而引起了一场农民冲击政府的悲剧吗？那场掀翻汽车，砸烂牌子的大骚乱以免除农民的义务工而收场，以转商品粮来抚恤死于非命的农民的孤儿。本来，这场冲突完全可以避免，错就错在那个乘警以为他还可以像往常那样随心所欲地将人抓进屋子，用电棒教训中国的乡下人。中国的农民本来最容易满足，最能吃苦耐劳的，可你也不能太不尊重他们了。我想，这比不给农民打白条更为重要。因为人活着，尊严比金钱还重要。

我们还有不少同志认为，只要搞市场经济，中国问题一下子都可以在某一个早晨解决了。其实，农民的问题恰恰与此相反。连实行资本主义制度的日本、欧共体、美国等国家，本来是高度发达的市场经济，却在粮食问题上，对农民采取一种保护政策。如日本禁止外国粮食产品进入本国市场，美国要求欧共体放开粮食市场，双方粮食贸易谈判本来已经签约，可是由于法国农民的反对，政府只好暂不批准这个条约。连去谈判的女代表，模拟画像也被愤怒的农民一把火烧了。可我们的不少干部美其名曰让农民自己"在游泳中学会游泳"，"要充分尊重农民的自主权"，不打算给农民以必要的引导。他们也许忘了我们中国农民受教育程度低，信息技术落后，在陌生而又不健全的市场面前，他们会感到茫然和手足无措的。你马上撒手不管，还要你这个"父母官"干什么？所以有的农民说，打白条比谷子贱得卖不掉还要好。他们在粮食卖不掉时，甚至希望政府给他们打白条。

也有不少有识之士提出了许多真知灼见，如建立粮食保护价格，实行农业生产资料限价，加强农业科研，人口向城市转移等等。但是，中国地域辽阔，人多地少，人口素质低下，何况，还有那么多庞杂的并不受农民欢迎的干部队伍，还有各地那多变的如月亮一样的政策，那保留着过多传统文化色彩的精神重负，中国农民，在汹涌而来的市场经济的大潮冲击下，他们会再一次发出由衷的笑声吗？

我们倾听着。

（补记：令人既欣慰而又感到遗憾的是，就在我早已结束了本文写作的时候，1993 年 3 月 23 日，中央办公厅和国务院又发出了迄今为止措辞最为严厉的《关于切实减轻农民负担的紧急通知》。通知指出："相当多的地方和部门行动迟缓，有的至今对中央指示置若罔闻，按兵不动；有的甚至采取暗中干预的做法进行抵制；有的已明令禁止或多次被批评的不合理负担，仍在推行。"呜呼！我想起了那首"村哄乡，乡哄县，一直哄到国务院"的民谣。去冬今春以来报纸上那些连篇累牍的有关减轻农民负担的消息，我不禁怀疑起它的真伪了。不过，从这个通知的语气中，我又为以江泽民同志为首的党中央解决农民问题的坚决而感到高兴，正如湖北省潜江市管农业的副市长王敦胜同志告诉我的，农民尽管对打白条摊派不满，但对共产党解决农业问题还抱有希望。是的，每一个中国人都应当抱有希望。）

（原载《芙蓉》1993 年第 3 期）

当代中国"官场病"
——从民谣说起

序章：一个畅所欲言的时代

没有不敢说的话，
没有不敢涨的价。

——民谣

1992年的隆冬，中共中央总书记江泽民率一行人来到长江和汉水的冲积平原上。谈笑风生，走一路，问一路，记一路，白色面包车在古三国争战的土地上疾驰，在惊诧不已的乡民们的土场上出现。车到荆门，市委书记朱同炳在汇报工作时引用了一段当地群众的顺口溜："基层干部雄赳赳，只管种来不管收；农民群众气昂昂，又骂爹来又骂娘。"江泽民总书记听后微微一笑，但马上让朱同炳再复述一遍。顷刻，笔走龙蛇，这首来自中国最基层农民心声的"民谣"留在了当今中国最高领导人江泽民的笔记本上。就这样，四天下来，总书记那个并不普通的笔记本上记满了普通的中国老百姓的"顺口溜"，其中道出了农民的疾苦，干部的艰难，还有对党的希望。

采风，汉代学者班固曾如此描绘："孟春三月，群居者将散，行人振木铎徇于路以采诗，献之太师，比其音律，以闻与天子。"（《汉书·食货志》）这是二千年前的周天子派人采集各地民谣的记载。周天子是一个了解下情，采纳民意的君王。我们不能把今天中国的最高领导人和那个奴隶社会的君王相提并论，但有一点可以肯定的是，那种被孔子在编纂《诗经》时称颂的"采风"习俗，却有某种相同之处。用孔子的话说，"诗可以观，可以群，可以怨"。其中的"观"，就说的是统治者可以"观风俗，知盛衰"。两者都是从民谣这种最能反映民众心声的口耳相传的口头创作中找到历史脉搏跳动的频率。

纵观民谣发展的脉络，这种口头文学的繁盛和衰落总是随着一定历史时期的变化而变化，特别是在历史发生巨变的关键时刻，民谣似乎就特别兴盛。如七十年代末八十年代初，中国面临着毛泽东之后的局面，广大农村正孕育着一场巨大的革命，这时，城乡广泛流传着"要吃米，找万里；要吃粮，找紫阳"的民谣。邓小平同志以改革总设计师的魄力推广他们的经验，提出在农村实行联产承包责任制，以此拉开了中国经济改革的序幕。随着改革的深入，各种新旧矛盾的产生，进入八十年代，各种反映社会生活的民谣应运而生。其中不乏尖刻的、偏激的、片面的，但都以顽强的生命力不胫而走。

以后，出于文学爱好，我有意无意地记录了一些民谣——抑或是顺口溜的口头文学。当这些涉及不同阶层、不同时期、不同内容的中国当代民谣摆在案头时，我惊叹于其内容的丰富性，指向的明确性和强烈的讽刺意味。十年，在历史的长河中只是一瞬间，但试想十年之前，有哪一个中国人敢在大庭广众之下，冒天下之大不韪，指斥时弊，抒发愤懑、忧虑和希望？我们说，二十世纪八十年代，大西洋彼岸这块被马克思称为亚细亚的土地上，龙的传人不仅拥有了耕耘的土地，拥有了电冰箱，彩色电视机，卡拉OK，更多的是拥有了表达意见的自由，那种打破了万马齐喑的自由。这一点，连对改革最有成见的人也不能不承认，他有了反对改革的言论自由。从通都大邑到边疆海岛，从博学的专家到大字不识的文盲，尽管谈论的话题和层次，表达思想的深浅和方式不同，人们所共同的是没有了以言获罪的禁忌。从国家大事到柴米油盐，从领袖人物到街道居委会的小组长，人们没有不敢议论的话题，没有不敢指斥的对象，没有不敢抨击的时弊。民谣，这种口头传承的民间文学样式，在这种宽松、和谐的生存环境里，获得了空前的繁荣。

综观民谣的内容，虽然也有反映社会众生相，但大多是指向"官场"。大凡官场弊端，从干部的车子房子票子到孩子位子，无不涉及。如

> 中央干部忙组阁，
> 省里干部忙出国，
> 县里干部忙吃喝，
> 乡里干部忙赌博。

> 五十年代干部两袖清风，
> 六十年代干部猛打猛冲，

　　七十年代干部唯命是从，

　　八十年代干部百万富翁。

　　才不在高，有官则灵；学不在深，有权则灵。斯是衙门，唯我独尊。前有吹鼓手，后有马屁精，谈笑有心腹，往来无小兵。可以搞特权，结帮亲，无批评之刺耳，唯颂扬之谐音。青云能直上，随风显精神。群众曰：臭哉此人！

　　才不在高，应付就行；学不在深，奉承则灵。斯是科室，唯吾聪明。庸俗岂有趣，流言作新闻，谈笑无边际，往来有后门。可以打毛线、练气功。无书声之乱耳，无国事之劳神。调资不落后，级别一样升。故人云：乐在其中。

　　如果说，以上只是个案，并不是在以偏概全，我们说是有几分形象，也有几分道理。腐败非今日始，也非中国独有。英国一位哲学家曾把政府这种固有的弊端称为官场病。

　　中国也不能例外，特别是进入了二十世纪八十年代，当中国这块古老的土地一下子向全世界敞开了国门，极端贫乏的生存环境在眼花缭乱的金钱物质面前显得那样手足无措！一批扛过枪、渡过江的老干部，一批受党教育多年的接班人，在糖衣炮弹面前举手投降。权力进入市场，权钱交易，以权谋私……1988 年，中央纪委曾委托国家科委中国科技促进发展中心"党风党纪"课题组和中国社会调查所，进行了一次规模较大的问卷式抽样调查，调查组将干部腐败现象分为十八项：

　　（1）利用职权，贪污受贿；

　　（2）在招工、招干、升学、分配、提职、提级、农转非、出国等问题上为自己和亲友谋私利；

　　（3）在对内对外经济活动中，玩忽职守或瞎指挥，乱拍板，造成重大损失；

　　（4）选拔干部任人唯亲，拉帮结派；

　　（5）办事拖拉，推诿、扯皮；

　　（6）压制民主，打击报复，诬告陷害；

　　（7）弄虚作假，搞浮夸，骗取荣誉；

（8）用公物公款送礼，为自己谋取私利；

…………

1989 年春夏之交，当天安门的喧嚣沉寂之后，在中国大地上，从南到北，刮起了一场廉政风暴。风起自于中南海，安详的语气中透着浓重的四川口音：尽管反腐败是某些人借以打倒我们的口号，我们仍然准备认真办。

好一场摧枯拉朽的风暴，多少腐败分子被押上了审判台！善良的人们以为这一下可以河清海晏，政治清明了。可是，时隔不到四年，反腐败的问题又一次提到了高层领导的会议桌上。在 1993 年纪念"七一"66 周年座谈会上，一个苏州口音十分严肃地指出：对腐败现象"如不采取坚决措施加以克服，任其发展，就会葬送改革大业，最终也会危及党的执政地位"。

危及共产党的执政地位——这一次如果不是出自共产党总书记之口，会有人认为这是危言耸听。对于听惯了形势大好的中国人而言，这无疑于是如雷贯耳。

问题严重，和前几年相比，虽然腐败部位大同小异，但腐败之程度，之范围是过去不可比拟的。

据有关资料显示，近年来，腐败现象出现如下几个特点：

一是以权谋私、贪污贿赂大案件猛升。仅 1993 年前 5 个月，全国检察机关立案查处的贪贿案件竟达 18183 件，平均每天 121 件，立案 8358 件，逮捕案犯 2479 人，追回赃物赃款共计 1.97 亿元。大案要案值上升，过去贪污几千元可称"大案"，现在一次贪污十万元、百万元、千万元者屡见不鲜，"特大案"的标准不断被刷新。今年头 3 个月，全国检察机关立案查处的百万元以上的贪贿大案高达 12 件，比去年同期增长一倍。其中受贿最高的达 700 万元，贪污最高的达 3300 多万元。

二是权钱交易活动进一步猖獗，在一些部门、地方迅速蔓延，愈演愈烈。一些不法分子打着搞活经济的旗号，使权钱交易由过去的隐蔽向半公开或公开发展；由个人行为向有组织的行为发展；由过去的一个部门向跨地区跨省跨国发展；由过去一个行业向涉及多种行业发展；由过去一罪发案向贪污、行贿、受贿、挪用、渎职多罪交织发展。并且一案数罪，一案数人。

三是挥霍公款、铺张浪费现象严重。公款请客送礼、公车私用、争购高级轿车、公费超标准装修住房、公费旅游等，司空见惯，屡禁不绝。据财政部门统计，1992 年全国公款消费已突破 1000 亿人民币，其中大部分用于吃喝。

四是腐败部位发生转移，由过去掌管物资分配、审批管理部门向那些市场宏观调控的重要职能部门转移。如金融、证券、房地产开发、工商税务、海关等行政执法和司法部门，尤其是经济建设的热点部位，贪污贿赂、吃拿卡要现象更为严重。

五是犯罪形式和犯罪手段不断出现，偷税、抗税和骗取出口退税犯罪有较大幅度上升。

六是跑官要官、任人唯亲，一些领导干部在选拔干部上的不正之风，客观上造成了一些人跑官要官甚至拿钱买官。

七是形式主义严重，弄虚作假，瞒上欺下，欺压群众。

…………

我们也许无需再罗列这种种现象了，当代民谣丰富的内容已充分涵盖了官场弊端的每一方面。

而我们从来自检察机关的统计资料中可以看出，贪污腐败的深度、广度，比当代民谣指向有过之而无不及。

1 票子、门子和位子

> 有票子的不如有门子的，
> 有门子的不如有位子的。
>
> 孩子孩子你快长，
> 趁着爸爸当个长，
> 爸爸要是下了台，
> 你这辈子算白来。

一语中的，位子很重要。所以有一首民谣曾说"一等公民是'公仆'，祖孙三代享清福。"尤其是希望做官和正在做官的人，比创作这首民谣的人更深谙此道。因为位子是个常数，权力是个变数。

中国究竟有多少位子呢？这是个天文数字。有资料显示，目前全国省级党政机关的厅局级机构多达 2100 多个，平均每个省（自治区、直辖市）设置 70 个，超过中央编制部门规定的机构限额 15 个左右；而全国地区一级党政机构平均设置 50 多个，地级市 65 个，县一级 45 个，分别超限 20 个、15 个、

10 个左右。据初步统计，中国目前县级以上党政机关常设机构超限总数高达 3 万多个。

这是常设机构，内设机构和非常设机构更是随心所欲了。据《瞭望》周刊记者在某县采访时了解到，该县在 1989 年以来曾设立过 176 个非常设机构，到 1992 年初还保存有 98 个。

原因不言自明，因人设位。

据官方 1992 年的统计，截止到 1991 年，全国靠财政预算支付工资的人员为 3400 万人。如果再加上其他临时人员，总数已近 4000 万人。而且，每年以 100 万人的速度在增长。和十年前相比，足足翻了一番。笔者所在的一个县，共有 48 个局级机关，一个局长，往往有七八个副局长。就是这，县里还嚷有一大批干部没法安排。怎么安排呢？只好变个说法，局级调研员、巡视员、局长助理……总之，大家没有功劳也有苦劳，干了多年，不能没个安排。这一安排就好了，走到大街上，只听满耳都在叫这局长那书记。报载，湖北省咸宁市市委、市政府、市政协、市人大四大机关共 412 人。其中，副科级以上干部达 242 人，平均一个官还摊不上一个兵。全市党政群机关股级以上干部 894 人，占机关总人数的 45%，基本也是一个官一个兵。这是 1988 年湖北省编制委员会对该市的调查，至今如何，读者可想而知。

官满为患，最直接的效应是：财政吃紧。每到月中，有不少地方难以及时兑现工资。据新华社北京 1990 年的一则电讯称：目前有 26.6% 的财政依靠上级补贴。有些县虽然为了面子不让补贴，也仅够保住吃饭。不少县成了有钱吃饭无钱建设的吃饭财政。一些县名曰有县图书馆，但拨款仅够人头费，七八年未进一本新书。不少管财政的县长说，他们最头疼的是每个月如何凑够那上百万元的工资。

银根吃紧，这是普遍现象。尽管"财神爷"使出浑身解数，仍有不少县发不出工资。湖北省某县 1990 年有半年只发半月工资，有些县不是寅年吃了卯年粮，而是卯年还在吃寅年粮。有一项调查显示，目前国内各种职业收入中，行政机关干部收入最低。

收入低，无疑是清水衙门。清水无鱼，一定有人"望而生畏"，其实不然，衙门尽管"水深火热"，愿意"弃暗投明"者并不多。相反，仍有人削尖脑袋往里钻。

人事部门有一项规定，凡是从企事业单位调入行政单位的工作人员，调入后不再享有原待遇，按照现行职务确定工资。去年，河南省某行署机关一次调入了三名干部，分别担任科级副科级职务，而他们三人在原单位一人是副总工程师，二人是工程师，工资按现任职务，最多的要少拿 43 元，最少的要少拿 24 元。相反，这些人不仅没有怨言，在接到调令后，还纷纷举行告别宴会，宴请亲朋好友，庆祝升迁。

席间，有不谙世事者替他算了笔账，按现行坐车住宿等差旅费报销规定，副总工程师等于正处级。你这由处转科，不是太不合算了么？有人愤愤不平。

这位副总工程师闻声大笑，尔后答曰：不计个人得失么！

好在不谙世事者毕竟不多。众人都是祝贺这位副总工程师年富力强，高升指日可待，有人还警告科长"苟富贵，勿相忘"。

看来，这位新科长真是不算经济账的，但事后有人嘀咕，当官的别看工资单上只有那几个钱，但那些钱的"含金量"比别人的高。否则中央三番五次精简机构，机构为什么总还是不断膨胀呢？

所以，官场上不断地上演一些悲剧和喜剧，一些龙虎相争和渔翁得利之类的故事。

这个故事就发生在中国最大的水利枢纽工程三峡所在地，一个偏远的小县里。故事的主角是这个县的县委书记和县长。

事情发生在宜昌地委决定总结这个县长先进事迹的当儿，时在 1986 年。当时，湖北省纪律检查委员会收到了一封署名"几名群众"的匿名信。信告王"文革中打砸抢搞武斗，玩弄权术爱吹牛……"

可是王的这段历史早已被多次调查过，信没有发挥作用。但到了 1987 年，这个县的县委书记在"百忙之中"又批转了一封群众来信，信中给王列举了七大罪状。书记指示县纪委组织专班给以调查，是时，宜昌地区报纸刚刚报道了王的事迹。

这年五月，这个县相继发现针对王的标语：打倒王炳南县长！

这年六月，宜昌行署纪律监察委员会和王本人相继收到署名"群众"的匿名恐吓信。这正值王炳南即将出任行署副专员之际。

故事的参与者不言自明，但让人费解的是，这种种情节皆出自一个堂堂的县委书记之手。

答案也许并不复杂，"既生亮，何生瑜也。"

也许书记诬告县长只限于文斗，像陕西米脂县公安局长用炸药炸县委书记的还绝无仅有。

米脂出美女，可没料到也出高胜秀这种人。高从当小学教师开始，到公社文书、乡党委书记，他深知有权就有了一切的"真理"。从做官二十载的经验中，他悟出做官一要跑，二要有靠山。他听说县里统计局长缺人，就跑，就动用关系网。过了几年，他又听说县公安局长人选空缺，他又跑，尽管县委书记张增连反对，可经不过他的活动，局长的宝座他终于跑来了。

他乱批乱办"农转非"，收受贿赂，书记要查他，他恨得牙痒痒，新仇旧恨交织在心头。他就组织了一个班子，专门告；说告就告，但影子总成不了人。他就请鬼斧神器来咒，手法翻新，那些咒语秘诀仍没助他成功。

阴界不灵，他就写匿名信恐吓，就弄来炸药，就指使人去炸。

为什么共产党的公安局长要去炸共产党的县委书记呢？话说回来，很简单，为了权。书记威胁到了局长的权。于是，月黑风高之时，一声轰响，书记住的土窑塌了半边。幸好这天鬼使神差，书记临时走了。

当然，书记没有死，高胜秀却去阎王那儿做了小鬼。

龙虎相争，不乏刀光剑影；但粉黛帏衾之中，也并不都是两情缱绻。

她是一个县妇联的一般办事员，仕途上，她深知难有大的进展，于是把全部希望寄托在夫君身上。是时，她的夫君任县团委书记，据知情人透露，已被列为县里的第三梯队。

果如其然，她的夫君被送到省委党校深造。她明白，这一切都仰仗这个县抓组织工作的某书记。这一天，月上柳梢头，她"当窗理云鬓，对镜贴花黄"，袅袅娜娜去书记府上拜望。

书记四十开外，一条腿因小儿麻痹症留下了残疾，为此讨老婆没少受人小瞧，直到有了权力，他才把这些侮辱和自卑忘却了不少，但他在潜意识中也就生出了一些报复女子的念头。此番见这女子粉香四溢地走进来，他明白又一个猎物上钩了。

两人谈话不多，眉眼却是你来我往，彼此心事都明白几分。一个有几分姿色，一个是家在外地，正忍受寂寞。

首次接触，又在书记办公室，两人毕竟不敢造次。但书记送她到门口时，再次握手道别，女子温软的手在男人粗大的手中多停留了几秒。

这几秒作为女人完全感觉得到，第三天，她又去书记办公室"汇报工作"。进了门，她眼里波光流转，巧笑倩兮，说书记爱人不在，房子里搞得好乱，她便提出为书记收拾一下。这一收拾她就再也没有从床上起来了。

团委书记在省城里读了两年书，这女人没少去找书记汇报工作。转眼之间，团委书记要回来了。这女人自以为丈夫升迁的桥已经搭好了，夫贵妻荣指日可待。

县委大院内调整领导班子，该上的上了，该调的调了，唯独团委书记依然故我。夫妇俩慌了，一番商议，这女人又在夜色朦胧之时去了书记那儿"请示"工作。

轻车熟路，一番颠鸾倒凤，书记气喘吁吁之时，她提起了丈夫之事。语气中不无责怪。

"不是我没帮忙，这件事我一个人当不了家。"书记急忙解释。

女人半嗔半怪，搂着书记非要他表态。

"宣传部副部长……"

"不行，那是个聋子耳朵。"

"你看去哪儿？"

"组织部，要去就去组织部。"

"口说无凭，你马上写个条！"这女人在书记欲火正旺之时进一步提出要求。

书记解释再三也无效，只好瘸着腿下床去找纸和笔。

　　　　兹任命ＸＸＸ为县委组织部副部长，口说无凭，立此为据。

　　　　　　　　　　　　　　　　　　　　　　　　　　ＸＸＸ

这份任命书虽不是红头文件，却比红头文件还要灵验，半个月后，团委书记走马上任。

这女子可谓为新时代的烈女，为了丈夫"事业"，甘愿献身他人。这笔交易虽说隔墙有耳，但一直无人愿去管这等事，直到书记在省城开会，这女子应召前去，偷情时被旅社人发觉，才传为笑柄一桩。

目前，大小报纸都在宣传"官念"已经淡化，不少人弃官为商，其实，真正放弃位子者和削尖脑袋朝里面钻者相比简直不成比例。1992年3月，宜昌地区和宜昌市借合并之机，地市分别突击提干。据中纪委通报指出，原宜昌地区突击提拔干部84人，宜昌市委突击提拔县级干部113人，下属单位提拔科级干部904人，共提拔干部1017人。在提拔干部时，有的不进行考察，不按照有关程序。有的当天报，当天批，有的甚至先任命，后办手续。

看来，如果官念淡化，会出现如此千军万马奔官道的壮举吗？这个原因，我们在后面还要分析。

2　从五十年代到八十年代

五十年代干部两袖清风，
六十年代干部猛打猛冲，
七十年代干部唯命是从，
八十年代干部百万富翁。

商品权力化，
发了海边的，
富了摆摊的，
肥了当官的，
苦了靠边的。
权力商品化，
国家一化都不化。
做生意的乱来，
做官的发财，
当老百姓的划不来。

发了海边的，
富了摆摊的，
肥了当官的，
苦了靠边的。

——民谣

民谣显然有以偏概全之处，八十年代的干部并非皆是"百万富翁"。据中新社讯，1986 年以来，机关干部工资水平低于平均水平的状况呈逐年扩大趋势。国家统计局的一项统计资料显示：同是 1982 年毕业参加工作的大学生，到 1989 年时，分配到工厂的，每月平均收入 181. 19 元，到饭店的，每月收入 278. 75 元，到三资企业的，每月 325.5 元，而到国家机关的，每月仅138.98 元。

当然，这是普遍现象，是工资单上数目，还有特殊现象，还有那遮遮掩掩的收入。

这种收入有多少呢？恐怕只有天知地知，再就是有些梁上君子知道。

1987 年 11 月 19 日 16 时 30 分，黑龙江省双城县双城镇内，县政府办公室会计陈云富家失盗了。报案时，陈云富极其艰难地吐出了两个数字：现金 21000 元，储蓄存单 14000 元。现场勘察发现，陈家的照相机、大小录音机、高级衣料等值钱的东西都没有丢，却丢了一条面袋子。经过刑警队员的反复提示，这位副科级的干部为了配合破案又吐出了另一组数字：现金 7 万元，13 个存折，38000 元。

疑点呈现，马脚败露，两位检察长同陈云富正面接触，一番攻心，陈云富才缴械投降，并供出同伙：县政府办公室出纳员郝光友，县政府办公室总务秘书赵宗武，县政府办公室副主任郭景信。四人合伙贪污公款数十万元。

35 天后，这个人称老鬼的梁上君子被抓获了，小蟊贼偷大盗，或许可以给他记一功。

梁上君子不知是否研究过中国少数干部的腐败史，官——权——钱，往往是干部堕落的三部曲。监察部副部长冯云梯指出：目前，不少人只要手中有一点权力，便想方设法捞钱，不给好处不办事，以权谋私；过去有一句俗话，"八字衙门朝南开，有理没钱莫进来"，现在仍然有此现象。

现在仍然有这种现象，腐败便是一种必然。所以，小偷们便放肆地去偷。湖北武汉便有一盗窃团伙，专门选择县政府为偷窃目标。半年之内，他们的足迹遍及四个省二十个县市政府机关。

"我们专偷县政府！"老谋深算，曾因盗窃蹲过监狱的刘明如是说，"县政府好偷……那些当官的都有钱，咱们去偷准成！"

目标既定，他们开始制定周密的计划，专门买了一本全国地图册，对要偷的县政府作了重点标记。果如其然，他们屡屡成功。有一次，他们盗窃了某位副市长家，市长夫人向公安局报案称，被盗物品有金戒指一枚，东方双狮金表和西铁城手表各一块，粮票 8000 余斤，以及一批名贵烟酒，总价值约 5000 元，但公安人员侦破时却发现，小偷盗窃的仅仅是其中的一部分。这位副市长家还有现金 2 万元，高级名贵香烟 40 条，名酒 2 箱，冰箱一台，另外还有 2 只手枪。

看来，小偷发现的还是冰山的一角。一角如果加以统计也就十分惊人：过去五年里，国家工作人员贪污犯罪有上升趋势，检察机关立案侦查的贪污贿赂案有 21 万多件，法院判刑的犯人有 7700 多人，其中有 4 人为省级干部，收贿数额最大的达 313 万元人民币。

正如监察部的一份分析报告所指，八十年代干部腐败行为涉及多层次，多行业，多部门，分布面和涉及面之广，为建国以来之罕见。当然创造这项纪录之最的，是全国最大的特区海南岛海口工商行东风办事处。主犯是办事处会计组长薛根和与海南贸易公司经理熊道先。他们采取内外勾结的办法，以合伙做生意为名，由薛根和窃取东风办事处的汇票、钢印，然后利用自己掌管的密押开出空头支票，打到外地解付。短短的时间里，他们共将 3944 万元的 21 张汇票签发到外地，其中 2594 万元已分别打到广州、包头、陕西、河北、长春、贵阳等省市解付了。

湖北省天门市纪委曾有一份材料指出，近年来，干部贪污中"群体违纪"现象呈上升趋势，一年中，该市这类案件就有 24 起，涉及 97 人，其中党员 90 人，市正局级干部 10 人，副局级干部 24 人。其群体违纪的主要表现是：凭行业优势谋取私利，打各种旗号化公为私，借制度混乱作假分赃。湖南省查处的一桩轰动全国的"黄金案"，就涉及省、常德市、桃源县三级财政局。他们利用手中的权力，在金矿索要黄金 360.5 克，加工成 6 条项链、13 枚金戒指，4 副耳环，其中省财政厅 20 多名副处级以上干部都接受了贿赂，县市级财政局的大多数干部也都在这场黄金案中得到了好处。这场震惊湖南，轰动全国的黄金案留给人们的思考就是集团以权谋私、钱权交易的猖獗。吉林省四平市梨树县蔡家粮库上下串通，内外勾结，利用自己手中掌管着国家粮食之机，大肆投机倒把，贪污受贿，该粮库共有 65 名党员干部违法或违纪。原县粮食局长和粮库主任等人倒卖粮食 7184 吨，低来高走，非法获利 53 万多元。更让人吃惊的是，这样一个小小的粮库，3 年间吃喝招待费竟高达 114 万。据查，省市县有 49 个单位到这个粮库吃喝、报销条子。其中人大、纪检、公安、检察、法院、粮食、财办、农电、农行、税务、劳动等部门报销条子最多，报销千元以上的有 19 个单位，最多的是县粮食局，高达 5.69 万元。

据海南省检察院对特区公职人员犯罪案件剖析，共有六大特点：

特点之一是"普遍性"。管钱的"吃钱"，管物的吃"物"，管税的吃"税"，管土地的吃"土地"，管批文的吃"批文"，管户口的吃"户口"。一些与经济不沾边的人也拼命往里钻，充当中间人，介绍人，捞取好处费。如万宁县宁汉民族经济开发公司副经理黄琼与万宁县医药公司经理吴乾辉等人共同倒卖 2 万吨白糖的进口批文，非法牟利 110 万元案，就是万宁县委常委黄文雅伙同其子、省政府办公厅秘书黄好富从中穿针引线，才取得批文的。黄文雅受贿2万元，黄好富受贿4.8万元。

特点之二是"公开性"。一些宾馆、饭店、招待所、旅店、商店的财会人员，公开为旅客、顾客开假发票，以此招徕生意。公开要回扣，提成费，信息费，劳务费，茶水费，汗水费，招待费，奖金，介绍费，生活补助费。

特点之三是"贪婪性"。在立案侦查的73起贪污受贿案中，万元以上的就有52起，占立案数的71.1%，其中贪污3万元以上，受贿2万元以上的特大案件21件，占立案总数的28.76%。同时，还有几宗携款潜逃达数百万元的大案。

特点之四是"多发性"和"牵连性"。

特点之五是犯罪手段日趋狡猾。一般他们在犯罪之前已经想好了对付侦查的方法，智能型犯罪逐渐增多。接受现金时，不让第三人在场，接受物品时，要同时送上购物发票。你贷款一万，我送上八千。你说我倒卖批文，我便同买批文的单位"联营合作"。

特点之六是犯罪动机均为"享乐型"。他们用所获赃款购买高档商品，建私房，大吃大喝，赌博嫖娼。东方县工商支行八所镇储蓄所管帐员周××在不到一年的时间里贪污二十余万元。先后在港湾大厦等地包高级客房，嫖赌逍遥，花天酒地。琼中县民政局副局长黄文才等9人4个月时间内用公款吃喝达万元。这天他们出差时，他竟提出每人发40元嫖娼。另一天，这伙人在公路边的一饭店内吃早茶，点名叫妓女陪吃，五人轮流与两名妓女淫乱，所花银钱，均以公款报销。

堕落，不可避免的堕落！无怪乎香港《亚洲周刊》撰文指出中国大陆反贪污是"一场持久的战争"。

3 妻离子散与四世同堂

有权的"妻离子散"，
无权的"四世同堂"。

书记要建房，
主任来帮忙；
主任要建房，

> 科长来帮忙；
>
> 科长要建房，
>
> 采购员来帮忙；
>
> 采购员要建房，
>
> 好处费来帮忙。
>
> ——民谣

这首民谣简直不亚于"人咬狗"的新闻，在中国，当个"长"还要妻离子散，真是让人同情。不过，时下这种情况在中国还不止一例，我们不妨略举一二。

据《南方日报》披露，广东省化州县人大常委会主任李某，利用职权，营造两幢6层逾千平方米的私房。如果李家有12口人，也合每人一层。

湖南省交警队队长曾某，自己建一栋楼，为儿子建一栋楼，又为孙子建一栋，一代一楼，三栋80间房逾千平方米。

湖南省株洲市郊区人大常委会主任、党组书记童某，家里已住有公房七八十平方米，儿女已分开居住，他却踏遍郊区，在有山有水、有花有木的农林局苗圃地里盖了一幢三层五套间，建筑面积为518平方米，客厅、厕所、厨房、卧室俱全。他又不辞辛劳，在县城外一口鱼塘里建立一栋水上楼阁：水面上建楼房，水中养鱼植莲；楼房上下两层，大小12间，装饰豪华。

这是拥有私房的，住公房又如何呢？不少干部，走一处占一处，不仅自己住，连儿女、亲戚也沾光。笔者所在一个县，一女副县长以她的名义所占的房屋不下十几处。她每调一个地方，原来的房子总是不退，别人敢怒不敢言。后来，她在退休前因超标准建房，被人告到上面去了，终因房子而受到处罚。

我们再来看看那些"无权"的境况如何。

马年岁末，江城武汉爆出一条"喜讯"，人均住房两平方米的两千特困户提前"解困"，住进新建住宅。湖北新闻媒介均先后播出这条消息，武汉市市长赵宝江把这作为当年的政绩之一。据说，在全国各大城市中，这个指标还是走在全国前列。

一条迟到的令人心酸的捷报。这就是说，多少年来，四代同堂的人家该有多少！全国各大城市中，还有不计其数的特困户还拥挤在窄小的生存空间里。

何止其他城市，武汉市并非又拥有广厦千万间。据《武汉晚报》载，在原黄孝河机场沿河堤、武昌花园山一带,汉阳拦江路堤外万人游泳池附近,仍有数千倒流城市人口居住在简陋的棚户区内,人称棚户村。这些人,有的是1962年响应号召下放回乡的,有的是三年困难时期压缩城市人口时奔赴农村第一线的,还有的是"文革"中被下放和遣返的。他们的棚屋,大多是用竹子、木条、油毛毡、破席子、破塑料布、碎砖瓦搭就的。

湖南省临澧县官亭乡,当乡党委书记彭某、副书记张某营建豪华的楼房,占住宽敞的公家住房时,这个乡仍有39户人家还住在岩洞里。

四川省厂柱县是全国最贫困的县份之一,全县人均收入不足200元。这个县有不少乡民还住在山洞,或简陋的茅屋里,而县城里,县人大主任、县国土局长、公安局长等人却争先恐后建起了一条"官街"。

一方是"妻离子散",一方是"四世同堂"。佩服中国人的幽默,也佩服中国汉字的组词功能。化愤怒为幽默,寓痛苦于隐忍。

实际上,幽默才是极度愤怒所至,隐忍,是无可奈何的表现所在。

1988年冬天,湖南常德市鼎城区水利工地曾有一起民工罢工事件。民工们静坐示威,呼喊口号:"我们不出水利工,要为杨书记盖房子!"

杨书记名志美,石门桥办事处常委书记。子民10余万人,自称"一国之君"。这年冬,在续建防水防洪工程的同时,自家也同时兴建了一座楼房。

材料是下属单位免费奉送的,建房用工自然也不拿分文。在别人的建议下,杨志美决计来个"两不误"。

民工们闻讯给书记盖房也算水利工,怒从胆边生。于是互相串联,集体罢工,不去水利工地,要全部去为杨书记建官邸。

杨书记的结局可想而知。

当然,像杨书记这样"蠢"的人并不多,纵观大多数官街的建筑史,都是明修栈道,暗度陈仓。

1988年9月,湖南省沅、澧流域遭受百年不遇的特大洪水袭击,房倒屋塌,田地损毁,灾民们只好在大堤上支起塑料棚栖身,而此时,一首民谣在汉寿县却悄悄流传开了:

> 汉寿遭了灾,
> 干部建条街,
> 钱从哪里来?
> 大家猜一猜?

这和 1975 年河南省驻马店地区特大洪水之后何其相似，一篇曾在全国引起轰动的报告文学描述了与此发灾难财完全相似的情景。

正如一位干部所言，他们一月工资不过百多元，动不动就盖房，这钱从何而来，还不是明摆着吗？

明摆着的是贪是占，还有如前民谣所指，有一帮人为虎作伥，在帮倒忙。

湖南省桃江县有 12 名县级干部在县城建私房，他们当中有县委书记、副书记、县长、副县长，有人大、政协的负责人。他们"日理万机"，每家的楼房却不知不觉地如雨后春笋，可想而知，有多少人抬轿子。

不过，如果把责任推到抬轿者头上，则有点不合情理。如果坐轿者自己不去坐，这抬轿者还从何而有呢？纵观盖房者，大多数还是利用自己手中的权力去捞的。

江西省景德镇市机械工业公司党委书记张某，为都昌县包工头江训政等人介绍了一批活，江训政则在市里为张盖私房一幢。可谓得来全不费功夫，他如法炮制，别人又为他分别建了两幢私房。

江西赣南某县公安局刘局长，建成一幢造价 9 万元的楼房。他建房的木材多数是别人送的；5 吨钢筋，是以旧换新搞来的；52 吨水泥，全部是低价购进的；水泥楼面是看守所里的拘押人员浇灌的。至于送什么建筑材料，他和他在县交警队工作的儿子拦到什么车谁就得给他们送。

有权用权，没有权便用余威，湘西土家族苗族自治州林业局局长李某，离休多年后又建起一座 273 平方米的别墅式楼房，全在他余热发挥得好。其实，事情并不复杂：倒腾木材。他先是说自己离休后要盖个"窝"。老革命加上老领导，州、县林业局岂敢怠慢。10 立方米木材指标，他却先后搞到 40 立方米木材。

木材到手，李某并非用来自己"盖窝"，而是运到州贮木场。

贮木场焉有不贮老领导木材之理，李某先说请贮木场保管，次而又说调换，后来又就说。贮木场虽有不悦，但又不敢得罪老领导。

100 元一立方购的木材，750 元卖给了公家，就这么一次，大庸市张家界森林公园三角坪矗起了一座李记别墅式楼房。值得一提的是，州林业局宿舍里还有他的两套共 120 平方米的房子。

如果说，这些干部忍受着"妻离子散"之苦冒风险大兴土木的话，那么还有一些干部却是辛辛苦苦为别人作"嫁衣"。

湖南岳阳市南岳区曹某便是其中之一。不过，他建房和前边的那些官员建房却有两点不同：一是他是以两户亲戚名义，二是所需款项是由他作保，从银行贷的。

曹区长的两门亲戚都在远离南岳的乡下，他本人在市里已分有公房，以两位亲戚的名义落成之后，却立即挂牌出租。但他又嫌租期太长来得慢，将其中一幢卖给了区煤炭公司，一次净挣 16 万多元。

还有一个县银行的行长，建立一座 3 层 12 间达 340 平方米的房子，用他自己的话说，"不用自己花钱，还能生钱。"其诀窍是利用自己的职权，从银行里贷款，房子建好后出租，两三年内即可还清贷款。

不管是为了图享受摆阔还是为了赚钱，在中国这场被人称为"第三次浪潮"的干部建房热中，可谓是"八仙过海，各显神通"，他们形形色色的表演，为中国的新民谣提供了材料也提供了证明。

4　吃吃吃——不散的筵席

活鸡活鱼活王八，
名烟名酒名片茶，
请吃请喝请干部，
吃来吃去吃国家。

上午满天飞，
中午端酒杯，
下午早早归，
晚上划乌龟。

下来一群瞌睡的，
回来一群喝醉的。

——民谣

公款吃喝，在 1989 年的廉政风暴中，曾经是众矢之的。可时隔五年，吃风不仅未减，而且不断上档次，有愈演愈烈之势。上面关于干部吃喝的民谣，只不过是其中之一。

干部吃喝，早已惊动海外。

香港《镜报》载文评论道："在今日大陆，从前曹操招待关公的那种'三日一小宴，五日一大宴'的传统格局，早已被人讥笑为'小家子气'！现在许多'人民公仆'，尤其是一些县乡局级的干部，几乎天天有宴，顿顿必喝，而且常常是一日几宴……"还有一位外国记者曾总结道：大陆官员，文化最低，酒量最大。一位香港记者曾直言批评说："大陆职员一人喝酒顶三个海外职员，海外职员做事一人能顶三个大陆职员。"

国内民众对干部吃喝也是怨声沸天。民间曾有人形象地评论道："这些'酒精'（久经）考验的干部可真能干：他们喝起酒来可以两三瓶不醉，打起牌来三四宿不睡，跳起舞来什么步都会，吃起席来是七大盘八大碗不累，就是一项，他们往往是办起公来不知是错还是对。"有一首民谣在讥讽中揭露了干部喝酒之普遍——

> 改革是否有问题，
> 酒席桌上看肚皮；
> 大家肚皮是鼓的，
> 看来改革没问题。

民谣都有这种夸张的特点，但无论如何，干部吃喝，已不是什么无中生有的事。据《半月谈》载文写道："据对杭州市楼外楼等三家著名饭店调查，一年之中公费酒宴达1115次。其间，257家单位公费酒席25.6万元。东南沿海一个30万人口的城市对外开放后要经常接待上级的来宾。这些人又要吃得满意，住得舒适，又因出差费包干，吃饭要自己掏钱而希望照顾。市里不得不自己拿钱补贴，一年之中补贴开支高达100万元，就连武汉市郊区一个乡政府，每年的招待费开支也达10万元之多。"

《人民日报》载文说："就有关部门统计，全国骨干企业、乡镇企业和县地省级招待吃喝费，每年花掉的钱可以建几个第一汽车制造厂；可以用于建设许多投资百万元的大型科研项目，甚至可以支付全国两年多所需的教育经费。河南省南乐县1988年县财政收入只有845万元，用公款吃喝送礼的金额89.4万元，占收入的10.6%。河北省高邑县对县办较大的毛纺厂、化工厂、水泥厂进行调查，这三个厂在一年零八个月期间吃喝送礼20万元……"

有人估算，每年吃喝掉的公款在300亿以上。

北京动乱之后，廉政风起，人有鼓盆而歌，谱写"四菜一汤"进行曲。岂知上有政策，下有对策。先是"四菜一汤"变成"四盆一缸"，接着是有人在盘里做些革新，一个大盘，分成三五个区域，不亚于一个什锦盘。后来又有人想出高招：桌上始终保持四菜一汤，但如流水一般，菜肴品种不断变换。就在这一年，《中国青年报》曾披露了徐州市第七次党代会的会议食谱，25日这一天的是"奶汁鲤鱼、酸辣酥肉、盐水鸭、五彩虾仁"，而每天的食谱都不相同，你想想，正廉政风头上的党代会都这般偷梁换柱，一般的会议，可想而知，吃喝又该如何。

果如其然，正当有人半是欣赏半是惋惜饮食业的萧条之际，另一轮吃喝风又卷土而来。而这一轮无论是质量上还是数量上都远远超过以往的水平。用一位干部的话说是"夏季损失秋季补"。笔者有不少朋友在政界，问及吃喝风，皆笑曰：风过去了！有人叹道："康有为维新尚有百日，这一回是八十五天。"

八十五天过后，家家饭店招待所营业额直线上升。厂庆酒、开业酒、生意洽谈酒、经验交流酒、纪念活动酒、学术研究酒、检查酒、验收酒、评奖酒、招工酒、庆寿酒、提干酒……有一副对联写道："厂庆、场庆、矿庆、社庆、店庆、校庆，处处可庆；卅年、廿年、十年、五年、两年、一年，年年能吃；横批——普天同乐。"笔者有一同事从县里下派到乡任宣传委员，他说，他下去三年，刚去时买的十五元钱的饭票，到现在还没用完。另一在公安局的亲戚说，一年三百六十五天，在家难得吃上一天饭，往往是断顿不断天在外面喝酒。某省省委组织部办的一个县市长和省直处长培训班，开学不久，县市长班便摆开了擂台轮流请客，几乎天天不断。后来，他们自己总结了一句顺口溜：县长忙吃喝，处长忙跺脚（跳舞）。

饭店招待所生意兴隆，它的助兴用品酒厂自然而然也带来飞速发展。据统计，目前共有大小酒厂5000家，总产达760万吨，其中烈性酒360万吨，果酒110万吨，啤酒300万吨。除此之外，还需用一定的外汇进口酒，这笔钱大约需450万美元。按人均计算，每年每个中国人人均饮酒近15元。其实，饮酒引起的连锁反应远远大于这个数字。有人作过统计，酒与菜的价值比是民间约为1∶3，公家为1∶10。这样，每年全国酒宴上的消费=130亿元（酒）+845亿元（菜），菜肴共计为975亿元，是上海市国民收入的两倍。

因此，报端和中央文件中不断疾呼要刹住吃喝风。但吃喝风就如一首民谣中所言：

屡禁屡吃屡屡禁屡屡吃，

常反常犯常常反常常犯。

公款吃喝为何屡禁不止呢？不喝不行吗？少喝不行吗？不少人说：不行！
这是中国的国情。

好一个国情论者！

对于这个问题，有记者分析道，吃喝风盛行的原因有如下几点：

一是是非观念扭曲。本来，吃吃喝喝是一件丑事，可现在，不少人认为，
包括一些领导干部认为：吃点喝点算不了什么。他们觉得当干部工资低，唯
一的好处就是能吃点喝点。于是，不管办事还是开会，吃都成了一项重要内
容。在这种思潮下，请吃者扬眉，吃请者光荣，不请者受讥，拒吃者孤立。

二是互相攀比心理。不少单位为了在吃喝上不落人后，你吃海鲜，我吃
山珍，你吃飞的，我吃爬的。你喝部优，我喝国优。南方有人总结道：鸡鸭
鱼肉端下去，乌龟王八爬上来。有些检查团还没有到，一些单位便派人到上
一站去打听，看别人做了些什么，然后层层加码，以便博得吃请者的好印象。
这样攀来比去各地酒席标准"水涨船高"，一席三五百元在内地也不算什么，
在沿海更是以千元万元计。报载，宝安县一个局用公款请客，12 个人一席吃
掉 36000 港元。在深圳，这种奢侈的消费更是司空见惯。

三是图桃报李，各有所求。不少单位为了要项目，要救济，不惜在招待
上下点功夫。"酒杯一端，政策放宽；筷子一拿，可以可以"已成了一种约定
俗成的定律。一个穷困县的干部说："我们也知道吃喝不好，可是主管部门的
钱有限，他给了这个就不能再给那个。你不请，别人请，吃亏的还是我们
县。"还有些企业说："吃喝是我们唯一的核武器。要不然，业务怎么开展？"

四是法不责众心理。公款吃喝从上到下已是"四海之内皆兄弟"，已渗透
到社会生活的各个方面。不少单位拉着领导吃，陪着上级吃，邀请同级吃，
照顾下级吃。扯藤子拉蔓，彼此彼此，谁也不好说谁。

五是遵令吃亏心理。禁止公款吃喝，谁都赞成。可是谁都不愿先带这个
头。主要担心我禁你不禁，怕冷落了上级部门自己单位吃亏，怕在经济交往
中不好开展，怕同僚们笑话。

六是禁令执行乏力，导致反弹，使吃喝风步步升级。近些年中央关于严
禁用公款大吃大喝的文件已下了不少。要么是执行一阵又松了下来，要么是

采取对策蒙混，还有一些单位置若罔闻。结果是，禁一次，胆子壮一分，禁一次，公款吃喝的规格升一级。人们已在历次禁风中总结出了经验，你上面拿出什么新的精神大家一笑了之。

吃喝中最能显示中国人智慧的便是劝酒的技巧和方式。劝酒一要海量，二要有杂家知识，相声演员的口才。纵横捭阖，驾驭喝酒之态势。苦劝、笑劝、强劝、赌咒发誓地劝，死乞百赖地劝……

壶中无酒不待客，客不尽兴主不恭。这劝酒的豪杰众多，但一花独秀，当数九省通衢的一位女将靳贞。

靳贞是武汉一家机电配件厂的宣传科干事，芳龄二十一岁，正是令男人倾倒的时光。这年元旦前夕，该厂以"订货洽谈会"的名义大摆宴席。席上，一酒仙向该厂厂长华某敬酒，厂长不胜酒力，连连谢绝，岂知那酒仙不仅不快，而且奚落该厂的全体工人。此时，靳贞挺身而出，不慌不忙替厂长喝了两杯酒，并且代厂长挨桌向全体来宾敬上一杯。

妙龄女子亲自敬酒，众男宾无不畅怀痛饮，美酒佳人，连历代帝王都无法抗拒，何况世庶之人。于是，这场订货会取得了空前的成功。

会后，厂长正式任命靳贞为厂办主任。

靳贞作为职业大学文秘专业的毕业生，在厂办主任这个位置上可谓"专业对口"。凭着她的文才口才和干练，面对文山会海，厂际交往，她显得游刃有余。她成了华厂长酒海肉山中的"救生圈"。她沉湎于公费吃喝之中。她驾驭着美酒佳肴取得一次又一次成功，直到医院宣布她患了乙型肝炎需住院隔离治疗……

无疑这位女中豪杰既是吃喝风的受害者，也是吃喝风的推波助澜者。她施展公关小姐的魅力，使不少"先生"堕入罪恶的深渊，她不是凭女色毒害社会，但也不亚于凭女色令人走火入魔。

走火入魔者时有所闻，被劝死者也不止一人两人。

某县农机局局长去属下检查工作，酒醉跌入粪池——因公牺牲，单位隆重悼念，《中国青年报》曾载文详细介绍整个过程。

吃死，死吃，一个时代的悲哀，结束这种状况的日子已经不远了。故有民谣半是讽刺半是揶揄地咏道：

> 小小酒杯真有罪，
> 喝坏了肠子喝坏了胃，

喝倒了革命老前辈，

喝垮了党的第三梯队，

喝得老婆不一头睡，

计划生育指标作了废。

老婆气得去找妇联会，

妇联会说：有酒不喝也不对，

吃吃喝喝不犯罪。

老婆气得去找纪检会，

门口碰到老门卫，

老门卫说：昨天上级来开会，

七个常委四个醉，

还有三个在宾馆睡。

老婆找到政协委员会，

政协说：我们也想天天醉，

可惜没得这机会。

老婆找到人大常委会，

人大说：人大一年只开几次会，

这种小事排不上队。

5 亲属局，夫妻科

亲戚班子驸马团，

小姐太太打字员，

王孙公子汽车队，

七姑八姨上妇联。

帐下大将，

人人都是"子弟兵"，

鞍前马后，

个个都是"自己人"。

亲家局，夫妻科，

外甥打水舅舅喝，

孙子开车爷爷坐。

——民谣

现在不少单位，近亲繁殖。尽管中央多次要求实行干部回避制度，可是一到实际中，就行不通。正如上面这首民谣所言，成了"亲家局，夫妻科"，工作关系成了血缘关系，你任何一个领导想去开展工作，先要像《红楼梦》里那个贾雨村一样，查一查"联络图"。

某县工商局李副局长上任伊始打算到下面一个集镇去看看市场管理，让办公室派一辆车，可是到了十点多，还不见司机来。他在办公室里发了顿牢骚，说像这样还怎么工作。十点半钟时，司机来了，开始还说马上走，出去转一圈儿，回来说车坏了，不走了。后来才知道。正在办公室里打字的小王告诉了他李副局长的牢骚。原来只知道司机是前任老局长的公子，现在知道这个小王是司机的表妹。又一次，一位工商人员在镇上被人打了，他急等着去，可是司机就是不露面，他气得骂了几句，谁知话音刚落，另一位局长的妻子、局会计以及局长的儿子、局里另一个汽车司机都上来和他吵，整个局大楼里男的女的，老的少的，骂声嚷声成一团……

像这样的情况目前在机关里并不少见，有一个县，全县局股级以上领导干部有39位，把直系亲属安排在自己所在的单位或下属单位。其中11个局级行政事业单位的17名领导干部安排亲属22名，18名局级以下的干部安排了28名，另有4名厂矿领导安排了5名。这些人安排下去后，或者无所事事，只拿钱不干活，或者管钱管物管人，成了"二把手"。所有安排近亲多的单位，在评比、转干、调资、分房等有利可图的事情上，夫为妻求人，父为子说情，女婿为岳丈请客送礼，此不正之风比比皆是。交通局原有3部汽车，还有7名司机，其中有4名是正副局长的儿子或女婿。后来只剩下一部汽车了，可是司机一个也没有减少。结果，司机越多，越没人愿意出车。7个人互相攀比，谁也不想去，私人想用车，你要用我也要用，互相争夺。群众只能摇头叹气。公安局长把自己的独生儿子安排在局长办公室，儿子有恃无恐，在局里指手画脚，人称惹不起的"二局长"。这个县的工商局，局长一人在本系统安排了五个人，副局长们也不甘落后，每人至少也安排个一二个，那些股级干部也闹着要安排自己的子女，同时，还有一些单位的头头脑脑的儿子女儿，都被安排到工商局。从 1988 年开始，这个单位以每年 20% 的速度递增，现在已达 700 余人，结果一个人的活几个人干，很多人去单位里点一个卯，就回去了。后来，有人告到上面，问题还没解决，局长已易地做官。

这种现象，不是某一省，也不是某一县某个部门。据安徽省人事局对该省体委的一次调查显示：该体委有编制 1514 人，实有 1558 人。其中有直系亲属关系的人员就有 237 户 641 人，占总人数的 41%；干部中有直系亲属关系的有 573 人，占干部总数的 61.8%。一家 6 人都在该体委工作的有 1 户，5 人的有 4 户，4 人的有 15 户，3 人的 53 户，2 人有 164 户。根据长江之滨的铜陵市人事局的一次统计表明，干部及其亲属在同一单位工作的共有 56 个单位，占调查面的 57.7%；有直接领导与被领导、监督与被监督关系的 243 人，占 34.3%。

当然，中央就干部任职回避问题曾有过规定，可是一些人采取"曲线救国"的方式，在安排子女亲属就业提干等问题上"横向联系"。你给我安排一个，我给你安排一个，你关照了，我心领神会，然后投之以桃，报之以李。彼此彼此，心照不宣。

6　折断翅膀的"蓝鸟"

> 往日——地委干部两头平，
> 　　　　县里干部帆布篷，
> 　　　　乡里干部"砰砰砰"，
> 　　　　村里干部铁条拎。
> 今朝——地委干部真不孬，
> 　　　　不是"奔驰"是"蓝鸟"；
> 　　　　县委干部也不差，
> 　　　　至少是个"桑塔纳"；
> 　　　　乡里干部坐吉普，
> 　　　　嘴巴噘得像屁股。

几千年中国历史都是一样，坐车或坐轿车是官阶的标识之一。虽然近几年有钱也可以买高级车，但那毕竟是少数。大多数干部是用公款为自己实现现代化的。

我们前面曾经谈到，目前，行政机关臃肿、重叠，机关人员严重超编，结构失当，造成官多于兵，三分之一的县级财政靠补贴过日子。三分之一的国营企业靠国家财政补贴。1992年银行贷款3540亿元人民币，多数是给国营企业的，而工业亏损4421亿元人民币，其中八成是国营企业。

但是，不管是吃饭财政还是要饭财政，设一个庙立一尊神就要按等级配一辆车。不管是"老少边穷'还是工人工资都发不出来的国营企业，那干部的车子却是一辆也少不得的。据报载，河南省曾召开过一个贫困县县长座谈会，尽管有的县距省城上千里，可不少县的头头们为了方便，千里迢迢开着车到省会去。特别是碰上这样相聚的机会，父母官们更怕自己的车子档次差丢自己县的脸。

为了坐好车，这些父母官们也不管官有多大，拼命地攀比摆阔。有一县办企业的厂长对我夸口："我的车子在县里只比书记的差那么一点。"语气中，不无炫耀的成分。四川省崇庆县怀远镇有一个新来的乡党委书记，家在35公里之外，每天专人专车早接晚送，耗费转嫁在乡镇企业和农民头上。他为了在"在位之年"坐上好车，将镇里几辆旧车摊派给四个下属企业，然后要四个企业各出5万元，供镇里买好车。仅1992年这一年，扶贫水泥厂就被这个镇党委书记摊派了73670余元，其中大多是驾驶员工资、修车费……正如有些百姓所言：一顿饭一头牛（几千），屁股坐着一座楼（几十万）。摊派无度，耗费无度，河北一个企业的职工愤而上书中央：

职工拼命干，
挣了三十万，
买个乌龟壳，
坐个王八蛋！

骂归骂，但汽车显示着主人的身份、地位，坐车人面对各种控办措施和监督体系都无动于衷，还在乎你骂几声。老百姓对干部有怨言也不是什么秘密了。普天如此，都是根据职务高低和车子好坏，由上至下，配备使用。

当然，让这些县市长们坐国产车，他们觉得和那些坐进口"奔驰"、"蓝鸟"到"尼桑"、"皇冠"的比，还算得上是艰苦朴素。近年来，关于进口轿车的争论一直有许多微言。有材料说，一家大汽车厂的厂长在开放后的天安门城楼上曾数了数过往的100辆轿车，仅有一辆是国产的。到了七届人大、政协二次会议有一位细心的人数了数停在人民大会堂前停车场上的小轿车，556 辆，其中 495 辆为进口小汽车，纯国产轿车仅 37 辆。据 1989 年 3 月 4 日《安徽日报》载：日本曾组织了一个少年儿童访华代表团。这个代表团在访问北京期间，别出心裁地安排了一项活动：请这些孩子数一数有多少日本产的汽车。有数据表明，今年前五个月，开进国内市场的进口小轿车达 8.4 万辆，总值达 130 亿港元，比去年同期增长 4.3 倍。有一个省今年前 6 个月，行政事业单位就从韩国、日本进口小汽车 746 辆，超过去年全年总数。

据不完全统计，自 1981 年至 1986 年，进口汽车所用款项 52 亿美元。1993 年，中国汽车采购团赴美采购，一次订购 15 万辆小汽车。今年，集团消费 60% 的是用来购车。1 至 5 月，全国公款购买小汽年耗资达 145 亿元，比去年同期增长 137%。有一个县是一个人口不到 25 万人的小县，拥有各种大小车辆近 400 辆，仅小车开支一项，每年就达 800 万元，占全县财政收入的三分之一以上。山东安丘县 1992 年一年购车 268 辆，如果每辆按 20 万元计算，全县用在买车上花了 5000 多万。《长江日报》报道："今年上半年，全市新购置的非生产性小汽车较去年同期成倍增长，呈膨胀发展势头。档次也明显提高……少则数十万，多则数百万。"东北一个省，今年上半年小汽车购了 4314台，花了 6 亿元，相当于全省财政收入的六分之一，创历史最高纪录。

有一首民谣总结了干部们近几年来在坐车观念上的巨大变化：

> 不论官多大，都坐"桑塔纳"；
> 不管哪一级，都要坐"奥迪"；
> 没钱靠贷款，也不坐国产。

7　送的艺术

> 抽支烟儿不管事儿，
> 喝顿酒儿管一阵儿，
> 不送东西办不成事儿。

> 二十三十喝喜酒，
> 四十五十送朋友，
> 七十八十走亲戚，

送当官的要"大头"。

会做的不如会说，
会说的不如会吹，
会吹的不如会拍，
会拍的不如会塞。

——民谣

每到春节前夕，各级的干部都要朝上级"进贡"。这时，八仙过海，各显神通，各地都把自己最有特色的产品送到上级部门。这好像形成了一个规矩，每年搞后勤的同志，总要为此开动脑筋，尽量办出特色，让领导高兴。

这送礼也有个讲究，一般逢年过节时是送物品，但平时为了和领导搞好关系，就要看领导缺少什么而"见机行事"、投其所好。送礼者往往以试用试看的名义，既不让领导背思想包袱，又不显山不显水地让领导高兴。

这样，每到春节前夕，各省的省委政府招待所里，各县来的车子总是一辆接一辆。那些送东西的同志白天睡觉，到了夜里，便按照事先拟好的单子，像做贼一样，一层又一层楼地爬。当然，干这种事还需要精明一点的同志，最好不要走错了门，也不要把该送给部长的送给了处长。

1992年春节，浙江省进贡出现了新景观：姑肥婆瘦。过去也同样吃香的计划、政府办及农委、二轻等主管部门，变得冷冷清清，而和计划部门对门的工商、财税、银行、商检乃至环保等部门来说，仍是一个忙得不亦乐乎的"丰收年"。一位在政府部门的干部无限感叹地说："以往到这个时候，一车年货运过来，一半卸在这里，一半卸在那边。而今年的年货却一律改道了，从后门运进了对面的大楼，却不让我们看到。"一位知情人透露说，这主要是市场经济作的"怪"。

不过，婆婆虽有逊色，可瘦死的骆驼也比马大嘛！

1989年揭出的铁路系统那场涉及40多人的贪污受贿大案，其中不少关节就是凭送礼而打开的。据郑州铁路局旅游综合服务公司经理侯创国交待，他先后多次向铁道部运输局行贿送礼。

不过，这也许是1989年的水平，目前，据知情人透露，送物已经落后，大多是直接给钱，给黄金。

湖南省常德市财政局在市长的授意下，向省财政厅的干部行贿。省财政厅的干部共得黄金首饰 130 多克，价值 15600 元，仅付了 5400 元。

常德市财政局长刘某到省财政厅预算处某副处长办公室送首饰，当时办公室里还有别人。刘有意支开别人后说："给你送点东西。""什么东西？""金戒指。"刘迅速掏出 2 枚金戒指塞进其手中。"那就谢谢了。"刘说："不要客气，以后搞预算时高抬贵手。"受礼者答："反正你们不会吃亏。"

不会吃亏，一方面是"公家人"，另一方面也是"公家人"，湖南省财政厅长瞿××在收到常德送来的金首饰后，大笔一挥，付给对方经费 10 万元。

后来，常德人自称这是"黄金诱饵"钓来的"大鱼"。

这种钓大鱼的把戏在所有国家财产损失的案件中，都程度不同地存在着。

北京市卫益行商贸部向北京市的 12 家金融单位的行长、经理、信贷干部行贿共计人民币 20 余万元，但他们先后向这 12 家银行、城市信用社和金融公司非法贷款，拆借 47 笔款项，共计人民币 7900 万元，其中 5900 万元的贷款至今无法收回，使国家蒙受了巨大的损失。这类案件，目前比比皆是。

过去，谈到给上级送礼，部门领导还觉得毕竟不是好事，只能暗示，或在小范围里商量一下，可现在，这似乎成了天经地义的一件事，人们见怪不怪。春节期间，笔者回乡，碰到一个家在农村的同学，他说："现在不叫送礼，叫发红包。各村几乎是约定俗成，都有个标准。乡里书记是 500 元，乡长是 400 元，一般干部是 300 元。乡里给县里的干部送是书记 1000 元，县长 800 元，副职都是 700 元。照这样计算，一个书记县长过个年差不多都成了万元户。"我说："干部们真敢收吗？"他笑笑说："这是公开的秘密。下级给上级发红包，改革嘛！"

好一个改革！

现在，这类送的势头还在朝高档大规模发展。一位在大陆投资的外商向《亚洲周刊》透露：以往的茶、烟、酒攻势在大陆官商眼中已经司空见惯，吸引力不大。现在大陆官商所收的贿赂已升级至现金、汽车与楼房等物。收受者不感到稀罕。

8　说你行你就行

说你行你就行不行也行，
说你不行就不行行也不行，
不服不行。

穿着料子，
挺着肚子，
拖着调子，
画着圈子。

决策时拍脑袋，
行动时拍胸脯，
出了问题拍屁股。

卖什么吆喝什么，
干什么糟蹋什么。

——民谣

　　干部的水平如何，我们不敢一概而论。但少数单位决策失误，导致国家大量财产流失，一些部门经济效益低下，年年靠国家贷款过日子，或者说多年以来所管辖的地方江山依旧，变化不大，除了主观原因之外，不能说与领导水平没有关系。

　　我的家乡是革命老区，多年来一直很贫困，"苏区办"成立后，为了改变这里的落后面貌，决定改过去的"输血"为"造血"。经过一番考察，决定在乡里建一座机械化的榨油厂。设计很宏伟，年产油100万斤。据说投产后，不仅可以解决一部分劳力，仅这一企业，还可以为乡里创收50万元。在有关部门的大力支持下，榨油厂经过三年的紧张建设，终于建成了。可是，刚刚试生产过，机器就停了下来，原因是原料不足，就算全县的油料都拉到这儿来榨，也不够机器吃。结果，开工之日，也就是停产之时。国家投资、银行贷款达上百万元的一个项目，就这样放在那里。机器在不断锈蚀，每年还得付几个人工资看守。至今，榨油厂已经停了三年多了，可当年决策修榨油厂的头头们，不是易地做官，就是升迁了。只有那个占地50亩的大工厂，还静静地留在那里日晒夜露。

　　这种事不是一件，也不是两件。不是在基层，相当多的时候主要是由于上级领导拍板而造成的。

　　决策失误，即使干部当初不是主观愿望，但不能说不是水平问题。如果我们的每一个干部都犯上几次这种错误，那社会主义事业还谈何发展呢！

如果说，干部水平低带来的仅仅是经济损失的话，那我们说还是万幸。很多地方由于领导瞎拍脑袋，或者说草菅人命，不少无辜的群众被白白送命。

这是一个矿区。一个初夏的早晨，一声轰隆巨响，某磷矿矿区发生山崩，矿区的职工和家属还在睡梦中，便被无情的泥石流吞噬。284 条生命，就这样无声无息地消失了。

事故并非不能完全避免。

几年前，该矿就发现矿后的山体有裂缝，矿务局的领导对危岩进行观察后，向主管的地区燃化局报告了险情。可是，局里主持工作的黄局长却说："不要搞大疏散，不要惊慌失措，但也不要麻痹大意。"话说得很轻巧，可住在矿上的人恼了："他们当官的只知道在上面发号施令，也不到这里来看看，要是让他们自己住在这里，看他们急不急！"

矿区领导又专程到地区燃化局转达干部群众的意见，并一再要求上级高度重视，作出积极慎重的决策。可是，石副局长和王副书记当面表示要向局党委汇报，并要请示上级。可后来他们既没向上级汇报，也没提交党委讨论。后来，在矿上的一再催促下，燃化局才召开了一次危崖分析会议，到会的只有一位王副局长，在会上他只说了一句话，随后以牙痛为由退出了会场。

接着，矿务局又二次向地区燃化局汇报危崖裂缝扩大，有石头下滚，石、王两位局长仍然没有引起高度重视，只是说："请个工程师去看看。"

结果，大自然是不等人的。矿区和 284 名工人成了一尊泥塑，一尊控诉官僚主义的泥塑。

干部水平如此，也许会有人问，现在提倡干部"四化"，考察提拔干部，组织部门抓得很紧，怎么会出现此类情况呢？

是的，我们现在的干部，大多都有个大专文凭，年龄、资历都要达到一定的标准。可是在选拔干部这个问题上，很多情况下还是凭某个领导的一句话，便决定某某是第三梯队或者是跨世纪干部。尽管也考察，可被考察的人只要没有死敌，有谁不去说好话呢？再说，这政绩往往难以量化，很多时候是凭感觉。至于考核打分等等，也是走个过场，行不行也不是群众说了算的。至于是否升迁，关键还在于领导一句话，所以干部们都在做表面文章，搞形式主义，许多问题，不弄到天怒人怨的地步，看见也装着没看见，等到上面某个领导发了话，下面才引起"高度重视"，又是开誓师大会，又是全民动员，弄得"轰轰烈烈"。到时候秀才们妙笔生花，总结起"辉煌战果"，又是统计数据，又是典型事例，洋洋万言，政绩蛮突出的。

干部水平如此，上面难道不知道吗？难道不想解决吗？其实，中央领导对此也是想方设法，采取一切措施要提高干部队伍的水平，可是收效不大。究其原因，缺少一种科学的管理体制。美国有一位学者到中国来，在一次讲话中善意地批评说："全世界都重视管理，只有一个例外，就是中国。"

其实，他说得不够准确，中国不是不重视管理，而是没有科学的管理体系。到现在为止，在很大程度上还停留在"人治"的地步上。所以，干部"唯上"不"唯实"。缺少独立的监督体系，他们只要上了台，基本上就能保住自己的乌纱帽，什么群众意见，什么人民利益，什么国家利益，他们往往考虑得很少。尽管一些有识之士，人在官场，说起干部状况、社会隐患也是振振有词，但没有一个人愿意从自己做起，大家似乎都抱定了天塌了也不要我一个人顶着这种消极等待思想。这种世纪末的灰色情绪，正在很大一部分干部队伍中流行。也许，这是 21 世纪中国的最大隐忧。

9　满街都是大盖帽

大盖帽，两头翘，
吃罢原告吃被告；
原告被告都吃毕，
他在中间和稀泥。

穿黄的，穿蓝的，
张口都是要钱的；
戴上大盖帽，
东西随便要；
披上老虎皮，
走遍天下都有理。

————民谣

大盖帽有多少？目前无精确数字。但 1991 年清查了一次，一个部门算一顶的话浙江有 56 顶，山东有 19 顶，河此邢台有 29 顶，据当时估计，全国有 300 万非法大盖帽。

1991 年惩治腐败主要是从大盖帽浪费国家财产着手抓的。当时，全国治理三乱，清理大盖帽主要为了减轻纳税人的负担。

当然，有些初衷也并非坏事。据浙江省某负责人介绍，浙江的大盖帽最贵的每套 1800 元，最便宜的也有 500 元。有位乡长有 5 顶大盖帽，需要什么他就戴什么：土地专管员、物价监督员、食品卫生监督员……如果按每套 500 元计算，他一人就穿了 2500 元的财政支出。山东曲阜市清查了 19 个单位，有 800 人戴大盖帽，服装、标志费用总计 119 万元。河北省邢台地区有 1.67 万人戴大盖帽，每年直接间接用于制装费用高达 190 万元。全国据统计大盖帽的制装费约需 15 亿元人民币。

但是，从当前流行的民谣来看，人们对大盖帽的微词并不是大盖帽制作费花了多少钱的问题。关键是这些"大盖帽"中的变质分子利用国家和人民赋予的权力中饱私囊，胡作非为。

笔者在一个厅局级单位办公室供过职，这一天，我正在写文件，两个大盖帽进来了。一纸盖有公章的通知放在我的面前。现在大盖帽太多了，我也弄不清他们是哪个单位的，直到看了那个通知，才知他们是城建管理部门的。通知以极其严厉的口气，要求我们单位在三天之内拆除刚在动工的一排房子。理由是我们所盖的房子违章。我觉得事情有点不妙，赶快找抓基建的主任，可这个主任说他早就知道此事，让我不要理他们。

后来，房子照常施工。大盖帽也未见再来。据说解决的方法是我们给这个部门一间门面，出租的收入归他们。

我说，这还了得！知情人笑笑说，天下乌鸦一般黑。不光我们，这一条街上凡是新盖门面搞第三产业的，他们莫不是用此方法敲一下，很灵。连前面自称无冕之王的报社也免不了乖乖地甘受此盘剥。

我第一次领教了大盖帽的厉害。

厉害的不仅于此，有一位朋友自己买了一辆车运输，从办执照到正式上路，各处"烧香"花了两千元。第一次出车，从河南到湖南，一路上罚了七次款，共用了八百元钱。而七处只有两处给了收据，加起来不到三百元钱。其实，此种情况决不是个案，也不是某一时的事。报载，河南周口地区某汽车运输公司两年时间内只有 120 辆货车从山西阳城县往安徽舒城县运煤中途，货车被扣 2.7 万辆次，各项罚款为 108 万元，因有关人员乱扣车，乱罚款，有关人员不愿出车，影响运货 1.8 万吨，企业减少收入 396 万元。

公路沿线层层设卡，山西阳城县至安徽舒城县距离 840 公里，有一阵，这段距离设了 48 个固定检查站，19 个流动检查站，平均 12.5 公里就有一个检查站。山西晋城市东西不到 30 公里，设有 62 个固定检查站，4 个流动检查站。河南博爱县至修武县仅 39 公里，设有 7 个固定检查站。

罚款收费项目繁多。公安、交通监理、车辆管理、运输管理、煤炭、税务、环境保护、市容管理、消防、工商行政管理、保险、公路段等部门都有权检查过往车辆。拦车检查时，不管车辆是否有毛病，都要收取检查费；检查车辆超重时，不管车辆是否超重，都要收过秤费；司机接受停车检查，还要交纳停车费。罚款规定十分混乱，一些检查人员信口开河。而这些罚款的收据大多是这些部门自制的无税收部门印章的发票，不少单位用白条代替，有的干脆只收款不给收据。很显然，这些罚款很大一部分并不是进了公家的腰包，而且是强拿强要，动辄还打人。据调查，不少地方对罚款还定有任务。山西某县交警队一年的罚款收入达 220 万元。有一个县的财政收入一年为 70 万元，而罚款收入占了 64 万元。

公路关卡林立，水路也不例外。在长江上，除长江港航监督部门设检查站外，林业、煤炭、烟草、粮食等部门也分别在水上设立了许多的检查站。从贵州清水江至安徽铜陵就设了 19 个木材检查站。

铁路上路风也不佳，列车乘务员殴打旅客，敲诈勒索。铁道部半年时间查出路风事件 700 多起。一位台湾客人回大陆探亲，在哈尔滨乘 503 次列车时，列车员为他购卧铺票，一张小纸竟要 20 元钱。当然，这是台胞，在大陆，其实这是司空见惯的事儿。今年 1 月 30 日从济南开往上海的 25 次列车 18 点 50 分开车，可到了 18 点 30 分仍不开门。硬卧车先开门后，持硬座票的旅客也涌向了车门。可列车员要每人付 15 元的"借道费"方许上车，有些旅客急于上车只好付钱。在武昌火车站，本来旅客是在候车厅里坐着，把门打开就可以进站，可站方非要旅客绕一个大圈到什么空调候车室去走一遭，坐一道电梯，然后又绕回到原来的位置——不过隔了一道玻璃门。说穿了，要收每位旅客 1.5 元空调候车费，也不管你候没候。还是在这个车站，今年 5 月，我们几个在党校学习的同志到南方去考察，购票简直不亚于登天，我们其中的一位处级干部大约深谙此道，去了这个车站和外商合资的昌庆旅社（与售票厅一墙之隔），用 45 元钱买了一张住宿费发票，然后在这里拿到了车票。不过，这些都是公开的秘密，毫无疑问，这个单位的头头不会没有一人不知道的，可他们在一次又一次的路风大检查中都安之若素，官运亨通。到了 7 月 31 日，铁道部长正在电视里信誓旦旦地大抓路风时，我送妻子到青岛，乘坐武昌始发的直快，上了车换卧铺票时，服务员要我交 3 元钱，我当初以为是押金，结果她递过一瓶矿泉水。外面是两元，她用手中这点小权却不失时机地敲旅客一下。

交通上行业不正之风盛行，其它大盖帽也是不会"无动于衷"。

山西太原市河西物价局长黄元德利用职权敲诈勒索，在商店里又吃又拿，先后八次点名要名酒、名烟及罐头、饮料等，给企业造成经济损失。他利用物价处罚权，谋取好处，损害国家利益。

公安部门违纪现象屡屡发生，据江西省上饶地区监察局的一项调查表明，公安部门违纪现象近年来一直排列在首位。广丰县公安局横山派出所民警张某收取一赌徒 1500 元酬谢后，私自为这位赌徒索回赌资 6500 元。广州市越秀区大南街派出所女民警玛云利用手中权力，为 60 多名农村户口人非法在广州入户，从中收受贿赂 20 多万元。洛阳铁路公安分局民警党灿光借助酒劲，枪击前去帮助他的报社记者，而后党家编织一张关系网，为罪犯解脱。河南省周口市组织十家企业对政府进行评比，结果综合指标倒数第一的是公安部门。

倒数第一，可以说明太多的问题。为什么他们出生入死维护社会的安宁，但结果却得到这样一个评价呢？也许，这其中的原因不言自明。

不言自明，有人告诉我，现在最为腐败的是执法部门，我认为这是危言耸听，但回家翻旧报，果见有鞍山市某些公安、司法人员私放劳教人员的消息。说是旧，事情发生在 1988 年到 1991 年，但处理就在今年，1993 年。有 21 名鞍山籍人因参与流氓、盗窃、抢劫、诈骗活动被广州市公安机关劳动教养，这些人的家属为帮这些子女早日逃出法网，买通某些执法人员，私放回家，结果这些人再度流入社会，继续从事违法活动……

为此，社会上流传着关于他们的民谣：

　　电老虎，
　　金钱豹（金融），
　　一条灰狼（工商）嗷嗷叫，
　　一条黄狗（交警）在挡道。

　　抽支烟儿不管事儿，
　　喝顿酒儿管一阵儿，

不送东西办不成事儿。

为了改变这种"吃、拿、卡、要"的现象,监察部曾专门成立了一个"纠正行业不正之风办公室",轰轰烈烈,大张旗鼓地抓了一阵,成效是不小,但风一过,这种现象又死灰复燃,而且呈现出比上一轮更有过之而无不及的状况。突击性地抓一抓是有必要,但靠这种被动的"一阵风"式的工作方法如今看来是难以奏效的。

10 文山会海何时休

讲话好比辘辘转,
扯不断来挣不断,
台上讲得满头汗,
台下鼾声连成片。
人说光阴千金贵,
在此不值一文钱。

室不在大,有凳就行,人不在多,无头不成。说得再严厉,迟到不要紧。8 点半开始,9 点钟进行。谈笑任自由,往来无拘谨。可以织毛线,抽香烟,嗑瓜子,侃大山。材料两公斤,内容只一钱;台上照着念,台下随手翻。无动脑之劳神,无记录之麻烦。开水喝了几大桶,厕所去了四五番。有的在瞌睡,有的打哈欠。时时抬手腕,盼望快点散。忽闻一声"同志们",接着又是"一二三"。从头至尾再叙述,众人曰:还有完没完?

——民谣

如果说讲中国特色,那么文山会海可以算是其中之一。看看电视和报纸便知一二。

为推动工作,开会是必要的,可中国的会也是开得太多了。不仅多,而且会议的质量很差,以至于上面那首民谣所言,台上台下无法产生共鸣,出现"台上他讲,台下讲他"的效果。

据一项资料统计显示:每个县长每天开会 4 个小时,占法定工作时间的一半，占实际工作时间的三分之一。有的同志研究了一位县长一年的工作日志，这一年他共工作了 2788 个小时，其中参加会议 1471 个小时，占 52.8%。其中参加省里的会议 80 个小时，市里的会议 228 个小时，县委会议 113 个小时，县政府的会议 794 个小时，出席其它会议 256 个小时。后经分析，可以不参加的省市会议有 74 个小时，可以不参加的县级会议 176 个小时，县里可以不召开的会议 162 个小时。可是，这位县长违心地，也是身不由己地，或者说不自觉地"泡"在会议中。

当然，有些会议作为领导也不想去参加，可是，不去别人会说你不重视这项工作。

有些领导是开会开出了个瘾，如果别人不邀请他，他会认为是对他不尊重，好像坐在主席台上是一种权力的象征。这样，他就逢会必去，逢会必讲，讲话材料写得又臭又长。

也许，这是一种领导水平的问题，有些领导，没有什么"点子"，工作就是靠开会来推动。当然，现在开会并不仅仅如此，不少地方，把开会当成了旅游，专挑风景名胜地点去开。所以每年到了旅游季节，旅游地点人满为患，火车汽车吃紧。同时，除了玩，除了吃，现在开会还要发东西，过去发一点纪念品就行了，现在会开多了，家家户户要买的工艺品，旅行用品都有了，负责筹备会议的同志就变着法儿。从毛毯到床单，到煤气灶具、不锈钢用品、化妆品到家中一些应有尽有之物品。

近年来开会又有一些新发展，除了在内地风景名胜召开之外，很多会议都开到了南方，甚至开到了香港和其它国家。笔者在办公室工作时，每天都要收到几份邀请开会的信函，特别是深圳、海南，近年种种名目的会议格外多。

据报载，这种会议骗子不止一个。他们打着办研讨班、学习班的名义，向内地发函，作出种种许诺，其目的是捞钱。但很多受骗者明明知道去了不会有多少收获，但钱是公家出，去玩一次，有何不可呢？所以"周瑜打黄盖，一个愿打，一个愿挨。" M 单位分管政工的张副局长爱写些豆腐块文章，名气在外，就经常收到各类研讨会的通知。他亲自过目，精心挑选他还没有去过的景点"学习"。结果，两年时间内，他先后参加七个研讨会、三个培训班，从哈尔滨到乌鲁木齐，从广州到云南，差不多玩遍了大半个中国，单位里人们送了他一个"开会专业户"。

现在开会出现了从国内发展到国外的趋势，一些单位以参加高级经营管理培训班为名，去美国、港澳等地进行考察。北京某联合体一年中组织了四批人出国"开会考察"，考察人员的出国护照和签证均由该联合体代办，每人付5000元手续费，有近50人参加了这次考察。这些人以出国开会为名行旅游之实，有一个团，在美国前后21天，从美国西海岸的旧金山，横穿整个美国至东海岸的纽约。这种学习法，连美国人也羡慕不已。过去有一首民谣，说"中央干部忙组阁，省里干部忙出国，县里干部忙吃喝，乡里干部忙赌博"。目前，这种景观已发生了很大的变化，考察之风已从省里吹到了县里乡里，有些地方尽管干部工资都发不下来，教师工资拖欠了一年之久，可是大大小小的官员们最差的也捞到了去看看泰国的"人妖"和香港的红灯区……据说，还学会了"打炮"这个新名词。

现在，老外们也摸到了中国人的脾气，赚钱赚到了开会上。各种名目的会议通知不断寄到各级领导人的案头上，学术讲座、理论研讨，反正，与政治不沾边，那些手握大权又想出国的领导人，从欧洲到美洲，从太平洋到大西洋，飞机从天空上呼啸，带回来的是什么呢？香水、打火机，还有女人的唇膏，一脑袋的外国月亮比中国的圆。我们不反对去国外开开眼界，我们反对的是那种挂羊头卖狗肉的会议骗子。

会海深不可测，文山也并不乐观。尽管这几年在挖，但收效不很明显。不很明显的标志是每到年终，各单位的文号都是一大长串。有一个局委，共有十台计算机，五台复印机，还是每天使用频率很高，光印刷文件的费用，每年约需三万多元。但仔细一看，文件是大同小异，和中央的精神保持了高度的一致。可谓是"小报抄大报，大报抄小报"，含水量太高。开会发下一大包文件，仔细看的没有几人。

文山会海始终难消，原因何在呢？据笔者所看，工作方法是一个方面，重要的是官太多，不开会，不下文件，那领导的水平到哪儿去显示呢？有人曾说，根治的唯一办法是精官简政。

11　哄来哄去哄大家

民政部门报灾情，
组织部门报喜情，
物资部门报人情，
官僚门前说谎情。

听得到看不到（广播讲话），
看得到摸不到（上电视），
摸得到说不到（下乡握个手就走），
说得到做不到（许愿多兑现少）。

检查团未到惊天动地，
检查团来时铺天盖地，
检查团来后花天酒地，
检查团走后威信扫地。

年终工厂闹兮兮，
客人一批又一批；
消防队来查消防，
防疫站来查防疫；
普法办来查普法，
计生办来查节育；
市总公司搞评比，
区爱卫会选红旗；
税务分局前脚走，
后脚来了物价局；
谁来都要厂长陪，
谁来都要摆筵席；
谁来都要买产品，
谁来都要赠挂历。
厂长累得嘴起泡，
主任累得脱层皮；
唯有酒楼生意好，
经理见面笑嘻嘻：
"感谢贵厂多照顾，
明天客人来几批?"

——民谣

这些民谣有些经过文人加工，有些曾见诸报端。但指向是相同的，反对形式主义。

形式主义流毒甚广，屡禁不绝，整来整去，近年反而愈演愈烈。有人对此曾加以总结，概括为如下几点：

一是作风飘浮，光说空话，不办实事。群众称他们是"讲话三六九，干事风马牛。广播里有音，电视上有身，知名度虽高，但知民度低。"这些人新名词多，今天一个思路，明天一个战略，但是年复一年，河山依旧，面貌未改。所谓的经验、模式、思路、战略，仅仅是讲在嘴上，写在纸上，挂在路上。

二是摆花架子，做做样子。上边提引进外资，各地一哄而上。明明交通闭塞，基础薄弱的贫困山区，短短几天时间，就宣布建立了几个经济技术开发区，跑马占地，将老百姓正在耕作的田废掉，圈上墙，拉上铁丝网，竖几块招牌，在公路上横拉上几条标语，就算改革了，至于有没有外商来投资，其项目的效益如何，没有人去考虑。这一类开发区，全国大大小小有近万个，光湖北一省就有上百个。真正能上项目的最多不过十几个。可是当初没有一个人提出异议，好像搞开发区就是改革的表现，不上开发区就是跟不上形势。为了制造所谓的优惠政策，其条件一个比一个优惠，许诺一个比一个多。

三是一窝蜂搞什么"节"，说是文化搭台，经贸唱戏，但效益如何，没有人去算这个经济账。这类节全国几乎每个月都有几个，从海南到东北，从夏天到冬天，电视和报纸上总见在过"节"。各地官员，新闻记者，电视电影明星，从南游到北，从北吃到南，"节"结束时，当地官员发布消息，成交额多少多少，但又没人去查，往往十有八九是无法落实的。其实，办这类节时向各家企业摊派，要每个工作人员，甚至要每个小学生捐款，可谓劳民伤财，有害无益，可是领导一声命令，有谁敢去顶呢！据说在长江上游曾要办一个什么国际龙舟赛，不惜向外国队许诺各种优惠条件，结果来的只是国外第三流的龙舟队，比赛几乎无法进行下去。有些队干脆就请在中国留学的学生凑数，对外宣布来了多少多少外国队。

四是名目繁多的竞赛达标，检查评比，各个部门为了使本职工作做得"有声有色"，动不动就对所属企业和基层单位开展这个"竞赛"那个"达标"。并要把领导提拔和工资晋级和达标挂上钩，久而久之，下面就产生了一套与之相适应的办法，谎报数字，突击准备，等等。

五是在经贸活动中不靠提高质量来取胜，而是靠制造轰动效应来凑热闹。如各地竞相用巨奖大奖的办法来促销，结果，销售额没有多大增长，人力物力耗费了不少。1992 年 11 月 5 日，哈尔滨一家街道化工厂与河南省原阳县黄河大厦联合在原阳举办有奖销售活动，租用了一架部队直升机在人头攒动，拥挤不堪的街道上空抛散商品广告和手表、纱巾。飞机超低空飞行而撞楼爆炸，导致三十多人死亡，四十多人受伤。

形式主义是一种脱离实际，脱离群众的官僚主义。在中国，这是一个有着"优良传统"的项目。1958 年，人有多大胆，地有多高产，曾导致了我们国家一场惨绝人寰的大灾难。改革十年来，这种形式主义的危害一直没有停止。今天，由于各种需要，它总是不断地以各种形式重复着，我们不是危言耸听，只要权大于法，只要各地的官僚主义仍然存在，有一天，形式主义将会和产生它的土壤一起走进历史的坟墓。

12　廉政风又起

> 上改下不改，
> 左改右不改，
> 我改你不改，
> 改了又重来。
>
> ——民谣

1993 年，廉政风又起。距上一次中央大规模开展反腐倡廉，时隔仅四年，可谓弹指一挥间。

弹指一挥间，可以说明的问题太多了，但有一点勿需解释的就是，这恰恰为上述众多指向官场的民谣找到了新的注脚。

腐败到了什么程度呢？7 月，最高人民检察院检察长张思卿说："当前少数党和国家工作人员以权谋私、敲诈勒索、徇私枉法、弄权渎职、腐化堕落、铺张浪费等腐败现象严重，其中最严重的是利用职权进行贪污贿赂等经济犯罪活动。当前卷进经济犯罪的党政机关工作人员不断增多，其中包括一些高级干部；司法机关和行政执法机关工作人员敲诈勒索、索贿受贿、贪赃枉法、徇私舞弊犯罪问题严重；犯罪由个人作案发展到团伙作案，一案多罪的情况越来越多……用总书记江泽民的话说，已经'危及到了党的执政地位'。"

简直令人不可思议！不过四年，描述了当年廉政的有关书籍还在书店的货架上陈列，某些角落的标语还赫然留在墙上，又一轮腐败狂潮却已经淹没了人们的记忆。

中国真是产生腐败的天然土壤吗？回答当然是否定的。但中国为什么一轮又一轮腐败的纪录不断被刷新呢？也许，上面这首民谣的概括不无几分道理。

关键在领导，中纪委负责人曾强调，反腐败的重点是领导机关和领导干部。他说，只有抓住这个重点，才能有效地遏制住腐败现象。这负责人的话算是切中了肯綮。干部，还是干部！

中纪委开会，党外人士开会，共商反腐败的大计。但问题不是人们不知道，如果再来一场运动，所有的干部，可能谁都会在大大小小的会议上口诛笔伐，但实际上，他们暗地里又会做得怎样呢？那些贪污国家巨款的蠹虫们，有谁在会上不是认识深刻呢？有一首民谣写道：

> 包公在舞台，
> 真理在讲台，
> 发财靠胡来，
> 当官要后台。

1989 年，我与他人曾合写了一本长篇纪实《步履艰难的中国》，描述了那场摧枯拉朽的廉政风暴，我们当时虽然已经估计到了不可能凭一次"运动"就可以将腐败现象清除，但决没想到腐败的周期竟是如此之短。

在那本书中，我们在列举了腐败的各种表现后，又论述了产生腐败的六种社会原因，三种主体因素，以及历史根源。我曾经指出：

> 1989 年的廉政措施以及随之而来的后续行为，按目前发展状况，对腐败分子是一个致命打击，在一定的时期内，将形成一定的威慑和制止作用，但这些措施还必须有政治体制改革作保证，才能避免短期效应……如果不按照民主法治的操作规程，本着社会主义制度的特点，从制度上堵塞腐败蔓延的渠道，这场轰轰烈烈、声势浩大的反腐败运动的成果将无法得到巩固和发展……另外，如何建立一套行之有效的监督系统也是保护廉政成果和防治腐败的根本措施……还有，防止反腐败走过

场……

也许，这些都被我们不幸而言中。四年之间，那场反腐败的成果已经成为遥远的记忆，眼前是江总书记所描述的"危及到执政党地位"的扑天狂潮。那么，这一场反腐败会不会又成为一次过场，会不会在打倒了大大小小的"老虎"之后，又有更大更凶猛的老虎向党的肌体发动进攻呢。我想，如果最高领导层能够吸取历次反腐败的经验教训，正本清源，本末兼治，真正从体制上开刀，可以预言，会有突破性的进展。

古人云：以史为鉴，可以知得失。一千多年前封建帝王宋神宗就知道让司马光编纂《资治通鉴》警戒后人，我们今天更不应拒绝从活跃在中国人口口传承的民谣中找到惩治腐败的着力点——尽管这些民谣还有许多以偏概全、言词过激的地方。所以，我不揣冒昧，录下了这些或可能获罪的顺口溜，奉献给关心祖国的人们。我相信，当中国共产党认真清理了党内的腐败现象重振雄风时，人们会像当年传唱陕北民谣《东方红》那样，再一次谱写今日的新民谣。

（原载《芙蓉》1993 年第 6 期）

步履艰难的中国

紧缩的瘪气球

1. 在社会档案里

关于中国式官僚主义，邓小平同志曾概括为："高高在上、滥用权力，脱离实际，脱离群众，好摆门面，好说空话，思想僵化，墨守成规，机构臃肿，人浮于事，办事拖拉，不讲效率，不负责任，不守信用，公文旅行，互相推诿，以至官气十足，动辄训人，打击报复，压制民主，欺上瞒下，专横跋扈，徇私行贿，贪赃枉法，等等。"邓小平同志还指出："官僚主义现象是我们党和国家政治生活中广泛存在的一个大问题……这无论在我们的内部事务中，或是在国际交往中，都已达到令人无法容忍的地步。"

"令人无法容忍"，概括精辟，一语中的，有几个镜头，颇能说明这种问题。

A：京广大动脉无声地伸向远方。山峦沉睡，四野安谧，一派安宁和平的气氛。

入夜之后，一向高枕无忧的铁路沿线党政军要人却忙碌起来。他们紧急动员，快速行动，迅速率领各部、委、局党员干部奔赴铁路线，按照有关部门要求，每50米站1人，背向铁路线，随时准备对付黑暗中的任何一丝意外变化。

这不是第一次，也不是最后一次。肃立迎候专列的大大小小官员们，已没有了当初那种兴奋、激动和自豪。他们执行特殊任务返家后再也不去向家人和不够资格的人夸夸其谈，不算太多但也不算少的护送专列的经历已使他们感到莫名的倦怠。

在焦急、无聊的等待中，一列拉着窗帘的火车呼啸而过。

B：供水日期是盛夏将至的 6 月。市政府在年初的"十件大事"发布会上已通过新闻媒介向全市 500 万子民公布了这一"特大喜讯"。这项供水工程令这个素有火炉之称的城市的子民欣喜若狂，交口称赞本届市长大人体恤民情。

5 月下旬，忽然有一晚报记者捅出一条消息：供水工程征地尚未落实，今夏用水纸上画饼。消息列举工程征地之艰难，文牍主义之弊端，这份报告在某位局长的案头曾前后搁置了三七二十一天。

市长亲临供水工程工地，有理没理各打五十大板。晚报记者妙笔生花，把个领导现场办公描绘得栩栩如生。

消息再度发布时正值火炉城温度达 40 度，水龙头前取水长龙只能望"报"止渴。

C：黄土路上，盐碱滩中，"蓝鸟"、"皇冠"飞驰。车行之处，尘土飞扬。小车主人不辞数百里、上千里旅途劳顿，急如星火奔赴省城开会。当初启程时，T 车的主人——某县主管常务的副县长还为去省城开会究竟带不带车有几分犹豫。带吧，来回司机补助、耗油、车损、花销不下千元；不带吧，转汽车，乘火车，开会期间还要挤公共汽车。斟酌一番后，他还是带了车去。等他赶到省政府招待所大院时，瞥见一排排锃亮的进口轿车时，他反而心中生起了几分惭愧：他的车已经显得很旧，且是一辆落后的苏制"伏尔加"。

这是某省召开的一次贫困县脱贫工作会议的一个花絮。有好事的记者做了番调查：此次会议共有 21 个县带了专车。因为皆是边远县，路途最近的也有 1200 华里。

D：这里是开放改革前沿的福建某县，县委书记杨某和县委顾问胡某，正在龙首山宾馆洗耳恭听"亿万富翁"杜国畅谈贸易合作的前景。次日，县里召开的精神文明建设表彰会上，杨书记即口沫横飞地演说道："我同一位能人谈了一晚上。现在，告诉你们一个好消息，我一下子就赚了——六七十万！"当县航管站提出商船外运签证需经上级批准时，县委顾问——前任县委书记胡某要挟道："你们一个小小的站，有什么了不起！我是县委书记，签了字，算不算数？有事我负责，要坐牢，我去坐！"

其实，杜国是走私。杨书记、胡书记事后在检查中说："由于我们工作不细致……"

不细致，3 个字，使国家损失了数百万元。

E：S 是某省年轻有为的副省长，他从基层到省里，一步一步，多年来为人民办了不少好事。但一次巡视，却让某市鸡犬不宁。

他宿在 X 市一家条件最好的招待所里。为了他的安全，这家招待所的整个一层楼不安排任何客人。他很豪饮，且要饮好酒。一次喝了茅台八瓶（当然不止他一个人）。陪同的书记、专员在此事披露后分别掏腰包补上了酒钱。他自己会开车、且爱打猎，他表示要打野鸡，但不知是他不认识，还是早有安排，他瞄准公路边的鸡子就射——枪法据说不错。然后，当地的政府官员便找鸡的主人买下这些"野鸡"。

F：王是某县管政法的副书记，这一天，他放在住室里的手表忽然不见了。

别人的手表如果不见了也不算什么，可偏偏"太岁头上动土"，县公安局为此成立了一个侦破小组。

线索拨拉来拨拉去，最后认定是一个正在读 4 年级的小学生。逼、诱、打——还有假枪毙：河滩里挖了一个坑，枪架着，警车里拖下这个 4 年级的小学生。

他招了：手表是怎么怎么拿的，又怎么怎么交到他哥哥手上的。

他哥哥这天正举行婚礼，夫妻双双拜堂的时候，公安人员来了，新郎带上了一双冰凉的高级"礼品"。

兄弟俩被关了半年——半年后，邻县抓获了一个小偷，小偷供认他曾偷过王书记的手表。

……

当然，还有 G，还有 H……

当然，还有不少让人啼笑皆非的悲剧、喜剧、闹剧（不过，它们都是以正剧的形式上演的）。

所以，邓小平同志才说"让人民无法容忍"，江泽民同志最近又说："反腐败斗争是关系到党的生死存亡的问题。"

为了国家的长治久安，为了执政党的兴旺发达，我们在下面还有必要对这种中国式的官僚主义继续作一番研究。

2. 帕金森定律的注脚

英国著名政治学家和历史学家帕金森，在 1985 年出版了政治小品文集《帕金森定律》，尖锐揭露了英国政府的官场病。这本书翻译到了中国，这个定律也广泛地被指称为中国式官僚主义的写照。实际上，中国几千年的封建社会，官场状况比帕金森笔下有过之而无不及，其流毒不能说已经肃清。尽管从几十年前毛泽东在延安就呼吁"精兵简政"到今天又呼吁"体制改革、合并机构"，可官冗之患、官僚主义的危害仍未消除。

我国虽然还没有正式公布行政机构中官员的数字，但按第三次人口普查10%抽样资料推算约为1200万，加科技文教人员计2733万余名。若按十亿人口算，官与民比例接近1：37，若按1700万党政干部算，比例是日本比例的2.8倍还多。如北京某大学便有7个副校长、270多名在职处级干部、80多个部门，行政部门就有40多个。却还未包括党务系统的管理部门在内。80年代与50年代比较，教学部门增加4倍，非教学部门竟增10倍。当然，这仅是高等学府，业务部门，行政机关，恐怕更是等而上之了。

笔者曾在一个县委机关蹲过，历经权力机关几分几合。"文革"中，"革命委员会"大权独揽，全县只有这一个县级机构，享受正、副县级待遇的只有六七人。"文革"结束，县委县政府分开，县级机构一分为二。后来人民代表大会、政治协商会议设立常设机构，县级机构一分为四。1986年县纪律检查委员会升格为县级。一个区区弹丸小县，便有"五大班子"，享受县级待遇的人已达一百四十人。

有了和尚便要建个庙，建了庙便要添置如香炉、木鱼、响磬的设备。因此，1977年全国党政企业集团购买力仅有134.7亿元，1986年高达462亿元；1981年，全国购小汽车仅1.5万辆，花3.4亿元，到1986年上升为11.5万辆，花63.4亿元。1987年，全国仅统计59个县市花在建楼堂馆所上的资金达83亿元。过去，县级机构才有一二辆吉普车，目前，不少村级行政机构都有了小轿车。楼堂馆所越盖越高级，空调、地毯、沙发；小汽车越换越现代化，国产的上海合资的桑塔纳不行，要皇冠、奔驰、蓝鸟才行。

近年，控制集团消费，各地纷纷成立"控办"，但仍有胆大者不予理睬，四川某区区小市便是一例。据查，去年1月到10月，仅该市便新上户各种小汽车483辆，价值5000万元以上。其中未经四川省控办批准擅自购买的261辆轿车，共花费3100多万元。这些非法购买的汽车都是经有关官员批准或用公车私户以及购买牌照等非法手段上户的。其中，市长严ＸＸ越权批准给了3辆车上户。

堂而皇之购车者有之，动用军警购车者也有之。有人将私自购来的车挂上警灯、地方牌照闯关。有人伪装押运人犯，躲避检查。也有人将小车化整为零，冒充军用物资。该市在非法购车活动中，公安局办的"腾华公司"便直接插手倒卖汽车。案件暴露后，市公安局长张ＸＸ伪造证件，派人取回被扣车辆。

你也购，我也购，车流滚滚，据《光明日报》1989 年 8 月 26 日报载：山西 1988 年违纪购买小汽车 2700 辆。这些单位，"变着法儿买车。有的与供货单位、银行、车辆管理部门串通一气，弄虚作假；有的挪用救灾款、教育经费等专用资金或动用生产资金；有的购车后将车上在私人或部队或另一个单位的户头上。"

贪图享受，谋取私利，已到了普遍化，让人不以为然的地步，无怪山西省政府吃惊之余，决定没收全部车辆，将其变卖款、罚款用于入不敷出的教育。

车流滚滚，8.9 万辆汽车从美丽的海南岛驶出，驶向都城，驶向每一处赫然挂着招牌的高大门楼。于是，便有了前面某领导下"基层"视察时浩浩荡荡的车队。扶贫会议之前各县"父母官"驱车远征时的车队，也有了钓鱼者的车队，送灵的车队，游泳的车队，送子女入学的车队。湖南省望城县吴序杰向《经济日报》投书，反映几起利用工作上的权力，占用工作时间，坐车下乡钓鱼的事例。他在信中写道：7 月 13 日上午 9 点左右，一辆小车风驰电掣般地驶入斑马湖渔场。一打听原来是市某局的钟副局长一行 3 人前来钓鱼。陪同者介绍道："钟副局长是检查上半年工作情况的，先安排钓一会儿鱼。"这是挂羊头卖狗肉者，也有以权力作威作福者。他又写道："去年 11 月，省某厅十几人驱车来到新康渔场。酒醉饭饱不满足，钓了十几公斤鱼也没尽兴，竟然提出渔场再用网捞些鱼送给他们。几个承包伙计因此吵得不可开交。"

钓鱼者不止一处，也不止一人。《长江日报》1989 年 8 月 26 日曾报道汉南区狠刹钓鱼歪风，8 月 13 日，对到集体、个体鱼池垂钓的人进行了一次"突袭"。正在池边垂钓的区交通局工会主席詹某等 35 人被当场抓获，收缴钓鱼具 35 套，电视台播放了录像，区广播站通报了这些垂钓者的姓名。《长江日报》这则消息的标题是《垂钓者曝光现丑，养鱼人扬眉吐气》。

不过，养鱼人"扬眉吐气"得还早了点。据悉，各地在鱼池"垂钓"者还后继有人。那种"突袭"行动，有史以来不就是有这么一次么？正像今年 8 月，武汉市政府明令"禁止动用公车接送子女上学、入园"一样，罚款呀，后来据报载，还是有不少头头用车送子女入学。因为这种"明令"，这种呼吁，并不是廉政中才提出的新问题了。有车不用，难道让给老百姓去用不成？！果然，《长江日报》10 月 20 日披露了一批用公车送子女入学入园和办私事者的单位和车型车号。市长下了批条：罚款、扣行车证、定编证、通行证 3 个月。这个消息的题目耐人寻味：不顾三令五申，依然我行我素。

尽管动了真格儿，人们怀疑，下次"四令六申"，怕也还有"我行我素"者。

3. 官本位——一个解不开的结

人们不会忘记，陕北时期窑洞中同甘共苦的优良传统，不会忘记干部和战士同滚一铺炕的艰难岁月。人们更还记得老红军团长甘祖昌自愿回乡当农民，用实际行动反对特权的佳话。近年来，一大批老干部响应邓小平同志号召，废除终身制，能官能民，能上能下，发扬了无产阶级的优秀品德。但我们同时也看到，尽管党中央一再要求精简机构，减少行政开支，却收效不大。党政机构精简——膨胀——再精简——再膨胀，自始至终没有摆脱这个怪圈。究其实是"官本位"这种封建腐朽思想在作祟。

"官本位"是一个通俗的说法，它不是中国特产，但在生活中却又无时无处不存在。

"你们出版社什么级别？……处级。怎么省文艺出版社才处级！"问者流露出惋惜和同情，"我们省作协便是厅级。"

这是我们在社会交往中常常碰到的对话。在中国，不仅仅行政机关级别分明，艺术家、作家、科学家、教授、编辑、记者、医生，连和尚、尼姑也按相应的厅局级、处级划分。云南瑞丽傣家村有一个源法和尚曾告诉《光明日报》记者李某，他们大佛爷享受局级待遇，而他自己则是副处级和尚，因为他是寺院里的大知客。

不同的级别，便有不同的房子、票子和本子。因此，什么"级"，便成了人们的资本和存在价值的标志。

一位衣着不整的老者端坐在火车软席候车室里。服务员几番宣布候车规定，老者端坐不动。乘警来了，严厉盘问："你是干什么的？级别？工作证呢？"老者证件在包里，送行的人拐弯去商店买东西去了。乘警和服务员当然不理睬这一套。正扯拽之时，送行者来了。"副师级。"烫金证件一亮出，乘警和服务员只差跪在地上求饶了。车站领导严词训斥，亲自倒茶送烟，送上列车还自我检讨。

几个常跑云贵的个体户，过去来回皆坐软卧包厢，大不了多塞几个钱给车长。1987 年，突然不行了，因为软卧包厢里发生了几起凶杀事件，从此坐软卧需按"级别"购票。于是个体户手中的密码箱里钞票再多，哪怕软卧空着也不行。

一名中学特级教师生病住院，普通病房人满为患，楼上的高干病房空了几个床位。学校领导找到医院领导，谈这位特级教师忘我工作致病的情况，谈病势危急状况，院领导一句话便挡了回来："他什么级别？"

一位获得专利收益的科技人员谈妥用 12 万元买一套 2 居室住房，但隔壁人家只凭处长职务便分到 3 室 1 厅，深感 12 万元抵不上一个处长职务，说住这房子"窝囊得睡不着觉"，愤然退房。

一个刚退休的县级干部，手续刚办，单位行政科便来人取走了电话。他生病去医院向单位要车，明明车在，司机班里却说车出去了。他慨叹："早知今日，何必当初！真是有权不用，过期无效。"

"官本位"的现身说法，更加强化了人们（包括知识分子）做官的追求。为了谋得一官半职，有些人便绞尽脑汁或不择手段。这里便有一个买官丑剧。

剧中的主角姓杨，且称杨某，时年 33 岁。他毕业于某农学院，分配在某县从事农业科技工作，后作为培养对象下放到某镇任党委副书记。他嫌这个"副科级"太小，高升不知待到何年何月，便通过各种关系只身一人调到省城一个大机关当秘书。

正在他苦思冥想怎样攀龙附凤时，忽然在报上看见了过去一次会议上所认识的省委书记的名字。他那次汇报发言，颇得这位书记的赏识。杨某认为，说不定书记对他还有印象呢！

一个星期天的下午，他拜访了这位省委书记。果然，书记还记得他。杨某于是经常去拜访，成了书记家的常客。这时，他的家乡传来县领导班子要进行调整的信息，他大喜过望，认为天赐良机。因为这位书记刚巧分管那个县。

他委婉地提出回县的打算——老婆孩子还在县里——县长人选还未定下来，能否考虑让他回县。书记皱了眉头，"这……不妥吧！"指出他既然调到省里工作，就应当安心工作，按组织原则解决分居问题。

杨某回去后却错误认为自己是因为"两手空空"才遭到书记拒绝。他找到当个体户的堂兄，许诺自己当县长之后，不会亏待他云云。果然，这番未来"以权还钱"的构想使他很容易拿来 100 张大团结。次日晚上，他身带 1000 元来到书记家，趁书记夫妇不备，将 100 张大团结塞进书记被子里。后来，又公开将彩电和 2000 元钱送到书记家。他万万没想到，书记将他送上了人民法庭，买官丑剧以失败而告终。

杨某想买官，某地区原绿化委员会主任周某因嫌"乌纱"小，唆使他人冒充中央办公厅人员招摇撞骗，也给我们留下了深刻教训。

周某原是全国闻名的青年劳模，担任过县委书记，地委第二书记。1980年上级依照党的干部政策和他的工作实际调任他为地区绿化委员会主任。周对这种正常调动视为打击迫害，上下游说，四处告状，而此时，刚好去了个北京电影制片厂文学部编辑武某。周便四处散布武是中央办公厅派来专程了解他的情况的人。他对别的同志吩咐说："你给县委办公室主任汇报一下，说你接的不是一个记者，好像是中办、中组部来的人。"他带着武某四处兜风，四处散布武是中办派来落实他的问题的人。并让某县政协主席打电话给地委领导，说中办有两位同志要到地委了解周某情况。并且煞有介事地对地委"打了招呼"。

尽管周某费尽心机，招摇撞骗活动导演得可以乱真，但地委主要领导还是识破了这个骗局，周某"升官梦"化为乌有，可这些"买官"行为，诈骗行为，又充分说明了什么呢？

4. 文山会海何日消

中国机构繁杂、行政管理人员多，有些单位多到 3 个工人养 1 个干部的地步，多到官胜于兵的地步，但人多是否就效率提高，真是"官"多热气高干劲大吗？真的加快了改革开放的步伐，促进四化建设吗？我们先不忙回答。

一切结论产生于事实之中。我们还是看看两个例子。

一个是武汉"650"工程。1987 年 4 月间，国内几家新闻单位曾连续报导了中南轧钢厂这个花了上千万元建成 7 年未轧制 1 公斤钢材的车间的前后内幕。7 年来，各级领导发指示、报成绩、搞"三查三找"、"双增双节"之类的活动，不知有过多少次，市委、省委和国家与地方的经委、计委、冶金部以及省市的各种厅、局，不知有多少条线与这个"650"工程有关，可是，2000 多个日日夜夜无人过问，结果是一个报社记者的一次偶然发现引起了他们的"高度重视"，以至又为方方面面、头头脑脑提供了经验交流的重要佐证。

另一个例子是贵州一家铝合金厂盖印的故事。该厂与瑞典一家公司签订了一份合资企业合同。合同层层报批，红戳戳盖了 70 个，还没完没了。无奈厂方把继续盖红戳戳的任务"承包"给了 7 位干部。最后共盖了 270 个公章才算了结。《光明日报》曾载过一封反映这件事的群众来信。来信感叹繁文缛节、文牍主义、形式主义的弊端，疾呼如果不改变这种因人设位的体制，社会主义的优越性将难以变为现实。

我们说，前几年此起彼伏的会海潮，便是这种机构臃肿、因人设事的效应。

据北京 7 家宾馆、饭店的不完全统计，1986、87 两年中，共接待各种会议 2036 个、与会人员近 50 万人次。1986 年，百会以上的部委 3 个，最多的一个部委会议超过 200 个。去年 5 月，仅全国钢材、木材、药材、医药会议的代表就达 10 多万人。某省一位处长，在京参加各种会议 2 个月，老婆孩子啧有烦言。

会海波澜壮阔，五花八门，名目繁多：表彰会、汇报会、思想交流会、总结评比会、新闻发布会、技术鉴定会、产品订货会、生意洽谈会、学术讨论会、联谊会、校友会、同乡会、欢迎会、欢送会、纪念会……

会议"繁荣"，于是，交通告急，住宿紧张，商品紧俏，浪费严重。1988 年 5 月，武昌火车站公告旅客："为输送会议代表，自 5 月 13 日至 25 日停售各次旅客列车硬卧票。"因此引起社会公愤。同时，据统计，近几年每年直接由行政开支的会议费有 5 亿元左右。这还不包括各单位自主开支的款项。

会浪冲击，各行业不堪重负，与此同时，国务院有关精简会议的决定、通知、公告一发再发。然而，"野火烧不尽，春风吹又生"，每年春秋旅游旺季，车站、码头、机场出口处接站牌林立，宾馆、饭店、招待所，会议代表进进出出。

为何会灾屡禁不止，会海屡填而不平呢？除了机构重叠，人浮于事，和某些干部习惯性思维定式外，还在于会议通知背后有名堂。中原某些会曝出丑闻：一些与会代表因嫌会议所发纪念品"不够分量"，中途罢会。武汉某会，代表 214 人，开会 3 天，花钱 8.55 万，游山玩水 5 天，又花 4 万元。哈尔滨某会会场竟然横贯中国东西部，总结会放在乌鲁木齐。"嘴里没有味，开个现场会"，"肚里缺点油，会内走一走"，这是一些公职人员，包括某些干部的赴会之道。

吃、拿、逛是入会的诱饵也是动机，摆阔，不能说不存在于某些干部的潜意识中。

新华社记者吴某、张某在武汉采访时看到：一个县团级以上干部参加的千人大会，会场外可容纳 400 辆汽车的场子塞满了各式轿车、小面包车、院外的街道两旁也停满了汽车，占道近 200 米长。车子形状各异，五颜六色，皇冠、丰田、三菱、尼桑等豪华车引人注目，其中国产车仅占四分之一左右。他们称之为"干部会变成汽车博览会"，惊叹为武汉一"奇观"。

这种"奇观"岂止武汉一地独有！

5. 权力消费的另一侧面

多年来，我们的干部政策上有一个失误：即不吃不占不贪色，勤勤恳恳工作的干部，没有功劳也有苦劳。哪怕他们给党和人民事业带来损害，也有人会出来说："失误是难免的。他们是好心办了坏事。"认为腐败仅仅局限于以权谋私。其实，权力与愚昧、好大喜功联姻的后果，比吃吃喝喝的危害或许更为严重。

这样的例子 40 年来已有不少了。且不说"一天等于二十年"的时代中土法炼钢、小高炉遍地开花、小麦单产 7000 斤的悲剧，不算太久的"渤海二号"事件的无辜冤魂还在呼号。公审时，审判员与事故直接责任者、原石油部海洋石油勘探局局长、党委书记马骥祥的一段对话发人深省。马骥祥在局长碰头会上听了拖航会议的错误决定时，什么也没有表示。在另一次会议上，他听到山东、河北、天津 3 个气象台关于大风警报的预告时，他又没有什么表示。是他不想行使权力吗？否！他在自供状中表明，他来到海洋石油勘探局 1 年零 4 个月里，对海上作业的先进技术，一概不懂，连机器设备都没有看过。72 位工人的生命，国家的财富，牺牲在这样外行的庸官手中。

外行的庸官在我们的机构已不少见。我们已有了从外国购回一堆废铁的先例，有了"出口转内销"式的引进，当然，我们还有不学无术加上好大喜功的官僚主义者。在这方面，某县是一个典型的例子。

该县地处山区，贫穷落后，这对于走马上任以来一直梦寐以求在自己任期内经济腾飞的某书记是何等艰难。然而此时，恰好有一个"英国伦敦汽车维修中心的董事长、英国女皇皇家总管、太平绅士"的岑生先生要回该县投资，帮助家乡建设，此举不仅使某书记喜出望外，县政府及其另外三套班子负责人也都欢欣鼓舞。

不过，岑生本人并没有回家乡，而是委托他的"外甥"苏贤雄———一个正在被立案审查的经济罪犯为代理人。毋庸置疑，在某书记的关照下，苏贤雄的经济犯罪案件被挂了起来，县政府与"代理人"苏贤雄草拟了一份以岑生名义投资 7100 万元建设新型电站的"协议书"。

但是，该县任何一位领导都没有见过岑生，协议签订后，也未见到外汇汇来。倒是县领导不断接到岑生从广州打来的电报和电话。有一次，负责电站工程建设的某副县长突然发现岑生每次拍来的电报发报地址都是写着广州时，苏贤雄告诉他，凡是外国发来的电报都要从广州转发，某副县长疑虑顿消。

这一天，苏贤雄匆匆找到了副县长，神秘地抽出一个存折，2700 万元的存折。款是岑生汇来的，存在广州工商银行。有人提出疑问，外汇存款应由中国银行办理，为什么岑生汇款却存在工商银行呢？县领导认为此人吹毛求疵，款都汇来了，还有什么可怀疑的呢！

果然，岑生又拍来了一个"同意按方案付款7100 万元，建 3 个电站"的电报。根据他的意见，由苏贤雄执笔，在该县原拟修建一个电站的"协议书"的基础上，重新改为投资兴建 3 个电站的"意向书"。1986 年 7 月，某副县长陪同苏贤雄前去珠海送"意向书"请岑生过目签字。在珠海，副县长一行未见到岑生，只有苏贤雄一人拿来了岑生"同意兴建 3 个电站，我回本土考察面议签字后实施付款"的亲笔签字。

回县之后，苏贤雄又代表岑生先后宣布要投资兴建一座大型麻纺织厂，要捐赠一家敬老院和一所中学。其总金额共 2 亿英镑，也就是折合人民币 13 亿多元，相当于该县 40 年财政收入的总和。

2 亿英镑，从天掉下的 2 亿英镑，这对于该县贫穷落后的面貌而言，是一帖多么灵验的滋补剂！对于县主要领导而言，又将要在政绩薄上增添多少光彩！不过，读者从我们的叙述中，也已经觉察出这将是一幕骗局，一出荒诞不经的滑稽剧。可是，该县可爱的"父母官"们却还沉浸在前所未有的喜悦之中。

且让我们继续看看这场由苏贤雄导演的闹剧吧！

1986 年 8 月，苏贤雄称岑生在香港治病，要他出港会面。该县决定让某副县长带着"意向书"同苏一起到 C 市办理赴港手续。苏贤雄借此机会又用岑生投资的故事打动了S 市长和某副市长的心。至此，县、市两级行政官员皆被苏的如簧之舌拨动了经济腾飞的心弦。

8 月中旬，C 市副市长，该县某书记、某副县长及苏一行先后来到香港。根据苏贤雄提供的岑生电话号码，书记县长等人多次打电话找岑生，结果呢？对方不买账，反而用生硬的普通话夹着英语臭骂。谁叫你打扰人家不得安宁呢？

次日晚，岑生却挂来了电话，原来他有事去了美国，他处理好家产后即回乡考察，以便落实捐赠项目。这时，该县某书记正在浴池洗澡，某副县长在床上翻当天的香港报纸，苏贤雄呢？不知何时出去了。岑生说，他使用的是世界上最先进的传真电话机，某书记所在客房看得一清二楚，并即兴表演、一一言中。这使书记他们大为惊讶！兴奋之余，他们想起让苏与岑生谈谈时，苏竟不在。一会儿苏返回后，他们绘色绘声讲述通话情景，苏后悔莫及。

他们一行回到 C 市后，S 市长家中也接到了岑生使用电话传真机打来的电话，时值 S 市长正在洗澡，穿着湿淋淋的裤衩。岑生当然又在电话里渲染了一番"传真机"的妙用，如法描绘了 S 市长家的大致情况。S 市长窘态难掩，事后他到处说"我穿着裤衩接电话，也被岑生老人家看见了"呢！

其实，身为市长和书记的官员们如果有一点现代科技常识也会识破马脚，即：岑生的电话再高级再先进，他手中的电话没有相应的发射、接收设备，对方也是根本无法接收的。香港客房中"岑生"与某书记的通话，实际是苏贤雄在酒店服务台捏着嗓子打来的。S 市长家的电话是苏在 C 市市内挂去的。

当然，闹剧还没有结束，高潮还在后面。

之后，在 S 市长的率领下，苏贤雄和该县某书记、某副县长再度赴港。不用说，他们没有见到岑生，也没有收到岑生的汇款。然而，千呼万唤未见岑生的情况下，他们却宣布岑生捐建"四大工程"，要举行规模宏大的工程奠基仪式。

10 月 22 日下午，该县中旅社宾馆会议厅，S 市长主持召开了该县党政两套班子领导会议，宣布了岑生将于 11 月 8 日回乡考察，同时参加奠基剪彩活动消息。S 市长还对如何迎接岑生做了具体指示，指定一名市委副秘书长坐镇该县指挥整个活动。

27 日下午，县立即召开了 5 套班子和有关领导干部紧急会议。主席台上，某书记神采奕奕，以铿锵有力的声音报告了特大喜讯，一片喧闹声中，县政府紧急制订了《四大工程奠基仪式方案》，成立了一个由 17 人组成的奠基活动筹备委员会，下设一个秘书处，处内又设 8 个科。

为了奠基仪式准时举行，该县行政官员们显示了从未有过的高效率和高速度。为了不埋没他们的政绩，笔者特开列如下：

1. 12 天征地 298 亩，在征地范围内 5800 平方米的建筑物全部拆除推平；

2. 235 户的 1014 人办理了农转非手续，户口迁入了城镇，吃上了商品粮；

3. 设计制作了"四大工程"规划的平面图和立体图；

4. 财政拨款22万元重新装修将安排岑生下榻的中旅社宾馆；

5. 定购了炮竹、烟花、彩旗若干；

6. 修筑了从某镇至大河电站的公路，搭建了剪彩楼；

7. 拟定了邀请参加剪彩活动的港澳同胞，中央、省、市、县等20个县以上单位有关负责人，以及新闻记者的名单和人数，印制了请柬、迎宾证等；

8. 组织了一支5000多人，拥有10个舞狮队的欢迎队伍。其中，有停课操练的学生，幼儿园里的娃娃。

……

毋庸置疑，11月8日，岑生没有回来。C市B县"父母官"们望眼欲穿，岑生也还是没有回来。

现实，惨不忍睹，闹剧，也该到此收场。然而C市和该县一再强调苏和岑生要分别对待，并再一次批准苏带老婆去港旅游。同年12月，S市长在泰国、新加坡考察期间，还打国际长途约苏往港同岑生会见。

解铃还须系铃人。1987年3月，苏终于从电视新闻中找到了良策：英一客轮在比利时触礁翻沉。他打电话给S市长，沉痛地报告了岑太太死于此次海难的噩耗。当然，岑生处理后事，暂不能回国。

多行不义必自毙。长时间被一个农民愚弄的C市及该县的官员们终于从幻想和绝望中彻底清醒过来了。同年5月，苏贤雄锒铛入狱。

喧嚣了一年多的岑生闹剧，终于降下了帷幕。

《法制世界》1989年2期也曾详细介绍了这起在严重官僚主义帮办下的最大诈骗案。文中写道："其行骗时间之久，手法之独特，活动范围之广，受骗者身份之高，都是极为罕见的。"

其实，并不"罕见"，这种失去权力制衡后的好大喜功，多少年来，已经以不同的形式在不同的地点上演了多少幕。只不过，这一次是在"引进外资，振兴经济"的口号下暗度陈仓的。

我们如果再进一步从骗子苏贤雄形成犯罪事实的心理机制来分析，他是属于"被支配影响型"的境遇性犯罪心理。假设我们的市长、书记、县长们不相信他如簧之舌的鼓吹，假如他们听一听下属的反映，假如他们对"传真电话机"稍有一点常识，苏贤雄的骗术便会不攻自破。苏便是摸准了我们这些官员好大喜功的心理，才投其所好，肆无忌惮的。

6. 官官相护与官官相妒

元人张养浩在《三事忠告》中说："人徒知治民之难，而不知治吏为尤难。"

毛泽东同志也说："党的路线确定之后，干部是决定的因素。"

官、吏、干部，是中国政治发展的关键也是政治腐败的关键，官僚主义，便是这种腐败的产物也是腐败的原因之一。正如前所述，时代的发展，官僚主义有了新的特色，但官官相妒与官官相护却"本色"未改。

湖南，是藏龙卧虎之地，三湘四水之内，曾为共和国大厦输送了不少栋梁之材。我们现在所提到的这批"栋梁"也产在湖南某县。

事的起因是县里有人告了御状：县林业局局长谷某挪用育林基金 17 万余元建办公楼、修建高级招待所、垫付私人建房款等等。

中央领导和湖南省省长皆做了批示：严查。

钦差大臣浩浩荡荡而来，不过，知情人言：调查组负责人 X 林业局党委副书记高某和副县长钟某与被调查人谷某关系非同一般。

好酒好菜招待之后，调查结论便出来了——诬告。同时，追究"诬告"的报告也寄到了中央办公厅、国办信访局、中纪委。声讨会上，谷某声称："我要求组织上对诬告的这个人给予党纪国法处理，否则我将自动辞去林业局长的职务"。他还要求有关单位"退回信件，以便严肃处理"，由于中央有关部门的坚决反对，告状信没有退回。

就在谷某四处发火，起劲追查"诬告"的时候，另一个由省审计局、林业局、州委组成的 10 人联合审计组来到了某县。但是，他们一开始就碰了壁，县一领导明确表示："我们仍然坚持原来的意见，来信反映的问题与事实不符、应予否定。"

审计组的工作可想而知十分艰难。他们去林场调查乱砍滥伐情况，林场负责人竟然将调查人撇在一边，自己去打扑克。审计组在这儿刚找到知情人，那儿就有人对知情人家属进行威胁，吓得知情人家属哭着跑来跪在审计组同志面前，请求他们不要谈了。有的介绍情况后却不愿写材料，说："他上面有人，惹不起。"

"上边"有人道出了实情。当审计组负责人向县委书记汇报这次调查结果后，书记说："我不好表态，我第一次表态了，这次如果我说你们是实事求是的，我就自己打自己嘴巴了。"

一个县委书记，可以表态正确反映情况是"诬告"，却不能表态自己错了。真是滑天下之大稽！

国家审计署和有关部门联合下发了通报。通报发出了 6 个月之后，那个当初表示不定写信人"诬告"罪就辞职的谷某，仍然稳坐在县林业局局长的位置上。县政府一位领导还多次在会上赞扬"谷某是个好干部"。

好一个"好干部"！官官相护，营私舞弊，拉帮结派，才是这些"好干部"的注脚。《法律咨询》1989 年第 4 期上，作者邹爱国写道：一些群众来到县招待所，悄悄敲开我们的门，告诉我们：手中掌握木材权力的谷某已经分别批给几个县领导一批木材，数量 40 立方、20 立方不等，至于逢年过节，礼品也是少不了的。据介绍，在谷某的送礼单上，有茶油、天麻、绿豆，还有香烟、白酒等等。

官官相护可谓是由来已久，它的存在流行几乎是"无师自通"。在对上海市嘉定县县委委员、常务副县长钮楚元等人违法的查处过程中，也同样面临着官官相护所带来的阻力。《解放日报》1989 年 7 月 20 日曾披露了这场腐败与反腐败的较量。

文章写道：1988 年 12 月上旬，调查组领导向县委领导同志提出，曹王乡党委书记冯卫华一再说假话，做假证，并指使有关当事人作伪证，订立攻守同盟，已直接阻碍查处工作，如不采取组织措施，调查工作难以进行，县委领导以曹王乡经济工作比较繁重为由，没有同意。可是过了近 1 个月，冯仍肆无忌惮地干扰查处工作。12 月 29 日，市纪委常委庄国清和调查组长徐海洪又向县委领导提出，冯一而再再而三地干扰查处，如不对冯采取组织措施，钮等 3 人的问题很难查清。但县委领导仍不同意对冯采取组织措施，最后提出一个折衷办法：由县委对他点名批评，进行教育。可是过了 50 天冯阻碍查处的态度并无转变，县委也始终未对冯"点名批评"。

在查处张某侵占集体利益问题时，县里有的领导找调查组为他说情。查处严某时更是重重阻力。2 月 1 日，市纪委研究处理严某，当晚，有人找调查组，他伸出 5 个手指，"能否在 5000 元以下？"12 日 3 日，当市纪委刚向县委、政府传达对钮、张两个副县长停职检查决定不久，有人便向钮报了信："你的问题要升格了……"钮闻讯即将一笔人民币、两笔外汇转匿他处，县委某领导还对严某说："有些问题你要顶一顶。"

三番五次的说情，说穿了是"官官相护"；官官相护的谜底，是官官利用。利用之原因，是你中有我，我中有你。官官相妒同样如此，也是为了保住乌纱帽。

湖北省远安县曾发生了一起罕见的诬陷案：书记诬告县长。这在共和国的政治史上尚无记载。这一西一东的"反诬陷"与"真诬陷"足可见官僚主义之一斑。

故事还得从 1986 年 12 月讲起。

1986 年底，湖北省纪委收到了一封署名"几名群众"的匿名信。信是告远安县县长王炳南的，说："为什么'文革'中的打砸抢搞武斗的人，却一下当了县长……这个人玩弄权术爱吹牛，有功劳全是自己的……"

时值宜昌地委决定总结王炳南端正党风、坚持改革的先进材料，上报省委作为出席省党风建设经验交流会先进个人之际。因为是匿名信，因为王炳南"文革"中问题已经反复调查过，这封信没有"发挥作用"。

1987 年 5 月 19 日，远安县委书记曾宪喜在"百忙"之中批转了一封"群众来信"。信是告县长王炳南的，七大罪状。信中咒王县长"欺世盗名"。

县纪委对七大罪状进行了了解，发现不是捏造事实，无中生有，便是歪曲事实，颠倒黑白，有的虽是事实，却不是错误。

这封匿名信是发生在《宜昌日报》头条报道了王炳南的事迹后出现的。

1987 年 5 月 28 日，远安县一中门口和电影院门口同时发现了"打倒王炳南县长"的两条标语。

6 月 17 日，"宜昌行署纪律监察委员会"和王炳南本人收到了署名"群干"的两封内容相同的匿名恐吓信。信中写道："王炳南、我们要打倒你。1. 为君子，欺上瞒下。2. 行会受会，搞坏党风。3. 不讲理，以式压人。4. 认人为亲，以权谋私。"

信中错别字连篇，让人看去这个"群干"文化程度很低。

这时，正值王炳南出任行署副专员之际。

人们也许难以相信，这种卑鄙和拙劣的诬陷手段竟出自一个县的堂堂县委书记之手。俗话说"山高皇帝远"，这么一个又"远"又"安"的书记，对自己"党"的领导之下的同事如此心怀妒嫉，真是让人惊讶不已。

答案其实并不复杂，目的是为了阻止王炳南的升迁。1986 年以来，上级对王连续考核，又总结他的事迹准备表彰，曾书记是官场宿将，深知一山难容二虎，便想了这些"高招"治他。

曾书记聪明反被聪明误，咎由自取。不过读者可能还有几分怀疑：他曾宪喜在一个小小山区县里说一不二，充分体现"党的领导"，有谁敢怀疑到他的头上？又有谁敢太岁头上动土？

问题出在第二封匿名信上。信是机要员抄的。机要员泄露了"天机"。

天机泄露，书记也不承认。还是由国家公安部文字检验专家经过科学检验鉴定的。白纸黑字，铁证如山，曾书记聪明反被聪明误。

无独有偶，河北省某县 1988 年也爆出了一条新闻——13 名科局级干部集体状告县委书记刘日，罪名——贪赃受贿。告状者 3 次集体上访省纪委，并扬言："如果再不查处，我们就集体到北京上访中纪委了。"

而河北省委调查表明：纯属诬告。

年方四十的刘日，为什么遭到众人非议呢？这里有几个不可忽视的原因。

一位县委副书记，为使他的女儿在高考录取时能从专科升入本科，竟指使他人从地区教育局骗取了"优秀学生干部表"，达到了目的。事情查清后，刘日主持县委常委会讨论决定并报上级批准，给这位舞弊者党内警告处分。

原副县长 1984 年在经商中被骗，给县里带来了 136 万元的经济损失，刘日向地委作了汇报，还组织县纪委查处了此事。

一位原县领导人的妻妹，利用调动工作之机，弄虚作假，骗取了党员资格；一位干部把公家汽车借给熟人结婚使用，刘日没有留情面，对此人做了公正处理……

我们由此便不难理解 13 名科局级干部的"激愤"心情了。

我们也感谢这 13 名告状人，为我们告出了一个公正、廉洁的典型。

从官官相护到官官相妒，一个核心问题，两种表现形式——权的负效应。在我们今天的廉政风暴中，尤其令人深思。既要防止官官相护，又要防止官官相妒，便是我们不容忽视的问题：怎样做到既坚持原则又实事求是呢？

"公生明，廉生威"，这是明代知县的碑文，刘日录之以为座右铭，今录作本节的结束语。

7. 气盛凌人　人必非之

一辆急驰的"皇冠"轿车落入湍急的河流中。原因是公路上斜刺里跑来两头斗架的黄牛，车速过快，司机猛打方向盘，结果失去控制。

岸上正有一些农民在田里劳动，他们先是齐声惊叫，纷纷跑向河边，继而拍手大笑，叽叽喳喳，议论水中正在挣扎的大腹便便的男人们——不亚于坐在白色的银幕前观看一组惊险的镜头。

不是见死不救，他们是"见官不救"。

并非天方夜谭，空穴来风。这不是一起，也不是一地。1988 年冬，笔者乘一县委小车去 200 公里外的行署所在地。是时风雪交加，公路上冰雪覆盖，车轮打滑。一路上，司机小心翼翼，不断祈祷路上不要出事。他告诉我，这个天气，别说找不到人，找到人也不会答应给你推。原因如上：老百姓认为坐这种车的都是当官的。他已不止一次撞上那种"倒霉"事。

干群关系恶化，由此可见一斑。有人曾感叹：如果我们再上山打游击，怕是没人给我们送饭了。国内有些研究机关曾抽样做过一次调查，群众对干部的不满居于首位。因为中国老百姓最痛恨的行为是干部"利用职权，贪污受贿"，认为影响最坏的行为是在招工、招干、升学、分配、提职、提级、农转非、出国等问题上为自己和亲友谋取私利，人民群众最不满意的是干部在对内外经济活动中玩忽职守或瞎指挥，乱拍板，造成重大经济损失和办事拖拉、推诿、扯皮的官僚主义作风。

气盛凌人，人必非之。在共和国从中央到地方的各级信访接待室门前，游移着一批"民告官"的队伍。孙淑贞，便是这支队伍中的一员。

这是个40开外的女人，一个铝合金厂的会计。厂长勾结采购人员，伪造假发票，倒卖工厂铝材，孙淑贞向工厂上级机关反映了这个情况，但事情很快被厂长知道了。他指使人殴打孙淑贞，散布她生活作风不好的谣言，以种种借口调换了她的工作。孙淑贞不服。她从主管局告到县，从县告到地区。各级接待部门都表示"认真调查，严加惩处"。结果球往往一下又被踢回厂里。调查人员也来了几次，几次都是由厂长指定的人接待。一来二去，时间过了半年，半年后，孙淑贞仍不改初衷，每天去催，去递新的状纸，而这一方——铝合金厂，却以无故旷工半年为由开除了她。孙淑贞的丈夫，儿女抱怨她多管闲事，丈夫婉言相劝不成拳脚相加，孙淑贞不怕，宁肯离婚也不改初衷。她扒乘火车到去北京，状递国访局。结果是，几个寒暑，厂长仍是厂长，她却成了"孤家寡人"，"上访专业户"。有人问她何苦，她的回答太简单了："只为出出心头那口恶气。"可见廉政建设中，民心可用。

出气者还有，某县农民集体上访京城，上访方式颇有声势。上百农民赤着上身，跪在长安街上，头顶瓷碗，敲得叮叮当当。要求是，民以食为天，还我土地。他们的土地被当地政府征用盖了商品街。

不过，这种控告方式已被形成网络的举报中心所部分取代。已有无数个孙淑贞勇敢地站出来向官僚主义，向贪官污吏作斗争。据新华社报道，截止到1989年8月份，各级监察举报系统已收到举报线索109902起。更有不少个"孙淑贞"，直接到监察机关控告"当官"的，大至海南省长梁湘、新疆维吾尔自治区副主席托乎提·沙比尔，小至桂广庆之流，均在曝光之列。人们欣喜地看到，一批官气熏天的大小干部，收敛几许！工作效率提高了，吃吃喝喝减少了，深入群众，联系实际的优良作风又回到革命队伍中来了。

今年夏天，时值长江黄河洪峰滔滔之际，北京的硝烟尚未完全散去。长江中游险段荆江大堤上，走来了党中央新任总书记江泽民。长江之险，险在荆江。江泽民轻车简从，将滔滔长江揽入胸中，这位在上海多次微服私访的江市长，为11亿中国人开了一个好头。

随之，他忙碌的身影不断闪现在工厂、农村、机关、学校。一辆面包车，一餐普通饭菜，映照出我们党反腐倡廉的决心。

上行者必下效之。当8月份北京市食品供应处取消对有关领导同志的"食品特供"，国务院有关主管部门对中共中央、国务院领导同志使用的进口高级轿车陆续更换为国产轿车之际，全国各省市立即推出具有地方"特色"的廉政措施。地处9省通衢的湖北武汉市水果湖省委大院里，小灶改为大灶，"特供"变为"普供"，私车改为公车……

与此同时，全国新闻传播媒介纷纷推出反对官僚主义，倡导廉洁政治的义举。这和前面那种八面威风的官僚们形成鲜明对比：

《市长们步行上班》（《湖北日报》7月）

《市长欢迎"民告官"》（《人民日报》7月30日）

《京山县撤除503个公款吃喝基地）（《湖北日报》载）

《领导带头、动真碰硬》（《人民日报》8月2日）

《经济参考》报载：四平市机床附件厂领导干部严于律己廉洁奉公，在"四子"问题上两袖清风。在群众最为关注也最为痛恨的分房、考工等问题上，坚持"分房子时约法三章不伸手，上班下班坚持不坐小轿车，孩子考工平等竞争走正门，票子礼物送上门来不动心"。

……

官僚主义，这个在中国根深蒂固而又最有市场的顽症，像一个被人戳破泄了气的气球，顿时失去了它原有威风。

上行下效，雷厉风行。但欣喜之余仍然有人担心：多年的政治季风养成了一批"谈话三六九，办事风马牛"的干部，他们把政策当做"七巧板"，这一次他们的"立竿见影"，莫非又是"听唱新翻杨柳枝"？

我们相信：中国人的思维模式，政治体制的不完善，多年运动式的整党建党，是"培养"出了一批看风使舵，善于表现自己的官僚。但我们更认为，经过这场洗礼，已有了40年执政经验与教训的中国共产党，是有了战胜官僚主义，克服腐败的免疫力和战斗力的，在横扫中国大陆的廉政风暴中，任何乔装打扮的官僚主义者都难逃整肃之列。

"第三次浪潮"之跌落

1. "官街"知多少

爆竹又响了起来，时间长，且又热烈，伏尔加、桑塔纳、上海……来来去去，地处湖南省某县城郊区的农民们感受到从未有过的气派和热闹，他们站在村头大樟树下，远远地注视着村里荷塘边一幢新落成的楼房。欢乐的气氛正从那幢楼房的每一个窗口向四野漫溢。

建在这片良田上的楼房的主人是县国土局长。管国土的，自然知道哪儿风光宜人，方便舒适，贺喜的客人们除了受过局长恩惠的以外，还有那些渴望"土地爷"给以垂青的县城各局委头头或工作人员。县长盖了楼，书记盖了楼，他们一个个也希望"土地爷"开恩拨块地皮。所以别看和国土局长级别上平起平坐，今儿闻讯也都赶来一表心意。

"恭喜恭喜！"进门后，众人出口便是这句话，"你这一盖，把书记、县长的楼都比下去了。"

"哪里哪里！"国土局长要的是这句话，嘴上却一个劲谦虚。他心里想：没错，人家说这"官街"上该我领风骚了。

其实国土局长高兴太早了，2个月后，这个县城郊区的另一幢楼房又落成了，其豪华、气派，远远盖住了国土局长。房子的主人，是县委一个抓组织工作的常委。

鞭炮在炸响，新楼在落成，良田沃野在一寸寸地缩小，在人民的愤怒声中，官邸的主人却兴高采烈，躲在"安乐窝"里享用权力带来的欢愉。

这是中国建筑史上的一个奇观，也是中国1989反腐倡廉中所扫荡的腐败行为之一——盖。

其实，住宅作为人类科学和文化的摇篮，宇宙间最小最复杂的生命圈，作为一个公民皆有居住和享受居住的权利。1981年4月在伦敦召开的"国际住宅与城市问题"研究会上，曾通过了一项《住宅人权宣言》。宣言称："我们确认居住在良好环境中适宜于人类的处所，是所有市民的基本人权。"1988年，联合国规定将这一年作为"为无家可归者解决住房"的国际住房年，中国政府积极响应，组织了这方面的宣传。那么，作为公民之一的国家行政干部建私房，为什么受到群众的指责，党纪国法的一再约束、惩治呢？

干部营建私房集中在县一级，我们还是先来看看这种被群众称之为"官街"的景观。

近年来，如果人们留意，在中国 2000 多座县城的外围，常常会出其不意地矗立起一座座精致的房屋。一般的，是红砖瓦房，单门独院，院内花木扶疏，绿影映地。更多的，是 2 层或 3 层小楼。也有特殊的，瓷砖贴墙、马赛克墙壁、水磨石地板、铝合金落地门窗，造型高雅，格调不凡。建筑面积少则几百平方米，多达上千平方米。《南方日报》曾报导，广东化州县人大常委会主任李达权，营造了两栋 6 层逾千平方米的私房。这些建房土地或官地私吞，或廉价收买。某一日，三两人明目张胆而来，划上白线，砸上木桩，于是，运砖运石，一幢新房落成。此地便增添了认识或不认识的房主。接着，效仿者纷沓而至。鳞次栉比，连绵不断。因为新来者非市井平民，按中国时下从日本早年进口的称呼，他们都是"干部"。且是某局某委某厂某乡某镇的"长"字号，故人称这幢幢新房，条条大街为"官街"、"官村"。

为什么在中国的 2000 多个县城"官街"居多呢？这里有着地理环境的制约因素。凡在京都省城者，有权、有钱，但方圆几十里城地，难寻一方空地，况既有权有钱，单位占房，房地产部门分房，又何苦不捷足先登呢？再者大都市人心理，既吃官饭，怕也难得久居一地。升迁调动，房子也背不走。那小城官员，活动范围不过三五里，七八里。区区弹丸之地，任你调，也逃不出如来佛掌心。那各乡各镇头头，到县城盖房，一图的是子女进城镇重点中学读书，日后子承父业，或继续深造；二图退休后进城居住。也有暂时子女尚小或离退休年龄尚远的中年干部，唯恐日后地皮难找，权力贬值，或形势变化而仿效他人盖下的。

中国大地"官街"知多少？这也许是一个斯芬克斯之谜。目前，尚无此类统计数字。不过，笔者手头倒有几个各地有关方面材料。其中，《经济参考》1989 年 8 月 19 日报道：1979 年至 1983 年间，江西省副科级以上干部建私房达 2246 人。1986 年 2 月至 1988 年底，全省党政干部建房人数达 11055 人。其中副科级以上建房人数达 4527 人。江西如此，湖北也不例外。黄冈，将军之县所在地。区区弹丸之地，1982 年以来即有 1.3 万多户干部建私房。河北邢台，以大地震而闻名，如今干部建房也不示弱，初步查清，4200 多名干部以权谋私建了私房。湖南某县，山清水秀、山美水美，如今干部私房更美。良田沃野之中，田田荷叶辉映，是一幢幢拔地而起的"官府"。该县干部建房 402 户，其中县级干部 12 名，下属科局级干部达 128 户。县委 9 名常委，竟有 6 人建私房。县长大人一家 5 口人，建起一栋建筑面积达 241 平方米的楼房。如果按此状况，全国则有 270 万套私房。270 万套，要是建在一起，简直不亚于一个中等的城市。

2. "第三次浪潮"

自然科学进入本世纪后，前 50 年，基本的理论、规律已经确立起来了，以科学为前导的新兴技术发展起来了，到本世纪 70 年代以后，一方面由于科技的发展，另一方面由于世界性经济危机的激化，于是爆发了一场席卷全球的新技术革命。这次新技术革命，未来学家托夫勒称之为"第三次浪潮"。

然而，中国这片土地上的"第三次浪潮"，群众所指的不是托夫勒所说的电子学、电子计算机、宇航技术、海洋开发技术、遗传工程技术等等新的技术革命，他们特指的是党政干部建房浪潮，1986 年 2 月以来的干部建房风。

党政干部建私房，可以上溯至 1979 年。是的，思想大解放，人的个性得到发展，渴求物质享受的愿望日益增强。特别是生产力迅速得到解放的广大农村巨大变化，使昔日一直以优越自居的某些党政干部心理失去了平衡。牢骚、嫉妒、愤愤不平等等，从意识深层汹涌而出，于是，他们中的某些人，不惜利用手中权力，采取违背党纪国法的手段，毫不顾忌地营造"安乐窝"。从今天来看，那些"安乐窝"的档次还算低的。据江西省一个县的调查表明，卷入的干部人数不及现在的 1/5，所盖房子砖瓦结构就算上乘了。

日历掀到 1984 年至 1985 年间，在干预和处理下曾有所收敛的建房浪潮又再度高涨。前一度草草处理的结果刺激了干部们的胃口，一轮又一轮"谁致富谁光荣"的宣传煽起了建房者的热情，私房越建越漂亮，建房人数成倍增加，"有权不用，过期作废"，真要有权，有谁让它作废呢？《湖北日报》曾发了评论，曰干部"逢建必占"，概括可谓精辟。

我们不能说党和政府对此熟视无睹。抓了，有人说，抓了几只苍蝇。款也罚了，象征性的，房子仍然照住。有几个也降了级，撤了职。被处分者却说值得，背个看不见的"处分"，落套房子住，何乐而不为！各级"整党办"、"打经办"、"通讯组"却大做文章，说什么"通过……基本上……"一时间，经验有了，教训也有了，官街更有了，更多观望者等待着风头过去，好加入下一轮建房浪潮。

第三次浪潮终于如期而至。时间以 1986 年 2 月为界。此时"整党建党"

已取得决定性胜利，据报界宣称，党政干部面貌焕然一新，党的组织更加纯洁了，是时，建房再掀高潮。

和托夫勒所说的"第三次浪潮"比较，这次建房风同样具有数量多，涉及面广，影响深远等特点。江西宜黄县的党政机关干部 1986 年以前没有一人在城镇建私房，可 1986 年后，便有 69 人建了房。四川某县是全国最贫困的县份之一，全县人均国民收入不足 200 元，群众温饱尚未解决，全县却有 52 户区局级以上干部违纪建私房。其中有县人大主任、县公安局长、县国土局长等立法、执法机构负责人。湖北省黄冈地区据查在这期间便有 1.3 万多户干部建私房。《经济参考》中，曾概括"第三次浪潮"中的违纪现象具有前两次所未有过的明显特点，它突出表现为"三多"：

耕地征占用多。干部一改过去利用废地、宅基地情况，大量占用耕地建房，使城镇周围的耕地锐减。仅江西大庾县南安镇新民村，1982 年有耕地 1338 亩用于建房，1988 年人均占地仅剩 0.257 亩。

偷漏骗占多。干部采购木材偷漏林业税，并且享受"优惠"。有时连材料费都不交足。

违章建房多。吉安地区某县干部建房 1300 户，只有 600 户经过城建部门批准。

建房，建房，建房！从贫困山区到富裕之地，从东海之滨到天山脚下，大江内外，长城内外，"第三次浪潮"席卷中国大地。托夫勒预言新技术革命的"第三次浪潮"将会给社会的经济结构，生产方式和就业状况带来极大的变化，给科学、文化、教育以及思想领域带来深刻影响，那么中国土地上的这次"第三次浪潮"将会给这片拥挤的生存空间和存在着腐败现象的社会风气，给子孙后代带来什么变化和影响？这是颇值得反省的！

3. 鱼有鱼路，虾有虾路

中国人均收入国家公布是 300 美元，其实，如果从个人纯收入来看，大多数人还没有达到这个数字，一般国家公职人员，月收入均在百元左右，一年加起来不足 2000 元。可是，这些工资收入微薄的干部，却很奇迹般地盖起一座又一座私邸，组成阵势壮观的官街，个中秘密何在？真的是他们工资"含金量"超过普通百姓。

骆××，某县教育局人事股副股长，工资 82 元，家里有一个老母亲吃闲饭，还有一个宝贝儿子，属于教育局低薪阶层，吃救济的对象。就在局工作人员都在感叹他生活拮据之时，他却在县城边上盖起了一幢两层小楼。小楼之精巧，令人叹为观止。

骆ＸＸ的小楼建筑史也许能回答某些问题。

骆ＸＸ初中毕业后入伍参军，转业后又读了２年中师，一个偶然的机会被借调到县教育局做落实知识分子政策工作。到县城后，他为自己规划了三部曲：正式调入、安排家属、盖一幢属于自己的房子。前２项经过努力他很顺利地实现了，盖房子便列入了他的"议事日程"。

按说，一个农村小学教师，能调入县城教育局，应当是心满意足了。骆ＸＸ从出入县委、县政府几位老乡、熟人的私邸中却感觉到，他们能盖，我为何不能盖？过去在乡下，被人瞧不起，如今赤手空拳进了县城，不是管了一二千号人么？

骆ＸＸ从他的关系网中迅速找出了几个用得着的。别看进城不久，这个方面他可没忽略。地皮、建筑材料、施工队伍，他一一谋划着，轻重缓急，实施步骤，他拨了个电话给城郊乡一位副书记，副书记的一个女儿正想转到县城重点中学。教育局人事股副股长想安排一个学生进重点中学并不难。转学关系办完了，副书记要设宴款待。骆ＸＸ说不用，便顺带提出了上述要求——地皮。副书记当即表示可以解决，他正负责在县城旁边建一个集贸市场，放线时，朝外移一移就够了。

地皮有了，该考虑材料了。时值几个乡正集资盖教学大楼，局里要抽专人统抓，骆自告奋勇，声称他懂得建筑技术。教学楼招标时，远远近近来了十几支建筑队，这是块肥肉，谁都想啃，谁都懂得要走路子。骆ＸＸ欲擒故纵，闪烁其辞，后来见一个来自外乡的建筑队十分迫切，便隐隐露出自己盖房的事儿。

"喂，老王，我请教你一件事。"

"好说好说！"建筑队长王某已听出端倪。

"我找人设计了一幢房产的图纸，这个人我不放心，听说你们经手盖的房子设计上十分让人满意，我打算请你找人给我看看。"

王某拍着胸脯说："不光设计图纸，整套房子我都包了。"

骆ＸＸ笑着说："包了可以。一五一十，我可不让人说闲话，说我以权谋私。"

"不敢不敢，我不敢让你犯错误！"

交易就这样谈成了，冠冕堂皇，心照不宣，王某将教学楼房设计、预算送来，骆××明明看出其中估价过高，也不坚持原则。王某在5座楼房里多报了10万元，用其中的5万元，另请别的建筑队给骆××建了一幢两层小楼。为了掩人耳目，他们也算费尽了心机。

岂知聪明反被聪明误。王某在教学楼施工中偷工减料，剪彩燃炮刚刚响过，学生们第一次走进教学楼，一个乡的新楼突然有一层教学楼楼板坍塌，当场砸死砸伤学生四十余人。骆××家的小楼因此被曝了光。

从骆××小楼建筑史中可以看出，弄地皮时，他是"权权交换"；弄建筑材料时，他是"我给你包公房工程，你替我把私房建成"。彼此，心照不宣。

当然，不止骆××一人，也不止一种手法。

江西省东乡县某乡党委书记兼农技站站长，先后以农技站购买良种的名义向信用社低息贷款8.8万元，随后分3次转借给一位企业承包人，承包人至今本息未还，与此同时，当这位副书记建私房时，那位承包人慷慨地"借"给了他现金2000元，钢材50根。并且是在大庭广众下"借"的，并且还打了"借条"。其实，这些钱物，是刘备借荆州，有借无还的。有人称此为：我批给你条子，你借给我票子。

还有一些单位，在承包之际，主管负责人有意为承包人说句话。承包人感恩戴德，自然不让负责人白白费心。如江西省抚州地区某乡政府在与乡基建公司承包人签订承包合同时，乡政府提出按上级规定，每年上缴利润递增10%。此时，与承包人关系较好的一位乡党委负责人赶来，提出不要递增，为承包人游说，乡政府觉得有些道理，上缴利润便没有递增。为报答这位乡党委负责人，承包人在他建房时，"借"给他现金3400元，并"借"给他钢材、木材、预制板等折款1699元。人们称此为：我为你承包说句话，你给我钱物报答。

当然，大多数建私房者，都像前边那位骆××一样，有工程发包权，他们或抬高公家建筑造价，或任凭承包人偷工减料，睁只眼闭只眼，利用其承包人的心理，为自己营建"安乐窝"。其结果，是肥了自己，损了国家。河南省信阳地区保潢川至固始不到100公里的柏油路面，国家投资花了500多万元，公路修成通车不到半年，路基下陷，地面裂缝纵横，据检验，属于工程质量问题。再一查，一是偷工减料，二是材料以次充好。追根究底，是总工程师玩忽职守，以权谋私——收受承包人贿赂，在某市为自己建了一幢小楼。

这些人是利用承包工程之机，营私舞弊。有些人为了达其目的，没有工程也"安排"个工程。据《羊城晚报》载，省水利厅某位主管水利工程建设的要人。为了在其家乡建座私房，待其退休后颐养天年，作别墅之用，便有意去家乡考察。可是这儿的水利设施前几年在他的关照下已经基本完善，为了找个名目，便挑剔前年刚刚建成的水库有"险情"，指示该县迅速打个报告向省里申请除险费。酒宴上，只有一个从基层刚调到县政府的同志"不谙世事"，认为这一报"险"岂不抹了县里脸面，便认真、一再声明库坝固若金汤。席上他人心领神会，知道这是财神爷发了话，便一边反驳那个年轻人，一边表示库坝有"险"，险到非要动大手术不可。

报告送上去了，这位考察人大笔一挥：情况属实，要赶在今夏洪水季节之前加固好，以保下游特区安全。500 万顺顺当当拨了下去。这时，这位要人让其家乡侄儿提出盖房申请。工程指挥心领神会，就在水库旁边择其依山面水，风光旖旎之处，盖了幢带围墙的小楼，预算上写的是：水库看守用房。

当然，这种"顺手牵羊"、借公肥私的事并不是每位当权者都碰到。不过，碰不到不要紧，鱼有鱼路，虾有虾路。湖北省ＸＸ市原副市长杨某，有权在握，无所顾忌，地皮不需申请，材料不用购买。市熊渡工程指挥部征用了他人宅基地，划一块得了。钢筋、水泥、木材、门窗、红砖……他无需动手，让下属帮运得了。杨某比起上面那些拐弯抹角建私房的人而言，要干脆利索得多了。

也有那些权势炙手可热的小吏，侵吞水深火热之中的灾民救济款，营造私房，营建价格高昂的猪圈、鸡圈，却心安理得。有篇影响颇大的文章曾记叙了河南驻马店洪水之后"官家高楼起，灾民泥中卧"的情景。本文不再赘叙。

官街建筑史是一本历史巨著，鱼路虾路，我们在这篇短文中不可能全部囊括，但本节将要结束时却不能不指出房子的另一种"建"法。

深圳经济特区某公司董事长袁某家中本已有一套宽宽绰绰的房子，深圳房改开始后，他便计划着再买一套档次更高的楼房。他看中了公司管辖的怡景花园别墅的三四层楼。这儿楼层适中，风景优美，购物方便，楼顶上有 100多平方米花池天台，可是这两层楼房外售时价格为 68 万元，袁某到哪儿去弄这大笔钱呢？好在袁某既能当董事长，便不愁想不出弄到这套房子的办法。他先按该公司在蛟湖路新建的处级干部住宅楼的标准成本作基数，再在水磨石地面上铺上柚木木板减低造价，这样七折腾八折腾，68 万元售价核算成了7.9 万元，再按一次性付清房款的方式，八五折优惠，又折价为 6.7 万元，只及售价的十分之一还不到。

4. 空房咏叹调

武汉作家方方写了篇小说《黑洞》，里面有一个照相馆工作人员陆建桥，经常半夜时分站在一栋新建筑物下面，久久地凝视着三楼拐角一套房子的窗口。多少个寂寞而又悠长的夜晚，那窗口一直没有灯光。

这没有灯光的窗口便道明了这套房子主人的一切秘密。

这秘密像失却了能量的恒星重力密布的黑洞。一个永远无法理解的黑洞。

方方说：汉口这个地方有着无数无数的陆建桥。那她也就等于说：都市中有许多许多黑洞。

黑洞，一个难解的谜。

中国一些行政官员拼命盖房子、占房子，正像这篇小说写到的，又有多少房子空在那里呢？既然有一官半职，是这"长"那"长"，在中国这个"官本位"封建残余思想尚存的泱泱大国中，何愁没有房子呢？但是还要盖、要占。而缺房、少房户却又比比皆是。

不过，房子空着，但里面也不可能没有一则两则故事。《聊斋志异》中许多人狐相恋，花妖鬼魅的风流韵事皆是在空房子里上演的。

先讲一例。

某市郊区的一个小县。得风气之先，县城里大大小小官员都在这"公司"那"工厂"中兼了个"顾问"或顾而不问的头衔。有头衔，便有了钱。有了钱，吃喝之余便想给儿孙置办点家产。君子之泽，五世而斩，何况现在口口声声讲干部要打破终身制呢！B 书记，主管政法，小县城里众人瞩目的人物。虽然坐的仅仅是第三把交椅，中国人称呼起来隐其"副"字而简而化之。不过全县几十万人，经济上又这般蒸蒸日上，数着个"老三"也就权力无边了。他刚刚把想盖房子的打算透露出来，便有几位老部下拍着胸脯表示"好办"。B 书记又不愿让人抓住他利用权力，营建私房的把柄，连连声明一切开支由他支付，并表情严肃地"批评"老部下：端正党风，我这个书记要带头执行。你们可不要帮我犯错误！

部下哪敢让书记"犯错误"，几个月后，新房钥匙送来，请 B 书记去过目。B 书记工作繁忙，走了一圈便坐皇冠回来了。房子里留下了他刚刚 20 岁的儿子。

儿子乐不思蜀，偌大一片房子，归他一个人使用，比他在父母眼皮底下方便多了。当天晚上，便把他所在电影院工作的哥们姐们请来，举行了一次庆祝舞会。舞会毕，已半夜时分，这些哥们姐们"不敢走"，便一股脑儿躺到公子床上，云云雨雨，丑不堪言。

过了一段，公子有些厌倦，认为缺少刺激，便让小兄弟扮演打劫强盗、采花恶人，他扮演英雄角色。待有妙龄少女从门口经过"遇险"时，他搭救进房。果然半年时间，便有六七名少女成了他的猎物。有些少女因此堕落。

此公子因另案查办时被供出，时逢"严打"，案卷移交B书记。B书记初始不信。法网恢恢，他只懊悔那帮老部下"帮他犯了个大错误"。

当然，这是B书记政务繁忙造成的疏忽，中国大多数的行政官员比B书记精明。他们有空房，决不会不考虑房地产一本万利的经济效益。《长江日报》8月份有一则消息透露：洪山乡人大主席团主席沈某有3室1厅的公房50平方米。1985年，他出价3000元硬性买下卓刀泉村用6000元购买的80平方米的民房，长期用以出租。乡调研员杜某既有336平方米的公房，又有8间170平方米的私房，去年7月，他再次以爱人名义兴建楼房165.6平方米，超过批准面积85.6平方米，常年出租面积达235平方米。按每平方米议价房租计算，杜家每月不用投资至少可以收入500元以上。

不过，也有嫌出租屋来钱太慢，而另辟门道的。

某县委办公室副主任陶X，过去在城郊乡担任党委书记期间，以亲戚儿女的名义，分别购下了5处400多平方米的地基，象征性地交了3500块钱。担任办公室副主任期间，他以帮人牵线购买地基为名，捞了个顺水人情，收了人家名烟名酒，也为自己早先购下的地基找到了买主。一反一正，他倒到手25000元钱。他不止一次在妻子面前吹嘘：你看我陶某有远见吧！

陶X倒地皮，也有赵X、钱X、孙X、李X倒房子。他们侵占耕地，平价或无偿占有建筑材料，平调或无偿占用劳力、运输工具，或者借公家建房之机，浑水摸鱼，假公济私或划公为私，正如前面所述某局局长，"我给你包公房工程，你替我把私房建成"。然后，将盖好的房子卖掉，三倒两倒，自己无偿赚得套房子，还成了"万元户"。

此等专搞土地买卖，从中渔利到发横财的违法之徒，有人概括其为"五术"。为方便廉政中识别这种"地倒爷"，兹抄录如下：

瞒天过海之术：此等人借房屋过户之名，给国家管理部门报一个卖房明价，私下却另有一笔含地价之内的"暗价"。

偷梁换柱之术：借"住房商品化"，象征性交点钱"购"房。一年半载，转手一卖，房价含地价，财源滚滚来。

天女散花之术：今天借儿子分家之名，明天借与父母分居之名要地皮，搭间陋室转手一卖。

借花献佛之术：自留地、宅基地、承包地，今天 10 万一块卖给张三，明天 8 万一块卖给李四。

走马换灯之术：今天买，明天卖。倒了房又倒了地，一手获双利。

怪不得女作家方方说汉口有无数的陆建桥，怪不得方方说汉口是中国的缩影。

5. 天国里的预支

当你驱车经过美丽富饶的江浙苏杭一带，当你去到商品经济最为活跃的温州，你会发现这些地方除了办企业多，农民钱多，干部小楼多外，便是山上的坟墓多。

阳光下，那一排排水泥坟墓，大理石坟墓白花花，亮晶晶耀人眼目。每一座坟墓可以说都是一件艺术品。它们造型各异，风格奇特，一年比一年造得精巧，一年比一年造得豪华。当初仅仅为了实用的光秃秃的馒头形坟墓，已经被方形、菱形、多边形所代替，已经有石人石马石狮石兽在坟前守候。坟墓，已经不是黄泉之下的归宿，而是供世人观赏的具有审美价值的艺术品。它代表了主人的身份、价值和拥有财产权力多少的象征。"富不富，看坟墓"，成了温州人的口头禅。

为了占据"风水宝地"，温州人不惜大量伐树砍竹，有的建一座坟就砍掉五六十棵树木。同时，坟的面积越造越大，占地毁林越来越多，一般"椅子坟"占地六七十平方米，大的竟占地两百多平方米。有的人还不惜工本，在坟圈里建造亭台，造一座坟要耗资数万元。据有关部门统计，近几年温州市的青山绿丘间平均每年要冒出 1.5 万座坟墓，加上大量祖坟修缮、扩建，全市每年约损失 1100 万平方米山地，毁掉 6 万株以上树木。

温州如此，徐州也如此。据徐州市民政局估测，该市的新坟，每年以 3 万座递增。一片又一片的坟墓，在另一个世界与生者展开土地争夺战。据统计，一年之中，全国要让出 100 多万亩活人的立足之地，用以为死者营造冥宅。

奇怪的是，死人建坟，活人却也在建坟。江浙一带发达地区，此风尤盛。

这里有一个典型。一个镇党委书记，全家 7 口人，最小的孙子刚满 1 周岁。他通过关系从属下一个村的山上搞到了一块墓地。他耗资 7 万元，给全家每个人建了1座大理石镜面的墓。当然，他忘不了将他自己那座建得最高最大，大有唯我独尊的味儿。但他疏忽了一点，如果衣钵传承，将门虎子，他的儿子或孙子当上了县委书记或地委书记，他的墓便有欺上之嫌了。这位镇委书记九泉之下怕也不得安宁。或者他们要建一座更大的坟墓，更符合他们地位的坟墓，镇书记也就白费心机了。他只以为历史会永远凝固在他当书记的时代。

不过这位镇党委书记的活人坟比起历史上的秦始皇，是小巫见大巫了。位居九五之尊的秦始皇登基之后即遣数万民工，在骊山下建造了一座规模宏大的皇陵。据说坟内宫殿中用水银做河流，金银为山川，仿效生前威势，移入墓中消受。已经开掘的兵马俑，足可见工程之浩大了。这个方面，现实虽比历史逊色，但却让人看到了历史的幽灵未散。

大规模建坟，给本来尚不多的土地又增加了如许负担，无怪人们疾呼"死人要赶走活人"了。

死人赶活人，活人也要赶活人。云南，南国边陲。四季如春，山川秀丽。秀丽的山川上也有活人建坟。《人民日报》1988年6月9日曾报道：西山著名的风景区山坡上，新排出60多座活人的"备用墓"，其中有党员、干部20人。

死人也要赶走游人。在广州，白云山风景区，树木葱茏，花草繁茂。葱茏的树林中，近两年来冒出了千座坟冢。1989年《南风窗》载文称：这是当地"偷葬专业户"所为。死者何许人也，不乏有权有势之人。岭上那宋氏三合葬墓，2米高的墓碑写明了往昔的显赫。

"阿房宫，三百里"，终也为乱兵一把火焚尽，始皇陵何等威武，不过是增添了供游人观赏的历史文物。那些向天国转移"准备金"的人，那些活着鲸吞人民财产，死后唯恐住不上高楼大厦的人，夜深人静时应当好好想一想，千古一帝的秦始皇的覆灭教训："族秦者，秦也。"前事不忘，后事之师。

6. 给后人留下一片立锥之地

中国人曾自豪，自豪"地大物博"。从曾母暗沙到漠河以北，从舟山群岛到伊宁山口，960万平方公里，高山平原、长江大河，养育了一代又一代人。

但是今天，炎黄子孙已经感到生存空间的拥挤了。过多过快地吮吸，母亲的乳房已经干瘪：森林在消失，土地在沙化，现代杞人是忧地，而非忧天了。在贵州山区，在大别山区，在江西老区，贫瘠狭窄的土地，已经让人有摩肩接踵之感。按经济学家测算，一个国家为达到充分就业所需的人均耕地不能低于9亩，可是目前，我们已经有9个省市的人均耕地不到1亩，我们的父老兄弟一双手纵使能改天换地，又能创造多少奇迹呢？到2000年，中国人将要增加到13亿。中国将如何以占世界1/13的耕地，去养活超过世界1/5的人口？

曾经有一个这样让人欲哭无泪，欲哭不能的事情，起因，是为了土地。

某一天，两位县长相约来到两县的争议地带，身后，簇拥着各自的子民。

为了一个山沟的归属，两县农民已经发生过多次的械斗，两县基层组织伤透了脑筋，现在，由两县的"父母官"来埋界桩，以这条山沟作为永久的地界。

甲县长说："埋在那儿吧，我看那儿合适。"

乙县长说："埋在这儿吧，我看这儿合适。"

两人各抒己见，各不相让，各自身后的老百姓也叽叽喳喳，隔沟吵闹。开始，两位县长还不失其县长风度，态度虽强硬，却不失礼。一会儿，空气明显紧张起来。不知是哪位县长顺口说了声"他妈的"，两人竟对骂起来。县长开骂，两边的子民岂肯落后？骂声此起彼伏。谩骂声中，两位县长拳脚相向，两边子民一看，迅速组织人马准备参战，一场大规模械斗即将爆发。幸好省府大员赶到，当场拍板：双方各撤回村，界桩暂时不埋。事后，省政府决定将这两个县长免职，两县子民闻讯集体上访。

县长们尚且为一沟地，一片山林而坚执不让，那些缺少法制观念，没有文化的农民们，更是寸土必争，誓死捍卫。

山东韩庄，微山湖边的一个小村落，铁道游击队杀敌的战场。如今为争一片土地，无情地流淌着亲如手足的农民兄弟的鲜血。

1985年冬天，芦苇收割的季节。韩万山的大儿子，22岁的韩品山，同村里人一块去割芦苇。傍晚，人们抬回了他的尸体。砍芦苇时，他们同江苏人发生了冲突。江苏人指责山东人越界，这边说芦苇没有地界，没有标志。

长子死于非命，老两口痛不欲生。二儿子和小儿子咬牙切齿发誓要报仇。

1986年冬，收割芦苇的季节又到了。韩万山的二儿子刚刚高中毕业，血气方刚，割了3天芦苇，同江苏人打了33场架，腿上和臂上都被人砍伤了，弥留之际，他对15岁的弟弟只说了两字："报仇！"

1988年冬天，韩万山唯一的小儿子真的又卷入了械斗。他手持砍刀，连杀3人。仇报了，他自己也被人砸死在河滩。

我们不能否认这些卷入无休无止的械斗而付出代价的农民兄弟的愚昧和无知，但我们也不能不承认是人口的稠密，土地的逐年减少，资源的日益匮乏而引发出争斗。而这种减少速度并未减缓，有人估计，近年我国耕地年均减少约在2500万亩以上，仅农村建房，包括干部营建官街在内，每年减少50万亩。若按这种减少速度发展，若干年后，我们的耕地将会趋近零点。

为了我们的子孙后代能有一片"立锥之地"，今天，对于那些利用职权，滥建滥占房屋和土地的贪官决不能手软。这不仅仅是一栋房屋的问题，也不是临时性措施，面对建房的第四次浪潮的可能重现，我们必须"杀鸡用牛刀"。

戊辰7月，令自京都颁布，查处干部违章违纪建私房，也可谓"寿然"有声。

首先，国家土地管理局、监察部联合发出通知，部署从四个方面查处国家行政机关工作人员越权批地、违法占建私房等问题。广州、深圳设立空房举报中心，对占房不住者没收其房屋并给以罚款。大连市，领导干部所占闲房一律充公。上海、江苏、河南……查处干部违法建私房的"牛刀"所挥之处，风起云涌，波翻浪滚。顶风上者，滥建滥占者，无不"人""房"两空。

河北邢台，曾因大地震闻名。今天，这场查房地震远胜当年。4200多名以权谋私者，撤出"安乐窝"。千夫所指，超过震波对人的摇撼。

湖北麻城，鄂豫皖苏区暴动的策源地。黄麻起义，万千民众举起梭镖大刀。枪林弹雨中，倒下无数英烈。现在，有人倒下，倒在私欲的枪口中。廉政风暴中，329户抢盖私房者，亮相曝光，私房收缴。

"牛刀"挥来，刀刀见"血"。建房、拆房、罚款、处分，四部曲一气呵成，善哉！

大家拿的困境

1. 外国有个加拿大　中国有个大家拿

56年前，鲁迅先生写了篇《拿来主义》，讽刺当时的国人一味奉行"送去主义"，不敢吸收外国先进的东西。他要求"我们要运用脑髓，放出眼光，自己去拿"。

庆幸的是现世人不存在这种不敢"拿"的状况，大到洋人生产的飞机，小到雀巢咖啡、塑料刀板、化妆品，我们到每个家庭走一遭，都可以看到"拿"的成果。当然，中国人眼下不仅敢拿"洋鬼子"的东西，更为流行且很风靡的是"拿"国家的东西。理由是"不拿白不拿"。有一个顺口溜很形象，那就是"外国有个加拿大，中国有个大家拿"。这话虽然说得过分，但决非无中生有，至少道出了"拿"的情况严重。

"拿"的本义是以手持物，引申为获取不属于自己所有的东西。中国人乃至整个文明世界都认为"不义之财"不可取。基督教教义中有"十诫"，其中之一便是不可贪恋别人妻子、财物。伊斯兰教、佛教、道教等宗教教义均告诫人不可贪占他人财物。据说在伊斯兰教为国教的国家里，拿别人的财物是要被砍去手指的。可是，时下中国人没有宗教信仰在约束，连那些几千年来已筑成的道德观念防范体系也土崩瓦解。他们对国家的财物视为己有，不仅顺手牵羊，而且明火执仗地"拿"。

国务院有关部门和其他有关单位提供了这样一组 1988 年的数字：

铁道部：全年哄抢、盗窃运输物资、铁路器材、内部物资、旅客财物 4 项共发案 17406 起，直接经济损失 2500 万元，间接损失又该多少呢？恐怕难以统计和计算。

邮电部：全年邮电通信线路遭破坏的案件为 1299 起，被盗电话线路 92 万多米，干线和市内电话电缆 11.2 万多米，电杆 1100 多根，阻电通信历时 312.6 万路分，直接损失 381.9 万元。

能源部：大庆、胜利、中原、华北、大港、南阳 6 个大油田，全年共发案 2100 起，被抢原油 80 万吨，被窃生产用电 2 亿度，两项折合 1.2 亿元。

林业部：全年哄抢林木案 5314 起，盗窃案 33.8 万多起。两项毁林 2.8 万亩，计 15 万多立方米木材，折合 1627.8 万元。

同时，水利系统的湖南宁乡县境内的黄材水库，去年发生盗窃水利设施案 80 起；商业部所属上海商业储运公司，去年因哄抢、盗窃损失 266 万元；中国人民保险公司因盗窃案赔偿客户 5000 万元，占索赔总额的 30%。

"要想富，吃铁路，一夜一个万元户。""要发财，大家来，不拿不赚二球爷。"于是，列车停车、脱轨、晚点；通信中断；油田停钻；森林被毁、生态遭破坏，社会主义的大厦被一群肆无忌惮的蛀虫在疯狂地蛀蚀。

铁道游击队，是抗日战争期间活跃在山东境内的抗日战士，著名作家知侠以英雄的事迹为蓝本，创作了一本脍炙人口的长篇小说《铁道游击队》。几十年来，这些英雄的形象激励着千百万青少年。历史就是这么富有传奇性，

80 年代末，10 万里铁路线上，"铁道游击队"竟成了哄抢列车的路匪的戏称。

粗糙的土碗里，满盛着洒上了鸡血的酒。七八个面孔黝黑的大汉团团围定，一饮而尽。这不是某个描写农民起义电影中的一个镜头。这正是某省南部 X 县的一个小山村里，歃血为盟，加入"铁道游击队"。在湖广交接部一带 33 公里的铁道线上，活跃着 32 支"游击队"，几乎每公里均有一支。

每当夕阳西下时，"游击队员"便整装待发。他们根据"侦察员"报来的精确行车时间，潜伏在铁路两边。

夜半更深时分，先行上车的队员对上暗号后，便没命地掀车上的货物。接应的小货车装上"战利品"后，迅速消失在茫茫夜色中。

这是一批土生土长的庄稼汉，他们不去打家劫舍，也不去偷鸡摸狗，他们专司"吃"铁路，国家的铁路。别看他们头脑简单，"组织纪律"却很严密。"游击队"有整套经济管理手段。会计、出纳、保管分工明确。盗窃物资变卖赃款后 7 成瓜分，3 成留作"基金"。若队伍中有被抓被捆者，可领"捆打费"、"补助费"，其他"队员"还帮种地，抚养孩子。如此等等，无奇不有。

为什么这些农民明火执仗去"拿"铁路上的货物？这里有公安人员搜查时双方一段剑拔弩张的对话可作为谜底。

1988 年 10 月 24 日，湖南衡阳市 44 名公安干警突袭 X 县宜秋塘村，希望将盗窃赃物"一网打尽"。搜查中，查获了 4 吨铁路货物。正装车，锣声"当当"响起，急迫紧促，霎时，黑压压一群人围拢来，将干警围在其中。有一自称是村支书的人厉声喝问："你们凭什么?!"更有人在叫："捡来的，凭什么交?"一伙村民手持木棒、钢筋应声喊打，有人趁乱卸下已装车的货物。

注意，在这里，他们把"偷"叫做"捡"。有儿歌曰：有捡有卖的，捡个卖菜的。还是那句话：不捡白不捡！这些被人称之曰纯朴敦厚的农民，已经把法律和道德置于脑后了。

事情并非如此一家，明火执仗地"拿"，川黔线、京广线、成昆线、京包线到处都有这种吃铁路的"游击队员"。惊人相似的是，对于法律，对于"盗"与"拿"的界限，他们是一样的模糊。

四川内江至安边的 120 公里铁路区段间，孔滩、一步滩、敬梓场一带有 12% 的坡道。而由于云南天然气化工厂生产的尿素化肥，每日夜间有一列运化肥的列车从这里经过。由于列车上坡速度慢，加上天气时有阴雨，夜间行驶，盗窃分子便在这一区段大显身手。

盗窃猖獗，有关方面禁而难止，公安局只好派干警武装押运。但是盗窃仍时有发生，被抢的化肥每次少则数十袋上百袋，最多时一节车厢能掀走一半。这些哄抢化肥的人群中，大多数是当地农民，其中也有妇女、老人和儿童。据当地沿线农民自诉，每到春耕时节，化肥买不到时，他们便纷纷到铁路上来吃"白食"。有的农民在抓住受罚后说："真是没办法，拿钱买不到化肥，在铁路边上捡了几包犯了什么法？"

海南，中国最大的经济特区，对外开放的前沿阵地，但从那里传来的电话线被盗情况触目惊心。据报载，全省 118 个市县的通信线路均遭破坏。8 月 17 日晚，海南省委、省政府召开贯彻高法、高检通告的电话动员会议。21 时 22 分，当省委副书记刘剑峰传达会议精神时，海口至通什的 2 号电话线被盗剪，致使会议中断。邮电部门迅即转到海口至通什的 1 号线路通话，8 分钟后，1 号线路又遭破坏，造成海口至通什的长途明线电信线路全部瘫痪。当邮电部门再次动用微波电讯电路，电话会议才得以继续进行。

1989 年以来，海南全省已发生盗窃破坏长途电话线路案件 324 宗，被盗国家一级（中央至省）、二级（省至县）长途通信干线总长 671.9 公里，其长度相当于海南岛南北纵贯的 2 倍，直接经济损失 111.8 万元。为此，8 月 22 日，国家邮电部、公安部、高检、高法联合召开电话会议拟采取有效对策。

不过，人们不要以为这种放肆地偷"拿"国家财产的都是些"头脑简单、四肢发达"的"下里巴人"，一些自封为"贵族阶级"的知识分子中，也有不少"穿长衫且又站着喝酒"的孔乙己的后人。

图书馆，是这些知识窃贼光顾的地方。大学图书馆、社区图书馆，撕书、拿书现象屡禁不止。开架售书的新华书店，尽管防范甚严，还是天天有人"拿"书。北京中国国家图书馆，拥有当代国际最先进的仪器设备，藏书 1200 万册，位居全世界图书藏书量第 5 名。然而，开张不到一年，南区中文新书阅览室丢失图书达 1500 册。至于被撕、割、批改、涂划现象则不可胜数。被查实发现的偷书者有六十多人，其中学生占 44%，科研人员占 20%，工人占 6%，其他读者占 30%。在男女比例中，女性读者占 15%。

这是在装有自动报警器的国家图书馆，全国各地众多的图书馆中，有多少达到这种警戒水平呢？

2. 疯狂的攫取

如果说，湘南、海南、云南少数愚昧的农民置法律于不顾，光天化日之下明目张胆地盗窃国家财物，而有另外一种人，他们身上涂有保护色，戴着假面具，冠冕堂皇，心安理得地拿。他们不需在月黑风高夜，冒中弹和搜捕，为拿财物而殒命的风险。

这便是中国的"公家人"，包括党政机关干部在内的某些人。他们比那些农民，更为隐蔽，更具有破坏力。他们疯狂地攫取不仅损失了国家财产，严重的是败坏了党的形象，污染了社会风气。

某镇原镇委书记刘某，当地人送了他一个雅号"刘贪"。说他"鹅毛过手都会轻三两"，他自己则表示说"过海当然要湿鞋"。大至成千上万元，小至镇政府招待客人剩下的烟酒，他都叫勤务人员拿到他家中。他转手又卖给街上的个体摊档。久而久之，人们都知道镇委"刘大人"家中有抽不完的烟和喝不完的酒。于是，个体户主动上门收购。

不过"刘贪"的手段太低劣，以至群情激愤，上告县纪委，"刘贪"因此丢了乌纱帽。像陕西"吃喝专员"魏明生，上任省经委主任之前，到属下几十个单位去"辞行"，既表示不忘旧情，又炫耀了"省官"的身份。"疗养"、"赴宴"、"收礼"，前呼后拥，迎来送往，好不荣耀。不过，魏明生是撞到枪口上了，以上 3 项共计花费公款才 5336 元。笔者不是为魏某开脱，他和那些借与外商谈判之机，损国家肥自己，鲸吞几百几十万外汇存到国外的要人比，是小巫见大巫了。那些借盖房之机，侵占土地，占用公家材料的人，哪一个算下来不上三千五千。

国家工作人员"齐抓共管"国家财物，在经济领域犯罪的，据《党建》杂志介绍，1982 年至 1988 年，全国共有 210625 人。这些经济犯罪的当事人都有一个共同的特点，即"贪得无厌"。他们像一首元代无名氏的散曲所言，"夺泥燕口，削铁针头，刮金佛面细搜求，无中觅有。鹌鹑脖里寻豌豆，鸳鸯眼上劈精肉，蚊子腹内刮脂油，亏老先生下手"！

有权不用，过期作废，这是时下人人皆懂的通俗大众哲学。党政干部不消说，事业单位，拿听诊器的，掂粉笔头的，捏笔杆的，一方菩萨管一方人。连火车售票员、验票员、乘务员、炊事员，都有权力。"你要卧铺票吗？来来！"一个满身油污的列车工作人员拍着一个旅客的肩头。旅客会意，尾随而去。票两张，"给两张分"。干脆，没有商量余地。当然，票价除外。这个满身油污的毫不犹豫地用两个指头接过"两分"大团结。

权力有大有小，权力大的搞大钱，可也有权力不大的也在搞大钱。

邓××、熊××，再正宗不过的"工人阶级"了。权力呢！就是给航运公司的船加加油。那活儿，弄不好溅一身油，说不准还没人愿揽。

穷，牢骚，成了他们俩交流试探各自埋在心底罪恶的感情基础。"妈的，穷的穷干巴，富的富得流油。呸，活该的是我们这些无权无势的工人倒霉受穷!"劣质香烟伴着诅咒常常将他们心中的积郁吐出来。

终于，有了这么个机会。他们都表示：人无横财不富，马无夜草不肥。他们都跺了一下脚。脚下是钱，一船液体的乌金。这时是黄昏，浮光耀金，微波不兴。长江上，鄂供油一号船只有他们两人。

买主找到了，某省驻汉办事处的。单位正催他买油呢! 一拍即成，950元一吨。

月上柳梢头，人约黄昏后。焦虑、期待、兴奋，双眸内射光彩。两条船缓缓驶离睛川阁下油码头。好一个"日暮乡关何处是，烟波江上使人愁"。他们终于寻到了一处僻静的地方，一处可以孵化罪恶的阴影里。

供油船体随着突突地抽油声缓缓上浮。

30吨，一手交钱一手交货，28500元。国家的30吨，国家的近3万元钱，无声无息地流进了邓、熊两人腰包里。

满足与贪婪、欣喜与惊悸在心灵的荧屏上交替映现。他们欲罢不能，欲罢不忍，有了第一次，便有了第二次、第三次……短短1年，他们先后7次从供油船上"拿"了260余吨零号柴油，计款241700元。

"无产阶级"变成了有产阶级。吃喝、嫖女人，一掷千金，见人爱打哈哈。哈哈哈哈! 哈哈声里，邻里疑窦顿生。

邓××，熊××得意忘形，终于被送上了断头台。他们要用血来偿还流失的柴油。

不过，也有攫取之后安然无恙的。1989年8月6日笔者乘广州至郑州的列车，曾目睹了另外一种"拿"的方式。

那天我坐的是8号车厢，列车将近武昌时，车厢里有十几个男男女女匆匆忙忙地收拾行李。大包小包，进行重新组合。包里不是别的，而是国家明令禁止私自倒卖的外烟。"希尔顿"、"良友"、"长健"，他们当着乘务员、乘警的面，从容不迫地包呀装呀。我少见多怪，十分诧异，问一男人，不理。后来这男人移到另一座位上去了，一近30岁的少妇告诉我，他们是从广州贩来的走私烟。我问："不是听说烟草专卖，铁路上查么?"她一笑："好办。只要给钱。"她说，进广州站时，有人送，每个贩烟者付10元钱，到韶关烟卡时，每件行李包付10元钱给上车检查者。在武昌出站时，有人接，每件15

元钱。我不解，车站公安民警不管么？她这次苦笑了笑："接送都是公安上的人啦！"这时，有乘警从车厢走过，烟贩子中一面貌姣好的青年女子迎上前去，亲亲热热地叫着他名字，朝他借钥匙开链锁，她的钥匙丢了。那神态亲热之极。怪不得他们3天1次，来回免票呢！说话间，车已减速进入武昌站，烟贩子如进入一级战备状态，纷纷占据面向站台的窗口。我姑妄观之，果见车刚停稳，他们便将四四方方的背包迅速从窗口递下去——月台上立着3个精干的穿便衣的小伙子。他们且背且提，眨眼工夫，消失得无影无踪。

但我下车时，另一节车厢下来2个背方包的女人被臂缠"红箍箍"的抓住了。一女子委屈地叫："刚才接包的你们怎不管？"旁边一男子应道："嗬，是你！上次你说你认识王大黑，我把你放了，走！"

我算了算，接站的一人背三四个包，每次即可牟取五六十元。岂不知，国家损失了多少！

无独有偶，9月21日，新华社又披露了这家分局78次列车乘务人员参与倒卖香烟之事。

据记者目击，9月11日下午3时，车行至湖北境内枣阳站附近时，10多名烟贩一起涌进13号硬卧车厢。他们有的堵住车厢两头大门，有的拉开厕所天花板搬出整箱香烟，有的从旅行包中掏出麻袋和绳子，将香烟装进麻袋打包。有的还从乘务员工作室中扛出几箱香烟，然后堆放在门口。待列车到达随州站之前，烟贩从车窗窥视到路基上的接应者后，就从腰带上取下钥匙，打开车门将烟包推出车厢。还有烟贩从行李箱里扔下几麻包香烟，接应的烟贩背上香烟就逃脱了。据说，烟贩子打点烟包时，乘警、乘务员一直视而不见，中途还有人催促："快点装！快点！"

原来，襄渝铁路线的列车上经常可见"家贼"和"外贼"互相勾结倒烟的行径。有的乘警、列检员、餐车服务员胆子比烟贩还大，他们的腰包已被撑得鼓鼓的。这一次，部分乘务人员将四川内江、大足一带烟贩子送上车的"画苑"牌云烟购买下来，带到湖北境内销给烟贩子，每条获利2元。车行驶在襄樊至随州一带时，因烟贩子争先恐后找乘务员收购香烟，导致车厢秩序一度混乱。

伸手被捉，新华社记者耳闻目睹，该乘务组7人受处罚。武铁分局"举一反三"，利用这"有利时机"，"在全局对广大职工进行思想教育"。

3. 群魔乱割唐僧肉

玄奘万万不会想到，在这里我会将他搬出来做个比喻，让国人一刀一刀剐他的肉。阿弥陀佛！且是多换花样，明暗兼施，巧取豪夺，大刀阔斧，杀气腾腾……

不过国人形象思维和逻辑思维颇为发达，左脑与右脑功能俱佳，这两年又借鉴了国外先进科学技术，把一个"模糊数学"概念引进后广泛使用。譬如一个"拿"字，他可以说是"借"、"租"、"用"、"捡"等等。至于"割"唐僧肉，他说不是我"割"，是唐僧撞到我的牙床上来，我下意识地磕了一下。

且说"借"字。

不知从何起，借公款成了一种权力消费。单位里有头有脸的人物，常常以这种那种借口"借"些钱花。出差借、盖房借、娶媳妇借、儿女上学借……借钱不是一种负担，而是一种身价的体现。不信，你到会计那儿试试，说不定他当面驳回你哩！今天借，明天借，后天借。借归借，有谁当面找你讨呢！钱是公的，得罪你是我个人的事。何况你是这"长"那"长"，或者明天可能成为这"长"那"长"。你借了公款，正打算"还"，突然一纸调令，"革命"工作需要，你到了另一个单位。在这个单位，你又如法炮制。在另一个单位的另一个单位，你仍然"借"。你知道，债转三次无人催了。何况，是欠的公家钱呢！

也许还有些人摸着窍门了。上边嚷嚷还公款，一阵风，这十几年不知刮过几次了。"不管是西北风，还是东南风"，他们都以不变应万变，我行我素。

全国党政干部借公款有多少？仅以笔者家乡为例，我的家乡那个贫困的山区县，这次还款中公布出来的欠公款约 200 万元，欠贷款 1000 多万元。我曾问过一个先后欠了公家 5000 多元钱的熟人，催着还款，急不急？他笑了，一种大智若愚，洞彻世事的笑。"虱多不痒，债多不愁。反正一个月扣 10 元，不到 1 年就会停下来。年终救济补助还会给我补起来，怕啥！"他毫不掩饰地告诉我。

当然，这种"借"法有凭有据，借方久拖不还，或辗转多处，无法追索。但借方总还有一种"大丈夫敢做敢当"的"勇气"。比起那种"借公家鸡下私人蛋"的"公款私存"者，好像逊色三分。

公款私存，目前日趋普遍化、多样化。党团费、工会经费、土地登记费、测量费、企业集资款、采购款、社会劳动保险基金……存款利率归谁，难免有一部分直接或间接流进了私人腰包。也有的单位动用企业流动资金、专用基金购买有奖储蓄、大额存单，然后将奖金归为己有。不过，因此也引起了一些纠纷。

某地村民小组保管员余某，手中保管有组里的三万多元土地费。这些钱，他用活期储蓄存在银行里。刚巧，储蓄所举办有奖储蓄，各种招数都使了，还有一万多元奖券没卖掉。储蓄所工作人员找到余某，动员他购买奖券，余某始初不敢动用这笔公款，后来储蓄所工作人员答应不改存折，只改放在储蓄所内的卡片为由，余某便点了头。岂知一开奖，特等奖便在余某购买的奖券内，奖金一万元。

储蓄所上级银行获知此事后，认为余某存款实际未动用，转来转去，他用国家的钱赚了一万元。余某不服，上诉法院。村民小组闻讯来讨要这笔奖金，认为余某用的是公款私存私用。

这件事幸亏被发觉了，如果余某购奖券不被人发觉，如果奖金顺顺利利发到了余某手中，村民小组也就无从知道。我们相信，这类事不仅仅是余某一人。据四川内江市人民银行调查，动用公款购奖券有 13 万元，公款私存总额初步统计有 718 万元。

当然，除了公款私存，还有公款私用者。这种私用，不是贪污挪用，偷偷摸摸，而是冠冕堂皇，领导首肯。据湖南省审计局今年 3 月份的调查，光省财政厅、文化厅、交通厅、二轻厅、省总工会、省教委等 6 个单位，从1987 年到 1988 年 12 月，共动用公款开支或垫支 51.95 万元，为机关干部职工购买液化气热水器 983 个，省财政厅购回高档"皇冠"牌热水器 230 个。

这是账上查出来的，天知道查不出来的有多少。我有个朋友在医院工作，她家里从厨房到客厅、卧室的诸多设施，1/3 是公家发的。石英钟、地毯、折叠床、热水器、保温瓶、液化灶、排烟机、铜火锅……逢年过节，夫妇俩从单位拿回的东西吃不了放坏，有一次闹成了食物中毒，没少骂单位领导。据说上海杨浦路有几栋外贸楼，垃圾通道里塞满了未动用的香肠、板鸭、烧鸡、人参蜂王浆等等。当地居委会不平，捡回举办了一次展览，朱镕基市长亦为此而动容。这些弃之不用的食品，除有人"进贡"外，说不定有的还是单位公款购买的呢，造孽！

一些行政干部巧点名目挪用公款几乎成了一种顽症。挪用名目繁多：

一是"统一使用"。把国家投资给重点项目的经费，以地方财政"统一使用"为由，投入到地方项目中去，使国家投资的重点项目迟迟不能上马，或者上马后难以配套。

二是"灵活多变通"。把国家下拨和社会集资来的专项经费，诸如救灾款、济贫款、教育经费、民政费等等，"灵活变通"去买小汽车、盖高级宾馆和办公大楼。

三是"公开借用"。一些地方官员只要打一张白纸欠条，便可以借到几百、几千乃至数万元人民币。这种"借"，既没有期限，也不付利息，可谓"千年不赖，万年不还"，有的已拖欠达十几年。

四是"移花接木"。有些地方把应该上交国库的赃款、罚款、税收款、各种捐款，当成了自己计划外的"创收"项目。搞一本帐外帐，私设"小金库"，一部分用来给工作人员发放奖金，一部分用来供他们请吃、送礼、任意挥霍。

五是"弄虚作假"。有人挪用了公款，却又怕露"马脚"，就来了一个弄虚作假。没建校舍说建了校舍，没有救济灾民说救济了灾民，糊弄上级，蒙混过关。

挪用公款，难免不露马脚，大大小小的党政事业、企业厂矿的"服务部"，却为这种"拿"公家提供了得天独厚之方便。

这些服务部大多以单位待业青年名义申办，免税，且又不招审计部门注意。主管单位将外单位汇来款项，或实物交到他们手上。何时需要，何时取出。刚开始因为太扎眼，中央曾发文要求"脱钩"，担心化公为私，但究其实，表面上单立账户，单建账簿，但暗地里却"陈仓巧度"。发奖金，买实物，请客送礼，服务部成了"活水源头"。某些单位财会人员不平也不鸣，往往是小鞋太挤脚所致。人身依附般的独立王国，哪个会计活腻了愿惹这份麻烦？有一家全国闻名的大医院，人多嘴杂，泄露出了高额奖金和发放食物的端倪，审计和税务部门联合而至，结果"羚羊挂角，无迹可求"。一位共产党员的院长在全院职工大会上愤怒斥责："你们是腰包里有几个钱发烧……"

前几年，医院一向被视作"清水衙门"，为何突然脱颖而出呢？这又涉及"拿"的另一个方面。

这种"拿"法大家也不陌生。简而言之有3种技巧。

一是"一人公费，全家公用"。儿子头痛，女儿脚崴了，家乡的老娘气管炎犯了。你去到大夫那儿，指指天指指地，大夫龙飞凤舞，三笔二笔。他才不"望闻问切"哩，他巴不得你走快点。还有的是你和某医生是同乡同学或某某某的大姨子小舅子，检查完毕后，开药时你轻轻嘀咕一下，他心领神会。不光公费持有者的自家人，亲戚邻里皆可沾光。

二是小病大养，无病取药。有些公家人今天捧回一抱，明天拿回几盒。

瓶盖启开服用 3 粒 5 粒，便置之一旁。报载曾有不少头脑灵光的农民进城收购药品，十元八元的药给三五角即可到手。当然大多数是过一段时间将药随手扔到垃圾堆去了。

问题不仅仅如此。80 年代初，进口洋药开始，到 1988 年，年进口总额已达 2 亿美元。一瓶美多巴片 225 元，一瓶溴隐亭片 310 元。患者指名要洋药，医生乐于推销高利润的洋药。"神州无处不洋药"已不是夸张了。

三是瞒天过海，老母鸡变鸭。头痛患者可拿"活力 28"洗衣粉，关节炎患者可以开毛毯，甚至折叠伞、痰盂、胡椒、蚊帐、化妆品、香皂、麦乳精，皆可以合法药品报销单报销。同时，许多必须自费的补药，如人参、燕窝、阿胶等，也进入了公费报销的范围。有一个单位的小伙子，未婚妻在某医院药房，人参进补不够适当，冬天竟燥热难耐，需要开风扇。

——有此三招，医院生意兴隆，腰包里几个钱怎么不发"烧"！

"庙穷和尚富"是对中国目前社会经济状况的形象概括。国家重点建设资金紧张，国防、教育经费不足，不少单位却私设小金库，某些公家人巧立名目掏公家腰包，中饱私囊。1989 年 8 月 31 日《羊城晚报》载广东肇庆县贸易发展公司经营亏损达 8000 万元之巨，今年上半年仍每人月平均发奖金 1364 元。这种"拿"法，"庙"怎能不穷。

据国家统计局公布：1987 年社会集团消费达到 533 亿元，比 1978 年增加了 3 倍。这是来自各地"控办"的数字。"控办"只能管住那些按章办事的单位，对于许多有章不循、我行我素的单位，它是"鞭长莫及"。这些单位的集团消费量是没法统计的。据山东省城市抽样调查队对全省 10 个大中城市 1050 户进行随机抽样问卷调查，今年春节，单位出钱发的"公费年货"平均每户 59.44 元。据调查队测算，全省春节发的"公费年货"约值 3.9 亿元。东部沿海某个 30 万人口的城市，吃喝补贴一年达 100 万元。武汉郊区，连一个乡政府每年的招待费都达 100 万元。这就是说，我国社会集团消费额实际上比公布的 553 亿元要多，多出几何？恐怕可以意会，却难以言传的。

4. 偷税漏税面面观

她不是第一个，也不可能是最后一个。更不可能是逃税漏税大军中最严重的一个。因为在 1989 年的文艺界里，她红得发紫，非要 3000 元价码才出场，她那首《思念》唱得人神魂颠倒，多少中国人都记住了她，我才将她"请"在本节前排。

1989 年春节，某歌星应哈尔滨黑天鹅大酒家经理李 X 之邀，赴黑龙江演唱，5 天收入 6 万元。按个人收入调节税规定，需交 3 万多元税。《北京晚报》率先透露了这条消息和某歌星不承认之说。

如果某歌星悄悄地补交了税款，这位女演员"知名度"不会提高到这种程度。她不承认，坚决不承认收过这笔钱，并且声明她愿"负法律责任"，气势咄咄逼人。《哈尔滨日报》马上做出反应，黑天鹅大酒家经理对某歌星"如是说"给以反驳。她两次提走六万元现金有人证，他对他的话同样愿"负法律责任"。

孰是孰非，令圈外人瞠目结舌。

4 月 18 日，《北京日报》又发哈尔滨专电，称某歌星"偷漏税"有确凿证据，至于她和黑天鹅大酒家私订"税后合同"在法律上无效。同时，《辽宁日报》又刊载了署名文章《从逃税想到法》，建议政府部门借鉴意大利警方惩罚女影星偷税的处罚，言外之意，某歌星拒不交税，可诉诸法律。

4 月 26 日，某歌星在舆论的压力下来到了《北京晚报》，承认她拿了 6 万元演出费。

5 月 8 日，众多的记者围住了税务局的出口，戴着墨镜的某歌星推开镜头，从人群中缓缓挤出。中央电视台《新闻节目》的数亿观众，目睹了这幕尴尬的"曝光"结局。

如果不是新闻界、税务部门穷追不舍，某歌星是不会交纳这 3 万元个人收入调节税的。她压根儿没准备交。和她一样四处走穴的一些人也有这种"能不交则不交"的心态，正如文艺圈内人言："×××没踩对点子，踩倒地雷上去了，命不好倒的霉。"

岂止文艺圈，岂止大明星。"要发财，靠偷税"，这已经是经商办企业的国营、集体、个体发财的秘诀。偷税抗税，损公肥私已是家常便饭。据调查，某市 50% 的企业和 70% 的个体工商业户均有不同程度偷税漏税情况存在。去年下半年税收大检查，查补偷漏税款 6000 万元左右。可想查补之外还有多少！

偷税漏税，在某些人思想中，认为天经地义，他们挖空心思，变换手法，令人闻之咋舌。据有关方面初步统计不下 20 种。笔者择其"公家人"偷、漏税手法介绍一二。

之一、内外相通，弄虚作假。某生物实验设备厂厂长授意财会人员与个体户串通一气，先后 4 次以购买电器材料及支付会费为名，行购买生活消费品私分和请客送礼之实，并将购物款列入生产成本。

之二、做假"集体"，骗取照顾。按照税收政策规定，集体企业新安置待业青年可享有免税优惠。某机械打桩公司采取在申请减免所得税时大量安置待业青年，等减免税申请得到批准后就辞退待业青年的手法，骗取 2 年减免税的优惠。

之三、多报人数，私设金库。某建筑公司正式职工 15 人，实际每月按 27 人编制工资，其中虚报 10 人工资，私设"金库"用以发奖金。

之四、化民为军。

之五、差价加价不申报。

之六、之七……

以上是"公家人"之种种。对于那日趋兴盛和庞大的"个体王国"而言，偷税漏税的手法更是花样翻新，此处不赘述了。

如果说，偷税漏税反映了国人的纳税意识薄弱的话，那么全国各地一系列抗税案件则表现了某些公民法律意识的淡薄。据报载，1985 年至 1988 年上半年，全国发生暴力抗税案件 7807 起，有 6420 名税务人员被打，其中，死亡 13 人，致残 26 人，重伤 979 人……

还是让我们将镜头推到 1988 年 11 月 3 日傍晚。地点：江西省东山乡与进贤县交界处。税卡灯火通明，一辆满载生猪的"五十铃"疾驰而去。片刻之后，税务所副所长雷雨堂、税务干部吴锦华、协税员杨印国、万小青等乘一辆"小飞虎"汽车追去。

东乡县、邓家乡、梅芳咀村。"五十铃"汽车停在村口，雷雨堂上前催司机刘荣茂补交税款。殊不知，刘和其"泰山"，退休干部、共产党员刘喜丁破口大骂。

争吵声惊动了百余乡民，刘见人多势众，诬陷雷雨堂等人是"强盗"。顿时，拳打脚踢，棍棒交加，雷被打昏在地，另外 3 人被紧捆双手，蒙住双眼。塞进猪笼，人猪混装。途中，有人向他们头上撒尿取乐。转移到另一个村子后，又强令跪下，轮流倒吊，棍棒复加，反复折磨 6 小时。

如此疯狂、愚昧、野蛮，钱，还是为了钱。他们如此利令智昏。为首者，竟是一个国家干部、共产党员。

5. "发票"变形记

"发票"在中国用途太大了，买卖、会议、旅游……那一片片纸，竟像魔术师一般，能幻化出万千气象，烛照出人心世态，笔者不能不将其单独列出。

先讲一个让读者感兴趣的故事：黄色消费。

一个冬天，寒冷，有雪花不时自天空飘下。Z（姑隐其名）先生出差到 B 市，刚走出火车站大门，一辆晶亮的"菲亚特"停在面前。司机探出头礼貌地问："先生，出差吗？""嗯。""要住宿吗？""您可以介绍？"Z 先生问。"愿意效劳。"司机笑笑，"请问，您是否需要热被窝？"望着寒风凛冽的天空，Z 先生毫不犹豫地点了点头。"那请您朝马路那头看看，"司机显得格外殷勤，"那 5 个倚在栏边的姑娘，随您挑一个。"Z 先生虽感突然，却不免心荡神摇。但一想到自己腰包中的承受能力，面露窘色。司机猜出了他的心思，马上说："慌什么，给您发票。您看是开取暖费呢，还是加价在运输费上？"

于是，Z 先生搂着一张抹着唇膏的小嘴的女郎去享用他的"热被窝"了。当然，凭着他持有的发票，他所在的单位是会给他报销"嫖费"的。

发票＝住宿费＋抹唇膏的女郎的陪宿费这类事毕竟还少，发票＝伙食＋"吃床脚"的事却是所有"公家人"都可能碰到过的。

前边我们已列举过中国会议盛况，电视上，报端也不断披露会议上大吃大喝的情景，外行也许会问，国家不是规定了会议伙食标准吗？这吃喝的钱从何而来？其实，这是公开的秘密。上至省府，下至乡村，每一级召开会议皆是采取虚报人数的办法，名曰"吃床脚"。国家规定不准到风景名胜游览地开会吧！那我人到山上，发票开在山下。你规定住宿费每晚不得超过 12 元，我住 5 元一夜的，让旅社写上 12 元，怎么样？你不让公款买挂历赠送，好，我不买。我"买"的是"学习资料"。你不让公家买烟酒，好，我也不买。我"买"的是毛巾、肥皂。你去查吧！

发票本来是无价证券，可有些单位，却靠发票生财有方。某市某街道劳动服务公司，从 1987 年至 1988 年初为私人经营修理、建筑等业务代开发票 120 张，营业额 192201 元，公司收 15％的管理费，1 年时间仅代开发票收入 2.88 万元。前边我们提到的长江上的"油老虎"熊××、邓××将公司的柴油私自卖给湖南衡阳水运公司时，便是拿 1040 元钱为条件，从一个已吊销执照的公司买到一张废发票，使他们的非法买卖"合法"成交。

说到"出租"发票，这里有一个"赔了夫人又折兵"的案子。

上海，东方第一都市。刚刚建成的上海新火车站，更是人流如潮，生意兴隆。坐落在广场北端的"丽虹"商场，成了不少个体户追逐的黄金地段。他们用高价租下柜台，也"租"下了"丽虹"商场的企业发票。于是，这一天经营电器的陶某挂出招牌：本柜将有 400 台彩电于近日到货，欲购者请交押金 2000 元。

因是国营大商场，又有企业正式发票。购者云集，且深信不疑。5 天工夫，收到彩电预购款 8 万元。岂知到了取彩电这日，陶某不见，又候一日，仍不见。顾客问旁边人，答曰"歇业"了。顾客方知被骗，手持发票找到这家商场。商场负责人始则不认这笔账，两手一摊，爱莫能助。客户手持发票告到法院，事情到此就结束了：发票系商场法定凭据，岂有不赔之理。

以上所说发票虽像魔方一样变化无穷，但毕竟票据是真的。我们在外边，还经常碰到一种"假戏真做"的情况。

你如果到车站广场、水运码头旁边，会经常碰到一些兜售书籍、旅行用品的人。他们货物一般，销售却很兴旺。其推销诀窍在于其中一句话："可以给你车票回去报销。"这些车票字迹、公章、花纹十分模糊，虽然是私印的，但它却很能打动一些人的心。同时，假车票不仅能成为推销货物的催化剂，在广州、深圳、杭州、海口等地，公开买卖车票，已不是新闻。一沓 10 元公共汽车票，收费 5 元，货假价真。

发票虽然是假的，但一旦演起戏来却有"真实"感。笔者有一乡下朋友首次来汉，便栽在"发票"手上。

一天，他去武昌车站，正行走时，旁边忽有人叫："喂，同志，你的东西掉了！"他回过头，见地上有一四四方方绫子蒙的首饰盒。东西不是他的，出于好奇，便拾了起来。打开一看，原来是一金项链，旁有广州侨光商场发票：足金 9.55 克，每克 105 元等字样。尤其是一颗印，红彤彤的煞是醒目，此刻，刚才呼叫者围拢来，连连说："见面分半，见面分半。"这位朋友的老婆正让他来汉捎根项链回去，心下不免窃喜。但对从马路上拾来的货十分怀疑，正端详时，马路两边各走来一时髦女郎，她们不由围拢来，称叹项链式样好，一女子正拿起发票朝着太阳瞧瞧，两个女人让他们将项链留给她俩，并马上回去取钱，请他们稍候片刻云云。这位乡下朋友疑虑顿消，即刻表示不卖，按那呼叫者要求，付了一半款。回家让老婆试戴，不到两天，金黄色褪光，原来是一根铝项链。老婆抱怨他，他说："我是冲着那张发票买的。"

6. 众目睽睽　众目睽睽

"手莫伸，伸手必被抓。党与人民在监督，万目睽睽难逃脱。"这是陈毅同志一诗中的两句，今天用在这儿，却是再恰当不过。

万目睽睽，伸手者惶惶不可终日。昔日西装革履，穿金戴银者，一夜之间"改造"得朴朴素素之极，当初炫耀豪华装饰、现代化生活唯恐不知富到唯恐人知富。

T，28岁，武汉市财贸学校毕业后不久，调到了区物价局，担任了工业检查组副组长，因事和领导闹翻后，与人合伙倒卖钢材，事情不妙后，他乘车潜逃了。

他先后逃到天津、辽宁、吉林、东北边陲，夜行晓宿，3天换1次旅社，可总还是提心吊胆，噩梦频频，梦境中是无穷无尽的追捕。他占卜、打卦、看手相，每天在阅报栏前踯躅。他希望自首后能"从宽"，但又怕这是"请君入瓮"。反反复复，返回武汉后，经过家人的工作，他终于怀着忏悔的心情走进了检察院的大门。

据统计，两院"通告"规定期限内，全国共有5万多名违法犯罪者坦白自首，涉及金额1.16亿元。其中45%得到从宽判决。有2616名主动坦白交待后，各级检察机关给予了宽大处理，1841人免予行政处分。

说起自首，也有一些人错以为"宽大无边"，可以略施小技，蒙混过关。

这里有一个伸手者——某省工业厅副厅长，平时讲起话来神采飞扬、指手画脚。两院《通告》发出后，自知纸包不住火，跑到检察机关，装得可怜兮兮的，声称自己贪污受贿3万余元，一个劲打自己嘴巴，骂自己不是人，辜负了党和人民的信赖与栽培，痛哭流涕，似乎真的悔过自新。

检察机关对他的情况实际上早已有所了解，接待人员问他："所有赃款都在这儿吗？要想得到宽大处理，必须坦白全部罪行。"

他指天发誓，说他若有半点隐瞒，千刀万剐，愿承担法律责任——并且说，他受党教育多年。

而实际上，他采取填写假发票让下属企业报销的办法，先后贪污公款69000余元。他想把吃到嘴里的肉吐一半留一半，混过此关，余下款子也够过了。他之所以要"自首"，也是看出风向不对，自己已经露了马脚，怕划入"严惩"的行列。

不过，检察机关在证据确凿后，很快将他依法逮捕了。

手莫伸，伸手必被捉！今年仅上半年，全国各地检察机关便收到各种来信、来访、电话举报109902件，其中属于检察机关受理的82175件，已立案查处13159件，已查清结案3600件，给予1866名违纪者各种行政处分，有的移交司法机关审理。

伸手者，必被捉！纵观传播媒介，此类消息举目皆是。

广东深圳九龙海关所属文锦渡海关 14 名干部被香港走私分子吴清泉腐蚀、拉拢，大量放私过境，其有关人员受到法纪、党纪、政纪惩处。

四川省邛崃县桑园镇考场主任徐某，在高中、中师和中专招生中，指使、伙同他人搞冒名顶替，出卖考题，索贿 13000 元，"考场官"锒铛入狱。

广州市新塘农工商公司集体骗取专业职务资格，该公司党委副书记、人事科长被查处。

上海一批以药谋私、中饱私囊的"药蛀虫"被查获。

——广东清理整顿公司逾九成

——山东查处各类案件 2 万起

——贵州狠刹违章占建房风

——湖北处理违纪党员不手软

——南昌查出占欠公款千万元

伸手者，快快休矣！

将涸的君子之泽

1. 从一首民谣说起

1988 年至 1989 年春夏之际，乃神州多事之秋。自然变异、通货膨胀、学潮动乱、腐败政治困扰着 11 亿中国人。政治传闻和宫廷轶事不胫而走，飞短流长和官方文牍联袂而至。无论是公开的还是小道传闻，其中指向之一，是干部子女问题。据年初中央纪委委托国家科委中国科技促进发展研究中心"党风党纪"课题组和中国社会调查所一次较大的问卷式抽样调查表明，干部在招工、升学、分配、提职、提级、农转非、出国等问题上为自己和亲友子女谋取私利是群众最愤慨的 18 种腐败现象之一。

《诗经》三百篇，"风"有一百六。可见周天子尚有几分"观风俗、知得失、自考正"的雅量。"相鼠有皮，人而无仪。人而无仪，不死何为！相鼠有齿，人而无止。人而无止，不死何俟！……"这首表现人民的巨大愤慨和对统治者的清醒认识的诗歌入选，便是这种雅量的具体体现。

1950 年，抗美援朝，毛泽东同志毅然决然派自己的儿子毛岸英去朝鲜前线。当时，中央有不少领导同志劝阻，认为毛主席另一个儿子岸青因长期遭受折磨，大脑有些毛病，岸英再上前线，万一有个什么好歹不好交代。主席主意已定。虽有几分牵挂，但以事业为重，毫不犹豫。他一家为了革命，已先后死了五人，其中有他的爱妻杨开慧。

主席严格要求子女，青史有名。他与江青所生女儿李讷，大学毕业后，他亲自为其选定下放地点，让她去到江西"五七干校"劳动锻炼。据近期采访过李讷的记者透露：李讷仍保持着主席那严格要求的艰苦朴素生活作风：蓝棉袄、灰棉裤，家中全是破旧落伍的家具。更让人觉得好笑的是，她不仅保留着当年在干校时穿过的草鞋和破衣服，有一段时间，还非要儿子到"五七干校"劳动锻炼。她对现在的丈夫王景清说："我们家的传统是子女要经过学工学农下基层锻炼这一关。我哥哥岸英就是这样过来的。"王景清哭笑不得，说："你打听打听现在哪还有'五七干校'哩！"后来她又提出让儿子到王景清家乡陕北农村插队。

李讷的思想虽有落伍之嫌，但却说明毛泽东同志对待子女是如何严格要求的。

与此相反，不少干部子弟却托父兄的庇荫，为所欲为，成了80年代的"衙内"和"八旗"子弟。这可是周总理生前告诫过的啊！

"上梁不正下梁歪"，一种普遍的看法，是腐败之根源。1989年6月16日，天安门前硝烟尚未散尽，邓小平在一次重要谈话时便指出：惩治腐败"这个问题为什么一直搞不通，可能是因为我们党的高级干部或他的家庭陷进去的比较多。这个问题讲过多少次，讲了好几年，为什么成效不大，原因可能在党内，在高层。"

大老虎也许尚在捕捉之中，中老虎倒是打了几只，胡公子晓阳可算其中之一。

胡晓阳，原中共上海市委要人胡某之子。胡公子不恋钱财，专做"采花"人。1979年，胡父尚在河南之际，胡公子即学《水浒》中好汉，以酒做蒙汗药放倒妙龄少女两人，轮奸。少女痛不欲生。痛不欲生的少女畏于胡父之权，或经不住甜言蜜语加威胁利诱，竟让胡公子白白"体验"一番。之后，胡公子随父至上海。上海，东方都市，仕女如云。胡公子有了河南之经验，愈加大胆。岂料都市少女毕竟比北方女子多一个心眼，酒不会多喝，跳跳舞可以。跳舞、帮调动工作、领着看看病。胡公子舞技不佳，但很会炫耀父亲。有胡公子父亲的名字在，少女们也就自觉或不自觉放松了腰带。强奸、轮奸，当然也有经不住引诱主动投入怀抱的。有51名少女沦入他的股掌之中。

1986 年，高墙电网遮不住愤怒的枪声。胡公子咎由自取。

自取的当然不尽胡公子，还有一位衙内，季衙内。

季衙内本名季小勇，1987 年时 22 岁。他的一身横肉，人如其名——小勇。16 岁时，他小学毕业便走上了社会，走到县电影公司端铁饭碗。其实，他在那儿只是挂名，"正事"便是吃喝玩乐，顺带着打打人骂骂人。

巡逻的武警战士管管他，他打。

公安局刑警队的人劝他规矩点，他也打。

有一次，他平白无故砍伤了一个名叫赵庆章的人，公安人员闻讯赶来，见是"季衙内"，连现场也没察看，扭头便走。

他无故毒打了西昌市政府信访科长吴成德，派出所长听说也摇头："我们可管不了这个州长的儿子。"

季衙内终于打死了人。

一桩小事，一桩本应一笑了之的事。

喝酒，季衙内和另外两个小衙内在四川西昌市闹市区一家餐馆喝酒。一位外出做工的青年农民无意中碰倒了他们放在一边的空酒瓶，季衙内挥拳即打，即骂："瞎了狗眼啦！你敢欺负我'季老四'？"另外两位小衙内卡住另一位上前质问的青年农民的脖子往死里掐。季衙内"打兴正起"，掏出随身携带的水果刀朝还在不断朝他鞠躬告饶的农民钟文富左大腿猛刺一刀。顿时，切断了主动脉血管，血流如注。季衙内仍不放手，又将钟文富按倒在地，拳打脚踢。钟文富一声告饶一注血，惨不忍睹。

三位"衙内"被逮捕。杀人偿命，这是天经地义的。然而，季小勇没有死。在季父和他的家人那层厚厚的黑幕遮掩下，他以轻度精神发育迟缓为由，逃避了正义之剑的惩处。

目前，判处死缓的衙内在他父亲当县委书记时的布托县监狱里正享受一般犯人享受不到的优惠。然后，正义的呼声仍此伏彼起。我们相信，事情没有结束。

看看这些衙内，比比开国领袖毛泽东同志的子女，怪不得时下武汉人常说："要是毛爷爷那时啊！……"难怪曾销声匿迹的毛主席像章，又悄悄返回人间。不是怀旧，不是忘却了那"左"的时代，是一种情绪，在大街小巷田间地头流泄。

2. 鳌头占尽太风流

中国的历史悠久，三皇五帝到如今，悠悠几千年，自自然然，个中便有不少让人骄傲的东西。

四大发明、故宫长城、兵马俑、汉书秦简……当然，我们还有一些"国粹"，如宗法血缘关系。5000 年大汉民族，大约因其才"端正纯洁"，万世一系。《红楼梦》中的贾家，巴金《家》中的高家，老舍《四世同堂》中的祁家，便是这种"典范"。不过这种大家族随世风变迁已不多，唯有血缘关系仍十分较真。报端常不断披露新生婴儿被护理人员调错包引起官司之趣闻，也有某某党委干部为了生儿子超生三四胎之处罚通报。香火传承重要，自然就少不了要生儿子，为了生儿，父母当年做牛做马也心甘。有一篇报告文学叫《中国的小皇帝》，供奉儿女，诚心毕现。由此类推，中国的"父母官"们，首先是自己子女的父母，然后才做别人的官的。

年年高考，年年有父母为子女考试作弊，但总还有不怕死的趟雷区。这一年，某县考试，主考官、监考人来回巡视，公安局派员守住警戒线，考试顺利进行，眼看只有最后一门地理了，监考教师们松了口气。这时，警戒线外接送考卷的吉普车司机闲极无聊，便打开了收音机。忽然，他拧来拧去，听见了有人念考试题的声音。他初始不相信，听了一会儿，爬起来急忙去报告有关人员。

原来，这是一起利用现代化通信进行作弊的丑闻。主谋者，不是考生的父母，而是他的两个哥哥——该县团委书记和县财政局长。他们为了告慰父亲在天之灵，让弟弟能读上大学，便在考场对面架设了一个接收天线，让弟弟将无线话筒带进考场。而他们在外面，组织人马快速答卷。

中国有"长哥长嫂如父母"之说，这两个哥哥，扮演了这出闹剧中的悲剧角色。

高考，这条千军万马共奔羊肠小道的竞争，胜利通过的毕竟还是少数。特别是那些官宦人家的"衙内"之类的，从小父母溺爱，任性好强，下不得功夫，高考竞争往往不及那些家境贫寒的子弟。好在我们有些干部精通"七十二变"，可谓"道高一尺，魔高一丈"，也应了时下流行的"你有政策，我有对策"的顺口溜。那些教育经费拮据，实行委托代培的学校，便成了他们儿女"知识化"的好去处。君不见，高等学府中，委托代培者有几人不是干部子女？他们要否让自己管辖单位出钱，要否"曲线救国"，让有求于自己的单位出钱，或者和某一掌权者交换。四川省权倾西蜀的省人事局长路森令，在担任泸州市委书记期间，无视国家有关规定，毫不犹豫地指示工商银行将其户口在成都的儿子录取为干部，接着又叫银行出资 3000 元，送其儿子到西南财经大学读书。此事被人告发，人事局长停职检查。岂不知，送子读书在当今中国该有多少！

目前，神州门户开放，一向封闭自守的大陆吹来了八面熏风，始终以优越感自居的某些权势人物在西方参照下，他们也有某种失落感。招工、招干、提级、提升、进修，他们的子女已占尽了鳌头，唯一不足的，是应当放放"洋"。过去是工农干部吃香，现在要"四化"。如果有一个留学生的桂冠，岂不是"永葆青春"。世界大串连也好，公费留学、自费留学也好，只要能飘洋过海，他们是不遗余力的。试想一下，按我国目前干部工资收入水平，有几个能担负这笔学费？钱从何来，已不能说毫无蛛丝马迹。近来报端曾有披露，港商、外商过去和大陆做生意，他们始初捎点打火机之类小礼品对方便很满意，如今，送钱，代存在国外还不满意，最好是做担保人，能让他们的儿女出国留学，替他们子女付学费。"宰"得域外富翁也叫苦不迭。

鲁迅有篇文章：《我们现在怎样做父亲》。他强调父亲对子女要"健全的产生，尽力的教育，完全的解放"，"义务思想须加多，而权利思想却大可切实核减"。

我们的干部在怎样做父亲呢？鲁迅如果在世，他大概会拍案而起了。

下面便有一个"好父亲"的楷模。

这个父亲论官只是个芝麻官，大约七品也未轮上。他的公子奸淫了两名少女，他却能大事化小，小事化了，可见"舐犊情深"了。

事情是这样的：奸淫少女的任某原是某厂职工，通过区人武部任政委的远亲张某，冒充司机调到了人武部。调动时，弄虚作假，工资加了一级。任调入人武部后连大门都没进，在其父活动下，经张政委同意，由人武部出资1500元到河南安阳学习驾驶汽车。

问题就出在河南安阳，在遍布殷墟、甲骨文的土地上，任公子蹂躏了两名13岁少女。

如果依照法律，任公子将受到严厉制裁。身任某新技术开发公司副经理的任××，岂肯善罢甘休。他有一张网，一张用人情、金钱、血缘编织的关系网。

任××闻讯赶抵安阳，觥筹交错之中结识了原中原油田副总指挥卢某、安阳市文峰区公安局裴局长和腰缠万贯的个体户王树本等。他提出了将儿子带回舟山的要求。

回到普陀，任××找到了区检察院副检察长好友俞××。但俞知其性质，让其找人武部。任××盯住张政委，不仅让其以组织名义发电报要求对方将任公子转回而且派人专程前往迎接。最后，欺骗军分区开介绍信，将任犯从安阳带回了舟山。

为了摆脱干系，为任犯开脱。他们私自将从安阳抄回的，检察机关盖章的任犯材料撤掉至关重要的一部分，并指使人将被害少女年龄由13岁改为15岁。结果，任公子仅仅受到人武部给予的"行政严重警告处分"。其实，行政处分规定上并没有这一项。

任××徇私枉法，为儿子开脱罪责，"慈父"之心可鉴。可叹他机关算尽太聪明，法律无情。他和他公子，以及为他公子开脱的书记、局长、部长们分别受到了法纪政纪的处罚。

这些"衙内"、"少爷"的父亲为了子女可谓是"鞠躬尽瘁，死而后已"，但结果"偷鸡不成"，反丢了一把"米"。某市防震建筑公司没有满足该公司上级单位——市地震局局长张××的要求，差一点落了个"家破人亡"。

原因并不复杂，张大人要送女儿深造，费用1万多元，他私下提出要建筑公司承担这笔费用，结果被公司经理陈××婉言谢绝了。

一个建筑公司敢冒犯大局长的尊严，撕了他的面子，张××恼羞成怒。首先，他于8月25日宣布解散包括党支部书记、技术总负责人在内的领导班子。接着，又把一个社会闲散人员傅某推上公司领导岗位。9月下旬，张在家中接受了傅某送上门的12000元现金后，随即任命傅为公司经理。任命用毛笔书写，还盖上了他的大印，不谓之不慎重。

之后，他唆使傅盗用该公司负责人陈××的印鉴，暗中把该公司承接味精厂一项建筑工程的预付款5万元，转到另一账户提取了现金。同时，他还唆使傅某等人强行抢走该公司的印章和营业执照、资质证书等文件和档案，把一个好端端的公司折腾得鸡犬不宁，无法维持。

为什么？为了千金能跃龙门，张××豁出去了。尽管他不算顺利，后来，他以安插某中专负责人的一个亲属入公司工作为交换条件，还是把他的女儿塞进了这所学校读书。人在读书，建筑公司的工资册上每月还有158.80元工资，当然，这是他安排的"听话人"傅某的好处。

这起为了子女几乎搞垮一个公司的行径，激起了群众公愤，《羊城晚报》曾披露了这桩奇闻。

3. 天下攘攘的反思

从社会的民俗传承考察，我国古代"九族"制的家庭世系制度，是由血缘关系与姻缘关系两者组构而成的。因此古代历史、小说中便有"诛灭九族"之罪。如果这九族中任何一个子系统再用现代科技中的"系统论"去考察，那么整个社会便有一张庞大的网。无怪乎贾雨村走马上任，门子会悄悄地告之"护官符"。某省一位县委书记说，由于多年的"近亲繁殖"，如果查处一个科级干部，就会得罪半个县城。此话丝毫不为夸张。

笔者在一个县委机关供过事，深知这种家族关系的厉害。一般而言，书记县长们可以交换交换，中级干部大多系本地人，且在一块共事多年。张三与李四、李四与王五、王五与张三、儿女亲家的儿女亲家，彼此彼此，大有牵一发而动全身之势。县委常委会上研究的问题，不出几个小时，立即有人透露出去。调动谁，处分谁，文件没下去，当事人便找到书记门上。书记寝食不安，久而久之，只好大事化小，小事化了。

不仅机关，一些企事业部门，也成了"家天下"、"父子兵"。某县有一个10人的城关信用合作社，便是由4家人组成的。最多一家有4人：夫妻俩、一儿一女。大有一家罢工，全单位关门之忧。据安徽省人事局机构编制研究室朱苇菁等人的调查表明，在省直46个党、政、群机关中，干部亲属在同一机关工作的人数竟占职工总数的18%，其中厅级干部亲属关系人数占厅级工作人员总数的15.5%。在被调查的10个厅级事业单位中，具有亲属关系的人数占职工的25%。其中夫妻双方在同一单位数占职工总数的17.5%，父母儿女在同一单位的占职工总数的4%。

造成这种"父子兵"、"夫妻店"的原因，有些属于政策性问题。如目前的就业政策：军人复员、子女待业、就业，大部分是回到父母所在单位。有些是为了照顾夫妻分居。当然，也有某些人以权谋私的情况。

四川省某县农业银行系统里，负责人胡某的12个子女亲属"济济一堂"：儿子、女儿、儿媳、女婿、堂妹、养孙女、儿媳的大、小妹妹、女婿的妹妹、远房侄儿、侄女。群众说他"八竿子打不到的亲戚他都安排了"。

说胡某以权谋私，他却叫冤枉。胡某12个子女亲属中有7个属于非正常调动、不符合政策，胡某说"我一概不知道他们的调动"。

从表面上看，胡某是"不知道"。譬如大儿媳的妹妹招工进农行时，他开会去了。譬如他妹子从工厂调到县保险公司，是该公司自己的事。一切都是"合法"的。

这或许是胡某高明之处。高明在他不露面，不沾手，子女亲属一个个进了"金银行、银保险"。

其妹胡某原是涂料厂工人，他帮联系到县人行，不料上报市人行审批时未通过。他便与县保险公司周副经理做交易：我收你的女儿，你收我的妹妹。调动时，胡是外系统工人，不能直接调，于是县农行人事股出面先将胡妹调入，然后再以农行职工名义调入县保司。换手背，自搭跳板，胡某说是人事股办的，他"不知道"。

胡的女婿原是乡里的农技员，与其女恋爱不久即调入农行，4个月后升为副股长。之后又由银行出资送到某大学"深造"，同年又被列为农行第三梯队。对此，他也"不知道"。

他的错误，只是"工作不细，有官僚主义"。何况不少情况下是"党组集体研究决定"。实际上农行党组另两个成员，差不多都是他亲手培养的，"集体研究"就可想而知了。

这种血缘、姻缘关系扭结在同一单位会产生什么结果呢？笔者曾有所感。那是一所中学，丈夫是校长，妻子当教师。这个校长是"气（妻）管炎（严）"，大至人事安排，小至课程分工，皆要向妻子汇报，需她首肯。教师们看出了门道，平时有什么事，直接去请示校长夫人，效率果然不可同日而语。这种夫人、子女参政，百弊丛生。无怪乎有人说，这种封建血缘关系所衍生的裙带风，是比一般的索贿受贿、敲诈勒索更为腐败的政治腐败。

中国人的家庭观念，社会结构中的家族关系渗透，自孔孟以降，日趋牢固。家庭和睦，人际关系的融洽，本是社会稳定的因素，但它和政治清明，社会廉洁竟构成如此矛盾的二律背反。现代如此，古代亦然。封建王朝中便有"八百里内不为官"之戒。据说一些官宦有官位等着，苦于没有盘缠，风餐露宿长途跋涉而悲喜交集。现在也以史为鉴，倡导回避制度，虽然县（处）行政干部已经实行，但大多数干部仍在一定的范围内流动。他们在一个县的范围内生老病死，或者在一个大机关内从这个科室调到另一个科室，不说一生，十年八年便会编织起一张无形的关系网。何况，不少初涉人世的年轻人，早已明白"三枚公章、不如一个老乡"，他们大学毕业，部队复员时，兜里便有"同学录"、"校友录"或"战友通讯录"。一封信、一张条子、一个电话，会胜过他们需要多年兢兢业业工作才换来的成果。

好在回避制度已引起国人关注。报载：陕西、河北、海南等地已建立了党政机关领导干部回避制度。一些单位，也注意了强化内部制约。辽宁辽阳市农行规定父母、子女、夫妻、兄弟、姐妹、翁婿、婆媳等亲属一律不得在同一营业所或信用社工作。基层营业所和信用社主任实行异地交流制度。不服从者一律辞退或解聘。

回避制度是解决裙带风的手段之一。但回避是被动的防范措施，我们难道找不到比这更好的办法吗？

4. 新《触詟说赵太后》

一个苍老的臣子，步履蹒跚地走向一个满面怒容的老妇人。他用虔诚的语气叙述了一个与语义无关的故事。

他是触詟，赵国的一个左师。他用一席话拨动着无数父母的心弦。但这是一首无人应和的歌。父爱和母爱，这种用血缘黏结的过于奢侈的感情，淹没了多少人的理智。

"太子党"的称谓，不是赞美而是恶谑。康熙十四太子之争，不过是历朝历代皇权继承的一次戏剧性概括。蒋家王朝的政权移交，也不得不在蒋经国手中结束。如果有人硬从我们社会中也要找出一个什么"太子党"来，这不是偏激便是别有用心。但任人唯亲是多年反对却始终未能斩草除根的弊端。现行的干部选拔制度，是无法避免大批德才平庸的干部子弟担任领导职务的。在组织部第三梯队的名单中，在党委会提出的考察对象中，某些"伯乐"们往往盯住的是朋友的朋友、同学的同学、老乡的老乡。他们明修栈道，暗度陈仓：与人方便，自己方便。我的儿女送到你的单位，你的儿女送到我的单位。也难怪，"伯乐"们即使想提拔有真才实学的能人，他的目光所及，又能"高瞻远瞩"到哪儿呢！

不过，前一阶段分配不公，行政干部工资收入偏低。一大批干部子弟立即转移阵地，像"文革"中成立战斗队一样，一夜之间挂起许多公司招牌。他们在某书记某厂长的头衔上加了个"董事长"、"经理"的头衔，或者"一个单位两块牌子"，政治经济两不误。还有一部分干脆暂时挂起乌纱帽，下广州、深圳、珠海、海南"淘金"。什么实业公司、贸易集团、新技术开发，什么赚钱他们干什么。过去说除了军火、女人不敢贩卖，现在是军火、女人也照贩不误。报端曾披露动用飞机、军舰倒买倒卖之案，也有衙内将犯人之妻卖掉的案例。有一位公主，是某要人之女，以权谋私，收受贿赂。公主40岁，正是一个女人拼命展示青春魅力的关键时刻。儿女绕膝，仕途上也还畅达。衔虽说是个副处长，可权大。国家经济委员会进出口局嘛！凡国内进口汽车业务审批非她莫属。有权自然想用用，男女皆然。不过女人心细，想做手脚又怕别人捉住。她不露面，中国少数民族经济文化开发总公司职员张××

愿意效劳。谈判，汽车商人心有灵犀一点通，倒签日期，千百万美元从中国拿走。公主果然尝到了甜头，港币、美元、彩电、录像机尽情享受。可惜，公主只享受了两年，便进监狱喝稀饭去了。

如此从政，如此经商！怎不通货膨胀，世风日下。难怪 1989 年春夏之交，有人别有用心振臂一呼："铲除腐败，打倒官倒。"四海之内便应者云集。症结在党内，在高层，又一章《新触詟说赵太后》颁布天下。

不是左师，不是小心翼翼的臣子诚惶诚恐地陈述子弟无功受禄之弊，是高层，高层建筑，毫无商量余地。政治局 1989 年 7 月 28 日会议宣布，所有高级干部亲属，包括子女，立即退出流通领域。这一决定给新班子赢得了个满分。

山雨欲来，蓄势待发。虽然晚了几步，但终于荡涤了神州。不到一个月，中国各大传播媒介即宣布：中央政治局，书记处成员，国务院常务会议组成人员亲属子女已落实了政治局决定。响应之迅速，前所未有。

潮涨潮落的反思

历史不会忘记，公元 1989 年，这场席卷中国大地的政治与经济战线两军并进的廉政风暴，粉碎了沉沦者的美梦，坚定了动摇者的决心，清扫了前进的道路，开创了历史发展的新纪元。

"新纪元"之说用得过滥，失去了它本来的涵义，但无论如何，对于血与火洗礼后的共和国而言，它不会逊色于辽沈战役、平津战役、淮海战役……

风暴撩开了神秘的面纱，昭彰的劣迹曝光之后人们也许会震惊：人民当家做主的社会主义共和国，在无产阶级先锋队领导之下，经过马列主义和毛泽东思想的教育和学习，一次又一次"整党建党"的思想和组织整顿，为什么还会出现这么多封建主义和资本主义的丑恶现象，为什么党内党外产生了这么多腐败分子？

问号一个叠着一个，曾被人利用煽起了一次动乱，又酿就了一次骇人听闻的暴乱，但问号不应成为锁链，框住了我们思想的驰骋。我们应当反思，正像我们一次又一次谈论"反右"、"大跃进"，谈论十年改革的得失……

北京，85 岁的邓主席在反思，新受命于危难之间的江总书记和中南海在反思，4000 余万共产党人和 10 亿中国人都在反思。

我们不是政治学家、经济学家、历史学家、社会学家……但我们是黄皮肤黑眼睛的中国公民，我们愿用诚挚的目光告诉读者，我们也在注视——

1. 和尚打伞，无法无天

这里有一组数字：

来自中央纪委的报道：1982 年至 1988 年，全国纪检系统共立案查处各种党内违纪案件 1147962 起。同期共处分党员 879177 人。其中：省军级干部 342 人，地师级干部 4296 人，县团级干部 36494 人，区营级干部 102487 人，一般党员干部 246737 人。

来自检察机关的报道：1989 年上半年查处贪污受贿大案 3300 多件，涉及县处级干部 120 多人，司局级干部 11 人。

……

数字有力地显示，违法违纪者，皆是手中握有一定权力的要人。

权力，是无形的，又是有形的；是有限的，却又是无限的。在有些人的手上，它是奉献，在另一些人的手上，却是索取。政治家说：我渴望权力。历史学家却说：我希望远离政治和权力。柏拉图的一个神话故事说，聪明能干的政治家奥德赛第二次投生到世界的时候，替他自己选择的是离开权力舞台，隐居在偏僻角落里卑微生活。正如泰戈尔说："鸟翼上系上了黄金，这鸟便永不能再在天上翱翔了。"

何况我们是共产党人，是"全心全意为人民服务，不惜牺牲个人的一切"的先锋战士。我们曾举起过右手，我们曾信誓旦旦担任"人民公仆"。我们自诩手上的权力是人民赋予。然而，"公仆"做了发号施令的主人，人民的权力成了以权谋私的砝码。他们结党营私，腐化堕落，贪赃枉法，行贿受贿，假公济私，敲诈勒索……廉政风暴中揭露的一部分贪官污吏，足可见反腐败的迫切性和必要性。

这些腐败分子是否在未掌握权力之前即已是品质不端，私欲熏天呢？如果这样评价，也不够客观。梁湘在海南岛以权谋私，并不能完全认为他在深圳担任市长以及以前的一切工作中皆是为一己之利，沙比尔在新疆维吾尔自治区几十年工作中也并非没做出任何成绩。为什么当他们掌握了一定权力之后会"和尚打伞，无法无天"呢？

答案并不复杂：权力失控。数以百万计的握有权柄的官员们在失去制衡之后私欲迅速膨胀所导致的恶果。

试想，四川省人事局长路森令上调之前，短短的 33 天里，他接受了 69

个单位的饯行宴请，携妻挈子，耗费公款 7500 元，收受 10 多个单位用公款送去的价值 2400 元的名烟、名酒、石英钟、吹风机、毛料等礼品，如果不是他那个"局长"桂冠，有人如此"饯行"、送礼吗？

全国劳模、"五一"奖章获得者熊家庆，将其妻安排到本厂供销科，将棉纱、布匹等转手倒卖，工人早已怨声载道，熊家庆依然我行我素，如果不是他头上的"厂长"桂冠，他敢如此胆大妄为吗？如果工人们在他刚侵吞公物之际即能发挥"主人公"和"领导阶级"作用，熊家庆能够得逞吗？

如果 X 县长，X 处长，X 经理的一张条子，一个电话，一份暗示能有人敢不予理睬，这些一文不名的道具岂能幻化出那金灿灿、光闪闪的物品？

如果这些大大小小官员的私欲刚刚萌发便能受到有形的扼制，腐败现象能这样蔓延扩散到如此地步？……

简单而又复杂，明了而又隐晦，特权消费，一个人的本能渴望理智却又憎恶的社会行为。特权消费何以泛滥成灾，关键是缺乏制约机制。按理说，凡授权必须有控制，没有控制就不能授权。而我们的失误就在于只有授权，没有加以控制，所以才发生滥用职权，大搞特权消费。几千年封建专制的遗毒，必须靠法制化、民主化根治，对那些手握人权、财权、法权、行政权的大小官员们，用综合系统的措施约束其越轨行为。

2. 中国官僚主义特色的曝光

前边，我们已谈到官僚主义的"中国特色"，在这里，我们有必要再谈一谈近年来社会风气每况愈下，腐败现象与日俱增和官僚主义的关系。

无疑，官僚主义本身便是政治腐败的一种体现，那种种人浮于事、机构臃肿、办事拖拉、不讲效率、不负责任以及脱离群众，好摆门面等衙门作风，直接给我们带来了"政治生态危机"，更重要的是，这种与政治体制密切相关的行动方式和精神状态，不仅直接给现代化建设带来危害，而且诱发和推动了腐败现象的产生和蔓延。

过去有一句流行语："村看村，户看户，社员看的是干部。"毛泽东也曾说："党的路线确定之后，干部是决定的因素。"任何一个时代一个民族，领导者必须是这个团体中最有智慧最受人拥戴的一个成员，他的一言一行，将对这个团体产生重要影响。美国学者悉尼·胡克曾指出："领袖对他的群众有一种号召力，这种号召力的一个更重要的根源，也许就在于他能以他的被认为具有的特点和成就来代替满足他们的渴望。"我们至今最为流行的"当官不为民作主，不如回家卖红薯"的一句唱词，也道出了干部们以"父母官"自居的心理状况。可想而知，为民做主的父母官一言一行，对"子民"们会有何启迪？楚宫多细腰，南唐始缠足，皆是因为统治者的喜好倡导而开来的。试想，干部们吃吃喝喝，腐化堕落，吹牛拍马，不学无术，整个时代的社会风尚将产生什么影响？干部们任人唯亲，拉帮结派，以权谋私，普通民众又作何感想？在中国这种严密的政治组织制度下，不仅仅是一般的影响，而简直是在指导、引导、领导社会风气向腐化堕落发展。

官僚主义者即使没直接参与以权谋私等腐败行为，但由于他们的不负责任，互相推诿，高高在上，也间接纵容了各种犯罪活动。《中国青年报》曾报道：四川简阳一个正服刑的贪污犯，当上了人大代表。"代表"人民行使权力两年零四个月，因涉嫌另一案件被检察机关收审，代表资格方才被罢免。

众所周知，人大代表必须是由公民推荐选举才能够担任，这样一个从温江县外来的不明身份的人，竟然被简阳县芦霞乡推荐为县、乡人大代表，选举法规的"透明度"可想而知。其次，对罪犯保外就医的情况，芦霞乡和简阳县有关机关和人员是知道的。根据选举法规，正在服刑的罪犯没有被选举权。官僚主义，导致了这样一场荒唐事。简阳地处四川，蜀犬吠日，气候所致。北京，中国心脏，天朗气清，应为一国楷模。岂知堂堂化学工业部办公厅，不闻不问，在李瑞非法所办公司挂靠中国化学工程总公司时，竟在化工总公司"批准"挂靠的文件上加盖了"中华人民共和国化学工业部"公章，为李瑞招摇撞骗开了绿灯。

当然，此类官僚主义恶果举不胜举。作为拿着人民俸禄的"官员"，对各种违法犯罪处置不力或听之任之，则无疑也是为虎作伥。

多年来，对腐败惩治不力，走过场，只打苍蝇不打老虎，雷声大，雨点小，也是官僚主义的恶习所致。反腐败，1929年始，党内已引起注意，建国后，"三反五反"，四清社教，党始终没有放松对党员干部和社会中滋生的腐败现象的惩治。1980年，邓小平同志和陈云同志在各种会议上曾多次讲到执政党的党风问题是执政党生死存亡的大问题，并且就改革开放形式下党的建设发表了许多精辟的见解。然而，我们一些干部善于察言观色，弄虚作假，用解放前工人对付工头和老板的办法，"糊弄洋鬼子"。他们所控制的情报所、政策研究室、组织与人事部门、宣传机构，为了迎合领导意图，"紧跟"形势，不惜提供大量虚假的数据，明知无效的对策，有意编造的"调查报告"和歪曲事实的报道，去粉饰"太平盛世"、"廉洁政治"。如反对资产阶级自由化和清除精神污染，本来进行得很不彻底，可现在如果翻翻当初的"简报"、"总结"、"经验介绍"和报章杂志，却极尽赞扬恭维之能事。什么"轰轰烈烈"、"扎扎实实"、"领导带头，敢于碰硬"、"初见成效"之类的套话，充斥其间。再加上 1983 年至 1984 年间的整党，中央文件上明明规定不准走过场，什么"群众评议"、"自我评议"、什么重新登记之类的，又有多少单位在联系实际真正清理党的队伍纯洁党的组织？可在"总结"时，每个单位都是"按照……基本……胜利"，验收时慎重其事实际上心照不宣，逢场作戏。所以，才有了今年春夏之交那种全国性的动乱和北京城的暴乱，才有了这屡禁不止反而愈演愈烈的腐败行为。

3. "长腿"与"短腿"之利弊

共和国全速前进的经济专列行进声中，总是传来一种并不和谐的声音。这里是弯道，是崇山峻岭，是一条刚刚铺设缺少沉积的道路。

双轨制，多么形象的比喻。社会主义公有制基础上的有计划的商品经济，十年来，对于促进国民经济发展，繁荣市场，提高人民生活，对过去那种集中过多，统得过死的经济模式的改革与冲击，该发挥了多大作用！但是，这种不断交叉、撞击，相互制约又相互影响、制衡的双轨制经济模式，却对我国多年来一成不变的市场商品价格产生巨大的冲击。价格的落差和变换不定，却使一批并不谙熟经济学的"经纪人"钻了空子。他们利用计划商品价格和市场商品价格的差价，转手倒卖，牟取暴利。社会上便应运而生一批"官倒"与"私倒"爷。

这是 1988 年的一张价格表：

每吨化肥，平价：520 元，议价：890 元。

每吨钢材，平价：1980 元，议价：3400 元。

每吨铝锭，平价：11500 元，议价 19700 元。

一些"倒爷"便依靠这种"双轨"的落差中饱私囊。如刘某，有一远房亲戚在一家汽车厂当个小头目，他三年间倒卖了 35 辆汽车，每辆出手即可获利万元。如王某，有一叔叔在一家钢铁厂当会计，他利用其关系，在钢铁厂获得平价钢材指标，之后将指标卖给别的公司，一年便成了万元户。除了这些小倒爷，一些企业、厂矿或拖欠国家下达的计划指标产品，以平转议销售，换上两张发票，便可创收颇丰。像前面提到的康华公司、中信公司、中国工商经济开发公司、农村信托投资公司、光大实业公司等官办企业、公司，均程度不同地利用这种双轨制的"落差"创造"财富"。这种钻价格改革的空子不劳而获的投机行为，激起了全国人民的愤慨，故有"官倒不倒，国无宁日"的呼声。

计划经济是社会主义制度下有计划地发展国民经济的社会主义经济制度。这种经济制度能够从根本消除社会生产的无政府状态，合理分配劳动时间，取得较好的经济效益，但容易造成供应短缺，劳动生产率低等弊病，而完全实行市场经济，又将导致经济生活和社会生活的混乱无序。怎样将两者有机统一，避免价格扭曲，腐败滋生，市场失控，则是经济体制改革和政治体制改革的一个重要课题。

4. 过软的另一只手

有人把经济建设、思想政治工作，也即物质文明和精神文明比喻为社会主义现代化建设的左右手。

一只手攥得很紧。从十年极左的动荡中走出来，干劲猛增，肌腱突起，虎虎生风。猎猎红旗下宣布：以经济建设为中心。10亿人自以为从此马放南山，刀枪入库。阶级斗争的弦松了，金钱万能的咒念紧了。"谁致富谁光荣，谁受穷越狗熊。""只有向钱看，才能向前看。"八仙过海，各显神通。"ＸＸ县涌现ＸＸ个万元户！""万元户当上人大代表！"报章杂志，连篇累牍推出大号标题，大号标题溢出香风，散出诱人的金钱叮当声。千军万马，一夜之间奔上致富路。你追我赶，皆显出"英雄"本色。公司热、经商热、文凭热，热热冷冷，冷冷热热，你方唱罢我登场。倒烟倒酒倒车倒船，官倒私倒大倒小倒此伏彼起。金钱万能成为社会杠杆，商品世界化为极乐天地。追逐金钱不择手段，物欲横流道德沦为娼妓。疯狂的攫取，贪婪的占有，狂热的寻求，带来了中国人心理的急遽倾斜。

另一只手软弱无力，软如弱不经风的纤纤素手。思想政治工作成为宣传致富典型，理论学习俨如墙上画饼。月亮是外国的圆，汽车是进口的好。民族虚无，历史虚无，中国人几千年文明史被"蓝色文明"所排斥。"龙"被打入恶禽猛兽之列，巍巍长城化为耻辱象征。自我菲薄、自我糟践，与此同时，宣传自由化却视为思想解放，报纸让出，电台让出，刊物让出，讲台也被让出。言必称萨特，语必谈弗洛伊德。虽不敢公开宣称马列已经过时，却口口声声大谈西方哲学思潮。党委被撤销，党课被删掉，偌大个上海，精通马列的人寥寥无几！十里长街，花花绿绿却是裸女像、美人头、淫秽读物、迷信读物。宣传自由化读物比比皆是，马列主义毛泽东著作难觅踪迹。试想一个民族精神萎靡，是非混淆，黑白颠倒，胸无大志，沉溺于金钱和物质的欲海里，这个民族还有什么阳刚之气振奋希望。

实践已证明，一个发展中国家，如果不注重整个国家国民素质的提高，社会生产力的发展，经济繁荣也将是一句空话。相反，腐败堕落人欲横流将会埋葬一个民族的未来。

5. 超前消费热昏了多少头脑

从城市到乡村，从沿海到内地，无论是高楼深院，还是小巷胡同，无数家庭都直接或间接地受到这一轮又一轮大潮的冲击。

民以食为天，吃，在以烹调闻名于世的中国，最先显示出变化。家庭主妇的小菜篮里，肉禽蛋已成了每日必不可少的菜肴，且不必说那些"先富起来的人"，高级滋补品、高级酒、高级烟已成家常便饭。一个体户自称他每年烟钱需要 5000 元。夏天喝汽水，几年前还是奢侈的标志，如今奥林、健力宝、强力、雪龙等罐装饮料已走向家庭。其中广东地区 300 家这种企业一年生产 20 亿罐这种饮料。

不断升级的饮食消费刺激了人们的胃口，伙食规格不断升级。请看上海某著名宾馆为一单位业务座谈会列出的"普通便饭"菜单：

花式冷盘、八味小碟、白灼大虾、油炸螃蟹、荷叶鸡翅四色荤菜、清蒸白水鱼、鸡火鳖汤、淮安汤包、糯米春卷、火烧冰淇淋，另加茅台酒两瓶……

穿，更是有突飞猛进，面料、款式的多重组合大有"乱花渐欲迷人眼"之势。时装模特儿忸怩作态踏着悠扬的音乐踏着消费浪潮走进每一个家庭。男人和女人你追我赶常常发些不知所向的慨叹。十年前取代中山装而兴起的西服热早已成了隔日黄花。真丝、绸缎、高支细府绣花衣裙尽管以百论价依然倍受青睐。1000 元一件的羊毛衫、标价 2000 至 5000 元的英国"鳄鱼"牌西装、美国时他万时装，150 元左右一件的法国"梦特娇"衬衫并不乏主顾。

用，同样在日新月异。"三大件"的内容一再更新：缝纫机、手表、自行车、电视机、洗衣机、录音机、录像机、吸尘器、空调器……低档是高档的先导，单一是系列的前兆，家电如此，用于娱乐和智力培养的乐器也与日俱增。据上海文化用品采购站测算：1989 年，钢琴全国要 3 万台，小提琴和手风琴分别为 13 万台，工艺复杂的古筝、琵琶供不应求。十年前，青年结婚千元左右费用，现在有工资收入者结婚费用万元以上已比比皆是。

玩，也在花样翻新。旅游，已成为时尚，它已不仅仅属于"蜜月"。不少家庭，已订下走遍国内名山大川的规划。节日逛公园，郊外野餐，已是城市人的"小菜一碟"。过去进公园五分钱足矣，如今天车、旋风、高架火车、碰碰车……各种大型游乐器械遍布各个角落，游一次公园，进一次游乐场少了二三十元莫谈，每个家庭孩子的玩具，大大小小，机械、电动、遥控、激光……日趋多样化、现代化。

其实，高涨的消费浪潮并不都是负效应，它刺激生产，加快了货币周转，改善了人民生活，如果适度，是一件好事。但是在 11 亿人口的大国，刚刚摆脱贫穷进入温饱，虚假的不适当的提倡，会使尚不丰富的商品更趋紧张，市场价格扭曲。更重要的是，它刺激了某些人的贪欲，大吃大喝，中饱私囊，以权谋私等丑恶现象不断出现。"未进洞房先进牢房"的青年男女并非偶然，多年保持廉洁的老干部堕落在黄昏已非新闻。

消费热，热昏了多少中国人！

6. "衙门八字开"言过其实

明镜高悬，是中国人几千年清官梦中的图腾，演义和戏曲塑造了一个包拯的形象，为老百姓撑开了一角青天。可惜中国几千年封建社会是皇帝的天下，"天下之事无大小，皆决于上。"皇帝的话是"金科玉律"、"圣旨"，"君叫臣死，臣不得不死"，否则就犯了"反天常，悖人理"的大罪，杀无赦。

中国封建社会并非没有"法"，西周时即有论述，春秋战国各诸侯国相继公布了成文法，商鞅、慎到、申不害、韩非等为代表的法家针对儒家的"礼治"提出"以法治国"的主张。从今天看这些法律不过是维护地主阶级和皇权利益。只有社会主义法律，才体现了工人阶级和广大人民的意志。

十一届三中全会，我国法制建设日趋完备。针对改革开放和经济建设的需要，全国人大常委会法制委员会制定并通过了一系列法律条文，对惩处"贪污受贿"、"投机倒把"、"牟取暴利"、"徇私舞弊"、"假公济私"、"违法乱纪"等均有规定。但是，腐败现象却日趋普遍化、扩大化，法律条文虽白纸黑字，但无法遏止这种社会病变。其主要原因是执法不严，惩治不力。

如果把这种儿戏法律的过失全部推给司法机关，这有些偏颇。试想，那些"公司"、"办事处"哪一个没有"后台"，有些"公司"本身，便是政企不分，"一个班子，两块牌子。"在党委领导下的司法机关，犯得着或者敢去管这些"官倒爷"吗？如康华公司，如中信公司，谁不知它们的那些违法行为。如果党中央不下决心，有哪一级检察院、法院愿去讨一个"部级机构"的麻烦！

当然，法律的执行主要依靠司法机关，前一阶段法治松弛，司法机关本身有不可推卸的责任。

如司法机关不敢碰硬，它们在密密麻麻的关系网中望而却步，或者司法机关某些工作人员在糖衣炮弹面前举手投降，如唐山市公证处、法律事务处、司法局、检察院、法院六个单位初步统计，有13名干部从京兆公司获得好处。吃人家嘴软，拿人家手短，他们为京兆公司作假证，身着检察官制服为京兆公司去深圳洽谈生意。如制造假药盛行的山西万荣县，便有公安人员受聘于假药制造者为其押送。还有一些司法机关直接参与经济犯罪活动，如上海普陀公安分局和上海海关合办的"上海华谊贸易中心"，将六进六出公安局的王享铭请去当副经理，以至发展到租军用飞机运淫秽录像带回上海推销。《民主和法制》还披露了扬子江边的江城监狱，"起用"判了12年刑的犯人史正任"贸易公司"的副经理，最后史正穿着警服戴着大盖帽，腰里别着手枪为非作歹。

庄严的国徽被亵渎，法律的正义之剑也只成了挂在墙上的摆设，腐败分子便堂而皇之地登堂入室，法，最后留在会议桌边冗长的讨论中。

以上，我们分析了腐败产生以及迅速蔓延的六种社会原因，但社会是由单个的个体所组成，社会中的每个个体一方面受该社会的影响，另一方面，个体又对这个社会发生着作用。我们探讨腐败产生和蔓延的原因，便不能不对构成社会的个体给以具体的分析。法国人文主义者蒙田告诉我们："世界上最重要的事情就是认识自我。"

认识自我——社会的一分子并不是一件容易的事，卡西尔曾宣称："认识自我乃是哲学探究的最高目标。"人类文明史表明：从人类的轴心时代开始到今天，柏拉图、亚里士多德、老子、庄子，以至无产阶级的思想家马克思、恩格斯等，一直在对"人是什么"进行不懈的探讨。不过，我们在此不想撰写新的《人论》，只打算勾勒一下洁身自好的中国人为什么争先恐后介入和推动这场突如其来的"金钱潮"，由清贫节俭一变为"拜物"、"拜金"。

系统论认为，分析任何一个事物都必须研究相互作用的要素。我们也不例外。

7. 人之欲的宣泄

人们曾经目睹过那庞大的吃喝队伍，是怎样浩浩荡荡穿行在厂庆、社庆、店庆、校庆、交流会、座谈会……等各种名目的宴席桌上。咂咂有声的无数张嘴巴的嚅动，盖住了"不准大吃大喝"的禁令声。

人们也曾目睹药店柜台上的荷尔蒙、牛鞭、海马、金枯花、阿胶是怎样溜进权势者的肠胃，然后通过毛细血管、淋巴激发出亢奋的阳刚之气，用原始的力量蹂躏着巴结者的身体。

人们也曾目睹震耳的鞭炮声中"官街"上新崛起的一幢幢小别墅，看闪亮的马赛克、铝合金门窗在阳光下闪耀着刺眼的光芒。

……

快乐主义学说创始人、古希腊哲学家伊壁鸠鲁认为，人的本性是趋向快乐、避免痛苦。也就是说，趋利避害、求生畏死、追求幸福，是人的本能。现代心理学家麦独孤也最早提出，社会行为的动力是人的本能，换句话说，人的本能是社会行为的动机。如图所示：

$$本能\begin{cases}动机（1）\\动机（2）\\动机（3）\end{cases}$$

本能，也即人之欲望，或情欲，是人与生俱来的生命现象。弗洛伊德对人之欲进行了细致的研究，他把婴儿吸吮指头、排泄大便以及依恋父母，统统归之于"性本能"。或即说人的一切行为的动机无论意识到或意识不到皆是一种"性"的冲动。中国古代则对人之欲有不同的阐释，荀况认为，人生来有耳目之欲，声色之好。宋程颢、程颐则认为，不符合封建道德原则的就是私欲。明清之际的王夫之认为，人欲是"饮食男女"。后来人们所说的"七情六欲"扩大到感觉、触觉、味觉了。

我们正视人的本能的存在，正视人的本能是一切行为的动机，但并不等于承认人们可以盲目纵欲，任凭这种本能无限发展，因为人的欲望可以导向恶，也可以导向善。它像一场铺天盖地的洪水，像一头久困笼中的猛兽。

回顾一下林林总总的腐败现象，我们便可以明白，这些腐败分子为所欲为的占有、攫取、掠夺、侵吞，是他们的欲望在作祟。他们大吃大喝以满足食欲，他们另寻新欢以满足兽欲，他们争夺权力以满足权欲……

那么，我们并不是说这种与生俱来的本能便可以任其发展了。人是有情感、理性的高级动物。人是社会的历史的文化的产物。人之欲望要经过筛洗、整合，才能形成健康的，符合整个社会的道德标准。

在弗洛伊德那里，这便是"超我"，在普通公民那里，便是人的良知，在共产党人那里，是共产主义觉悟，党和人民的利益，廉洁奉公的精神。时代正在召唤这种精神！

8. 趋群效应

人们记忆犹新，十一届三中全会之后，解除了"左"的禁锢，卸掉了精神负担，神州大地是那样充满信心，认为多难兴邦，中华民族将会出现一个河清海晏、政治清明的局面。

不知何时，政治和经济生活中出现了一个霉点，这些霉点边缘不断扩大、加深，由此及彼，由外及内，对社会主义现代化的建设和执政党的威信展开了挑战。

这种霉变先是由直接插手经济的人那儿传出，接着，政府机关，国家执法机关，以致党政军、群团组织、企事业到一切人际交往、经济交往的领域都产生了震荡。各种丑恶现象，资本主义和封建主义的一些腐朽没落行为，在中国又开始复活。

为什么这种腐败行为会像滚雪球一样愈来愈普遍化、扩大化呢？从社会心理学的角度来分析，是模仿、流行、舆论、流言、暗示、竞赛所造成的趋群效应，也即从众行为。因为人们在相互交往的过程中，彼此会发生相互影响，从而形成连锁性的心理反应。

这种连锁反应比较普遍，如某一人邻居、同学、朋友、亲戚在生活水平上大幅度提高，这个人心中便会产生嫉妒、羡慕等心理反应，反应之后便暗暗琢磨：他怎么有这本事？他的钱从哪弄来的呢？这是秘而不宣情况所引起的猜测和估计，而人所共知的行贿受贿、投机倒把、囤积居奇、以权谋私等，人们自然会有"别人搞得我也搞得的"竞赛心理。特别是一种风尚如果发生在权威人士身上，则流传速度更快。《韩非子》上曾记载，齐桓公喜欢穿紫颜色衣服，全国的老百姓或都喜欢穿紫色衣服。齐桓公接受大臣建议，过了一段不仅自己不穿，还对穿紫衣服的人讲"吾嫌紫色臭"。于是，普天下老百姓也都不穿了。所谓"近朱者赤，近墨者黑"也谈的是这种互相影响的现象。何况权威呢？前一段高干子女经商，下面人便仿效并自恃有人撑着，也无所顾忌地违背经济政策牟取暴利。我们常常看到，一个地方、一个单位，风气、行为大致相似，这也是"趋群"之结果。

我们防止腐败，保持廉洁，必须认识到社会心理学中的这种趋群效应，不要让腐败成风，个别的行为变成多数人的行为的时候便加以引导和制止，才能取得成效。

9. 免疫功能的缺乏

我们谈到人的本能，谈到趋群效应，那主要是从生理学和社会心理学的角度谈腐败生理和心理基础。我们决不是也认为"腐败难免"，而觉得每一个违纪违法的个体主要是自我免疫基因的缺乏才导致这些悲剧。

医学认为，人的身体中有一种抗御疾病的免疫力。如刚出生的婴儿，半年之内一般不生病，因为他从母体中带来了免疫力。如人的鼻腔、口腔，对细菌有一种杀伤的免疫功能。再如同样两个人，被暴雨淋湿了，一个人感冒了，一个人安然无恙。后者便具有免疫功能。

对于政治和经济生活中的丑恶现象，有些人不受其影响，依然坚持党的正确方针政策，有些人却被金钱美女俘虏，深深地陷入泥淖。这种现实生活中不乏其人其事，我们在前边已多次谈到。为什么一部分人具有免疫功能，一部人却缺少这种抗体呢？按照流行的说法：不注重学习，不注意改造世界观，云云。我们也不是认为这种评价没有合理之处，我们认为除了强化学习，扩大外界权威的赏罚影响之外，还应当注意社会文化的影响。

德国哲学家康德针对"他律"，提出"自律"一说，即"意志自律"，也接近我们从医学上借用的"自我免疫基因"一说。他认为"自己为自己立法"，也就是将被动的"我必须（应当）如此行动"变为自觉的"我立意如此行动"，我们中国人缺少的是这种"自律"意识。

这种"自律"意识，我们认为也就是一种宗教意识。人所共知，中国没有一种能为大多数民众普遍接受的宗教学说。儒家学说虽有人称为"儒教"，但那还只能说儒家文化影响深远，它还没有别的教派那样有严密的组织、戒律、礼仪和教节。而且"五四"以来，儒家文化已在中国遇到了毁灭性打击。因此，腐败分子们在"他律"——也即法规制度不健全的情况下，毫不犹豫地放心吃喝玩乐，损公肥私。他们信奉"今朝有酒今朝醉"的处世哲学，担心"有权不用过期作废"。既然现世中便不怕党纪国法，他们更不畏惧来世不能升入天堂。于是，作恶时毫不顾忌，什么人伦道德，法律政策抛却九霄云外。中华民族几千年优秀文化传统在西方利己主义、金钱至上的浪潮轻轻拍打之后，便发生了上述我们勾勒的那种种丑恶现象。

建立"自律"防范体系，光凭枯燥的说教，毫无说服力的事实，是无法适应现代信息社会需要的。特别是因为"十年浩劫"之苦产生信仰危机的国人，要想恢复民族信心，重建东方文化的金字塔，必须采取综合系统的建筑艺术。

当然，产生腐败的原因是多方面的，正如这个世界，是千姿百态复杂多变的，我们无意开列一付济世良方，探本索源的工作有待这方面专家去研究。

从未来走向未来

历史走得很快。

20 世纪还有 11 年就要消失在人类历史的长河之中。面对明天，我们不能再有丝毫的犹豫。历史对我们的评价，与其说取决于已经做了什么，毋宁说取决于将要做什么。

令人欣喜的是，以江泽民为首的第三代党中央核心，面对现实，不仅更大胆地改革开放，而且正"千方百计克服一切腐败现象"。江泽民在会见美中友协西部地区主席时，曾充满信心地对客人表示。

千方百计，标志着党和政府反腐倡廉的决心，包括吸取历史的现实的，中国的外国的反腐败的经验和教训。

以铜为镜，可以正衣冠，以史为鉴，可以知得失。他山之石，可以攻玉。我们不妨放开拘谨的目光。

1. 腐化并非始于今日

腐败非今日始。

私有制产生，贪婪便随着剩余的植物和猎物遗留给了人类，尤其是几千年封建社会，皇权更迭，"人治"代替"法治"，贪官污吏，比比皆是。"三年清知府，十万雪花银"便是这种写照。王亚南曾愤然说："中国一部二十四史，实是贪污史。"清代军机大臣和珅被嘉庆赐死后，抄出财产不下白银 8 亿两，几乎相当于清王朝 20 年的财政收入，25 年的财政支出，60 多年的财政盈余。时有"和珅跌倒，嘉庆吃饱"之说。元人张养浩在《三事忠告》中说："人徒知治民之难，而不知治吏尤难。"此话道出了专制制度下肃贪之难。

尽管如此，历代封建统治者为了巩固其"家天下"的延续，仍然不遗余力采取了一些措施。

秦汉时，秦始皇即有中央派往地方常驻的监御史，汉时，汉武帝在全国十三州（部）中皆设刺史一人。刺史于每年八月巡视所辖郡国，"省察治状，黜陟能否，断治冤狱，以六条问事"。州刺史直属于御史中丞。京师所在州设司隶校尉，可以纠察包括丞相在内的京师百官。还设丞相司直，位在司隶校尉之上。

隋唐时期，中央监察机构叫御史台，武则天时分设左、右"肃政台"，左察朝廷，右察郡县。御史台分台、殿、察三院。御史在朝廷中有特殊地位，最受尊宠，故《通典》中称"御史为风霜之任，弹纠不法，百僚震恐，官之雄峻，莫之比焉。"

台院侍御史的职责是弹劾、纠举朝廷百官，其程序和仪式十分庄重。御史弹官员，可直接向皇帝奏请。弹劾时，对象是职务较高的官吏，事情又比较重大的，则"冠法冠，衣朱衣纁裳"。对五品以上大官的弹劾，还有一定的仪仗，御史对着仪仗宣读弹文，其被弹劾的大臣还要"立朝堂待罪"。

察院监察御史督察的范围十分广泛，巡察郡县，是其主要职责。虽只八品小官，但巡察时，则气派非凡。《新唐书》载："御史出使，不能动摇山丘，震慑州县，为不任职。"

唐时法律较为完备，并根据实际，多次修订法典，严刑峻法，惩治贪官污吏。《唐律》中，有专门规定官吏违法界限及处置办法的《职制律》59条。如犯渎职者要处以杖刑，泄露机密情节严重的要处以绞刑，贪赃枉法"一尺杖一百，一匹加一等"，受贿达15匹者，即处以绞刑。一部近百万字的《大唐诏令集》，计有赦令30条，而贪官污吏属不赦之列。据《资治通鉴》记载，贞观年间，广州都督党仁弘贪赃百余万，被人弹劾，大理寺驳了太宗为其说情的面子，将党仁弘依法诛除。

隋唐时期，肃贪监察制度较为完备，为后世所承袭。

宋代承唐制，以御史台为最高监察机关。为加强皇帝对整个官僚机构的控制，宋代非常重视发挥监察机构的作用。御史由皇帝亲自任命，而不须由宰相荐举。并且规定御史每月必须奏事一次，叫做"月课"，如上任后百日内无纠弹，则罢黜作外官或罚"辱台钱"。

明朝时期，改历朝沿置的御史台为都察院，设置给事中和监察御史。其对官吏的贪污，处理特别严峻。洪武十七年户部侍郎郭桓贪污集团被揭发后，朱元璋严加惩处，牵连致死达数万人，追赃粮700万石。当时禁止茶叶私人买卖，但朱元璋驸马欧阳伦自觉身份特殊，多次派人贩茶出境牟取暴利，封疆吏不敢过问此事，朱元璋闻言大怒，将驸马"以私贩论死"，马皇后苦苦求情也无济于事，他规定"凡守令贪赃，许人民陈诉，赃至六十两上，枭首示众，仍剥皮囊草"。由于惩治严厉，明初百余年吏治较为清明。

清朝的监察机构在入关前就建立了，康熙为发挥其作用，曾令左都御史为议政大臣参与议政。雍正还规定科道官员实行密折言事的制度："每人一日上一密折，轮流具奏。"据史载：康熙对官场中蔓延的送礼贿赂风十分痛恨，登基后即规定："凡官员因事夤缘，馈送礼物，一经发现，送礼者和收礼者都要革职，如馈送并未收受，但亦不告发，发觉后，不告发罚俸一年。"有一次，新疆和田等地的官员应诏入京，他们带了大批珠宝、玉器等，准备敬献给康熙和各部大臣，当他们走到西安时，康熙获知，立即下令："弃在途中，一律不得解入京城。"康熙执政 61 年，对官吏贪赃不稍宽假，故有"康熙之治"的盛世。

当然，君主制下监察制的基本出发点是维护皇权，监察官不过是君主的耳目，只对皇帝负责。在皇权刚建立之初，或皇帝较为贤明的情况下，监察机构对抑制官吏的贪赃枉法，澄清吏治，保证政权的正常运转，有一定的作用，到了王朝末期，皇帝昏庸，奸佞专权的时候，监察机构形同虚设。但是，我们可以看出，凡是统治时期较长，国力比较强大的王朝，都是比较注意监察机构的设立，监察制度的落实的。凡是王朝行将崩溃之际，必定监察机构名不副实，官吏贪污成风。

以史为镜，这对于我们这个从封建社会脱胎而来的人民共和国而言，更有它特殊的现实意义。

2. 不可忽视的他山之石

腐败非从中国始。

《圣经》上便记载：耶和华见人在地上罪恶很大，终日想的尽都是恶事，就后悔了，心中很忧伤。耶和华用洪水除灭了这一切。

希腊人更富有想象力。神界的无上主宰宙斯为了报复取用了天火的人类，送给普罗米修斯的兄弟——厄庇墨透斯一个盒子。他的妻子潘多拉为好奇心所驱，擅自打开密封的盒子，结果，"疾病"、"疯狂"、"罪恶"、"嫉妒"、"贪婪"等祸患一齐放出，从此人类充满了苦难。

神话是一个民族生活经历和心理经历的写照。它告诉我们，西方古代即有了腐败行为。国外古代有腐败现象，今天也不例外，腐败不是发展中国家所独有的，它不受任何政治制度和经济制度的约束，也和穷富差别无关，正因如此，从古希腊开始，关于法律的制定与研究也便开始了。无论是古代奴隶制社会，还是中世纪封建制社会，资产阶级革命时期，自由资本主义时期，西方关于法律的认识与研究比较稳定，比中国封建体制都要完备得多。尤其进入了资本主义发展时期，为了维护资产阶级利益，一大批法学家投身于法律的制定与研究。其中洛克与孟德斯鸠的"三权分立"学说，为资本主义国家政体设置奠定了思想基础。

有了完备的法律，也并不等于政治的廉洁。腐败是金钱和权力的孪生物，为了巩固资产阶级政权，各国相应建立了一套肃贪防腐的机构，在这方面，位于欧洲北部斯堪的纳维亚半岛南端的瑞典较有特色。

为保证官员廉洁，瑞典早在1919年就制定了反对在商业活动中行贿的法律。1923年成立了反贿赂研究所。1978年制定了反受贿行贿的新法。规定任何人给予或答应，收不适当的报酬，不论数额多少，均被认为犯有行贿罪，要处以罚款或两年以内监禁。办案的法官、律师、警察不能接受任何东西。

同时，首相大臣以身作则。他们的年薪仅相当于大企业主一月的薪金。首相年薪与一般工人相比，纳税后为2:1。首相和大臣都住在普通的居民区内，自己交房租，没有保镖，出入不带随从，家中均无公务员或厨师。上下班都乘公共车辆或自己驾车。前首相费尔丁出身农民，任职期间有时抽空回家照管农田，卸职后回家依旧务农。瑞典虽富，但政府部门很节约，招待外国元首或政府首脑的宴会，也不过两道菜。

瑞典官员之所以廉洁，除了文化背景、传统影响和严格的立法约束之外，另一个重要的原因是国家建有一套完善的监督体制。监督是多层次的，主要有以下几方面：一、议会和政府均设有司法监诉官，监督中央和地方国家机构中的公职人员。二、公众监督。任何瑞典公民都可以到中央或地方国家机关查阅1766年以来的任何官方文件，在很多情况下还可以得到复印件。国家机关或官员有违法行为，公民都可以检举、揭发。三、新闻监督。瑞典实行新闻自由，报刊可以报导政府、社会内幕情况。国家和地方当局的工作人员可以向报界提供内幕消息，只要内容属实，不泄露国防、外交机密，消息来源受保护，任何人不得进行调查。报刊对国家工作人员舞弊、受贿或以权谋私十分敏感。一经发现线索，它们便会穷追不舍，直至弄个水落石出，使有关官员声名狼藉，威信扫地。四、政党监督。瑞典有六个政党在议会期拥有席位，社民党为执政党。在野党除对国内外政策起制约作用外，对执政党高级官员是否廉洁奉公历来密切关注。高级官员如有不廉洁行为，反对党便大做文章。这将涉及执政党的形象，甚至可能影响选民的向背。

新闻监督，多党监督，有人认为这是西方民主国家的标志，是肃贪倡廉的保证，其实，在香港这块英国的殖民地上，并没有多党轮流执政，但廉政也取得了很大的成效，引起世界各国的关注。

香港有一个廉政公署，公署以廉政专员为首，直接向总督负责，不受任何干扰。为了使廉署人员能够更有效地扑灭贪污，香港政府引用三项特别法例，授予廉政公署所需之权力，这三项法例是《防止贿赂条例》、《舞弊及非法行为条例》、《廉政公署条例》。这三项法例均具有同一特色：凡公务员拥有的财富和官职收入不相称，而又不能向法庭合理解释财富来源的话，便是犯法。由于贪污受贿罪犯的作案手段隐蔽，因此廉政公署的调查手段，除常规方法外，也采取特殊手段。

廉政公署下设"执行处、防止贪污处、社区关系处"，成立四年来，共进行了 15270 宗调查，向法院指控案条 4500 宗，其中 1100 宗是指控政府工作人员的。他们不仅追查和惩处贪污犯罪，还负责防范犯罪和堵塞漏洞，传播肃贪倡廉信息。

在香港这种复杂的社会里，将贪污分子犯罪事实调查清楚，并非易事。有一次，有人举报了一名高级公务官员（外籍人），公署执行处调查人员迅速采取行动进行调查，初步迹象显示这名官员可能有贪污行为。于是开始调查他的生活方式和经济状况。在缜密的监视侦查行动中，发现他常常去中环区的一间小办公室，并和一个建筑巨富的舞厅小姐过从甚密。调查人员引用法例向银行查阅账目，甚至远涉重洋前往澳大利亚、英国、美国和加拿大多方收集证据。在赌城美国拉斯维加斯，假扮赌客的廉署人员坐在这位官员身边，监视他豪赌的情况，另有调查人员不动声色秘密拍摄了这名高官兴高采烈豪赌的一举一动。在这场越洋万里追踪的调查中，廉署一共开了 960 个与疑犯涉嫌贪污有关的档案册，录取了 583 份口供，进行了 17 次拘捕行动，3170 次查询，84 次搜查，收取 54 份银行结单，扣留 12 本旅行护照，以及在政府办公室中翻查数以千计的档案册及文件。

但是，廉政公署是一个监察机构，由谁来监视他们呢？香港政府除了成立一些咨询委员会监察其工作外，还设有一个内部监察系统，长期地秘密地注视所有职员。这个系统在廉署内部也很少有人知道。他们如收到有关廉署职员贪污的举报，则送律政司审阅决定是否采取行动。

香港，是一个贪污作为生活方式之一的花花世界，廉政公署在艰难的环境下取得一定的成果，其经验已得到世界各国的关注。十多个国家的执法机构和有关专家前来参观访问或派人接受训练。我国最高人民检察院代表团也访问了这里。

除了香港，遵从东方文化传统和价值观的新加坡政府，在廉政方面也有自己的绝招。

首先，他们成立了"反贪污调查局"，直属于总理公署领导。同时，新加坡国会一再修正《防止贪污法案》，依靠法纪防止官员贪污受贿。

这些条例和法规要求政府职员或金融交易所工作人员不得直接或间接拥有新加坡营业的任何公司的股份和证券。政府官员每年1月2日必须向所属部门的常任秘书申报自己拥有的股票、房地产和其他方面的利息收入情况，还须申报他的担保人、家庭成员所拥有的投资和利息收入情况。政府职员于每年7月1日填写一份个人财务表。"训令"规定政府职员不准参与赌博。官员借钱给别人时，不准附加利益，在向别人借钱时，也不得以官方身份出现，并规定上级官员不准向自己属下的官员借钱，严禁以权谋私。

对于请客送礼，新加坡政府也有明文规定。

除了制定一套明确和详细的反贪污、行贿法令外，反贪污调查局对任何官员、机构都进行铁面无私的审查。三年前，曾发现社会发展部长郑章远接受了贿赂，这个局不考虑其职务，对他进行了公正的审查。

新加坡政府倡廉反贪，形成了一种良好的社会风气，在整个东南亚地区也十分引人注目。

当然，具有大致相同人文地理环境的东南亚各国，也在大力打击腐败现象。

菲律宾，等待科拉松·阿基诺的是马科斯时代遗留下来的一个腐败社会，女总统许诺：要采取严厉的措施，打击正卷土重来的腐败现象。

日本，狭窄的国土，缺乏自然资源，然而却跃居世界经济大国，这与历届政府都十分重视其行政机关的改革是分不开的。

1948年以来，日本先后制定了《国家行政组织法》、《国家公务局职阶制度法》、《地方公务员法》，1969年又颁布了《行政机关职员定员法》，1981年又成立了以颇有声望的9名委员和84名日本各界名流组成的"第二次临时行政调查会"。这个"调委会"向国会提交了五个行政改革方案，共1300个改革项目。1983 年，中曾根内阁向国会提出了"新行政改革大纲"和一系列有关行政改革的提案，并于同年获国会通过。由此可以看出在技术革命与经济管理方式革命十分活跃的日本，建设一个高效、廉洁的政府，一直是历届内阁政府的追求。

但是，在"金钱万能"的资本主义国家中，腐败是无法根除的。今年，席卷日本政坛的里库路特案，迫使日本首相竹下登辞职，暴露了日本金权社会的丑恶内幕。接任竹下登的宇野首相又因桃色丑闻于 8 月又让位于海部俊树。在希腊，总理儿子和两名部长卷入了"科斯科塔斯赌赂丑闻"。在意大利，人们对贿赂、酬金、各种来路不清的回扣习以为常。受贿的既有政党，也有高级官员或政治领导人。一位教授调查指出，一百年间，"贿赂工业"的营业额达 33 亿里拉。

正如某些文章指出，腐败事关人的本性，也即我们前面谈到的人的欲望、本能，任何国家的政权都无法保证不受腐败的诱惑。腐败与反腐败，成了一个国际性的问题，世界上，无论实行什么政治制度和经济制度，都将面临这种挑战。因此，借鉴别国反腐败的对策也应是我国改革开放的一个组成部分。他山之石，可以攻玉，我们不会也不应盲目排斥。

3. 一支带响的箭

"走过场"，本是戏曲表演中的程式动作，指剧作人在舞台上穿场而过，表现时间的延续，地点的转换，以及交待某些剧情背景。它有时在二道幕前进行。现在，这个戏曲术语演变成了一个政治术语。"严禁走过场!""防止走过场!"大大小小报刊上、政府文件中、老百姓的街谈巷议里随时可以听到、看到在运用这个术语。

这是人民群众对过去的短期行为的一种愤慨，对今天正在开展的声势浩大的反腐败的一种忧虑。

也许我们可以说，腐败现象不可能完全根除，但中国的执政党、政府已下定决心。正如邓小平同志在会见李政道时所说："多年来，我们的一些同志埋头于搞具体事务，不那么关心思想动态、政治动态，对那么严重的腐败现象警惕不足，纠正的措施也不得力。这次动乱后，大家的头脑清醒了。"

清醒了的中国执政党和政府，正以雷霆万钧之力，向形形色色的腐败分子射出一支支带响的箭。

陕西：今年上半年共处理党员和党员干部违纪违法案件 1931 件，处分党员和党员干部 1816 名；

河南：今年 1 月至 5 月，共立案查处党员违纪案 2150 件，处分党员 1183 人；

吉林：公开审理 11 起案件，共涉及 14 人，其中副省级 1 名，正厅级 1 名，副厅级 3 名，处级 9 名……

同时，各报以显要篇幅登载"中箭落马"的要人腐败事实：

《中国青年报》报导：营造安乐窝的中国工商银行三名副行长不安乐。

《人民日报》报导：吃喝 2699 元的四川人事局长"喝"掉了职务。

《光明日报》报导：坠入"色"网的原大同市委书记被查处。

《人民日报》报导：批示生产假劣农药的汨罗市市长被撤职……

在短时期内，能取得这样大的成绩，无疑，这取决于我们的对策。

法律化制度化的廉政建设，是克服短期行为，防止腐败现象大规模卷土重来的一个根本措施。据报载，除了已经颁布的有关肃贪倡廉的法规外，监察部还在抓紧制决《中华人民共和国监察条例》、《国家行政机关工作人员失职渎职行政处分暂行规决》、《国家行政机关工作人员申报财产收入的暂行规定》、《国家行政机关工作人员贪污贿赂行政处分暂行规定实施细则》等法规。同时，监察部还会同有关部门，草拟《关于国家机关行政工作人员建私房和住房装修的若干规定》、《关于党政机关省（部）级领导干部的配偶、子女及其配偶不得经商的若干规定》等等。

与此同时，各地各部门监察机关也普遍协助政府所在部门，制定或正在制定廉政法规、制度和措施，以促进行政机关及其工作人员廉洁高效地工作。如海南省首先制定《关于实行干部回避制度的暂行规定》，天津市制定《关于廉政建设的八条规定》等等。

古今中外的历史证明，有了法规、制度，还需要有力的机构去执行。我国执政党和政府总结经验，建立了一个立体化的廉政部门。首先，党内有纪律检查委员会，其主要负责人由上一级党委部门任命；政府有监察系统，负责督察政府工作人员的行为；人民检察院、法院将过去设的经济检察审判机构改为反贪污受贿厅。

为了将腐败现象和腐败行为置于人民群众的监督之下，从中央到地方的检察部门都设置了"举报中心"。中心有专人负责，电话号码公之于众，24 小时值班。今年上半年各类举报即达 10 万多件。

同时，新闻传播媒介，各级政府都通过不同渠道广泛宣传反贪污、反受贿等反对腐败行为的有关法规，廉政肃贪中的正面和反面典型，敦促犯罪分子投案自首，街谈巷议，众口铄金，举国上下，腐败行为已成过街老鼠，言必称"廉洁"，神州蔚成气候。一个廉洁高效的政府形象正逐步出现在国人心中。

4. 步履艰难的跋涉

本文就要结束了，读者也许会问一声，经过1989廉政风暴的洗礼，中国的大地上真的便可以出现河清海晏、政治清明的局面吗？

我们是乐观文化的传人，但我们不愿做一只报喜不报忧的喜鹊。歌舞升平，风俗淳厚何尝不是炎黄子孙几千年来的夙愿，不过我们经历了太多的失望太多的盲目，宁愿把困难想得多一些，也不愿扔给读者一个空洞的许诺。

1989年的廉政措施以及随之而来的后续行为，按目前发展状况，对腐败分子是一次致命打击，在一定时期内，将形成一定的威慑和制止作用。但这些措施还必须有政治体制改革作保证，才能避免短期效应。这是社会主义制度的本来要求，也是廉政建设的需要。

关于政治体制改革的必要性，以及改革的具体措施、方法在这里我们不准备讨论，但我们指出一点：如果不按照民主法治的操作规程，本着社会主义制度的特点，从制度上堵塞腐败蔓延的渠道，这场轰轰烈烈、声势浩大的反腐败运动的成果将无法得到巩固和发展。因为，反腐败中所暴露的以权谋私和官僚主义的弊病充分表明，依靠"人治"是无法保证社会主义制度优越性的发挥，无法保证党和国家政策的连续性和严肃性的，只有形成政治、经济和社会生活的新规范，才能达到防治腐败，建立社会主义民主政治的目的。

另外，如何建立一套有效的监督系统也是保护廉政成果和防治腐败的根本措施。古今中外的政治制度发展史成败得失已充分证明，一项制度的完全实施比制定成打的法规还要重要，成打法规的实施如缺少一项有效的监督，也将难以保证好的法规能发挥应有的作用。我们并不认为资本主义制度下的多党监督和新闻监督是"灵丹妙药"，但"水门事件"中尼克松被弹劾，"伊朗门事件"中诺思中校的暴露，日本"洛克希德案"及"里库路特案"的暴露，无不得益于新闻舆论的作用。社会主义制度下的新闻舆论的监督如何发挥它广泛的影响和制约作用，是当前迫切需要解决的问题。反腐败中所暴露的林林总总的丑恶现象如果在萌芽阶段即被遏止，便不会发展蔓延。我们应当总结多年反腐倡廉不能彻底进行及以后变本加厉地升级的教训，正确运用新闻舆论这个有力的武器。

其次，我们还要谈谈防止反腐败走过场的问题。

中国1989廉政风暴的巨大历史意义和现实意义，廉政风暴中所取得的巨大成就，已获得举世公认。但我们还看到，熟稔中国戏曲"虚拟化"表演程式的中国人，举手投足之间，不免还带有历次政治运动中形式主义的流弊。领导布置，层层动员，人人讨论，个个表态。"通过……学习……提高……坚决……"套话空话假话，举报箱煞有其事，单位里生活中仍普遍存在官僚主义，以权谋私却无人过问。号召举报干部盖私房，明明"官街"毗连，举目可见，监察人员却辛辛苦苦四处搜集"举报信"。我们不否认举报的作用，但廉政依靠举报，则也是一种应付之举。实际上，如果不是个人利益受到损害，真正凭着觉悟去举报的，又有几人？用一句老工人的话说："不急眼，谁来告状?!"民不告，官不究，天下也就"太平"了。听凭文件办事，当应声虫者，虽可捞个"紧跟"之类的帽子，但于事无补，不根据具体情况采取相应措施，反腐倡廉也就是一句空话。君不见不少犯罪分子正窥伺风向，或藏匿他乡，或伪装清贫廉洁，等待风暴过去之时。实事求是，用在廉政建设上仍十分恰当。

同时，从已经披露的案例看，虽也打了不少"老虎"，但这些"老虎"有不少还是"百足之虫，死而未僵"。款虽罚了，但所罚仅触其皮毛，未动筋骨。或者说打了死"老虎"，对于无人举报，有人为尊者讳，庇护"活老虎"。虎威未减，国人庆幸之余，不免心有余虑。

发端于中南海，横扫神州大地的廉政风暴，尽管还有待制度的完善和斗争的深入，但煌煌功绩，日月可鉴。扬我中华神威，赢得改革胜利，永远长治久安，廉政，中国1989，将载入历史史册。

这是海内外炎黄子孙的共识。

（文化艺术出版社1990年第1版）

反黑在行动

罪恶的买卖

出发！午夜 2 点。马达轰鸣，车灯如剑，摩托车、警车如脱缰野马，向静谧的郊外旷野驶去。两小时后，车子停在宛若长龙的黄河大堤上，三十余名公安干警弃车步行，向一个约有百十户人家的村庄成扇形包围过去。

夜色如墨，参差错落的房屋摆开了迷魂阵，早睡的庄稼人早已进入了梦乡，有狗在叫，没准是听见了这杂沓的脚步声。脚步声在三间新盖的瓦房前停下了，有黑影闪进篱笆门。按预定方案，两名身强力壮的公安人员同时用力踹开了房门。

"不准动！"

被窝里拖出了一个赤条条的男人，强烈的电筒光刺得他本来就小的眼睛愈发睁不开，他在抖，冰凉的手铐钳住了他那粗大的双手。他想挣扎，可是一见乌黑的枪口，便本能地呼唤救命。救命声中公安人员又从散发汗味的被窝里拖出一个脏兮兮的蓬头垢面的姑娘，她上身黑灰色的衬衣里还能隐隐辨出昔日的白色花纹……

村子里稀稀拉拉跳出来几个人。他们已意识到了什么。这种事情庄里也发生过，但公安局没敢带走人。他们还想上前助这家人一臂之力，可一看那黑压压的大盖帽、大盖帽手中亮闪闪的家什，他们嚷了几声又缩了回去。

这不是作者杜撰的某部惊险小说的情节。这是 1988 年 5 月 10 日夜，山东省郓城县候集乡宫庄发生的一幕：公安人员解救一名被拐骗来的上海女研究生。

"各车站、码头请注意，各车站、码头请注意，有一名三十岁左右的男人拐骗一名两岁儿童企图外逃……"

警车呼啸，警灯闪闪。

市刑警大队向各交通路口下达了封锁命令，十几名公安人员迅速到位。一双双警惕的眼睛在川流不息的人群中逡巡，一个个可疑目标在被跟踪。

两小时后，火车站购票窗口出现了一个可疑的男人，守候在此的公安人员试探性地在他的肩上拍了一下。那人先是一怔，随即拔腿便跑。

他跑不脱。

这是 1989 年 4 月 3 日，湖北省襄樊市，这个叫李清瑞的男人在中原旅社将一玩耍的男孩骗走，企图带往外地"销售"。

惩治邪恶、维护尊严、维护安宁，我们的人民卫士丝毫没有懈怠肩上的职责。然而，几年来，这古老的罪恶不仅没有收敛，反而更嚣张，更凶残。拐卖妇女、拐卖儿童，人类蒙昧时代的野蛮行径在二十世纪八十年代的中国竟又泛滥开来，那一桩桩一件件摞在各级政府信访桌上的案件发出了绝望的呼喊。于是，"打拐"——这个活跃在妇联干部、公安干部口头上的术语又成了整个社会，也包括我们的焦点。为了让后人不再忘却这文明时代令人遗憾的一页，为了杜绝此类丑恶的再度重演，我们将用尽可能详尽的材料，剖析一下这种罪恶的表现形态。

1. "人口市场"面面观

市场，商品经济的产床，在部落与部落之间，族长与族长之间，诞生了未来世界的宁馨儿。从此，人类文明的车轮加快了前进的步伐，社会历史的发展注入了永不枯竭的活力。但我们的祖先未曾料到，创造出"市场"这个社会前进的产物的主角——人，有一天，会被同类推上市场交换的展台，被标价，被推来搡去，被男人或女人用审视的挑剔的目光刺穿血肉之躯。讨价、还价，尔后，和猪牛马羊、和针头线脑一块，送进或押进一个个称之为"人"的居所。

罪孽！人类的堕落，古老的堕落。在黄河流域、爱琴海岸、尼罗河边，在欧洲港口、美洲大陆、波斯湾上，人类曾经无数次重复着这幕丑剧。在浩瀚的太平洋、大西洋、印度洋上，木船载走了一本本血写的历史，高扬的风帆缭绕着黑奴的呼喊；在魏巍皇城，在荣国府、宁国府里、锁链或精致的牢笼囚住了无数"会说话的动物"。不过，那种人卖人、人买人的交换尽管是最愚昧最落后最不人道的行为，但他们是披着被那个时代认可的合法外衣所进行的。二十世纪的今天，在有着悠久文化传统的文明古国里，在猎猎飘扬的五星红旗下，伴随着市场经济的复苏，这种一度匿迹的丑恶行为在阳光下竟然又东山再起。齐鲁大地、太行山中、黄河岸边，现代化的交通工具载着罪恶在疾驶。喜庆的鞭炮声中，在新盖的瓦房里，亮起了一支支流泪的红蜡烛。

这是一幕幕用喜剧形式上演的悲剧。

那是一个丰硕的秋天。河南与安徽接壤处的一个山环水抱的小山村里，高大的稻垛边蜷缩着三个瘦小单薄的女子。她们偎依在一起，低着头，听凭团团围定的男男女女用她们听不太懂的本地话朝着她们叽叽喳喳，指指划划。听不懂，但她们都明白是在议论她们，断断续续也能听出胖或瘦，或者屁股大小，能不能生儿之类的话。有一个年纪大些的少女无意间抬起了头，当她打量着这个陌生的天地和陌生的面孔时，忧伤的大眼里流露出了莫名的哀怨和恐惧。但她那大胆的举动立即引起了男人们的哄笑，众人推搡着一个面孔鬓黑，眼睛像个圆洞洞的三十多岁的男人，"还不快把媳妇领回家"。

傍晚时分，这三个少女都被领进了被人称为"家"的瓦房或草房里。这天晚上，她们那娇小的身躯都被那因性饥渴而骚动不安的男人搓弄得半夜不安。第二天，在这个风气还算淳厚的山村里飘荡起了米酒的香气。三个少女：李青芸、张志珍、谢小小，成了这个小山村里三个打了多年光棍的三十多岁男人的媳妇。

少女皆是四川人，领她们来的是年近五十的"姑妈"。那年头还没人敢公开买卖妇女，"姑妈"从这三家拿走了两百至三百元不等的"路费"，两百斤左右的全国粮票。这女人点钱和粮票数目时，激动得手在颤抖。

三个少女据说都没有寻死觅活的举动，也没有一个少女有即将成为新娘时的那种羞涩。当伴娘为她们和他们捧去象征着吉祥和幸福的喜面时，她们竟然当着许多闹房的男女一口气吃光了。

饥饿，是因为饥饿、贫困，她们才半是情愿半是被诱骗到这儿与一个陌生的男人完成了人生庄严的一幕。这是我第一次目睹女人被标价出卖的情景。那是在我下放劳动的山村，时间：1975年。但若干年后，四川人也有了饭吃时，这三个少女中的其中两个撇下儿女先后逃遁了。这是后话。

如果说，1975年四川少女被拐卖是因为食不果腹，带有某种逃生因素的话，那么日历翻到1988年，全国农村温饱问题已基本解决，这种拐卖妇女儿童的"人口市场"不仅没有结束，反而一年比一年"生意兴隆"，被拐卖的人数不断增加，拐卖的对象也由普通农村少女扩大到知识阶层、国家干部，拐卖的手段也由原始方式发展到用现代化的麻醉剂，拐卖后的遭遇也比过去更残忍，更不人道。

这是春天，一个美丽的春天。山东与河南交界处的一个热闹的集市上，在挂满了花花绿绿商品的背景下，七个年轻的女人，仅穿着裤衩、背心，裸露着光洁的腿和柔嫩的臂膀，在一边低着头、捂着脸、低声地啜泣着。她们的背心上用毛笔写着各自的名字和从两千到三千不等的阿拉伯数字。她们和远处那五颜六色的衣服一样，作为"商品"即将被出卖。

从地下走到地上，从隐蔽发展到公开，蒙昧时代的悲剧在八十年代的阳光下重新上演，上演得有声有色，威武雄壮。一方面，是少女的眼泪和屈辱，一方面是获得满足的光棍汉的欣喜和自得其乐，更重要的是人贩子手中一摞摞不断增加的花花绿绿的钞票。这种野蛮的交易也如市场规律：市场需求——刺激生产——加快了流通。于是，拐卖妇女、儿童的行径一年比一年升级。有资料显示：

湖北省：1987年至1989年上半年，全省共接报案线索6405起，失踪和流失人口7519名，其中妇女7115名，儿童404名。拐卖案呈逐年上升趋势，1988年比1987年上升10.9%，1989年上半年比去年上升1.97倍。鄂西自治州的利川市，1988年元月到1989年3月，有358名妇幼被拐。蕲春县半年有56名妇女被拐卖。被拐卖的妇女中，年纪最大的50岁，最小的才13岁。

云南省：近年来约有5万余名妇女被人拐卖到江、浙、豫一带。1988年查获人贩子1750人，解救受害妇女520人。

四川省：中江县1985年被拐卖妇女131名，1986年增加到323名。重庆市目前所掌握的5起拐卖人口案中，被拐卖的有100名妇女。1987年1至7月，成都市的三个劳务市场上发现10名犯罪分子拐卖女青年41名。

山东省：近几年有3万名妇女和1000名儿童被拐卖到这里。菏泽一个地区，被拐卖来的妇女达上万名，其郓城县内，近年买来的媳妇有3000名之多。被拐卖的妇女中有壮、瑶、苗、彝等少数民族妇女，也有外国妇女；有在职干部、工人、教师、科技人员，也有在校研究生和大、中、小学生。

陕西省：1985年以来，汉中、安康两地区失踪妇女达1815人。其中已婚妇女803人，未婚女青年1012人。

江苏省：据江阴市不完全统计，1985年以来到此落户的外地妇女达5000人，她们来自川、黔、湘等十几省区，其中以贵州和四川两省最多。1986年以来，被人贩子拐卖到徐州市所属6个县的妇女共有48100名。

湖南省：洞口县近几年有355名妇女被拐卖。耒阳市从1984年到1987年3月共有899名妇女被拐卖。

......

一方面，法律信誓旦旦要严惩拐卖妇女的罪犯，社会各界联合起来要保护妇女儿童的权益，另一方面，人贩子在肆虐，魔鬼的生意兴隆，人类所比喻的鲜花在遭到践踏，千千万万个将要成为母亲和已经成为母亲的人心中在流血。

国人震惊，海外也在震惊！1989年7月1日香港《快报》撰文认为：大陆打击拐卖妇女犯罪收效有限。

文章中写道，近年来，有将近十万名妇女犹如浩浩荡荡的江河从大陆云贵高原急流而下，涌向四面八方……这些被拐卖的女性在被卖脱之前大都遭受人贩子的肆意摧残，然后被卖给她们根本不愿相从的人，任其虐待和欺凌。

文章指出，尽管大陆有关部门对这类拐卖妇女罪犯也予以打击，但总体上看收效有限。

收效有限，才导致近年被贩卖的妇女和儿童增多，贩卖的对象扩大，才导致拐卖妇女的手段日益猖獗，但也终于导致以江泽民为首的党中央下决心扫除这类古老的罪恶。

2. 女人：第一商品

在文明世界发生的这种野蛮行径中，无疑，女性充当了牺牲品。被拐骗、被凌辱，离乡背井，沦落他乡，被逼成了男人泄欲的工具和传宗接代的机器。然而有人会问，这些女性怎会如此轻而易举地成为人贩子的猎物呢？真的是她们"头发长见识短"，大脑沟回不发达吗？是哪些女性成了这种悲剧的角色呢？

少女，无疑，是处于青春期的少女。她们对未来充满幻想，涉世不深，极易为花言巧语所蒙蔽，在我们的调查中，少女占整个被拐卖妇女的85%。

她叫王芸，十七岁，圆圆的脸蛋、白净稚气，初中未毕业便回家帮爹爹种田。老封建的爹爹认为女儿迟早是人家的人，读太多的书白赔钱。可是王芸从书本中已了解了外面那个热闹的世界，她隐隐渴望着有一天能离开这个封闭、保守的山沟。

机会终于降临了。1987年4月的一天，村口走来了一个中等身材的男人，架着个眼镜，胳肢窝里夹个公文包。王芸正往溪边挑水，她早就发现了这男人，却没想到这男人径直向她走来："小姑娘，到村长家怎么走？"

王芸指了路，那男人却不走，反而自我介绍：他在山东的一个油田工作，这次回家乡是来招工。王芸怦然心动：招工？

"怎么？不信！"

那男人约莫看出了王芸有几分狐疑，便从皮夹里取出几张盖有红戳子的招工简章和登记表。

"招女工吗？"

那男人点了点头。

"我去行不行？"王芸急切地问。

"我们还要考试。你是什么文化？"

"初中毕业。"王芸撒了个谎。

"我就考初中知识，你如果愿意去，先报个名。"

姑娘把名字留给他。那人又说："我已经在邻乡招了两百名女工，有个同志先送她们走了。你是我在这个村里碰到的第一个人，我会优先考虑的。"

王芸觉得喜从天降，高兴之余，她又想到了几个要好的女朋友。那中年人很为难的样子，假惺惺地算计了一会儿，才勉强答应。

王芸水也不再挑了，扔下扁担向女友王光珍家跑去，王光珍听了王芸由于激动而颠三倒四的话语，硬是不信，直到看了那男人交给王芸的招工简章，辨认出了那个红戳子代表的单位，才抱着王芸又蹦又笑。

当天下午，五个姑娘收拾一番后，步行二十华里来到乡里一家旅馆找招工干部。那男人假模假式地询问了一些有关无关的情况，又补发了几张招工登记表。于是，她们五人马上成了某油田未来的女子汽车队的司机。

突如其来的幸福，让五个姑娘高兴得如醉如痴。她们万万没想到，梦寐以求跳出农门，到大地方去过过城市里人那样生活的时刻竟这样容易实现了。

这天晚上，招工干部喊王芸去"谈话"，谈话内容很快便深入到了姑娘最隐秘的部位。姑娘没敢吱声，她害怕招工的会因此不要她了。

翌日，长途汽车载着五个姑娘和那个"干部"出发了。几经周折，两周后，到达了山东省济南市。"干部"告诉她们，油田快到了。这天晚上，他把五个姑娘轮流叫去"谈话"。谈话内容五个姑娘都没有互相透露。

这天中午，一辆三轮车将五个姑娘载到了黄河滩上的一个村庄里。那男人说，他去接洽一下，马上领她们到单位去。过了一会儿，那男人领来了一群汉子。他们在一边叽叽喳喳讨价还价，姑娘们不知是什么事，她们觉得初来乍到，不该打听的还是不打听好。但过了一会儿，那些汉子们呼啦一下涌了过来：

"走。跟俺回家去……"

姑娘们惊呆了，瞪大眼睛注视着一张张粗黑的脸庞，锐声呼叫："你们要干什么?"

汉子们和善地笑道:"你跟俺哩。"

"跟你?"四川人不懂"跟"的含义。

"你是俺媳妇哩。"

"你胡说!"

于是汉子们动手拉扯起来。四川女子如梦初醒,挣扎、呼叫、哭闹。不过都是徒劳。她们满怀着憧憬、希望,所奔赴的却是三十七、八岁男人粗鲁的怀抱。

少女,如花似玉的少女,是人贩子涉猎的主要对象。当然,有主要便有次要,这次要便是已婚妇女。

甘兰秀已是两个孩子的妈妈了。不知是山泉滋润,还是天生丽质,三十岁了还这般丰润,有人说这是香溪河的造化,有人说这是昭君托生。甘兰秀上街下地,男人们大多都要行注目礼,有些胆大的甚至动手动脚,口吐秽言说:"能与甘兰秀睡一觉,阎王爷索命也值"。也有的说"甘兰秀是一朵花插到牛粪上"。甘兰秀当初自己并不觉得,后来偷偷照照镜子,再望望男人,果真是天上地下不一般。想想当初这对强扭的瓜,她越觉命运对她不公。

心下不快,行动上便有所反应。反应的主要表现是夜里床上不主动。这不主动便使丈夫怀疑她有了外遇。疑而生怒,吵,且打。"你这个地主羔子,当初不是我娶你有谁要!"丈夫边打边骂,甘兰秀起初还忍,后来干脆也还手。一来二去,战争升级。甘兰秀打不赢就跑,一跑跑到秭归县城。县城依江边山势而建,上街便爬坡,上一家人踏脚几乎可以走到下面一家人的屋脊。就这样一座小山城,在甘兰秀心目中不亚于小时听爹说过的汉口、九江那种大都市。她用腰里攒的私房钱上街吃了一碗热辣辣的汤粉,她下决心要过过城里人的生活。

但不知不觉,夜幕降临了。甘兰秀这才想起夜里的归宿。回家吧!一是她实在不愿见那个丑陋的男人,二是也没有了个班车。她在这儿遛遛,那儿看看,思念儿女的心绪渐稠渐浓,望着城市家家窗口的灯火,她不由潸然泪下。这时,一直关注着她的一个女人悄悄地走过来。这女人四十开外,收拾得十分利索。

"妹子,这晚了咋不回家?"

一见是个女人,一听"回家"两字,甘兰秀泪珠大滴大滴滚下来。她先是不说,经不住女人的"关心",她一五一十叙说了苦楚。

那女人又是怜惜又是鸣不平，并自我介绍，她年轻时也嫁了个酒鬼，又挨打又挨骂，后来她跑了，嫁了个船老大。船老大又不幸死了，她独身一人，如今在跑生意。她过了一会儿又问，她正缺个帮手，问甘兰秀愿不愿去。

真要抛家别子，甘兰秀心里又有几分犹豫，她吞吞吐吐，半天没敢回答。那女人见状忙解释道："我不是让你离婚，我是说你出去走走，急急你男人，再说真要赚个一万两万，还不是为你孩子将来铺条路。"

甘兰秀和这个女人顺江而下，一走走到了浙江温州。温州果真不一般，令甘兰秀看得眼花缭乱。这天晚上，她们住在一幢新盖的小楼里。小楼上下两层，东西不缺，就是缺女人。甘兰秀想，女人们或许有事走了吧。

晚上她和那女人睡一张床，临睡时，那女人还去闩了门。甘兰秀睡得好香，梦中总感觉自家男人在她身上动作。她迷迷糊糊，后来被摇醒了，睁眼看原来是个男人，是这家男人。她是过来人，反正叫也不中用，她便任这男人笨手笨脚地运动。后来，她睡了，又做起这种梦。梦醒了，她才知又换了一个男人。她反抗，那男人理直气壮地斥责："掏钱娶了你，你还不答应。"

甘兰秀这时才知，她被那个四十多岁的女人卖到这家了。二千五百元，卖给李太平兄弟四人了。

她忍受不了李家兄弟四人没完没了的凌辱，她想跑，可是兄弟四人轮流看守着她，打她，把她锁在楼上。她后悔了，这时才觉得自己那丑男人并不丑。

晚了，一切都晚了。

她死了，服毒身亡。她忍受不了这种"共妻"的折磨。

当然，据我们调查了解，被拐卖的女人90%是文盲，或者只有初小文化程度。当然，也有例外，上海某重点大学女研究生侯某是一例。

这是一起轰动全国的拐骗案。

一方是一个十八岁的初小文化程度的农村少女，一方是二十六岁的城市出身的女研究生。这起罕见的拐骗案向我们的法律和政治、教育、文化传统提出了挑战。

这是1988年2月25日（农历正月初八）龙年之初，郑州火车站对面青运楼旅社315房里，先后住进了两位年轻的姑娘。先进来的梳着"马尾头"，一米七〇的苗条身材，戴着浅度白色近视眼镜，秀雅而又文静。她就是我们前边提到的上海某大学研究生。因撰写毕业论文，到郑州工学院查找资料，收获不大，准备赴京。后来的一个秀发披肩，鹅蛋脸白里透红，嘴角恰到好处地长着一颗美人痣，十七八岁，通体洋溢着青春的光彩。她自称姓李，李敏，重庆开饭馆的个体户。

两人很快便熟了。一个说，买不到去北京的车票，一个说车站有熟人，买车票不成问题。但李敏后来对研究生说，她在山东郓城有一批货，得先去提货。她从口袋里摸出了一块亮闪闪的银元，炫耀道："跑这一趟，就能赚好几百，到时候分给你两百。"

研究生说："倒卖银元是违法的呀！"

李敏笑道："什么违法不违法，能赚钱就行，像我们这样的人，不违法能赚钱吗？"

她见研究生没吱声了，她又怂恿道："顶多耽误半晌，等提完货再去北京也不迟，咱俩搭个伴，多好哇！"为了坚定研究生前去郓城的信心，她又绘声绘色地讲了一通宋江故乡的风光。

研究生经不住她巧嘴利舌的鼓噪和引诱，终于答应陪她一同往郓城跑一趟。

2月27日凌晨5点多钟，研究生和"李敏"乘长途汽车到达了郓城县西关。当天夜晚，她们宿在黄河南岸李集乡陈百敏家，李敏告诉研究生，在这儿等待取"货"。实际上，买卖双方交易正在紧锣密鼓进行。

2月28日晚9点，李敏和研究生分头去取"货"。夜色如墨，遮盖住了黑幕下肮脏的交易。三轮机动车载着研究生向无边的原野驶去。姑娘李敏分手时叮嘱她："你到那儿点点数就行了，银元有真有假，跟你去的有行家，不用你费心。""行家"是九个小伙子，九个受农民宫长恩委托派来的"接亲人"。

三轮车在冥冥夜色中颠簸了几十里地，终于在一家农舍前停了下来。黑暗中，有人喊了一声，"新媳妇来了！"接着，鞭炮四起，鼓乐大作，闹新房的人围了一院子，她这才明白，自己上当了。

徒劳地挣扎，无力地哀求，文明在野蛮、愚昧面前，失去了它驱动历史车轮时曾有过的巨大能量。一颗高傲的，吮吸了人类文明结晶的星星跌进了目不识丁的乡野之人的罗网中。是姑娘幼稚、天真，经不住两百元钱的诱惑，不！这完全是盲人摸象。姑娘是无辜的，在五星红旗下长大，在报章杂志和教科书反复无数的正面引导下，她何曾想到"世界上还有这么坏的人"！在暴力、强权和野蛮的铁拳下，任何人类的知识将成为零。

有一篇文章在分析这起令人震惊的拐骗案时，把研究生陷于罗网归咎于高材生"不了解人生，不了解社会"，是我们教育制度的失误。且不论此高见能否在高等学府领导以至我们主管教育的要人那儿通得过，现实生活中，即令你能将这个社会和人生看得透彻见底的人，面对邪恶凶狠的魔掌，你又能如何呢？

四川省三台县禾加乡一位女青年，在乡里看完电影回家途中，被两名罪犯拦截，用手帕捂住嘴，劫持到山东省阳谷县卖掉；一位带着孩子的妇女在旅馆里被五名人贩子用匕首威胁着，连夜坐车，卖给了几百里外的一个刚刚死了老婆的农民；一位四十多岁的四川妇女在火车上卖柿子，到郑州火车站时，一男青年威胁道："跟我走，要不就把你杀了！"一直将她带到山东郓城县路楼村，卖给一个四十多岁的人做老婆；重庆市某厂助理工程师张Ｘ，回石家庄探亲路上，被两青年持刀劫持到梁山县，以二千一百元价格卖给大路口乡姚庄村一农民为妻；聊城市于集乡七名歹徒，冒充国家工作人员窜至本乡一农户家中，强行将前来探亲的两名外地妇女抢走卖掉；有一个十一岁的小女孩，上山割草时被人打昏用麻袋装着卖了，郓城县公安局将其解救出来时，已经傻了；黑龙江省鹤岗市一个女学生跟父母生气出走，在长春一家饭店，喝了人贩子帮她买的一碗粥，一会儿就头昏，迷迷糊糊给拐到山东郓城卖了；一个十六岁的少女，赶集的路上，被一个拿电警棍的人贩子从云南胁迫到了江苏……

在这里，理解人生，理解社会又该如何呢？韩某，一个边远省份来河南推销电子元件的女采购员。她走南闯北，深谙社会之复杂，时刻防范遭人暗算，可谓大江大海都闯荡过来了。这天是星期天，她要去的单位休息，闲着无聊，车站广场吆喝去少林寺旅游的招徕声此起彼伏。她虽然已经来过几次郑州，但几次来去匆匆，都没顾上去她在电影上看过的少林寺实地走走，今天她觉得刚好有空儿去看看嵩山古刹，少林塔林。

旅游车是当天去当天回，韩某房间没有腾，也懒得和服务员打招呼，拎着个小坤包搭上了一辆黄河旅游车。上车后，她和一个四十左右的女同志挤到一个座位上。车子驶出了郑州市，两人搭讪起来。韩某才知道这四十多岁的胖女人也是出差，也是抽空儿慕名去看看少林寺。两人一来二去，谈得十分热火。旅游车停在密县汉墓石刻馆时，胖女人还和韩某合影留念，车子停在中岳庙时，韩某和胖女人一块单独行动，她们并肩而行，流连忘返，等到她们出来时，已经误了车子——她们坐的旅游车已经开走了，同她们一起掉车的还有两个男人。

"真倒霉，干脆不走了！"胖女人赌气说。

　　韩某劝说道："还是搭别的车去吧，到了中岳庙，不看少林寺，回去太亏了。"

　　那两个男人也赞成此说，他们主动上前去联系了一辆三轮机动车。

　　车子"突突突"地在柏油公路上驶了一阵后，即拐向了一条简陋的山区公路，韩某还没有发现，那同车的男人却先叫了起来："喂，车子怎么开到这路上来了？"

　　韩某出差闲暇时，常翻阅一些地摊上的小报，什么谋财害命，拐骗妇女儿童的奇案，不由增加了她的防范心理，她此刻一听这男人吆喝，心下也紧张几分。但同座的胖女人说："你们不是让师傅抄近路吗？大男人家，还怕谁把你拉去卖了不成！"

　　两个男人讪讪地笑了。

　　车子走了约一两个小时，在一个山谷间停了下来，车坏了，司机骂骂咧咧。胖女人对韩某说："怨咱们今天运气不佳，走，咱们到前边等等其他车。"

　　他们四个人在路边一个简陋的小店里坐下喝水，这胖女人似乎认识店主——一个干瘦的老头，韩某以为这胖女人是"见面熟"，便没介意。她喝下水，痛痛快快地一饮而尽。

　　这一杯水喝下去的结果可想而知。

　　她醒来时，已经做了一个刚死了媳妇的农民的新妻。价格很廉价：两千元。

　　她毕竟不是黄毛丫头，她假装认了命，假装很快便怀了孕——那个看管很严的农民终于放松了警惕。

　　她跑出后的第一句话是："老娘没想到河沟里翻了船。"她发誓要找到胖女人和她的同伙复仇，但是枉然。

　　从少女到少妇，从目不识丁的文盲到接受过高等教育的研究生，无论是初涉人世还是历尽沧桑，只要是女人，在人贩子眼中，都是能够换取钞票的商品。无怪乎，在鲁西南、太行山、黄河岸边，在一切贫困和并不贫困的地方，我们都可以看到异乡女子的身影。孔雀东南飞，五里一徘徊。在每一个作为商品"出售"到异地他乡的女子身上，都有一部中国文学史上最为凄切动人的辉煌巨著。

3. 骗人子、人骗子

　　明珠投暗，丑行猖獗，国人忧心忡忡。忡忡之中，人们不禁会问：朗朗乾坤之下，何来如此众多的人贩子？是何许人在干这种伤天害理的事？

答案并不复杂。不是传说中上帝遣下的"撒旦"，不是《聊斋》故事中的狐精鬼魅，我们把他们姑且称之为我们的同类——人。从性别上看，男性居多，占人贩子总数的70%。从他们从事这罪恶的买卖之前的经历看，无论男女皆有过一段从事商品经济的过程。他们大多曾走南闯北，不仅熟谙商品世界中的交换法则，而且了解粗浅的民俗学、妇女心理学。从他们和受害者的关系看，以湖北襄樊三十一个犯罪团伙中的一百五十六个犯罪分子为例，20%是双方互不相识，60%是有一面之交，20%双方具有亲属关系。

十八岁的李翠菊（姑且让我们隐其真名）几天来沉浸在马上便要做新娘的喜悦之中。收拾嫁衣、熟悉闹洞房这一天应当掌握的程序、暗自想象新婚之夜的神秘，压抑不住的喜悦之中，不由也掺杂几分淡淡的哀愁：这儿毕竟是生她养她十八年的旧巢。再过几天，她将要永远成为那个陌生家庭中的一员。

李翠菊的父亲也许为亲骨肉几天后的分离同样感到既喜且忧。他皱着眉头，脸色阴郁，出出进进，总显得心事重重。女儿出嫁的前两天，他赶到几十里外的一个镇子，说是去收一笔贩牛的钱。他回来的这天，同族人已在张罗着办送亲酒。李翠菊的一位老婶子和他开玩笑，说哪有当爹的这样，女儿要嫁了还在忙着做生意。

按照乡村传统的习俗，翠菊"开了脸"，喝了别亲酒，吃过和合饭，只等着男方明天一大早来接翠菊去了。这天晚上，做娘的一遍又一遍叮嘱她给人家做媳妇的规矩。这一夜，翠菊也没合眼。

次日大清早，一辆机动三轮车开到了翠菊家门前，翠菊爹早已迎候在门前。噼噼啪啪的鞭炮声惊动了村里的人，他们都知道是男方家接亲来了，翠菊的婶子姨娘赶快跑来送行。

该说的、该叮嘱的都交待了，翠菊迈出了姑娘人生关键的一步。

三轮车在凸凹不平的乡村道路上载着新嫁娘隐隐的哭泣远去了。

然而，两个小时后，又一家接亲的来了。伴娘大家都认识，下帖子时来过几次。

双方互相要人、争吵、寻找……

此刻，翠菊被人劫持着已坐上了开往安徽的汽车。一个威胁他的男人警告她："是你爹把你卖给了我兄弟！"

"我兄弟"三十四岁，一个猥琐丑陋的男人。

这起骗卖亲生女儿的案子，发生在湖北省蕲春县青石镇。这个县 1989 年上半年已确认有五十六名女性被卖。中央办公厅曾转发了《人民日报》的这份内参。

也许在这个牛贩子父亲的观念里，嫁女儿与卖女儿是同一个概念。女儿是"赔钱货"，反正是找一个男人，嫁谁都一样。既然都一样，不如找一个出大价的。何况准备迎娶女儿的这家人该送的都收过了，这样再找一个主儿其收入便是额外所得。赔与赚一平衡，他这个做父亲的内心也没什么倾斜可言了。只是慑于传统的伦理，慑于同乡人的道德法庭，慑于男方家不会罢休的追索，他采取了"狸猫换太子"的做法。

这个牛贩子的经济学、市场学的所有知识集中到一点便是，我既然已支出了，便要等价或数倍于支出来收回了。但是在蕲春另一例拐卖妇女的案例中，罪犯便不存在这种"支出等于收入"的荒谬推理了。

刘清是孤儿，父亲在他五岁时因病去世，母亲徐爱珍苦挣苦奔将他哺养成人，并给他娶了媳妇。不巧的是婆媳俩不和，经常为小事争争吵吵，在这争执的双方中，刘清自然站在媳妇一边。媳妇于是经常向他吹风、唆使儿子将母亲分出去。儿子初是不忍心，再加名声不好听，后来还是和母亲挑明了。母亲不仅没听他的，还把他臭骂了一顿。但之后婆媳战争不断升级，直至双方动起手。有一次婆媳动手时，儿子不仅没劝阻，还拦住母亲让媳妇趁机进攻。为此，母亲伤透了心，伤心之后便想到老了的归宿。几十年没想到改嫁，这番儿却打算再找个伴儿。她把这心思透露给了同庄的一位妯娌，这刘清便从妯娌那儿得知了母亲打算改嫁的消息。

于是，他四处寻找合适的主儿。这一天，他在集上碰见了一个外地推销老鼠药的老头。他过去闲聊，闲聊中透露了有一个女人改嫁的事儿——他当然没敢说是自己的母亲，这老头儿眼睛便亮了。他说他本家有个兄弟正也想找个伴儿，两人一合计，便谈妥了。条件是付八百元钱"介绍费"，十天后来领人。

刘清回家后待娘一反常态，先是承认错误，接着责怪媳妇。儿子的诚恳感动了母亲，母亲原谅了儿子，母子俩言归于好。几天后，儿子对母亲说，有一家人想找个保姆，月薪四十元，管吃管喝，如果说娘愿去，可以试一试。

四十八岁的徐爱珍想了想，认为能出去赚些钱，能不再和儿媳重新燃起战火，她觉得这还是上策。

第十天，卖老鼠药的老头来了，背着刘清的母亲，掏出来皱皱巴巴的八百元钱。之后，刘清母亲简单收拾一下，坐汽车走了。

他们坐汽车转火车，走了两天三夜，来到了黄河滩上。刘清母亲似乎已觉察出来，但她身无分文，一切都晚了。

一千二百元钱，她又被转卖给了一个瘸子。她也曾不从，也曾反抗，但瘸子的家人把她往死里折磨。她认了。她这才意识到十月怀胎、一朝分娩的错误，但已经晚了。

父亲卖女儿、儿子卖母亲，当我们倾听了湖北省妇联法律咨询处的介绍后，我们曾是何等的震惊！中国几千年的传统文化的约束力，难道真的在某一个早晨土崩瓦解了吗？我们且不说"二十四孝"，且不说"严父慈母"，亲生骨肉，生身母亲都被当做商品送入火坑，作为人贩子的同类，我们不也为自己感到悲哀吗？

但悲哀的并非一起。河南省郑州市1985年发生的一起拐骗案，闻之也让人唏嘘。

孔霞答应了男朋友谢大明的要求，向单位请三天病假，陪大明的同学去微山湖走一遭，讨回对方欠大明的化肥款。

分手时，大明抱着她抚爱了好一会儿，要不是赶着回单位去请假，孔霞真不想离开。他们已经相爱三年了，眼下已经在讨论结婚的事儿了。

次日，孔霞随着大明的两个朋友坐长途汽车出发了。头一夜，他们三人宿在一家简陋的旅店里，大明的一个朋友摸进她的房子企图非礼，孔霞拒绝了。她扬言要喊人，那人只好悻悻地溜了。

第二天，他们到了微山湖边，坐船向湖心驶去。走了约莫十几里地，大明的两个朋友上了另一条船，孔霞也要走，被船上的两条汉子按住了，孔霞这才知道，她被卖了。

浩森的微山湖像一个天然的囚笼，囚住了二十二岁的孔霞。挣扎、哭泣、求饶，均无济于事。

两年后，孔霞为那家三十五岁的船老大生了个胖儿子，船老大认为这下该拴住女人的心了。为了讨得孔霞的欢心，他终于答应她回郑州去看看了。不过，他"陪同"着。

回到郑州后，孔霞躲进了路边的一家公安派出所。

谢大明被抓获了，据查，他们一伙以谈恋爱为名，先后拐卖了七个女青年。

以爱情为诱饵，并多次拐卖痴恋的青年女子，谢大明一伙不仅亵渎了神圣的爱神，而且玷污了人类美好的感情。

当然，不仅有拐卖情人的，生活中，还发生了不止一起拐卖妻子的。

苏玉娃和丈夫远志光结婚已经五年了，要不是计划生育，身后的娃娃该有一小阵了。

结婚几年，夫妻俩感情还算融洽，可是最近，丈夫惹上了赌瘾，小两口为此没少生气。丈夫先是把家里去年卖红麻、卖鸡蛋攒的两百元钱拿出去赌，接着又把当年家里收获的稻谷偷偷卖掉。苏玉娃劝过，打过，也到赌场去闹过，丈夫一段时间也曾回心转意，但乡村悠长的夜晚，农闲时无所事事的白天，有充足的时间支持他再去捞回昔日的损失。他经不住赌场的诱惑，背着妻子又走了进去。

他偶尔也赢过几次，但手气不佳，经常输，输得很惨，很惨时他便押上了老婆。

但赌友们都是本地人，有家有室，要远志光的老婆是假，索赌债是真。他没钱，有人便"教导"他："你老婆不是钱吗？"

远志光这些天为躲索债的，几天没敢回家，对于卖老婆虽然有几分犹豫，可这天天躲来躲去也不是个常法。他含含糊糊吞吞吐吐答应了别人的建议，条件是：两千元赌债一笔勾销。

当人贩子去取"货"时，他们要远志光写个"约"，自愿卖妻合同。合同条文是这样写的：

> 为了解决债务纠纷，远志光（甲方）与刘永旺共同签订如下协议：
> 1. 远志光自愿将妻子苏玉娃交刘永旺带走。苏玉娃去向及今后无论发生什么变化，远志光均不得追究过问。
> 2. 刘永旺领人时，必须当面交给远志光两千元人民币。
> 3. 财人交割之日起，双方均不得反悔，一方也不准向另一方再无理纠缠。本合同一式两份，双方各执一份，具有同等法律效力。

注意，签约双方在这里运用了"法律"两字，这真是莫大的讽刺。丝毫不懂法律为何物的愚昧野蛮的乡野之人，居然扬言要借助法律为他们罪恶的行径寻找庇护，可谓滑天下之大稽！幸而苏玉娃后来逃出了人贩子之手，这张"合同"才没有生效。但我们感到不解的是，这些已经萌生用"法律"保护"经营"行为的农民，为什么对这种违法行径不感到恐惧，这也是值得人们深思的。

4. 红娘乎？魔鬼乎？

红娘，本是人们对成全男女婚事的中介人的代称，她正如《西厢记》中崔莺莺的侍女，为小姐和书生百年和好穿针引线，引为后世传诵。但今天，却也有人把这种拐卖妇女的人贩子称为"长线红娘"。这便成了人贩子猖獗，各级基层组织放纵不管和群众包庇支持的主要原因。一些公安部门去解救受害妇女时，当地基层组织不仅不支持，反而帮助藏匿受害妇女，掩护人贩子逃跑。他们认为人贩子"成人之美"，解决了"老大难"，认为他们拿几个"劳务费"是理所应当的。所以，"人口市场"愈来愈"繁荣"，以此为业的不法之徒愈来愈多。据湖北省统计，已抓获的人贩子达2257名。其实，大多数外地人贩子根本无法统计，即使是本地人贩子，闻风后逃跑了，公安机关也没有精力去缉拿。据《民主与法制报》报道，近年来有数以万计的外地妇女涌入江苏省无锡市所辖无锡县、江阴市和宜兴市农村成婚定居。人贩子往往是先到需要"货物"的人家踩好点，然后去川、黔、湘等十几个省区"采购"。这些人贩子所到之处，无论是基层组织还是男方家庭，都没有意识到这是犯罪行为。以至有些人贩子以此为业，成了万元户。

当然，不仅"买方"这样认为，在人贩子本人的思想动机中，也不乏这种当红娘的因素。在河南省郑州市拐卖女研究生的十八岁人贩子李敏，操此业前也接受的是这种传统教育。

向她"传道授业解惑"的是她的妈妈———一个嫁过八个男人的女人。这女人在郑州火车站乞讨时，被山东郓城城郊陈家店糖果厂李祥华拉入了团伙。当时，尚很纯洁的李敏曾问妈妈：

"卖人犯法呀，听说被骗的女人可苦啦！"

她妈妈告诉说："傻娃儿，你懂个屁。人家男人讨不到老婆，女人寻不到婆家，那才叫苦呢！我们当月老，当媒人，牵线搭桥，是功德无量的好事呢！"

之后，十八岁的李敏便充当"红娘"，做起了这"功德无量"的好事。不到一年时间，她先后拐骗了四个女人。其中有逃婚的，出差的，还有一个卖淫的。当她被抓进拘留所，当她回答记者采访时，还依然在说：

"我弄不明白，花钱买了老婆，和她睡觉，这不是理所当然的吗？怎么还犯强奸罪呢？还有，我妈说，为人牵线搭桥，是功德无量的好事，怎么又是拐卖妇女罪？我最服我妈……"

看来，我们某些干部和公民还停留在这个十八岁的人贩子的认识水平上。我们认为，如果把"红娘"这个美称送给人贩子，未免有辱斯文，颠倒黑白。那无疑是纵容邪恶，赞许魔鬼。我们前边谈到的四川五少女招工油田，大学女研究生受辱，出卖女儿的父亲，出卖母亲的儿子，有哪一个可以称之为"红娘"呢？尽管某些受骗女子最后因为生米做成熟饭不愿返回原籍，或者可能也有个别寻到了如意郎君，但这种以谋利为目的，用诱骗、劫持等手段强迫、稽留妇女，限制妇女自由的行为，是违背人伦道德，破坏人权、践踏人权的违法行为。我们认为，他们不是"红娘"，而是魔鬼。

正如我们刚刚说过的，他们之所以可以称之为魔鬼，因为他们在"交易"过程中，违背了最起码的交换准则，采取的主要手段是"骗"。他们利用女性的软弱，视界的狭窄，鼓舌摇唇，将稻草吹成金条，将牛皮吹成战鼓。

"你想到外面去做工吗？去掉吃喝，每月工资不下于两百块。"一个笑容可掬的中年男人对保姆市场上一群农村少女说。

"听说广州做个小生意都能发财，走，咱俩凑几个钱去蹚蹚路子。"一个四十开外略显臃肿的女人在怂恿一个囊中羞涩的女职工。

一封介绍信，一张工作证，大包大揽的许诺，天方夜谭似的吹嘘，大把大把的钞票，温文尔雅的举止，妖媚漂亮的脸蛋……都可以成为诱骗的工具和手段。据统计，被拐骗的妇女，90%都是被人贩子骗走的。湖北省襄樊市一百七十八名被解救的妇女中，以"找工作"为名被诱骗的七十一名，占整个被拐骗妇女总数的39.8%，以"做生意"为名被诱骗的五十四名，占总数的30.5%，以"介绍婚姻"为名被诱骗的共三十四名，占总数的19.1%，以"旅游"为名被诱骗的十三名，占总数的7.3%。

为什么这些妇女轻而易举上当受骗呢？这里面有两种因素：一是受骗者的无知，二是骗人者的高明。本人在家乡一高中教书时，本校曾发生一起企图拐骗女学生的闹剧。

这天上午上第二节课时，学校里来了两个二十五六岁的年轻人，提着公文包，穿一身未佩领章帽徽的军衣，毫不犹豫地走进校办公室。这天书记和校长到县教育局开会去了，接待这二位的是瘦削的教导主任。

"我们是××××部队来招女兵的。"

一位年轻人将公文包朝桌子上一放，接过主任递上的香烟，开门见山便说。

主任一听是招女兵的，连那人递过的介绍信看也没看，便还给了来人。招兵是一项严肃认真的工作，还能有假。在这农村，女孩们读书便是盼着有个做"公家人"的前程，可高考那条羊肠小道太窄了，加之女孩智商普遍比男学生差，年年能有一个两个考上大学中专便烧高香了。这下能有个解决女学生前途的好事，不是求之不得么！

"我们在你们邻乡四顾墩中学看了看，没有几个够格的。我们这次招去的，主要是在中南海为首长服务。"

一听说邻乡中学没挑上，一听说中南海，教导主任一丝疑虑都没有了。他为了让招兵同志有个好感，便如数家珍夸起本校十几名女学生。

"为了争取时间，我们现在想目测一下……"

"那好，那好！"

教导主任马上去高中四个正在上课的班级教室里，分别宣布这一好消息。

几十名女学生兴高采烈地按"招兵"同志的要求，去到校外一座公路大桥上接受"目测"。有两个女学生因故去了厕所，回后一听说，担心误了天赐良机，噙着泪花匆匆向外跑。

"立正。稍息。向前看。报数……"

两位"招兵"同志目测后，挑中了五位身材苗条、面容姣好的女学生。吩咐她们和家里打个招呼，次日随他们去部队体检。并叮嘱五位女学生"保密"。

这等"密"怎能保得住。校园里一片欢庆之声。

但也有老师对此怀疑，有人将电话挂到了乡政府。乡武装部派人去找这两位同志"联系"时，他们却躲进了乡供销社一位女营业员的床下——这位女营业员也被他们"挑中"了，中午正留二位用餐哩！

这次未遂"招兵"，虽然因泄"密"而宣告流产，但也足见两位骗子之胆大。堂堂学府中，他们竟公开挑选猎物，也足可见其无法无天程度。后来据审问：两人之中有一人系复员军人，当年他曾真的去招过女兵，那手续便也如此简单。他妄想再炮制一次，岂料假戏真做还是翻了船。

不过这是偶然，因耳闻目睹，故照实写出。大多数骗子都是马到成功。正如那个拐骗女研究生的十八岁女骗子李敏，她1987年9月第一次"下海"时，拐骗的是一个四川姑娘。在郑州火车站，李敏碰见一个说四川话的姑娘，她便声明自己也是四川人——她能操一口标准的川腔。她说她过几天也要回四川去，让四川姑娘先和她跑一趟银元生意。于是，她们双双去了山东，李敏轻巧地获得了一千元钱。她说："一千元钱，我从来没见过这么多的钱，也从来没想到钱这么好混！"

有一个女孩，十七岁，河南省信阳市人，她从别人口中得知，自己生身母亲不在这儿。于是，她便觉自己养母待她不好，希望有朝一日找到生母。

恰好，她家中来了一个做油漆的小伙子。小伙子二十八九，伶牙俐齿，言谈之中，他答应带姑娘去找亲娘。

两人瞒着女孩的养父母，于某天早晨出走。

这样，女孩找到的当然不是"亲娘"，而是山东菏泽的一个三十多岁的光棍。姑娘被囚禁在那里，生了一儿一女。三年后，"夫妻双双"到信阳市走娘家——这是姑娘的主意。在火车站上，姑娘说："你带着孩子在这儿等等，我回去先打个招呼，不然，我娘要不认呢！"

姑娘这才飞出牢笼。

诱骗，是人贩子的主要手段，但是近年来，拐骗方式又有所发展，人贩子运用现代化的电警棍、麻醉药、面具、汽车，在大城市、在乡镇上公开抢劫。那情景，不亚于原始社会中部落之间互相抢夺奴隶。

这是湖北省襄樊市，汉水中游一个最大的新兴工业城市。樊城襄阳，隔江对峙。1986年的一个暮色将临的夜晚，某派出所门前，一个翘首盼望客人的女青年正张望之际，被八名男青年围住了。"哟——小妹子在等谁呀！是等我们吧！"这群流里流气的青年人连推带搡，将姑娘挟持到僻静处。"跟我们坐车走走！"匕首亮出，姑娘被八个人前呼后拥，坐上了一辆外地汽车。

这个姑娘被劫持到山东省济宁市，以三千元价格卖给了二道贩子。

湖南洞口有些人贩子专门勾结司机，将公路沿线"免费乘车"的青年女子拉到"集散地"，然后付给司机三百元至五百元不等的运输费。

江苏徐州，由四十三名犯罪分子组成的犯罪团伙，在火车站以接待住宿旅客为名，劫持了来自云、贵、川等九个省区的一百多名妇女。

湖北郧西，两名少女在一家个体旅店住宿时，被店主伙同人贩子用麻醉药弄昏，然后装进麻袋运到了安徽省。

抢劫是拐骗发展的极端，是江湖骗子向江洋大盗的更进一步堕落，是罪恶的膨胀与发酵，是邪恶向整个人类的挑战。

但是，大多数拐骗与劫持往往难以割裂开来，被拐骗妇女一旦意识到自己的处境后，便反抗，寻找机会逃跑。这时，人贩子便露出狰狞的面目，采取暴力手段劫持。

1986 年，福建省发生了一起拐卖军人妻子案。二十二岁的江西某县女青年贾某，去福建省连江看望在部队服役的爱人。她乘南昌至福州的 382 次车到福州后，便到汽车站购买了去六十公里外的连江的汽车票。但开车时间不到，她一人带着行李在车站广场逗留，这时，有两个三十开外的女人上前搭讪。"哦，你也去连江？"贾某一怔，见是女人，便也释然。这两个女人便自我介绍是乘船，不是坐车。坐车多难受，坐船啦，既风光，又平稳。贾某家在山区，从来没坐过轮船，便动了心。这两个女人立即自告奋勇帮她退车票，帮她买船票，帮她提行李。贾某随她们到码头时，见有两个二十多岁男青年，他们看样子早已相识。

这时，拐骗达到了目的，"猎物"已经上钩，行驶在闽江上的轮船，像一个无形的罗网，罩住了贾某。

船到闽江口，在长乐县潭头镇靠岸，贾某惊喜道："到连江了？"

"对面是台湾岛，敌人要打炮，今天不走了。"

上岸后，他们四人住进了镇上一户人家中，这时，贾某感觉不对，要走，那两个男青年露出了狰狞面目：夺下她的行李，将她锁到一间房子里。不给她饭吃、不给她水喝。夜里，那两个男的先后进来强奸了她。

这时，拐骗已经变成了劫持，花言巧语被监禁虐待所代替，拐骗从一般的"商品买卖"因素发展到肆无忌惮的暴力行为。

第二天，这伙人以六百八十元价格将她卖给了连江县一青年。贾某思忖到了连江或许可以找到丈夫，便随此人走了。谁知那青年一听说这女人是连江驻军战士的妻子，也害怕不好交待。又将这贾某领回了长乐县，把"货"退给了那伙人。

这之间，贾某曾向这青年哭诉，希望他能放了她。这青年告诉她："我同情你，可我放了你，我掏的六百八十元钱找谁要呢？你陪我走一趟，我把钱取回后，你再走不迟。"可惜贾某竟为他这番话所打动，刚出火坑，又进牢笼。那伙人不仅没放她，反而以七百二十元钱将她又卖给了另一青年。这个二十六岁的小伙子横施强暴，将她再次凌辱。

后来，贾某丈夫接人未接到，再和家中一联系，方知妻子失踪。部队和当地公安局搜索了几天几夜，才找到被那伙人丢在路边的贾某。

强奸妇女，拐卖军人妻子，那三个歹徒受到了应有惩罚。三声枪响，敲碎了三颗罪恶的头颅。但枪声留下的回音却是深长隽永的：一个国家如果法制不健全，道德沦丧，人欲横流，这类悲剧便远远没有结束。

除了拐卖，除了劫持，这伙魔鬼在从事这种罪恶的买卖时，还将封建帮会、现代经济管理及野蛮的掠夺融为一体，其突出表现形式是"团伙犯罪"。这种经营方式是"产、供、销"一条龙，东、西、南、北"一阵网"。每个环节、每个网点都有具体分工、专人负责。其中有"一级批发"、"二级批发"、"三级批发"。往往被拐卖的妇女经多次转手后，解救时十分困难。如山东聊城、菏泽两地区1989年1至7月份就查获这类团伙二百三十多个，成员八百多人。湖北省襄樊市1987年元月至1989年10月查获团伙三十一个，人贩子二百五十四个。鄂西自治州利川市许丰琼、冯春宇等十三人团伙，与四川、江苏人贩子勾结在一起。先在江苏找好买主，然后从陆路到四川奉节，将所拐骗的妇女交给奉节人贩子，由他们将妇女带到江苏出售。从1989年底到1989年5月，这伙不法分子共拐卖十四名妇女，获赃款两万多元。

这是一个镇上的简陋旅店，十二名被"招工"来到这里的少女们，听说挑工的厂长来了，纷纷穿好衣服从通铺上跳下来。她们开始还嘻嘻哈哈，后来听说闯进这屋里来的两个男人是广东某家电子厂厂长和玩具厂厂长后，顿时鸦雀无声，乖乖地站成一溜，挺胸收腹，毕恭毕敬地望着厂长，唯恐被挑不上，被退回到那重重叠叠的大山中。

其实，少女们并不知道，她们住的这家旅店，是一个拐卖妇女的"联络点"和"中转站"。现在，她们正被这些魔鬼"批发"转卖。二十分钟后，两名"厂长"各自点了被自己看中的"工人"。

接着，是议定"批发"价格。这三个魔鬼躲到一个角落里，给十二名少女定"级"划"价"。

第二天，这两个"厂长"带着自己购买的"猎物"登上了长途汽车。

当又一个黑夜降临时，这两个魔鬼又开始在另一个"批发店"把少女们逐个地"批发"给那些跑单帮的人贩子。

不过，这一次不再是许诺、蒙骗，等待着已经觉醒的少女们的是棍棒、拳脚、匕首和男人们沉重的躯体。

5. 失落的性别

男人提着尿桶上厕所去了，兰金花拎起偷偷放在床下面的黑色挎包，悄悄溜出了门。

"婆娘跑了——婆娘跑了——"

她刚刚闪进白天早已看好的小河沟，身后便响起了男人嘶哑的呼叫声。

她索性直起腰，沿着河沟拼命向村外跑去。

火把，电筒，男男女女的呼叫声，杂沓纷乱的脚步，这个一向沉寂的小山村顿时沸腾开来，平时疙里疙瘩的族人在对付一个企图逃跑的女人时表现出了惊人的团结。

"你到大路口去！"

"你在土地庙守着！"

"你们到集东头车站等着……"

她没有逃走。在她第二天早上和来接她的丈夫快要碰头时，她被这个叫做沙河峪的村民发现了。她被五花大绑着拖回村里，她那个拿二千三百元钱买下她的丈夫脱下脚上的胶鞋，边走边用鞋底揍她。殷红的鲜血洒满了黄土路。

兰金花没料到这一次碰上这种硬茬。她这样嫁过四个男人，四次她都连人带东西卷走了。这一次，她和"卖"她的丈夫早就计划好了，一个月后，再把放出的"鹰"收回。

她没有料到此生此世再也飞不动了。买下她的农民终于发现了她企图卷走东西的阴谋后，恼羞成怒。打，往死里打。她苦苦哀求，也无济于事！她的腿被打折了一只。"我就是要个残废！"她现在的丈夫这样对她说。

她后悔了，后悔不该生这种自卖自身卷入钱财的主意。但她悔悟得晚了！她和丈夫、女儿再也无法团聚了。痛苦的哭声、每逢夜半便回响在这个已经平静的山村里。

当女人恪守在传统所给予的角色本身时，悲剧便诞生了，但女人失去了性别却又无法超越人本身时，更大的悲剧也将出现了。兰金花是个女人吗？她显然没有超越生理学、心理学对她本身的界定，但却抛弃了几千年文明史对每一个个体的积淀和影响。她扮演了一个受凌辱的弱小的女人和一个贪婪蛮横的男人的共同形象。她违背了上帝的意愿。她受到了惩罚。

兰金花是依靠自卖自身在出卖灵魂和肉体的同时来攫取钱财，这种"高难度"动作犹如在空中走钢丝，必须有娴熟的技巧。大多数卷入拐卖妇女团伙的女人们，往往利用同类互相容易亲近的机会，亲手参与拐卖同类的罪恶勾当。上海某大学研究生是被同类拐卖的，军人妻子贾某是被那对谎称去连江的女人诱拐的，湖北秭归那位少妇是被同类卖到浙江温州供李氏兄弟共妻的。湖北省 1987 年以来抓获的 2275 名人贩子中，女性约占 20%。

胡月月不属于那种被金钱所诱惑而走上这条罪恶之路的。她是吃国家饭的，乡供销社的一名营业员。人长得虽不能称之为漂亮，但属于那种丰满健康、五官端正的女人。上帝待人往往不公平，工作、丈夫本是都令所在小镇上人歆羡的，但夫妻私生活却不美满。她的丈夫属于那种俗称"见花泄"的性无能的男人。苦熬了三年，一次进县城取货的途中，在旅社中邂逅了一个外地男人。这男人轻易俘虏了她。她从这男人那儿，品尝了人生的琼浆。复活了的女性的渴求，使她如痴如醉了三天。她在苏醒和沉醉之际毅然作出了随这个萍水相逢的男人出走的愿望。她抛弃了工作、丈夫和舒适的家庭，从江西来到了湖北宜昌。

不出她所料，这个男人家中还有妻子，她被那个虽然赢弱却意志刚强的女人赶了出来。但她仍然没有回心转意，她用出走时携带的公款租了间简陋的民房，买了台缝纫机，每天眼巴巴地盼望那个心目中的男神降临。

"男神"实际是个走江湖的骗子，阴差阳错，胡月月却对他言听计从，俯首帖耳。为了表示"爱情"的忠诚，遵照他的吩咐，她将一个十九岁山村少女带到了他指定的河南济源县。

她并没有索取钱财，她得到的是"男神"在床上的报答。

人也许是个怪物，胡月月仅凭着这种忠诚，为虎作伥，参与拐卖了二十三个妇女。

拐卖第二十四个时，她万万没有想到，会是她自己。

那是一个漆黑的夜晚，风雨交加，"男神"把她留在一个陌生的男人家，转身要走。她意识到了什么，夺门而出，却被"男神"一把拽住。

"看在我们五年的情分上，你饶了我吧！"

胡月月匍匐在"男神"的脚前，泪水澎湃，乞求"男神"放了她。

"你要嫌弃我，我不再缠你了，你让我走吧！"

"男神"一脚将她踢倒在地，拔腿便走。胡月月又跪行几步，抢上前抱住他的腿。这男人恼了，抓起她的头发，把她的头使劲往地上撞。

她醒来时，大雨滂沱。她是被雨水浇醒的。

性的觉醒和商品意识的觉醒竟然在解放女人的同时又毁灭了女人！多么可悲的现实呵！"女人，你是什么？"西蒙·波伏娃和其他妇女运动家尽管写出了一本又一本关于女人的专著，但却难以解释清在中国这片土地上因袭了传统的重负，又经历了文明洗礼的女性究竟有哪些本质特征！

女人，你是弱者是强者，还是一个失去性别的罪恶的附庸?!

6. 悲哀的市场效应

有人说，市场的形成正如流水，从高处自然流向低处。而"人口市场"却恰恰相反，它的"特殊商品"是从贫困流向贫困。

巍巍太行山，北起拒马河畔，南抵黄河岸，绵延几千里，有着光荣的历史，也有着现实的哀叹。

哀叹的是性别比例的急遽倾斜：女人少，男人光棍多。

位于山西、河北两省接壤处的界石沟，只有八十户人家的九里铺村便有光棍一百零二条，男青年的光棍率高达90%以上。七个村干部，有三人是光棍，两人是换亲。

灵寿县木佛塔村，十五里长的山沟里一百四十多个成年男人，光棍便有七十条。

五台县铜钱沟乡，全乡二十二岁以上的未婚男性共有一百三十六人，而女性只有三十四人，男女比例四比一。西沟村，六年中只有两名男人娶上了媳妇，人口下降了53%。而在平山县深山区，女人外嫁他乡，男人外出求偶，久而久之，有二十多个村庄只在地图上保留了个空名……

答案很简单，改革前的绝对贫困，现在的相对贫困。于是，处于性的压抑和痛苦之中的光棍汉们，不自觉地以女人的肉体和灵魂作为生存的祭礼。于是，买卖婚姻成为恢复平衡的自然行为。

其实，不仅仅太行山有无数痛苦的灵魂，在吕梁山、伏牛山、大别山、武夷山……的沟沟壑壑中，在黄河滩、微山湖边、茫茫草原上，也回荡着光棍汉们渴盼的呻吟。据山东省梁山县调查，四十多岁没结婚的老光棍，全县最多时有一万四到一万五千人，几乎每村都有一二十个。这些人急于成家，买媳妇不论条件好坏，价格高低。因此，有一个村，几年来从人贩子手中买下了五六十个姑娘，付出了十五万多元"货款"。而目前，有一部分年轻、各方面条件不错的青年，由于身处择偶困难的人群中，也怕错过时机打光棍，想早日娶妻以了终身大事，加入了买媳妇者行列。据山东省郓城县调查，1983年以前买媳妇的大都是四十岁以上的光棍。1983年买媳妇三十岁以下年轻人占58%，1987年占76%，1988年占69%。

这是"卖方市场"，无一例外，形成"卖方市场"的原因之一也是"贫困"。据湖北省妇联的一份调查报告指出：被拐卖的妇女大多来自鄂西、阴阳、宜昌、黄冈、襄樊、咸宁的三十五个县市和神农架林区，这些地区经济相对贫困、文化落后。姑娘们为了摆脱那日出而作、日入而息的传统农耕生活方式，向往着都市文明和富裕生活，因此，她们急切地离开曾经终生厮守的炕头、锅台、土地，纷纷奔向未知的新天地。

据云南省妇联所作不完全统计，1986 年至 1987 年上半年全省外流妇女多达一万九千九百四十三人。外流现象遍及十七个州、地的一百零三个县、市，年龄最大的五十五岁，最小的十三岁。

一方是迫切地需要，一方是迫切地渴望"出售"自己。人口市场便空前地得到畸形发展，人口贩子应运而生。坑蒙拐骗、劫持绑架，手段无所不奇，于是，无数女性背井离乡，成了"天涯沦落人"。

性别比例的失调、贫富悬殊的差距，带来女性这种"商品"四野横溢。但透过林林总总的现象，我们也看到，无论是买方还是卖方，包括天良丧尽的人贩子，驱动这艘商品经济的巨轮前进的动力，无疑都是金钱。

吴顺子，大别山主峰金刚台下一个朴实的农民。三十八岁了，因为过去成分不好，穷姑娘们没谁愿朝这火坑跳，让后人也落个"崽子"帽子戴。这些年，他领着一帮子人铸锅，家底渐渐殷实了。有人上门提亲，多是"二婚头"，吴顺子却执意找个大姑娘。大姑娘有，却嫌他年龄太大。有一个在娘家已有些风流韵事的姑娘愿嫁他，开口要"定亲费"、"见面礼"、"赡养费"、"接亲费"等共计八千元。

媒人传话过来，熟谙商品经济的吴顺子笑了笑，他听人说过，从四川买一个黄花闺女三五千就足够了，这种"破货"还俏什么俏。

第二年春天，他托一个人贩子捎回了个"媳妇"，十七岁，嫩得像一株豆芽菜。吴顺子一见便骨头都酥了。四千块，娶下了这么一个美人儿。他认为，无论是钱还是人，他都赢了，赚了。

我们不能不承认，从"左"的桎梏下挣脱出来的吴顺子，在商品经济的大潮中，是一个弄潮儿。但他却把自己的解放置放在另一个女子的人身自由上，把市场经营的技巧用在人口买卖的得失上，不能不说是一个让人痛心的悲剧。

当然，悲剧不止一起。还有人从当初自己买媳妇中尝到了甜头，继而走上贩卖妇女的罪恶行列的。

山东聊城地区某县青年农民刘万松，以两千元钱从湖北利川市人贩子许丰琼、冯春宇等人手里买下了二十一岁的女青年谭文春。他的这桩"买卖"引起了附近几个村男光棍的羡慕，他们纷纷登门，夸刘万松"艳福不浅"，

"买得便宜"，有人半开玩笑，请刘万松"也帮买一个"。有几个订下了亲的小伙子还表示：要知买一个女人这便宜，早就不去劳那个神。有一个还当即声明把订下的亲事退掉，"折腾到媳妇娶进门，还不知要花多少钱"。

说者也许无意，但听者有心。刘万松思忖：要是也去弄几个女人卖掉，不就可以赚一笔可观的钱么？别看他大字不识几个，歪心眼也还有不少。卖谁呢？利爪下如羊羔一般颤抖的谭姑娘倒提醒了她。她家中不是还有个妹妹么？他请人给谭文春家里写信，谎称"山东这地方吃得好、穿得好"，以谭姑娘的名义，"请母亲和妹妹一定来玩一趟。"

谭文春的母亲和妹妹信以为真，母女俩准备一番后，兴高采烈地"走女儿家"，这边刘万松得知动身的信息后，马上去联系了两户买主，这样，四千元响呱呱的人民币，转眼之间掉进了他的腰包。一买二卖，他赚了个谭姑娘，还落了笔零花钱。当他拥着新媳妇，有滋有味地数着那叠十元一张的人民币时，他那颗被铜臭熏透了的心哪里知道，千里之外的利川市巴东县谭家中，家中仅有的一父一兄相向而泣，境况何等悲惨！

刘万松不会想到，所有的人贩子都不会想到。闪耀在他们眼前的，是黄灿灿、金晃晃的钱！他们不管是昧心钱、黑心钱、浸透着少女血与泪的钱，一律毫无顾忌地，贪婪地攫取。徐州市由四十三名人贩子组成的犯罪团伙，在五个月的时间里拐骗、劫持了一百零一名妇女，获取了一十三万六千余元血腥钱。河北省定州市米二造等二犯贩卖妇女十一人，牟利三万多元。山东省曹县人贩子苗继春因拐卖妇女，被判刑十五年，其弟不仅不接受教训，反而认为卖人比种田"成本低"、"效益高"、"见效快"，变本加厉做人口生意，果然很快收入两万多元。最后一家四口锒铛入狱。山东省阳谷县郭屯乡九都阳村人贩子郭道昌，曾明码标价：谁替他到接头地点接送一个妇女，一次十元，看管一个，一天三元；推销一个一百元；替他买进妇女，则"以貌论价，利润分成"。仅有百十户的九都杨村，竟有二十多人为其服务，一度被称为"拐卖人口专业村"。几年时间，这个犯罪团伙便拐卖妇女四十四人。这些人贩子把贩卖妇女而获取的不义之财大肆挥霍，过着醉生梦死的日子，他们像资本主义原始积累一样，用"奴隶"的血泪构筑他们的所谓幸福。

写到这里，我们不由又想到了莎士比亚在《雅典的泰门》一剧中关于金钱的精彩论述。是的，推动历史前进的有时是以善的面目出现，有的是以恶的形式表现出来。金钱，诱使着这片古老封闭的土地上的子民刚刚了解什么是商品经济时，便沾惹上了血腥的罪恶。他们明了是买合算还是娶合算，他们懂得在"女人柜台"前怎样讨价还价。他们经济学的所有知识加起来还只知道要买一个能够充当泄欲和生育工具的女人！

如果我们更进一步探讨，还会发现金钱不仅是促使人贩子和买方铤而走险的媒介，它同样是诱使女性蹈入火炕的罪恶因子。

诱入火炕的何止一人。1989年6月，湖北省蕲春县一个濒临长江的小镇上，竟有四名女职工在金钱诱惑下，被人贩子推入火炕。

这是21日中午，太阳正旺。四十二岁的麻纺厂女职工黄某正在家料理家务，门外来了两个不速之客。

但她很快认出，其中一个年轻女子，是上次十八岁女儿赌气出走到黄石时认识的，亏了这女子收留了自己女儿。恩人到此，黄某热情接待。

饭后，其中一位操河南口音，自称叫白玉兴的男子问道："嫂子呀，我最近联系了一批生意，正缺几个帮手，我看大嫂人蛮好，想求你帮个忙，当然是不会亏待大嫂的，怎么样？"

黄某所在工厂正不景气，一听就动了心。

白玉兴从提包里拿出一瓶茅台酒，说想从武汉运到黄冈去销售，"大嫂能否找几个年轻漂亮的女子，以旅游为名，包乘旅游青年，将酒偷运出去，以免沿途税务、工商的稽查。我们每天付你们三十元钱，直到酒销完为止。"说完从背包里拿出一叠钱，从中抽出三十元给黄某。

黄某心想，这比在工厂做工强多了。于是，她连忙回答说："可以，可以，我去找人！"

肥水不落外人田。她当天便急匆匆地找到在文化单位工作的弟媳王某，某厂工人、二十岁的侄女黄某，某医院护士、好友张某。她们三人都和她一样，被那响刮刮的票子弄蒙了。

"姑妈，真有这等好事，又玩又赚钱？"二十岁的姑娘长这么大还没有遇到过这等好事，她高兴之余，心里总不踏实。

"傻丫头，没错！你姑妈啥时哄过你！人家茅台酒样品我都看了。"

四人又说又笑，沉浸在愉快的旅游和丰厚的报酬双重喜悦之中。

次日，她们都向单位递了病假条，四个女人收拾得漂漂亮亮"旅游"去了。

轮船抵达汉口后，白业务员将她们四人安排在江边一家简陋的旅店里。路上，黄某和好友等早已商量好了，趁时间还多，她们要好好在汉口玩一天。她们四个人中，就有三个还没有到过这里呢！

"你们在这里等着，我去看看货！"白业务员别看年龄不大，在外面见过大世面，见多识广，他告诫道，"汉口可不是你们那小镇，这儿人贩子多，专门在街上拐卖外地女人！"

四个女人果然被吓住了，她们坐在房间里等着白业务员。两个小时后，他便赶来了。两手空空的，一脸忧戚的神色。他说，茅台酒对方还没有送来，货在河南。

怎么办呢？就这么两手空空转回去。那三十元一天的工钱，白玉兴愿付吗？

狡猾的白玉兴看出了她们的心思，十分慷慨地每人付了三十元工资，试探道："我想你们既然出来了，干脆跟我到河南去一趟，不知道几位愿不愿意？"

四位女人摸着手中三张"大团结"，无一不欣然允诺。

火车由南向北驶去，在安阳，中国最古老的文字发掘地，她们下了火车。时至傍晚，白玉兴叫来一辆小汽车，将她们送到范县。尽管茅台酒出产在贵州闻名的遵义地区，这四个女人却深信不疑和山东接壤的范县也有令国人向往的茅台。

夜晚，她们从范县又换乘一辆三轮车，一直拖到白玉兴的家中。此时，村庄上的男女老少都来看热闹，七嘴八舌、评头论足，四位仍做着金钱梦的女人丝毫没有引起警觉。次日清晨，白玉兴带她们在黄河岸边游玩了一天。白玉兴见多识广，谈天说地，四位生在长江边的女人在母亲河——黄河岸边尽兴游玩，快活无比。晚上，她们四人分别由四个男人带去"取茅台酒"。

王某被带到两间低矮、破旧而且简陋的房子时，一个女人迎上来对她说："从今天起，你就是我的弟媳，俺妯娌俩今后早晚在一块，恭喜呀。"

王某马上说："嫂子，你别开玩笑，我是跟白玉兴出来做生意的。"

"什么做生意，是白玉兴把你卖给俺家的，我们家出了三千块钱呢？你看你的身价高不高？"

晴天一声霹雳，把王某震得昏了过去。醒来后，她疯狂地往外跑，嘶喊道："不，这不是真的，不，这不可能，我家里有丈夫和女儿，我家的条件比这强多了……"

四十二岁的黄某被卖给年过半百的老光棍张山为妻。

张某被卖给一个三十八岁的农民为妻。此人外号叫李歪脖。他为花重金买一个天仙女感到无限欣慰，脖子笑得更歪了，整天守着张某。她乞求李歪脖放她回去，李歪脖骂道："我花钱将你买来，你想走，没那容易，老老实实跟我过日子！"白天，李歪脖将房门、堂房大门重锁把守，夜晚，不但闩上门，而且将门反锁。

二十岁的黄某被卖给一姓周的农民后，不堪凌辱，一次次逃走，一次次被抓回，一次次被吊打。姓周的见她生性倔犟，不好对付，心想捆绑不成夫妻，搞得不好，鸡飞蛋打、人财两空，他又转手将她卖掉。

四十二的黄某、张某、王某几经周折终于又回到了长江边上的这个小镇。可怜年轻的黄某几经人贩子转手，当地营救小组和公安机关虽竭尽全力寻找，至今下落不明。

包吃包住，三十元钱一天工资。是不是这些诱人的许诺驱使她们远走他乡，历经了这场磨难和仍在经受磨难呢！

金钱，你这万恶之首！

7. 流泪的红蜡烛

阎长丽决心逃出这个魔窟。她跑过三次，曾经游到了河对岸，曾经跑到了汽车站，曾经在红麻林里趴了一天一夜。

她每被抓回一次，这家人对她的管制虐待便会更加严厉。打骂、罚跪已是家常便饭。为了防止她再度逃跑，连她上茅房，那个眼睛常年流水的老太婆也不厌其烦地在外面守着。夜里，那个屠夫一样的男人只要进了门，外面便有一把大锁"咔嗒"一声响。

她不相信今生今世就趴在这个大山沟沟里，伴随这个凶神恶煞的男人。她读高中时的幻想是当个作家，最好是儿童文学作家，写出一本又一本儿童喜爱读的书（当然，她未来的小宝宝也爱读），像丹麦的安徒生，让全世界都知道。可现在她却被吊在这家人的屋梁上。她是再度逃跑后又被抓回的。

"说，你今后还跑不跑！"

那个男人用赶牛的鞭子抽打她，雪白的胴体立刻暴起一道又一道血痕。这男人许是爱惜衣服，吊她时剥光了她卖时从家里穿来的那身衣服。

"跑！打不死我还跑！"

不过，后来这男人让她跑她也没法跑了。为了那已经破费的五千元钱，屠夫用锋利的剪刀扎瞎了她那双美丽的双眼。她只能在黑暗中憧憬着作家梦，只能在黑暗中任凭屠夫永远地作践她的身子了。

阎长丽在邪恶愚蠢的男人世界中陨落了，悲剧并未因此结束。不少报刊、资料曾披露，这些妇女在被拐、运、销、卖过程中受到严重摧残。山东曹县五个二道人贩子，拐到一个四川妇女，一天轮奸九次。莘县一伙人贩子，剥光一个妇女的衣服，边喝酒边奸淫。据某地调查统计，48%的妇女是被人贩子强奸、轮奸后再卖掉的。

广西上林县十五岁少女覃××，被人贩子以一千六百元钱卖给梁山县前集乡丁堂村农民崔昌发。覃不从，崔便薅头发、扭大腿、抓乳房、捆绑起来用棍子打。后约集村里五个青壮年将覃的衣服剥光，当众强奸。

四川女青年刘××被拐卖给比她大二十多岁的山东曹县农民张新玉为妻。刘忍受不了非人折磨，多次外逃都被抓回。张将其衣服扒掉脱光，吊在梁上，用自行车链抽打。然后让其父母兄弟把血肉模糊的刘××拖到床上，强行奸污。同时，有妇女不堪凌辱自杀身亡或被活活打死、被逼疯……她们在文明世界中体味了蒙昧时代的滋味，她们用弱小的身子承担了整个人类的苦难。

我们访问了几个被解救出来的青年女子，她们用嘶哑的喉咙、用带血的啜泣，控诉了这种罪恶的买卖。

坐在我们面前的还完全是个孩子，十五岁，初中三年级学生，因为和家人赌气而出走。在徐州火车站候车室中，被一个四十多岁的女人拐卖到山东省莘县。她说——

"那些人天天把我锁在屋里，窗户上安上了指头粗的钢筋。他们怕我跑，大小便不准我出门，屋角里放着一个臭气熏天的瓦盆，每天吃饭从门缝里递进来。两年了，我没有晒过太阳，也没有好好洗一次澡。夜里，那个被人叫做我男人的四十多岁的家伙便要做那种事，我月经来了他也不放过。我要不从，他就打。他说他花了几千块，买的就是个能睡觉的女人。他做完那种事后，怕我害他，怕我逃跑，用一个铁链子将我的手锁在床腿上……"

我们访问的第二个被解救的女子是个钢铁厂工人。1988年7月，湖北几家报纸、电视台曾反复登载、播放寻找她的启事：

乔莎莎，女，21岁，身高1.58米，圆脸，大眼睛双眼皮……

"我那天因为一件小事和男朋友生了气，一个人在江边大堤上散步。有一辆红色出租车停在我的面前，一双大手将我拉进了车内。我要喊，但嘴被堵住了，有几双手撕扯我的衣服，这几个畜牲把我害了……

"这时，我听见有人说：'把她推下去吧！'有人说：'没那么便宜，让她以后认出我们，大伙儿都砸了。老K不是说他乡下老表托他找个女人么？'

"第二天，这帮人将我用车送到了乡下，我不知这是什么地方，下车便跑，结果他们将我五花大绑，几个人将我抬到一张床上。门反锁住了，一个三四十岁的男人咧着嘴，涎笑着朝我扑来，我用脚踢，拼命扭动着身子，可怎么也拗不过这男人……

"后来，我装神经了。天天哭、笑，有人给我端饭，我便把碗给砸掉。这个男人给我请巫婆跳神驱鬼，我用棍打那个女人。他们把我朝死里打，用香火烫我，我不哭，拼命地笑……

"两个月后，他们趁夜又把我用架子车拉到一个庄子里。我不知他们究竟要干什么，后来，有一个黄着牙的秃顶男人拽着我的手朝一个房子里走去。我双膝朝下一跪，哭着说：'大伯，你救救我，我是被人抢到这儿的……'这男人手一拍，'啊啊，你没疯？你是装的？这算我走运。'

"我出了狼窝又进虎穴，这个快五十岁的男人想方设法折磨我，那些手段让我没法说……后来，这男人见我死活不顺从，又把我卖给一个刚死了老婆的男人……"

说到这里，乔莎莎失声痛哭。哀怨、痛切的哭声令整个空气都为之凝固。我们许久没有人说一句话。我们还有什么可说呢？作为男人，没能用自己的力量护卫柔弱的女子，作为组织，没有有效的措施铲除这些丑恶的现象，面对这些受尽凌辱的姐妹，我们只能用沉默来表示我们的歉疚。

1989 年 12 月 23 日《人民日报》曾刊载了陕西临潼"一个受害姑娘"口述的记录。记录中是这样写的：

> 我是一名十九岁的农村姑娘。1987 年 11 月 23 日上午，我正在集镇卖菜，同乡农民王某邀我去山东省菏泽市看牡丹。他把那里的情况描绘得天花乱坠，我向往外出见见世面，就欣然答应。谁知，王某把我骗到山东曹县邵庄乡ＸＸ村，把我卖给了杜某。我极力反抗，却惨遭毒打。我不堪忍受非人的折磨，几次逃跑，都被杜家抓回。为了防止我逃跑，他们砸伤了我的腿，并不许我同别人接触，不许我给亲人写信。几个月后，我才设法给家人发了一封信。杜家人得知后，硬是从邮局把信要回来，当着我的面把我写的信撕得粉碎，然后对我又是一顿毒打，直到把我打昏过去。这以后，杜家人更严密地看管我。……

河南作家张一弓有一部小说叫《流泪的红蜡烛》，现在，当我们倾听这些从苦海中跳出的姐妹向我们哭诉她们所历经的遭遇时，倏然想起了这部小说。

如果说，婚姻上尚不能自主的白雪花便是一出悲剧的话，那么，近年来沦入人贩子之手被作为"商品"出售的数十万女性，更是一场大悲剧。当黄河滩上，秦岭山中，当一切精神贫困和经济贫困的农家小院里响起唢呐，响起鞭炮，响起异乡女人哀切的哭声时，中国的土地上亮起了多少支"流泪的红蜡烛"！

为了不让我们忘记这些姐妹们的悲惨遭遇，为了更进一步引起人们疗救的迫切性，我们不妨还从某些案卷中录下些许文字供大家参考。

A. 1988 年 11 月，湖北省恩施市某乡十七岁女青年向××，在去福建省姐妹家探亲途中，被人贩子黄大胜拐骗，奸污后以二千八百元卖给当地一农民。买方与向成婚后，发现向已不是"黄花闺女"，认为太"亏"了，便想方设法用各种非人手段摧残折磨向××，致使向精神失常。

B. 刘××，四川省万县市人，初三辍学回家后，因父母多年生病，便随人做小生意。1988 年 9 月被合伙做生意的女人贩子拐卖给福建省晋江县一"专业户"做妾。刘不堪凌辱，上吊自杀。

C. 伍××，山西省某大型工厂工程技术人员，赴京学习归来在郑州火车站转车之际，被人贩子拐卖到山东省阳谷县，供一农户弟兄三人"共妻"，因多次逃跑，被买方挑断脚筋而终生致残……

当我们抄录这些来自案卷，来自报章杂志血泪斑斑的拐卖妇女罪行时，心为之颤栗。但我们痛心疾首之际却有了几分欣慰，欣慰的是党中央、国务院正采取声势浩大的行动扫除这些丑恶现象，解救陷入水深火热之中的女同胞。我们更为忧虑的是那些失去了自由却不知争取自由的女性。

据有关部门调查分析，一些被人贩子拐卖的女性，当极度痛苦的挣扎挨过之后，她们竟神奇地适应了那种奴隶般的生活。她们不仅适应，而且违心地向家人报喜。这种女性占整个被拐卖妇女的 25% 左右。湖北省蕲春县 1988 年 8 月至 1989 年 4 月，被确认拐卖妇女四十九名，失踪四名，自愿外出四十八名。四十九名被拐卖妇女中，有十三名本人不愿回原籍。

真的是她们寻找到了理想的彼岸吗？请听几位女子的倾诉：

"你能帮我写封信吗？……只求你给我的爸妈去封信，告诉他们，我在这儿生活得挺好……工作也挺顺心……我落到这地步，是自作自受，不愿让父母伤心，更不愿让家乡姐妹笑话，我是命该如此……"

"女人，女人，嫁给谁不是一辈子？如果是在老家，爹娘收下人家彩礼，这和我被卖有什么两样？女人早晚也是个被卖，就像地里的白菜，圈里的猪……"

"反正已破了身，丢了丑，回家爹娘丢脸，再嫁个男人，男人也会再嫌弃我。反正女人迟早是泼出门的水，一辈子，不就那么长……再说，我已经有个儿子了，真要丢下他，还怪牵心的。"

真的是她们心甘情愿留在他乡异地，生儿育女，作为一个被买来的会说话的动物度过一生？不是，从她们的倾诉中，我依稀听见其胸腔深处涌动的心潮，哀莫大于心死。现实的窘况，传统文化的魔力，已使她们年轻的生命变得麻木和迟钝。屈辱的阴影在她们眼前已经消失，虚幻缥缈的幸福已经降临。

8. 头插草标的孩子

龙年酷暑，火炉之称的武汉奇热难耐。难耐的一天晚上，湖北省电视台、武汉市电视台在"为您服务"节目中，几乎是同时播出了一则寻人启事：

> 我儿王军，三岁，身高九十二公分，圆脸，高鼻梁，单眼皮。走失时上身穿白汗衫，左胸绣有"小宝宝"三字，下穿卷边短裤，脚穿天蓝色凉鞋，如有知其下落者，请……

三天后，在西安市一家医院的门前，一个年约五十的女人牵着一个惊恐不安的男孩站在人行道上。男孩的胸前用纸写着一张大布告：

> 亲爱的叔叔伯伯爷爷奶奶们：
> 我叫王刚，今年三岁，爸爸去年因为车祸死了，妈妈今年抛下我跟别人跑了，我一人无依无靠，如有哪位好心人收留我，我长大好好报答养育恩情。

人行道上站满了人，正值下班时间，围观的人一边小声嘀咕，一边唏嘘。不少人夸这男孩长得漂亮，好多人跃跃欲试。有人上前和那女人搭讪。女人自称是王刚的邻居，见这孩子受罪，便想了这个不是办法的办法，说着眼泪便朝外流，感染得好多女人眼圈直红，有人弯下腰问男孩一句两句。这男孩总是仰起头看看那女人，然后才回答。

后来，有人下了决心收领这个男孩，那女人忙叫王刚快磕头，谢谢大恩人，那人抱了男孩正欲走时，女人说了话："这孩子母亲跑后，家里欠了三千块钱债，您救人救到底……"

前几个一听这番话放下孩子便走，后来有一个穿皮夹克、骑摩托车的小伙子答应了这个条件。他正为妻子不愿生养孩子发愁，这点钱，在他手上算不了什么。

其实，这个孩子就是湖北、武汉两家电视台寻找的小王军。那个老女人根本不是什么孩子的邻居，而是一个专门拐卖儿童的人贩子。半年后，在公安部门的追踪下，小王军终于又回到了父母身边。

拐卖儿童，似乎与我们这个时代没有什么特殊的因果关系。《红楼梦》一书开篇中，便有甄士隐之女英莲元宵之夜被人拐卖的情节。不过近年拐卖儿童却呈上升趋势，拐卖手段更加残暴，肆无忌惮，而且某些交易方式打上了时代印记。据湖北省妇联的一份调查报告显示：1987 年至 1989 年 6 月，全省共接报失踪儿童 404 个，其中已从人贩子手中解救 151 个。和拐卖妇女共同统计，1988 年比 1987 年上升 10.9%，1989 年上半年立案比去年上升 1.97 倍。

拐卖儿童和拐卖妇女有很多不同之处，但也有共同一点，即"诱骗"。人贩子比拐卖妇女更为容易的是，用几颗糖豆，一个会叫的小玩具，便能让天真幼稚的儿童就范。湖北恩施市崔坝镇刘家河乡一年级小学生李军，放学途中被人贩子高定银在路中拦住，"小军，想吃糖吗？"高定银一副狼外婆的笑容。小李军眼前闪烁着花花绿绿的糖纸，嘴里流出甜丝丝的涎水，他一步步地随人贩子步进了黑暗的深渊。一千元，一百张"工农兵"，将七岁的李军卖到了宜昌。

找爸爸，买糖果，买玩具，小小的许诺，便能让天真的儿童堕入罗网。拐卖儿童也许是人贩子最容易得手而又最安全的生财之道。不过，近年来由于实行计划生育政策，家家户户对掌上明珠倍加爱护，人贩子难以得手。难以得手也就"百尺竿头，更进一步"。湖北省襄樊市竹山县两起"拐卖"儿童案触目惊心。

这天晚上，柳林乡柳林村李志民家，来了三个客人。这三个客人中的其中一个叫刘安堂的，当年修水库时曾有一面之识。好在李志民好客，刘安堂一行也带有食品。晚上，几个人浅斟低酌，划拳行令，气氛也十分融洽。酒至半酣，平时酒量尚好的李志民便已吐词不清，含含糊糊，他家另外两个人——妻儿也昏昏欲睡。李志民似觉不妙，但已身不由己，待他头脑清醒过来后，两岁儿子已不知去向。夫妻四处寻找，连那三人踪影都不曾见到。后来同村人讲，他家"客人"走时，抬着一个鼓鼓囊囊的麻袋，夫妻两人闻讯昏倒在地。

据后来有关部门化验，刘安堂带来的食品中含有大量安眠药。

如果说，李家儿子被"抢走"，是因为他们似曾相识的话，那么后来同是这个村的张清香家两岁男孩被抢，则手段更为恶劣。

这天晚上八九点钟光景，和村子稍有一点距离的张清香一家正打算休息，忽听外面有人敲门。张清香不知何故，忙叫正抱着儿子的妻子去开门。门闩刚刚抽掉，外面便挤进三个头戴黑色面具的人。"你……你……"张清香妻子吓得语无伦次，还没明白过来，来人便夺走她手上的两岁儿子，另一人上前一脚将她踹倒在地，蒙面人夺门而出。待他们夫妇俩追出门来，茫茫黑夜，遮住了蒙面人罪恶的行踪。一刹那之间，两岁的宝贝儿子被人抢走，夫妻俩痛哭流涕，痛不欲生。

从拐骗发展到抢劫，和拐卖妇女行径一样，这伙丧尽天良的人贩子在金钱的诱惑下，把法律置之脑后。这正如一篇文章中所分析的一样，"愚昧、邪恶和贪婪一旦联姻，这个世界上没有什么他们不敢做。"襄樊市公安局在审讯那个作案一百一十多起的人贩子团伙时，那些罪犯曾直言不讳地供认："不费神，不费力，轻轻松松地就赚了大钱，何乐而不为。"

轻轻松松，是人贩子从拐骗到抢劫儿童的动因，也是某些不能划入人贩子的人买卖儿童的罪恶起因。

这里有几宗买卖婴儿的丑闻。

A. 有一个结婚多年的农村妇女，出外做小生意时与一男人非法同居三年之久，结果生了一个男孩。这个农村妇女的丈夫费尽周折，终于找到了妻子。经过一番努力，他把妻子和新生的孩子领了回来。后来，他又把这个男孩卖了一千三百元钱，因此，他不仅不敢再责怪妻子，反而奉妻子若上宾，巴不得她出去再生一个为好。

B. 有一个十八岁的未婚女青年，谈朋友肚子"谈"鼓了，"谈"出了一个男孩。女青年现了丑，羞愧满面，早就打算孩子一下地就溺死这个"孽种"。她的父母一见是个男孩，不仅不责怪反而满心欢喜。因为是个男孩，因为日后卖了一千七百元。

C. 有一对夫妇，已生了三个男孩，仍千方百计继续超生。有人问他俩为什么，回答是："俺还想要个闺女。""要是再生个男孩呢?"他夫妇俩异口同声回答："这好办，卖了顾顾急就是了。"

1989 年 8 月 15 日，《拂晓报》发表了这封读者来信。信中指出，在皖、鲁、豫三省交界的一带农村，上述婴儿买卖风愈来愈为严重。

当然，不仅这三个省买卖婴儿从非法走向"合法"，在全国大多数省、市的农村，都程度不同地存在这种现象。《家长报》1989 年 11 月 17 日曾报道，湖南省隆回县金石桥高州乡晓阳溪村村民张积民，为了生个儿子，把自己七岁的亲生女儿以三千元的价钱卖到福建福州。

无论是买方，还是卖方，在这种交易中，都没有罪感，没有法的意识。正如某位卖掉自己孩子的父亲说的："我们卖的都是自己生下来的骨肉，又不是偷来抢来的。"所以，这些人不仅不以贩卖亲生儿女为耻，反而把它视为"脱贫致富"的途径。他们认为："一个男孩能卖两千块钱，一头肥猪只能卖到五百元钱，当然是卖小孩划算。"

安徽省 H 县曾涌现了不少卖儿"专业户"，仅其中一个乡，便有专业买卖儿童的"儿倒爷"三十五人。他们娴熟地运用商品经济的杠杆，迅速走上了"致富"的道路。

吴俭龙，大字不识几个，却是这三十五个"儿倒爷"中的一员干将。1986 年农历十月，当他得知本县一农民有一出生仅七天的男婴，便主动找上门去，劝这家人将婴儿卖掉。

"你想想，生个儿子比你家种一年庄稼都强，有初一，还愁初二吗？想生十个月又是一个。再说，山东来买孩子的人家吃商品粮，为孩子考虑，将来也有个出路，比在咱农村强。另外，人家愿付很大一笔调养费。"

这家人动心了，吴俭龙把婴儿带到山东，以二千零八十元的价格卖了。他付给了婴儿父母一千三百元，他落了七百八十元。

没过多久，他又以同样手段把农民王习成的孩子以两千元卖出，给孩子父母一千五百元，他又落下五百元。

此后，他又多次为一个个孩子插上出卖的草标。奇怪的是，他这种违法行径多年来不仅没有人站出来反对，反而被其他人，包括党员干部效仿。吴俭龙所在的村，先后有十二户卖过亲生子女，有十七人从事"儿倒爷"行当。

9. 父母官、父母官

拐卖太阳，拐卖月亮，拐卖我们这个时代的良心，正义与真善美，历史在哭泣，人民在忧虑。此类丑恶活动愈演愈烈，公民防不胜防，人们自然会问：我们的政府，我们的执法机构，我们这个时代的先锋队——共产党人到哪儿去了？

先不忙回答问题。借用一句人人熟知的话："结论产生于调查的末尾。"

且以我们身边的湖北为例：

1985 年，省妇联成立"维权部"，全称是"维护妇女儿童权益部"，协助各地执法机关查获人贩子。

1987 年，省妇联组织数人赴鄂西、郧阳等贫困地区，进行了拐卖妇女儿童情况的调查。针对各地解救妇女、办案经费不足问题，向省委写了专项报告。

1987 年以来，全省共破获拐卖人口案一千七百四十九起，抓获人贩子二千二百五十七名，解救受害者一千一百四十一名。仅襄樊市一地，1987 年至 1989 年 10 月共受理拐卖人口案四百五十件，已破获一百八十九起，解救妇、幼二百零六名，查获人贩子二百五十四人，捣毁团伙三十一个。竹山县 1983 年以来侦查预审终结拐卖人口案一百七十九起，逮捕判刑二百八十三人。

1987 年 9 月，竹山县公安局抽调十二名干警成立专案组，具体办理以陈明权为首的拐卖妇女、儿童七十二人，获利六万余元的特大团伙。历时一年零八个月，内查外调七省（市）十一县（市），三十七个乡镇，八十四个村，行程十二万余华里，走访近千人，获证明材料七百余份，查清该团伙六十七名罪犯罪行，逮捕法办了三十四名骨干。是年冬，主犯陈型趁夜逃走。朔风呼啸，大雪封山，汉白公路无法通车，四位干警拄棍顶风冒雪，追到陕西省白河县卡子街，于凌晨 7 时抓获陈犯，十八小时行程一百四十里。

当然，不止湖北一地。报载，1989 年 5 月，中共山西省委副书记为了获得"人贩子"拐卖妇女的情况，深入浑源、应县的乡镇和农村，找到被拐卖的妇女，直接了解她们被拐卖的经过和处境。与当地党政领导和司法机关负责人，共同研究打击"人贩子"，解救受害妇女的方法、步骤。

河北省打击拐卖儿童妇女行动快，办法多，半个月已查破拐卖妇女、儿童案三百九十八起，抓获人贩子一千四百八十人，捣毁拐卖妇女、儿童团伙一百一十个。1989 年 11 月 27 日，四川省人贩子陈方才将三名女青年拐到河北正定县，将一女青年以二千一百元卖到藁城县后，欲携款回川。12 月 1 日傍晚，公安人员在即将开动的南下列车上将陈犯抓获。

保护妇女，保护儿童，我们的"父母官"们大多数披肝沥胆，救受骗妇女、儿童于水火之中，但是，在时代的备忘录中，也还有一些令人遗憾的镜头。

这是 1987 年，湖北省宜昌县公安局会同山东省某县公安局即将去解救一名受害女青年。行动之前，公安局通知当地派出所监视羁留女青年一家的动向，但警车开进那个村庄时，不仅女青年早被藏匿，公安干警还遭到一些不明真相群众的围攻。

后来，才知道这位公安人员与买下女青年的那家人有亲戚关系。当女青年初来此地时，曾跑进派出所向此人求救。她跪在地上，仰望着金色的盾牌，他不仅不同情，还以猥亵的口气调戏女青年，"怎么？受不了啦！哈哈哈哈……回去吧！女人早晚要过这一关的。"女青年不知道，男方将她强行留下时，举办宴席的婚礼上这位执法者还去喝了喜酒。当县公安局通知要来解救女青年时，是他向男方家通报了消息。

这位执法的"父母官"也许还不算典型，贵州铜仁县女青年李小兰被人贩子捆绑着送往买主家时，在大街碰见了一个民警。"救救我！"她高声呼叫，热泪盈眶。没想到这位民警帮助人贩子把她带到了自己的堂兄家。次日夜，李小兰被民警的堂兄弟强奸了。随后，这家人又以一千八百元钱的价格把她卖掉了。

当然，这种"执法人"毕竟是微乎其微的，拐卖妇女屡禁不绝，愈演愈烈的原因是大多数买方基层组织支持、纵容这种罪恶的行径。据徐州市那个拐卖一百零一名妇女的特大团伙供认，他们"创业伊始"，即重视了在农村基层干部中寻找代理人的重要性。果然，当他们为一个村四十多岁的"父母官"送去一个"物美价廉"的二十四岁年轻姑娘时，魔鬼生意顿时畅通无阻。

但我们注意到，大多数农村基层干部主要是缺少法律意识，他们把这种沾满了血泪的买卖视为"成人之美"，和那个拐卖女研究生的十八岁女孩李敏的认识水平居于同一个层次："功德无量的好事"。于是，几十万被世界文学、中国文学反复歌咏赞美的女性蹈入那一双双野蛮粗糙的大手无情的蹂躏之中。

这是一位土改到如今一直担任这个村支部书记的群众"信得过"的人，近年来，人贩子拐卖了五十六名妇女到这个村，据村民讲，没有老支书的领导和支持，光棍的老大难问题怕是解决不了。

这位"土改根子"的政策水平如何呢？请看他教训一位请求他保护，跪在他面前的姑娘时是怎样说的：

"你们年轻人，身在福中不知福，咋能忘本呀？你是不是贫农？都是贫农吧！贫下中农一家亲，应该心连心、团结紧嘛！不能跑嘛！跑就是搞分裂，搞阴谋，那是没有好下场的。林彪、四人帮搞分裂，搞阴谋，就没有好下场，遗臭万年！好啦！跟你男人回去吧！回去好好写检讨，认真肃清林彪、四人帮的流毒影响。明天就把检讨交到我这里来！"

当乡里有一位干部认为支书这样处理不妥，应当维护妇女的合法权益时，党支书不服气，理直气壮地说："我说同志哩！你想过没有，跑了一个人，坑了一家子，我能不管吗？咱村群众为了娶这五十六名媳妇，支出了十五万多元的代价哩！我能不管吗？只要我当党支部书记，我对这种逃跑现象就要管，管到底！"

据《中国妇女报》1988 年 11 月 5 日载文称，安徽省 H 县 L 乡贩卖亲生儿女的行列中，有三名基层"父母官"，四名党员。某村会计蒋登林，先后卖掉两名男孩，得款两千余元。八大户村的钱勤来，参与"儿倒爷"活动，1985 年曾被评为优秀党员，并连任三年村党支部支委。某村干部还埋怨，要怪，只能怪山东，是他们害了我们，他们若不出高价，我们是不会卖亲生孩子的。

……恕我们不再罗列，为人"父母"者尚且如此，拐卖妇女、儿童屡禁不绝便不难理解了。不过，值得我们欣慰的是，扫除"六害"已摆上了党和政府的议事日程，正在苦难中挣扎的姐妹们，回归家园的列车正在启动。

扫黄，别无选择

1. 漫溢的黄潮

农历己巳年七月初三日申时，固守江城的巍巍长堤外，湍急奔腾的江流之上，陡然升起了一股浓烟。烟若巨幕，扶摇直上。当是时，巨幕上推出六个大字：焚烧精神鸦片。

这不是虎门，也不是钦差大臣林则徐在掘池焚烟，是九省通衢，"一桥飞架南北"的武汉。长江之滨，晴川阁下，火龙飞舞，一批黄色书刊、淫秽录像带付之一炬。与此同时，古城西安、泉城济南、岳麓山下、古都北京……神州二十九个省市，皆有焚"黄"烟起。一时间，大街小巷、喇叭声声、脚步踏踏，亿万大军展开围剿战、攻坚战、游击战，天上地下，布下擒黄、扫黄、铲黄之阵势，荡涤黄潮、净化环境，来势汹汹，战绩辉煌。

有资料显示，截至 10 月份，全国已收缴五千多万册淫秽黄色、凶杀暴力、封建迷信书刊，四十万盒淫秽录相带，查处了三百个制黄、贩黄团伙和一千八百多个有关犯罪人员。

五千万册、四十万盒，并非全部，已是一个天文数字。密度之大，引力之强，不亚于宇宙黑洞；阵势之广、数量之多，岂逊于钱塘江潮。无怪乎时人疾呼：黄潮漫溢矣！

黄潮漫溢中，有几个如此镜头：

之一：四月武汉、五月北京，大街上均见一半人高广告牌。上书《性交姿势大全——全世界最佳 10 种性交姿势》。一在繁华的汉口武汉商场对面，一在与长安街大道遥望的沙滩街头。广告醒目，行人驻足。

"书"可谓质次价高，四个印张，定价六元，摊主神秘兮兮，大有"金屋藏娇"之状。买者会心一笑，交钱匆匆而去。也不乏人为此担心，摊主却不以为然："这才叫'一招鲜'！现在你看书写到什么程度了，要不，你还会到我这来买书。"有时，他也回答别人："这是介绍科学知识。不少中国人过了一辈子夫妻生活，还没有入门。"但大多时候他回答得很坦率："干这种买卖，就是这么回事，抓不着就狠赚一笔。"

之二：这是武汉市较大的文化市场——武胜路书刊批发中心。一个个鸽笼般的铁屋子里，盛满了女人大腿、酥胸、红唇以及"风流"、"性"等火辣辣的字眼。这是 1989 年 6 月，也是这个书刊批发中心最为"鼎盛"的时期。笔者曾为购书多次涉足此地。

如果用什么文字来概括这一时期这个"中心"的书市走向的话，"一色黄"会最为恰切。从东到西、从南到北，在这片寸土如金的地段上，黄潮铺天盖地。

《让世界充满离婚的女人》、《有钱就能买到我》、《肉体下的交易》、《销魂时分》、《午夜女郎》、《野情》、《黄色娘子军》……

这些书籍，版权页上赫然印着出版社的大名，大多压膜，且定价高，封面半裸或全裸。内容简介不无挑逗性。至于内容如何，分寸如何把握，笔者未细读。但有朋友告诉一鉴定方法：不管从书籍的任何一页翻起，一分钟内即可找到男女之事的，即为"畅销书"。我试着翻了翻，果然"如愿"。至于出版社真伪如何，实在"不知雌与雄"。冒充、伪造出版社的不法书商，大有人在。

书籍如此，刊物更不示弱。《长城文艺》、《鹃花》、《瀚海潮》、《千古风流》、《桃花源》、《君山》……醒目的标题、刺激诱惑挑逗的字眼；《女同性恋公司》、《当代妓女谈》、《零点，荡妇被杀》、《婚外情》、《舞女与男妓》、《非正常婚恋》……

不仅一些地、市级刊物，连中国作家协会主办的《小说选刊》也办起了"增刊"，连续在全国短篇小说评奖中三次有作品获奖的武汉市文联文学刊物《芳草》也办起了"专号"，其内容，其标题，无非是搜罗淫秽黄色、格调低下的故事吸引读者。

之三：上数学课时，任课老师总发现有几个学生注意力不集中，他指出几次，总也不见收敛。他怒气冲冲地跑到一女学生面前，女学生仍没觉察到。他夺过书——《玫瑰梦》。女学生看得痴迷，两眼灼灼有光。

下课后，学生们去做课间操，班主任老师配合对全班学生抽屉作了次突击搜查（合法与否暂且不论），共搜出《少女之心》、《曼娜回忆录》、《查太莱夫人的情人》等不适宜中学生阅读的书刊十五本。在那些淫秽不堪的段落下，不知有多少阅读者用不同的墨水标上了着重号……

不仅在学校老师为此焦心，一些家长更是忧心忡忡。孩子们每次带回的书包，都成了大人"扫雷"的对象。

之四：一天中午，武汉市某家科技公司的家属楼中，正在看中央电视台"午间新闻"的男女老少眼前，忽然电视台转换了信号，荧屏上出现了赤身裸体的男女性交的场面。

知道内情的是掌管闭路电视的李某，这一定是也拿有钥匙的小王没有关放像机上通向每家每户的按钮。李某匆匆而去，进了播放室果然见小王和女朋友正忘情地欣赏。这是一部剪辑片，集中了几部黄色录像中最为"精彩"的镜头。李某闯进门教训了小王一番，关掉了信号外输按钮。他自己却被电视机上的镜头吸引住了，直到有人报告了当地派出所，有人查到这儿，他们还余兴未尽。

之五：上海某区财贸职工学校教师高某，年过花甲，嗜书如迷。不论刮风下雨，不分春夏秋冬，每个星期天的上午 8 时至 11 时，他总是拎着一只破旧的黑色人造革拉链包，空荡荡的拎包里仅放着一本用报纸包得严严实实的"书"，然后出现在提篮桥下海庙、打浦桥大木桥等书画交易市场上。年年如此，从不间断。

高某工资不高，生活不富，可他却节衣缩食，将牙缝里省下来的一千四百多元钱，全部花费在索买和租借图书上。

是高某"迷"书，还是书"迷"高某呢？是书。洁本《金瓶梅》他觉得看得不过瘾，便以"五元钱看一夜"的代价租到全本，然后通宵达旦地把洁本中被删除的淫语秽句，工工整整地抄录下来。他数十年如一日读淫书、看淫画、抄淫书、复印淫画，形成了一种"一买二借三抄四换五卖"的规律。每月三期的《龙虎豹》，他一期不漏地能读到手，港澳版的所谓新潮小说，他看了一本又一本。他用蝇头小字抄录在一百页黑漆皮封面的练习簿上的淫秽小说，就有二十八本。他嗜淫书入迷，早在1972年，他暂借某执法单位工作之时，便将流氓案中有关男女关系的陈述笔录抽掉，偷偷带回家寻找刺激。

之六：5月至6月，"人体艺术"大展成为摇钱树，古城西安，两个月间举办了十家人体艺术展览。展品大多数是从画册上翻拍或直接裁剪下来的。有位姓刘的六十多岁的老头，掏钱买了几本人体画册，居然也办了"人体摄影画展"，几天之内发了笔小财。

江城武汉，"人体"展览也蔚然成风。汉口最大的美术展览馆中，人体摄影"艺术"展和美术作品展联袂而至。为招徕观众，售票窗口玻璃镜框中，集中了几幅最为"精彩"的镜头。果然两元一张的票价，也依旧观者如堵。不知举办者传播艺术，还是为了什么去展示女人的隐秘。

之七：征订启事两则——①"发行界盛传已久的《ＸＸ》，经过几年努力，现得以出版。书中大量的性描写，均未作删改，全部以全貌奉献给读者。此书为美国性感大师的得意之作，在美国再版十六次，被译成十九种文字出版，久销不衰，是否超过《玫瑰梦》、《情场赌徒》、《暴虐》？不敢断言，请书刊界同仁目睹明鉴。"②"本书翔实地记叙了妓女们受蹂躏的悲史。如嫖客如何到妓院寻欢作乐，幼妓如何被嫖客破瓜，老鸨如何教唆幼女卖弄床上功夫，妓女如何强颜忍辱求得嫖客们的畅情快意……"

之八……

2. 扫黄演变录

黄潮泛滥，国人忧虑。老作家艾芜说，现在街头上的一些小报小刊，乱七八糟的东西已经超过了三四十年代的上海滩。匈牙利一个代表团来我国访问，到街头的书刊市场转了一圈，对这么多的色情读物大为吃惊。江西省一位工程师的正在念中学的女儿，由于读了某作者的性文学作品，结果沦为街头娼妓。为报女儿堕落之仇，这位工程师萌生了要对该作者施行"血的制裁"的念头。他悲愤地诅咒道，难道写这类文字的人都没有子女吗？北京市汇文中学副校长王常祉也指出：那些受黄潮侵蚀的学生，大多"精神恍惚，萎靡不振；无心读书，学业荒废；道德滑坡，纪律涣散；入伙结帮、打架斗殴；以身试法，走向犯罪"。人们称黄色书刊、录像是"软刀子"，杀人不见血。"一颗子弹只能打倒一个人，而一本坏书却能打倒一群人。"北京市十八岁以下的未成年人中，犯有流氓、卖淫、强奸、轮奸等性犯罪的比例逐年上升。1982年，少管人员和少年犯中，属于性犯罪的占10%，1987年以后达41.2%。性犯罪年龄下降，1982年以前平均年龄为15.5岁，1987年以后平均年龄只有14.8岁，年龄最小的仅12岁。另据统计，60%的工读生不同程度存在性罪错，女生尤其严重，有性罪错的占75%。

黄潮铺天盖地，滚滚而来，实为建国以来所罕见。黄潮引起的社会丑恶现象的滋生泛滥，也为建国以来所罕见。两个罕见加起来，时人便觉十万火急。火急之余，便骂娘，便愤愤然：为什么早不动手，要让黄潮泛滥到如此地步！

并非熟视无睹。1984至1985年，是黄潮的第一个高峰期，当是时，劣质小报全国泛滥，来势凶猛，其用纸量占全国出版用纸的四分之一。广西一地，各种小报便有近百种。其小报先是注重可读性，登些名人轶事、法制故事、案例选编，继而便有曲折一些的爱情故事，有荒诞离奇的人狐相交，死尸复生，古坟艳遇。发展到后来也有一些借"批判资产阶级思想，揭露丑恶面目"而行展示、挑逗的文字。

也许，接受了三十多年正面宣传教育的国民承受能力还不及今日这么强大，有人上书、控诉，中央宣传部、文化部（当时尚无新闻出版署）发文，要求各地撤销、合并三分之二以上的小报。各地公安、工商、物价、出版等单位组成联合工作组，对小报进行清理，凡属没有登记号的非法出版物一律查禁。半年光景，这些充斥街头巷尾的小报基本被杜绝了。

然而，时至1986年下半年到1987年，非法出版活动由小报、期刊转为书籍。据有关部门统计，非法出版物达一千四百种之多。和上一轮中的小报比较，"青出于蓝而胜于蓝"。据北京市对九百六十七个书摊的抽查中，有五百一十八个出售有非法出版物，查收违禁书刊六万多册。

这次非法出版物的特点大多是伪造，假冒正规出版社社号、书号，以便大量偷税漏税，逃脱管理。抽查中我们也发现了不少淫秽书刊，如《蛇女》、《邪仙陆飘飘》、《小赌神》、港版《金瓶梅》等。国家出版局曾不公开地组织了一次非法出版物展览，各地也仿而效之，先后举办了"打非"展览。

笔者适逢毕业后刚到单位，也被抽到本省出版局参加"打击非法出版活动"。公安、工商、文化、出版同时行动，查禁收缴了大量淫秽书刊。街头书摊报亭顿时干净许多，一批贩卖淫秽书刊的不法书商受到罚款、撤销经营执照之处罚，一批印制黄色书刊的工厂得到整顿，更有性质恶劣者被收押入监。接着，各地、市也仿而效之，声势蔚为壮观，大有堵"源"截"流"，斩草除根之势。然而，各地"打非办"（全称是打击非法出版物办公室）仍轰轰烈烈之时，又一度黄潮排山倒海袭来。这一次，无论数量、质量还是影响，都比上两次"激烈壮观"，以至酿成了出版发行史上最为痛苦的一页。

在查禁期间，先是仍有许多书摊书店在发售禁书黄书。许多禁书黄书"物以稀为贵"，价码比查禁前翻了几番。一些书商把未被查禁的图书冒充已被查禁的，抬高售价倾销，还有些书商专门盗印被查禁图书。

1987 年 12 月，中共中央和国务院负责宣传、教育、文化的领导同志分别作出指示。其大意是要严厉惩罚屡教不改、情节恶劣的出版社和期刊社，用经济手段从重处罚，或停业整顿，或解散几家。

可是在这年将要结束之际，国家新闻出版署收到一份书刊征订广告，广告上是一幅性交画面。这对这个国家新闻出版最高领导机构来说，无疑是一种极大的挑战。人们都隐隐觉得，更大的黄潮将会袭向社会主义中国的精神文明阵地。

为防患于未然，1988 年 3 月，全国新闻出版局长会议部署了查禁打击淫秽出版物的任务。4 月，中央领导同志再次作出指示，认为扫黄清理工作"有些软弱，顾虑多了"，为此，国家新闻出版署党组作了自我批评，随后表示凡闯红灯者一律"严肃处理，决不手软"！

果然，6 月 22 日，新闻出版署宣布，由延边人民出版社出版的翻译小说《玫瑰梦》，工人出版社出版的《情场赌徒》，内容淫秽，触犯了《刑法》第一百七十条，除没收两社出版此书的所有利润外，还对延边人民出版社处以六十万元罚款，工人出版社处以四十万元罚款。有关部门还决定对《玫瑰梦》一书责任者追究刑事责任。

这是建国以来经合法出版社出版的被定为淫秽出版物的图书。此举令全国出版界震惊。

与此同时，新闻出版署期刊局也发出通知要求各地期刊管理部门加强刊物管理，特别是对通俗类刊物进行引导。通知认为一个时期以来，一些通俗类期刊又出现回潮现象，其表现是一些作品热衷于描写带有色情的、犯罪的、荒诞的内容；一些期刊的封面、插图和发行广告庸俗不堪，充斥着挑逗性语言，一些刊物未经批准擅自出刊，在读者中造成不良影响……

1988 年 8 月 9 日，国家新闻出版署又再一次行使权威，宣布对四川文艺出版社处以罚款四十万元，并令其停业整顿。对他们出版的三种色情内容较为突出的《销魂时分》、《丽人春梦》、《荒野奇缘》的所有存书全部销毁。

接着，新闻出版署又通令查禁了《花花世界》、《东京歌妓》、《仇海情泪》等一大批图书，又对导致大量淫秽色情书籍出笼的出版社与书商协作出书，由书商代印代发的出版形式，进行了严格的规定和限制。

1988 年的"扫黄"，可谓是"有风有雨"。数十种黄书、坏书被查禁，被没收，被销毁；数十家出版社被点名，被罚款，被绳之以党纪政纪以至法律。从局部看，似有所改观，但全局看，似乎未必乐观。正如中宣部出版局长在展望 1989 年出版形势时便预感到："明年的形势比较严峻。"

不是"比较"，而是"特别严峻"。龙年之后，蛇年之始，中国的大街小巷书摊上，似乎展开了一场"黄潮"大竞赛，人肉大拍卖，淫秽书刊铺天盖地，大有冲垮社会主义精神文明堤坝之势头。

一方面，是严厉查禁，打击非法出版活动，制定和完善各项出版规定，而另一方面，是不断突破防线，寻找缝隙，大有全盘占领书刊市场之来势。扫黄与反扫黄的战场上，弹片横飞，硝烟弥漫，景观异常壮阔。

黄潮此起彼伏，拉锯战时紧时松，人们不禁会问：社会主义中国书刊市场上的这股逆流究竟是怎样产生、发展以至漫溢到不可收拾？黄源何处来？黄潮何处去？

为了回答这个问题，我们不妨先透视一起涉及三省市十余名案犯的贩黄制黄大案。

这是北京天桥，人流密集，百业俱全。因此，公安人员十分留心这地方。

这天傍晚，一位小伙子来到一个书摊前。摊主董志福，一个六十二岁的瘦老头向他耳语几句，警惕地看看四周，神秘地从摊位下抽出几本暗藏的书。

书很贵，二十八块钱一本。公安人员闻声走去。《色魔和少女》、《邪仙陆飘飘》，淫秽读物，通篇描写男女性行为。

老头被带到公安局。老头交待：书是由他在北京车站当水暖工的儿子买来的。传询其儿子，他承认：是北京列车段的厨师托他卖的。再传那位不务正业的厨师，他说："是我妹妹的一位朋友从河南运来的，托火车站行李房一位工人收货。我只知发货人叫张广俊，不知道他住在什么地方。"

其实，张广俊正偎在这位厨师的妹妹怀中。这个来自山东冠县二十五岁的农民，和厨师已婚的妹妹勾搭成奸，在北京郊区租了间民房姘居。

守候了六天，公安人员终于在他们姘居的住房中捉住了闻风外逃的张广俊。张交待：他是从一位卖书的摊贩手中看到一封电报，而后开始贩黄色书刊的，那是一个偶然的机会。电报电文是：你要的书有了，速来取货，李庆德。张和书摊主人都是个体经营。张知道卖黄书刊利大，一批热门货即可赚个万儿八千。张喜出望外，问："李庆德是谁?"问者有意，答者无心，便把来龙去脉炫耀一番。张故意夸奖道："哥们，你的路子真野，我是发不了你这样的大财。"但张广俊转身乘车奔赴河南省兰考县李庆德家。第一次，就从这儿买到了五千本《卖身女郎》，发了个小财。

李庆德是何许人呢？他原系河南省豫剧团副团长，因不专心文艺工作，被调到兰考县文化馆工作。他不培植鲜花，却专门栽种毒草，和妻妹合伙，在家中倒腾黄书。

北京三名侦察员从兰考县公安局获悉此人十分狡猾，不抓住赃物，他是不会低头的。三人便商定，化装成黄书贩子，智取。他们利用一个曾犯罪但有悔改表现的人引路，来到距兰考县城不远的小李庄。

李家只有儿媳在家，见来者中有熟人，便说："这些天，扫黄搞严打，老爷子见风声很紧，躲到外村避风去了。"犹豫片刻，她又说："如果你们急着要货，我领你们去见老爷子。"

"老爷子"在邻村，独门独院的房子里闪出一个秃顶老头。"请问这位朋友，您是单练还是合练?"李庆德见来者中有生人，诡秘地说起行话。

"单练! 要吃够味的，没有味的不要。"钞票五千元随即拍在桌子上。

李庆德踱来踱去，深思不语。但侦察员手上两枚金戒指释去了他的疑虑。

次日，侦察员如约去李家"听信儿"。李的老婆黄凤霞拿出提货单，又从沙发中拿出样书：《浪子娇娃》、《天下第一奇书》、《淫荡少女的自白》等。她让来客选定后再去提货。

黄书在手，早已候在室外的公安人员破门而入。

李供认：印刷厂、发货地点均在山东省菏泽市——那个盛产牡丹的地方。联系人叫苏传山——一个在刑警队做过武警的大汉。山东省菏泽公安局向北京前去的公安人员介绍：此人只能智取，不能强捕。"他离开公安局后干的坏事，抓到后才能问清楚。"

按计划行动：当地一位公安局副局长在刑警队长的陪同下，驱车在荷楼村找到苏传山。刑警队长拍着苏的肩膀说："伙计，俺陪局长检查工作路过这里，想起了你，陪着去喝两盅怎么样？"苏喜喝酒，闻讯很高兴，说："队长真够哥们"。

汽车上，等待苏传山的是一副闪亮的手铐。他自知坦白才能得到宽大处理，便供认其制作黄书的经过。他花一万多元买印刷机，由李庆德选定淫秽样书，花高价雇菏泽市印刷厂的排字工暗中排版，一年能印淫秽读物三万五千多册，交李庆德批发销售。

3. 圣人、老爷和孙子

从这起案例可以看出，一本黄书从产生到传递到读者手中，是一个系统工程。创作、编辑、出版、发行……是不可缺少的子系统。而每一个子系统中，又有几个至关重要的环节。其中作者和编辑，是这项工程中的重要一员，他们是黄源的滋生地。

中国的作家或作者，上至孔夫子，下至舞文弄墨的笔杆子，千余年来，尽管其间有人贬，但在国民心目中，地位并不低。姑不论"孔圣人"如何如何，那些自诩为"代圣人立言"的秀才们，也被八十年代教科书推崇为"人类灵魂工程师"。因而作家们也很自矜，认为"文章千古事，得失寸心知"，"盖文章经国之大业，不朽之盛事"。无论"文以载道"还是抒一己之情怀，丝毫也不敢亵渎。然而近年来却"士别三日，当刮目相看"。有一首打油诗称其为"性风吹得文人醉，错把狗肉当羊头"。不过，这个"文人"所指有点太泛，并非普天之下皆"这个"。

本人因工作关系，认识一批作者。他们过去大多是我手中这家严肃期刊的基本队伍，近年来却有不少人"改弦易辙"。个中原因十分简单：国家规定稿酬每千字七至二十元，一般刊物只能发每千字十五元。作者"吭哧吭哧"爬格子，万字不过百来元。而畅销书稿每千字三十元、五十元不等，多者七八十元，何乐而不为！即使是严肃文学，又能指望流芳百世不成？金钱的诱惑，观念的转移，使大批作者为适应"潮流"去制造什么乱伦、群奸、公爹奸儿媳、儿媳诱公爹的"大众文学"。他们将笔触专注在女人的隐秘部位上，不厌其烦地去描写性行为、性心理。一时间，描写妓女卖淫的题材成了抢手货。名为揭露黑暗，实为展览丑恶。本人认识一名作者，论文学修养、写作实践看，实在还不入流，可是近年却一连出了十几本书，家中摆设早已进入现代化。而那些死抱"严肃文学"的作者，一年收入不及其零头。

与此同时，当书刊市场对国内创作的"通俗文学"不感兴趣时，一批作者便应书商之约，纷纷冒充港台和海外作者，假其名兜售自己的货色。1988年，台湾著名言情小说家琼瑶回大陆参观访问期间，曾发现有人盗用她的名义，出版色情小说。在四川时，她曾拿着两本写有她的名字、编造粗劣的色情作品找到出版管理部门，要求对这种欺世盗名的行为进行处治。

去年，海外言情小说走俏时，一些作者一方面从海外找来原著"翻译"，另一方面自己"创作"外国小说，然后以千字七八十元"卖"给个体书商。

还有一些作者采取"一女嫁几夫"的办法，将内容大致相同的书稿交给出版社出版，如山东人民出版社出版的《性社会学》、《妇女学》，安徽人民出版社出版的《女性心理探幽》、《性心理学》，黑龙江人民出版社出版的《现代社会中的性问题》，江西人民出版社出版的《批判性自由——人类两性关系反思》，这几本书稿在内容、编排次序及题目上虽作了前后移置或改头换面的处理，但内容重复雷同极其明显。从这几本书的题目和内容来看，它们为什么成为几家出版社抢夺的对象，无非是因为涉及"性"这个热点。

面对金钱的驱使，不仅"代圣人立言"的"灵魂工程师"堕落成了黄源的制造者，成了金钱的忠实奴仆，连某些被作者称为"编辑老爷"的出版界人员也成了"迷途的羔羊"。他们和作者、发行、销售等环节一起构成了1988—1989黄潮漫溢的重要基础。

前一阶段，报端曾有"逼良为娼"之讨论，认为出版社"为娼"乃外部因素逼迫所致。我们并不否认有这种因素，我们将在后面给以讨论。在此，我们先看看出版部门是如何为黄潮涌动而推波助澜的。

纵观近年来书刊市场的走向，大致经过了武侠演义→外国言情→封建迷信→色情与性这样几个过程。作为经营上自负盈亏的出版社而言，不可避免地受这种市场需求的制约。出版社一方面是主动者，一方面又是受动者，在这种双重角色的互为转换中，大批黄色书刊源源不断地被炮制出来。

笔者有几个朋友分别在各地文艺出版社和期刊社供职，谈起黄色书刊的出笼，他们深有感受地说：面对书市狂潮，各家像站在起跑线上的运动员。先是战战兢兢，如履薄冰，然后旁顾左右，互不示弱。于是，黄色书刊便一步步升级到不堪入目。

这场竞赛先是从封面、插图、标题、内容介绍上做做文章，尽量用些耸人听闻的画面和文字招徕读者，继而在内容上放开手脚，做到"形式与内容"的统一。这样，一大批"货真价实"的黄色书刊流到了书刊市场。

出版社可以"随机应变"，一些期刊社原本是省市文联的机关刊物，是培养作者的阵地，现在也纷纷降格以求，或以出增刊的名义出版格调低下或淫秽色情的刊物。如西安市文联主办的《长安》文学月刊，自 1988 年 5 月以来，把这个严肃的文学刊物，办成了"内容庸俗，格调低下"的通俗刊物，刊登了许多宣扬色情、凶杀、婚变的文章。特别是 1988 年第 11、12 两期，从封面、插图和内容，极力追求离奇情节和感官刺激，露骨地宣扬性行为、性心理变态。该刊被宣布停业整顿。

我们认为，某些出版社期刊社是黄源的产生地，但其中更多的是以协作出版的名义变卖书号造成失控带来黄潮鼓荡的。

协作出版本来是出版事业上改革开放搞活的产物，它缓解了出书难、卖书难、买书难的困难局面，解决了出版社期刊社资金不足的困难，但据了解，自 1987 年以来，凡是格调低下，黄色淫秽书刊和被查被禁图书，绝大多数是"协作出书"的产物，而新闻出版署早就规定，协作出书的内容必须是学术著作，协作方不能是集体或个人。但这种规定早已被突破或变相突破。

这种"协作出版"导致黄色淫秽书刊出笼的原因主要有如下几种情况：

一是完全失控，出版社或期刊社将书号提供给对方后，从内容到设计，出版社期刊社完全不管。笔者认识几个书商，他们常常炫耀口袋中装有某某社的书号。这些出版社，据悉大多数是边疆地区的，期刊号大多是地市级的。如福建《武夷山》编辑部，陕西《长安》编辑部等。

二是迫于协作方的压力，出版社期刊社被迫让步的。他们像《圣经》中的那个"为了一碗红豆汤，出卖了长子权"的以扫。如四川文艺出版社文艺理论编辑室，他们在出版《销魂时分》《丽人春梦》时，按说，要对书中几处呈现峰巅效果的性描写加以删削，但书商以拒绝合作为要挟，几经谈判，也难如人意。于是，两本淫秽色情书刊流入了市场。这种情况，在其他出版社期刊社也不少见。

三是协作方偷梁换柱，代印时私自增加未经出版社同意的文字和插图，以致造成黄书出笼。武汉市开明书社同北京学术期刊出版社协作出版一本所谓性知识图书，便私自加进性技巧的文字和插图二十六幅，并非法加印三十五万册，将书价由三元提到四元。

当然，无论是出版社期刊社自己编辑出版发行，还是"协作出版"的形式，编辑是其中不可缺少的重要一环。许多黄色淫秽书刊，便是在他们的朱笔下被放出来的。

《玫瑰梦》的出笼也许最能典型地说明了这个问题，这本书便是吉林人民出版社某编辑室主任、责任编辑分得好处费万元后得以成印的。笔者对此道并不陌生，一些书商上门之后，开口便许诺事成后给个千儿八百的。他们谙熟此道，承诺并不含糊。你想，有金钱在一边润滑，"编辑老爷"岂不笔下留"黄"，以便发行量大些。这些"红包"、"好处费"、"辛苦费"是你知我知，所以有人并不担心会泄露出去。

同时，还有些编辑把书刊出版发行当做"第二职业"，工作之余，或与书商合作，或自己独家操办。不少涉足者皆成了万元户，十万元户。原吉林延边人民出版社副编审葛啸就是利用他在全国的七十多个单线联系户非法出版发行四十万册淫秽书籍《玫瑰梦》的。湖北省武汉市非法出版的迷信读物《手相学大全》一书，其中便有几位编辑插手其中，为该书出版提供伪造的书号、发排单。

4. 疯狂旋转的机器

这是毕昇的传人，传说中仓颉留下的象形字在他们的手中神奇地组合变化。这里曾是一片净土，人类文明的结晶，现代社会的信息，从这儿流泻到每一个人的大脑沟回中。曾几何时，净土变得污浊，铜臭毒化了空气，众多的象形字变得涵意缩小，指向狭窄，毕昇的传人组合来组合去，总是离不开"金钱"两字。而在这金钱润滑的现代印刷机轰轰隆隆声中，抛出来的却是亵渎神圣的淫秽色情。

这不能说是全部，但可以说，近年来印刷行业百分之八十以上的厂家均不同程度地卷入了这场非法印刷活动中。他们在1988—1989年的黄色淫秽书刊的大泛滥中，起到了推波助澜的关键作用。

这是武汉市新华印刷厂，在全市乃至全省印刷行业中，都堪称是设备先进、实力雄厚的大厂。然而这个厂从1987年以来，多次违反有关规定，私自承接手续不全、内容上有明显错误的书稿。但他们不吸取教训，表面上接受罚款、处理，私下却"堤外损失堤内补"，继续变换形式承接非法书刊牟取暴利。1989年在印刷《初中体育基础知识》一教材中，终于栽在一个内容有严重问题的色情书籍《最新男女关系——男欢女爱》上。该厂在装订中，将有严重色情问题的内容放入了初中教材中，使这个检查整顿中刚刚通过的厂子露了马脚。

大厂尚且如此，那些乡镇企业小厂更是为所欲为。只要能赚钱，哪怕是反共书籍，他们也照印不误。

《发人深省的案例》是一本集凶杀、强奸、乱伦之大成的所谓"法制文学"，该书伪造编辑单位，伪造书刊登记证，但却印制了六十三万余份流毒全国，其印刷单位便是天津市武清县陈嘴乡小王庄七队一个小小的印刷厂。

不仅天津，也不仅是通都大邑、都市中心，山东菏泽，一个世世代代靠种田为生的村子，前些年，也转业为毕昇的传人。他们买来原始的印刷机，办起了印刷厂。当初，他们只是给学校印些作业练习本，印些大队生产队的表格。后来，有人从书市上"学习"到了关于印刷机的经济价值，他们和不法分子牵上线，将原来窑大白菜的地窖改成地下印刷厂，把即便是在香港台湾也视为禁书的《旱天雨露》、《稚男秀女》一本本翻印出来。由于这批人斗大字识不了几箩筐，设备又原始落后，印出的书错别字连篇，页码不齐，质量低劣，但丝毫没有影响到他们赚大钱。一户先行，户户效尤，原来贫困不堪的村庄成了专靠印刷谋生发财的"专业村"：有负责排版的专业户、印刷专业户、装订专业户、纸张供应专业户、发行推销专业户……几年下来，万元户在这里成了贫困的同义语。

据湖北省新闻出版局印刷处的同志告诉我们，近年来，全省经过注册的印刷厂，无一例外均存在不同程度的非法印刷活动。武汉市有关部门 8 月份对持有图书、报刊印刷许可证的一百三十六家印刷单位突击清查，二十一家印刷厂有非法印刷违禁图书、报刊的行为，共收缴、查封海淫海盗、宣扬暴力、散布封建迷信及格调低下的图书和报刊六十种共计一百七十余万件。

据分析，印刷厂参与淫秽色情等违禁书刊有如下几种情况：

一是纯粹为了赢利，不管付印方手续是否齐全，或明知是违禁书刊，也照印不误。这种情况最为普遍。

1988 年 2 月，郑州市白鸽书刊发行社搞到一套台湾版武侠小说《双侠一点仇》。7 月份，该书社花一万元从北京买到一份盖有书目文献出版社总编室公章的空白介绍信，一张版权页和一个经版书书号，又利用空白介绍信伪造了版权页排印样和发行委托书，然后便开始找印刷厂。郑州市黄河印刷厂、郑州市教育印刷厂等六家印刷单位竟置未有发排通知单、付印通知单、进省印刷批准书等手续于不顾，同时承接印刷业务。湖北省武穴市新华印刷厂今年在承接武汉市文化书社送来的《魔刀情》一书时，明明知道对方是伪造人民邮电出版社名义的，也照接不误，先后为其印了五万册。

二是某些印刷厂不仅承接违禁书刊，而且自己也盗印，改编一些格调低下的淫秽色情书刊。湖北省安陆市有一家印刷厂，过去为一些书商承印过部分违禁图书，当他们弄明白钞票是这样容易捞时，便不安于再为别人做嫁衣了，他们自己也派人出去寻找"走俏"书稿，好捞大钱。这个厂先后翻印了极其淫秽的《性交48图解》、《春药配方》等书，影响极为恶劣。武汉市一家部队印刷厂，伪造海南出版社名义，印刷了十万册《男性性行为》一书。

这种猖獗的非法印刷活动为什么越禁越多愈演愈烈呢？当然，是因为印刷厂过剩，印量不足，工厂难以为继。用一个厂长的话说："我们当头头的不能不考虑，几十号人要吃饭，我不找点活，工人们的工资从哪儿找呢？"工人们的工资是一个因素，其中最核心的是所有印刷了违禁书刊的工厂，都是工厂领导，某些共产党员出马或支持干的。武汉市新华印刷厂几年来的非法印刷活动，无一不是厂领导集体研究决定的。福建省石狮市祥芝乡祥芝供销社非法印制一万册淫秽图书《盼望的爱》等，都是在该供销社主任、党支部书记的直接指挥下大肆印刷的。某一家印刷厂被责令停业整顿后，该厂书记、厂长的检查几乎是一字不差的惊人相似："由于我们平时不注重学习，法制观念淡薄，头脑里想的全是上缴利润……我深感对不起党多年来的培养教育……"

冠冕堂皇的例行公事，他们丝毫也没有真正触及灵魂。灵魂深处是，他们对淫秽色情书刊有特殊的感情。湖北黄冈地区一家印刷厂，从厂长到工人，对他们自己印刷的淫秽书刊了然于心。有了理论，便有实践，该厂厂长与多名女工鬼混。据他交待，皆"得力"于他们自己印刷的《从面相看女性》。

同时，我们不应忽视，淫秽书刊在某些工厂畅通无阻，是因为人们戏称的"炸药包"轰开了一些厂长、经理本来脆弱的防范堤。下面是一家印刷厂业务科科长在拘留所的交待：

"这天下午，经我厂工人小刘介绍，我认识了武汉市天星书社的刘经理。他从密码箱里拿出一本港版图书《房事大全》，说是想请我们厂印。我翻了翻样书，太有点那个了，便婉言拒绝了。但是晚上，这个姓刘的找到我家里，当场甩出一叠钞票，并许诺说，事成以后，给我三千元好处费。我当时并没表态，第二天，我刚上班，厂长却找到我，我明白这个姓刘的已经打通了关节……没想到，我们栽在这个姓刘的《房事大全》上。"

其实，何止这一家"栽"。河北省石家庄市栾城县石南印刷厂也不例外。

故事还得从1988年9月23日说起。这天，有人举报：石家庄火车站有人兜售《旱天雨露》一书。

市公安局站前分局命令干警守候捉拿书贩。但一连几日，干警们不见其踪影，直到 10 月 9 日，才发现售书者。田小妹，一三十开外女子，精明中，透出几分商人气。

化装干警谎称买书，田小妹虽有几分狐疑，却又被"买者"之诚恳所打动，她带他们径直去水源路取书。结果当场擒获，搜出淫书一百二十本。

按照田小妹交待，又从书贩蔺氏三姐妹家中查出《旱天雨露》三百余册。从个体书贩邢寿才等家中搜出数千册《旱天雨露》。

经审讯：蔺氏三姐妹等人的书是从张银锁、王保中家获得的。张是书贩，王是三轮摩托车司机。

原来，前不久王保中给张银锁拉外地邮来的七千册《旱天雨露》时，曾从中抽了一本保存下来。他建议张银锁何不自己找人印刷一批。

这一找找到了石家庄市栾城县石南印刷厂厂长张志亭。厂长知道这是赚钱货，不仅帮忙印一万册，自己还加印了五千册。

然而，厂长张志亭发财梦还没有做完，公安干警便出现在他面前。

5. 只认人民币

1987 年的秋末时节，笔者到武昌火车站乘车，行走之中，一位大腹便便的孕妇靠了上来。"要书吗？"孕妇压低声音问。随即，她从肥大的罩衣中取出一本书。"《蛇女》，怎么样？"俊俏的眼角里流露出几分神秘和狡黠。我没有看过这本书，但猜测出一定是本禁书。"放心，"这女人见我还在犹豫，便补充道，"保证好看。不黄的话决不要钱！"

不黄不要钱！亏了是个女人说的。我看了看定价，12.7 元。但很明显，"1"是用铅字另按上去的。

我摆脱了这女人的纠缠，但她很快发现了新目标。十步之外，一笔生意做成。一本又一本书，从她那鼓起的罩衣下取出。

我真佩服这个女发行者，她把只有女人才能派上用场的关键部位发挥了作用。

同一幕场景，1988 年 5 月在郑州火车站广场又重演了一次。不过稍有改观。

出火车站左侧，沿着街道向公共汽车站走去，不少男男女女从黑暗中凑上来。"要书吗？《一个女记者和她的三个情人》。"我刚走了几步，又有一个女的缠上来。这女孩看样子只有十七八岁，装束像郊区人。她挡住我的去路，从挎包里摸出一本书，《初夜》，我凑着昏黄的灯光看了看。封面上，一个女人肥厚的红唇被夸张得几乎占据了整个空间。"你知道什么是初夜吗？"旁边一个人故意问。"你自己看看就知道了。不好看我退钱给你！"

出于好奇，我买了一本。到旅馆后，我打开翻了翻，天啦！这是本政治理论读物，上面蒙了张花里胡哨的封面。

发行商——这是我印象中吃这碗饭的人的全部面目。以至于我来到一家与这种人常打交道的单位之初，对为数不少的个体书商还抱有这种偏见。

1989年春，朋友带来了一个西装革履，戴着金丝眼镜，文质彬彬的年轻人。落座之后，年轻人递上一张散发着紫罗兰香水味的烫金名片。名片上有几个头衔，其中最主要的一个是"中国江南书刊发行中心总经理"。

年轻经理谈吐有素，对古典文学、现代文学作家作品很有了解，对当代作家也有些研究，特别是对目前读者的阅读兴趣了如指掌。他此行目的，是与某家出版社洽谈书刊发行业务。从谈话中，得知他们已有五十多名职工，现在租下了一家裁编后的军队营房中的一栋楼，每年发行书刊几百万册。我问起资金、问起发行渠道，年轻经理微微一笑，似乎一切皆不在话下。

后来，年轻经理坐自备汽车走了。给他开车门的，是一个年轻漂亮的女秘书。

后来，朋友告诉我，这位年轻经理原是一家师范学院的助教，辞职从西北来到这儿。三百元起家，至今已是几十万元的富翁了。

据了解，庞大的个体发行书商是从1983年开始逐步合法化，到1986年，对国营新华书店，已经构成了巨大威胁。当大街小巷形状各异的书摊蓬勃发展之际，那些门面宽大，曾一统天下的新华书店不得不腾出空间悬挂苹果牌牛仔裤，三角牌电饭煲，女人的紧身衣及娃娃的绒毛狗。全国个体书商，包括那些假集体之名的一共有多少，这也许是个谜。湖北省登记在册的据统计有四千九百四十九处，北京市保守估计有一千多处，温州有二千多户。

对这种被人称之为"第二渠道"的个体发行业如何评估，众说纷纭。不少人著文称"精神鸦片和文化垃圾的主要集散地便是经营书刊业的个体户"。笔者对此不敢苟同，即使是个体书摊上，也不乏不少世界名著，工具书和有益无害的现代作家作品。今年北京春夏之交的风波之后，有不少歌颂共和国卫士的书籍报刊也摆上了摊头。但我们不容回避的是，当铺天盖地的淫秽书刊泛滥之际，个体发行业确实起到了重要的催生作用。

一次业务交往中，我们和一位承包某文化部门的个体发行书商有了些许纠纷。在过去的几次交道中，我们认为这位老兄落落大方，对于经济问题不太计较。然而这次他却说出了一句至关重要的名言："我只认人民币！"

只认人民币，可以说，这是所有个体书刊发行商的原动力。书，在他们的眼中，如同牛仔裤，T恤衫和花花绿绿的时髦用具。所以，当每一轮阅读热点转移之时，他们都扮演了弄潮儿的角色。

武汉市武胜路文化市场，曾因其率先拓出书刊发行的第二渠道而名扬海内外，那密密麻麻鸽笼子一般的书屋、书社、中心、发行部的铁屋子里，在1989年7月的大扫黄中，曾一度清查封存数百万册违禁书刊。评论家陈荒煤当初参观这个"典型"时，曾感慨地表示："想不到，这儿汇集中了中国书刊市场上所有的黄色读物。别看这儿鸽笼子一般的铁皮屋只有方寸之地，方寸之地中却有无数触角伸向车站、码头、城镇乡村的书摊。用他们的话说，这儿是个门面，货物怎会搁在这儿？"

我认识一位原来干过一阵百货经营的书商郑某。1988年，他们夫妇俩自称发了五本杂志和书。平素对于经营他一般不谈，一次酒后，他谈兴大发，和我侃起发财史。

问：你这几本书和杂志是以啥形式搞的呢？

答：有四本，我是从期刊社和出版社把书号买过来，自己找厂子印，有一本是包发，出版社印。

问：是些啥书，你有这大把握敢拍板？

答：嗨，看你说的，我请人弄的稿子，不畅销我还要？优质优价，千字六十块。出版社那头，我不过报了个书名和内容提要，有一家说是要审稿子，还什么三审，我让联系人捎话去，十天要结果，不行的话我另找主儿，果然一个星期就什么手续都办齐了。连买书号带印出来，一个半月。

问：一共发多少万呢？

答：哦，我算算，十二万、八万、十四万，还有个……嗨，我记不清了，反正都是十万左右。我等书还没装订好，这边几个长途电话一打，几个哥儿们一家吃个三万五万，得了，我让印刷厂包装好直接朝火车站一送，下一本又接上了。

问：那些人连书都没看，敢要吗？

答：听你说的！不是哥们我还不发呢！你别看我家这个小电话机，每天全国书市上有哪些书，什么出版社又出了什么畅销书，我一清二楚。哪个城市能吃多少，吃什么书，我心里有数。我只要把"173"一拨，那头的小娘们从口音里就能听出我是谁，知道我要哪儿。

问：你给这些朋友书，一般照什么折扣开价呢？

答：这是老规矩。要是我印的，一律六五给书；包发出版社期刊社的，看出版社期刊社能给多少，一般我赚五个折扣。

问：你搞了这几年，一点也没吃过亏？

答：咳，交学费，小意思。刚开始，和别人伙着搞。那个朋友专吃黑道，打一枪换一个地方，不买书号不上税，估摸畅销，找一本，哪个作家走俏便落哪个作家的名。书是发出去了，我一次搞了个两万多。乖乖，头一次弄那么多票子，我真不知放哪儿，谁知后来印刷厂那头出了岔子，一查查到我头上来了。我那个朋友跑了，我倒了霉，罚了款，还差点蹲大狱。不过，我死活没有供出那个朋友。听说，那朋友搞了百多万，买了张澳大利亚护照，到那儿投资开了家饭馆。

问：听说眼下扫黄抓得紧，你下步打算怎么办呢？

答：不瞒你老弟，要说票子，我这辈子把钱存到银行吃利息也够了。我有几个朋友便洗手跑到外地去了。不过我只是丢了点书，没挂上号。在家闲得慌，要是准搞，一年弄个本把玩玩。人啦，真怪，搞啥都有瘾。

郑某是专营书刊的，有不少书刊发行的，却是挂着公家的招牌，从中赚钱的。

1988 年 9 月武汉市成立了一家"退稿书社"，报上发了消息，自称专门发表那些被出版社期刊社退掉的稿子。沙里淘金，宗旨很宏伟。这个书社归市文联管，更名正言顺。1989 年 5 月，他们从山西北岳文艺出版社买下书号，"协作出版"了第一辑《退稿文学》。该丛书内容荒诞、庸俗，封面、插图极为不雅，正应了他们的宗旨：退稿之列。后来一查，文联对此只收取管理费，编委会虽列了一大串名人头衔，实则还是那么少数几个人在操纵。某些人大名印到了书上，主编、副主编，到书被查禁了他们还不知书里内容是什么。

正如前面我们谈到的，某些个体发行书商由于"只认人民币"，在书刊市场管理松懈之际，什么黄书坏书都敢印敢发。他们似乎有某种"黄癖"，对上边明文禁封的图书、期刊、专门"囤积居奇"，加价大发其财。1987 年，当《查太莱夫人的情人》被禁之后，武汉市场上暴涨到二十四元一本，是原来定价的近十倍。1988 年，《玫瑰梦》涨到二十一元一本，1989 年 7 月扫黄之后，笔者曾骑自行车专程去看了看街头的书摊，发现所有的书摊上都还摆放有正在查禁的黄色书刊。这天下午，在汉口顺道街粮食学院门口，我问一位三十多岁的中年男子，"你这些书还敢卖吗？"他从我的口气中错以为我是来"扫

"黄"的，当时有些不知所措。后来他笑着说："你看，我这桌子上摆放的几本，是一本压一本放的。我只要发现那些人一来，我马上这样——"他用手做了个收书的姿势。我笑了。

这是白天上班时间对付"扫黄"的绝招，而下班时间，所有的书摊上都毫无顾忌摆出那些禁书。但唯一令他们遗憾的是：摊上这点"好"书卖完了就没有了。

不过，也有"先见之明"者还囤积得有。据武汉市新闻媒介报道，9月份，从一街道旅社的房间中查出了一书商存放在这儿的数万册淫秽图书。他大约正等着"风"过后好好捞一笔。

而如今，每一处书摊上都可以看见那些在册淫秽书刊偶尔露峥嵘，毫无疑问，这是藏之名山者的"远见之明"。

6. 出口转内销和自产自销的故事

1988年的一天，武汉市某家医院保安队抓获了一个正在撬他人自行车锁的小偷，搜身时，从他裤腰上发现了两盘进口录像带。从片名看，大约格调不高，公安局鉴定录像带的同志把这两盘首次出现在本市的片子调去审看。不看不知道，一看这两盘多次暴露性器官、性行为的淫秽片的主演，竟是本市一家部队医院的女护士A某。

经审问小偷，录像带是从一家有海外关系的个体户家中偷来的。个体户交待，带子是他在深圳市场上买的，录像带上标明是香港某家影艺公司出品的。无疑，录像带是从香港进口的。个体户正是认准是香港出品的才愿花大钱买下。问题出在护士A某那儿，她什么时候堕落到有这样混乱的性关系？又是什么时候摄下了这些不堪入目的录像？片子又是怎样"出口"到香港，又是怎样转为"内销"流进大陆的？

经搜查A护士房间，发现这个二十多岁的年轻姑娘性生活十分混乱。她珍藏了一本缎面日记本，上面记载了她几年来与不下三十个男人性生活的"感受"。其中有一个是她在某家大酒店与一个港客——她过去的男朋友的记录。她称赞这位小馋猫"技术"上进步很大，和当年相较，简直今非昔比。她并且提到这位"馋猫"为了铭记友谊，还用随身带的摄像机摄下了他们"难忘的时刻"。

谜终于解开了。出口转内销，这部"国产片"创下了录像史上的新纪录。

不过，大多是自产自销。在温州，有人嫌进口片味道不够，干脆请来卖淫的妓女，自导自拍，既有"中国特色"，又不逊色于进口片的"可看性"，一时财源茂盛。

温州人谙熟"黄货"的经济价值，湖北人也不示弱。《新晚报》曾载过一篇把妻子当做"摇钱树"的"趣闻"。

故事是从1989年2月开始的。某天傍晚，少妇杨澈独自从娘家返回。是时霞光满天，富饶的江汉平原一派宁静祥和的气氛，晚归的杨澈惦念着新婚不到一年的丈夫，脚步不由加快。正行走之际，忽见一人从路边闪出拦住去路。

"杨澈！嘻嘻！"

杨澈见这人面熟，好像是常去丈夫刘东山开的照相馆闲逛的某熟人，她应了声。

"嘻嘻！嫂子果真没忘了我李玉春。我也忘不了你……喏。"

李玉春嬉皮笑脸地递过一张彩照，杨澈不知怎么回事，接过一看，惊讶不已。"怎么，这是怎么回事？"她始而不信，继而羞愧满面。不错，这是自己的光身子。今年2月的一天晚上，她关着门在房子里洗澡，丈夫拿着个照相机"咔嚓咔嚓"围着她拍个不停，她以为丈夫闹着玩的，难道……

她还是不完全相信，丈夫和自己恩恩爱爱，镇上人没人不说他俩是天造地设的一对，丈夫开照相馆，生意好，家里日子过得舒舒服服，她怎会把自己新婚妻子的光身子拍成照片让别人看……

"嫂子，陪小弟玩玩……你的光身子我早看过了，还……还怕什么……"

李玉春边说边动手扑向杨澈，杨澈自知不是眼前这个流氓的对手，边周旋边警告道："东山要知道了非扒你的皮！"岂知李玉春听后反而得意地狂笑："东山五块钱一张，早把你卖给我了，还东山长东山短哩！"

杨澈又羞又恼，既急且恨，她万万没想到丈夫会这样财迷心窍，把自己妻子的光身子拍出来卖给人家瞧。恍恍惚惚中，李玉春饿狼一般将她按在路边的红麻林里……挨着她身子的，便是她的裸体照。

1989年2月12日，她一次服下两瓶安眠药，她和腹中孕育了三个月的小生命一起离开了人世。死前，她写下了一封遗书，把被李玉春奸污的情况和看到裸体照的义愤告诉刘东山。她字字含恨，句句带血：刘东山，我在阴曹地府也不会饶恕你的！

原来，她丈夫刘东山听常在外面跑生意的张林说：现在卖不穿衣服的女人照片最赚钱，你发这个财容易。还说，假如十天内搞出一百张，我出五元钱一张包销。刘东山怦然心动，但苦于找不到模特儿。后来想到自己的妻子，年轻、漂亮，而且线条突出。何不就近取材？他趁妻子洗澡之机，拍下了妻子不同姿态的裸体镜头，当天晚上，他把裸体照加印一百张，送给张林。十天后，张林又要求印一百张。刘东山万万没料到，妻子的裸体照很快就流传各地，并有人常到照相馆来调戏妻子，刘东山有苦难言，只得装聋作哑，岂知道……

此刻，刘东山愧悔难已，当妻子的灵车出殡时，他跟在后面，一步一作揖，三步一磕头。

晚矣，一切都晚了。"自产自销"的裸体照毁了刘东山一家。

"出口转内销"和"自产自销"虽然如此不乏其人，但在整个淫秽录像、淫秽扑克的黄潮中，还没有占主流地位。据统计，国内流传的淫秽录像制品中，百分之九十是海外、港台片。百分之九十以上是在国内复制传播开的。

海外黄带从何渠道流入？据有关部门介绍，过海关时，他们用一种空壳腰带，将录像带放进去，系在腰上，喝水用的保温杯弄个双层底托，盘起来藏进里面。而与金门岛相距不到十里的福建石狮，黄带多是从浩瀚的海洋上过来的。当然，还有夹在货物中带来的，从集装箱中藏过来的。这些"星星之火"到了利欲熏心人的手上，立即"燎原"开来。

福建石狮、广东汕头、浙江温州是黄色录像带三大"源头"。天津市扫黄仅十天，查获淫秽录像带一千一百二十六盘。《性狂》、《性魔》，《人与兽》、《烟花女》、《少女十八招》、《集体裸体舞》……名目繁多，种类达三百种。这些录像带80%以上来自福建石狮市。上海查获的万余盒黄带大半来自这里，北京亦然。

石狮市并不大，三万人的市区，却有近千人从事复制、贩卖淫秽物品的色情行当，全市有近百家地下复制点，通过海陆空立体交通，流毒全国。但石狮到底复制贩卖了多少黄色录像带，至今仍是个谜，只有从1989年短短两个月中查获的非法制售黄色录像带案中略见端倪。1989月7、8月，石狮共抓获三百六十八人，捣毁复制窝点二十五个，取缔经销点四十个，查封贩运点四十三个，收缴录像机二百五十二台，彩电五十二台，没收非法复制录像带近七万盒。仅石狮市蔡维东等人设立的黄色录像带加工场，便拥有二十八台录像机，并有柴油发电机等配套设施。还有二十五台，二十台录像机规模的，最小的制作窝点也有十余台录像机。制作贩卖黄带高潮时，石狮大街小巷摊架上公开摆放黄带，行不三五步便有人拦阻兜售。据说，1989年1月，上海市为查清"黄源"，一个由公安、工商等部门组成的考察组悄悄来到石狮，大街上，一个年青"叫客"向他们兜售黄色录像带，遭到考察组拒绝后仍纠缠不放。考察组中有一位拿出"杀手锏"，正色告曰："我是公安局的。"不料那青年妙语惊人："公安局的有什么关系，带回去研究研究嘛。"

石狮如此，温州更不会落后。金象镇从事非法销售录像带的个体户和企业有七十七家，北白象镇也有一百多人经销黄带。1989 年 2 月 29 日，金象镇二十一岁的夏宝国与几个同伙以子虚乌有的"华艺公司音像服务部"的名义向全国邮发了征订进口录像带的订单一万二千份。此举使他们获利一万七千元，也引发了这个小镇汹涌的黄潮。一时间，邮电局、银行职工、管文化的干部、退休教师……都参与了"制黄"、"贩黄"的活动，短短几个月中，从这个小镇发出的征订单多达一百万份，收到汇款六十七万元。三十七岁的无业妇女陈爱莲与其夫购进了六台录像机，又借了四台，日夜开动，翻录各种乌七八糟的片子。连瘸子方秀岳也在哑巴丈夫的帮助下，尽管只字不识，还是学会了翻录本领。

与此同时，"黄货"成了温州的"名牌"。一些个体户、乡镇企业用黄色录像带行贿，作为"敲门砖"。开订货会偷偷送"黄带"，外出供销以"黄带"为礼品。北白象镇一个供销员去山西搞煤炭时带着"黄带"打通关节。似乎能拥有"黄带"，欣赏上"黄带"，便是一种身价的标志。

在温州，在石狮，在各种大大小小的"黄带"据点中，大批不堪入目的淫秽录像带被制作出来，然后，从天上、地下、水中"流"向四面八方。于是，邮局成了合法的渠道，于是，现代化的设备被派上了用场。1989 年初，市长亲自带队上街扫黄之际，福州机场查获了两千盒由石狮发运的淫秽录像带，案犯之一，是石狮市容办主任的公子。

这是撞到枪口上的，上海滩头"取保候审"的瘪三王享铭，被上海海关和虹口公安分局合办的"华谊综合贸易公司"聘请为副总经理后，曾租用了一架军用飞机，从广州芳村劳动服务公司购得走私录像带二千九百多盒，空运至上海。其中有《巴黎杀手》、《生死关头》、《强盗、妓女、钱》等具体描写性行为，露骨宣扬色情的淫秽片三百多盘。海关和公安机关纵容和支持贩私贩黄，所以，在押犯人王享铭便如此创造"贩黄"之最。

当军用飞机驶过天空之后，等待人们的会是什么呢？

7. 溺水者记

毫无疑问，留给这个世界的是大批的溺水者，大批溺入黄潮的男人女人。

这是一个十四岁的少女，武汉市某中学学生，她父母都是知识分子。少女从小受到良好的教育，学习成绩从小学到中学一直是班里的尖子，读初中时，是班里的英语课代表。但有一天，她从同学那儿借了本《玫瑰梦》，读了后对书中具体描写性行为的镜头"铭记在心"，她由好奇、冲动发展到时时刻刻幻想在那种行为之中。很快，她学习成绩一落千丈，由班里的前三名跌至倒数第二名，初中毕业时，没有考上高中，也不想再复习功课。少女对父母讲，她要出去找工作，并且真的"应聘"到一家饭店当服务员。少女的父母对女儿的突然变化无可奈何，既然好歹能找个饭碗，他们也便释然了。

每天清早，少女收拾得娉娉婷婷，告辞家人去"上班"。不过，她并没到所谓的饭店去，而是在中山大道上的一家电影院门前"蹲点"。她无偿为一个摆书摊的妇女照管书刊，一边用她那尚很幼稚的目光打量着每一个过往的行人，从中挑选可能会给她带来《玫瑰梦》中性体验的男人。她在这方面似乎有惊人的本领，她能从匆匆而过的男人眼睛中看出谁可能上钩，这也许得益于《玫瑰梦》对她生理和心理的强刺激。她一个月中，居然接了二十三个"客人"。公园、江边、路边，她极其廉价地接受那些粗鲁的男人的性安慰。有时，一元钱的交易她也欣然领受。

少女正处于青春的成长期，模仿力强，自制力差，当她处于"性幻觉"的包围之中后，便导致生理与心理的恶性病变。武汉市二十九中学的一位高三男学生，也是被这把软刀子给杀害了。

这位男学生是市三好学生，班里的尖子，校方一直把他当做该年度考"北大"、"清华"的种子选手。但这一天，当地派出所找到校方，说这位男学生强奸了一位初中女生，女生父母已告到法庭去了。校方愕然，希望这不会成为事实。但这位男学生到了派出所后，却供认不讳。在学校门前的一栋新盖的楼房里，他这天不仅强奸了这名女初中生，还有两次猥亵、强奸未遂的记录。这样一个学习优良的尖子生的堕落，原因很简单，简单得如同那位十四岁少女。发案的头天晚上，他在同学家看了一段淫秽录像片。片名他不记得了，片中那些性行为的镜头却一直在他眼前闪现。他如痴如醉，渴望有一次异性体验。这一次体验使他付出了沉重的代价，十七岁的少年犯沉痛地给父母写了一封信："爸爸妈妈，儿子对不起你们十七年含辛茹苦的养育……"

少男少女们是一张白纸，染于苍则苍，染于黄则黄，淫秽书刊、录像向他们的"射击"几乎是百发百中，弹无虚发。北京市十八岁以下的未成年人中，因阅读淫秽书刊，观看淫秽录像而犯有流氓、卖淫、强奸、轮奸等性犯罪的情况触目惊心。1982 年，少管人员和少年犯中，属于性犯罪的占 10%，1987 年以后占 41.2%，五年中上升 31.2%。武汉市受淫秽书刊毒害而犯罪的青少年，占整个青少年犯罪的比例，1985 年为 72%，1986 年为 74%，1987 年为 77%，1988 年为 78%。天津市红桥区人民法院 1987 年以来所判决的六十三起强奸案中，青少年性犯罪有十六件。这十六件强奸案中，因看淫秽书刊、黄色录像而导致的占 81%。

淫秽书刊对青少年的影响程度，许宜辉同志在《青少年研究》上也曾发表过一份简短的调查报告。他对某县少管所二十七名青少年调查时显示：受管人员中，十九名男子，有十一人看过黄色录像，占总数的 58%，八名女子，有五名看过黄色录像，占总数的 62%。这些青少年在看过黄色录像后，三人萎靡不振，六人寻找刺激，八人模仿下流动作，十六人无一例外。另据他对广东省一些地区录像放映点的调查，平均有 70% 的放映点播放过黄色录像，如果从上述少管所的调查类推，又该有多少人"溺水"。

有一份调查，显示了近年青少年复制、贩卖淫秽录像的上升情况。这是北京市公安局治安处查禁科科长的介绍：1987 年全市查获九十一起，1988 年增加到一百二十九起，上升了 42%，1985 年以来查获的复制、贩卖、传播淫秽物品的四千零四十九人中，青少年二十五岁以下的达二千四百人，占 59%。

青少年从接触淫秽物品到性犯罪似乎并不需要太长的"酝酿期"，有人称之为"立竿见影"。这个熟知的名词也许十分恰切，武汉市那个十七岁的高三男生从观看黄色录像到作案不到二十四小时；北京市一十五岁少年，在朋友家见到一本黄书，对其中表兄妹性关系描写看不释手，回到家后，竟把三岁半的小妹妹奸污了；广东省龙川县一十五岁中学生吴某，看了黄色录像后，模仿其中下流情节，一丝不挂地闯入女教师宿舍，企图强奸。当然，还有赤身裸体玩"日本游戏"、跳"脱衣舞"的男女中学生。

少男少女们思想单纯，可塑性强，分辨力差。那么对已经具有一定认识能力、基本形成世界观的大学生，又会产生多大能量呢？

赵刚是北京某师范学院的学生，他是共青团员、校三好学生。有一天，他读了一本描写妓女淫荡生活的小说后，不由生理冲动、心旌摇曳。他对书中描写的闻所未闻的淫荡世界充满了极大的兴趣。后来，他专门寻找这类书籍来满足感官刺激。同时，各种罪恶的念头在脑海中萦回，他像一只骚动的小兽，寻找发泄的机会。

他成了学校"厕所文学"的创造者，在厕所的墙上，隔板上，画下了一幅幅醒龊的图画，还龙飞凤舞地写下了他的人生观："幸福就是玩弄女人，一百个，一千个，尽情地玩弄……"

然而，这一切还不能满足他。

同单元住着一对相依为命的母女，女儿初长成人，母亲也还年轻。她们成了赵刚朝思暮想的占有目标。

数学课，教室里回荡着老师清晰的授课声。座位上，心猿意马的赵刚抽出一张数学稿纸，开始了一场荒谬绝伦的演算：

"4月X日，准备石头、钳子、铁丝、绳子、酒、碎布……中午演习，下午4点行动。将母女骗到自己室内，打昏后用酒灌醉。玩弄一夜，第二天，关上窗户，打开煤气……"

4月15日，少女的母亲还没有下班，少女迈着轻盈步履回到家中。她边走边唱，稚嫩的歌声洒满了楼道。

赵刚躲在昏暗的门厅里，举起早已准备好的五公斤重的石块，狠狠砸向少女的头部。歌声被飞溅的热血哽住了，一朵青春的花被狂暴地撕碎！赵刚像野兽般扑向少女，撕扯着她的衣衫……

但是，少女血流如注的伤口使他惊呆了。瞬间，泯灭的良知又迸发出一点微弱的火星，他害怕了，后悔了。他逃了，在淡淡的暮色中跳进了京密运河……

少女被抢救过来了，但她永远不能再歌唱了……

武汉某大学查获一名带有艾滋病病毒的黑人留学生，将他送解出境之际，查出有六名女大学生先后或同时与他发生过性关系。据这六名女大学生交待，她们均先后看过淫秽书刊和黄色录像，她们认为和外国人试一试，或许有新的感受，万万没想到，竟是向死神献媚。目前，她们在终日惶惶不安中定期接受专项检查。

也许，大学生们对淫秽书刊和黄色录像的难以抵御是因为人格的不成熟和生理上的成熟所造成的心理倾斜。成年人在黄潮的袭击下，生理与心理又有何反应呢？

梁庆祥原是上海铁路分局上海机务段申机服务公司的业务员，年龄已届"不惑之年"，1986年5月，他利用去广州出差之机，购得《灿女》、《罗拉的夏天》、《性交船》、《淫荡的舞会》等九盘淫秽录像带。

这年夏天，上海高温，人们纷纷寻找地方纳凉，市东北角鞍山X村内，却有一户人家门窗紧闭，并拉上窗帘。屋内，梁庆祥等三男一女正在"好好观看" 梁庆祥带去的淫秽录像带。

荧屏上不断出现富于挑逗性的画面和赤裸裸的下流镜头。这时，他们再也坐不住了。梁庆祥提出，现在我们"玩玩"，随即对雍凤英进行猥亵，接着，梁又唆使拱、雍、孙模仿录像中的淫秽动作，四人共同进行淫乱活动。

后来，他们又多次在这里集体淫乱。但他们并不满足。

一天，他们带来了一位姓张的女青年，在梁庆祥家中，放完了色情录像后，又接着播放《灿女》这部极端淫秽片。刚放了个开头，梁问张："撑得住吗？是不是也想体验体验……"继续再看时，张某已"觉得很刺激，屏幕上大肆宣扬露骨的色情淫荡的画面，使自己失去了抵抗的能力"。梁和另一男子乘机对张某进行猥亵……嗣后，他们还通过给张某看裸体扑克牌和图片等淫秽物品，多次奸淫张某。

1986年5月至1987年5月之间，梁庆祥组织播放了淫秽录像二十六场，观看者达八十余人次。这一伙人当时或之后均发生了淫乱行为。正如女青年张某在案发后曾悔恨地说："看了淫秽录像后，中了毒，当他们提出要搞关系时，自己也觉得无所谓了……"

何止一个梁庆祥之流，1989年9月26日，海南省琼北中级人民法院宣告判处一个二十三岁的青年农民蓝继仁死刑。这个青年死刑犯在被处决之前写下了自己的犯罪动机：

"1988年底，我途经屯昌县城时，偶然的机会看了一次录像。开始放的是武打片，然后又放了一些裸体男女，他们动作十分下流……只几十分钟的黄色录像，就使我上了瘾，后来我一次接一次地去看，感到越看越起劲。我六神无主，很想模仿录像里的动作，于是我从1989年4月21日起，一连七天在常有女学生上学的路旁边守候，伺机作案。4月27日，我终于犯下了大罪……"

4月27日晨6时许，蓝继仁在屯昌县晨星农场十队至九队路段的公路上，将上学途经此地的十二岁女学生曾某拦截抓住，强行拖至离公路六米处的防风林处，用事先准备好的尼龙绳一头捆住曾的双手，另一头扣在曾的脖子上，将其按倒在地，欲施强奸，曾呼救不从，蓝又用毛巾堵住其嘴，将其强奸。

蓝犯嗜黄丧命，罪有应得。

几乎是与此同时，广州发生了一起一个男子对一个女青年强奸未遂后抢走她一枚价值数百元的金戒指的案子。经审查，这个劫色劫财的流氓竟是广州某大学的学生。

这个大学生出身于一个工人家庭，大学毕业后又被送入研究生班深造，他本来前程似锦，可他阅读色情和宣扬暴力的书刊后，变成了一个色情狂。当他在一家酒店看见一位打扮入时的女青年后，便将她引诱至僻处施以暴力。被抓获后，他在供词中悔恨万分地写道："我受了黄色书刊的毒害……"

不止一个两个梁庆祥，也不止一个两个女青年张某，淫秽录像的直观性、形象性、即时性，对观看者生理与心理的强刺激，其迅速性、即发性令人不可思议。有一份调查显示，九十一个接触过色情品的女青年，一天内、两天内、三至七天内就有违法的性行为的分别都是五人，接触后第二个星期内有违法性行为的有四人，接触后第三、四个星期内有违法性行为的有十三人，接触了一个月之后有违法性行为的有三十六人。其中，本人事后明白地意识到自己的性淫乱行为是由接触色情品直接引起的有五十三人。福建省石狮镇塘边村蔡宗锷，凭着他的直觉与本能，利用一个废弃的大石洞搞"配套服务"。一边播放淫秽录像，一边组织妓女在洞中服务。果然，"经济效益"很可观。那些看了淫秽录像的男子，一个个"撑不住"了，纷纷钻进蔡设置的色网。

从性心理上看，男子具有突发性、进攻性，那么以展示女性的色相、性诱惑，渲染男性对女性的性玩弄的淫秽书刊、黄色录像为什么对女青年也有这样大的毒害呢？我们不妨再从心理学、生理学上对这批"溺水者"给予剖析。

有一个女青年，生性好强，爱憎分明，其父亲从事非法走私，她揭发了父亲的罪行。其父受法律制裁后，家里经济收入减少，她只得寄居在朋友家。在困难的情况下，她仍然坚持上学，成绩优良，毕业后，她在一家档次很高的饭店当服务员，表现也不错。有一次，她从同事手中借来一盘淫秽录像带，一连看了数遍，当晚便打开禁区，和男朋友在录像机前模仿荧屏中的淫乱动作，之后，她觉得男朋友不如录像中的外国人那样有滋味，便寻找机会要找一个外国人试试。最后，她借上班之机主动向外国人秋波频传，动手动脚，挑逗外国人。后来，她多次到北京塔园外交公寓和外国人淫乱。

这位女青年本来是一个"守规矩"的，但为什么她多年"安分守己"会在一盘录像带前全线崩溃呢？我们说，她尽管"本分"，能够抵御外部世界的诱惑，但还只是一种尚不牢固的表层现象，随着年龄的增长，生理日趋成熟，性意识逐渐形成，对性的神秘和好奇已成为一种"如饥似渴"的状态。她们一旦受到色情品的诱惑和刺激，过去被压抑的性意识顷刻间由朦胧转入"清醒"，压抑的性欲一下子转化成强烈的、盲目的性冲动，进而形成想尝试、想体验的模仿心理态势。加之这位女青年有与外国人接触的机会，所以很快堕入深渊。

同时，女青年虚荣心强，她们一旦有了满足虚荣心的需要，逞能心理被强化。她们看了那些以裸露女性的色相，表现女性的性诱惑为主要内容的色情品后，反而认为那些女性"有本事"，能吸引那么多男性，与她们发生性关系的男性越多，证明她们的本事越大。据武汉一家妇女教养院的调查，不少妓女在里面还互相吹嘘自己玩"朋友"多，互相交流感受。那些资格老的"战士"还讥笑那些"绒毛鸭子"。她们不仅不以自己卖淫次数多为耻，反而成了身价和资本。武汉那家部队医院的女护士，每一次和男性发生性关系后，都记下时间、地点和感受，其目的是以便慢慢回味这令人"骄傲"的时光。这些接触色情品的女青年，从其中看到了那些"有本事"的同类，不知不觉角色转换，终由欣赏发展到想体验，从模仿发展到要自由发挥，终由逞能走上性罪错的歧途。

还有一种女青年，从淫秽书刊、黄色录像中看到那些同性只要亮色相、有风骚、巧勾搭，男人就会心甘情愿地在她们身上大把大把地花钱，她们要吃有吃，且吃得好；要穿有穿，且穿得好；要玩有玩，且玩得随心所欲。于是，她们形成了一种羡慕心理。她们对色情品中女人靠出卖色相毫无顾忌，反而仿而效之，认为这才是女人真正的生活。

另外，一些女青年接触色情品后，那种性的神秘感和好奇心被淡化了，她们变得"老练"了，自认为已探索到人生的奥秘，感到男女之间反正就是这么一回事，作为女人早晚总要经过这一关，只有过了这一关，自己才真正长大了，成熟了。在这种消极的从众心理的支配下，她们出于顺应、迎合，在性罪错的歧途上难以回头。

一颗子弹只能打倒一个人，而一盘黄色录像，一本淫秽书刊却能打倒一批人，此话看来并没夸张。

8. 要脸皮还是要肚皮

"黄源"在出版社期刊社，不少人这样抱怨。1988 年至 1989 年的淫秽书刊、黄色录像大泛滥中，几乎所有的书刊录像都贴上了合法的标签，无怪乎国人发出此等吁嗟之声。

　　然而出版社期刊社也有难言之苦，报端曾有"逼良为娼"之讨论，也有"文人嫁作商人妇"的慨叹，总而言之，时势所至，不得已而为之。肚皮与脸皮，抑或兼而得之？

　　"脸皮"重要，文章千古事，得失寸心知！恐怕没有一家出版社期刊社不希望自己的作品能载入文学史，自己扶持的作者能走上斯德哥尔摩的领奖台。关键是：肚皮在作祟。

　　民以食为天，编辑亦然。从1980年始，出版社不再由财政拨款，期刊社也有相当一部分实行自负盈亏。这样，出版单位的工资、奖金、福利以及上缴利税和所有的工厂一样，取决于书刊能否赢得买方市场的青睐。书刊的走向由过去的单向倾斜变为双向制约，编辑老爷从神圣的殿堂倏尔跌到了五色大地上。征订数、总码洋、利润这些概念活跃在昔日不食人间烟火的文人的大脑沟回中。1987年至1989年三年间，为了应付日益疲软、变幻不定的书市，挽回颓败的经济阵势，大多数出版社期刊社实行了承包制，那种曾被官方文件，大小喉舌反复鼓吹"一包就灵"的法宝确实给出版社期刊社注入了活力，但同时也打开了魔瓶。

　　我有一位朋友在出版社，他告诉我，过去出版社虽然实行了总编辑负责制，但那是"大锅饭"改成了"小锅饭"，效益如何，编辑们并不关心，有福同享，有难同当嘛！现在大家都在考虑到了年终"肚皮"会不会鼓起来，你想想，到了这份上，谁还顾得上"脸皮"呢？

　　当然，这是戏谑之言，受过高等教育的编辑们不会钻进钱眼中不能自拔，他们有他们的苦衷。糊肚皮固然不能排除，但严峻的生存环境他们不能不考虑。

　　纸张：1956年，书刊的主要原材料凸版纸每吨的定价是九百六十元，到1988年出厂价为一千七百五十元，然而实际上，按照这种价格在市场上是根本买不到纸的。国家指导价格是每吨二千三百五十到二千五百之间，而市场调节价则在三千元以上，实际增长两倍多。1989年4月至6月，纸价几乎涨到四千元一吨了。

　　印刷：1985年以前每印张工价为一角，现在每印张工价为两角到一角五不等。印数少的书籍干脆不以印数计价。

　　发行：过去，出版社图书全部交省新华书店发行，按书价的67%结算。价格不变，但主渠道却越来越被淤塞。同样一本书，交民间发行五万册的话，书店最多能征订到五千册，而且从征订单发出到收回订数需四十五天左右。

为此，出版社不得不自办发行，不得不提高折扣，给发行人高达 45% 或更高一些的发行费。

出版周期：出版社组来稿子后，从一审到三审，平均也需五个月左右，送工厂拣字印刷装订出厂一般也在五个月左右，这样，一本书从作者脱稿到读者手中，用了将近一年时间，这种缓慢的节奏迫使出版社不得不另辟蹊径。

蹊径在协作出版，用集体或个体书商的话说，他们靠的是时间。他们以金钱为筹码逼迫出版社加快审稿速度（而不少出版社则部分或全部放弃了这种权利），用金钱诱惑印刷厂加班加点，如果某书商定下"搞"哪本书，平均一个月书便可送到读者手中，这令按部就班的出版社望洋兴叹。

这也许是一个普遍现象：适者生存。严峻的生存环境迫使出版社期刊社不得不"倚楼卖笑"，不得不出卖主权，搞协作出版。而协作出版、卖书号便不可避免地泥沙俱下，良莠共存。

我们不是为出版社期刊社开脱，治理整顿书刊音像市场如果不解决好"脸皮"与"肚皮"的问题，黄源将难以得到根治。

为了解决"脸皮"与"肚皮"的矛盾，有人便提出"压缩"出版社之说，认为本来就那么一碗粥，吃的人太多，"肚皮"怎么能糊得饱。

这几年，出版社是增长了不少。1979 年以前，全国各类出版社不足两百家，年出书一万八千种；1988 年，全国各类出版社超过五百家，年出书达六万五千余种。十年中出版社增加了五分之三，图书增长三点六倍。于是，有人在报端撰文，疾呼这种超常态发展速度超过了国民经济发展速度，超过了人民生活水平的发展速度，超过了我国人民文化素质的承受能力，导致管理失控，图书质量下降，给社会带来不良影响。

作为一家之言，我们在此暂不作评价。但我们认为，五百家出版社和十一亿人口之比，并不谓多，不能简单地从数量上去追溯黄潮泛起之原因。不能把纸张价格猛涨，印刷工价提高，图书市场萎缩，出书成本上升，出版秩序混乱归咎于出版社多。至于抢购原材料，抢购书稿之现象，更是市场经济因素在文化企业中的正常反应。

还有一种观点，认为黄潮漫溢是因为出版社的经济承包责任制引起的短期行为。我们从一些出版社了解，承包确实使一些地方片面追求经济效益，导致编辑工作的重心向经济效益倾斜。当两个效益发生矛盾时，就会牺牲社会效益而追求经济效益。片面追求品种数量，只要有利可图，统统列入选题计划，数量虽上升，质量却下降。同时，编辑疲于奔命，编辑室变成了"编印发"都管的"小而全"的出版社，编辑耗费大量的时间、精力跑印刷、跑发行。据说，四川文艺出版社理论编辑室因为要完成八万元经营承包任务时，才调整选题，出版了《销魂时分》等三种色情内容突出的翻译小说。

但人们又产生疑虑：出版社不实行经济指标承包，国家又不拨款，五百家出版社数万编辑人员如何生存？看来，既要脸皮又要肚皮的辩证施治是清理整顿中一个亟待解决的问题。

9. 黄潮会不会再度泛起

扫黄自七月始，已历时四月有余。扫黄成果如何呢？如前所述，五千万册书刊，四十万盒音像制品，战果辉煌，成就卓著。

庆幸之余，我们却仍有几分忧虑。历史与现实的投影郁结，不能不令我们发出几声慨叹。

这是武汉市繁华的解放大道与航空路的地下通道。水磨石地面上，摊着一张醒目的广告：最新政治秘闻。"秘闻"大约有十余条，其中有"邓小平同志辞掉军委主席前后内幕"，"江青患病近况"，"王丹现在何处"，"地球马上就要毁灭吗"等耸人听闻的标题。一个四十余岁的女人戴着变色镜，手中抖着一摞油印的 32 开纸片，正振振有词地兜售她的"秘闻"。不少人大约被她的三寸不烂之舌煽起了好奇心，不惜五角钱一张纸片，但有人到手一看才发觉上当，纸片上不知从哪儿东拼西凑一段文字，无秘可言，且大多荒诞不经。

在解放大道与新华路的交叉处，笔者于元月 10 日也去实地考察了一番。在"全民动手，扫除六害"的巨幅标语下，四个书摊，其中有三个还有不健康书刊。靠近科技商店的一家，门板上摆放着几本封面半裸或全裸的刊物。其中河北人民出版社 1989 年 5 月出版的一本以书代刊的 16 开本书，封面上，有一个正在扭动的裸体女郎，醒目的标题上写着《地下舞厅的伴舞女郎》。旁边，还有用不同色彩标出的小标题：《肉欲下的温情》、《出卖肉体的职业》等。另一本标之以岑凯伦写的《玫瑰歌女》，封面上突出的是一对丰满的半裸乳房，而靠近"中大商场"的两个书摊上，也多少不同地还摆放着一些违禁书刊。其中有一处是海天出版社 1989 年 10 月出版的一本以书代刊的杂志《香草梦》。封面上，侠客美女，刀来剑去。而另一家书摊摆放着四五种不堪入目的杂志。其中有《信江》1989 年第 9 期、《文艺窗》1989 年第 2 期，还有标以"中篇小说"的用书号出的刊物。

我在旁边站了一会儿，摊主便售出了三本《文艺窗》。我悄悄翻了翻，不仅封面上半躺半卧着几个裸体女郎，内容提要更是充满挑逗和刺激。为了有证有据，笔者特破费 1.95 元买下一本。究竟内容如何，且抄下几段提要文字：

> 别致的小楼，有接客妙法，芳龄美貌的少女，风韵犹存的娇娘，白日陪你饮酒作乐，夜里陪你逍遥快活。嫖娼老手，在此乐不思归，误入淫窝的正经人，难免在此损财毁誉……
>
> ——《玫瑰色的圈套》

> 中国皇帝有三宫六院七十二妃和无数宫娥侍女供他享乐。那么，你想了解外国帝王荒淫的性生活和宫闱秘闻吗？包括那些女帝王和男帝王一样荒淫无度。
>
> ——《荒淫的帝王》

> 娴静、美丽的女教师，腹部被刺两刀死……女教师与她的情人都是性虐待狂和性虐待接受者……
>
> ——《性变态谋杀案》

是第二期，但版权页上只署了 1989 年出版。我不知道这些淫秽书刊是书商"藏之名山"的，还是刚刚炮制出笼的。

这是街头表象。那么被人称作"黄源"的出版社协作出版，买卖书号又该情况如何呢？

笔者认识一个××书刊发行社的经理，因为后台硬，不像某些书社或关门或暂不营业。他雄心勃勃，1990 年计划出十本书。至于书号，他宣称手中握有十几个随时可以使用的。那些出版社对他十分相信，仅仅看了他送上的内容简介和题目，便与之签订了"协作出版"的合同。

这是公开买卖，据说都是边远省份的出版单位巧妇难为无米之炊的应急之举。内地一些出版社慑于形势，只好由公开转入地下，暗度陈仓。其方法是：和出书一方谈好"管理费"若干，然后草拟一合同，谈妥印刷厂协作方自找，然后印刷费汇入出版社过个账。一方面，协作方掏钱买个书号，自印自发，另一方面，出版社图个省事，还能应付上面。全权出版嘛！这叫做"与人方便，自己方便"，可谓是"上有政策，下有对策"。

发行方面又如何呢？《长江日报》1989年11月15日曾发了条消息：《"黄色瘟神"还在行动》便介绍了这方面的情况。

扫黄已持续三个多月了，可是，笔者从某县级邮电局，新华书店八九月份收到的征订单中，随意翻捡了五十份，发现其中三十份所征订、推销的书籍仍有不同程度的问题。

一、广东某书刊发行中征订的《"香港娱乐圈"——影视歌星幕后》一书，征订单背后即该书的封面画：两个女人的袒胸露臂另加一个女人的袒胸露乳与披头散发；《文学大观》第十期的封面是彩印的裸体女人，文字介绍的五篇内容离不开"女硕士被挖去双眼"、"漂亮女郎"搂住"老外"们"旋转"、"摇摆"之类的风流艳事与凶杀。

二、……

三、福建某出版社8月15日发出的订单中有《男女回春秘诀》、《情劫》；佛山市9月份发出的订单中还有《我，十三岁，妓女，吸毒者》，长春某出版社《女性魅力操》一书竟标榜"秘密的性感体操，分15节向你介绍如何使性荷尔蒙分泌更活跃，从而增加你的性魅力，丰富你的性生活……"。

不仅征订中还有这种明目张胆的色情宣传内容，实际发行中也仍有黄色书刊在流动。据沈阳铁路局的有关材料介绍，8月2日，长春站行李房一台冰箱包装破损，工作人员检查时，发现冰箱内夹带淫秽录像带八盘，黄色书刊两百余册。8月24日，营口开往长春的487次列车上，乘警查获一封面裸体照过多的书刊。10月18日，沈阳驻灯塔行李托运办事处给一个农民打扮的人办理六袋印刷品托运业务时，经检查，发现袋内装有格调低下的图书一千一百五十册。

为什么黄色书刊从出版到发行仍屡禁不止呢？虽然是少数，和黄潮泛滥之时比已是强弩之末，但仍让人担忧的是，星星之火，会不会再度形成燎原之势呢？如此大胆贩黄制黄的不法之徒，是不是有人在纵容支持呢？会不会有广州市新闻出版局梁某那样助纣为虐的角色呢？

梁某是广州市新闻出版局印刷发行管理处的"把关人"，凡发放文化经营许可证，检查非法出版物均属他一人大权独揽。这种便利条件为他提供了谋取私利的通道。1987年10月到11月，他到洛红印刷厂查封手续不够完备的挂历时，收了贿金二万一千元，为厂方虚构一张发票，1988年6月，梁某在办理明捷图书批发部的文化许可证过程中，先后收受了该部范某价值三千三百多港元的乐声牌录像机及现金二千五百元。投桃报李，梁某对范某也不薄待。广州市每次进行文化市场大检查前，梁某事先都通知范某做好准备，把黄色书刊转移收藏，逃避检查。1989 年 3 月，梁某伙同北京体育学院出版社一熟人，为广州时代书报刊批销店的李某非法出版了格调低下的《三个堕落姑娘》，梁从中收取赃款三千元。随后，梁某来到李某的书档，发现许多封面及插图含有色情的书刊，便表示："这些书刊要全部没收处理。"李某当即约梁某翌日到茶楼"饮茶"，饮茶内容不言自明。两人分手时，梁某表示："那些书刊可以照卖，有我关照你，没问题。"

没问题的结果是，广州文化市场黄色书刊屡扫不绝。

李某是属于头脑活络的人，梁某自然"关照"，谈笑之间，皆大欢喜。但碰上"不识相"的人，梁某便凶相毕露："我一句话可以叫你们生，也可以叫你们死！"既然梁某可以掌握生杀予夺大权，哪一个文化经营者不乖乖地俯首听命呢？自然钞票和贵重物品源源不断送上，自然黄色书刊屡禁不绝。

广州有梁某这种"把关人"，其他省市有没有呢？当然，我们不敢妄自猜测。但有一点可以肯定的是，既然发行、出版、销售等环节仍可见被禁书刊和买卖书号这种出版方式，我们便可以肯定，在某些掌握书刊经营者生杀予夺大权的部门中，肯定有某些梁某之类的"放黄人"。

梁某大权独揽，才如此肆无忌惮。现实生活中，某些文化主管部门也因为重权在握，为了显示他们扫黄决心，往往矫枉过正，笔者认为，这种行为对查禁黄色书刊不仅无益，反而招致众议，往往事倍功半。

有一友人自一中等城市来，谈贵地扫黄之坚决态度，言大小书摊，统统关门大吉。扫黄大军所到之处，不管什么书，统统封存待查。连那些世界文学名著，也在劫难逃。鉴于扫黄人员劳苦功高，尽管这些举动有关部门明知不对，也一笑了之。我们不知这些扫黄大军对已有定评的世界文学名著将有何高论。笔者以为这种扫法的害处与黄毒几近相似。

还有些小学校，老师根据上级要求，号召学生每人必须在指定时间内上交"黄书"若干。可惜这些小学生白纸一张，不知黄为何物。老师指示学生奉为圭臬，回家后又如此这般向父母下达任务，家长们莫名其妙。

有此等"扫黄"积极者，真让人们担心歪嘴和尚会念错经。

同时，笔者还从报上拜读某些扫黄经验，其中有一条"准销卡"制度。说是凡每本新书上市，皆需当地文化部门审读，认为这种措施堵塞了"黄源"。

我们且不怀疑其"正确性"，让人不解的是，这种审查究竟有多少权威性。凡国家正式批准的出版社，无一不是在党的领导下，无一不拥有一批中高级职称的编辑人员，如果对这些经过清理整顿的出版社出版的作品仍持不信任态度，这些文化行政部门的工作人员的鉴别能力又能高出多少？何况一部文学作品的艺术价值的认定，与阅读者的审美能力息息相关，如果我们简单地判定一部作品的得失，未免太急功近利了。况且"黄"与"不黄"是一个模糊的概念，仁者见仁、智者见智，把这种精神产品的传播决定权交给"群众"其结果如何可想而知。据了解，自从实行这种"准销卡"制度后，果然同样一本书，全国各大城市"审读"结果不一。有时上海认为可销，北京又认为不能销。北京认为能销，广州又认为不能销。大有独占一方，互相割据之势。笔者在武汉市硚口区武胜路文化市场墙壁上曾看过这样一张通告：禁止黄河文艺出版社、海南出版社、民间文艺出版社等的图书在武汉市内销售。虽然这些社在书籍出版的前期过程中走偏了方向，但采取这种一概拒之的态度，也值得商榷。

黄潮经过 1989 年的大扫荡，会不会再度泛起，我们认为，成绩卓著，但仍不可乐观。

白色梦幻的破灭

1. 一个曾经让人讳疾的话题

一盏幽幽的油灯，映照着一个大虾米样的男人和一杆粗糙的烟枪，咕咕嘟嘟的响声和奇异的香味充斥着整个昏暗的房间。

吸食鸦片。

这不是电影中的镜头，也不是某部小说中的片段描写。这是公元 1989 年，宁夏回族自治区一个偏僻小镇上的烟民之一，一个开"清真饭店"的中年人在吸毒。

搁前几年，没人会信。中国人早已根除了贩毒吸毒的丑恶现象，国内大大小小的新闻媒体一直在欢呼这个伟大胜利，现在，把吸毒贩毒同"站起来的中国人"联系在一起，似乎是不可思议。

不可思议是因为人们早已久违了这个魔鬼。

它坐落在偏僻的江边，高大的铁栅栏。围墙表明这里不是一般的民宅。教养院，妇女教养院，醒目的黑字，尽可能详尽地阐释了它的全部内容。

这天上午，正在院子中拆洗被子的一位收容女青年突然面色苍白，口吐白沫，倒在地上痉挛，痛苦的神情扭歪了她那张细腻娇美的脸蛋。

管教人员急忙找来了医生。急救药水用过后，女青年仍然不住地呻吟，不住地用手抓地上的泥土朝嘴里填。这样折腾了大半天，她却不治而愈。如是周而复始，到了第三次她才央告管教人员救她一命，她要吸鸦片，哪怕一点点鸦片。

管教人员以为这人神经不正常，故意借此和他们捣乱。从史书中，从电影里，他们听说过"鸦片"这个让人恐怖的名词，他们无论如何不能把印象中的大烟鬼和眼前这个美丽无比的卖淫少女联系在一起。

不仅仅是教养院中这些年轻的或不太年轻的女管教人员、男管教人员不知大烟为何物，海洛因、可卡因、大麻、马丽胡安娜为何物，连我们的公安人员、海关人员、缉私队员也不知毒品是什么样子。

曾经有这样一个令人扼腕的笑话。

几年前，福建沿海缉私队员截获了一艘国籍不明的走私船，很奇怪，船上只有少量的香烟、录音机、手表。缉私队员搜遍了船舱内外，除了找出几袋子味精、藕粉一样的白色"调味品"外，什么也没有发现。

但是船主很恐怖、紧张，额头上的汗珠成串往下掉，他再三向缉私队员请求"高抬贵手"。缉私队员因为还要在海面上巡逻，卸下香烟、录音机、手表后将他们放走了。

下船时，有名缉私队员随手拿了包扔在甲板上的"调味品"。

后来，他们才知道那"调味品"是价格昂贵的海洛因。

不认识，不认识是因为我们的红头文件、大众传播信息从没有把吸毒贩毒这种丑恶现象公之于众。一般人都认为，吸毒贩毒是资本主义社会腐朽没落的具体表现，社会主义中国怎么会有这种空虚无聊、寻求刺激的人！

蛇年将尽，11月13日，电波载着一条指令传向大江南北，私种吸食贩运毒品作为"六害"之一，被列为全党全军全民共诛共讨的罪魁祸首。

这就是正式宣布，中国有私种吸食贩运毒品现象存在，并且，它和卖淫嫖娼、制黄贩黄、拐卖妇女儿童、赌博和利用封建迷信骗财等丑恶现象一样，到了不治不可的沸反盈天的地步。

这是令人痛心的，曾蒙受1840年鸦片战争奇耻大辱的中国人震惊之余，不由自主地忆及那袅袅烟雾中令人扼腕叹息的一幕幕。

1729年，这是耻辱的开端，葡萄牙人从果阿及达曼等处向中国贩运鸦片。

1773 年，英国人从印度加尔各答向中国广州贩运鸦片。每年达四百零五箱。

1800 年起，鸦片开始大量输入中国，最初每年四千余箱，1838—1839 年激增至近四万箱。

1849 年，英国曾公布："目前中国每年消费量约为五万箱……其中以上海为中心的北方消费量占五分之二，以广州为主要市场的南方消费量占五分之三。"

鸦片大量输入的结果是：白银外流，银贵钱贱。一批批"东亚病夫"踯躅在烟馆外面。禁烟，虎门销烟，导致的却是割地赔款议和，历届政府屡禁却屡不止。

民国二十六年（1937 年），某省拟定吸烟户登记，至秋，共登记烟民达187693 人，登记烟土 1283796.27 两。

民国二十四年（1935 年），湖北省宜昌举行吸烟户登记，城乡共有烟民7359 人。内有普通吸户 1020 名，贫苦吸户 4192 名，赤贫吸户 2283 名。

也许时间还不太久远，鸦片战争使中国沦为半封建半殖民地的丧权辱国的历史对国人刺激太大，活跃在传说中的"大烟鬼"的形象令国人难以忘却，四十年来未受毒品惊扰的国人闻之惊慌失色。狼外婆在哪里？狼外婆在哪里？

带着一个炎黄子孙的挚诚和文人的敏感，我乘这个城市拥挤得令人喘不过气的电车奔走在权威机关和图书馆之间。

2. 敌人已经登堂入室

1989 年 9 月 11 日，《美国新闻与世界报道》杂志发布了一条骇人听闻的消息——《敌人已经登堂入室》。这个"敌人"不是手持现代武器的军队，但它比任何军队和武器都威力无比，这就是"毒品！毒品！毒品！"。该刊总编辑摩迪玛·朱克曼写道：

> ……毒品危机对我们自身文明威胁之大，不亚于 30 年代欧洲的法西斯主义者，我们算毒品的账时，还要再乘上今天毒品造成的家庭破裂、健康受损、生产力损失、公路及工作意外事故，家庭暴力、虐待配偶及子女、婴儿先天带有毒瘾或智力不足等问题。连较低价格也负担不起的新旧瘾君子，会使犯罪数目增加。凡此种种已经够可怕了，我们还可以导演出后果更难以估计的危害。我们等于宣布道德投降。我们等于说，

政府与法治已经不再能造就正派像样的社会。教育成了胡诌……

忧虑，不仅仅是美利坚合众国的忧虑。东京、波哥大、伦敦、巴黎、曼谷……甚至可以说，在世界的每一个角落上，都有了海洛因、可卡因、玛丽胡安娜等毒品袅袅升起的烟雾。人类面临着不亚于核冬天的深层危机。

美国：1978 年美国中学高年级学生，每九个人中就有一人吸过毒；缅因州和马里兰州的学生吸毒人数比例则更高，每六个人中就有一人吸毒。美国前总统卡特在 1977 年 8 月给国会的咨文中说："有四千五百余万美国人吸毒，和 1975 年相比吸毒人数翻了一番。"

加拿大：每年消费的毒品价值一百亿至一百三十亿加元，其规模可与服装业或电讯业等量齐观，是房地产出租业的两倍。若按人口平均，加拿大的毒品消费量可与美国等量齐观。

联邦德国：据《明星》画刊对二十五所中学抽样调查，每两个十五岁的中学生中就有一个吸过毒。

当然，绝不仅仅是这些国家才有如此众多的瘾君子，实际上，吸食毒品已成为一个世界性问题。美国人的那篇文章并不是危言耸听，毒品，也同样在威胁着中国人的身心健康。

不过，让人遗憾的是，中国还缺少这方面的详尽分析（或者有分析碍于国格不便于向外公布），但云南一省的情况，也可以说到了"登堂入室"的地步。

私种毒品：1982 年，云南省查获并当场铲除私种罂粟八百二十亩；1983 年，为二百四十四亩；1987 年，为二十八亩；1988 年为十一亩。

吸毒：经普查登记，全省共有吸毒者四万二千多名。

贩毒：1981 年，全省共查破烟毒案六百三十四起，查获鸦片近四千五百公斤；1982 年共查破烟毒案八百三十六起，查缴鸦片近六千公斤，逮捕烟毒犯二千七百二十九名。1988 年 1 月至 10 月的不完全统计，全省共缴获海洛因四十八万多克，处决了十六名毒贩。进入 1989 年以来，云南边境贩毒、吸毒问题更趋严重。头五个月，全省共查获贩毒案件一千二百多起，捕获贩毒分子一千八百多人。全省缴获鸦片二万八千二百多两、海洛因近二百三十多公斤、贩毒资金一百多万元。

再以边境地区瑞丽一县为例，1988 年，该县有吸食鸦片和海洛因者二千三百多人，占全县人口 3%。全县两百多个自然村，一百九十多个村发现有吸毒者，其中95％是近年吸上瘾的年轻人。1982年以前，该县瘾君子吸的几乎都是鸦片，到1988年吸食海洛因者已达九百余人。

同时，吸毒者正由边境和农村向城市蔓延，昆明，保山地区等地已受污染。昆明1989年第一季度查获吸食海洛因的青少年近两百人，取缔地下烟馆十六个，保山地区1987年底吸食海洛因成瘾者一百四十多人，1988年猛增到二百二十五人，其中80％集中于城镇，年龄最小的仅十三岁。

而更骇人听闻的是，1990年2月7日上午中国国家卫生部防疫司司长戴志澄在新闻发布会上披露，云南西部边境部分农村地区吸毒者中，发现了一百四十六名艾滋病毒感染者。他们是通过共用注射器吸毒的方式而感染艾滋病病毒的。

这是一个省，而且是在"部分地区"农村检测的结果。实际情况，在中国的每一个省、每一个大城市中，都有形形色色的贩毒和吸毒者存在，都可能有艾滋病病毒携带者存在。如果这种人类尚未征服的艾滋病病毒一旦传播开来，对于中国医疗检测条件尚不够完善的情况而言，危险可想而知。

3. 瘾君子

李洪军，一个二十岁开外的男青年，1981年他初中毕业后在家待业，兼或做些小本生意，收入寥寥，1985年，正式招为工人后，高兴了一阵后，便觉索然无味。赌博、打台球，整天有工不做，游手好闲。1988年11月的一天，李洪军在打台球时，忽然发现几个"长头发"凑在墙旮旯里正诡秘地干什么，便好奇地凑过去。他发现那几个人各自拿出铝箔，上面倒上一点白色的粉末，点燃后吸上一口便各自东西。这不是吸大烟吗？听说吸大烟最来劲，咱也不妨试一试！他缠住其中一个熟悉的，也美美地吸了一口。顿时，他只觉五脏六腑清爽许多，飘飘然，如仙如痴，不知身在何处。

他在吸毒的邪路上迈出了罪恶的一步。

刘Ｘ，男，二十七岁，个体户，做服装生意，几年下来，已腰缠万贯。玩女人，上咖啡厅，泡舞场，他仍觉乏味。有一次，他随人去广州贩旧西服，和同行的下了一次赌场。

那才真叫"一掷千金"，赌博的人没日没夜地轮盘赌，简直像拧足了发条的钟表。他不知那些赌徒是被金钱诱惑还是被金钱逼迫，反正他不行，半天下来，买旧西服的两万块钱去了大半，人也散了架。

后来，他发现有人轮流到旁边的一个小房子里去，趁解手的当儿，他也去瞅了一眼。他这才发现里面有一个肿眼泡的女人正向进去的人兜售什么。一百块钱，一个小纸包。那些接到纸包的人迫不及待地掏出腰里的"希尔顿"或"良友"，撕开烟盒，倒出银灰色的粉末儿，屋子里顿时充斥着奇异的清香。刘×还发现，那些从小屋子里出去的人，一个个两眼放光，精神抖擞。

"吸毒！"

他知道这是犯法的。但是一种寻找刺激的欲望怂恿着他去冒险。他掏出一张百元面值的大票子递上去。

刘×从此一发而不可收。

李×、刘×如果说是出于好奇，主动上钩的话，那还有一些瘾君子却在不知不觉中堕入毒品贩子的手中。

田×，十九岁，高中毕业后在家待业。说是待业，其实便是失业。田×的父亲在一所小学教书，小学校穷，有什么"业"可待。闲着无事，他便到过去初中、高中的同学那儿玩。有一位同学家旁边，有一个配钥匙的。这人四十开外，却留了一把长胡子。配钥匙收钱少，又好仗义疏财，别看他是寄宿在这儿，左邻右舍有什么红白喜事，他慷慨解囊，出手阔绰。按时下话说，他很够"哥们"。田×的同学便带他去找这位配钥匙的男人玩。这男人果然大方，去了人后便撒烟，一种自制的烟。田×吸了一口便觉奇香无比，问什么牌的烟，那男人笑而不答。田×回来后还一直想着那烟味，终于他又去了，又抽；又去，又抽。到了第四次头上，这男人便说烟没有了，他是从另外一个人那儿买来的。究竟是哪儿，他也不说。田×便请他帮买。那男人说，一颗烟十元钱。田×已顾不得贵贱了，他心头奇痒无比，按捺不住那种向往之情。

当然，也还有一种人是因为偶然因素染上毒瘾的。徐×，一家医院的医生，五十岁开外。他患胰腺炎，痛，难以忍受，他自己便开了个药方，去取了一支"杜冷丁"。痛是止住了，后来，除此别的药都没有效，可后来胰腺炎好了，他也仍然离不开"杜冷丁"。三天两天，如果他不注射一支，便四肢疲软，骨节疼痛，寸步难行。

吸毒者不同年龄档次的都有，但和国外一样，大多数是青少年。据某市的统计数字表明：一百二十三名吸毒者中，有八十四名青少年，占吸毒人数的68.3%。特别是一些边境地区，吸毒的青少年明显增加。他们之中年龄最小的不过十三岁。

当然，吸毒群体的产生与毒源、生活习俗、文化教养、地理环境有一定的关系。不仅在云南边境一带，陕西、宁夏一些地区，吸食鸦片、海洛因已成为一种时尚。不少家庭的客厅里，摆上了精致的烟枪，来客吸上一口两口，像其它地方端上水果点心招待客人一样，已成为一个家庭地位和身份的标志。湖北利川县，地处鄂西崇山峻岭之中，此地种植鸦片已有多年历史，山民们认为鸦片能治病，舆论认为吸鸦片并没有什么大惊小怪之处，故连大姑娘小媳妇，也端起烟枪能吸上几口。

风气如此，光凭政府发布告，抓几个典型，也无法消弭这崇山峻岭中死灰复燃的吸毒陋习，从根本上治理这种危害子孙的毒害，必须持久地采取综合措施。

4. 毒品世界一瞥

毒品威胁着整个世界，也威胁着几十年来已摆脱毒品阴影的中国。

毒品从何而来呢？

我们也许应当先了解一下一般意义上的毒品分类。

在国际法例上，毒品分九大类。但一般人将毒品分为三类：鸦片类，可卡因与安非他命类，大麻类。鸦片与吗啡、海洛因是由罂粟未成熟的果实提炼而成。可卡因由古柯灌木的叶提炼而成。

世界毒品的生产地主要有亚洲的"金三角"地区、"金新月"地区、拉丁美洲的安第斯山脉亚马逊河谷地区。

"金三角"，因为紧靠着中国西南边境，大多数中国读者并不陌生。这片处于泰国、缅甸、老挝三国边境交界处的三角形地区，据估计约有十五万五千平方公里，等于两个台湾省那么大。这里崇山峻岭，森林密布，澜沧江穿过它的腹地与美科克河汇合。由于处于亚热带雨林地带，这里气候温和，雨水丰富，二百多年来盛产能提炼有毒鸦片的罂粟，是当今世界上最大的鸦片产地，每年产量在六七百吨左右，精制成的海洛因（每十斤鸦片提炼一斤海洛因），占世界产量的70%。虽然泰、缅等政府曾多次出动部队围剿，但由于有一伙特殊原因造成的毒品武装集团，也始终未能使这一世界最大烟毒产地被铲除。

可卡因、大麻主要产自哥伦比亚、秘鲁和玻利维亚这片亚马逊河谷地区。而哥伦比亚，又居三国之首。美国百分之八十的可卡因来自这里。他们拥有数十万人种植和贩运毒品，占据了这个国家大约十分之一的土地。每年凭此赚取五六十亿美元。其经济实力和武装深深影响着这个国家的安定。

可卡因由古柯叶提炼而成。尽管土著印第安人很早就有种植古柯叶的传统，但加工和提纯则是由肯尼迪时代的"和平队员"教会了他们。用中国人的话说："种瓜得瓜，种豆得豆。"

中国人何时开始种植罂粟并提炼鸦片的呢？史书上还未有详细的记载。倒是1840年那场因为鸦片而发生的那起战争，使中国人刻骨铭心。过了一百年，也就是1949年，中国人才宣布根除了贩毒、吸毒和私种毒品的丑恶行为。几十年来，中国大多数人除了从《辞海》中能查出毒品为何物外，大多数没有见过曾缠绕中国人两百多年的鸦片，和那种美丽得让人一见倾心的罂粟花。

岂知，它又来了！

这是豫南的一个花木之乡。1989年，四位公安人员去该地执行一项任务，中午，他们在一家当地种花大户家吃饭。饭后，其中一位去房后撒尿。无意之间，他瞥见一人多高的苗圃林里间种了不少漂亮的花儿。花片四瓣，有红有紫有白。这人酷爱花草，回到房中便提出找房东要一株。房东平素很大方，不知为什么这次却吞吞吐吐，语焉不详。

"什么花儿？算了吧！别人舍不得你不要强人所爱。"同行的一位打趣道。

其中一位也爱种花的中年人溜了出去，他倒要看个究竟。

他当初很怀疑自己的判断。他也不相信这片林子里间种的会全是有毒的罂粟。但他却又明明记得，小时候外祖母在院子里种的就是这种东西。

中原内地也有人种罂粟了，当地公安部门引起了高度重视。各乡派出所粗粗一查，天啦！几乎各地都程度不同地种了。仅这一个县，后来砍下的即将成熟的"大烟泡"，足足堆了半间屋子。

平原上人口密集的地区竟这样有恃无恐，人烟稀少的林区、高原可想而知。土地承包到家庭了，种什么不种什么由自己决定；林区更为自由。砍一片树林，放火一烧，黑土地像浇了油一般。罂粟苗儿移栽到这儿后，春雨一场，咕嘟嘟往上蹿。

在黄土高原、东北林区、神农架林区等地，公安人员发现了越来越多私种罂粟的农民，按一般规定，首先是全部铲除，然后是罚款，严重者，按《中华人民共和国刑法》第117条规定可以处"五年以上有期徒刑或者拘役"。可是，面对那些愚昧而又贫穷的农民，执法人员只好铲除了事。

内地如此，边疆更为严重。仅云南一省，最多的年份铲除了上千亩。当然，这不包括那些在热带雨林中偷偷种植的罂粟。据说，有一次某电影制片厂拍外景，直升飞机上的摄影师突然发现大森林像陷进去一样，出现了一片空白。空白上点缀着美丽的花儿：红的、蓝的、白的。熟悉当地情况的人说，那是提炼鸦片的罂粟。

据公安部门缉毒人员介绍，我国内地种植罂粟的扩散，是从土地联产承包责任制后开始的。一部分农民过去有用鸦片治疗腹泻、咳嗽止痛的习惯，少量种植以供自己使用，大面积种植的则是以赢利，吸食为目的。他们认为种"大烟"比种庄稼"合算"。边疆大面积种植，则与传统习惯，境外影响有关。特别是云南，气候温和，雨量充足，鸦片品位比其他省都高，早有"云土"之称，故特别为瘾君子所青睐。

同时，国内毒品的来源，还与我国特殊的地理位置有关。世界上最大的鸦片生产基地"金三角"，与我国云南省接壤。近几年，更延伸到边境以外大片地区。这片三千多公里的国境线，多是森林密布的崇山峻岭。不少内地人和当地的毒品贩子相互勾结，利用熟悉的地理环境，从"金三角"偷运海洛因到国内销售，或者借中国这条通道将毒品运往世界各地。当年数万名内地知识青年到边境一带插队落户时，曾有不少人到邻国集市购买鸦片贩运到内地，牟取二十至三十倍以上的暴利。尽管有人因此掉了脑袋，但也还有人干脆过境去职业贩毒。1984 年，随着边境地区通行证的取消，过境人员几倍几十倍增加。毒品贩子利用行李夹带，甚至藏在阴道里，将毒品从"金三角"带进境内。1989 年 3 月，《文汇报》曾报道过一起贩毒案。主犯刘定国等八名分别来自云南、四川和上海的案犯，便是从"金三角"秘密购得价值三十多万元的"海洛因"，不过他们不是从口岸偷混入境的，而是借助熟悉的地理环境，从荆榛丛莽中翻越偏僻小道到达云南，然后将毒品藏在油桶、谷糠中，或坐车或步行向内地渗透。

贩毒，这是一本万利的冒险投机。在"金三角"，一克海洛因不过三五美元，而在香港黑市，每克海洛因值二三十美元，而到了纽约街头，则高达三四百美元，金钱，诱惑着贩毒分子铤而走险。在"金三角"与云南接壤地区，便出现了武装走私集团，他们拥有现代化的武器。在密林之中，毒品走私集团和边防战士曾发生过多次枪战。

从"金三角"到云南这条重要通道之所以受到贩毒分子的青睐，主要是由于"金三角"罂粟五年丰收，鸦片产量大增，而金兰湾海上通道由于泰、缅两国政府的联合打击，被严密封锁，海上偷运已不可能，于是，便寻找云南这条新的贩毒渠道。

当然，运进大陆的毒品除了西南边境外，还有一部分是从海上偷运进来的。

这是一个毒品贩子就擒后的供词：

（我是一个渔民，在海上，经常和不明国籍的渔船相遇。有一次，我们的一艘小帆船和一只台湾的机帆船相遇。天气很好，我们相信会有个同样好的运气。船靠近后，对方向我们作出了友好的表示，我们也向他们问候。三两句话后，他们便问我们要不要彩电、收录机、录像机？我们问他们有没有好携带又不容易被人发现的东西？对方说有电子表、计算器、首饰、海洛因。我们三个人商量了下，就选中了海洛因。毒品一本万利，在大陆已经有了相当的销路。于是，我们用三万元人民币买下了一箱子海洛因。）

发毒品财的不仅边民渔民，九省通衢的武汉也有人做"白色梦"。

5. 白色梦幻

1989 年的仲夏，闷且热。晚上难以入睡，人们便聚在一起"神聊"，用北京人话说，叫"侃大山"。全国著名钢厂武钢工人村里，热轧厂工人霍正国正与邻居余传庭和好友李楚利"神聊"。

已过而立之年的余传庭在两个小兄弟面前显得见多识广。他十分神秘地说："前些时，我去过云南，见到有人抽'白面'。"

李楚利不知"白面"为何物，问了句。余传庭十分得意地指教道："连这也不知，海洛因呗！"

从海洛因说到钱，从钱说到贩。三人一拍即合，每个人眼前都闪现着一叠叠的钞票。为了万无一失，他们决定先找买主。

几经打听，李楚利找到一个姓周的人。周某表示可想办法。三人获讯决定立即行动。

1989 年 8 月 28 日，他们携带六千多元现款，开始了西南之行。同行的人中又多了个马晓凯。

春城昆明，景色宜人，但他们无心赏景，匆匆换车赶往边陲下关和宝山。

毒品在哪里呢？四人绞尽脑汁。余传庭在旅社里四下打听，蓦然发现有人将白色粉末塞进香烟内猛吸，余便上前与人攀谈。

"听说这东西能治胃病？"

"你是说四号吗？想要点？"

"想搞一点。"

"那好，明天带上钱，我引你去。"

次日，四人一起前往，行至一边防检查站时，李楚利、马晓凯因无证明只得在原地等候。

余传庭、霍正国混过关卡后，9月1日上午乘长途汽车赶到贩毒目的地瑞丽县，住进了瑞江旅社，与引荐人接上了头，并随同引荐人爬山涉水，去到缅甸木姐镇。

引荐人将他们带到一间小屋前，叫他们进去谈生意。余初入此道，心存疑虑，唯恐上当受骗，便低声吩咐怀揣六千余元现金的霍正国留在屋外。引荐人说明情况后，对方当即拿出样品。余接过来目测口尝，认定是真货。经过一番讨价还价，以每小杯五百元成交。经过吸试后，他们买下了两百多克共四千五百元的海洛因。

岂知余传庭、霍正国虽然狡猾，还是上了当。

返回时，他们担心随身携带毒品会被查出，便与引荐人商量如何安全带出此地。引荐人不以为然地说："没问题，放在我的篓子中间，上面用东西一盖，保证安全无事。"

引荐人背起篓子在前面走，余、霍两人紧紧后跟。在一条小河边，正巧有条渡船停在岸边，背篓人快步跨上船头，船即向河心开去。余、霍见势不对，迅速赶到岸边，船已驶向对岸。两人捶胸顿足，望水哀叹。等到又盼来一只渡船，背篓人已了无踪影。

偷鸡不成蚀把米，回到下关，余把受骗上当经过一说，四人咒骂声，哀叹声不绝。骂罢了，叹过了，四人都觉得这么白跑一趟，丢钱费力太冤枉了。便商定把手头剩下的一千多元都带上，再到原地去买海洛因。

余传庭、霍正国抄旧路再次找到卖主家中，可怜巴巴地向卖主讲了受骗的事，期望得到对方的同情和照顾。岂知卖主认钱不认人，不耐烦地说："还是那个价，买多少快说！"两人只好按原价进货，买了九百五十元海洛因，小心翼翼地藏在身上，提心吊胆地带回了旅社。

两次购毒，加上十天的食宿费和车费，四人手头的钱所剩无几，连回武汉的盘缠都不够怎么办？心怀叵测的霍正国身上虽然揣有两百多元，也谎称无钱，假惺惺地提出让他们三人先走一步，他留在原地等他们寄钱来再回武汉。

9月7日，余传庭、李楚利、马晓凯一起到达昆明，商量卖点海洛因作盘缠。他们倒了一点装在"春城"牌香烟盒内，由余传庭、马晓凯拿着去寻买主。剩余的海洛因由李楚利保管，在车站等候。

余传庭四处打听，找到曾相识的周某，试探地说了想出手一点海洛因，周爽快地答应领他们去见买主。余、马信以为真，跟随周某找到一位"买主"。买主接过余传庭递上的烟盒，轻蔑地一笑："我是公安局的，放老实点……"余、马见势拔脚便跑，可是衣领早被公安局的抓住了。

再说心神不定的李楚利在昆明车站踱来踱去，翘首盼望同伙顺利而归。等了几个小时，李便感到情况不妙。为了保住自己，他不管同伙是吉是凶，单身携带毒品踏上了回武汉的列车。

李楚利回汉后，头几天趴在屋里没敢动，过了几日后，决定卖掉海洛因，先捞它一笔再说。

9月11日，李楚利将四十多克海洛因装进一个咖啡色提包中，诡秘地将女友邀出来，让她拎着提包，两人一同去到武昌区中南一路一家个体商店门前。李取出一小包海洛因，叫女友拎着包在门外等候，他只身进店找到原接头的周某，说："货搞到了，请老兄帮忙牵个线。"

周某不动声色，答道："好说，正好有位港商想要，我先去通知他，请你下午4时与他面谈。"

当天下午4时，李楚利携女友如约而至，一会儿，一位西装革履，手提密码箱的"港商"派头十足地走进屋内。

"李先生有多少货要出手？"港商问道。

"四十多克。"

"么价？"

"每克两百元。"

"不行！要价太高了。"

"先生，出什么价？"

"按行情，每克一百五十元，也不会让你吃亏嘛！"

"好，一百五十就一百五十。一回生，二回熟，交个朋友嘛！望以后多多关照。"

"做生意，先小人后君子，按规矩，先看看货的成色吧！"港商边说边打开密码箱。

箱内是一叠叠的人民币，李楚利眼睛都盯直了。他马上从身上掏出一小包海洛因给港商。

港商接过海洛因仔细察看："成色还算可以，就这样定了！好吧，一手交钱一手交货。"

李楚利喜形于色，连忙从提包内拿出一袋重四十五克的海洛因递过去，并叫女友算算账。

150 元×45 克＝6750 元

港商接过海洛因不禁一笑。

笑声未落，突然从屋外冲进来几位民警，李楚利吓得全身僵直，一副手铐铐住了他的双手。

"港商"是武昌中南路派出所的民警装扮的。

再说心怀鬼胎的霍正国待三个同伙一走，即用自己私带的钱买了火车票回了武汉。

他回来后，同伙无影无踪使他如同惊弓之鸟，坐卧不安。他满以为不再活动，可以逃脱法网。哪知公安机关对其犯罪行为早已侦查在案。

12 月 24 日，这四个罪犯被押上了审判台。

白色梦醒之日，他们已成了阶下囚。

四个小伙子本不是瘾君子，也不像哥伦比亚的毒枭，他们从钱开始，而开始了这场破灭的梦。这场梦使他们吃尽苦头，受尽惊吓，赔尽血本。

当然，做这种白色金钱梦的绝不止武汉的这几位小哥哥，春城昆明倒不时抓获这种"梦中人"。

这是昆明火车站，由此开往北京的 62 次特快列车正在上车。车站派出所青年女民警焦虹按照惯例在月台上巡逻。这时，一个华侨打扮的男青年迎面走来，当他看到小焦时，突然一愣，掉头走开。

小焦从对方眼神中觉察出瞬间的惊恐，她急步追上去，当那人抓住车门正想往上爬时，被拦住了。询问中，"华侨"神色慌张，语无伦次。小焦以检查易燃易爆品为由让他打开随身携带的旅行箱。"华侨"磨蹭了好一阵，才无可奈何地将旅行箱盖打开，扑面而来的香水味，其中夹杂着另一种怪味。小焦逐一检查着箱内的物品，不放过任何蛛丝马迹。"华侨"脑门上沁出了汗珠，绝望的眼光紧盯着小焦的动作，当一包用塑料薄膜包得严严实实的违禁毒品从箱子夹层中被查出来后，"华侨"转身想逃。

"华侨"逃不掉。"华侨"并不是华侨。他是广州市储运公司工人刘纪荣。旅行箱中的"货"是与他同来的港客何文以一千元人民币的重酬让其带去广州的。何文准备乘坐上午十点的飞机先去广州。

九点四十五分，公安干警和海关缉私员带着刘纪荣赶到巫家坝飞机场。

与此同时，另一些公安干警和海关查私员在昆明饭店附近和双龙旅社里分别拘留了与本案有关的昆明市某运输队机动三轮车司机姚正龙和广东省斗门县个体摊贩袁德森等人。

经过教育，何文供出了主要案犯张伟东。何文按照安排，用暗语通过长途电话与在香港的张伟东取得了联系，要求张来昆明取货。

二十六日晚，一个大块头港客走进了昆明饭店，来到了何文住的二六〇九号房间。他便是如约而至的张伟东。十一点四十五分，他溜出了昆明饭店。干警们正准备捉获他时，附近一个电影院里观众忽然潮水般涌出，干警们竟不见了张的踪影。

次日下午，两个穿着时髦的女青年一路谈笑风生来到昆明饭店，声称要找二六〇九号房间住的华侨拿东西。何文认出其中一个圆脸、大眼、烫发的摩登女郎正是张的姘头小昆。她是来取张伟东物品的。

小昆婉言谢绝了何文的邀请，接过张的皮箱和提包便走。尽管她们有意在商店里转来转去，公安干警还是很快查明了她的住址和工作单位。

同时，在民航局售票处守候的干警也发现张伟东来买了一张二十八日去广州的飞机票。他已准备开溜了。

指挥所迅速作出了拘留张伟东的命令。

小昆不得已交出了张伟东的提包和皮箱。搜查中又发现了小昆发往香港和广州的两份告急电报底稿和张伟东多次写来的信件。原来，小昆得知刘纪荣在火车站触网的消息后，她便分别发出了两份电报，但张伟东利欲熏心，对姘头的告急并没介意。

下午五点四十分，张伟东走进了张家小院，当他看见迎面站立的民警时，蜡黄的脸上肌肉不停地颤抖。

这场境内境外互相勾结的"白色梦幻"终于可以了结了。为钱始，为钱终，是一切贩毒分子的共同起因和结局。

6. 麻醉的灵魂

吸毒是高消费，这话不假。一股烟，十元，上百元，转瞬之间便无影无踪。中国人中尽管有了些"先富起来的了"，但那毕竟是少数，百分之几，或千分之几。吸毒者中不乏那些饭吃饱了没事干的人，钱多得没处花的人，大多数呢？却未必尽然都能有钱朝那个无底洞塞。

前边我们提到了那个李洪军，他先是吸鸦片，后是吸海洛因，全部收入和储蓄花了个精光。手上没钱，可毒品的魔力却驱使他不能自拔。他去借，日复一日，欠下了一千多元外债。于是，债主们一个个登门索要，而他一日不吸也难以自已。他搜肠刮肚思索怎么能搞到吸毒和还债的钱。

他想到了父亲，那个在岐山县城内摆摊卖羊肉泡馍的父亲。他从西安赶往岐山，一扫往日劣态，嘘寒问暖，打水扫地，询问行情，俨然一个孝子，李洪军父亲李双喜看在眼里，喜在心头。当儿子提出借钱时，老汉想："只要娃学好，给就给吧！"顺手拿出一大叠五十元票面的钞票，抽出一张交给儿子。

岂知李洪军一见父亲手上那么多钱，顿时恨不得一把夺过来。但他知道父亲不会答应，便又央求道："还不够，最少得一千五百元。"李老汉听后顿生疑窦："要那么多钱，莫非又是抽大烟。"因此，不由怒目叱之。

李洪军急忙辩解道："不是抽大烟呢，我已戒了，保证以后不抽了，我这是还人家账呢，就算我借你的，以后还你还不行吗。"李老汉早已听够了儿子信誓旦旦的花言巧语。为了让儿子戒掉吸毒的习惯，父子俩不知已争吵过多少次。现在，他再也不信儿子这一套，依旧不放心地骂着。

这时的李洪军早已被毒品熏黑了心，眼看父亲不会轻易再给他钱，他竟趁父亲不注意，操起旁边一把利斧，向李老汉的头部狠命砸去。李父应声倒地，李洪军上前又在父亲头部狠砸了几下，见父亲没有咽气，又捡来一节麻绳，在父亲颈部来回勒了几下。

李洪军谋财害死亲生父亲，尽管他后来耍了些花招企图掩盖罪行，但也难逃法律的制裁。1989 年 9 月 5 日，吸毒杀父的李洪军被押赴刑场……

李洪军吸毒杀父，天良丧尽，这一类人虽然属于偶然，但为了获取吸毒所需的资金，铤而走险，因此走上犯罪道路的人大有人在。通化机务段二十六岁的青年工人周广仁便是因为注射毒品而走上盗窃道路的。他在狱中曾有这样一段叙述：

> 社会上一些人打麻醉药"杜冷丁"，刚开始我觉得好玩，闲着没事，我也试了一次，像喝了酒飘飘然好受。我开始有班不上，整天在社会上逛。愈打愈有瘾，平均每天要注射一支到两支。买"杜冷丁"起初要七八元钱，后来要二三十元，上百元一支。
>
> 我打成了瘾，没有钱就想到了偷。

　　周广仁共偷了价值五千三百元钱的物品，销售后获款六百余元，大部分用来买"杜冷丁"注射了。

　　盗窃的结果是，周广仁被判有期徒刑七年零六个月。在被告席上，他曾沉痛地表示：是"杜冷丁"害了我。

　　是否所有的吸毒者都是因为吸毒才去杀人放火，打家劫舍呢？这也未尽然，张×，一个美丽得让人炫目的年轻姑娘，却是因为钱多得没处花才去吸毒。

　　三年前，张×十七岁，高考成绩不理想，名落孙山，父母教训了她，她便负气出走。说是到深圳、海南找工作，不料却沦为卖笑的妓女。开始还觉得丢人，后来道德的堤坝一崩溃，反而认为又不损失什么，这才真是天下最美的乐事。她年轻、漂亮，开价也高，每晚上不少于一百元，白天逛商店、吃饭都有人陪。钱多了，她真不知朝什么地方花。用的、穿的、吃的都有人买，到哪儿都有人奉承，她先是飘飘然，后来便觉得无聊。但真要她洗手不干，她又觉天下难找这份好工作。她父亲母亲每月辛辛苦苦干工作，薪水也不过一百多块。

　　有一次，她陪一个港客睡觉。上床前，那男人掏出一个纸包包，从里面倒出一些银灰色的粉末撒在银箔上，点燃后猛吸了一口。

　　"吃什么好东西也不说一声呀？"她娇滴滴地问。

　　"来，小宝贝也尝尝。"

　　这一尝，张×便如魔附身，奇异的香味和男人性的抚慰使她获得了从未有过的感受。于是，她便千方百计托人买这种叫做"海洛因"的粉末，或者，用肉体和同她睡觉的男人换。最后，当她进了看守所后，连她自己也说不清，是卖淫有了钱才吸毒，还是吸毒需要钱才卖淫。

　　当然，也有不少青少年，因为好奇而陷入毒贩子之手。

　　小张、小李、小王……他们是高中时的同学，七八个小伙子嘴唇子上的茸毛已渐渐变黑变硬，没考上大学，便时常聚在一起"穷喷"。吸烟、喝酒，也谈谈女人。他们常聚的一位同学家旁边，住着一个卖烤羊肉串的新疆人：红红的鼻子，高高的个子。红鼻子有时也加入他们的聊天行列，说说新疆风情，哈密瓜羊奶子葡萄，最慷慨的是经常向他们撒烟。不过，不是云烟、汉烟，而是新疆独有的莫合烟。自己动手，用纸卷。这几个小伙子虽已都有过一段不短的吸烟史，但都还没吸过这么好的烟。一支莫合烟，个个舒服得赛过神仙。

想着那烟味，几个小伙子增加了聚会的频率。

吸了十几次后，他们几乎都同时有了"不可一日无此君"的感受。

这时，红鼻子新疆人忽然不告而别了。几个小伙子如失恋一般神情恍惚。有几个孩子的父母还带着他们去医院检查，左听右照，也没查出个毛病。神经科医生解释道：青春期忧郁症。家长们都理解为：孩子没工作憋的。

一个月后，红鼻子又回来了，不过，他又换了处地方。搬家前，他到邻居家辞了行。

小伙子们很快又找到他的新住处。人依旧很热情，只是没再掏莫合烟。

"师傅，你那烟？……"小伙子们终于开口了。

"哦，哦……"新疆人仿佛记不得了，片刻后他才"恍然大悟"，"对不起，那种烟现在涨价了，难买呀！"

"师傅，帮帮忙。钱么？我们想办法。"小伙子们央求道。

"那好吧！我试试看，五天后你们来瞧瞧。"

五天后，小伙子们如约而至。莫合烟有，但不多，每人分了一小包，顶多吸两三次那样子。价钱么，也不便宜，十元一包。

几天后，莫合烟吸完了，小伙子们分头又去了。十元一包，老价钱。

有一个小伙子细心，他回去后把莫合烟放在灯下摊开反复看，发现里边有白色的粉末。他看过一本外国读物，怀疑这是海洛因。他想，别人的莫合烟不如这烟丝的味道，大约是没搁这白面的原因。

他害怕了。他明白吸毒意味着什么。他打算揭露这红鼻子的阴谋。但他的一封举报信还没写完，烟瘾犯了。他像一个溺水的人，匆匆卷起莫合烟吸了半截。

莫合烟的烟雾消散了。小伙子也撕碎了未完的举报信。他清楚，抓走了红鼻子，等待着他和同学的将是什么。

糊涂啊，年轻人。

一年后，当他们中的一位因抢劫银行被抓获后，才暴露了这起吸毒贩毒案。但红鼻子闻讯逃跑了，几个小伙子却被送进了戒备森严的戒毒所。

愿他们在痛苦中获得新生。

杀人、抢劫、偷窃、卖淫，从不少瘾君子的自供表明，为了获得须臾不可离的毒品，他们愿付出一切代价。在西方，因毒品问题导致社会治安不稳定，在中国，贩毒分子为了毒品铤而走险，也是无恶不作。

1989年元月6日，西安市未央区未央宫派出所发现一个地下贩毒窝点，当四位民警闯进时，窝主王喜闻正在数一叠贩毒者付的钞票。正当这四位民警制服窝主夫妇时，一个吸毒者向民警姜渭开了枪。

后来，从这个贩毒窝点里果然还查出了枪支、弹药、手榴弹和匕首。贩毒分子和吸毒分子为了满足他们的欲望，敢于冒犯任何法律尊严。用他们的话说："不让我们过瘾，我们就和你们拼命！"

7. 反毒品斗争手记

1989年11月24日凌晨，从北京开往乌鲁木齐的69次特快列车正风驰电掣般地飞奔在兰新线上。

1点30分，列车进入柳园车站，乘警许国新、席明生跳下火车，向哈密铁路公安分处报告了一件紧急情况：本次列车从兰州上来十一名贩毒集团成员，可能带有枪支或匕首等凶器。具体车厢不详，十一人的面貌特征不清楚。

在哈密办案的乌鲁木齐铁路公安处乘警队副队长张金鸽，刑警队一分队副队长王鹏、乘警队刑警组组长胡波等干警立即研究作战方案。哈密市公安局获悉后，立即派出七名得力干警予以配合。

凌晨5点，69次列车徐徐进入哈密车站。车刚停稳，干警们便登上列车。在餐车里，二十多名干警迅速研究了行动方案，决定以查票和危险物品为名，对每个乘客所携带的行李进行检查。

一遍，两遍，三遍，未发现可疑迹象。

干警们决定，再查，不查获毒品，决不罢休，决不能让毒品流入乌鲁木齐，毒害人民。

第四次清查开始了，在第十三号车厢，一位正在睡觉的小男孩引起了干警的注意。他的腰部突出一个大包，一名干警上前轻轻一碰，发觉里面有些异常。这时，距这个小孩不远的一名三十多岁的少妇溜进了厕所，一名六十多岁的老汉脸色煞白。

干警们将这一系列微小的变化看在眼里。他们围拢上去，要求那个小孩解开衣服接受检查。带着小孩的一个老头支支吾吾，但他明白赖不过去了，脸上现出彻底绝望的神色。经检查，这名小孩腰中布袋里果然是海洛因，那名老汉所带的两团毛线中，也放着海洛因。女列车长打开厕所，从那少妇腰中的布袋里也查出了海洛因。

二十多名便衣警察迅速汇集到十三号车厢。

突击审讯老汉和少妇。他们供出了另外几名贩毒成员。

其余八名案犯迅速被抓获了，从其中五名案犯身上同时也发现了海洛因。价值十万多元的六百克海洛因全部被缴获了。

这是缉毒的一次小小的战役。近年来，随着国内贩毒吸毒私种毒品的活动日益猖獗，我国政府加强了缉毒力量。国家拨出一千三百人的行政编制，在云南省公安机关内特别组建了缉毒队伍。1987 年，国家公安机关查破贩毒案件五十六起，缴获鸦片一百三十七公斤，海洛因四十三公斤；1988 年查破贩毒案件二百六十八起，缴获鸦片二百八十九公斤；1988 年上半年查破贩毒案件一百八十七起，缴获鸦片一百四十三公斤，海洛因一百四十一公斤。

在我国，尽管私种毒品吸毒贩毒呈上升趋势，但从已破获的毒品案件看，毒品犯罪主要是过境贩毒。一些国际贩毒集团与国内贩毒分子勾结，从境外将毒品偷运过来，假道我国转运港澳和欧美地区。毒品绝大部分从西南地区流入，部分经中泰、中菲航线空运入境。大部分过境毒品从广东转道香港、澳门，再由港澳流向世界其他地方。1988 年，我国发现并破获有犯罪分子利用货运和行李，将毒品直接由上海空运旧金山和从北京空运维也纳的贩毒活动。是年 3 月，上海虹桥机场曾破获了一起在锦鳞鱼肚中夹带海洛因的贩毒大案。

过境毒品大量增加，前面已经指出，这与我国西南边陲云南省距世界上最大的鸦片产地"金三角"很近有关，同时泰、缅两国加紧缉毒，传统贩毒通道受阻，国际贩毒集团看中了我国云南三千多公里边境线这块"风水宝地"，他们利用我国对外实行开放，对内搞活经济之机，频繁进出大陆，寻找代理人和合伙人，形成内外勾结过境贩毒的新特点。

1986 年 12 月 26 日，全国各大报纸都以显著位置刊登了新华社发自昆明的电讯：

云南省公安机关于今年 8 月 16 日破获一起特大贩毒案。这是建国以来最大的一宗涉外贩毒案。

故事还得从 1985 年春末说起，一个春光明媚的上午，在中缅交界的畹町镇旁的一条浅浅的小河上，跃过了三个年轻人。他们是盘踞"金三角"闻名世界的贩毒大王坤沙的心腹张国清，助手易正，和被他们重金收买的做向导的边民张杰。

"金三角"连续几年鸦片丰收，海洛因的加工也极顺利，但如何远销欧美和东南亚，却成了大问题。此次中国之行，便是企图打开一条黑色通道的试探性行动。金三角——畹町——昆明——广州——万山群岛——香港——美国，一条拟议中的通道马上要从设想变为现实。

但是，狡猾的贩毒集团并没有进入我方已布下的罗网，时间过了一年，"金三角"虽多次派心腹张国清等人观察、试探可否使用这条已踏勘的黑色通道，却没有真正将毒品运往我方境内。

烟果丰收，大批毒品积压，香港国际贩毒集团等得心焦，美国、日本毒品价格不断上涨。

1986 年 4 月，云南省公安部门忽然接到国际刑警组织的通报，有两名中国血统的泰籍贩毒分子，将随一旅行团由曼谷赴昆明，与一名香港来的国际贩毒分子在昆明碰头，洽谈如何偷运毒品去香港。

大海捞针。公安人员还是从正在昆明的二百四十多个旅游团体，一万二千多名观光客里找到了从香港来的余锡宽、戴文煊，从泰国来的温源和。他们伴装做买卖，正通过国际长途电话频繁地用密语和香港、曼谷联系呢！

戴文煊是香港黑社会组织"和胜"里充任"坐馆"的打手，国际贩毒集团派他以旅游团成员的身份携带巨款飞来昆明，与从曼谷飞来的贩毒分子温源和会见。温源和是个从事国际贩毒三十多年的老手，多年来横行东西半球，早就是美国、澳大利亚、泰国、香港悬赏缉查的对象。他曾骄狂地自称："跑了许多国家，丢货（毒品）的时候有，但从来没丢过人。"他接到货后，准备交给戴文煊和余锡宽两人护送出境。

这是七月，南疆畹町多雨炎热，蚊虫、蚂蟥肆虐。已经接到定金的"金三角"贩毒分子终于借夜幕的掩护将二万二千七百六十八克海洛因运到了我方境内。几天后，毒品运到了昆明指定的地点。

八月十六日八时零五分，昆明火车站前，熙熙攘攘的人流中，出现了交换手提包的一组镜头。当香港贩毒分子接过装有毒品的手提包不到一分钟，公安人员便出现在他们面前。

与此同时，年过六十，已纵横欧美、东南亚、贩毒三十余年从未失过手的贩毒老手温源和，也束手就擒。

1987 年 2 月 17 日，在春城昆明，贩毒分子温源和、戴文煊被判处死刑。正义的枪声向全世界宣告：中国政府和中国人民的禁毒立场坚定不移。

坚定不移，并不是夸张。深受毒品之害的中国人没有忘记百年前"东亚病夫"的耻辱。中国政府一直积极主张和寻求在打击贩毒领域的国际合作。1988年 12 月，在维也纳讨论《联合国禁止非法贩运麻醉药品和精神药物公约》大会上，中国代表团首先提出将国际刑警组织作为一种合作渠道写进公约。1989 年 10 月 5 日至 9 日，亚洲地区缉毒研讨会在北京召开。中国代表在会上提出的加强缉毒国际合作的具体方案，得到与会各国代表的赞赏。1989 年 11 月 3 日，在第 44 届联大第三委员会会议上，中国代表丁原洪大使发言表示：中国支持打击国际贩运毒品运动，将一如既往，与各国以及联合国有关机构密切合作，为在全球范围内有效地推动禁毒活动，为创造一个无毒的世界而努力。

8. 结尾：不应有的遗憾

当我结束这篇记叙"六害"之一的私种吸食贩运毒品的文章时，一种深深的遗憾涌上了心头。热心的读者也许会认为我欺骗了他，其实……

我曾通过熟人关系找到一家最具权威的、戒备森严的机关，当一位负责这方面工作的年轻同志正准备和我交谈这方面情况时，旁边一位中年人告诫道："这问题不准报道。"

年轻人耸了耸肩头，电影中的动作。

无可奈何。这是纪律。

在一家全国重点大学图书馆里，我整整翻阅了一天有关材料，仅仅找到的材料也不足万字，况且还是一篇无多少资料价值的报告文学。

私种吸食贩运毒品的害虫，你躲藏在哪里？

难为了我的一片苦心，难为了这篇文章，我像一个举拳欲击的斗士，突然之间失去了格斗的对象。

是家丑不可外扬，还是内外有别？一方面扬言要严惩，要横扫，私种吸食贩运毒品已沸反盈天，一方面又遮遮掩掩，似乎毒品问题又不存在。难道让人们知道或不让人们知道都有它合情合理合法之处？难道中国人应当永远"只能使由之不能使知之"？

毒品已经再一次传入中国，这是官方已认可的事实。我们固然不需要像计划生育那样宣传得家喻户晓，人人皆知，但告诉人们一些这方面的情况，增加免疫力，还是有必要的。偌大一个国家，没必要把什么都搞得神秘兮兮的。毛泽东不是说过"要相信群众相信党"吗？

我还是尽一切努力，冒大不韪写下了有关私种吸食贩运毒品的上述情况。我愿继续充实这篇文章。

（湖南文艺出版社 1990 年第 1 版）